天津博物館藏

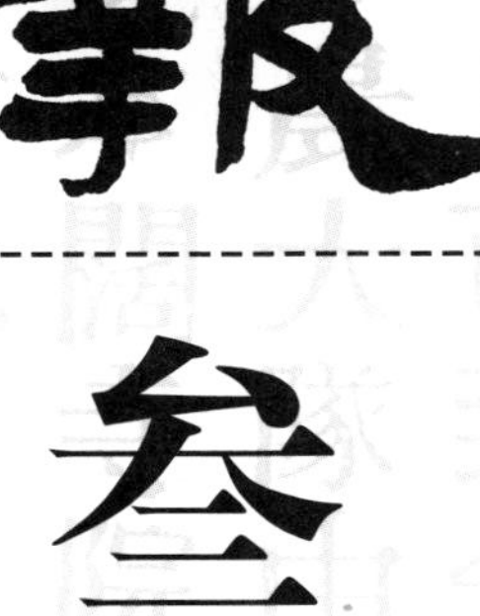

天津古籍出版社

光緒二十一年六月

直報

光緒二十一年六月初一日　第一千五十二號

旨廣生著[illegible]文錦用繼昌著以侍衛用內閣侍讀學士員缺著榮[illegible]補授山東道監察御史員缺著[illegible]補授截取山東道御史胡[illegible]著照例用[illegible]富緒著以部記名以直隸州知州用內閣中書楊廷璣吳欽俱照例用擬補中城兵馬司副指揮錫給時國子監學錄周[illegible]俱著[illegible]補授[illegible]升[illegible]運同[illegible]運同[illegible]壽森擬補山西河東鹽大使柳賢彬俱照例用西安將軍衙門筆帖式延焜俱著[illegible]補授[illegible]延[illegible]同[illegible]員缺[illegible]雙琳補授[illegible]察官禮部員外郎[illegible]儒著准其[illegible]等加一級[illegible]軍機處記名以道府用[illegible]盜官山西長治縣知縣[illegible]鑑着以同知用欽此　上諭巡視中城御史恩[illegible]等奏[illegible]保[illegible]局出力員弁開單請獎一摺著該部議奏單併發欽此　上諭給事中褚成博奏各直省船械機器等局請飭各督撫招商勸辦以開利源等語著戶部議奏欽此　旨瑋春補授[illegible]副都統著錫[illegible]標額調補正黃旗蒙古副都統著載澤補授欽此

條議　續前稿

伏見中國自辦兵務以來開關納款創距痛深凡食毛踐土之士稍有血氣之倫莫不欲整頓水師以一雪其恥然而天下事非倉卒可以圖功必堅忍乃能有濟勾踐之困也臥薪嘗膽十有餘年然後一舉滅吳[illegible]復漢高之于項籍也亦嘗降心抑志屢避其鋒故垓下之戰一舉而定惟其能忍於始故能成於終忍者非懦無作為唾面自乾之說也是必處心積慮堅苦貞定陰求夫所以制勝之道不惜貨財以利其用不避艱險以要其成而又假以歲月破除積習乃能因利乘便冀得一當今之論者則不問可否不計成敗惟亟亟求全問其所以能戰所以求勝之具亦不過掇拾三代之遺文補苴漢唐之故事以為區區之論可以[illegible]而答英法[illegible]有老臣宿將探討夫人己之長短事理之曲直不敢逞意氣之私不敢為孤注之擲委曲求全亟欲養一氣以維大局而好[illegible]名高者方幸得遂其虛憍之氣放言高談務為駭世東坡有言曰養猫所以去鼠不可以無鼠而養不捕之猫畜狗所以防姦不可以無姦而畜不吠之狗竊謂朝廷在不捕不吠而厲精之始患又恐在亂補亂吠也是故師船尚未備也則譁然而起曰何不一逞於東將士尚未練也則又譁然而起曰何不一逞於西局外之嘗議橫生而局中之牽掣日甚今日闢一議明日闢一議閱數年而水師仍無成效使不此之慮而以各項易竭國庫不支為總總過計者何不思之甚也而論者曰果如所議以創水師則製造新船歲費約三百萬工程歲費約三十萬將卒俸餉歲費先後扯計五十萬學堂[illegible]船歲款約十五萬各處機器船政局與各船添修各件歲費約百萬雜項小費約五[illegible]萬扯計約五百萬計九年之中必須籌至四千五百餘萬乃能舉辦然而部會下無財之詔突各直省所[illegible]無逾百萬而會有[illegible]借款內百萬之旨矣而到處協解者亦無逾百萬今則關卡林立搜索已空鹽漕歲入只有此數歲籌如此之鉅款能乎不能曰非不能也是不為也非不為也

是不欲也夫歐美各國其人民不及中國之衆其土地不及中國之廣其物產不及中國之豐而水師歲費英國約銀四千萬兩法國二千八百萬兩德國八百餘萬兩俄國一千四百餘萬兩美國亦一千四百餘萬兩豈中國反不能籌此百萬兩之欵項乎　此稿未完

燭化光明○與衍中於光緒十四年開安置電氣燈　其時當宵深月黑光澈電城射斗牛而騰輝共訝豐城劍氣皆驪珠而曜彩漫誇齊國廷燎遙想大內之千門萬戶貝闕璇宮自城闉不夜大地太清光景因憶昔聶夷中古樂府云二月賣新絲五月糶新穀醫得眼前瘡剜却心頭肉我願君王心化作光明燭不照綺羅筵但照逃亡屋古之人願其君明於燭照者有如此今春寶直水災我皇上睿照所及殊恩疊沛特諭順天府尹設局賑濟務令實惠及民則是我　皇上聖明天縱仁知性成濬哲文勳華繼離明於日月其能照及逃亡者固無不燭對此煌煌而讀聶夷中樂府之章也

材優緝捕○京師崇文門外菜市口地方廣和軒茶社內於閏五月二十五日有匪徒數人同座啜茗旁覓番役十餘名擁入直前方將鎖拏該匪便放洋鎗拒捕茶客驚惶紛紛速避幸各役捨命爭持當即拏獲六名鎖解南營送交衙門轉解步軍統領衙門審送刑部審辦惟所獲之犯是否搶劫案件俟訪明再行續錄

父雖爲父○宣邑有言父母惟其疾之憂誠以父母愛子之心無微不至昊天罔極恩宜如何仰報耶而世之爲子者往往不一念及父母反以流蕩忘返貽堂上憂其不孝孰甚焉宣武門外頭廟居民某甲者操般饈藝薄有蓄積生二子長娶某氏女爲室女頗勤婦職以是常得翁姑歡而長子素有烟霞癖不務正業父母憂之始以好言勸戒冀其悔過遷善也乃一再告誡見置罔聞數日前督責稍嚴竟敢出言頂撞夜間將其室內衣飾等件捲捲而去日來四處偵尋毫無影響老夫婦念子情深相對泣下廢寢忘餐不知所處嗚呼有子若此不獨不足慰垂暮情反足貽無限憂昔孟子曰無子若有子則子易生有子若無子則子易活向謂二語實得爲父母之要今乃知節可爲養子言猶未足爲教子道也不得教子之道惡能謝爲父之過乎

瞽胡不瞽○魯論記孔子見瞽者雖少必作過之必趨又曰相親與冕衣裳者等朱註以爲矜不成人竊私議爲孔子過矣子與之論曰均是人也從其大體爲大人從其小體爲小人耳目之官不思而蔽於物物交物則引之而已心之官則思思則得之不思則不得也先立乎其大者則其小者不能奪也此爲大人而已矣否則皆小人也不病目者尚多小人豈病目者皆大人乎若謂矜不成人彼目不病而心病者其不成人孰甚其可矜也又孰甚使皆見而作過而趨闞目所遇非目病即心病心病者且多於目病計孔子又烏能遍術以轉移斯世無算之小人使其心盡變爲大人徒僦僦然而作而趨以妄役此天民大人之軀毋亦目不病而心病乎何也目不能別是非黑白之謂瞽能別是非黑白之謂不瞽目誠有之唯心亦然孔子豈目不瞽而心瞽者何其而作而趨之不辨是非黑白耶且以盲於目爲不成人將不盲於目而心不能辨是非黑白者即率謂之成人乎上下五千年縱橫九萬里目不盲而心盲者奚啻恒河沙數成人如此其多乎今而知非孔子之過乃後世推崇孔子妄以私心測聖人者之過魯論非出於孔子親筆自記乃門弟子之弟子所記且非一人一時所記乃羣弟子聞嘗隨筆所記非聖人不能真知聖人弟子雖賢固不必其皆能聖也其所以記其必作必趨者殆亦以孔子告仲弓爲仁之語所謂出門如見大賓使民如承大祭者推之不覺言之太過焉且其與冕衣裳者相提並論必更有說暇時當更爲群討茲姑無暇具論也獨是天下之無目者不必皆君子亦不必皆小人一視其心之病與不病耳不然天下至苦之境莫瞽若矣大地無色日月無光妍媸莫辨徜徜徉徉藉杖以扶跛蹶於晦冥而顚倒衣裳噫嘻此其境爲何如境哉而其不病於心者則能上下古今別是非論得失爲祟閎之議以快聽聞昔古詩出命不瞽以當鼓吹若唐之張籍其人者世當不乏其次亦頗能彈絲品竹合婚賣卜其目無雖見故其心無雜思得專精以成一藝或以托足都城市鎭而謀食今京師此類尤衆且自有會所有事則聚議而共圖之其心齊也昨聞宣武門內太平街地方有某宦宅女孀守裸少公子嬉戲門首有無目人擊鼓以賣卜聲鼕鼕震於耳女孀恐其驚於公子也力阻之越數戶復擊女孀仍追以力阻其人曰嗟刻攔阻　己遷命今十貫宅遠甚何仍相阻豈非欺我耶翌日即聚城內城外該黨數百至某宦宅蜂擁而入各舉竹杖且揮且嚷曰因何欺我無目太甚門者莫能禦祗得任其所爲鬨經某宦親出婉言復禮若輩始徐徐退去噫京師地面若輩甚衆最爲心

齊稍受欺辱即聚衆與師其大人與小人與無傾過問要其盲於目而不盲於心猶足以抗拒貫官況不聾者乎世之不聾而受屈於聾者矜之耶禱之耶不禱之耶然知孔子之必作必宜也非過也

不可思議○仙樓居古今無異師朝陽門樓與仙停雲其聞久昭靈異但未聞有結香火緣者茲聞有某善士以仰邀慈佑感圖報於閏五月初旬根方修葺殿宇廟貌煥然廳中列仙靈靈跡濯乎時懸匾額獻楹聯者多於恒河沙數亦足徵如響之應遠越壽宵矣

無俾處此○郡城雲在天者家小康前夜四更時被妙手空空兒撥門入室將衣服等件席捲一空賊揣止走閱徵仗男丁嘗見拿獲送縣案下聞已重責該犯大板二百贓物飭雲在天認領失主仍恐釋放後該犯復竊富堂稟究大令即飭捕班驅逐出境云

姑溺媳姑○河東昆下同母他長大皆娶母長媳不偕次媳愛如所出次子殤母恐次媳之他適也計教母之爲女贅婿者以留之婿入贅宿乃知姑媳贅并母女招婿也乃作怒偽妻以去姑亦莫置喙惟懷大慟付之一哭已吁何其爲計之左也夫天下之事求而得之不若使之求我而後從之己守而固之不若使之不忍去我而後與之不待其與而遽思以相留留之亟斯去之速矣秦恐天下之去銷名城殺豪傑鑄鋒鏑齊備堅守以留天下而天下愁苦陳涉之徒斬木爲截竿爲旗而天下響應二世而夫隋恐天下之去牡峻令以杜天下之謀臣舊將誅滅殆盡而死於楊素之手不二世而天下去矣今某氏之姑以術留媳而爲媳招婿名不正言不順故不成其迹與秦隋不同其心與秦隋無二某姑之事人而嗤之秦隋之心人不知鑒而之何哉

豫凱東戍○河南統領牛軍門所帶豫凱馬步八營日前抵津已紀前報茲聞此軍由榆關徹移駐山東榮安岸山以資防堵昨全軍陸續抵暨丁等坐民船十有餘隻開于今早揚帆東去云

示募驍牙○欽加同知銜卓異候補直隸天津縣正堂趙 爲出示招募事據備牙倪原瀘呂長清稟稱河東集船行紀高連現已病故理合稟明等情據此除稟批示外合行出示招募爲此示仰津邑居民人等知悉自示之後如有殷實民民願充前項牙紀者即具認名狀赴縣投遞以憑驗充詳給牙帖辦課勿得觀望自悞切切特示

圖有二馬○偶讀杜工部韋諷曹將軍畫馬圖云昔日太宗拳毛騧近日郭家獅子花今之新圖有二馬復令識者久嘆嗟不覺悴悴有感焉津有名馬二同物紀顧待郎其說也其伯姊早逢伯樂超驪聘以千金擧方幸其得快婿不料遇人不淑母貪陌上繁華不念閨中花鳥致使朱樓日落捲簾空抱秦好事者飛短流長輒謂其仍理潯陽舊業不知今之名下非伯其仲也 時爲治齊春之子爭爲題嘯有題伯之聯曰馬琵琶千古恨掌中歌舞一聲秋次則自馬空皮相難逢樂掌惜明珠誤畢又久則馬中驍驥班中首掌上芙蓉人題其仲曰馬戴春壽不峽掌疑舊迹重睡崑崙更有爲雙管齊下者曰馬殊相終無憾掌不鳴自有聲又云馬歷春愁尋舊夢掌收秋色入新詩或皆因以馬對掌鉗字新雅詩數聯之工竊謂以渾脫大方句外有句筆外有筆者爲佳如千古恨一聲秋六字可謂先得驪下珠則得其之而已

禍買三倍○河東臨蘆姓者以養未生意小有積財因貪厚利遂趁歲荒赴唐山販賣人口來津轉售買賣兩次皆因所買之人未能出色亦未得利昨又買來幼女姿色甚佳意謂此次可以飽欲不料至津被官人抓獲送至天津道署懲辦堂訊實係販賣人口照例責押馬快班房斷將幼女配人爲妻噫因謀厚利以致人財兩空且有餘罪可爲貪不安分者戒矣

計拐幼子○鹽祖師廟附近有某甲之子年六歲常嬉門外某乙常給其子食物子之母每嘗見并不疑其有不良意也昨聞某乙又在門外與其子戲嬉子之母聞聲即出視已被某乙抱去哭喊鄰右追之不及此時遍處查訪向無踪跡云

溺戲鄰兒○河東隆街某甲有子甫三歲倩僕抱於街頭嬉鄰人某乙因愛戲僕抱子同不移時子忽中風牛氣絕甲以子病速甘僕僕以乙之相戲對甲以乙嚇子致驚將控縣鄰右解排不知其能了結否也

閩門來信○兵占台北後因苦瘴疾而津幾不可以數計某日由台北調兵二千名向台南進發經多日向中

遠善以鐵路所鋪橫木係多被土人拆去亦有連鐵軌皮偷毀壞者祇得相率徒行故也電綫亦經修整即被客民剗斷一日行至某處山麓忽遇台六千名與之鏖戰臺兵苦戰不得已退回內地山巔既而日兵分道往前奮勇攻下山轟擊日兵勢孤力竭大半死亡故至其處鐵路邊日兵爭坐火車車忽由高墜下日兵紛紛顛出頗有傷亡翌日兵深長劉淵亭軍門時刻爲之備擬派兵三隊赴臺南攻擊據取臺南而得之據云軍門所部勇丁時分匿山洞中遙用火槍轟擊往往擲斃未經見而日兵已血肉紛飛且自趁深悉軍門威名爭以金繒奉獻是以軍中械皆無竭蹶之虞觀此情由非經數年日人斷不能將臺灣據爲己有也　錄中報

啓者本局派人前因海上多事各分局帳目未能如期報山彙算是以展至六月朔仍在天津等處各分局派息業經報達現已屆期請諸位股友於照前登報啓携帶息摺股票前來以憑加戳派利是荷此　達　開平礦務局謹啓

啓者本堂新刻舉業門叢籍帆老難平舒劉紫山選拔萃名士合刻賦鈔註釋詳明誠爲後學之津梁也更有青照草堂重註七家詩撫試帖與開二場大爲士林推重前國古今金針又自覇州吳河帥文安陳學士合輯承梨叢書實爲目前急務近印津沽周衣亭太史孟平讀書精舍詩集足資討論制藝宗題尤尋見地公諱人爛著作甚富茲姑印其一以供膾炙合計五種除本堂發售外津郡文美齋書局併寄售至於各種書籍筆墨無不揀選精良書本以期近悅遠來凡刻詩賦文集善書等板刷印裝訂書籍自當精益求精省工價廉爲不敢稍涉含混自負　賜顧　寓河北關上毘廬寶義合主人謹啓

浙紹朱鈞翁先生屢治婦科胎產經崩幼科驚痫痘疹尤著奇效寓彌勒菴

賞格

於本月二十五日本行院內查得失去花山羊皮褥五包每包三十四條皮版有〔子〕〔國〕圖記如有人知下落即至紅橋前禪臣洋行報信當賞洋五十元決不食言此佈

新福商義洋行

先行交易　擇吉開張

啓者本行開設天津英界爲林洋行底子專售西洋各國奇樣服飾異味食品新式金銀器皿鋼墊鐵床各色綢緞呢絨嗶嘰綿布大小洋鏡白音洋琴花露香水香皂蜜糖各種洋酒呂煙香煙洋燈洋傘紙札木器一應俱全兼代辦靈巧機器諸色雜貨貨眞價廉誠信無欺凡仕商賜顧者請認本行招牌庶不致悞　本洋行告白

浙杭元吉永號

本莊自置紗羅綢緞新樣洋辮花素洋布川廣夏貨閩摺雅扇南貨頭油俱全祇爲近時錢市漲落不同故而各貨減價開設估衣街中間路北凡仕商賜顧者無悞特此佈達

悅來洋貨號

開設天津紫竹林大街自運各國鐘表洋貨貂到呂宋磨光料器五色高花大小供獻碗盤長圓八方兩分三分四分碗蓋杯盤鴛鴦舟式水仙花盆外國細碗上等磁玲瓏邊極盤碟玩物夏衣襪綉花窗簾手鐲玻璃磚磨花描金彩畫油木洋框三鑲銅邊鈒金抬鏡等

格外減價消售謹啓

六月初一日輪船進口　新濟　由上海　招商局

六月初二日輪船出口　連陞　往上海　怡和行

武昌　往上海　太古行

新裕　往上海　招商局

六月初一日銀盤行情

天津九七六錢　銀盤二千七百一十二文　洋元一千九百九十文

紫竹林九六錢　銀盤二千七百五十二文　洋元一千[illegible]百二十文

直報

光緒二十一年六月初二日 第一百五十三號
西歷一千八百九十五年七月二十三日 禮拜二

上諭恭錄

上諭御史熙麟奏平宣民自抹身死一案傳聞刑部司員有受賄威逼情事承審各員未經訊及贓欵請飭澈底根究等語着啓秀徐郙歸入原案一併訊明據實具奏欽此

條議 續前稿

又查我朝用餉之數則大小金川首尾五年至七千萬川楚逾萬萬準回兩部三千三百餘萬其時尚無洋關釐金至髮捻猖狂人民凋弊之後餉項近數萬萬自壬寅年後歷次賠欵亦積至五千萬豈今日反不能籌此鉅欵乎豈前者患氣已形故雖力爲羅掘今日患猶未見不妨姑事因循乎然則曰不能者非不能也是不爲也苟欲有爲則中國何事不可籌欵亦何在不可籌欵請舉四事以槩之鴉片烟土議征八萬餘箱漏稅者歲率二萬箱今使與印度立包攬統購之法則漏稅之二萬箱可絕以每箱三十兩正稅計之則歲盈六十萬兩加稅至百餘兩則所盈者可至六百餘萬此事之可爲者一也水旱烟飢不可食寒不可衣故明本在例禁近日吸者不論男女十有六七統計天下戶口扯計大縣不下百萬中小者約五六十萬今從至少科計每縣吸食以十萬人計每人日捐錢半文一縣得錢五十千一年得錢一萬八千串通各直省一千三百餘州縣計一年約可得錢二千餘萬串惟抽之於吸烟之人未免苦其繁雜若按就地抽征之法以稅出烟之地各省嬰粟歲以此例則歲可盈銀至少亦二千餘萬西國重征旱烟而不征食鹽蓋食鹽爲貧富所用故弛禁若水火而旱烟非日用所需故征權析秋毫查英國歲收烟稅二千餘萬法國近四千餘萬其他各國少亦至數百萬此事之可爲者二也中國以銀錠爲幣平色不一今若倣西藏鼓鑄銀錢之例由官自鑄大小銀錢凡一切關稅賦課釐解項欵均以銀錢兌納約可歲省平餘至少二三百萬而銷鑄滲銅之盈餘有不計也且銀錢既由國庫鼎鑄務使輕重劃一則民間易於樂用即可由官庫造爲楮幣以代之約庫存銀四千萬可出楮幣六千萬此英法二國之楮幣不脛而行於環海者此也如是周轉又可盈數千萬更有進者東西各大國專用金幣者惟中國與印度耳外洋兼用金銀故銀日多銀日多則價益賤數年前磅價值二兩三今則昂至三兩七八矣查印度歲入之銀約值六千萬磅而每歲輸納英國以銀易金歲折百萬磅約銀七百餘萬兩是亦一巨欵也中國既與外洋互市亟宜參用金幣使子母相權無畸輕畸重之弊如是可暗銷折費至少千萬惟此患未經覺察人不之信然將來水盡山窮之時必有起而行之者此事之可爲者三也中國各省驛站之費一巨欵也今若改倣外洋郵政局之法不惟可以省經費亦且可以便官商而歲入之欵雖不及英國稅一千三百餘萬法國二千五百萬之多然於國帑亦可少補矣此事之可行者四也然而議者嘩然起矣不曰殊乖政體即曰有碍成例譁者一人和者百人矣甚有指議行各事無非亡國所爲今若立地創行日後流弊滋甚於是倡者一人撓者千人矣不知天下無有利無弊之事知有弊而因循坐誤則

利源日消知有弊而立法先謀則弊可自絕泰西各國之征權無一非亡國之歧其稅工藝之印票即王莽醫卜方技自占之法也其稅質劑之券即南朝輸估散估之法也其征坐肆之稅即魏明帝之分店稅等之也其後屋征抽即唐行間架之意也他如酒酤自榷與馬有稅契即漢之榷酒算車也舉凡民間所有之物無不搜括殆盡然而民生日裕國用益饒則以立法甚善無中飽之弊涓滴歸公通上下之情貴系盡革今際其生民未有之創局徒爲一鑽研斷簡殘篇之學所阻而令非常之業不得建於非常之時斷斷然以往事可鑒日後滋弊爲憂不求治法不求治人是猶畏礙包荒而禁婚姻也惡禽荒而廢蒐狩也則天下尚有何事可爲又豈特包鴉片烟稅征水旱烟稅鑄銀錢設郵政四事也哉又豈特創稅項以經理海防也哉故曰非不能也是不爲也非不爲也是不欲也　此稿已完

復奏節略　○和碩恭親王慶親王復奏以各省內外徵募各軍名雖不同　朝廷視之如一總計淮湘豫論淮軍曾經多載然歷有挫衂亟應詳爲愼選會直隸提督聶士成治軍有法戰功卓著且令總統淮軍足足三十營駐紮津沽一帶所有分統營哨各官均由其自行揀選委用會湘軍鮑水土不和然遠道徵募而來未便全行裁撤其江西藩司魏光燾沈毅有爲堪曉軍事宜令其總統湘軍三十營駐紮榆關一帶所有分統營哨各官均由其自行委用四川提督宋慶爲部不止豫軍然以豫軍得名其宋慶老成持重廉公有威宜令總統豫軍三十營駐紮錦州一帶所有分統營哨各官務當詳爲選擇勿得狥情遷就其餘王連三李永芳陳鳳樓宋朝儒丁槐牛師韓馬心勝何鳴高等七軍陸續遣撤並修其道路遠近酌給二三月之餉以示體恤又現在前敵得力諸軍仍宜照舊駐紮至大高嶺等處防軍俟軍務稍鬆再行奏明辦理其砲台守兵及親軍砲隊凡係北洋大臣所轄者不在議裁之內云云聞已奉　旨依議

莫誘於天　○人自視莫重於生所以數世相接廿處勞攘者凡以爲生耳天地間其力足以生人者其力必足以殺人人事如此物何爲獨不然大聖人衞生有道藥未達者不嘗祭肉不出三日以及沽酒市脯魚餒肉敗食饐而餲均著爲不食之例恐其或有不潔相不致愼則生人者適足以殺人也京師阜城門外白塔寺後身有戴姓者於閏五月二十七日晚飯後家人均在簷前團坐飯床乘涼踰至兩點鐘魚更各自黑甜　入翌日辰刻見飯鍋去蓋在地下衆以爲忘卻收藏未之或異因恐不潔用水洞而食之食已畢家老少皆腹痛嘔吐有女十三歲解救無及竟以殞命蓋入夏五毒叢生至夜則蜿蜒縱橫出以攫食蛇蝎流毒或有猫鼠涎淚均足殺人眼見被其害者不可屈指而世人卒不經意甚或身受其傷而不知戒口腹之貪何甚也

亟宜曬露　○葬者藏也禮不墓祭欲存亡不相瀆也亡人以入土爲安實中土古今之要義奈今人惑於風水之說往往於舉喪後將棺柩棄置人家叢集之區以爲便于祭祀以俟卜牛眠待封馬鬣其初則孝思不匱未可厚非迨時移事易或財產凌夷或家庭多故竟有經歲不遷歷年不葬者而半村半郭之間棺木縱橫不堪觸目此風不獨京都而都城尤甚閒嘗過歷永定門外及桃源道旁但見荒烟蔓草間厝柩纍纍其未葬者無人顧問適爲風雨飄搖既已葬者入土不深亦復屍骸暴露無論死者不安窀穸即附近生人熏蒸穢氣亦恐釀成癘疫之憂所有無主孤墳除請諸善士深深埋玉外其有子孫之棺柩亦望一律從速卜葬庶幾生死皆安不知孝子賢孫果不河漢斯言否

夫不成夫　○鄉間婦女昧於禮義每於姑媳之間負氣出亡動輒事端百出覆水難收不得不歸罪於夫婿矣民婦某氏順天昌平州人因與其姑不合私由路見山公代步以入都擬爲傭投於東北園某媒人處媒覩氏有姿年甫花信未足也乃爲另結絲蘿得彩禮銀卅兩命於本年暮春之初嫁某弁爲室氏以村婦驟膺一命之榮如魚得水其歡以爲生平得未曾有從此雙飛雙宿永不思隴畝中尚有良人矣詎本夫某甲初以入室不見其妻疑妻歸母家久之無耗乃肩負行李來京寓前門外刷子市大興店內每日出訪逢人探問蹤影全無忽於閏五月二十四日行至騾馬市大街某門首見該婦驪買針黹突扭相認氏猝不能逃被夫揪去細詢根由即和盤托出甲以一紙投宛平縣控某弁娶有夫之婦並控媒人貪財離間聞已飭差傳訊某弁縱爲不知誤娶終恐不能不離異也至如何訊斷其中有無別情均俟訪明再錄

台兵勝敵　○按港電云近日厦門傳知日兵在大嵙崁大敗懸白旗乞救免戰台兵現進台北勢力甚大而日兵見人即殺民苦

之昨有男女大小千餘人自淡水逃到廈門云

鎭憲得民 ○前大沽協羅軍門在任二十餘年地面事無巨細無不化險爲夷人人感戴昨軍門由大沽來津榮赴新任所過之處一律餞行各舖戶門首肆筵設席軍門暢飲後每桌皆有優賜以賞治具之人歡聲動地公送德政牌傘不可數計軍門在沽任威惠頻施可概見矣

小人所視 ○前津海關道憲周玉山方伯仿照西法創修官道如砥如矢一律平坦行人甚便嗣後郡城內外官道咸輒繼修惟南閣外至雙街口地勢過低稍有雨水便如溝注行者苦之且其地自南閣至雙廟來往車輛絡繹不絕合邑大仁將憫憐未審如何惠庇康衢令君子復而小人視也

望歲同殷 ○今春籌賑總局所有被水各村不分遐邇派員放賑至再至三今庫欵支絀實難籌畫各村紳民諒所共知第被水各村積潦未涸無所耕種民不聊生現郡城各商署求賑之狀無日無之昨于家莊等村婦孺齊赴道轅攀轅乞命不知道憲更如何籌畫也

提課補課 ○欽命二品銜新授福建按察使長蘆都轉鹽運使司鹽運使隨帶加六級紀錄十四次季 爲問津三取兩書院肄業生童知悉照得本年六月初二日問津三取兩書院考試官課之期茲因 督憲預提集賢書院七月加課令本司前往代爲點名監試所有問津三取兩書院官課定於六月初七日補試合行牌示該生童等屆期各赴書院聽候點名考試各宜遵照勿得自悞特示

不敎之敎 ○昨夜侯家後劉春亭與河北關上郭四並趙家場土棍周九等各聚同類百餘名在侯家後羣毆該管地方暨知第五段守望局王大令景煥即轉禀總局劉江蘭生太守派孫哨官一同拏獲羣毆衆匪等當由總局訊明該地方會吉升供稱該犯劉春亭向住侯家後各娼窰內拿卦錢每天五百文關上土棍亦要在侯家後分用此項兩不相下因聚黨羽羣毆比將劉春亭枷責九百郭四周九各責八百並抓來刀械一並送縣後又經河北汛僉長齡抓送土棍王大頭薛九二名經閻委員訊將王大頭責手板一百薛九責藤鞭三十一並管押候辦云

盜泉漫飲 ○昨日河東汛高經廳會同捕盜勇在陳家溝張姓柴廠內拏獲慣賊一名楊三係本地人當搜出刀子二把當票十餘張官將該賊暨柴廠張某一併送縣是否張某容留賊匪抑或係不知情俟由縣堂訊明確再行續報

溝瀆胡斃 ○河東十字街南大坑內昨日淹死男屍一具當由該管地方王雲升報案相驗惟不知因何淹斃何鄉人氏現在尚無人認領俟續訪再報

三取開榜 ○欽命二品銜新授福建按察使長蘆都轉鹽運使司鹽運使隨帶加六級紀錄十四次季 爲榜示事照得本司今春三取書院齋課內外附生童考取等第名次並獎賞銀兩數目開列於後須至榜者 計開 內課生十名 李耀曾 于文彬 鍾汝康 劉艮奎 喬從銳 李春城 孫壽暘 高增□ 徐霈 馬伸 第一名獎銀一兩五錢加獎一兩 錢 二名三名各獎銀一兩加獎一兩 四名五名各獎銀一兩加獎八錢 六名至十名各獎銀七錢加獎三錢 外課生十名 陸彤 陳奎齡 王潤芳 郭□芬 李培元 溫葆琛 傅毓森 張詰 何家駒 朱駿聲 第一名至五名各獎銀四錢餘無獎 每名各膏火銀六錢 附課生三十九名 李雲瀚等 每名各膏火銀五錢 內課童七名 陳自中 王國瑾 李怡曾 韓景雲 王鴻勛 陳寶李 王際濬 外課童七名 陳自正 朱家琦 潘兆新 李士鈐 張德珍 王用熊 汪文煜 附課童二十六名 汪金鑑等 內課童一名獎銀八錢加獎八錢 二名三名各獎銀五錢加獎五錢 四名五名各獎銀五錢加獎三錢 六名七名各獎銀三錢加獎二錢每名各膏火銀六錢 外課童一名至三名各獎銀三錢餘無獎每名各膏火銀四錢 附課童每名各膏火銀三錢

臺事述聞 ○本館派赴駐廈訪事人於初九日函告云初八日台北商輪抵廈載來淡水紳民暨潰勇四百餘名婦女老少三百餘名內有娼妓約十名家眷二百多名富弁道[illegible]委各員亦爲[illegible]另雇商輪遣送赴申外或有在廈逗遛者或有往漳泉投親

友奔徙北分馳大甲疏離失所之狀（一云信又云刻下劉大將軍以軍務緊急通飭台中大甲新竹一帶紳商其願遷內地者即從速內渡如不願仍舊各安生業毋得滋生事端本軍門大兵一到秋毫無犯爾等居民亦不得妄生枝節並檄飭林朝棟邱逢甲吳光亮及綦招生番千餘名爲前隊以部下黑旗爲二隊以土勇與客莊爲三隊於某日與日接戰日兵屢敗人馬均亡又探聞日兵每日至桃子園新竹一帶打聽消息意欲乘虛攻擊我兵均避入村莊不令見面任其所爲及至下午或晚間或三五更時候日兵正欲將車裝放下以期轟時歇息不料我兵由莊內突出沖殺且我兵先在大路口村莊開挖土坑由上鋪以沙土以故日兵乘馬經過者無不紛紛落入陷坑且生番廿戰不用槍砲均以番標刺擊百發百中是役也日兵死亡共計二千餘名兩傷者不可勝算自後見日人收屍回淡均是無頭屍首用紅布綑好現在日兵又大畫庶度日來死亡相繼云云至於台北府自被日人佔踞後所有猛甲居民已降者亦受辱萬分婦女不分好歹日兵任意奸淫米販等人亦勒令改裝是以基滬猛甲紳民聯名具稟日官據聞批示甚爲詫異其示云我兵未帶女眷暫借一用俟平定之後即回國載來如價值不敷容俟將來補還並云此地居民不願改裝者迅即內徙以華裝之人我國不能容留云云○昨日廈門來信所載台灣各事甚爲詳盡惟本館限於篇幅不能備述容俟陸續刊登可也　錄新聞報

六月初二日輪船進口　普濟　輪船由上海　招商局

六月初三日輪船出口　盛京　輪船往上海　太古行

武昌　輪船往上海　太古行

新濟　輪船往上海　招商局

六月初二日銀洋行情

天津九七六銀　銀盤二千七百零五文

洋元一千九百八十文

紫竹林九六銀　銀盤二千七百四十五文

洋元二千零一十文

直報

光緒二十一年六月初三日　第一百五十四號
西曆一千八百九十五年七月二十四日　禮拜三

記雙刀李五事　龍沙紫陽氏仞千稿

李五者余友金子道堅之僕也受役時年已四十餘矣性勤愼能以力雄人有所役獨任其勞無難色其役之至月而也計力給以直欣然受而曰僕敢靳去乎一日假許之已而及月必假必一日金子心異之因豫定其假之日而蚤起以伺之五已自外歸左挈一甕酒右持紙裹物少許入室置諸几遽支爐熾炭煮酒令沸而先出其紙裹物睨之則椒末焉勻撮三甌內酒已沸傾其中連釂而盡焉遂擁被臥呼之不應亦不復食飲翌晨起赴役其狀若甚自得者乃詰之曰吾觀若非役於人者也胡僕吾爲試語吾以若素五瀕立良久良久曰僕固盜魁所謂雙刀李五是也五年少時不事家人生產計好與里中諸惡少游日習擊刺飲酒以爲笑樂家貧歲飢遂相率竄身盜藪中推五爲長每出劫五短衣窄袖揮雙刀匹馬獨先壯夫數百輩怒矛挺刃雜沓轟馳其後諗邑中之豪富者適午直入係其主叱令納貲若干或則并籍其金銀珠玉錦繡玩好之器時復狙伺行旅於要隘閒截其輜重乃堆置衆目前瓜分之於是皆大歡悅舉酒相慶五據中坐以次酌而進輒盡數十大盌衆皆醉矣而五飲未輟也故羣又推五爲酒伯金子曰是則然矣胡僕爲五曰五爲盜戒妄殺戒淫同黨無敢犯忽日[illegible]巨室見其女美皆欲強汚之者五怒叱曰既劫人財又淫人女若此必爲天理所不容吾不忍以頸血濺市曹也遂手刃之而其人固衆所推亞於五者以是每嘖嘖私相譏五自忖曰五魁盜十數年因之破家失生計者何可勝道又一寰人子曰亭美衣食不祥幸不[illegible]從[illegible]爲盜而終得脫者且復相猜不去必爲所謀或市吾耳乃罄貲給衆而與之訣曰五老矣自顧漸不如人諸君皆英英少年請[illegible]長五從此遊矣遂屈身爲僕然猶嗜飲苦無貲又味蘭故日祇一飲而必以椒末金子喟然曰洵若所爲固人傑也吾弗如嗣是心重之五略識字喜爲主整理書帙獲莊子　編已殘缺請於金子而得之得閒即觀音義多所不解數數進問金子必息心爲之講說凡許閒進一日獨坐室中久伺之時聞微吟聲或朗誦已輟復作忽起遶室中行數四拍案大叫曰今悟矣遂棄其書而出辭金子去削髮爲僧後不知所終

紫陽氏曰五眞人傑矣哉跡其生平皆人所不能爲者也而五爲之及一有所省去之若恐浼焉非剛決者孰能如此近世士大夫自髫齔入塾日誦聖賢書所行多愧若僅以弋甲科者以甲科取士此五之所以陷身盜賊中而卒爲僧不顧也噫

罪豈無知　○日前　內廷　景運門值班旗員倫長瑞玉夜內傳諭在　隆宗門迤北拏獲扛木植之張六在　景仁宮空地坦倫竊木植一根經　御前大臣護軍統領芬餘亭大帥奏交刑部嚴行審訊已見邸報茲聞直隸刑部鞫擊廣西司審辦聞該犯供稱與某伸坦內侍李成由伊帶入　內廷等語當即行文　內務府將內侍某解案審訊該犯雖免應得之罪如何定擬俟訪明再錄

心難測度　○諺云在家千日好出外一[illegible]時難志在四方回首故都未有不生離緒者然此猶論其常也若夫相逢萍梗半

是荆棘而北地之念秩更多於南方之老龍船戶此又在出門罔罔離別可憐之外者行者往來宜慎也前門外西河沿大成客棧內甲乙二人皆寓公也彼不相識因住一店遂從此熟習本月二十七日甲他適將房門關鎖乙乘院內無人撬門而入翻箱倒篋囊括一空覓馬車載以出棧向西而行甲歸來適相値猝詢何往乙面赬口鈍甲頓疑細視所載皆爲己物忿火中燒立掌乙頰揪其辮扭赴中城坊控告乙數實押令轉申將原物送回棧中雖巧矣哉眞奇遇也否則一經逃逸更向何處追尋耶

盍還鴛牒　○曇花偶現幻爲女子之身貞葉長開永結神仙之果此固世間所難得實屬人生之不幸也蓋男子生而願爲之室女子生而願爲之家父母之同情如此男女之大欲所存而或因椿萱早背孤苦無人鸞鳳分飛堅貞自矢於是遁跡空門皈心象教固當悟身色皆空散天花而不着矣乃有身現比邱尼衆足陷歡喜窩中其齷齪卑污直較平康尤甚雖云佛祖之劫亦爲風俗之憂京師尼菴甚衆每菴除一二老尼住持以作門面外餘皆及笄幼女短髮披肩長裙拖地臉唯脂粉綾羅亻亍街頭妝嬌還媚致惹浪蝶遊蜂趨之若鶩而捉奸潑醋誘拐鬥毆諸醜亦遂層出不窮焉閏五月二十五日彰儀門外某庵天花一瓣竟爲流鶯銜去過牆而飛住持老尼遂約略其尋春之跡遍訪之知爲城中營勇某甲所誘匿迹南興隆街某菴內老尼乃於二十七日之夕糾集多人突至甲處入房揭帳適野鴛鴦正當交頸尼則赤條條一絲不掛四大皆空因以被褁捆載而回本庵尼終以甲爲營勇無如何也昌黎云人其人火其書廬其居仿而行之何施不可是有望於當道者

當繹鴒原　○世之好言結納者往往聯異姓歡脩好拜盟稱如胞兄弟是兄弟一倫親莫親于此矣獨奈何於眞胞兄弟或同母産者兄不歌既翕弟復不知孔懷甘心禍起鬩牆忘天倫之樂趣不轉易棠棣之華爲荊花之萎哉王甲者都中藉藉謂其素重交游有脫笠斷金之誼而兄弟或有閒言母弟二人皆啣之日前不識何故其弟乙憤氣不休磨刀霍霍誓欲滅甲朝食甲見情勢始大懼刀挽戚友調處免操同室之戈不識乙肯罷休否耶噫如甲者弟固不仁而其平日待弟之情抑亦或有難言者

鹽課解京　○山東歷年由鹽課加價項下撥解京餉銀二十一萬兩嗣議酌留外仍應解十萬五千兩曾經潘藩憲湯方伯檄委解過四萬兩茲經署藩憲吉方伯飭委候補鹽大使李蓉洲數員領解第二批銀二萬兩又一五加平飯食銀六百兩由省起程赴都交戶部兌收云

集賢開榜　○欽命二品頂戴直隸分巡天津河間兵備道李　爲榜示事照得本道於閏五月初二日考試集賢書院舉貢生監議論課卷業經評定甲乙等第名次並獎賞銀兩數目合行榜示須至榜者　計開　超等一名　周之棫　獎銀三兩　特等二名　李熙　來佐清　一名獎銀二兩　二名獎銀一兩　一等十三名　吳錫金　華世傑　吳夔慶　方紹　傅修予　余開甲　劉華封　李瑛　王榮初　徐翰　李煜華　羅福保　湯銘　前五名各獎銀四錢餘無獎○又榜示事照得本道於閏五月初二日考試集賢書院官課舉貢生監經策課卷現已評定等第姓次合行臚列榜示須至榜者　計開　超等三名　楊敬秩　崔作棟　吳錫金　一名獎銀三兩　二名獎銀二兩四錢　三名獎銀二兩　特等三名　朱晉蕃　崔作樑　姚陛聞　一名獎銀一兩餘各獎銀八錢　一等二十四名　李煜華　劉圯雲　李重熙　李咸熙　潘文林　湯銘　崔曠　賈善仁　華世傑　方賓穆　王慰初　徐之壎　來佐清　吳振升　李瑛　吳彥彬　方務庠　羅福保　吳筠　劉華封　余志遷　田振基　前五名各獎銀四錢餘無獎

材倚長城　○正定鎮徐見農軍門在前敵營中病故遺缺以卸署大名鎮李軍門印大霆署理已紀前報茲聞官場傳云正定鎮實任以前澎湖鎮吳軍門印宏洛補授吳軍門自去秋奉檄招募淮軍六營爲宏字軍現駐海口一帶又鎮憲羅軍門接印後赴楊村閱看雲字營馬隊於廿七日旋署已紀前報茲聞因劉峴帥蒞止唐山軍門亟思晉謁面陳一切防務於廿七日乘船先到大沽查閱事畢晉赴唐山即由該處回新城行轅以重防守所有津鎮公務檄委中營韓錫三遊戎代拆代行按韓遊戎職雖居武兼又能文字法端楷才學精通今於津鎮代拆代行定能綽有餘裕所益營務非淺鮮矣

輸攔淺渚　○下不暢行上必潰決故禹之治水先疏下流使有所歸復濬上流使有所殺順其自然就下之勢初未嘗阻之障之

以逆與水爭也直省近年水患甲於他省民不堪命爭訟者如麻建議者累牘盈洋空嘆借箸無從今入夏幸無盛漲奈去歲積水雖消尙以順天津郡[illegible]其弊[illegible]要害曾以海河淤淺之故北直衆水概由天津海河朝宗是海河為直隸衆水之尾閭猶脾肚之於胃腸也腹內[illegible]消之物[illegible]而下[illegible]腸快其河之宜寬不宜窄宜深不宜淺宜直不宜曲何待言哉今海河下游灰堆一帶欠寬欠深欠直故[illegible]源流[illegible]河溜[illegible]入海[illegible]較壽常反淺俗謂海不收水所以河趨橫沙伏愈盛海河愈不暢消不惟有害上游民田並使各行[illegible]輪[illegible]不能[illegible]馬頭[illegible]者不能定期出口週日上游諸河暑漲而出口無載之船輒不能動轉半步闔招商局飛鯨輪船在海河內擱淺今已八日搭船客位貨物率皆紛紛搬下舍舟登車誠使河伯谷王故與農民行旅為梗何以清水大來則海河陡深順流無礙其以清刷濁之理固已顯然然必待清水大來則農民之傷稼商旅之斷途害已不可勝言矣按南運漕艘北上橫渡黃河之處勝國曾設鐵扒兵船數百其制於船尾繫以鐵扒使沉水底兵乘鐵扒船來往上下晝夜梭織使其沙泥乘流順下無少停滯自因裁餉廢制而河患無休歲糜帑餉無算焉誠使海河一帶仿其制而行之繫鐵扒於小輪船下或左或右令沉水底藉開輪機晝夜梭織以活淤沙未必不能順流歸海也謹陳蠡測以備芻蕘

飭領原贓 ○前紀河東三道金鈎地方某姓竊案內已獲之賊楊三小羅等昨經縣署發審某大令將二犯提訊追取原贓該犯狡展賞大板二百始直言不諱當將原贓呈案係紅色衣箱一個內存女衣若干件已飭原失主認領仍將楊三等押籠候辦云

嚴訪假役 ○趙家場汛黑千戎到任數月修築決口政聲頗著緣所轄地面寬闊河北窯窪以及閘坐等處皆其所轄前聞有冒充該汛河兵閘夫等差在外招搖訛詐錢文者現在千戎飭差役人等在窯窪附近地方查訪倘一經拿獲定必移縣懲辦也

行軍愛民 ○行軍以愛民為第一義知愛民則知為國矣本埠西門外永豐屯花翎儘先補用遊擊王遊戎有宏管帶湖北鳳字馬步隊四營駐紮關外義州地方數月以來凡游勇逃勇有騷擾情事無不立獲處治今附近村民同深感戴昨義州紳董龍濟等共二十餘村紳民來津恭送萬民傘兩柄萬民衣一件額曰如保赤子曰一方保障遊戎平素愛民於此可見

為民弭盜 ○河北汛俞把戎帶兵巡查在關下三官廟因盤詰奸宄拿獲張占勝孫大陳恩從三賊供稱係山東人因貧來津曾於本月初間在北門西偷竊衣服棉被等物當即携帶該賊至其下處起得棉袍棉被並小褂等物連贓一併送縣訊辦使各汛皆認眞稽查不容賊匪匿跡地方有不安堵者乎

民為歲殺 ○比歲不登道殣相望昨南門內有鄉下童子年五六歲骨瘦如柴身帶重病有人與以食物不能下咽至晚倒地氣息奄奄據云係某鄉饑民以口多病累不能兼顧棄置而去吁以該童孤苦零丁即無病尙恐難以存活況病乎哉至晚不知被何人挪至何處亦不知其生死歲之殺人何至此極也書之神愴不能擱管

路以心平 ○本埠西門外小道子地方行徑頗窪左右皆係兩坑雨集盈溢每斷途現在附近各舖捐資雇土工十餘人每日推積塵土墊道不日將一律坦平行人方便矣

營口西函 ○閏五月十一日牛莊來信云日人得營口時所獵中國之某運船現已修竣下水定于今日拖往東洋查該船機器早于日人未到牛莊之前為華兵所毀壞不復合用又聞鎮遠巡船亦定于今日赴東船身傷處約略修整又有日輪名阿立措壞參魯者前在牛莊港內與某輪船相撞沉沒現聞日人已命砲船設法轟壞矣○牛莊居民患霍亂者甚多疫氣現已四散大約因平日食飲穢水及不潔之物所致譯文滙西報

日艦行止 ○字林西報云近得威海衛消息言華歷閏五月十五日日本和泉兵艦駛行出口向旅順駛去其色改用白漆甚覺光亮至於威海口內泊有日巡船三艘其色照舊未改是日午刻遙見外洋東北方有日運船四艘駛往向旅順

匪首正法餘聞 ○厦門訪事人云謀殺臺灣中軍之匪首李文魁逃至厦門糾黨搶劫方姓經事主呈控道轅旋由統帶恪靖等營洪子卿副門派勇拿獲按照軍令正法闔廈士民同聲稱快此已見諸前報兹聞李所有衣物被黨羽搶分而去無一存留據

由臺灣帶來之某氏婦身中衣箱若干幷現洋銀五百五十餘圓經保甲局員一一查封點交所住之某客棧代領現忽有某姓等人稱在台北時有洋銀衣物託李攜回請就此婦所携衣箱及洋銀內扣還未卜保甲局員若何辦理也　錄申報

謹啓者爲一家失散具啓詢訪事武清縣李各莊人蔡承泰年二十六歲乳名叫長有於前來天津謀生大約係爲人挑水長有之母約在天津傭工長有之妻蔡曹氏年二十六歲長有之二妹年十四歲乳名叫姐舉家由年前十一月間來天津尋找未得確耗長有之大妹配與武清縣玉樹莊陳宅爲媳陳因家無衣食令投歸娘家昨亦來津奈地面遼濶實不易找妻與妹現在天津北門外北極寺後賈麻綢藍宅暫存願　仁人君子倘知母與胞兄下落者請速告知俾得骨肉團聚以免在外漂零功德莫大矣　蔡女暨嫂蔡齊氏謹啓

茲啓者本堂新刻專門孟筱帆孝廉平舒劉紫山選拔兩名士合刻賦鈔註釋詳明誠爲後學之津梁也更有青照草堂重註七家詩館試帖學隅二編大爲士林推重潤圖古學金針又有覇州吳河帥文安陳學士合輯水利叢書實爲目前急務近印津沽周衣亭太史孟子讀法講義精詳不徒經生足資討論制藝宗題尤爲見地公諱人顯著作甚富茲姑印其一以供膾炙合計五種除本堂發售外津郡文美等書局一併寄售至於各種書籍筆墨無不揀選精良善本以期近悅遠來凡刻詩賦文集善書等板刷印裝訂書籍自當精益求精省工價廉萬不敢稍涉含混有負　賜顧　寓河北關上毘盧室義合主人謹啓

啓者本局本屆派利前因海上多事各分局帳目未能如期報山彙算是以展至六月朔仍在天津等處各分局照派息業經報達現已屆期請　諸位股友查照前登報啓携帶息摺股票前來以憑加戳派利是荷此　達　開平礦務局謹啓

賞格

於本月二十五日本行院內查得失去花山羊皮褥五包每包三十四條皮版有 子 國 圖章如有人知下落即至紅牆
前禪臣洋行報信當賞洋五十元決不食言此佈

新福商義洋行

先行交易

擇吉開張

啓者本行開設天津英界高林洋行底子專售西洋各國奇樣服飾異味食品新式金銀器皿鋼墊鐵床各色綢緞呢絨嗶嘰綿布大小洋鏡百音洋琴花露香水香皂蜜糖各種洋酒呂煙香煙洋燈洋傘紙札木器一應俱全兼代辦靈巧機器諸色雜貨貨眞價廉誠信無欺凡仕商賜顧者請認本行照牌庶不致悞　本洋行告白

浙杭元吉永號

本莊自置紗羅綢緞新樣洋辮花素洋布川廣夏貨團摺雅扇南貨頭油俱全祇爲近時錢市漲落不同故而各貨減價開設估衣街中間路北凡　仕商賜顧者無悞特此佈達

告白

彭公案　楊家將　昇仙傳　南北宋　金鞭記　雪月梅　後聊齋　後列國　玉姣梨　小八義　草木春秋　西湖佳話　聊齋志怪　前後七國　繡花仙史　挑燈新錄　後英烈傳　三續聊齋　巧合奇冤　花月姻緣　綠逆圖記　第一奇女　續施公案　醒世姻緣　五虎平西　南　續今古奇觀　續永慶昇平　萬年青初二集　五十名家手札

文美齋謹啓

六月初三日輪船進口　普濟　輪船由上海　招商局

六月初四日輪船出口　重慶　輪船往上海　太古行　武昌　輪船往上海　太古行　新濟　輪船往上海　招商局

六月初三日銀洋行情

天津九七六錢　銀盤二千七百零五文　洋元一千九百八十文

紫竹林九六錢　銀盤二千七百四十五文　洋元二千零一十文

直報

光緒二十一年六月初四日　第一百五十五號
西歷一千八百九十五年七月二十五日　禮拜四

上諭恭錄

管這所綠疎防絞犯越獄之管獄官山西河曲縣典史吳乃增着即革職拿問交張煦提同刑禁人等嚴訊有無鬆刑賄縱情弊按例懲辦有獄官山西河曲縣知縣江瑞麟是否先期公出着張煦查明另行核辦仍着嚴緝逸犯范萊虎務獲究辦餘着照所議辦理該部知道欽此　上諭張煦奏特參疎防刦案之文武員弁請摘頂勒緝一摺本年四月間山西黎城縣城內舖戶被刦僅獲盜一名捕務實屬廢弛黎城縣知縣馬汝艮外委劉岐鳴均着先行摘去頂戴以示懲儆餘着照所議辦理該部知道欽此　上諭張聯桂奏患病未痊請開缺回籍調理一摺廣西巡撫張聯桂着准其開缺欽此

保甲能弭盜賊議

自周禮大司徒以比閭族黨之法行其政事戒令以均役而弭盜之法寓焉即保甲之法肇焉齊管仲以連鄉軌里法立官長司其事民逃亡無所匿遷徙無所容雖仿周官其意實爲富強計漢因秦法置亭長十亭爲鄉鄉有三老嗇夫游徼掌教化職聽訟收賦稅稽盜賊爲此職者類皆有修行能率衆以爲善之人故高祖每賜此輩酒食帛爵以寵異乎齊民唐設里正村正坊正以課農桑催賦役掌管鑰察奸非雖有職掌而待之未免稍輕宋制以里正戶長鄉書手督賦稅以耆長弓手壯丁捕盜賊今縣府之壯捕各班即其遺意然自以里正鄉戶蓋運官物往往破產民苦役重而不願爲是待之者與漢唐異矣至熙豐間始以保甲捕盜賊繼以保甲習武事又繼以保甲督催科民不勝擾人皆罪王安石法周官之誤竊以爲非法之弊亦任人之或有未當歟務國但以鄉坊保甲督催賦均徭役至賤也自王陽明先生守仁撫南贛時濠逆盤踞南安之山陬即今上猶縣界地險俗悍今其鄉猶以隘名而以五六分圖上下與閩粵爲鄰其山率自庾嶺一脈於南安分枝雜沓而來其水以章貢二江於贛州合流奔湍而下與閩粵則以嶺爲屏與吳楚則以江爲帶山之險非土人不能行江之險則以十八灘爲最水小船由石隙中出水大船由石尖上過石如立如側如劍鋒如牙齒水經吼如牛聞數十里舟至此非倩其土人之灘師不能過自此北至南昌府千三百餘里趁風溜則一日夜可到其流駛也陽明以盜賊皆起於奸細保甲行令鄉民自行糾詰則奸細無由匿跡令居城郭者十家爲甲居鄉村者村自爲保平日講信修睦寇至務相救援濠逆起陽明乃削竹爲簽當羽檄大書陳濠反三字遍投江一夜至南昌宸起郡人得浮簽以報守逮濠出山郡守兵已整隊迎擊逆遂受擒固陽明臨幾之急智亦保甲法有以豫之也我　朝沿明之制而或以保甲未便者竊以爲保甲之法欲便民先便官官便則其心樂爲殫精竭思不爲苦故致精而不苟便立一法而奉法者悖然阻歡縱免副上意徒具空文其便於民也稀矣且果便於民雖強吏行之亦無不可又恐名便民實擾民雖大府行之例不格於末吏民或巧避其法陽奉陰違弊有不可勝言者夫保甲本以弭盜盜賊日攖貨而匿之捕檎官拷猶呼寃誣令使其賊舞爲鈎距蹤跡未形難以

白官蹤跡既形復長反噬姦民未服而良民罹辜既不能實事前之稽查徒責以事發之連坐即商鞅韓非亦復不忍然則保甲之所以弭盜者安在在州縣之任官得人而已苟得其人刀鋸桁楊皆仁民物也苟非其人官禮詩書皆毒民具也人各有才地各有宜時各有當相其時地而任人以爲之則又在上之寬其吏法察其實情不必拘拘處分之例惟先於選吏時愼審其人既任其人即使之便宜行事以期便民則保甲行盜自弭矣兩漢多循吏法網漏呑舟之魚而吏治蒸蒸日上者以行其所欲行不行其所不欲行故權一而事立也不其然乎不其然乎

定計於鮮　○宗人府會審己革某御史家人熊翼臣詐索銀兩一案昨聞會審之期又據宗室錫鈞供稱向有教廠胡同義順居飯館士姓說合過付贓銀此案侍御雖堅不承認賄賂然衆供確鑿自知罪魁固無可辭祇得公堂臨訊涕泣不止並聞縲絏之中不容其家人覲面及送飯食亦不准投遞饔食誠如諺云人犯王法身無主日前風憲權威至今何在聞者莫不嘖嘖歎惜也

沉冤宜照　○閏五月二十八日都察院徐啓二欽憲會審平宣氏自抹身死案內一干人証非經承審各員嚴行審訊據慶富氏供稱素與祥恩有姦數年本夫慶恩並不知情因將童養媳白妞兒視如眼釘起意賣與某宦宅爲婢女誣告平宣氏拐帶隨赴步軍統領衙門控告即經拘傳平安到案對質因案關丟失人口呑送刑部鈺擊五西司審訊經承審官覺羅崇廉將平安掌責收禁一面飭傳平宣氏妄用刑求威逼强認拐帶並慶富氏唆使伊姐德富氏將白妞兒送至平宣氏家內復經慶富氏帶領官人由平宣氏將白妞兒獲案以爲節詞狡展地步乃平宣氏臨訊之時覺羅崇廉不容分說先行掌責肆行威逼自戕斃命正在訊辦間又經熙侍御奏稱傳聞刑部司員有受賄威逼情事承審各員未經訊及贓証請飭澈底根究等語現擬定於六月初二日傳訊覺羅崇廉有無受賄威逼諒必水落石出如何訊斷俟訪明再錄

報身現象　○京師德勝門外五里許有黑寺者古刹也近經該寺大喇嘛等招集銅匠多人就寺前空地安設大爐冶鑄古佛銅像其法身最高者十餘丈強通身悉用活筍門合先將模範鑄成然後再用淨銅澆造想落成後香火因緣必有一番熱鬧道場刻下聞風而來之衆踵接肩摩麕觀者如堵墻古佛丈六金身將不得專美於前矣

倉憲出都　○倉場侍郎許筠菴倉憲於六月初一日由京署按臨滿堂祥仁趾倉廒定於初六日出巡從此驗布驗斛驗船公事不能稍緩署中書役及經紀大頭又富趨公恐後矣

玉樹忽摧　○鎮署羅軍門之長公子年力正壯品學兼優爲江蘇候補觀察使素爲劉峴帥所重去歲峴帥奉 命督師特以調至榆關專派差使多件觀察才長心細凡事妥慎峴帥倚之詎料龍蛇應讖遽赴泉臺於六月初一日在大沽騎鯨西去軍門一慟幾絕何天之不佑善人也

節旄遄返　○總統津勝團練馬步全軍前廣東提督曹蓋臣軍門奉檄將所部營勇遣散茲聞陸續遣散已畢並將軍需一切分別送還各處存貯軍門於前月二十九日榮旋津門矣

補闕拾遺　○欽命二品銜新授按察使長蘆都轉鹽運使司鹽運使隨帶加六級紀錄十四次季　爲問津書院備取生員趙介祥知悉據問津書院肄業生員張登選稟稱該生因年老多病步履艱難又兼道路遙遠不能應課情愿退考等情查生員張登選退考所遺之缺應以備取第二名生員趙介祥挨次頂補除稟批示外合行牌示爲此示仰該生屆期赴院課試毋得自悞特示○又爲三取書院備取生員知悉據三取書院肄業生員李樹楠現已辭請退考所遺之缺應照舊章以備取第一名李德存頂補合行牌示爲此示仰該生屆月課之期赴院課試毋得自悞特示

少安勿躁　○欽命二品銜新授福建按察使長蘆都轉鹽運使司鹽運使隨帶加六級紀錄十四次季　示爲鎮場灶戶宮元慶呈批案經札飭東光縣確查妥議尙未具覆據呈前情姑候札催該縣迅速查明核議詳奪俟覆到行場飭遵爾即回籍候不勿庸久羈多瀆此批○欽命二品頂戴直隸分巡天津河間等處地方兵備道李　示前據靜海縣人王殿貴呈批此案迭經前道批飭嚴緝至今未據破獲

該捕役疎厲疲玩仰甯津縣即行提案認眞重比勒限訪緝務速弋獲究辦至稍捕役継奎元勾串舞弊私抽保狀比單捏捫退外是否屬實有無參賊分贜情事並由該縣查明懲辦具報核奪毋稍瞻徇寬縱呈單抄存飭回籍安業

舊病復發 ○河北汎兪長齡抓獲慣徒王大頭薛九送縣已紀昨報但不知王薛二棍緣何被抓茲悉因慈航輪船正兵只准至在侯家後擺渡口與該處土棍張四口角張四偕王大頭持槓與刀將只處毆傷該管地方楊吉升恐肇巨禍飛即稟明該管武汛將張四王大頭並所持槓刀一併拏獲詞又知有帮毆之土棍薛九並薛九所持之鐵槍筒一根亦併拏獲除只自行赴縣鳴冤外該汎亦將三犯送縣懲辦云

實命不猶 ○死生亦大矣然迹其所爲生生死死者死者而求其生生者又求其死一若有生不能已皆爲生前造定焉異矣哉娃楊柳青鎭西街居民高潤齋之妻高董氏患病日久既難痊愈又不即死因病生魔昨日僞告家人欲吸洋烟以療疾家人予之詎料其竟自吞服毒發而斃高即告其岳董萬順以病魔服毒故董無異言該地方李印章以人命不敢隱諱即行報案斯時董偕高赴縣稟請擱驗云

行路甚難 ○客商禹持智董建源屈海均係山左昌邑縣人因在京偕同回家各背包裹行至宛平縣小黃伐柯過賊四五人持洋槍利刃當將萬砍傷右臂即將衣服銀錢並爲人代買之首飾等物均行搶去三人瞪目束手莫可如何只得赴文武衙門報案雖嚴緝但關山難越道阻且長刀口未平斧資告罄行路之難情更難於蜀道矣

死猶還阨 ○京都三晋元號因天津同號有山西祁縣人靈柩一具及衣箱等物亟須送回原籍以道路不甚靜謐遂向都中東光玉標局議定由該局包送即由該局在京雇安騾駝驢頭派標夥李興李鳳岐赴津領運靈柩及大小衣箱等於五月初旬行至固安縣南陳庄天將午突來七八強盜攔住去路內一賊首放洋槍將李鳳岐打於驢下將其搭壓內路費銀兩搜去復將李興綑縛用刀砍開衣箱將衣服均行搶去而逸李鳳岐被槍轟昏倒逾時方甦乃爲李興解縛只得同赴縣署報案但不知箱內衣服若干無從開單呈經文武官勘驗被搶屬實即飭捕嚴緝三晋元本因小心雇用標局保護不料反被搶刦至今號局兩家不免饒舌不清究不知作何結局矣

終於一蹶 ○河東鹽坨過街閣舊有石門坎突來讀書子年約十四五歲觸石坎拌倒不起閣內納凉人見異趨視之氣絕矣後聞其家尋至相認遂抬屍以去予其有夙疾歟不然胡死之速也

非復可求 ○津埠侯家後郡治之鶯花鳴也某青樓杜韋娘年逾花信頗結秋思昨與南運河鹽船舟子周某春風一度遂締白年其處地方聞風遂藉以開花故作護花犬唁唁然吠舟子誣以爲偷韓椽香者舟子因稟毘盧室旁牌甲局局憲問之解語花知爲甘心從良人爰予以自新之路並放春行兩以槐實吠花犬叱去之以爲妄吠者戒

技類强胡 ○四月間王慶坨李德變所開之天源湧燒鍋被賊越墻進院將舖夥馬印春毆傷搶去騾馬二匹當因邑尊公出遂經左堂耿二尹樹桂勘驗飭捕嚴緝迄今多日未獲據云武清縣境內多出搶刦騾馬之案是爲該賊慣技亦奇矣

罪坐不達 ○雉能守界狐慣嘯梁雄之於雌每欲據爲己有人與物固同情也顧或因色起姦因姦害命其以不數覯之尤物輕此不愛惜之微軀爲情而死猶可說也若夫墻花雖好已經浪蝶摧殘路柳多姿久爲狂夫苦折雖屬西子人猶將過而掩鼻焉況古今無幾西子乎而逐臭之夫往往因此拚命其愚眞令人莫解矣西門外小大院某妓館有玉香者妓中翹楚某營[illegible]乙二人醋海生波己非一日昨晚甲用刀將某乙扎傷登時殞命經某大令帶差役忤作相驗實係扎傷斃命隨將某甲帶案當場釘鐐聞某甲畏罪難逃戰不能履以洋車載赴縣署云

中法訂約 ○外洋來電云中法二國在京師訂立和約劃定越南與中國邊界并由東京至雲南開築鐵路安設電綫爲二國公共之產

日兵撤調 ○文滙西字報述刻下日人之在臺灣者非但不退且有新調日兵到旅順者二萬餘人到威海衛者約一萬人

日高紀聞　○昨晚西字捷報載前日東京來信云日廷派往高麗公使井上氏日內將啟赴高麗○日本公司之租船戈麥碧丞號日前自高麗回抵長崎有高麗太子及派駐日本之公使乘之而來○高麗北省地方居民漸患霍亂其勢甚險

謹啟者爲一家失散具啟詢訪事武淸縣李各莊人蔡永奎年二十六歲乳名叫長有前來天津謀生大約係爲人挑水長有之母約在天津傭工長有之妻蔡曹氏年二十六歲長有之二妹年十四歲乳名叫姐舉家由年前十一月間來天津尋找未得確耗長有之大妹配與武淸縣玉樹莊陳宅爲媳陳因家無衣食令投歸娘家昨亦來津奈地面遼闊實不易找妻與妹現在天津北門外北極寺後賈蘇繼藍宅暫存願　仁人君子倘知母與胞兄下落者請速告知俾得骨肉團聚以免在外漂零功德莫大矣　蔡女暨嫂蔡曹氏謹啟

告白　盛世危言一書香山鄭陶齋觀察所著也觀察負經世之才庚申之變目擊時艱遂棄舉業日與西人游足跡半天下致究各國政治得失富今時勢強鄰日逼儼成戰國之局凡有關與中外情勢商權利弊旁搜遠紹無遺纖手筆錄積年累月共成五十篇凡用餉礮設電綫建鐵路開礦織布商務農工治河防海防邊練兵等事瞭如指掌留時務切要之言凡　士大夫留心經濟者案置一編俾人人洞達外情事事講求利病使天下除厥弊端不誠有裨於大局哉每部五本存書無多急來購取可也　文美齋謹啟

浙紹朱鈍翁先生屢治婦科胎産經崩幼科驚疳痘疹尤著奇效寓彌勒菴

啟者本局本屆派利前因海上多事各分局帳目未能如期報山彙算是以展至六月朔仍在天津等處各分局派息業經報達現已屆期請　諸位股友查照前登報啟携帶息摺股票前來以憑加戳派利是荷此　達　開平礦務局謹啟

賞格

於本月二十五日本行院內查得失去花山羊皮褥五包每包三十四條皮版有［子］［國］圖章如有人知下落即至紅樓前禪臣洋行報信當賞洋五十元決不食言此佈

新福商義洋行

先行交易　擇吉開張

啟者本行開設天津英界高林洋行底子專售西洋各國奇樣服飾異味食品新式金銀器皿鋼墊鐵床各色綢緞呢絨嗶嘰絲布大小洋鏡百音洋琴花露香水香皂蜜糖各種洋酒呂煙香煙洋燈洋傘紙札木器一應俱全兼代辦靈巧機器諸色雜貨貨眞價廉誠信無欺凡仕商賜顧者請認本行照牌庶不致悞　本洋行告白

浙杭元吉永號

本莊自置紗羅綢緞新樣洋辮花素洋布川廣夏貨團摺雅扇南貨頭油俱全祇爲近時錢市漲落不同故而各貨減價開設估衣街中間路北凡　仕商賜顧者無悞特此佈達

順昌永保險車船局告白

本局代運各處車船包攬客貨沿路保險由津運至通州運用五開船隻護送至京東便門外如有中外客位貨物欲運者定期不悞　貴官商凡貨物到京者請至本局面議可也　局設在紫竹林紅樓後鐵路公司旁

六月初四日輪船進口　新豐　輪船由上海　招商局

六月初五日輪船出口　普濟　輪船往上海　招商局

新濟　輪船往上海　招商局

六月初四日銀洋行情

天津九七六錢

銀盤二千七百文

洋元一千九百七十五文

紫竹林九六錢

銀盤二千七百四十文

洋元二千零五文

直報

光緒二十一年六月初五日　第一百五十六號
西歷一千八百九十五年七月二十六日　禮拜五

南台雲水記

津南紫竹林外杏花邨余假館也濱海河河爲北直衆水尾閭其大股之渾者如永定南北運滹沱清者如東西兩淀所滙之七十二流胥於是爲朝宗正軌每入伏水必漲一河漲諸河皆漲會合於海河一瀆如萬馬穿槊結隊狂奔既無所讓又不能止止則㧑怒鬱勃或跳或叫或踶而絶塵而旁逸愈怒愈狂早起潮來與漲既觸則湍激浪翻盤窩轉轉洄流漩洑波濤險怪霎忽起霎忽滅俗言此爲龍道龍想之故是恒流理固有之竊謂即龍不在玆當亦應耳其勢然也其南爲砲臺篔土所成高幾九仞臺南爲博文書院又其南而東爲火柴洋行而西爲李氏榮園林木蓊翳有樓有亭有土山山巔一塔塔凌虛津阜固少塔除海潮觀側一塔屹於北南則惟此塔對峙焉雖較浙西湖上雙峰插雲三潭印月具體微而自達人觀之無竹栽蘆思山疊石不過如此其近北而最高者爲戈登堂又其北爲城中鼓樓若大柱若文筆直插霄漢四城門樓角樓從此臺望之如兒孫羅列環伺然其西爲海光寺機械局筒烟滃然儼西山岫出之雲也逾河而東爲武備學堂起二亭以爲驗放汽球處如西湖孤山之放鶴亭亦此台之點綴也登斯台也若跨鵬背於天衢俯瞰羣流坐數其孰清孰渾派別枝分一一爲谷干効順於是復橫覽復仰觀鏡流之外爲雲烟居朝暾初浴隱約水雲閻海天一色時爲金時爲碧時而金碧並呈光怪陸離所謂雲近日光常五色也俄而霧結海若立雲若垂陽侯頓掩雲遂得權而逞其變態千幻並作而立而蹲而臥而坐斜倚碎雜若相鬥若相悦轉瞬爲獅象爲龍馬爲古佛爲美人爲鳳爲鸞爲百鳥不可盡狀禽若飛獸若走人若途遇傾蓋語霎復歸而爲　又若天竺十二峰從海外飛來與米顛石丈而立客有同余遊者時搔首時顛首向余咋咋曰何造物之矜奇乃爾耶余曉之曰子亦知夫雲水之所以然乎雲氣也水亦氣也一沉一浮水爲浮中之沉雲爲沉中之浮水隨地而成其形與聲雲隨風而現其相與色間之水水不知間之雲雲不知且即間之造物造物亦必不知何也造物之所以生此雲水實一氣相薄造物無心乃感其氣而爲水爲雲無或使而若或使脱令造化有心爲之必不能成此形成此聲成此相成此色即或成之亦不能霎成霎變如此其速且巧惟感其偶然之氣偶然而生偶然而成復偶然而變正恐造化小兒欲不生不成不變而亦不可得也何矜奇之云爾乎客憮然爲間曰天下事何莫不然因相與鼓掌掀顛笑時雲氣層層盪胸而來奪余畫圖余與客忽對面若不相識遂相率下臺歸更訂爲異日之遊

莫任遠颺　○命鑣超六條奉　旨密拿之犯聞風遠遁者也閏五月廿八日該犯在前門內棋盤街地方與某庫兵聚衆互毆施放洋鎗經該管地面官廳兵丁兜拿仍被逃逸現聞步軍統領衙門飭飭左右兩翼嚴密查拿務獲究辦似此兇惡之徒想終難逃法網也

毋遺孽種　○匪徒誘拐幼孩俗謂拍花此風到處皆有近日京師頗甚前門外玉皇廟居住李某年近花甲僅一子甫十齡愛若掌珠閏五月二十八日午前在街頑耍被匪拐去李某即覓友田某四出偵騎在平樂園地方見一人手攜童子年約十歲以來急遽而行

形色可疑童子哭泣不止口中喃喃不甚明晰意似不肯隨行者田遽向盤詰據童自言李姓乳名成兒家在玉皇廟西夾道因在門首頑耍此人叫我去聽戲故隨他走云云田某正擬捉其人已乘間兎脫矣童父盼兒正在望眼欲穿田適將李子歸來始知兒被拐未成皆田某力崩角以謝父子相見悲喜交集焉一時觀者聞者無不代其父子切齒誓欲得拐犯而碎磔其骨肉蓋人皆有子無不思有以愛其子即無不思有以保護其子恐傷其子是亦人子耳因所愛以及其不愛同類相傷故嫉惡若仇情也理也司民牧者尙體民情以鋤匪類之誅如鷹鸇逐鳥雀乎

吉占遇雨　〇京師右安門外八里許中頂娘娘廟向於六月初一日爲開廟之期都中富家子弟扮演高脚秧歌太獅少獅少林五虎棍開路對鈸中旛跨鼓號佛花　花磚石鎖雙石頭杠箱宮鳴鑼開道敬獻雲馬錢糧於是鄉民歛資自關鄉至廟中沿途高搭茶棚數十座看台數坐施送茶水以備香侶之渴是日結隊同行人山人海誠一熱鬧香火緣也詎料四點鐘時忽然彤雲佈陣雷電以風雷轟轟電閃閃風漫漫一時紅男綠女裙濕黛愁拖泥帶水先笑後咷矣

暴悔終風　〇宣武門外金井胡同殷某者娶妻彭氏伉儷素諧固佳耦非怨耦也詎五月二十九日殷某夫婦偶因細故口角婦負氣不食而寢伊夫竝不介意至夜半亦和衣而臥以冀詰朝相見詎至東方既白該氏忽作黃鶴高翔夫起視室门洞開遍覓無蹤殷某正恐其諒同匹婦或有不測之虞而丈人峯亦聞耗戾止以掌珠頓失怒氣塡膺隨將門窗器具搗毀一空繼復投控琴堂未悉能破鏡重圓否也

南漕北上　〇江蘇浙江糧船起運共十八幫已登前報茲聞各糧船穩渡黃河已出閘口不日連檣北上抵津赴通續登之以資快覽

北繭南行　〇絲繭素旺於南組織文繡之奇甲諸行省因天道北行而絲之旺於南者更旺於北直隸田間父老紛紛傳說李傅相督直以來試辦蠶桑經營廿載前次丁樂山觀察種桑靜海津門蠶事甫興也十八年春　傳相委衛鵰秋觀察設局保定試辦蠶桑織紡聞其精於樹藝異常神速數年種成桑千有餘萬株保正深易歲登蠶繭約値廿餘萬金民間織綢羅者踴躍從事兼以王敬輿太守勸導分布獲利益多北地繭絲之旺實爲從來所未有向猶疑之而今信矣吾友自深易來再三訪詢聞上海辦理繅絲局用機器繅絲較中法力省而絲多頗稱獲利　傳相前派蠶桑局收北繭烘乾寄滬試繅爲將來推廣利源上年運絲赴滬爲傳大令現總局閏月間委黎少尹解送北繭數十箱赴津交寄滬局繅絲因悉其原委焉友云南繭北行不奇而北繭南行乃奇觀象玩占云桑爲箕星之精係直分野北繭之旺大都由是此亦天文格物也人傑地靈物華天寶理有固然耳繅絲何如俟訪明再登

得之則生　〇添錦上之花則易送雪中之炭則難藉人之財以行已之德則易取已所有以濟人之急則難此世人之俗情不關其家貲之貧富也況爲富不仁愈貪愈吝導之淫賭則揮金似土勸之施與則視財如命者比比皆然惟善人則反是此善人之所以爲貴也津郡富而善者最多故皆云津郡爲善地四鄉共欽焉其尤著者東門內李太史家行善多年濟人衆矣所捐義賑不可數計刻以靜海縣飢民來道續請賑大憲以歷賑之後無欵可籌而飢民又無以爲活李太史家復欣然解囊每日每婦孺給大饅頭二個雖不甚充飢富不死矣誠爲樂善不倦哉

仁之端也　〇北營門外菜園附近處有十餘歲童子因放早學赴園嬉戲井邊磚滑失足落水幸其井口大水淺某園夫赶緊下井着力撈就未致掩斃該童父母年老止此一子經此大險感此深恩隨即赴園崩角致謝在園丁怵惕惻隱非以納交而爲父母者德感再生亦人情所必至矣

櫛髮耨苗　〇北方風氣剛勁喜衽金革韓退之云燕趙古稱多感慨悲歌之士殆謂此也其人不遇則混迹市廛如呂望之鼓刀桓侯之屠豕遇則爲鷹揚爲虎將誠人傑也次則爲罝兎爲屠狗一旦假五丈之旗亦可爲公侯好仇公侯干城如此之類北方多有其類有善有不善者一則護衞鄉鄰一則把持行市耳至聚衆把持動輙打降其類若苗中之莠所謂莠也極宜芟夷蘊蔓無使或殖焉是在有

地方之實者勸捕剔之擾髮即以耕苗矣河北汛係于戎志切發民故除莠不遺餘力抓獲鍋匪起屢經飭令拏辦茲諭西門外有八月初二在吳家大院設立鍋夥每逢月朔聚食公飯一次名爲血酒其徒四十餘人能文者認則控詞能武者門則恃械大刀錫三其首也衆推許爲奮勇敵因以爲號或又名爲花旗勇概皆勇而無懼也昨在永豐屯怡和店門首嚇其侶以木棍毆打賈永福同北汛部十戎抓獲訊悉爲因賈永福在怡和棧店會買根載照糧店舊章自行推運大刀錫三欲霸推車行市不聽買姓自推故聚徒恃械拏毆適爲十戎所值抓獲數人若千戎者可謂勤于除莠爲地方之保障矣所獲該匪數人及打降器械一併送縣至如何懲辦俟訪明再登

弋獲冥雁　○自客歲海氛不靖宵小溷入其間偷竊之風層出疊見現在和局將定軍務稍鬆捕務嚴急縣署捕班頭役拏獲竊賊四起多係山東人經大令提堂審訊尚未刑責彼四人者諒已難逃法網將來贓物確鑿定必從重問擬捕務如此得力何患盜賊之不弭乎

課題彙錄　○集賢書院六月初二日　督憲課期委令鹽道代爲監試舉貢生監題曰　所藏乎身不恕而能喻諸人者未之有也　詩題賦得書長吟罷蟬鳴樹得蟬字　補考題　天時不如地利　詩題賦得誰賦南征北伐篇得宣字　經義東向惟幾求其弼直惟動丕應徯志　問腹地興造鐵軌或謂宜先造中路由蘆溝橋以抵漢口或謂宜先造東路由京都以達滬江二說何所折衷至於勘地買鐵籌欵用人應如何妥定章程　經解題三老五更　史論題姚崇宋璟論　並定限期於初八日午刻交卷逾時不收云云）

輔仁書院六月初三日生童題目　生題牛山之木嘗美矣　童題合而言之道也　詩題生童一樣賦得渡江舉楫得江字　生五言八韻　童五言六韻

助賑清單　○啓者敝局自辦唐山賑務以來屢蒙　各大善士　隱爲懷源源接濟則所全活者奚啻億萬人數此皆諸大善士之賜也但飢民太衆不止一隅除唐山外如永遵各屬之災況與唐山相埒敝局已分往該邑查勘果見飢民載路待哺嗷嗷共勢岌難須臾便登鬼錄是以敝局又添辦玉田賑撫茲謹將第十四次助捐各大善士姓名捐數補登報牘以昭徵信也乞　四方樂善君子慨解慈囊千金不厭其多百錢不嫌其少即祈送至溜米廠濟生社代收　計開　集義社募到各處賑欵統計錢平松江銀一百兩九七六津錢一百吊文九六津錢六十一吊五百文　求父母康健闔家平安人助津錢四吊文　求闔埠平安人助津錢四吊文　有心無力人助行平化寶銀十五兩　無名氏助津錢二吊文　團練局張煦林助公磁化寶銀二十五兩　公義堂助津錢一百六十吊文　張竹波代募蔚州義順興助津錢一吊文　蔚州武啓宣助津錢一吊文　蔚州泰順號助津錢一吊文　蔚州劉正路助津錢一吊文　蔚州惠貞裕助津錢一吊文　蔚州李明德助津錢一吊文　無名氏助津錢三吊文　盛發永助津錢二千文　無名氏助公磁元寶銀一兩二錢　無名氏助津錢三千零六十文　西口雙盛公記助津錢一千文　適林氏助津錢五百文　保陽合誠棧記助津錢一千文　張永泰助津錢一千文　周立福助津錢一千文　西口長盛源助津錢一千文　保府德玉棧助津錢一千文　東口公合仁助津錢一千文　西口德潤榮助津錢一千文　東昌德亨久助津錢一千文　天津義賑局同人具

風鶴不驚　○香港來電云劉淵亭軍門延請西人兩名一爲麥個倫一爲栢爾登在臺灣管理海關事務將進出口各貨稅項代爲經收近數日內臺境甚爲安靜並無戰爭之事此係確實消息想見劉軍門坐鎭雍容彎弓躍馬之餘尤有作箸運籌之樂以視外間裝點軍情揑造戰狀同於兒戲者其爲眞贋固不待辨而自明矣吾於是爲軍門幸且爲台灣得人頌　錄申報

倭廷增艦　○日本報言日廷擬添造兵艦備銀一百五十兆元可供十年之用製造精美兵艦十數艘觀此而知日本之所望甚奢以我堂堂中國可不於創深痛鉅之餘急行重整海軍以爲保國之本計哉日望之矣　錄申報

臺疆西信　○華歷閏五月二十日香港西報云福馬柴輪船於十五日由淡水開行十九日抵港報稱近日淡水客商貿易如常日人經將海關悉照中國章程辦理該處商民均各安靜無事○有日運船若干艘停泊基隆預備裝載日兵南行惟因近日天時不正向未啓椗○近聞安平情形亦甚安謐商賈漸有交易有探丙司輪船載貨至安平又有防禦吞輪船已在安平裝載糖斤開往他處　錄滬報

陳雨蒼先生脉理分明治療得法迭診大症著手回春現寓海大道東養病院後

玆啓者本堂新刻津門孟筱帆孝廉平舒劉紫山選拔兩名士合刻賦鈔註釋詳明誠爲後學之津梁也更有青照草堂重註七家詩前試帖舉隅二種大爲士林推重洵屬古學金針又有覇州吳河帥文安陳學士合輯水利叢書實爲目前急務近印津沽周衣亭太史孟子讀法講義精詳不徒經生足資討論制藝宗匯尤爲見地公諱人顓著作甚富玆姑印其一以供膾炙合計五種除本堂發售外津郡文美齋書局一併寄售至於各種書籍筆墨無不揀選精良善本以期近悅遠來凡刻詩賦文集善書等板刷印裝訂書籍自當精益求精省工價廉爲不敢稍涉含混有負　賜顧

寓河北關上毘盧室義合主人謹啓

啓者本局本屆派利前因海上多事各分局帳目未能如期報山彙算是以展至六月朔仍在天津等處各分局派息業經報達現已屆期請　諸位股友查照前登報啓携帶息摺股票前來以憑加戳派利是荷此　達

開平礦務局謹啓

聲明

本行象牌船牌五色金銀頭圓匣火柴每匣二百餘根各埠廣銷已久近有奸商在日本仿造圓匣火柴將低貨冒充本行象牌一切裝式與本行真牌無異惟洋文牌號不同根數較少二十餘根已在上海會明控告蒙大德國領事衙門會同英美租界會審公廨出示禁止各商嗣後不准販賣冒充之貨如違送究特不等因惟恐津地各商號未及周知倘再有販賣情事定行一體送究因此登報

天津禪臣洋行啓

謹啓者爲一家失散具啓詢訪事武清縣李各莊人蔡永奎年二十六歲乳名叫長有前來天津謀生大約係爲人挑水長有之母約在天津傭工長有之妻蔡齊氏年二十六歲長有之二妹年十四歲乳名叫姐舉家由年前十一月間來天津尋找未得確耗長有之大妹配與武清縣玉樹莊陳宅爲媳陳因家無衣食令投歸娘家時亦來津奈地面遼闊實不易找妻與妹現在天津北門外北極寺後賃麻繩藍宅暫存願　仁人君子倘知母與胞兄下落者請速告知俾得骨肉團聚以免在外漂零功德莫大矣

蔡女暨嫂蔡齊氏謹啓

先行交易

新福商義洋行

擇吉開張

啓者本行開設天津英界高林洋行底子專售西洋各國奇樣服飾異味食品新式金銀器皿鋼墊鐵床各色綢緞呢絨嗶嘰綢布大小洋鐘百音洋琴花露香水香皂蜜糖各種洋酒呂煙香煙洋燈洋傘紙札木器一應俱全兼代辦靈巧機器諸色雜貨貨真價廉誠信無欺凡仕商賜顧者請認本行招牌庶不致悞

本洋行告白

六月初六日輪船進口

新豐　輪船由上海　招商局

北直隸　輪船由上海　怡和行

六月初五日銀洋行情

天津九七六錢

銀盤二千七百文

洋元一千九百七十五文

紫竹林九六錢

銀盤二千七百四十文

洋元二千零五文

浙杭元吉永號

本莊自置紗羅綢緞新樣洋辮花素洋布川廣夏貨團摺雅扇南貨頭油俱全祇爲近時錢市漲落不同故而各貨減價開設估衣街中間路北凡　仕商賜顧者無悞特此佈達

賞格

於本月二十五日本行院內查得失去花山羊皮褥五包每包三十四條皮版有

子

國

圖章如有人知下落即至紅樓前禪臣洋行報信當賞洋五十元決不食言此佈

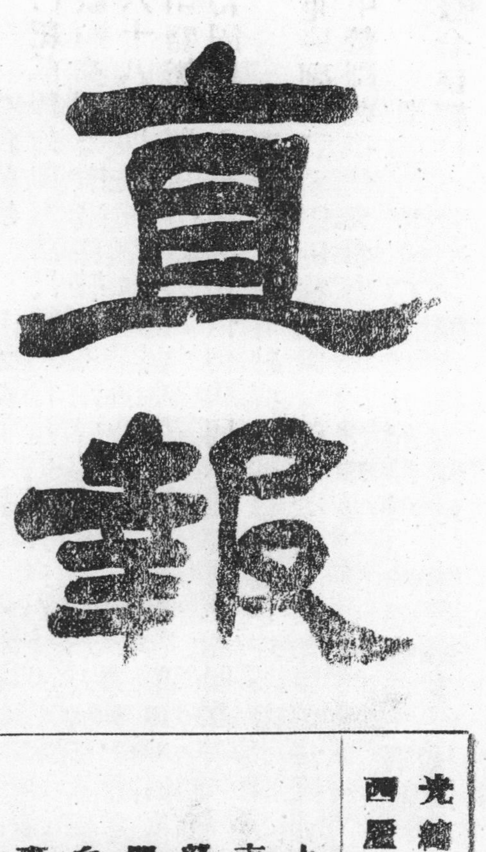

光緒二十一年六月初六日 第一百五十七號
西歷一千八百九十五年七月二十七日 禮拜六

上諭恭錄

上諭廣西巡撫着史念祖補授欽此　太常寺題六月二十三日祭　火神廟奉　旨遣曾廣漢行禮欽此　又題二十八日萬壽聖節祭太廟後殿奉　旨遣凱泰行禮欽此　又題七月初一日孟秋時享　太廟奉　旨朕親詣行禮　後殿遣載勛行禮東廡遣載津西廡遣恩齡各分獻欽此　上諭福建興泉永道員缺着周蓮補授欽此　上諭直隸正定鎮總兵員缺着吳宏洛補授欽此　上諭李秉衡奏列保賢員懇恩獎勵等語山東候補知州署膠州知州羅志紳定陶縣知縣陳爾延即用知縣署鄆城縣知縣賀福元候補知縣署昌邑縣知縣汪望庚以上五員據該撫奏稱均能卓然自立實有措施着傳旨嘉獎仍飭令益加勤奮勉作循良用副朝廷策勵人才至意又片奏糾參不職各員等語臨清直隸州知州陶錫祺經辦關稅未能核實河工保案子弟親族濫邀優獎着開缺以通判降補候補直隸州知州承志年輕氣驕習染甚重着以州判降補蘭山縣知縣宮本昂希摩鑽營貪以致富着即行革職濟陽縣知縣陳禮森辦事未能平允士民多怨着開缺調省察看章邱縣知縣張金芝信任丁役公事積壓武城縣知縣趙昉熙才欠開展捕務廢弛滕縣知縣程方德辦理鹽務幾釀事端平日公事亦多未允均着開缺另補以肅官常該部知道欽此

南台雲水再記

中邦自開租界凡有隸租界內交涉外洋事者其編年記月例皆中外並記以見聲教之通無遠弗届血氣之輩何地無才也維大清光緒二十一年六月六日西歷一千八百九十五年七月廿七日憨憨生辰起與客復會於杏花邨外之南砲台壽昨約也客先至欣然迎曰與長者期幸不後孺子眞可教否今日之樂與昨日之樂孰樂余曰今之樂猶昨之樂也第與少樂樂不如與衆樂樂語次有攜齊而升者亦夙契也曰聞兩君昨有高論趣頗佳能不惜齒牙餘論述以相貺乎余曰天地氣化逝者如斯不舍晝夜未聞有去日之日可留爲今日之日者即未有去日之文可留爲今日之文者舍其舊而新是圖何述爲言未畢二客遙指遠樹謂余曰君見繞樹之白練乎余目隨指而注見濛濛然如鎔銀如散粉如鋪絮復爲雨烟爲潑淡墨遂一片渾成疑若鴻蒙將闢未闢元氣茫茫雲水爲一固無所謂城郭宮室即日月星辰山水邱原似無不摻和其間一旦卒闢天浮地沉沙飛水歸風捲掃而蕩揉箕簸之然後日月星辰橫于上山水邱原橫於下其奇跡如太行王屋絕頂處可望而不可即之舟之匣之朽楂與太華之仙掌爛柯之空中樓閣豈有人飛行而上爲此狡獪以豫備後人之驚愕而誇耀哉即能飛行爲狡獪亦必須聚工庀材估値計今世猗頓所不能辦者曷上古竟有此無算贏餘以浪擲爲不急之需抑係鴻濛之前有人棄置至今尚存惜吾人不能先天地而生後天地而死以目睹而手誌之惟即現前雲水凝睇焉想亦爾爾俄而衣履滋潤未濕欲濕入望處園林宇舍如雲林畫幕以輕紗霎爲玉塵爲珠屑爲琉璃絲香楊白花落而復起漸爲飛瀑形二客曰雨至盍歸乎來遂少[illegible]

歸館時刻鐘不及六響館僮未喝余亦曲肱臥甫交睫淡裳仙子搴簾入入即坐而語曰予言文宜舍舊圖新是何所見余曰古人云讀易者若無書讀書者若無詩讀詩者若無春秋讀春秋者若無禮記即以余私意揆之前不見古人後不見來者當日爲易書之人其不知千百年一變而爲春秋禮記也固不待言後人之爲春秋禮記亦各就事論事因時制宜其不能妄襲千百年前之易書詩也夫復何說仙子曰余雲水之幻身也請與子言雲水可乎水雲魚鱗是水可化爲雲也鍊雲生水是雲復可化爲水也水與雲一而二實二而一耳孰爲新孰爲故尼山之魯論曰溫故而知新不有故也何以有新不知新也何須溫故即如大禹至今幾五千年而黃河一源其星宿海元始探得海疆之東西朔南今與外洋通商始得以輪舟橫直飛渡詎料鄭康成虛空鳥道之說拉直綫以行茲竟目睹其事哉即水以衡雲則雲之或出于海或觸于石或起于邱陵或成于噓氣或可排以爲馭囊以作貢均非虛語可見鴻濛既闢以後事事物物具未闢而待闢者沾無津涯不可思議要皆鴻濛所自具如五行中木中之火火中之土土中之金金中之水水中之木孰非新孰非故彼說經家偶得前賢一疏遂據以爲萬世指南不許人置一喙者陋矣彼離經而旁爲穿鑿以逞其私臆者妄矣余聞爽然起拜曰請從尊仙叟爲雲水遊可乎仙慨然命隨御氣以奔急如電覺坐下軟勝于棉因思昔日烏衣國之雲車定不異是俯視羣流入海益狂又思莊子民如野馬之說水性或亦類是往來海上初不懼墮淮南子曰膽爲雲信矣哉但兩耳濤聲不勝其聒豁然開目則窗外之雨打芭蕉也

齋期豫示　○禮部爲咨行事祠祭司案呈本部具奏七月初九日　文宗顯皇帝誕辰此一日虔誠齋戒禁止屠宰不理刑名照常辦事等因相應咨行在京各衙門一體遵照

咨報先傳　○欽天監爲咨報事本監現有揀補滿主簿一缺揀擬正陪二缺定於六月十二日帶領引　見相應造具滿漢排單各二分先行咨報軍機處查照

吏部示諭　○六月初一日吏部爲再行曉諭事據都察院咨請揀發委用兵馬司吏目一缺查吏目揀選上次捐納止此次應揀應補查在部投供應補兵馬司吏目之人按照定例於應補正從九品廩增附生出身並應補正從九品各項人員揀選前經出示在案相應再行出示曉諭前項人員如有情願赴揀者務於十日內取具同鄉京官印結赴部呈明以便附入揀選

合浦亡珠　○京師西北海淀扇子河某氏者中郎有女伯道無兒其女年當及笄貌麗如花詎於閏五月二十九日晚被匪徒強封而逸當經某氏稟官緝捕不知能否合浦珠還也

東餉解京　○山東省例由地丁項下撥解東北邊防京餉銀十二萬兩嗣由部議截留一半撥歸海防軍需其餘六萬兩仍即解京茲由署藩臺李方伯希蓮籌備銀二萬兩裝鞘封固札委候補典史金命曾領解由省起程赴戶部交納

生還異域　○日本外務大臣移知全權林大臣札飭駐津領事荒川已次函達津海關道詳明李中堂謂前議將俘虜送還中國已紀前報茲聞其廣島等處俘虜共計九百八十八名於中國七月初二日至大沽交還其在金州等處俘虜共計五百八十七名前議在旅順交還今改議在鞍山之南乾綫堡於中國八月初二日送還屆期由中國派文武官查收運費一切俟後歸還等情傳相札飭以九百八十八名即派天津鎮惠羅軍門督飭大沽協韓副將會同糧台委員屆時查收妥爲安置其五百八十七名在鞍山之南乾綫堡交還即由幫辦軍務宋大臣吉林將軍長盛京將軍裕黑龍江將軍依酌派妥員就近往收等因已轉知照辦以中國被俘之人據該國云並無虐待囚罪之事未悉果否惟得復回本國俾可全家團聚眞乃不幸之大幸也

部署咸宜　○直隸提標現任古北口中軍參將楊參戎病故奉　提憲由防次電委署右營遊擊劉長春暫行署理又提標署河屯協副將譚與魁因病稟請交卸即委署八溝營參將汪隆元署理並仍帶左翼馬隊所遺八溝營參將員缺即以幫帶古北口練軍馬隊中營副將銜儘先參將聲振翮署理並仍帶右翼馬隊

葦漁緩課　○本郡分府所管葦漁等課均按春秋兩季開徵去歲葦漁各村屢被水患葦不能長漁不得利蒙分府馮少芝太守憫念民艱目今葦漁之課亦按大糧地一律緩徵以舒民困本年春徵緩至秋徵等因聞已詳明上憲俯准葦漁各村無不均感大德焉

大乘刼塵　○本埠西門外鈴鐺閣古刹約己數百餘年每屆六月六日本廟有亮經會是日清晨該僧潔身沐浴將閣上之經籍列門外晒已收訖由來已久自上年閣遭回祿廟貌一空如阿房宮之楚人一炬茲晒經期屆住持僧想不免愴神也

捨身救世　○民心不古騙局出奇依佛衣食者猶常也茲誆騙之徒往往向各廟中邀求銅佛以鎮宅為名或覓宰佛以貲肉各廟受其騙者已屬不少豈眞爲佛之捨身濟世耶

嚴禁假冒　○欽加都司銜　賞戴藍翎即補部廳調署天津縣趙家塲汛靜海縣艮王莊汛督河廳加三級紀錄十次黑　爲出示嚴禁事本廳自蒞任以來訪聞有無知匪徒在於該管汛地之內以及窰洼西岸開座一帶冒充河兵開夫任意招搖訛索實屬有干例禁除飭河兵開夫嚴密訪查外合亟出示嚴禁爲此示仰附近居民以及地方人等一體知悉自示之後務各安分守業倘敢仍蹈前轍一經查出或被告發定即傳案訊究移縣從嚴懲辦該河兵開夫亦不得扶同隱匿致干責革本廳言出法隨决不寛貸各宜凜遵毋違特示

釁起烟花　○初二日西門外小大院娼窰札斃勇丁已紀前報茲悉該勇丁丁馬二人並非討賬緣二人前在魁字軍同係一哨馬某不知何許人丁某四川人在營中時素有嫌疑今遣散來津同在鳳雲妓館吸煙因爭妓觸起前仇將馬用刀扎傷登時殞命丁某業已獲案當堂直認並未刑責云

登舟自經　○城北穆家庄黑四者操舟爲業因債累累被人控告押案追償詎其父黑大以子被羈潛赴王在思船上自縊身死當經該管水地方時與德赴縣請驗委係縊死然究否有無別情容續訪明再登

水車滋事　○本郡推水之車均有公會每人每日出錢幾文以備峯山廟進香施梅湯之需外如同夥在石頭道以上與人爭端滋事俱以公項花費是以凡推水之人多半强横以其有恃無恐是以不免多事也茲有北碼頭水口之推水夫小孔二於日前推車在白家胡同將練兵什長張永淸之幼女撞倒碰傷左目其女疼痛啼哭不止適爲張同哨正兵楊長勝看見即向孔理論詎孔不但不服反破口大罵旋有孔之父叔兄弟孔大孔二小孔大等各持器械將楊毆傷彼時練兵營聞信擬派人往查孔聞信均已逃走當經該管地方立報武汛前往僅獲遺下扁担一條鐵鍬一把除楊自行赴縣鳴冤外即將兇器送縣傳究懲辦云

自蹈死地　○臺灣地氣炎熱嵐瘴極重所以台北府署頭門豈有石碑戒人愼飮食節色慾然自改設行省十餘年來各營統帶兵弁之不服水土因病身故者約計一二十萬往往全營盡歿靡有孑遺中國人民衆多尚無大損日人自進踞台北後荒淫恣慾無所不爲其受病也深入夏後瘟疫大作死亡相望除被吳林各軍以及義民斬殺不計外其被天誅者已有數千人之多將來夏秋交時痢瘧盛行勢必全軍盡病不待從事疆塲而後屍骸狼籍也自蹈死地其誰之咎哉　錄滬報

臺軍勝敵續音　○臺軍勝敵情形疊詳本報茲又得該事友自鯤身鹿耳間遞至雙鯉云臺北既陷之後中路守將吳露軒軍門林蔭堂觀察知日人必由陸路來犯新竹遂預製白旗若干面遣心腹舊部糾同距邑四十五里之中歷地方紳耆僞爲敵兵至境執旗迎勞日軍安營甫畢復爭獻牛酒盡情酬酢敵遂深信不疑未作防備迨至于夜信砲猝發民盡爲兵喊殺連天遇敵便斫日人欲逃無路前隊之二千餘衆悉數聚殲又將大湖口橋梁拆毀設伏於淺水易涉處俟敵半渡突出邀擊敵兵步伐已亂自相踐踏軍門觀察各將千人分兩路抄襲日軍之後以絕敵之歸路邱水部逢甲率義勇五營以過山砲日人至此不死于陣即死於水無一倖逃者其所遺之新式大砲七尊槍械糧糈全爲台軍所有統計本月初旬前後五戰陣斬日人二萬數千級每戰臺軍輙以輕騎數百人嘗試戰酣另以奇兵千許或左或右冲入敵陣俟敵陣角亂後始以全力搏之故敵鮮有不敗者刻下日人已遁回台北而土人恨日政殘暴多思制梃起拒林吳邱各軍苟能乘此一鼓作氣直趨台北驅除强敵恢復郡城特一舉手之勞耳　錄滬報

制軍示畧　○字林西報云近聞金陵城內奉南洋大臣張制軍出示曉諭居民畧謂西國各教堂已在中國各省創設多年彼等講書傳教無非勸人爲善之意所開學堂及醫院等均與教堂相輔而行視中國各善堂初無異義倘有無知愚民及不法匪徒造言生事聚衆滋鬧當由地方文武各官立即拘拿重辦本部堂言出法隨并僅以空言約束也云云由是觀之則制軍之保護教堂者至矣

陳雨蒼先生脉理分明治療得法迭診大症著手回春現寓海大道東養病院後

啓者本局本屆派利前因海上多事各分局帳目未能如期報山彙算是以展至六月朔仍在天津等處各分局派息業經[illegible]達現已屆期請　諸位股友查照前登報啓携帶息摺股票前來以憑加戳派利是荷此　達

開平礦務局謹啓

謹啓者爲一家失散具啓詢訪事武清縣李各莊人蔡汞奎年二十六歲乳名叫長有前來天津謀生大約係爲人挑水長有之母約在天津傭工長有之妻蔡齊氏年二十六歲長有之二妹年十四歲乳名叫姐舉家由年前十一月間來天津尋找未得確耗長有之大妹配與武清縣玉樹莊陳宅爲媳陳因家無衣食令投歸娘家亦來津奈地面遼闊實不易我妻與妹現在天津北門外北極寺後賣麻繩藍宅暫存願　仁人君子倘知母與胞兄下落者請速告知俾得骨肉團聚以免在外漂零功德莫大矣

蔡女暨嫂蔡齊氏謹啓

告白

盛世危言一書香山鄭陶齋觀察所著也觀察負經世之才庚申之變目擊時艱遂棄舉業出與西人游足跡半天下致究各國政治得失當今時勢强隣日逼儼成戰國之局凡有關與中外情勢商權利弊旁搜遠紹無遺隨手筆錄積年累月共成五十篇凡用餉礦設電綫建鐵路開礦織布商務農工治河防海防邊練兵等事瞭如指掌皆時務切要之言凡士大夫留心經濟者家置一編俾人人洞達外情事事講求利病使天下除厥弊端不誠有裨於大局哉每部五本存書無多急來購取可也

文美齋謹啓

本直報分處寓城內天津府署西三聖菴西紫氣堂梁子亨便是　諸君賞閱賜一字函隨送不悞敝處由上海寄津　新聞紙字林滬報　代送申報各樣報紙均有　士庶官商賜顧多蒙賞閱

直報分處梁子亨謹啓

勿爲所惑　本館訪事踏人既有荐主復有薪水向無在外招搖情事茲聞河東有張祥庚者冒充採訪查本館並無其人爲此敬白幸勿爲其所感也

本館謹啓

新福商義洋行

擇吉開張　先行交易

啓者本行開設天津英界高林洋行底子專售西洋各國奇樣服飾異味食品新式金銀器皿鋼墊鐵床各色綢緞呢絨嗶嘰綫布大小洋鐘自音洋琴花露香水香皂蜜糖各種洋酒呂煙香煙洋燈洋傘紙札木器一應俱全兼代辦靈巧機器諸色雜貨貨眞價廉誠信無欺凡仕商賜顧者請認本行招牌庶不致悞

本洋行告白

六月初六日輪船進口

新豐　輪船由上海　招商局

北直隸　輪船由上海　怡和行

六月初七日輪船出口

西安　輪船往上海　太古行

六月初六日銀洋行情

天津九七六錢　銀盤二千七百零五文　洋元一千九百五十五文

紫竹林九六錢　銀盤二千七百四十五文　洋元二千零零五文

浙杭　元吉永號

本莊自置紗羅綢緞新樣洋縐花素洋布川廣夏貨團摺雅扇南貨頭油俱全祇爲近時錢市漲落不同故而各貨減價開設估衣街中間路北凡　仕商賜顧者無悞特此佈達

賞格

於本月二十五日本行院內査得失去花山羊皮褥五包每包三十四條皮版有〔子〕〔國〕圖章如有人知下落即至紅樓前禪臣洋行報信當賞洋五十元決不食言此佈

直報

光緒二十一年六月初八日　第一百五十八號
西歷一千八百九十五年七月二十九日　禮拜一

上諭恭錄

上諭岑毓寶着調補雲南布政使貴州布政使着唐樹森補授邵積誠着補授貴州按察使欽此　會額勒和布奏病尚未痊懇請賞假請派員署缺一摺額勒和布着賞假　月調理正紅旗滿洲都統着[illegible]秀署理欽此　上諭御史曹志清奏直隸州縣藉差勒派請飭查禁等語州縣差徭藉資民力原應妥定章程免致閭閻受累若如該御史所奏勒捐苛派官吏層層剝扣任意侵肥灤州樂亭等處並將賑銀扣抵兵差種種擾累情形殊堪痛恨着王文韶查明侵賑勒派各州縣從嚴懲辦毋稍姑容並詳定差徭章程以杜弊端而蘇民困該部知道欽此　上諭御史曹志清奏直隸盜風充斥請飭認真緝捕等語州縣諱盜處分綦嚴若如該御史所奏順天天津河間等處搶劫之案層見迭出深冀兩州各屬聚盜尤多甚至擄掠人口價賣勒贖　經報官該州縣規避處分反向事主誅求間有准緝之案亦止奉行故事似此規避處分必致養癰貽患着王文韶嚴飭各府州縣認真緝捕勿得徒託空文縱令捕役豢賊自利倘有怠玩不職之員立行參辦務期盜風日戢閭閻安堵用副除暴安良至意欽此　上諭雲南迤東道員缺着文海補授欽此　上諭孫毓汶奏[illegible]假期屆滿病勢難痊懇請開缺調理　摺兵部尚書孫毓汶着准其開缺調理欽此　上諭貴州貴陽府知府員缺緊要着駿熾於通省知府內揀員調補所遺員缺着嚴雋熙補授欽此　硃筆楊儒補授太僕寺卿欽此

南台雲水三記

身之所居者迹也心之所存者神也神之所存迹不足以拘之遊之道與學問相終始亦與政事相表裏勿忘勿助勿貪勿遺務令心入乎迹之中神出乎迹之外出乎迹之外究不越乎理之中迹雖嗇而心豐則其神裕如故樂常有餘迹雖豐而心嗇則其神歉然故樂常不足蓋人之欲惟目無窮耳耶鼻耶口耶其量皆有所限耳逾量則患其聒鼻逾量則患其觸口逾量則患其厭獨目之量則逾斯三者所收廣所及遠而出神入神之速更非耳鼻口之所能彷彿是天之生是使獨也自[illegible]六日繼登高台後七之日稍曙雨傾盆街道成渠東方既白淋零猶未休也余遊每先朝暾出爲其氣爽而時適暇移時雨止弟子入學須課讀亦不慣爲熱客遂罷遊今辰鐘未[illegible]響輒起披衣出補昨日之闕趨登台居高臨下俯看田水涓涓河水洋洋潮水汨汨任其流而心不競仰觀於天向日塵囂喜被雨師收去惟薄雲一縷似綃似羅甫念以此爲寰宇不知消多少熱念詎轉瞬大[illegible]擁以歸低回審顧上只有天風都在下袖拂東海爽挹西山登千仞岡而振衣臨萬里流以濯足兩腋栩栩若生清風遺世獨立蓋前之二客今則未之或從也連年民困於滂淫雨洚水輒並至今夏自四月風雨盛漲後入伏以來諸河皆隱安瀾幾乎風不鳴條雨不破塊惟稍愆於暘既畏旱且多疫不禁爲農田慮兼爲城市憂獲此甘霖非第農田有濡足之歡即城市亦庶占勿藥之喜禮云寒暑不時則疾風雨不節則疾教者民之寒暑也事者民之風雨也禮取其似吾取其眞蓋人身一小

天地天地一大人身不雨或生疵癘一雨頓長精神覘白川之犢軌誌兩日之新晴此樂余不敢私據願以公諸同人之走所尤幸者同輪昨以河淤擱淺今復暢行掀動河流沙泥挾卜尾閭一暢上游可無潰決之虞口食足備稣祈之饋艘可與節安流而上供首大之處門如倘反是以思百度尚堪設想乎惜世人﨑米方覺稿米不覺耳言念周迴身北御瀚然若茲晏為嶺雲為峯意謂雲固萬變亦隨其人之遠近高下邪視正視之不同所謂横看成嶺側成峰也且如一水身在山則見其懷山身在岳則見其撼岳近山近岳者知之若自遠觀之則固視為無波也疑為浮地也水固猶此一水也以水例雲雲固猶此一雲也其人所身處之地遠近高下邪正不同遂覺雲水之迥別夫豈雲水之變象哉昔人謂聖賢六經之旨如日月經天隨人所觀嚮之談夫者或處坐井之觀或據一管之窺紛紛聚訟而戴盆者出復將以無天之說並斥其妄且如兵農禮樂準今酌古各有所宜得其宜則刑名法術尚非馭世之經失其宜則禮樂詩書無非毒民之具脫非身處其地心入其中神出其外窮其理畧其迹而或越理以武斷或拘迹而泥古是徒以目遇不以神遇吾未見其奏刀砉然也是皆可以雲水證

德不孤行 ○士人讀聖賢書讀得十分不如作得一分上不能出其所學以醫國持青囊術以濟世活人亦聖賢之流亞也至爲善無近名施恩不求報便民養生送死而無憾尤非實心實力者莫能辦今京師入夏以來瘟疫流行操岐黄術者幾於日不暇給然病者爲富貴之家易於延請至貧病無力未免有坐以待斃者堪憫也茲徐君慨發慈悲訂於每日在順治門外魏染胡同寓所施醫診治內外兩科以晨午爲率有延請者近處步行遠者備車接送又有某善長自隱姓名資助藥餌每日就治者往來不絕于途徐君之好善樂施與某善長之同心共濟可謂功德無量矣又有打磨廠普善堂琉璃廠積善堂義材局施送義材每日施送百數十具近因赶做不及兼少繼捐之欵忽而停止惟望諸大善士樂善不倦仍多方醵資舉辦則善果善緣上帝自鑒觀不爽當不獨生死銜恩感激無地矣

威當一震 ○六月初四日午前陰雲密布雨師稅駕瓦簷滴滴有聲忽而放晴至午後四點鐘彤雲復合雷聲隆隆頃刻大雨滂沱前門大街及正陽橋打磨廠西口東西月墻雨水放浪洶湧永定門內石路兩旁盡成澤國愈時霹靂震耳似在京師西南方不知雷殛何物因雨水阻滯尚未訪悉咸謂此雷一震時疫可以潛消矣

瘟神共逐 ○現居中伏時疫甚重居民每苦沾染頗有朝不保暮之虞轉筋霍亂較往年更爲兇險人人恐懼宣武門外北柳巷某車廠一日染患斯疾作長睡客者有七口琉璃廠沙土園某書局並修竹山房均有之送滬報夥計張某於六月初三日午後四點鐘行至鮮魚口太極軒茶社吃茶忽覺腹痛赶即返回抵寓吐瀉不止延醫診治據云瘟火邪熱內聚六脉閉伏乃黑痧脹也延至初更亦作長睡因此各街巷捐資齋醮恭送瘟神者不勝枚舉近日前三門以患此疫爲多六月初五日前門外香廠地方居民鋪商復集資齋醮虔備香燭楮帛鼓樂及一切執事抬送瘟神至南下窪都城隍廟內以驅瘟疫保衛一方云

輸餉偕來 ○山東省遵文以海防開捐至十七結共收捐銀二十餘萬兩除已陸續撥歸海防應需之外所有戶部照費及飯食銀八千餘兩又捐納監生應有國子監照費飯食銀三千餘兩現由賑捐總賑局司道將銀兩彙齊裝鞘封固詳明撫憲李大中丞札委候補知縣王桂林於閏五月十八日由省起程至京赴戶部國子監分別交納

善士伊誰 ○各省兵勇遣撤來津者約皆旅寓河北大街及西門外客店店中幾無立足之處奈患多帶病形色焦瘦步履維艱殊屬可憐半緣春日極寒兼之水土不服使然茲有京中某大善士遣人來津在各客店施捨藥料痊愈者已屬不少患難中逢此善士奚啻苦海中猝逢菩提耶

憲批彙錄 ○欽命二品頂戴直隷分巡天津河間等處地方兵備道李 示據六品軍功史春華等稟批王三禿係著名匪首屢滋事端曾奉 院批嚴拿在案現既拿獲自應聽候質明懲辦以除地方之害何得出頭說合率請保釋殊屬多事礙不准行仰天津縣查照前批原案認眞訊究據實懲辦具報呈抄存○又示職員見露生稟批前己明晰批示靜候核明詳銷毋得任意刁狡率請提究仰天津縣查照核辦詞抄存違式並飭○又示交河縣鄉民魏天德等呈批呈詞支離閃爍顯有隱飾別情仰交河縣查明原案錄詳察奪爾等均

同縣候示呈單抄存

雲津宦迹 ○總辦海運津局題補寧波府知府程太守雲似因海運差竣於六月初六日稟見制軍並稟辭分府馮司馬清泰奉道憲委赴靳官屯勘辦石閘減河差於初七日稟見中堂並稟知稟辭

督示照登 ○統領水師中營鄭 為出示曉諭事照得本年閏五月二十三日准 東征糧臺胡咨開詳奉 欽差大臣兩江督憲劉 署直隸督憲王 批准裁撤浮橋水勇所有口糧自本年閏五月底停支等因本鎮業將該勇等清苦情形縷細面述商請 東征糧台胡加給六月分十日口糧以示格外體恤荷蒙允准除另文移請外合亟出示曉諭為此示仰浮橋船水勇人等知悉爾等務將船隻及隨船傢俱運赴北倉妥為存儲事竣即行故鄉仍須恪守營規毋得喧擾致干究辦毋違切切此示

湘勇撤防 ○湖南統領李軍門所帶馬步等十餘營今春奉上憲札調關外馳赴前敵剿在關外屢獲勝仗奮勇可嘉因中東和議已有成局着將所統馬步等營陸續撤防昨由火車來津暫住西門外各客店俟全隊到齊仍歸原省駐防

逃軍行竊 ○交河縣職員蘇鳳瑞以上月下旬被逃軍郭猪等竊去衣被等物郭猪現已被獲贓物尚未追案等情赴道轅呈稟聞憲示仰河間府仍飭該縣捕役關傳窩贓之楊玉到案追贓給領毋再延宕云

恩施逾格 ○本郡監內人犯約有數十餘起每日各監犯飲食等項無一不備倘有疾病醫藥兼施有加無已茲屆三伏郡中冰窖等五處輪流上差每日監內取冰兩挑以資消暑邑侯格外施恩於此可見

得之無心 ○今春寧波船停泊津郡馬家口地方約有月餘不料春風緊急催斷鐵索失去大毛一口重五六十斤價值百餘千文該船雇水手求之弗得昨晚馬家口下魚舟舉網適得鐵練繩一根大毛即在繩中現今設法起撈魚舟實喜出望外矣

鷺叙武功 ○南門外某公館前夜三更時有妙手空空兒撬門入室竊去句袱一個未及走脫被主人瞥見將所竊之包袱立即奪回聞失主係候補文員能將賊已得之物從賊手奪回殊非易易偉哉斯人亦文員中所罕見者賊縱逃逸亦倖免耳

海船刦案 ○目今刧盜之案無地不有昨海船戶邵鳳岐赴道轅呈稟聲稱海船行到山東壽州等處被賊刦去錢物等情道憲諭示姑候詳請 督憲會咨山東撫憲選擇幹役設法協拿並札飭天津鎮通永鎮天津府滄鹽縣等處一體嚴拿務使贓賊並獲云

無負死友 ○一死一生乃見交情生死之交尋之習豐履厚舞文弄墨之士罕有其倫而貧賤中執殳荷戈之人則往往有之其天性未漓也日昨鐵路津站有湘軍福前營之勇因去歲來津病故已浮厝於鐵路旁昨該營同津欲將此勇屍帶回原籍因路遠不便以火焚煉其骨為末屑盛以木盒事雖不經心實可取此亦非義之義亦義舉也

大帥閱操 ○前因中日失和海氛告警南洋大臣張香帥特派各營聘請西國教習仿演洋法未幾和局告成而香帥安不忘危仍論各營認真教演刻下各營操演漸臻純熟稟請香帥示期閱看遂於本月十六日擇地鍾山之麓着令各營營帶官至日黎明帶勇出朝陽門伺候憲駕亦即鳴騶而至中軍官暨各營帶營官均在道旁跪接俟憲駕升坐演武廳然後循序操演先看雜技次閱洋槍又次施放開花礮莫不各盡所長香帥見標下健兒無不如羆如虎顧而色喜賞賚有差聞是日有人投遞匿名揭帖於香帥輿中冀得仰邀憲盼所揭何事非外人所能知或謂係控某厘局委員者恐亦是臆度之詞不敢必其眞確也 錄滬報

日人受創 ○昨接淡水來電云前日有日兵一隊計共三十二人保護糧餉艘行至大嵙崁河相近忽被台民圍住富下倖得逃脫者僅止四人另有六人受傷自盡其餘生死電語未詳想日人此行不免遭一大創矣 錄滬報

共保烟臺 ○烟臺來信云聞俄法德英等國現擬每國各調兵船二艘保護烟臺地方常以一船泊口內一船在口外巡邏以為保守之計其意蓋慮將來有變故則烟臺可作為局外之地也 錄申報

兵輪過滬 ○前日有法國兵輪三艘德國大號兵艦四艘未知由何處駛來在吳淞口外停泊 錄申報

茲啓者本堂新刻律門孟筱帆孝廉平舒劉紫山選校兩名士合刻賦鈔註釋詳明誠爲後學之津梁也更有靑照草堂匯註七家詩龍試帖舉隅二種大爲士林推重洵屬古學金針又有覇州吳河帥文安陳學士合輯水利叢書實爲目前急務近印津沽周衣亭太史孟子讀法講義精詳不徒經生足資討論制藝宗題尤尋見地公諱人麒著作甚富茲姑印其一以供膾炙合計五種除本堂發售外津郡文美齋書局一併寄售至於各種書籍筆墨無不揀選精良善本以期近悅遠來凡刻詩賦文集善書等板刷印裝訂書籍自當精益求精省工價廉萬不敢稍涉含混有負 賜顧

寓河北關上毘盧室義合主人謹啓

啓者本局本屆派利前因海上多事各分局帳目未能如期報山彙算是以展至六月朔仍在天津等處各分局照息兼經手達現已屆期請 諸位股友齎照前登報啓携帶息摺股票前來以憑加戳派利是荷此 達

開平礦務局謹啓

謹啓者爲一家失散具啓詢訪事武清縣李各莊人蔡永今年二十六歲乳名叫長有前來天津謀生大約係爲人挑水長有之母約在天津傭工長有之妻蔡齊氏年二十六歲長有之二妹年十四歲乳名叫姐舉家由年前十一月間來天津尋找未得確耗長有之大妹配與武清縣玉樹莊陳宅爲媳陳因家無衣食令投歸娘家亦來津奈地面遼闊實不易找妻與妹現在天津北門外北[illegible]寺後賣麻繩藍宅暫存願 仁人君子倘知母與胞兄下落者請速告知俾得骨肉團聚以免在外漂零功德莫大矣

蔡女暨嫂蔡齊氏謹啓

本直報分處寓城內天津府署西三聖菴西紫氣堂梁子亨便是 諸君賞鑒 閱賜一字函隨送不悞敝處由上海寄津 新聞報紙 字林滬報 代送申報各樣報紙均有 士庶官商賜顧多蒙賞閱

直報分處梁子亨謹啓

勿爲所惑 本館訪事諸人旣有荐主復有薪水向無在外招搖情事茲聞河東有張祥庚者冒充採訪查本館並無其人爲此敬白幸勿爲其所惑也

本館謹啓

浙杭 元吉永號

本莊自置紗羅綢緞新樣洋辮花素洋布川廣夏貨團摺雅扇南貨頭油俱全衹爲近時錢市漲落不同故而各貨減價開設估衣街中間路北凡 仕商賜顧者無悞特此佈達

新福商義洋行

先行交易 擇吉開張

啓者本行開設天津英界高林洋行底子專售西洋各國奇樣服飾異味食品新式金銀器皿鋼墊鐵床各色綢緞呢絨嗶嘰綢布大小洋鐘自音洋琴花露香水香皂蜜糖各種洋酒呂煙香煙洋燈洋傘紙札木器一應俱全兼代辦靈巧機器諸色雜貨貨眞價廉誠信無欺凡仕商賜顧者請認本行招牌庶不致悞

本洋行告白

悅來洋貨號

開設天津紫竹林大街自運各國鐘表洋貨新到外國上等頭印清光紅毛片玻璃磚磨花奇形彩畫異樣三連大小方圓大抬頭鏡茶机西洋細磁玲瓏杯盤花架玩物五色玻璃器皿電鍍金銀首飾花盤茶盤洋火盒叫鐘夏衣襪涌綉花窗簾等

格外減價消售發客

六月初八日輪船進口

海晏 輪船由上海 招商局

豐順 輪船由上海 招商局

六月初九日輪船出口

新豐 輪船往上海 招商局

六月初八日銀洋行情

天津九七大錢

銀盤二千七百零八文

洋元一千九百七十三文

紫竹林九六錢

銀盤二千七百四十五文

洋元二千零零五文

直報

光緒二十一年六月初九日　第一百五十九號
西歷一千八百九十五年七月三十日　禮拜二

南台雲水四記

典墳邱索子史諸書汗牛充棟其義總不外於經經者常也事雖殊而理不易故謂之經吾人自束髮至皓首窮年兀兀幾若忘行若遺儼乎且若思茫乎且若迷韓子所謂遊孔子之門牆而不入於其宮焉足以知是且非耶然而忘之久則似憶良朋温其舊則百讀不厭者何也以經中義蘊取之不禁用之不竭如江上清風山間明月耳得之而爲聲目遇之而成色故也雲水亦然余故遊之記之至於再至於三而仍不能已於遊已於記也向之遊也每由杏花村而北而西而南而東北經英工局之花園西過紅樓南登小營門逾大營門而東下女墻上將台降而升升而降降而復升依女墻邊紅樓花園以入館否則降台壽河干看早潮兼驗上游諸河汛期漲落一俯察一仰觀占天祥課晴雨念念爲南畝豐歉計余本農家子故未敢一日忘本焉昨晚熱甚夜不成眠聞啼聲似孺似婦觸耶懷益不安枕起披衣兀然危坐少倦即曲肱假寐歷歷數析聲鐘聲雞聲謦咳聲鏦鏦錚錚銜枚疾走人馬之行聲知已曙啓戶出視天養片雲方喜是日之復晴也主人哂顧問曰君將遊乎曰遊遂闔戶出仍自北而西南出小營門率阡陌見半畝綠雲泥泥凝露知東平瓜田不遠趨過之不納履避嫌也越芃黍佳禾迤邐而南而東去河干數十步小坐道左幕天席地旁若無人望片雲遲遲東去漸遠漸薄其薄不能擬議昔人云人情塵盡秋雲厚薄言薄也今頁雲如此秋雲更當何如雲薄如此人情薄更何如是誠匪夷所思矣橫望海河帆影遠來恍自雲間飛下又念昔人春水船如天上坐句方羨其即景覓句之工轉念焉當亦學而想象之談未悉局中甘苦猶在此山羨彼山之高倘置身船中則舵工之不可以隨風篙師之難爭於逆浪行船之險險於走馬或推或挽其支持大非易易也局外人烏能以知此又如下界塵心妄揣天邊仙子排雲馭氣空際往來飄逸奚似倘一入雲中爲濕絮所羅舉足不知深淺惴惴恐隋定時有性命之虞曾記少年遊匡廬緣螺而上至曲環處寛僅容足一轉角則與槓兩端皆無着足地前後輿夫縮肩折輿足循地縮縮行輿若負隅下臨無底壑輿在肩上一顛一簸一簸一轉凡十數顛始轉一角彼時轎在雲中身在轎中任轎夫於懸空中顛之簸之儼若身居上界合眼放胆一聽造物之低昂生之惟命殺之惟命不可知之之謂命無可奈何之謂命命字定當此解爰縱以知命之君子自命比至履坦則痛定思痛轉以自危胆乃與雲俱寒凡夫之以境移人君子之以居移氣大率類此起行數武佃人老幼荷鋤來行且語率言年來被水野無青草今有青草室仍懸磬惟盼雨不過河不溢方可卜有秋圖生聚焉其苦況不忍卒聽行里餘抵南台又里餘抵河堤湫隘囂塵熙熙攘攘此爭彼奪則近利之市情也余過之若聞雲若流水於人無求亦與物無爭乃悟雲水之屢睹無嫌若六經之百讀不厭者以用則爲霖爲川資長養資灌溉絶不望報於人不用則雲捲水逝任運過去無憾於世其來也非關於招之殷其去也非關於揮之力物之以有用爲貴品之以無求自高者蓋如此然非此日親巡隴畝足踏市廛不獲真切灼見昔某鉅公以未獲躬爲牧令不識民依爲憾竊謂躬爲牧令者或亦未之真知安得名賢悉知民苦而

勤宜民隱乎藹與雲水並誌焉以待輶軒之採

字字金聲 ○昔李邕鬻字仇禺頌賣詩人或菲之然儒者惟以筆墨爲生涯猶是自食其力況文則淩顏鑠謝字則軼柳超歐其售於人而博得銀錢固不爲忝也京華善書之家難以指數其名重一時者則莫若李內翰其爲禮邸書壽屏四頁得價一百六十金又爲某巨室書匾一方得價百金其爲人書名片者每字一金書扇者四金一柄計其終年潤筆之資往往積至二千金上下則李內翰書法之佳可以想見世俗文人每謂一錢不値是儒冠又曰饑來一字不堪煮豈知翰墨中固有利占三倍者乎

明明玉殞 ○從來輕生枉死者多屬婦人身以其心思旣狹且愚故視性命爲如草芥宜其所以有匹婦之諒自經溝瀆之言也六月初四日西直門外樂善園地方某姓婦年貌不過二九而簪珥衣衫亦復嶄新齊楚不似小家女忽於日落昆侖之際飛奔至高亮橋河岸躍入清流以圖畢命旋經人踏步而至冀圖拯救奈河當漲發倩人鳧水援手已杳無蹤至初五日午後尋得屍身則玉殞香消幽魂已早赴水府矣其緣何捨生之故詢之跟踪而至者但望洋灑淚不肯遽道隱情焉

井蛇肇讖 ○右安門內里仁街迤南菜園內有水井一口其井旣深且大無人經管相近居住之家皆目爲其水六月初五日有王某赴井担水忽由井內陡出一蛇頭巨似甕身長二丈有餘王某被嚇魂不附體觀者如堵將一老叟踏傷幾命由其弟某備棺殮埋噫若此叟者可謂死於非命矣

湖鯉無朋 ○京西海靛昆明湖地方自六月初五日得雨以後兩北湖水皆一碧盈盈浪頭拍岸河中各色鮮魚往來游泳洋洋自得漁人舉網得魚難以數計有雷某漁人網得金絲鯉魚一尾碩大無朋權之重二三十斤活潑可愛祇有巨魚約有三四尺許一時見者無不稱快

蔭及孫枝 ○王夔石大帥以雲貴總督調署直隸軍興以來事事與傅相李爵督部堂和衷共濟歷邀 天眷茲聞官場傳說昨院署接奉電音知夔帥之孫少君繩伯部郎復蒙 恩廕以一品廕生留京當差蓋才稱珠樹雄居四傑允班手植庭槐瑞應三公佳兆作聖主得賢臣之頌品學軼倫求忠臣於孝子之家門閭增慶允宜名譽流傳于萬古子孫榮拜夫五侯矣

議遵原約 ○欽加同知銜卓異候陞題補靑縣署理天津府天津縣正堂加九級紀錄十次趙 爲出示曉諭事案蒙 各憲轉蒙 署北洋大臣王札准 總理衙門咨准法國施大臣照稱請將教堂在內地買產毋庸先報地方官一事通行各省出示曉諭廣爲張掛行令遵照同治四年 總理衙門所議章程蓋同印信出示曉諭等因查各國教堂租買房地建造教堂向係照約辦理惟津邑現與各國交涉事件甚多亟應遵飭申明定章出示曉諭爲此示仰合邑軍民人等知悉嗣後遇有法國傳教士在內地置買田地房屋爾賣業人等毋庸來縣報明請示惟契據內務須書明立文契人某人將產賣爲本處天主堂公產字樣不得專寫傳教士及奉教人之名以昭畫一而符原議各宜凜遵毋違特示

會文開榜 ○欽加同知銜卓異候陞題補靑縣署理天津府天津縣正堂加九級紀錄十次趙 爲月課事照得本縣閱取會文書院肄業舉人等第名次並獎賞銀兩數目合行榜示須至榜者 計開 超取舉人六名 沈耀奎 朱懋昌 高凌雯 劉恩源 楊鳳藻 高桂馨 第一名獎銀四兩 二名三名各獎銀三兩 四名獎銀二兩六錢 五名獎銀二兩四錢 六名獎銀二兩二錢 特取舉人六名 王叔培 周汝坊 李斗山 華世鏞 金文彥 陳驤 第一名獎銀二兩 二名三名各獎銀一兩六錢 四名至六名各獎銀一兩 次取舉人三十五名 陳世銳 李春澤 劉長容 李春棣 杜聯陞 徐維域 高凌爵 王卿輔 劉嘉瑞 張燦文 李錦源 龐全垣 張克家 王樾 高壽祺 竇際榮 胡濬 胡祖堯 王鑑章 陶喆甡 陳桂 劉雲鵬 黃耀庚 劉嘉琦 王銘勳 鄭文彩 張昌會 陳恩榮 王仁沛 姜秉善 姜擇善 李秉元 凌雲 王守恂 趙掌文 俱無獎

發獄宜勤 ○糧客李顏雲高陽縣人於五月中旬用工人李春來李金山駕船由其家赴王家口販買糧石行至文安縣之王疙

洹村向晚泊船南岸三更時忽來賊三四人一賊將李湫至岸上一賊入艙將搭連內現銀一百七十餘兩並錢四千搶去賊去後李同船將工人喚醒追趕無蹤赴縣報案文邑大令時赴大城公出比及旋署立即親往勘驗而河岸既無脚踏情形船上亦無損壞痕跡當訊據失主供稱見工人一在中艙一在前艙伊自在後艙一賊將伊湫至岸上一賊由後艙將銀錢搶去尚有未及搶去現錢二十餘千文及喚醒工人追趕已無蹤影文邑大令以其無被搶形迹且該賊如何即知銀在後艙並只搶錢四千餘文搶去至於湫人搶物亦非立即可行之事何以該工人並未知曉種種頗有可疑但搶銀一百七十餘兩贓已逾貫不能不飭捕緝閱數日有捕役在該處十數里之蘇橋鎮見有形迹可疑四人同坐一船該捕向前盤詰內一人見由後艙鳧水而逃遂將其三人獲住搜出洋槍二桿餅並逃賊訊據李二供係異州人前在津通被馬快辦過到案其王玉堂李德明供均係大城人於上年在津當兵現由京在此經過並無犯案等情未知是否此案正賊抑係此案果有虛而不實處均難臆斷俟續訪再為錄登

暫駐鐵路　○中東和議已定大局關外駐札毅軍嵩武等軍全隊撤防昨由火車已抵津沽在河東車站一帶暫作行營各張棚帳羅列附近生意極稱茂盛

詛愧葭莩　○西頭小夥巷某甲者與其表兄某乙二人因練槓子戲口角相爭其表兄某乙將表弟某甲用刀剁傷甲赴縣控告大令責某乙小板一百鎖押班房着某甲取保養傷

鬩牆啓釁　○侯家後慶和飯館掌櫃劉德其兄向劉德要錢劉德不給其兄袖刀復來劉德不知為何人來找由該館之後門出來其兄舉刀即剁幸有該舖夥由劉德之兄身後將其兄抱住一刀剁空又有該館夥多人將其兄勸走不知成案與否俟訪明再報

汛漲重來　○本年四月初旬連朝大雨河水漲發忽深數尺各處人民無不以此為憂幸數月間積水漸涸目今田園可望有秋運河一帶水勢尚淺惟上西河忽漲四五尺浪大溜急聞各貨船停泊津沽者恐險不敢解纜云

傳訊待究　○昨沈長春在縣呈控沈洛詐不遂用刀自傷圖賴錢文等情縣諭以所控各節如果屬實殊為藐法姑候飭差傳訊核究

遼左近情　○烟台西報云中國償款已成兵費籌付故在遼東之日兵業經預備起行至在旅順之日人其數甚少船塢中店舖房屋刻下均已閉門惟有護兵數人尚在巡街○數日前旅順港內有日本雷船七艘目下船塢中除壞鐵板及舊遠兵艦之氣筒外餘無他物譯文滙西報

錦州實錄　○本館昨由奉天訪事友來函云錦州府東十八里紫荊山屯係通衢要道居民稠密農戶某遣工人牽馬馱米二斗行至屯東突來強寇一人持刀威嚇擄馬飛逃該工人跟踪尾追旋被拒傷右乳軟脇各處血流不止適毅軍某路過瞥見奮勇擒拏該匪遂還馬遠颺物歸失主當即赴縣投報該已飭差嚴緝未知能否弋獲也○奉天省地土沃厚民風素樸百餘年來從未有如今歲之荒歉者加之以師旅因之以飢饉兵民交困苦不堪言幸天不絕人近日新生一草味辛葉肥名曰救軍草刈下遼河一帶男婦採而食之大可充飢飢民賴以苟延性命不至塡于溝壑亦可見天心之仁愛矣○錦州府年荒乏食糧商居奇網利貽害地方經錦縣尊增明府擬訂行規嚴定米價曉示通衢不准高抬計紅糧每斗東錢六吊六百文小米東錢七百二十文詎各商利欲薰心至五月下旬以後僉云糧絕匿不出售奎太守念切民瘼親歷糧商各戶查驗嗣查得米糧堆積如山者在西關糧棧搜出紅糧一囤數及百石嚴加詰訊詰多閃爍隨飭縣押究罰以巨款充作善舉並飭照常售賣以濟民食○錦州府北關李姓夫婦僑居於此有年矣緣有駐錦毅軍糧台護兵顧某因李某在營充當火夫至李處誘姦其妻猶以為未足暗購藥餅欲將李置之死地為李窺破未食至夜自攜洋刀乘其睡熟立將姦夫淫婦殺斃次晨投縣呈報增大令親驗無訛當場將兇手開釋屍飭親屬領埋鄰佑無干一概省釋完案○錦州郡城東關有孩童數人逐日在彼排成陣勢執旗演槍藉為笑樂其家屬近以赴山採樵拾得開花礮彈一枚童輩復作演槍之狀用釘攢入以致藥彈炸裂轟傷四名血流倒地經蘇彰洋藥局主人王文廷飛輿往診敷以藥散幸保性命噫云戲無益為父兄者可不嚴加管束哉　錄新聞報

謹啓者爲一家失散具啓詢訪事武清縣李各莊人蔡永奎年二十六歲乳名叫長有前來天津謀生大約係爲人挑水長有之母約在天津傭工長有之妻蔡曹氏年二十六歲長有之二妹年十四歲乳名叫姐舉家由年前十一月間來天津尋找未得確耗長有之大妹配與武清縣玉樹莊陳宅爲媳陳因家無衣食令投歸娘家並亦來津奈地面遼闊實不易我妻與妹現在天津北門外北極寺後賣麻繩藍宅暫存願 仁人君子倘知母與胞兄下落者請速告知俾得骨肉團聚以免在外漂零功德莫大矣 蔡女暨媳蔡曹氏謹啓

勿爲所惑

本館訪事諸人既有荐主復有薪水向無在外招搖情事茲聞河東有張祥庚者冒充採訪查本館並無其人爲此敬白幸勿爲其所惑也

本館謹啓

聲明

本行象牌船牌五色金銀頭則匣火柴每匣二百餘根各埠廣銷已久近有奸商在日本仿造圓匣火柴將低貨冒充本行象牌一切裝式與本行眞牌無異惟洋文牌號不同根數較少二十餘根已在上海會同控告蒙大德國領事商門會同英美租界會審公廨出示禁止各商嗣後不准販賣冒充之貨如違送究特示等因惟恐津地各商號未及周知倘再有販賣情事定行一體送究因此登報

天津禪臣洋行啓

告白

盛世危言一書香山鄭陶齋觀察所著也觀察負經世之才庚申之變目擊時艱遂棄舉業日與西人游足跡半天下故於各國政治得失盡今時勢強弱日逼儳成戰國之局凡有關與中外情勢□權利弊旁搜遠紹無遺觸手筆錄積年累月共成五十篇凡用槍礮設電綫建鐵路開礦織布商務農工治河防海防邊練兵等事瞭如指掌皆時務切要之旨凡士大夫留心經濟者家置一編俾人人洞達外情事事講求利病使天下除厥弊□不誠有裨於大局哉每部五本存售無多急來購取可也

文美齋謹啓

新福商義洋行

先行交易 擇吉開張

啓者本行開設天津英界高林洋行底子專售西洋各國奇樣服飾異味食品新式金銀器皿鋼墊鐵床各色綢緞呢絨嗶嘰羽布大小洋鏡自音洋琴花露香水香皂蜜糖各種洋酒呂煙香煙洋燈洋傘紙札木器一應俱全兼代辦靈巧機器諸色雜貨貨眞價廉誠信無欺凡仕商賜顧者請認本行招牌庶不致悞

本洋行告白

陳康晉先生精理分明治療得法造診大症替手問脊現寓海大道東醫病院啓

啓者本局本屆派利前因海上多事各分局帳目未能如期報山彙算是以展至六月朔仍在天津等處各分局派息業經轉達現已屆期請 諸位股友查照前登報啓攜帶息摺股票前來以憑加戳照列是荷此達

開平礦務局謹啓

浙杭 元吉永號

本莊自置紗羅綢緞新樣洋辦花素洋布川廣夏貨團摺雅扇南貨頭油俱全祇爲近時錢市漲落不同故而各貨減價開設估衣街中間路北凡 仕商賜顧者無悞特此佈達

六月初九日輪船進口

新裕 輪船由上海 招商局

武昌 輪船由上海 太古行

六月初十日輪船出口

海晏 輪船往上海 招商局

六月初九日銀洋行情

天津九七六錢

銀盤二千七百零八文

洋元一千九百七十三文

紫竹林九六錢

銀盤二千七百四十五文

洋元二千零零五文

直報

光緒二十一年六月初十日　第一百六十號
西曆一千八百九十五年七月三十一日　禮拜三

南台雲水五記

昨爲雲水四記記成付手民以去去後出門小立當頭上猶是青天惟若勢遮於山僅留一線西望奇峰峻嶺此强彼勝爭出不窮儼亦行西來一片秋色𤅢氣逼人當日邯鄲道上腰橫秋水匹馬短衣一舉目見前程宇舍樓臺烟雲竹樹欣然念某客舍可棲某酒壚可沽某菴觀園林爲某昔賢所留有古蹟可贍眺振策籔二興味至今一絲不減其地其人其事計將於此雲下一一索得漫不知身居何地幾閱春秋也以手捋髭卒怪頗上兼二物胡爲乎來此乃悟水流雲逝世事無在不然曩讀西湖志輒羨歷斯境者奚啻登仙同治改元秋適以事入其邦急覓所謂飛來之天竺第十二峰者拾級先登遊侶共訝路熟余亦欣如逢故人不必詢僧思姓字者因口號曰一登天竺共相猜謂是重遊第二回峰本飛來未飛去我今去後又飛來客咋舌曰然歟余笑應曰不必問我君試問峰雲水畫吾如是如是俄而瓦飛烟簷掛纜飄忽傾盆愈來愈猛如宿伍員廟濤聲夜入室若爲摧意誠有壯士挽天河以洗中兵歟豈西來天體本漏人竟無術以補歟盍投狀以起撑臂阻之屢屢擬思自起自抑謂天帝愛民胡爲不弔雨師何物如此弄權百計圖維訖無良策只得任其放膽飄搖而去繼而思之作此天者亦難乎爲上矣採桑者利晴植蔬者乞雨種禾黍者畏水如虎藝稻杭者惜水如金即一隅之天亦勢不能人人而悅況爲政乎昔趙普對宋祖語誠可味以是知人之於天天亦有勢莫奈何者值璧者歎天投龜者詬天營營者貪大感感者怨天狂而肆者且將齮𪗋搔首以問天爲之天者既無所趨又無所避直躬健步率意以爲之含垢忍尤包荒以納之一若無如人何也譬之朝廷建官以爲民也官府去留之際往往矯拂於民心羣號于上起而爭之曰若胡不留若胡不去上輒疑民之阿於私飭民之格於例民固無如上何尚上之人肆其權力必强民而脅之曰若留此汝毋許詛若去此汝毋許思竊恐居之上者能以權力尊民之身萬萬不能以權力尊民之心其彼此之勢莫可如何殊天之於人人之於天也哉迨九日辰起赴南臺復觀雲水遇雨而返衣衿沾濡幸著布襪芒鞋不畏泥滑遂以歸主人笑曰君之好遊可謂樂此不疲矣請更爲來朝之卜不知天之許我否耶

會典將成　○會典館纂修會典已非一日刻以急須告成凡各衙門分派纂修各員其承纂一門者無不從速催辦當此人才濟濟執筆者多魁碩之儒不日想可告竣矣

深淵宜畏　○涉波濤之險縱一葦之杭危境也至視爲賞心樂事亦別有肺腸矣六月六日某宦宅少爺子偕友人赴東便門外二閘乘坐小船遊賞荷花獨立船頭縱觀風景當出神之際友人勸其勿涉大意語竟弗納詎其船身一欹側身入洪濤巨浸中延即打撈迄無所得現已三日仍無蹤影其被屈大夫捉臂以去乎

薊門孽障　○薊門新張舖面未經開市之先須覓丐頭商訂許其京蚨數十千名爲包月及開市有乞丐討錢皆由包月頭目調

發不許登門喧嚷倘吝惜小費未先與丐頭說妥則開市之時料理不清矣昨有某號開張未能遵例照辦男婦乞丐三五成羣任意索討爭多嫌少每日不絕於門及挽人說項每人非給京蚨數千不可習俗如此牢不可破實長安中貿易之孽障也

醋海狂瀾 ○安定門內剪子巷衕某長安路上人也娶妻馮氏生三子一女長子年已二九次子年甫月圓衕於今春納小星另藏金屋爲安樂窩馮氏初未知情詎於六月六日馮得風聲梅子性遂酸沁心脾竟於是夜乘間用鐵斧將其長次二子用刀猛砍血流如注並將女子砍傷長次二子因傷重旋卽斃命馮氏復用鐵斧自抹咽喉立卽身死當經禀報官廳轉詳步軍統領衙門祟交東城司帶領吏仵穩婆前往相驗咨送刑部鐵擊奉天司審辦噫婦女性褊而狠毒每每不願良人納妾世之妾受妻淩者比比皆是然未聞有將生兒女手刃斃命以死相殉者該婦之妒誠奇矣豈所謂不是寃家不聚頭乎

萬戶騰歡 ○天津南窪一帶屢患大水前於光緒六年蒙 李傅相奏明開挖南運減河以洩暴漲並於唐官屯建閘以蓄洩水勢彼時定章就近飭派四黨口營守備爲總司減河以唐官屯把總爲管閘之官務當居時查看啓閉得宜總期保全人民田園並田嘗調派兵丁百數十名沿河巡查以免有殘壞隄岸河身淤淺等事每年修守辛工等項發給一千數百兩不惜重貲但願保全小民無慮歸析倏沿河兩岸荒地墾熟再爲酌量歸民修守立法本極美善感戴曷極無如日久弊生弊在於民執法以懲當可立消弊在於官誰敢過問前此每窪南窪患水前總統衛每以衛民捍患爲言東開一河西開一洨南創一橋北建一閘究竟虛糜國帑徒毀民田枉建空名毫無實用茲聞經天津道憲俯念民艱詳細追求南運減河利弊以盛軍駐紮新農鎮廣植稻田每當春夏之際田內缺水卽分寸閘官啓閘放水灌田乃至夏秋之時大雨時行運河盛漲而盛軍恐淹其田不令減河開閘是以雖有減河實無以洩運河之水其水遂不能不溢岸沖決南窪依然澤國此乃盛軍之把持而司河管閘之畏勢也前道憲雖經窺破弊竇禀請上憲奈該軍視爲具文閘官不敢抗違而數十萬之田園生靈究莫能霑惠澤是該營圖一己之私深負 傅相恤民之至意也今道憲李觀察查究實情以盛軍調赴前敵議將前稻田均出租爲旱田以興利除弊具禀 署督憲王將以前之管河四黨口營守備並管閘之唐官屯把總及巡河兵丁一律裁撤統歸道憲經理就近派河營守備劉玉昌爲專司總查唐官屯河營千總黑兆容專守閘務務期按時啓閉不准或失時宜並派河防同知馮 公清泰協同劉守備玉昌逐細詳查沿河兩岸田地已否墾熟可否分段歸民修守能否酌減經費銀兩自應從實詳勘辦理現蒙王夔帥批准照辦似此興利除弊行見南鄉小民去患難而登衽席當九叩首頌萬家生佛也

九京含笑 ○津沽張子安者積學未遇於閏五月二十五日詔赴玉樓妻趙氏同邑孝廉趙荔岩君之女長公子年逾化信仰藥以殉六月初三日爲氏殯期紳耆知者無不恭送嗟乎臣委身而事主女出嫁以從夫臣死於君婦死於夫事不同而義則一此一烈女愧煞多少庸夫旣堪維風化之源自宜荷 天章〻寵先爲頌無生之偈以慰其不死之心

窮黎菜色 ○光緒十六年六月初旬連朝大雨田禾均被淹沒每日各村婦孺乘船來津者不計其數蒙前道憲胡雲楣方伯詳請前督憲李傅相在本埠西門外各客店設立粥廠救活數百萬人現在各村婦孺來津者盡爲菜色較前尤苦以連年被水村蕩一空只餘殘喘故也想各憲念切痌瘝其有意師前事乎

惠及梨園 ○去歲海氛不靖協盛襲務金聲慶廣四大名園賠累不堪現在和議已成各園生意稍有起色不料日前金聲茶園正演中場之時有觀劇二人不知因何事故將園內玻璃棒砸一空幸邑侯趙大令路經園前停轎查驗鬪係署中廚役立將二人飭差嚴責解回本地云

市有莠風 ○弗論何項買賣自應交易公平方可期源遠流長根深葉茂況利市初開尤須以和以信以致近悅遠來焉本埠城內外所開錢鋪其出帖能通行街市者概係如此茲竟有一種新開小錢局亦每出帖兌換有持該號之帖換錢者其錢每千內必攙沙板十數文前以雙九六和底或當白該號詰其更換則云我舖卽是此錢愛用不用否則由何處得來之帖仍交何處此等言語殊非生意之道聞城內某號開市尚未匝月竟如此貪利之甚況出言不遜殊非生意道理乎爲之東者其知之否

途多棘刺　○東南城角鍋匯數處霸娼聚賭或藉娼訛詐甚至剝衣劫錢習爲常事至打降鬭毆更屬數見不鮮近來賄賂[illegible]勾通差役公然肆設四面實局明目張胆徹夜不休俗云賭爲盜媒恐由面從此多事矣又南門外東城根有潑婦悍且惡專引誘外來婦女爲娼俗名爲老鴇店往尋桃源路者率皆手藝或小舖夥等以花錢不多可得春風一度也詎知入其局即遭其訛潑婦慣技如此若不滿其慾必致找至其家其舖拚命撞頭非錢不可其因此失事被辭聲名俱劣者不可勝數所訛之財潑婦只以肥己徵汙者無多分潤也似此既誘良爲娼又藉娼訛人且復兇悍極爲地方之禍所望嚴查嚴懲以整風俗實爲德便

惡小勿爲　○本郡古樓下人烟稠密其樓上清淨非常僅有鐘夫一名朝夕撞鐘由連著給飯錢嗣後大仙蒞止樓上所屬專祠遂有士庶焚香每月朔望後一日開樓以受香火迄今數十年來因樓上不廣樓梯復窄概不許婦女上樓以杜凶事詎昨日竟有二婦人携小孩在樓上觀望未識爲誰家眷屬竊恐津中婦女最喜攀緣從此有所藉口則男女雜亂足生事端事雖細微止宜預禁周公云勿謂善小而不爲勿謂惡小而爲之語當熟味

盜情甚黠　○豫軍統領梁軍門日前來津以河北大街萬升店爲行轅初一日忽被賊竊去洋槍嗶嘰衣服等物當經該管地方赴文武衙門報案趙大令立即會同汎弁勘驗飭捕嚴緝次日河北汎俞把戎帶兵巡緝至三更時分在德勝店盤獲賊人四名據供楊富三婁常性彭金廷朱書五均係湖南人於前月二十八日曾竊本街汪公館花翎等物昨日又偷萬升店客人衣物當即搜獲葛巾袍道夏布紗羅衣服共十餘件並錫紐翎枝及豫軍號衣二件一併送縣究辦設審訊該賊因竊有號衣冒充本軍故易偷竊黠矣近日俞把戎累獲非盜數起皆記前報可謂勤於緝捕者乎

助賑清單　○啓者敝局自辦唐山賑務以來屢蒙　各大善士　隱爲懷源源接濟則所全活者奚啻億萬人數此皆諸大善士之賜也但飢民太衆不止一隅除唐山外如永遵各屬之災況與唐山相埒敝局已分往該邑查勘果見飢民滿路待哺嗷嗷其勢少緩須臾便登鬼錄是以敝局又添辦玉田遵化賑撫茲謹將第十一次助捐各大善士姓名捐數恭登報牘以昭徵信而乞　四方樂善君子慨解慈囊千金不厭其多百錢不嫌其少即祈送至溜米廠濟生社代收　計開通永道張觀察代募不出名助京平銀五百兩　于華廷代募劉甘霖助津錢三吊文　劉務本堂助津錢二吊文　鮑義杉助津錢五吊文　歐陽養助津錢四吊文　楊珠助津錢二吊文　傅嘉譽助津錢五吊文　沈金助津錢三吊文　黃冠卿助津錢三吊文　黃貴全助津錢二吊文　李阿四助津錢二吊文　舒智法助津錢二吊文　姜春發助津錢一吊文　張寶林助津錢一吊文　傅成後助津錢一千文　楊有豪助津錢一千五百文　劉文芳助津錢一千文　楊樹榮助津錢一千文　王金棟助津錢一千文　王懷林助津錢一千文　王學寶助津錢一千文　孫秀田助津錢二千文

天津義賑局同人具

保護彌周　○金陵大憲前聞成都鬧教之信曾經飭屬保護境內教堂等項本館早據新事人手書及西報所載各節並譯錄章茲悉江寧府李小軒太守自奉督憲張香帥札飭後遵即大張曉諭略謂西人傳教無非勸人爲善之意並未强人入教百姓人等毋得聽信謠言致向教堂滋鬧如有不逞之徒膽敢肆擾教堂定行從嚴治罪決不寬貸等語又聞凡有教堂之處其保甲文武員弁亦已奉諭嚴加防範并增添勇丁多名保護教堂以備不虞似此懷柔遠人十分優厚洵足副　聖主睦鄰之意而教士等旅居無恐應亦感激靡涯已

神機莫測　○香港維新報云昨有由福州回粵者寓居仙湖街某公館酒後豪談臺南事娓娓可聽爰照其語而編次之據云近有精通六壬之人投效劉淵亭軍門麾下所上之策屢著奇驗故軍門深加信用倚爲左右手凡有軍事俱與熟商日來多置猪籠不知有何用處惟知其不日即須進攻盤踞臺北之日軍又計劃下臺南兵力亦頗不單福軍約有七千餘人多係越南舊部軍門裔梓分隊督帶另有生熟番三千餘名皆是敢死樂戰者軍容之盛允稱如火如荼左先鋒邱君逢甲統領義勇二萬餘人右先鋒林君朝棟統領義勇二萬餘人兼之吳軍門光亮素得生番之心願效死力故吳軍門鎮守臺中臺南邱林兩先鋒則駐防新竹互相犄角衆志成城改號曰民申國蓄髮留字中穿使之破滅之義也旗式則繪蟾蜍蓋取蟾蜍能食日足以相尅之義考諸古人行軍亦往往有此一法且日人咸畏劉軍

門[illegible]望不敢輕犯臺南僅以戰艦游弋海面不敢越雷池一步然則日人固不足怯者輿尸之慘恐將於此役見之矣（錄滬報）

臺軍又捷 ○文滙報載香港於二十七日午刻來電轉接廈門來信謂日兵與華軍於是日大戰於臺地之大嵙崁兩軍互傷者約數百人厥後日兵力漸不支退藏樹林深處高插白旗以求息戰臺軍遂乘勢大隊進攻臺北冀圖克復昨日有臺地華人男婦老幼一千餘名由臺渡廈蓋因日國各敗兵漫無紀律仇視臺民之故其安平一帶刻仍平安無事云

啓者本堂新刻津門孟筱帆孝廉平舒劉紫山選拔兩名士合刻賦鈔註釋詳明誠爲後學之津梁也更有青照草堂重註七家詩並試帖舉隅二種大爲士林推重洵屬古學金針又有覇州吳河帥文安陳學士合輯本朝叢書實爲目前急務近印津沽周衣亭太史孟子讀法講義精詳不徒經生足資討論制藝宗題尤壽見地公諱人麒著作甚富茲姑印其一以供膾炙合計五種除本堂發售外津郡文美齋書局一併寄售至於各種書籍筆墨無不揀選精良務本以期近悅遠來凡刻詩賦文集善書等板刷印裝訂書籍自當精益求精省工價廉萬不敢稍涉含混有負 賜顧 寓河北[illegible]上毘盧室義台主人謹啓

謹啓者爲一家失散具啓詢訪事武清縣李各莊人蔡永[illegible]年二十六歲乳名叫長有前來天津謀生大約係爲人挑水長有之母約在天津傭工長有之妻蔡齊氏年二十六歲長有之二妹年十四歲乳名叫姐舉家由年前十一月間來天津尋找未得確耗長有之大妹配與武清縣玉樹莊陳宅爲媳陳因家無衣食令投歸娘家昨亦來津奈地面遼闊實不易找妻與妹現在天津北門外北極寺後賈府鄉藍宅暫存願 仁人君子倘知母與胞兄下落者請速告知俾得骨肉團聚以免在外漂零功德莫大矣 蔡女暨嫂蔡齊氏謹啓

勿爲所惑 本館訪事諸人既有薦主復有薪水向無在外招搖情事茲聞河東有張祥庚者冒充探訪查本館並無其人爲此敬白幸勿爲其所惑也 本館謹啓

先行交易

新福商義洋行

擇吉開張

啓者本行開設天津英界高林洋行底子專售西洋各國奇樣服飾異味食品新式金銀器皿鋼墊鐵床各色綢緞呢絨嗶嘰綢布大小洋鐘自音洋琴花露香水香皂蜜糖各種洋酒呂煙香煙洋燈洋傘紙札木器一應俱全兼代辦靈巧機器諸色雜貨貨眞價廉誠信無欺凡仕商賜顧者請認本行招牌庶不致悮 本洋行告白

浙杭 元吉永號

本莊自置紗羅綢緞新樣洋辮花素洋布川廣夏貨團摺雅扇南貨頭油俱全祇爲近時錢市漲落不同故而各貨減價開設估衣街中間路北凡 仕商賜顧者無悮特此佈達

陳[illegible]曆先生脉理分明治療得法迭診大症醫手回春現寓海大道康[illegible]

啓者本局本屆派利前因海上多事各分局帳目未能如期報山彙算是以展至六月朔仍在天津等處各分局派息業經函達現已屆期請 諸位股友查照前登報啓携帶息摺股票前來以憑加戳派利是荷特此 達 開平礦務局謹啓

六月初十日輪船進口

新裕 輪船由上海 招商局

遇順 輪船由上海 怡和行

六月十一日輪船出口

武昌 輪船往上海 太古行

六月初十日錢行價

天津九七大錢

紫銀二千七百一十三文

洋元一千九百七十三文

東竹林九大錢

紫銀二千七百五十文

洋元一千零二十五文

直報

光緒二十一年六月十一日 第一百六十一號
西歷一千八百九十五年八月初一日 禮拜四

上諭恭錄

上諭榮祿等奏拿獲偷拆園庭木植並糾衆搶人勒贖人犯請交部審辦一摺所有拿獲之賊犯小崔即崔拴子魏四小恩即恩及小趙即趙椿孫梯青韓傾等六名着交刑部嚴行審訊按律懲辦未獲之李三等六名仍着嚴緝務獲究辦該衙門知道欽此 上諭啓秀着充會典館副總裁欽此 上諭前據刑部奏旗婦平宜氏自抹身死一案請派大員會審當派啓秀徐郙訊明具奏旋經給事中洪良品御史熙麟先後參奏刑部司員有威逼受賄等情迭經降旨歸案訊辦茲據訊明覆奏此案孀婦譽富氏起意將伊童養媳白妞商同祥恩價賣捏稱走失致白妞之母譽王氏赴官喊告後因案送刑部日久不能隱藏譽富氏復將白妞送至平宜氏家希圖誣賴致平宜氏被誣情急自抹身死譽富氏着依例絞監候秋後處決祥恩依例杖一百流三千里餘均照所擬辦理刑部司員承審此案未能悉心推鞫及至白案經尋獲復不能從容審理惟向平宜氏究詰以致該氏情急自抹身死雖無威逼受賄證據實屬辦事糊塗問供草率刑部郎中覺羅崇祿候補主事曹步雲均着即行革職刑部堂官未能詳查僅派司員面詢之詞率行入奏着改爲交部議處欽此 會此案着交劉樹堂督同臬司親提人證卷宗秉公研訊確情按律定擬具奏原告民人張復與該部照例解往備質欽此

南台雲水六記

良辰也佳境也勝友也三者俱而心始暢然必使一人焉勞勞爲主整杯盤肅迎送周旋問答心既不勝其煩爲之客者或不免貌其貌而蹠其心且將於言論間各持私見以窺伺主人意旨而逆意測度之陰以萌他時向背從違之志小而隔閡轇轕大而排擠迫脅甚而戈矛戎馬釁隙之開自來多釁於談讌余自知憨戇之面且不善承迎時時目此爲畏途不敢一涉足獨喜遊遊輒與雲水契契其爲無適之適以相與於無相與友有於雲水契者則余亦與之契世·同類共趨一途者類相爭往往拚命尋仇不兩立率爲并其有而取之得之則以爲喜不得則以爲憂其未得患得未失患失之際雞初鳴身未起心已孳孳平地風波奚啻萬頃因而反手雲覆手雨爲鬼爲蜮變態奇出惜哉爲上古中古所未有禹不能盡窮其象一一於九鼎鑄之使民入世途不逢不若至今思之時猶自憾契雲水者無是也其來也無心而來其去也無心而去來無所干謁去無所觖望來而去去而來來而復去若有約實無約無所約而不約而同所謂二子者不同道其趨也一者何也曰天也莊子有言心無天游則六鑿相攘大林邱山之善於人也亦神者不勝夫神者吾心之大也好和而惡姦以受其成形心與接爲搆行如馳而不止神弗能與也一旦入山林則闊曠灑然若執熱之得濯則神之所游天之所游且不在尋常耳目間亦不外乎尋常耳目間也審矣一視乎人之能得與不能得耳孰得之闊則得 孰不得之不闊則不得也嘗恭讀 純廟御製留別西湖詩曰若謂西湖姑舍是笑予不是得閒人想見閒之一字萬乘且有所不易得豈千金萬金可買南面王可易耶然每恭讀 御製詩文輒怪其尚

幾之暇時時有彼診鼓琴之樂何以能此久而思之乃知凡人之能爲此者其識量才力之所具非區區僅能爲此也必其綽綽然游刃有餘以無厚入有間若庖丁之刀解數千牛而刀刃若新發於硎故所遇無全牛覗爲止行爲遲動刀甚微砉然已解解則提刀而立躊躇四顧善刀而藏之若不以神遇但以目遇未識窾郤技經肯綮之屢嘗則其刀非折即割方將歲更月更之不暇何有於躊躇四顧乎昔武侯僅高臥隆中榜其門曰淡泊以明志寧靜以致遠蓋天下極忙極熱之場非極閒極冷之人不能爲役觀其未出山即定局三分出山以後輙奮然於敖牙繚戾中力戰羣議屹然不動揮羽扇而閒閒孰知其心力之篤棐直貫乎紀綱節目而無或遺其神全故威不鑠而自鑠其精全故氣不餒而自餒哉客有約余遊南台者入齋見所記曰予所記者雲水耶非雲水耶余曰是所言者非雲水是所志者惟雲水志在雲水則雲水者雲水非雲水者亦雲水也入乎雲水之中出乎雲水之外出乎雲水之外趣不越乎雲水之中此吾之所以爲遊也客曰趨行矣毋饒舌出日遵河而南路泥淖曲徑已爲雨集所奪退三舍以避之路出西南登南營門降女墻見台下路復爲水專知前日之雨溝澮皆盈矣余性不耐爭復以路讓於水知難而退歸路野曠天高爽氣萬里豁眸爲豁覺衣頰單甚居然已涼天氣詢之知今爲季夏中旬之一日去立秋不遠矣

吏部試期 〇吏部爲知照事所有考試步軍統領衙門學習筆帖式本部於本年六月十五日奏請 欽派閱卷大臣考取相應知照各衙門即請前經開列堂銜之各堂務於是日寅刻赴午門前聽候宣 旨一經派出即行遵 旨前赴 上諭處考試

禮部示禁 〇禮部爲曉諭事照得六月初十日起十八日立秋止禁止砍伐青樹及上墳焚化紙錢爲此出示曉諭軍民人等一體遵照毋違特示

襜帷暫住 〇湖南提督吳軍門鳳柱去秋統領全省馬步各軍馳赴北上駐札關外以禦強敵數月以來屢獲勝仗現在和議已成奉 諭遣撤昨由火車已抵津並以河北窰窪演武廳暫作行台聞交代清楚即當束裝北上入覲 天顏矣

包庇宜防 〇北洋鐵軌官路公司 爲出示嚴禁事照得本公司火車來往均須購票登車軍興以來因公搭坐者多因憑各營局所送到印單換給免票以利師行乃時有不肖弁兵冒領免單包庇搭客壘經稟奉 北洋大臣李 欽差大臣劉 出示嚴禁在案無如日久玩生屢經嚴密稽察仍將搭客一併捉獲均係鄉曲小民受其愚弄合再出示嚴諭爲此示仰商民人等來站搭車務宜先赴票房買票勿得圖佔便宜自取咎戾倘營勇敢於朦混影射車脚爾搭客亦甘受營勇包庇希圖節省車價一經查獲除將包庇弁兵澈底根究外並將爾搭客人等一併送懲決不姑寬懍之愼之切切特示

安宅可期 〇靜邑河西一帶南自灘頭北至獨流等各村田間一片汪洋無以爲活日前邑侯史大令詳請賑局懇求續賑局憲已俯如所請聞已委某大令赴沿河各村逐戶清查每大口給錢八百文小口減半並議將衝坍房屋查清每房一間給錢五吊文以資修葺云

洋車惹禍 〇本埠自有洋車以來凡有行人均稱便捷而其行過速旁若無人撞壞衣服猶末也往往致傷人命屢懲不悛殊屬可惡日前東門外雨後路滑有老翁步履維艱洋車將老翁撞倒車夫猶肆意飛行罵之不理幸看官道某甲將車抓住一面送老翁回家聞撞傷極重未知死活俟訪明再錄

望風宜儆 〇本埠籌賑總局向來押運賑項由練軍營撥發勇丁以資差用去歲軍務吃緊由局自行招募押運勇丁現和議已定本局勇丁陸續裁撤給付盤川各歸原籍以安正業恐勇丁等在津逗遛有招搖撞騙情事現局憲派差役數名每日在各街巷明查暗訪倘有以上各節或經告發定當從重治罪

未雨綢繆 〇本埠趙家場一帶各村地極窪下屢被水災田園淹沒茲當伏漲盛發之候各村民等自籌資財作未雨綢繆計屆十工數十人修築河堤大約此堤長有數百餘丈加高加寬較從前大有懸殊不日堤工完竣各村田園將可有恃無恐矣

玩水可虞 〇郡屬楊柳青鎮距城三十里每日來往集船絡繹不絕凡有行人均稱其便不料日前集船翻某之子年十八歲在

船搖櫓正急行時忽失足落水該船夥趕緊下水撈救已無踪影又日前下西河河口有浮屍一具該男年約三十餘歲身穿月白褲褂係外鄉人不知由何處流來夫水懦弱而民玩之故多死焉其或無心失足抑其有意自經乎

迅雷驅傚 ○郡城東鄉歙圪村某家婦死夜間陰雨有火龍入室守屍人突見門外又有一龍纏繞空際似抓攫盡之勢滿屋腥風礦味薰人頓迷醒後見院內殛死黃鼠狼 個大二尺餘兩眼已空似控 去者○又前日約十點鐘時黑雲一片由西南而來霹靂一聲將河東小關某廟明柱殛毀妖邪拿獲與否尚未聞知俟訪明再報

香車誤染 ○津郡孚華娶親花轎每乘傳言價值千餘吊六月初十日某姓娶親之期花轎行至城內南大街忽來馬隊數騎濺汚轎帷轎舖某掌櫃將赴官控告夫訟則終凶事不可以已乎

風鶴遙傳 ○電聞甘肅省漢民回民兩相仇殺烽火相望去蘭州西十里外已見賊蹤河州狄道縣皆被圍甘肅提督董軍門福祥在津奉調帶兵前往

謠言惑衆 ○蓋聞津郡爲首善之區凡遇善舉人人贊助個個爭先惟侯家后葛姓名牛者專非善舉攻乎異端妄爲無忌創立仙壇陽爲引善陰誘愚頑壇期夜聚高座儼然其心叵測信口胡言紅男綠女默結資緣倘衆效尤不勝防閑若不嚴禁如火燎原牽動世人莫蹈此愆知我心者勿爲閒談謹云 來稿

助賑淸單 ○啓者敝局自辦唐山賑務以來屢蒙 各大善士 隱爲懷源源接濟則所全活者奚啻億萬人數此皆諸大善士之賜也但飢民太衆不止一隅除唐山外如永遵各屬之灾况與唐山相埒敝局已分往該邑查勘果見飢民滿路待哺嗷嗷其勢岌岌須臾便登鬼錄是以敝局又添辦玉田遵化賑撫茲謹將第十六次助捐各大善士姓名捐數彙登報牘以昭徵信而乞 四方樂善君子慨解慈囊千金不厭其多百錢不嫌其少即祈送至溜米廠濟生社代收 計開于華廷代募趙世泰助津錢五百文 武文清助津錢一吊文 李德權助津錢一吊文 董麟書助津錢五百文 王德榮助津錢二吊文 雷承和助津錢二百五十文 劉有王安李富貞劉殿王相宸張升方侯珠徐德林沈家明崔福慶班均梁興龐懷陳得張世坤劉永慶李殿長周泰李福郭保廷張惠尹玉成左十以上各助津錢二百文 馬有才楊爲辰翟長玉羅增奎寶賢善沈啓徐恩慶楊開泰許永吉郎官山郎官振楊寶珍羅永慶賈有桂畢恩慶尹文鈺劉成仁楊順吳永昌陳立趙福寶文亮孫懷環王得勝高春玉紀長焦坐王鳳祥雷曉俊孫得長張得升張朝會高勝貴張首山朱仁卿貴寶璐王五沈國安劉平源左文章以上各助津錢一百文 歐陽純助津錢五百文 曹廷進助津錢五百文 陳全信助津錢四百文 楊秀齡助津錢一吊文 天津義賑局同人具

臺北日軍敗耗 ○香港西報述華歷閏五月二十六日厦門來電云本港接到臺北消息知近有日兵由大科嵌進攻臺灣府黑旗兵與之會同客兵約於二十五日天明時與大科嵌相近之日兵接仗兩軍苦鬥良久各死數百人臺兵甚爲勇猛且飾膽略爲與日兵接戰之時大都踴躍直前不稍畏避日兵勢不能當以致大敗散向西北兩路退去臺兵遂分兩路一向竹塹進發以攻駐紮該處之日營一向臺北府進發以冀收復臺北猶日臺日兩軍必有一場惡戰○又二十六日下午來電云臺日兩軍非在大科嵌相近接戰之細情現已探悉因黑旗兵及客兵同心與敵於昨日與日兵八百名接戰佯敗誘敵俟日兵追至某處伏兵猝起攻之於是兩軍大戰移時日兵力不能支大敗而退死者約有六百餘人臺兵亦死數百人遂乘勝追至大科嵌地方將駐紮該處之日兵驅逐日人受此大創乃向西北兩路逃去日兵官至此始知中計竟遷怒於臺民將沿途所過之房屋盡行拆毀殺死男婦老幼多人或用手槍擊斃淡水居民因此風聲恐遭毒手於是紛紛內渡今日上午福建柴輪船由淡抵廈臺民乘之而來者約有男丁四百名婦女五百人下午又有二百餘人由淡乘廣木輪船抵廈○有某洋行西人名湯姆孫者因出租界之外幾被日兵殺死 錄滬報

勝仗風傳 ○昨聞本埠商家接到臺灣信息謂劉軍門於前月下旬率領黑旗兵若干分由水陸兩路直趨臺北日人整隊出戰大遭挫敗死傷者不可勝計共有日兵艦若干艘亦遭轟擊一時立腳不定祇得退出城池奔至某處屯紮現在日人以大將既至臺北遂

料臺南勢必空虛擬欲乘機往襲又恐敗殘之卒不能濟事業已電致本國請即添兵若干以謀大舉如果此說不虛則日兵已雖台北矣姑錄之以符有聞必錄之例　錄滬報

圖台不易　〇東洋西報云現在台灣之日人大受艱辛故近日日政府又派兵一隊赴台可見在台之侍衛兵不足以制台兵矣查台地不利於日人之處頗多一爲天氣一爲水土一爲台兵與北洋華軍大不相同膽力既壯兼又熟諳戰法非若前此華軍一見日而即逃者比也本館按此西報出於東洋目見耳聞尤爲眞確合之本報所記彿謀而同然則日人之欲得臺灣不誠戛戛乎其難哉　錄滬報

大英駐津工部局諭　查本局花園之設原爲供西國官商游玩銷憂之所而華國官商亦可藉此來游無如近來華人觀覽者日多一日夾雜不清故西國官商大有地窄人稠之嘆爲此特示自西曆八月初一日即華曆六月十一日起凡來游玩之華國官商除前一日函達本局公事房註明同游幾人以便取領准票屆時方能遊園外餘皆不許擅入惟不准携帶僕人以示區別而免淆混至本園每日下午五點鐘後華人概不准進園各宜恪遵此諭

告白　盛世危言一書香山鄭陶齋觀察所著也觀察負經世之才庚申之變目擊時艱遂棄舉業日與西人游足跡半天下攷究各國政治得失當今時勢強鄰日逼儼成戰國之局凡有關與中外情勢商權利弊旁搜遠紹無遺隨手筆錄積年累月共成五十篇凡用鎗礮設電綫建鐵路開礦織布商務農工治河防海防邊練兵等事瞭如指掌皆時務切要之言凡士大夫留心經濟者家置一編俾人人洞達外情事事講求利病使天下除厥弊端不誠有裨於大局哉每部五本存書無多急來購取可也　文美齋謹啓

勿爲所惑　本館訪事路人既有荐主復有薪水向無在外招搖情事茲聞河東有張祥庚者冒充探訪查本館並無其人爲此儆白幸勿爲其所惑也　本館謹啓

新福商義洋行

先行交易　擇吉開張

啓者本行開設天津英界高林洋行底子專售西洋各國奇樣服飾異味食品新式金鐵器皿鋼整鐵床各色綢緞呢絨嗶嘰綿布大小洋鏡白音洋琴花露香水香皂蜜糖各種洋酒呂煙香煙洋燈洋傘紙札木器一應俱全兼代辦靈巧機器諸色雜貨貨眞價廉誠信無欺凡仕商賜顧者請認本行招牌庶不致悞　本洋行告白

浙杭元吉永號

本莊自置紗羅綢緞新樣洋辦花素洋布川廣夏貨團摺雅扇南貨頭油俱全祇爲近時錢市漲落不同故而各貨減價開設估衣街中間路北凡仕商賜顧者無悞特此佈達

陳爾耆先生脉理分明治療得法迭診大症著手回春現寓海大道東醫病所後

啓者本局本屆派利前因海上多事各分局帳目未能如期報山彙算是以展至六月朔仍在天津等處各分局派息業經報達現已屆期請諸位股友查照前登報啓携帶息摺股票前來以憑加戳派利是荷此達　開平礦務局謹啓

六月十一日輪船進口
普濟　輪船由上海　招商局
重慶　輪船由上海　太古行

六月十二日輪船出口
新裕　輪船往上海　招商局

六月十一日銀洋行情
天津九七六錢
銀盤二千七百一十五文
洋元一千九百七十[illegible]
紫竹林九六錢
銀盤二千[illegible]百七十五文
洋元二千文

直報

光緒二十一年六月十二日 第一百六十二號
西歷一千八百九十五年八月初二日 禮拜五

上諭恭錄

台滿廕生曾興着以文職用胡圖哩着昌榮銓常瑞俱以侍衛用漢廕生徐琰芝徐厚祥王鈺孫濤昌陳翼棟俱着內用張權孫于元陳宏蓮俱着外用翰林院孔目着萬敬修補授江南道監察御史着王培佑補授司經局洗馬着惠純補授內閣侍讀着奇承額補授內閣典籍着阿材補授保舉湖南補用直隸州知州皮爾梅直隸補用知縣繆桂榮黃紹唐山東補用知縣房學禮俱照例用俸滿山西長治縣知縣馬鑑着回任欽此

于疆于理至于南海考　　臧道鳴來稿

此召公服淮夷之大政也傳云先王疆理天下物土之宜而布其利又云反先王則不義故召公既平淮夷之後循其義而行之使濱海之國無不復乎井田之舊溝洫川澮爲縱爲橫即濱海之民亦無不安於什一之法閒嘗考而論之于之爲言往也召公往淮南之地也疆說文作畺界也疆界之疆當從畺蓋畺字象形有二田復用三畫以横列上中下之闈是其界畫不言而喻正與上文疆土之疆微有不同者一也理者分也又止也分別地理之所宜止其地之阡陌也地理之高則宜黍稷焉地理之下則宜稻麥焉是理與疆之義更有殊者二也左傳楚子云君處北海寡人處南海蓋淮夷在南故曰南海猶之魯頌曰及彼南夷至於海邦是已至之云者由迤邐而至也由徑直而至也由近而至之也由遠而至之也召公疆理推而至於南海則南海以內之民無不從服其疆理其徹法之行也不已遠乎顧猶有說者周之興也地在岐豐去江漢甚遠去南海尤遠淮夷難服即政教難行乃召公於極遠之地能正其疆界而使之無所越能分其土宜而使之有所殖則視以兵威服之者固有閒焉抑又考之南山詩云我疆我理南東其畝綿詩云迺疆迺理迺宣迺畝其經界既正井地既均由來已久不知自太王成王以至宣王其閒淮夷之叛至再至三疆理難行在所不免然則于疆于理至于南海此召公何時事曰宣王之六年淮南之夷叛平召公奉行徹法以至於南海也此竹書紀年所誌正與詩之本旨合學者又當分別詳之

城送宗室

○例載旗籍宗室涉訟地方官不得用刑所以嚴體制而重天潢也但官長雖不得擅刑而訟者於公堂之上亦必須謹守法度不容藐禮藐視官司庶足昭情法兩平昨阜城門外關廂西城外坊署中宗室某在該署控散楊某毆辱某副指揮見來勢兇惡立即升堂訊究詎該宗室因一言不合其意大肆咆哮負將公案拉倒隨即出署呼嘯一聲招來無賴多人將署內儀門拆毀某指揮當即稟明城憲飭將宗室某鎖拿詳城咨送宗人府按律懲辦夫宗室爲天潢派衍指揮亦天子命官目無法紀目無天不顧官適不自重耳

院試八旗　○順天府儒學示本年歲試八旗生童督學部院於六月十二日下馬十三日考試八旗滿蒙漢生童經古場十四日

考試八旗滿蒙漢生員正場十六日考試八旗滿蒙漢文童正場十八日考試八旂漢軍文童正場等因現已行知八旂滿蒙漢各固山查照

竊玉當誅　○永定門外二郎廟東莊地方居民某氏一家夫婦子女共四口耕種度日夫故後氏偕一子挑野菜斫生柴煮食度日因女已及笄不便外出獨留守戶六月初八日母子出戶後匪徒三人闖入室內將其女撳倒用土塞口其耳環首飾盡行攫去逃逸無蹤移時其子先歸詢悉前情待母至即偕赴南城外坊稟報已蒙飭差緝拿然該匪已颺未悉能弋獲否也○又順治門外海北寺街居民某乙生女年方二九雖屬小家碧玉而風姿幽雅自是可人一日爲某小兒瞥見垂涎旋約匪棍多人於六月六日乘間將女搶去某乙聞知當即邀集多人四出截拿至西便門外老營房地方始被官廳兵丁拿獲刻已解城各送刑部擬辦矣似此不法之匪竟敢于化日光天下大胆妄爲苟不嚴加懲辦小民尚有安居日乎不得不深望夫爲民父母者

荷枷示儆　○際此赤日當空汗流浹背得一泓清水濯足濯纓固爲一服清涼散然水懦民玩遭滅頂之凶者亦比比有之德勝門外護城河每屆夏令常有因浴斃命事曾經北城外坊嚴禁在案並派差看守不准行人入浴所以重人命也迄今月餘並無浴者詎忽有護國寺旁居民祥姓年約三十餘歲因天氣酷熱邀同姓二人至德勝門外迤東三道垛口解衣入河沾濡未竟經官役瞥見向前阻止詎祥某霎已不見況入水底撈救不及竟以斃命當由總甲報明北城正指揮前往相驗由屍妻將祥某認領備棺掩埋看守不愼之皂役汪某枷示河干十日以爲疎防者戒

局示抄傳　○督辦直隸賑撫總局　爲出示曉諭事照得前奉督憲札飭欽奉　上諭御史李念茲奏永平遵化兩屬各州縣去年被水甚重飭即酌度情形籌款解濟分別賑糶以恤災黎等因欽此欽遵轉行到局當經本局詳明籌撥款項派員分投查放加賑一面廣招米商取保給照飭令自備資本購買米糧由局商明鐵路公司減收火車半價運至永遵兩屬減價平糶以濟民食並派員前往認眞稽查在案查自開辦以來各米商領照購運共有二十五萬餘石爲數甚鉅惟鐵路公司每日只能勻撥三千石車位拉載米糧頗形擁擠故至今所運尚未及半如以後陸續運竣足敷接濟現在奉糧弛禁二麥早經收穫據臨榆昌黎等縣稟報海道通順奉東兩省米糧進口甚多糧價已減勿庸運米再糶等情前來自應停止以免日久滋弊現經本司道等稟奉督憲面諭飭將永遵運糧護照一律停發並令將已發護照查明催繳銷等因奉此合亟出示曉諭爲此示仰各該商民人等一體知悉嗣後販運米糧應即照常辦理其已領護照尚未運竣者務即赶緊備齊赴火車站報驗聽候挨次裝運減價糶賣依限繳照查銷勿得任意遲延致干查究各宜凜遵毋違特示

憲批彙錄　○欽命二品頂戴直隸分巡天津河間等處地方兵備道李　示天津縣民人牛漢卿稟批此騾究係何人遺失楊萬和等果否皆係冒認仰天津縣速即查明核辦並酌斷喂養錢文以免賠累供單抄發稟抄存○又示河間縣人盧凌雲等呈批前已批縣查辦尚未詳覆滹水歸復故道以來子牙兩隄關繫緊要僅令近村修守力實未逮是以前督憲李普發札內曾有此村補彼村之不足遠村補近村之不足之語欽奉　諭旨准行飭遵在案爾等向既幫修自應循舊辦理豈得以並不受害率請免派實屬取巧惟據稱張家莊與爾等同在羊店地方該村已經優免是否屬實仰河間縣逐細查明一併詳覆聽候核奪冊等均回籍候示呈抄存

患宜預備　○本郡城垣四隅向有葫蘆灌高及二尺有餘以洩城內積水昔年創造極爲美備中間原有條石爲栅以禁人出入奈歲久石泐久之石亦無存竟可容入二三人雖前經修補一次改用鐵栅欄迄今多年鐵亦飛去行人由此出入毫無禁止實爲竊盜方便之門夫穿窬尤其小焉者也凡有灌之處地率僻靜以南面城論城內東南局與營盤處近在咫尺此時雖已平靜然亦不可疏防倘有奸宄陰聚由此潛入則其患有不可涉想者所望工程局憲隨時詳查何者當修何者當建詳請上台妥爲籌備思患預防所全不小矣

惡胡不悛　○姦誘武清鄉人言其隣村某甲承乃祖遺業頗有餬口而不務正業早年娶農家女貌亦不惡性極温和甲因常行赴津與匪人爲伍日日尋花問柳又以腰纏不饒遂生巧計見其鄰婦人來津覓謀衣食多年輕有姿色者甲乃設計誘入娼寮伊既得沾潤其財又得窃恣歡樂是以貪心愈熾胆量愈大昨日又由武清誘拐良女先匿其家被其妻詰出實情乘間將女放走甲妻因念遇人不淑

百觔難挽況此女被我所放良人定不能甘左右尋思毫無生趣竟結帶懸樑幸未片刻甲已回家見內室雙門緊閉由門隙以窺陡然大駭急喊鄰人破門而入解之尚溫急為解救得慶更生鄰人皆知甲素行未便深詰只以夫婦大義兩相慰藉當時甲亦不敢過問女子一事惟頓足而已聞甲至今仍怙惡不悛其妻終恐難偕老也似此萬惡豈無所報或亦報有遲速乎

援手未能 ○河東陳家灣張二昨乘小艚船赴窑窪果子店買西瓜忽向船邊探取什物一手抓空閃入河內同船拯救將張二身穿之褲抓住奈其人軀重河水溜緊竟將褲抓破一塊為溜奪去至新浮橋掛在繩上已氣絕矣同坐船人報知其家經屍親將屍領去云

追踪落後 ○衛東范家莊有年將六十歲人於昨日早八九點鐘由該莊赴衛貨辦什物囊錢約二三千背負以行甫去孫家莊不遠遇一游勇年二十餘手持洋鎗刺向老者面前刺來老者時正低頭行路未防遇刼竟被連傷四五處幸老人頗有技勇向前抵禦本被刺者治命處且格且嚷孫家莊多人來救並將游勇拿獲該處雖係莊外亦非無人之境行人過往踵接而來白日青天出此路劫賊胆何大也及河東汛聞信帶兵前往該處地方已先將游勇送縣懲辦矣

助賑清單 ○啓者敝局自辦唐山賑務以來屢蒙 各大善士 隱為懷源源接濟則所全活者奚啻億萬人數此皆諸大善士之賜也但飢民太衆不止一隅除唐山外如永遵各屬之灾況與唐山相埒敝局已分往該邑查勘果見飢民滿路待哺嗷嗷其勢少緩須臾便登鬼錄是以敝局又添辦玉田遵化賑撫茲謹將第十七次助捐各大善士姓名捐數恭登報牘以昭徵信而乞 四方樂善君子慨解慈囊千金不厭其多百錢不嫌其少即祈送至溜米廠濟生社代收 計開 天津振泰承助錢平化寶銀五十兩 誠順堂助津錢五吊文 王德奎助錢二吊文 五齡女子助津錢六吊文 于華廷代募桑志德助洋銀一元 蕭利生助洋銀一元 畢綸生助洋銀二元 鍾德義助洋銀一元 徐阿生助洋銀一元 許學順助洋銀一元 姚天球助洋銀一元 蔡錦安助洋銀一元 宋臨田助洋銀一元 姚金魁助洋銀一元 徐炳榮助洋銀一元 王起助洋銀一元 歐陽安助洋銀一元 天津義賑局同人具

安平近信 ○香港西報載華歷閏五月二十二日安平訪事友來信云本處甚為安靜並無戰事新設之海關章程亦好商務與往時相同劉淵亭軍門號令嚴明兵不敢犯近日軍門又派生番五百名巡行各路所過之處民皆憚其威嚴

中高譯聞 ○字林西報云傳聞中國 大皇帝已降 諭旨著自鎮江至天津一帶建造鐵路○又述重慶消息言已艱某大令近日在客棧中緝獲匪類五人尚未訊得詳細供詞惟搜其身畔及行李內有手槍若干支鋼刀數把並金十字架一事此十字架係成都教堂[illegible]物以此懸究該匪類等始供認係成都等處鬧教案中之犯近至重慶仍欲謀鬧教之事煽惑白姓使與傳教人為難聞官得供命將匪徒收禁候辦○又云高麗王妃已被檎拿創去其權本館按此係原文止此未曾詳言其故竊意高妃樹黨干政素與日本不睦或為日人所忌歟庶幾近之至其確否俟後聞

追述台軍連捷情形 ○臺軍稱捷情形迭詳本報茲又得探訪便者手書云日人退駐陂角後合帶傷之卒纔及千人加以車中患疫十喪其四進退失據無復如從前之氣燄人炙矣嗣由該國續派到新兵萬人始復重整旗鼓冒險前進閏月二十五日遇臺軍于中歷自辰至晡斬殺相當大科崁即南雅廳治居中歷桃仔園腹地相距各十五里如丁字形土人皆日荼毒是日商結生番將盤踞該處之敵兵一小隊一鼓聚殲然後取道桃仔園巡襲日軍之後日人腹背受敵遂不能支急豎白旗乞貸須臾之死而臺軍環攻益力不得已抛棄槍械輜重潰圍向西北而遁臺軍斬將搴旗追奔逐北直過龜崙嶺下寨中歷桃仔園南雅陂角各要隘以次克復是役也陣斬日人四千餘級攻毀敵營五座奪獲大砲十數尊其餘器械糈糧為數甚夥閱邇日臺軍已乘勝越嶺進攻新莊是處去臺北僅一衣帶水聞彼都人士亦多揭竿響應者○日人不得志於陸路意圖侵擾海口其洋面兵輪屢在旗後打狗等處游弋前日突至旗後海口向砲臺連擊數砲台上守兵並不還擊[illegible]幟皆偃兵亦藏伏日船漸駛漸近台兵見船離不遠砲力可及遂將巨砲燃放其彈適落于船雖未傷損幾兆焚如即刻轉輪遠遁○又有日輪數艘在打狗口遊弋多次臺兵不動聲色似無準備者然日遂於夜晚突然駛進口內暗中登岸約有數百

人○希圖夜襲不料甫經登岸伏兵兩翼齊出日人一見有備返身即遁並不接仗臺軍追至海口已被驅去僅斬其落後者十餘人○近聞劉淵亭軍門已移駐臺中以便兼籌全局不致南北偏廢另檄邱仙根水部協同其猶子某鎮守臺南○臺北自被日人占據之後城鄉百姓無不受其荼毒困苦不堪聞知臺南照常安謐皆擬招羣結伴逃往暫避無如桃仔園一帶多有防營非有熟人作保不能過去蓋恐其中混雜奸細故也

大英駐津工部局諭　查本局花園之設原爲供西國官商游玩銷夏之所而華國官商亦可藉此來游無如近來華人觀望者日多一日夾雜不清故西國官商大有地窄人稠之嘆爲此特示自西歷八月初一日即華歷六月十一日起凡來游玩之華國官商除前一日函達本局公事房註明同游幾人以便取領准票屆時方能近園外餘皆不許擅入惟不准携帶僕人以示區別而免淆混至本園每日下午五點鐘後華人概不准進園各宜恪遵此諭

嶺南醫先生脉理分明治療得法迭診大症著手回春現寓海大道東善醫院後

茲啓者本堂新刻四門孟筱帆孝廉平舒劉蔡山選拔兩名士合刻賦鈔註釋詳明誠爲後學之津梁也更有齊照草堂重註七家詩鍾試帖舉隅二種大爲士林推重[illegible]古學金針又有薊州吳河帥文安陳學士合輯水利叢書實爲目前急務近印津沽周衣亭太史孟子讀法講義精詳不徒經生足資討論制藝宗題尤壽見地公諱人龢著作甚富茲姑印其一以供膾炙合計五種除本堂發售外津郡文美齋書局一併寄售至於各種書籍筆墨無不揀選精良善本以期近悅遠來凡刻詩賦文集善書等板刷印裝訂書籍自當精益求精省工價廉萬不敢稍涉含混有負　賜顧　寓河北關上毘盧室義合主人謹啓

勿爲所惑　本館訪事諸人既有荐主復有薪水向無在外招搖情事茲聞河東有張祥庚者冒充採訪查本館並無其人爲此敬白幸勿爲其所惑也　本館謹啓

六月十二日輪船進口
普濟　輪船由上海　招商局
綏定　輪船由上海　招商局

六月十三日輪船出口
重慶　輪船往上海　太古行

六月十二日錢洋行情
天津九七大錢
錢盤二千七百零五文
洋元一千九百六十文
紫竹林九六錢
錢盤三千七百四十五文
洋元一千九百九十文

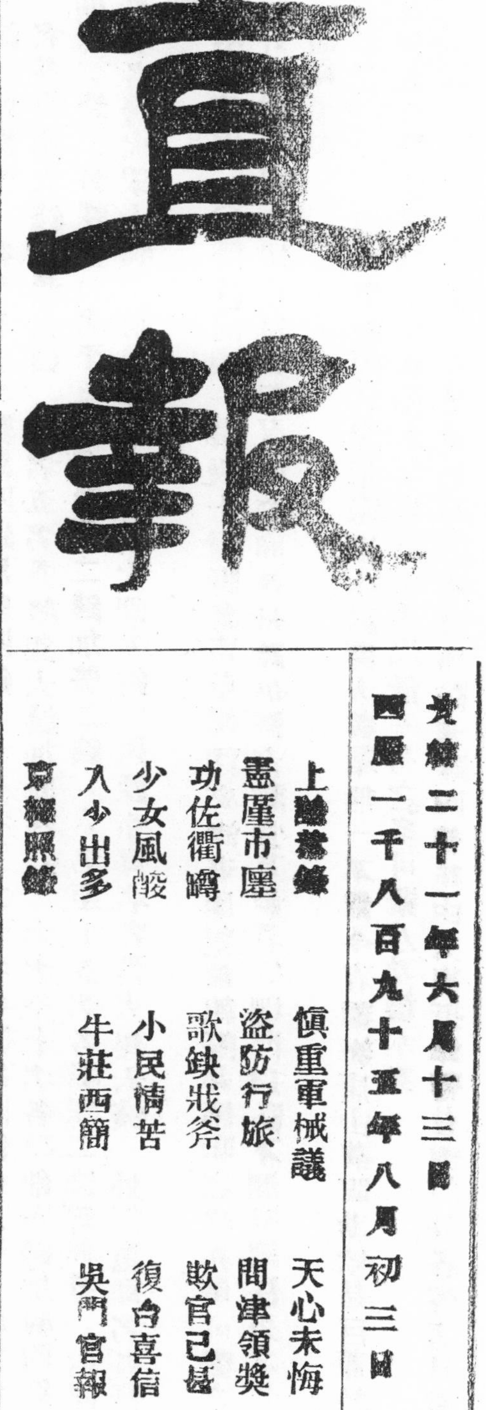

光緒二十一年六月十三日　第一百六十三號
西歷一千八百九十五年八月初三日　禮拜六

上諭恭錄

上諭兵部尚書着徐郙補授許應騤着補授都察院左都御史欽此　上諭廖壽恒着調補倉場侍郎汪鳴鑾着調補吏部右侍郎仍兼着刑部右侍郎許景澄着補授工部左侍郎未到任以前着李端棻兼署欽此

慎重軍械議

易言弧矢以威天下知兵革之事自古有之至涿鹿而撻伐張商周而征誅起秦監其害以爲不亟制之則兵革之害將及於身不亟待之則兵革之利莫收於己我用則爲利人用則爲害於是思有以專之銷鋒鑄鐻以爲金人十二使天下無藏兵卒之民苦兵法全斬不截竹長嘯起兵雲集響應而陳勝項籍之徒出而因之是天下之平固不視乎革之堅不堅兵之利不利其爲我用爲人用也左氏曰天生五材民竝用之何能去兵然天下有道則征伐自天子出蓋謂天子明聖愚賤蠢頑明聖則執法以持平蠢頑則枉法以生亂故大柄不可下移也降而旁落中葉征伐由自諸侯出自大夫又降而出自陪臣其失不出於三世然陪臣亦臣兵權猶秉之於上未聞同之於民也非藉民爲兵民皆得荷戈執殳而其荷戈執殳者皆有官司束約之有律而不使少犯非縱其執兵器以遨遊藉兵器以逞凶也況後世易弓大戈矛爲銃礮中外通商以來易爲洋鎗洋砲有格倫毛瑟之名近復易爲快鎗快砲愈快愈凶爲利愈大爲害愈速爲自害而去之我縱不用爲能禁人之不用愚矣知其害而忽之以我所用而公與人用疎矣以我不敢輕用之物而任人之濫用妄用且自我製之自彼用之我用其次彼用其精人之利我之害也糜我之財資彼之用以我之財買我之禍其爲計疎而又疎雖至愚者當不出此然而勢必至此也然而事已至此也事至此而卒無以陳其利弊者司其事者貪其利而不欲言畏其勢而不敢言局外之人雖言之無濟於事而罪已及身故相率箝口坐視其禍變之生知之而不一置喙噫上之人雖欲悉其利弊惡從而知之又惡從而求之哉茲請無言其大者遠者且言其小者近者軍興以來議者每謂有將無兵是無將有兵無械有械而不利或我之利不及彼之利是仍無械無兵也言之是矣然有利械方適强兵之用欲儆其宜謀利器之藏鮮車甲而府庫儲之是息兵非廢兵亦猶行古之道也去歲集天下之兵復廣爲招募增兵卽增械其購之外洋製之內地者無不精益求精按營發人計數照付其或有兵額缺而儲其器守其器而盜賣其器軍潰勇逃偷竊攜帶者各處失利之時將不顧兵兵不顧將所有器械原難查考現在已有和議各營或歸併裁撤其器械保無短少倘以爲敵軍之物不必過事稽查以期無事姑爲隱忍不知總事可以隱忍惟器械號衣乃營中最關緊要之件亟應嚴加追究稍有含糊裁撤以後更易滋事近日每見本年辯靜處常有人肩荷洋槍二三桿明目張膽以行究不知由何處來從何處去詢其爲撤軍當收之器自應車載船裝不宜零星搬運今所肩扫之二三桿者得毋爲盜竊之物歟歷或有未剛平況西河河北一帶近日盜案疊出莫不以洋槍從事其是勇非勇均屬難辨且恐或此

物盜向他處姦淫匪類則爲害更不勝言矣

天心未悔 ○京師近日霍亂轉筋之症流行無已往往醫家措手不及遂長睡不起昨聞前門外楊梅竹斜街萬福居觀音寺天興樓煤市街富陽樓各飯館內舖夥染患斯疾頃刻之間不容醫治斃命者七八口之多順治門外一帶因患是疫死者亦復不少以致陰陽生材店和尙齋醮槓夫槓昇日夜甚忙無不利市三倍居其間者聞之毛骨悚然矣

王事獨勞 ○鎭遠縣軍門下車伊始卽赴楊村驗看雲字營馬隊已紀前報茲聞軍門赴大沽口查驗開花砲隊並飭各勇丁等照舊操演不可懈怠如習練不力卽行斥革決不容寬等因軍門可謂勤于王事矣

囂塵市廛 ○督辦直隷籌賑總局 爲出示曉諭事照得本局每屆辦理冬撫解運賑銀及開辦粥廠各事向由練軍營借撥勇丁用資護送彈壓上年因値軍務吃緊各營操防甚亟未便借撥禀奉 督憲面諭由局自行招募以供差巡嗣因軍事大定卽經按名遣給路費陸續遣令回籍並將原領號衣軍械一律收繳惟該勇丁等多非本地之人誠恐私自逗遛藉端滋事合亟出示曉諭爲此示仰諸色人等一體知悉嗣後如有假稱本局勇丁在外招搖撞騙向街市舖戶强賒硬索擾害生事准爾等扭赴本局指控定卽從嚴懲辦決不寬貸爾等亦勿得挾嫌妄禀致干併究各宜凜遵毋違特示

盜防行旅 ○楊柳靑鎭固本堂梁棟愷者以販賣糧食爲業於前月下旬裝儎糧食赴永淸縣韓村售畢共得價銀三百餘兩歸路由董家務上船至晌午行至該縣閘口村靠岸忽來十數人各持洋鎗器械飛躍上船彼時船戶許永泰向前攔阻被賊人將左手砍傷卽持械嚇梁梁莫如何任其搶刦銀兩錢文衣服等物相率而逸梁赴文武衙門報案能否緝獲難以預料惟該賊等聚集十數人手持洋槍於靑天白晝肆意拒傷搶刦銀至三百餘兩可謂胆大已極若不嚴拿重懲何以衛商旅而安地方耶

問津領獎 ○欽命二品銜新授福建按察使長蘆都轉鹽運使司鹽運使隨帶加六級紀錄十四次李 爲榜示事今將問過問津書院官課考取內外附課生童試卷等第名次並獎賞銀兩數目開列於後須至榜者 計開 內課生二十名 蔡彬 王德純 樊蔭慈 何錫齡 于長藻 孫履晉 李雲章 王維賢 李鍾俊 趙鑾頤 郭進修 朱士珍 趙士林 魏恩錫 盧秉銓 曾登泰 蘆鴻恩 魏震 黃澐 張大仕 外課生二十名 梅士俊等 附課生七十七名 劉廷棫等 內課童十五名 丁名珍 華承源 楊鴻綬 吳世琦 賀萬年 蔡成儀 吳星煥 郭承蓀 王國璉 曹春藻 張存藻 高攀第 杜金銘 臧守義 陳恩鐸 外課童十五名 褚士億等 附課童四十九名 黃濤等 內課生一名獎銀一兩五錢加獎二兩 二名三名各獎銀一兩加獎一兩五錢 四名五名各獎銀一兩加獎一兩 六名至十名各獎銀八錢加獎八錢 十一名至二十名各獎銀六錢加獎六錢 外課生一名至十名各獎銀四錢加獎四錢 十一名至二十名各獎銀四錢餘無獎 內課童一名獎銀八錢加獎一兩 二名三名各獎銀六錢加獎六錢 四名五名各獎銀六錢加獎四錢 六名至十名各獎銀四錢加獎四錢 十一名至十五名各獎銀三錢加獎三錢 外課童一名至五名各獎銀二錢加獎二錢 六名至十五名各獎銀二錢餘無獎 內課生每名各膏火銀八錢 外課生每名各膏火銀六錢 附課生每名各膏火銀五錢 內課童每名各膏火銀六錢 外課童每名各膏火銀四錢 附 童每名各膏火銀一錢

中澤獲安 ○靜邑河西一帶數十村野無靑草婦孺來津者屢紀前報旣非賑之時亦無可籌之欵茲蒙道憲李觀察飭差暫貼西門外立成店以爲棲止每日朝夕兩餐照章付給仍歸育黎堂其媼看守柵門以防不測旣施法外之仁更立仁中之法誠堪詣萬家生佛一道福星矣

功佐衢罇 ○本埠南門外溜米廠濟生社諸大善舉無一不備今春籌辦唐山義賑助欵甚巨兼捨藥料全活尤衆今於竹林各大道及馬家口等處設立水缸水桶水勺以便行人渴飲一勺之多可擬八功德水矣

歌鋏壯斧 ○山東太安鎭憲饒軍門所帶撫防步隊四營昨由火車抵津暫住西門外各客店日前道憲李觀察調撥數輛三十

雙裝運護送至德州界閒於今早開行

欺官已甚 〇北倉大使某公宅內前夜有強盜二十餘人入院進室搶去衣服首飾若千閒宅內護院二力士被傷甚重已赴縣報案飭差嚴緝何盜之強且多耶

暴寡宜懲 〇本埠各堡脚行械鬥之事層見疊出一經官斷兩造俱服比比然也本月十一日夜海下東大沽有綽號名馬五者本處地賴把持脚行是夜勾出宋某田某與張麻六不知因何事故將張麻六哄作洋鎗誘來脚行附近處用刀剁傷血流不止兼有致命處伊母某氏見子受傷極重赴東沽汎喊控該汎某弁業己派差查明地賴屬實日前將此案送縣懲辦矣至如何核斷俟訪明再錄

少女風酸 〇烈婦沈張氏津埠南頭窰民人沈某室梁家嘴民人張奎五女於去歲于歸時氏年十七歲今沈在京染疫故月初移柩歸里妻痛哭五日不食於十二日晚聞殉可矜也己嗟夫海波[illegible]洞乃有寃禽雨雪飄搖翻生恨竹紅顏赴義雄於一劍之師縞袂趨風凜若萬夫之特摩笄一痛已乞志於計至之晨絕粒五朝卒畢命於櫬歸之後矢同心於地下願結髮於來生附之風聞待俟 天語

小民情苦 〇現在衆埠貧民男子之外其貧婦女身携男抱女求謀餬口者尤復不少曾以為麥收之後大秋在即正農民得食之時何以仍求賑濟非賑之時難以開例且亦無欵可籌難以辦理而該貧民不得官撫惟沿門求乞以致到處是家弗論大街小巷隨處坐臥住宿雖炎熱不畏風露而大雨時行上無寸瓦旁無尺墻何以遮蔽倘有青年婦女匪徒垂涎非奸即拐勢所難免否則轉瞬秋大氣冷加以飢餒不免生疾恐街巷屍橫殊非善事査該貧民多係春雪太大夏雨太暴或耕種失時或已種被澇或無力耕耘或男子出外當兵未能贍顧又或麥場毀無收顆粒兩暘愆期未能補種其大秋本無可望是以飢餓難忍不能不來津求活以為苦海之邊不敢期其能活否也但官既得難他人更難為力其何術以謀保全耶

復台喜信 〇昨日本埠廣帮接到廈門專電致函本館謂前月二十六七兩日黑旗劉大將軍由臺中進兵至桃仔園地方與日開仗日兵大潰傷亡甚多獲得七畫金線日兵頭二名日兵退出臺北至錫口及水反脚一帶駐紮逮二十九日傍晚時劉軍拔隊入城台北遂慶克復刻下日兵又退至離滬尾十二里之官渡地方暫駐然均偃旗息鼓紀律嚴無大勢已不能再戰云云按此信確否雖或未敢盡信然閱香港西字報載上月二十六日劉軍與日戰於大嵙崁地方兩軍各死數百人臺軍勇猛異常日兵由西北方大敗而走臺軍遂分兩路一由臺北府一由竹塹進發且是日下午又有飛電述及謂是役也黑旗兵之大獲全勝實因與客兵戮力同心之故先斬日兵八百名又復佯敗為誘敵之計日軍不知大隊追襲伏兵猝起又斬日兵六百餘名劉軍遂乘勝長驅直下追至大嵙崁駐紮日官始知中計然已無及故有遷怒臺民慘遭封殺紛紛內渡之事是則合之昨日喜電不為無因爰亟錄之以當露布至其詳細確情容俟訪事人專函到中當再詳登也　錄新聞報

澎湖近耗 〇長崎西報刊有上月十四日澎湖媽宮信息言澎島天氣酷熱異常計寒暑表雖在陰處亦昇至九十八度自日軍由澎調往臺灣後日船由日本到此者即寥寥無幾祇有中國渡船十餘艘每日由臺南廈門等處載運糧食蔬菜前來惟是時症流行日人獨當其害計日兵初至媽宮不過數日其患霍亂而死者已有一千二百餘人嗣後霍亂稍疎別症又起日兵染此者不下三百人現下日船之泊於媽港者計司運軍船兩艘水雷船五艘鐵甲船一艘聞有運軍船一艘載運病兵六百五十人即日由澎駛回日本烏治拿處調理

入少出多 〇西六月十五日法京消息言法國稅關出有報章據稱自西歷今歲正月起至五月底止計法國入口貨比諸去年同時約少四百二十兆佛郎至出口貨比去年則增多一百兆佛郎云

牛莊西簡 〇華歷閏五月二十五日牛莊來信云本處砲臺幾被日人毀盡迨日人離開砲臺又有盜賊乘間而來將所餘鐵木物料等件悉數搬去〇現在本城居民多患霍亂頗有死者日兵現已遷至離城數里之清潔地方以為避疫之計惟各路要口尚有巡街日兵譯文滙西報

吳門官報　○閏五月二十五日知縣陳熇奉委督辦淮餉差　又龍贊新銷蘇屬各縣漕捐差　從九胡□雯謝委同里厘局司事差○二十六日吳縣凌𤋮知赴木瀆相驗　通判郭廷沛銷解甯餉回　知縣蔣予蕃銷南滙公幹辭　又王□埏銷守提武宜陰溧徒陽漕捐差　縣丞寶以棻奉委閶胥門外二段巡查即到差　又龔世棟稟知聞訃丁母憂　從九品楊錫璽由京領照驗看回省到來轅甄別考試○二十七日通判吳汝繹知縣周恩祿奉文甄別考試　縣□文巡捕忠厚又武巡捕徐榮奉撫憲委赴清江迎接新任撫憲趙大人即辭　六門水旱關委員稟知奉憲諭加嚴門禁　吳縣凌木瀆相驗回○二十八日知府戴文佐由上海貨捐局來　知縣陳熇解餉赴揚州辭　縣丞丁曰棟奉飭封門旱關以初更爲度鎖閉　從九沈金聲奉傳甄別考試○二十九日知府林文炳余□祺稟知本日撤籌餉局事　同知何希曾銷太倉公幹差　委署婁縣林鈞澤銷洋務局差　都司沈春山松滬局解餉來　從九陳占祥專丁來省謝委飭留辦貨捐一年

告白　盛世危言一書香山鄭陶齋觀察所著也觀察負經世之才庚申之變目擊時艱遂棄舉業日與西人游足跡半天下致究各國政治得失當今時勢强鄰日逼儼成戰國之局凡有關與中外情勢商權利弊旁搜遠紹無遺隨手筆錄積年累月共成五十篇凡用槍礮設電綫建鐵路開礦織布商務農工治河防海防邊練兵學事瞭如指掌皆時務切要之言凡　士大夫留心經濟者家置一編俾人人洞達外情事事講求利病使天下除厥弊端不誠有裨於大局哉每部五本存書無多急來購取可也　文美齋謹啓

本行茲由外國運到新式玲巧水龍其法將水龍放在井內抽水頗爲靈便官商住家花園均可合用價亦相宜倘蒙　賜顧請至本行看樣定價可也此佈　信遠洋行告白

陳雨蒼先生脉理分明治療得法迭診大症著手回春現寓海大道東醫寓院後

大英駐津工部局諭　查本局花園之設原爲供西國官商游玩銷夏之所而華國官商亦可藉此來游無如近來華人觀覽者日多一日夾雜不清故西國官商大有地窄人稠之嘆爲此特示自西歷八月初一日即華歷六月十一日起凡來游玩之華國官商除前一日函達本局公事房註明同游幾人以便取領准票屆時方能近園外餘皆不許擅入惟不准携帶僕人以示區別而免淆混至本園每日下午五點鐘後華人概不准進園各宜恪遵此諭

浙杭 元吉永號

本莊自置紗羅綢緞新樣洋辮花素洋布川廣夏貨團摺雅扇南貨頭油俱全祇爲近時錢市漲落不同故而各貨減價開設估衣街中間路北凡　仕商賜顧者無悞特此佈達

告白
彭公案　楊家將
昇仙傳　南北宋　金鞭記　雪月梅
後聊齋　後列國　玉姣梨　小八義
草木春秋　西湖佳話　醉茶志怪
前後七國　鐵花仙史　挑燈新錄
後英烈傳　三續聊齋　巧合奇冤
花月姻緣　髮逆圖記　第一奇女
醒世姻緣　續施公案　五虎平西
南　續今古奇觀　續[illegible]
萬年青初二集　五十名家手札
文美齋謹啓

六月十三日輪船進口
海定　輪船由上海　招商局

六月十四日輪船出口
普濟　輪船往上海　招商局
重慶　輪船往上海　太古行

六月十三日[illegible]洋行情
天津九七六錢
銀盤二千七百一十三文
洋元一千九百六十五文
紫竹林九六錢
銀盤二千七百五十五文
洋元一千九百九十五文

直報

光緒二十一年六月十五日　第一百六十四號
西曆一千八百九十五年八月初五日　禮拜一

上諭恭錄

上諭徐桐等奏審明風憲官收受贓欵按律定擬一摺己革御史鍾德祥身居言路宜如何砥礪名節乃竟收受贓欵實屬有玷臺諫著照所擬發往軍台効力贖罪餘依議該部知道欽此

南台雲水七記

光緒二十一年六月十五日於昔則爲盛夏爲溽暑今以是歲閏五之序推之去兩日則爲秋矣是日也天高氣爽月隱於樹河沒於天清光大來昧色頓霽衣履近燥腰膝漸强甫迎金氣遂爲所感人生天地間不與時爲變通非造物之棄人乃人之自棄於造物耳衣覺單易葛而布復著裹衣循造物之序若遵命而不敢少違出戶信步不覺足之已及南台也時二客從余余指其徑而謂曰此非與子反駕處乎憶昨日跋涉沾濡不得於直則去而之曲不得於此則去而之彼東馳西突足將進而趦趄呼將伯爲援手卒之枉費攀躋不獲一至終須退步而莫如何以視今之履坦坦心蕩蕩者其難易相懸豈第若臺之高下其慶幸當復奚似耶茲乃率意及之率意登之並不察路之誰爲我開潦之誰爲我涸優游泮渙皆若出於事之當然理之宜然忽忽不知其所以然此亦知造物無盡藏之緒取之不禁苟得其時無須着力佛所謂分明自在自在分明者如是如是古君子正己待時居易俟命不怨不尤確有見地非委靡懈惰苟安也中世士大夫怠於自修惟事鑽援以爲攀榮捷徑下焉者跂而附上焉者俛而挽孜孜然如不得已豈不或濟然亦其時有可乘夫豈專恃奔競而得一無蹭蹬乎不見夫日暱於權貴之旁愈奔競愈蹭蹬甚至處穢汚而不羞觸刑辟而誅謬其心勞日拙者尚堪指數耶客曰非讀子雲水六記有云入乎雲水之中出乎雲水之外者其義何也曰昔陶元亮作桃花源記世豈果有其處耶抑係五柳先生胸中邱壑耶不然王摩詰輞川山莊不減仙源靈境矣比及左掖梨花省中啼鳥時同憶　水淪漣不已幾爲隔世事胥蓮憶東山詩云白雲還自盡明月落誰家與其感舊愴懷戀戀不釋固不如意中仙洞可夢遊可神遇海市蜃樓隨身而具不必求諸人謀諸世如觸石之雲頃刻遍天下恃源之水風日無所櫻無適之適是爲大適無用之用是爲大用建德之國何國亡何有之鄉何鄉夢爲蝴蝶栩栩然蝶也濠上之魚出游從容魚之樂魚知之予烏乎知予之不知之又烏乎知予之知之耶雖然概謂爲幻則又非眞諦彼空中書般若之經荒圻現竹林之々眼意識界外空相森然烏得盡以爲幻且吾又烏知人世間之所舉樂羣趨者之不爲櫻桃一籃黃粱半晌乎仙梯乃居地下佛說彼岸即非彼岸嗜游者亦游於其神游於其心耳心豈蕉蕾之謂大地山河皆其影現雲將鴻濛拊髀雀躍於其間恢恢乎其有餘地矣夫人之形雖有所繫而神無所關人人得游而人人不游吾又不能强不游者以與之游也語次頭上赫然不酒而兩耳頓熱知爲秋陽所曝因與客相攜下台歸復爲次日之約

吏部傳宣　○吏部爲傳示事所有本部帶領引　見之滿廕生普興胡圖哩者昌榮銓常瑞漢廕生徐塽芝徐厚祥王鈺孫清昌陳翼棟張權孫子元陳宏蓮翰林院孔目萬敬修江南道監察御史王培佑司經局洗馬惠純內閣侍讀奇承額內閣典籍阿林湖南補用直隸州知州皮爾梅直隸補用知縣繆桂榮黃紹唐山東補用知縣房學禮山西長治縣知縣馬鑑等均限於本月十六日辰刻赴鴻臚寺署內望　闕謝　恩毋得違誤特示

秋曹審擬　○日前欽奉　上諭榮祿等奏拏獲偷拆園庭木植糾衆搶人勒贖人犯請交部審辦一摺所有拏獲之賊犯小崔即崔拴子魏四小鬆及小趙即趙椿孫梯青韓順等六名着交刑部嚴行審訊按律懲辦未獲之李三等六名仍着嚴緝務獲究辦該部知道欽此已見邸鈔茲聞此案一干人証經步軍統領衙門派委於六月初十日解送刑部鐵擊河南司審辦查小崔即崔拴子係圖案中罪魁其難逃三尺法乎其應如何定擬俟訪明再錄

議待天官　○啓徐二欽憲會審旗婦平宣氏自抹身死　案現據訊明此案旗婦慶富氏起意將伊童養媳白妞商同祥恩價賣捏稱走失致白妞之母慶王氏赴官喊告後因案送刑部日久不能隱藏慶富氏復將白妞送至平宣氏家希圖誣賴致平宣氏被誣情急自抹身死慶富氏依例絞監候秋後處決歸入本年朝審案內辦理祥恩擬流業經解送兵部武庫司定地發配起解矣至刑部郎中覺羅崇聯候補主事曹步雲承審此案未能悉心推鞫及至白　業經尋獲復不能從容審理惟向平宣氏死詰以致慶氏情急自抹身死訊明雖無威逼受賄証據實屬辦事糊塗問供草率均奏請革職至刑部堂官未能詳查僅憑司員面稟之詞率行入奏業經恭奉　諭旨交部議處諒不日吏部覆奏恐有降調之咎云

孽遭土劫　○六月初旬以來大雨連綿以致房屋坍塌屢有所聞頃悉崇文門內泡子河居民某執鞭士也稍有積蓄買騾二頭車二輛每日以此爲生不料初六日夜間大雨傾盆房塌數間將某同黑騾二頭一併被砸身死當經報驗經步軍統領衙門咨送刑部備案噫以此斃命都人謂此爲遭土雷劫亦創談也故知命者不立巖墻誠有以也

三取榜示　○欽命二品銜新授福建按察使長蘆都轉鹽運使司鹽運使隨帶加六級紀錄十四次季　爲榜示事今將閱過三取書院補試齋課考取內外附生童名次並獎賞銀兩數目開列於後須至榜者　計開　內課生十名　于文彬　劉鍾霖　喬從銳　陳寶彝　張　誥　陳文炳　鍾鼎元　李雲瀚　張彭年　郭賡燾　第一名獎銀一兩五錢加獎一兩五錢　二名三名各獎銀一兩加獎一兩　四名五名各獎銀一兩加獎八錢　六名至十名各獎銀七錢加獎三錢　每名各膏火銀八錢　外課生十名　孟蓋堂　李耀祖　吳承瀚　徐　爵　陶生春　鄭際清　李文熙　曹錫嶲　溫葆琛　張　偉　一名至五名各獎銀四錢餘無獎　每名各膏火銀六錢　附課生廿二名　殷鴻壽等　每名各膏火銀五錢　內課童七名　陳自中　張敬紳　溫士灝　趙寶光　潘兆勳　高文彬　陳寶奎　一名獎銀八錢加獎八錢　二名三名各獎銀五錢加獎五錢　四名五名各獎銀五錢加獎三錢　六名七名各獎銀二錢加獎二錢　每名各膏火銀六錢　外課童七名　范長祜　李怡曾　翟承翰等　一名至三名各獎銀三錢餘無獎　每名各膏火銀四錢　附課童十五名　張兆灝等　每名各膏火銀三錢

求免船捐　○天津靜海兩縣所屬衛南窪一帶各村屢年被水日不聊生村民或數家共置小船一隻約一丈二三四五不等裝運蘆葦每隻可裝二三十個除本獲利二三吊文每年船局常捐各船每隻每年捐滿錢五吊七百文本年村民窘甚如數實難措辦昨船戶人等赴督轅呈稟求免船捐等情蒙督憲札飭道憲派員查驗不日委員回津銷差稟復想各船戶等可望船捐豁免也

津泊漕黃　○江蘇江北河運漕糧業已挽出清江連檣北來計江蘇八起共計船三百六十餘隻江北十起共計船四百七十餘隻於前月杪已抵十里堡因黃河決口尚未渡黃大約月底可到天津矣

女有荆聶　○西頭某甲者始在洋貨舖爲夥善於言詞被辭出舖遂以跑合爲生其髮妻曾生一女年十二三歲甲妻於前年病故甲遍浼媒媼以重金相許囑覓有帶財孀婦爲續膠適有某鄉婦得其故夫數百金情願改嫁媒遂爲甲作撮合山醮後甲覷婦金面

曲意承迎以悅其志婦亦以財自恃挾制其夫於是乾頹坤振漸至折磨其女甲已雄伏於雌不敢言喘妻虐女益甚竟至撻楚之聲聞於隣右隣婦某氏女荆聶也見甲妻所爲早已忿火中燒特以事不干已姑忍之昨甲妻復毒打是女女哀嚎隣婦實難再忍立入甲家將甲妻揪翻先扯其衣繼飽以拳隣右往觀皆無置喙各笑以鼻打已婦以手指甲妻曰自此之後若再虐女我自有不測之法以治汝任汝去告道官司我自聽之且語且走人皆稱快活之極倘遇奇俠男子爲之執鞭當亦欣慕不必拘拘於驪黃牝牡也甲歸妻哭不欲生令甲鳴冤甲自思無詞可與惟極意央求其妻忍受其辱以消其恨而已

夢迷金粉　〇天津水陸通衢商賈雲集其得厚利而歸者固多傾棄資本生意敗壞者亦屬不少其中稱爲巨擘者仍以滙兌莊一項再則領銷局以及錢舖局面應酬莫不極闊衣食麗美較之諸商尤居其上而該莊局既屬同業遂藉交往各誇其强今日某處聚飲明日某處吃飯繼而樂羣歌塲品評花柳研究烟賭日以繼夜迷戀温柔無暇經營生意何暇計及利害耶豈知費則揮金似土學乃作嫁於人利則收入己囊害則遺之東道究不想受東家之厚祿未酬萬一反以傾家敗產之禍以報其東無乃太忍圖歡樂不顧生死獨不顧其來世耶現聞本郡滙兌莊錢舖傾銀爐房之掌櫃數人迷入脂粉陣中留戀温柔鄉裏而暗中虧空爲數已鉅其將來無可遮飾時惟有作鴻飛海上耳茲已訪悉姓氏姑且隱言以覘其後

魂愧沙塲　〇男子以馬革裹尸魂歸沙漠身晝凌烟幸也亦宜也否則生死皆愧矣若夫名爲勇士行類匪徒是不待教而誅者也西門外土娼窰游勇丁姓因與馬姓爭妓用刀剁死馬姓大王莊王姓迎娶仁勝營勇要看新婦臉王攔阻將王剟死兩案皆登前報茲悉於本月十四日午刻將此兩凶手由獄提出經本縣同城守營四門千總河北汛暨三營之兵約有一二百名押至西門外梟首正法

善無近名　〇昨有難民婦女數人結伴沿街求乞行至西頭太平街遇有行路老翁問該難民詰其因何來津答爲希噓遂探囊出津錢五千付給該難民囑其按人分用暫作數日之需該難婦崩角致謝並問善人姓名翁含笑不答而去有知翁者云翁亦貧苦出身而樂善不倦今有二子均已發跡家亦甚裕可知善之無不獲報也

北固濤聲　〇上月二十五日海口輪船駛抵鎮江由䑺灣裝到散兵一千餘名停泊江中該營管帶命駕入城詣道轅拜會呂觀察富凱派員前往照料並有兵丁三百名在鎮江遣散二十六日清晨各兵上岸暫住王家巷小營盤丹徒縣王大令飭差役江快至新河封雇船隻於次晨令各散勇上船送回合肥清淮原籍道憲誠恐各勇沿途滋事特委新兵營會哨官帶兵護送出境

天降之災　〇日報云日國近日淫雨爲災銀濤傾瀉河流氾溢橋樑摧崩窪陷之區皆成澤國堤下之民家室飄搖財物蕩析所値不貲云

越南不靖　〇昨接海防來信云現在東京之海定地方又有變亂之端其亂已閱三月之久日加狂肆傳聞此亂有越官暗爲之助而海定縣宰則助亂尤爲出力查該邑令於西歷一千八百八十五年時曾親領兵丁在宣泰地方與法人交戰甚爲勇敢迨至中法約成之際該令始行退入華界近爲某越官再聘該令出山以主海定縣現該令有精兵二千名在於海定某巨嶺中駐守今法人已擬有土兵往爲剿辦因據海防西報謂此黨人法令甚爲嚴酷凡諸鄉民有洩其情於法者則必執而肆殺如或其人已逃則罪及親屬並聞其亂魁前日曾逼令某神甫爲之助力並廣諭土人俾與法人爲難因借舉義爲名故其黨日益衆盛云云噫法之得越已將十有餘年乃猶不能靖其地方以力服人者當亦知廢然自返矣

重修電綫　〇外洋電報向由上海大東大北兩公司從海線接遞去年經中國電報參贊丹國人博來毆法將中國黑龍江旱綫與俄國接通中國各省發往歐美諸邦中電遂得由陸綫而去復經督辦盛觀察通飭各局竭力整頓維持大局故往來遲速與海綫不相上下定價雖廉其利甚溥大東大北兩公司亦無如何也不料夏間日人渝盟遽起兵端而中朝又屢次失利以致牛莊一帶電綫被毁一百餘里之多此項生意遂告中止蓋北路電綫自天津而錦州而牛莊而盛京而吉林而齊齊哈而海蘭泡然後達俄國而通泰西者也茲者和局告成自應亟興博參贊已稟准盛督辦派洋匠謝爾思前往看路蓋此次擬由錦州直接盛京竟不由牛莊繞過以免迢迢一千餘八

月工竣生意自必更盛大東大北兩公司當不能獨占厚利矣此亦中國奪回利權之一端焉

十一日貴報所登謠言惑衆一則查侯家後一帶屢有大仙降乩故葛姓恭備仙壇嗣以患病者往禱每多靈應因之香火日盛論葛姓素尚謹慎非敢以異端招搖亦並無婦女入壇情因津門素奉大仙維虔故有仙壇之設予等均因患病求仙得愈無由以報敢以分晰聲明即祈登報是幸　受惠人代白

陳雨蒼先生脉理分明治療得法送診大症着手回春現寓海大道東醫病院後

大英駐華工部局諭　查本局花園之設原爲供西國官商游玩銷夏之所而華國官商亦可藉此來游無如近來華人觀望者日多一日夾雜不清故西國官商大有地窄人稠之嘆爲此特示自西歷八月初一日即華歷六月十一日起凡來游玩之華國官商除每一日函達本局公事房註明同游幾人以便取領准票屆時方能近園外餘皆不許擅入並不准携帶僕人以示區别而免淆混至本園每日下午五點鐘後華人概不准進園各宜恪遵此諭

悅來洋貨號

開設天津紫竹林大街自運
各國鐘表洋貨新到細磁玲
瓏杯盤玩物玻璃器皿奇形
碗盞瓶罐盒碟皮荷包靴掖
辣清醬洋畫酒鑽梳篦花簽
夏衣襪綉通花窗戶簾飯單
電鍍金銀首飾料鐘玻璃磚
彩畫磨花描銀大小方圓三
連抬頭鏡茶杌等
格外減價消售發客

茲啓者本堂新刻津門孟筱帆孝廉平舒劉紫山選拔兩名士合刻賦鈔註釋詳明誠爲後學之津梁也更有靑照草堂重註七家詩並試帖舉隅二種大爲士林推重渤關古學金針又有覇州吳河帥文安陳學士合輯水利叢書實爲目前急務近印津沽周衣亭太史孟子讀法講義精詳不徒經生足資討論制藝宗題尤尋見地公諱人願著作甚富茲姑印其一以供瞻矞合計五種除本堂發售外津郡文美齋書局一併寄售至於各種書籍筆墨無不揀選精良善本以期近悅遠來凡刻詩賦文集善書等板刷印裝訂書籍自當精益求精省工價廉萬不敢稍涉含混有負　賜顧

寓河北關上毘盧室義合主人謹啓

本行茲由外國運到新式玲巧水龍其法將水龍放在井內抽水頗爲靈便官商住家花園均可合用價亦相宜倘蒙　賜顧請至本行看樣定價可也此　佈

信遠洋行告白

浙杭元吉永號

本莊自置紗羅綢緞新樣
洋辮花素洋布川廣夏貨
團摺雅扇南貨頭油俱全
祇爲近時錢市漲落不同
故而各貨減價開設估衣
街中間路北凡　仕商賜
顧者無悞特此佈達

告白

彭公案　楊家將
昇仙傳　南北宋　金鞭記　雪月梅
後聊齋　後列國　玉蛟梨　小八義
草木春秋　西湖佳話　聊齋志怪
前後七國　鐵花仙史　挑燈新錄
後英烈傳　三續聊齋　巧合奇冤
花月姻緣　髮逆圖記　第一奇女
醒世姻緣　續施公案　五虎平西
南　續今古奇觀　續永慶昇平
筆耕齋初二集　五十名家手札

文美齋謹啓

六月十五日輪船進口
飛鯨　輪船由上海　招商局
新豐　輪船由上海　[illegible]

六月十六日輪船出口
盛京　輪船往上海　太古行

六月十五日銀洋行情
天津九七六銀
銀盤二千七百一十三文
洋元一千九百六十五文
紫竹林九六銀
銀盤二千七百五十五文
洋元一千九百九十五文

光緒二十一年六月十六日 第一百六十五號
西歷一千八百九十五年八月初六日 禮拜二

上諭恭錄　機器紡織論　運籌帷幄
眼前功德　腹內冤魂　餉解輿京
問津獎示　大厦歡顏　盜飆萑苻
圖入鄭監　威加回訖　兵頭釋回
求滅日人　電信譯登　趕造軍裝
告白照登　京報照錄

上諭恭錄

旨宗人府主事着王桂琛補授直隸總督衙門筆帖式着明恩補授陝甘總督衙門筆帖式着裕端補授山西巡撫衙門筆帖式着壽補授甘肅新疆巡撫衙門筆帖式二缺着瑞山愛紳泰補授奉天復州知州着許彭齡補授奉天鐵嶺縣知縣着陶懋苾補授黑龍江綏化廳巡檢着徐廷茂補授馬光甲徐廷芬成樑王國昌彝崇駿李煥炳着以巡檢發往奉天差遣委用陳敬之黃釗王家琮汪堉徐績勳陳榮着以典史發往奉天差遣委用盛京刑部蒙古主事職銜着恩齡補授欽此　軍機大臣面奉　諭旨本日引見之浙江溫處道袁世凱着於十二日預備召見欽此

機器紡織論

機之爲義大矣哉莊子至樂云萬物皆出於機皆入於機其居無事而推行是者意其有機緘而不得已耶聖人則之因製器以尚象而衣被乎天下號其器曰機名之以其能也由是而絲絮織焉麻縷織焉布帛之成不可勝用然紡織以機而運機以人其器中之製甚多以杼與梭之用爲大以絲繫於杼頭爲之經復以絲納於梭中而擲梭於經往返徐出其絲以爲緯梭中絲竭則續之甚易杼頭絲絕則續之甚難其事多出於女紅故孟母有斷機之訓是織紡之事自易皮服以來無處無人不需之其事次於耕耘其務與耕耘並急帝之親耕后之親蠶胥是故也然紡織之人資乎器而紡織之器仍資乎人初非不需人而專需乎器也自泰西入中華始以洋布洋紗相售不特其布非女紅即紡線紡紗紡絲紡麻紡毛羽皆專以器爲而無需人力其成功也廣且多便且捷始以其貨交易繼以其器傳誠利用也沿至今日無論外洋專即內地之服用而論貴賤貧富衣外洋之布帛者多衣內地之布帛者少漸至內地大布雜以洋線又漸而內地機線之內洋線居十分之七或者以洋線爲之價廉而工省也然中土之機器紡織終不如外洋紡織之多豈中土之材料有不足製器有不精風土有未宜歟查外洋織紡所需之料絲絮蔴縷羽毛半由內地運去紡織既成復由外洋運來花樣愈生愈新貨物愈銷愈廣其機器亦愈增愈多邇年以來印度機約三萬餘張英吉利約十三四萬張美利堅約十四萬餘張即以洋布洋紗兩項而論每歲運入中國值銀四五千萬兩外洋之獲利可謂多矣夫中華幅隕之廣非不大於外洋數國之地也中華物產之饒非不多於外洋數國之材也中華人工技藝之良非不優於外洋數國之工也然而坐視中華之利散於外洋一籌莫展展之而不得暢行者何也此非長官之過或爲官局司事之過抑其爲富商巨賈與夫地方紳董以及司事之人其辦理或未盡善乎且夫中國之創設機局非一日矣昔左文襄公督陝甘以其地多毛羽也設織呢機局所織呢羽與口外無異惜艱於陸運各行省不能遍通　傳相爵閣李中堂准在滬設布局所出粗細布疋較外洋尤爲堅白〃爭購之現署兩江督憲張制軍前在兩湖復設紡織局今歲直屬蘇絲頗旺〃蘇南行者已登報倘各處地方有司偕公直紳董紀

宜廣勸富商巨賈多購紡織機器開立局廠凡民間昔之所無今之所需者皆出於內地則運脚既省成價必廉歲貨之銀縱不及外洋巨五千萬兩之多亦可抵其大半以此裕內地即以此敵外洋而不難矣然而往往法美意良而事不臧者毋亦司事之人或有不公私具身復私其親上之人疏於覺察司事者遂彼此相爭彼此相挾以致上下交疑而事敗故聖人之舉事也不唯曰利之而已必有以大服天下之心以警天下之惰民和故法立法立故政成夫機器其小焉者也至於因地制宜量能授職隨機應變即機器之設安在非中華生財之大道乎

運籌帷幄 ○內閣大學士六部滿漢尚書侍郎都察院通政司國子監九卿滿漢各堂於六月十一日清晨散值後往內閣大堂會議事件自辰刻集議至午前方散因所議機密尚未得悉俟訪明再錄

決勝邊郵 ○現因甘肅蘭州府所屬各州縣地方回匪滋擾密派董軍門福祥督隊回甘日前赴 內廷請訓今於六月初十十一兩日嚴飭各隊兵丁二萬四千名如熊如羆由前門內達子館董軍門公館起節走北御河橋東長安街兵部街戶部街棋盤街出正陽門順甬路南行至西珠市口轉向西經西柳樹井虎坊橋騾馬市菜市口出彰儀門過蘆溝橋沿途駐紮行營抵甘後諒不難一戰成功矣

眼前功德 ○京師衚衕巷水道其制悉做井田溝洫創始之模大有經濟然以歲久失修致嘆陵谷遷變每屆夏令大雨連綿城厢內外低窪處往往積水難消如前三門外梁家園香廠後池等處雨集之後浸沒溝渠伊可畏也行人既嘆具褰裳失足且虞占滅頂兮經巡視街道察院督飭街道廳頭看街兵於六月十一日爲始限三日內飭夫將所積雨水一律淘淨洩入溝渠以免溺斃人命而利行人

腹內冤魂 ○諺云婆婆好做媳婦難當鄰曲姑虐其媳因而興訟蕩產破家者比比矣而首善之區乃亦不免蓋婦人褊急性習然也京師右安門內磨兒胡同某氏以十指爲生然日從事於剪帶冠裳家道頗裕數年前爲子聘某氏女爲室入門數年無日不肆欺凌鄰右不平與之排解輒受其辱耳而目者無不切齒昨聞六月九日因煮肉器置於簷下不知何來弓[illegible]落入器中媳方擬檢以潛藏姑適瞥見向媳究問媳無以對毆打無算媳已孕七月一時兩命俱傷殊堪慘痛聞已訟赴 公庭衙門使費已需至千數百吊尚未卜何時了結小本營生不將家產蕩盡乎

餉解興京 ○山東省奉部議准每年由地丁項下撥解奉天俸餉銀兩今由署藩憲李方伯飭庫先解一萬六千餘兩又由地丁項下應解東三省俸餉銀兩因有軍需除議留一半外其餘分批起解今先解銀一萬餘兩詳明撫憲飭委候補巡檢趙桂曾管解前赴盛京將軍衙門分別交納

賞懸憲署 ○欽命二品頂戴直隸分巡天津河間等處地方兵備道兼管驛務河道漕運糧餉鹽法事務加二級李 爲懸賞示諭事照得詐冒官員親屬家人等項名色恐嚇撞騙例禁綦嚴本道到任後因念津郡五方雜處水陸衝衢恐有無業游民假冒招搖乘機撞騙不可不預爲防範當經出示曉諭並隨時嚴密查拿在案茲訪聞有無業匪徒冒充本道署中人役向城外舖戶詐騙情事實屬不成事體除密拿外合行懸賞示諭爲此示仰闔屬官吏軍民舖商人等一體知悉嗣後再有不法匪徒冒充本道衙門親友僕從在外招搖訛騙者許即扭送來轅以憑盡法懲辦即時酬給獲犯扭送人賞銀二十兩決不食言如敢妄冀攀援扶同徇隱一經查出定即一併治罪決不稍事姑容各宜凜遵毋貽後悔切切特示

問津獎示 ○欽命二品銜新授福建按察使司按察使長蘆都轉鹽運使司鹽運使隨帶加六級紀錄十四次李 爲榜示事今將問津書院齋課考取內外附課生童名次並獎賞銀兩數目合行榜示須至榜者 計開 內課生二十名 李鵬池 王春瀛 魏震 陳自珍 曹登泰 王德純 梅士俊 李金藻 陳振鐸 顧文敏 孫清儀 董恩祥 于長藻 王奉章 鄧承鏞 展桂丹 孫履晉 陳鴻齡 董鴻恩 蔡彬 第一名獎銀一兩五錢加獎二兩 二名三名各獎銀一兩加獎一兩五錢 四名五名各獎銀一兩加獎一兩 六名至十名各獎銀八錢加獎八錢 十一名至二十名各獎銀六錢加獎四錢 每名各膏火銀八錢

外課生二十名　郭進修　杜寶書　張毓藻　陳秉鑑　李仕林　王登第　陳澤寰　郝聯奎　張式湘　龐澤霖等　一名至十名
名獎銀四錢餘無獎　每名各膏火銀六錢　附課生七十四名　趙元禮等　每名各膏火銀五錢　內課童十五名　陳振藻　趙五
琳　許朝棟　吳廿綺　張敬紳　丁名珍　陳寶璠　王國瓚　蔡成儀　辛錫培　周恒譽　楊振賡　馮遇源　韋銘勳　陶京山
第一名獎銀八錢加獎一兩　二名三名各獎銀六錢加獎六錢　四名五名各獎銀六錢加獎四錢　六名至十名各獎銀四錢加獎
四錢　十一名至十五名各獎銀三錢加獎二錢　每名各膏火銀六錢　外課童十五名　楊鴻綬等　一名至五名各獎銀一錢餘無
獎　每名各膏火銀四錢　附課童四十七名　穆祥和等　每名各膏火銀三錢

大廈歡顏　○聞鹽運使季士周方伯不日赴福建臬司任所有會文書院值年董事及肄業門生恭頌德政匾一方曰政先文教又德政牌兩對其一曰棠甘雨度瓣香一心其二曰使君感德寒士歡顏外附會文書院原稿一併呈閱

盜與萑苻　○吳橋縣十五里口村農民張廷芳耕種之餘復設雜貨生理前月中旬夜間忽來暴客多人持洋槍器械砸毀街門蜂擁而入綁縛見來勢兇猛未敢聲喘任其搶劫錢文衣服等物而逸張具失單赴文武衙門報案業經會同勘驗勒捕嚴拏賊能否弋獲不得而知矣

占據蒺藜　○鼓樓四小丁家胡同某姓娶妻某氏琴瑟不調常行反目聞昨晚該氏以遇人不淑仰藥身死當經該管地方報案請驗不知作何了結矣

圖入鄭監　○茲有貧婦年約四旬以內率子女數人沿街求乞行至東門外該婦頹然倒地鵠形鳩面大有病容問之已不能出話據其長女泣言係靜海縣人因無食來津母已患病十數天又數日未得一飽且哭且訴見者聞者皆不忍聽聞當經議廷八代為乞募津錢二千餘文雇洋車送至某小店流民之狀最足動人此鄭監所以繪圖上呈也

戡加回訖　○甘肅蘭州地方回人蠢動奉　諭旨飭派董軍門福祥閔軍門殿魁督隊往勦茲聞官兵於五月二十日剿殺逆回數十名蘭州之圍得解匪首李昌發業已捕獲梟示其子李二帥旋即就擒現在地方可期平靖先是州境不雨望切雲霓幸二十四日得有甘霖亦可無憂亢旱矣

兵頭釋回　○昨有友人自台南來據言日兵與劉軍於大嵙崁之戰內有某國兵頭為劉軍所獲嗣因查非日將當將該兵頭手指斷去四個釋之使回現聞在香港醫治云

臺事詳述　○本館昨由派駐廈門探訪使者函告云臺地本籍熟番謂之土民閩之漳泉粵之嘉應謂之客民近因土地膏腴人民富庶少為各國所垂涎此次割地日人佔駐臺北凡食毛踐土者無不痛心疾首志切同仇本月初一日有人自臺中內渡至淡水據述臺民現因日人姦淫殺戮慘不忍言傷亡者以數千計自吳湯興約集義民萬餘截住日兵連接二十餘仗日兵連敗十餘次死亡兵屍載回者日有數車生還者均已滿身泥土赤體逃回因此日兵遷怒將新竹北鄉大嵙崁一帶各鄉村盡行燒毀無論老少男女幼孩均皆斬殺聞者無不痛心疾首因是臺民義憤益深無論貧富一律歸公誓不受降新竹張少祖年纔二十家資百餘萬尤為勇敢於前月二十七夜親帶數十名義勇扒城潛入逢日便殺究以眾寡不敵外無救援致被日人悉數擒獲盡行擊斃臺中府黎伯粤太尊籍隸湘中自唐帥逃後聯絡城鄉紳民一體嚴密籌防並募新楚軍勁勇數營力持危局成軍後即派四營赴新竹後應義民吳湯興一軍臺民同聲稱頌臺中義勇最怕日兵無煙砲格林砲然日兵亦最怕臺勇線槍謂自朝鮮遼陽威海旅順以來戰無不勝攻無不取從未見臺灣義勇如此兇悍我等恐難生還雖不戰死亦要病死不知我主何不要銀而要地臺灣如此難得眞非意料所及也　錄新聞報

求減日人　○前日某輪船由香港來滬有友人述及前被日人所滅之琉球國民人遣使致書臺南劉大將軍謂伊國本係大清藩國自被日兵剪滅不堪其擾懇請劉軍發兵協助痛剿日人冀圖恢復云云大將軍聞之下當即遣兵八百名扮作土人乘漁船渡赴沖繩地方相機行事故前日本華字報傳劉軍攻克長崎之說蓋即因此傳訛也　錄新聞報

電信譯登 ○文匯西字報載香港初六日電報云日人與臺軍在大嵙崁之一戰日兵却傷亡甚多其餘亦紛紛潰退轍亂旗靡不可收拾次日日人銜恨臺民覓得大嵙崁地方民間什屋盡行燒燬則舍此之他處臺軍尚在追逐云

趕造軍裝 ○中日失和湖北鐵政局督辦糧餉軍裝自去秋以至今日幾無暇晷現雖遣使議和戰事可免而南洋防務猶未解嚴聞趕造八尺抬槍若干支藥已陸續解往下游昨聞營務處又欲添置若干以備解往某處應用亦有備無患之要道也

輪船撈起 ○前報載某輪船被某兵輪在吳淞口撞沉等情茲悉該輪船業已將起船主及水手等人亦皆轉備一切擬仍至該輪船督駕云

告白 盛世危言一書香山鄭陶齋觀察所著也觀察負經世之才庚申之變目擊時艱遂棄舉業日與西人游足跡半天下致究各國政治得失當今時勢强隣日逼儼成戰國之局凡有關與中外情勢商權利弊旁搜遠紹無遺轉手筆錄積年累月共成五十篇凡用槍礮設電綫建鐵路開礦織布商務農工治河防海防邊練兵等事瞭如指掌皆時務切要之言凡 士大夫留心經濟者家置一編俾人人洞達外情事事講求利病使天下除厥弊端不誠有裨於大局哉每部五本存書無多急來購取可也 文美齋謹啓

本行茲由外國運到新式玲巧水龍其法將水龍放在井內抽水頗爲靈便官商住家花園均可合用價亦相宜倘蒙 賜顧請至本行看樣定價可也此佈 信遠洋行告白

廣西蘇先生脉理分明治療得法送診大症著手回春現寓海大道東醫病院後

拍賣告白

佈聞 啓者準於本月十七日下午兩點鐘在杏花村下仁記碼頭拍賣白米一千包如欲買者請午來面拍可也特此 集盛洋行謹啓

大英駐津工部局諭 查本局花園之設原爲供西國官商游玩銷夏之所而華國官商亦可藉此來游無如近來華人觀覽者日多一日夾雜不清故西國官商大有地窄人稠之嘆爲此特示自西歷八月初一日即華歷六月十一日起凡來游玩之華國官商除前一日函達本局公事房註明同游幾人以便取領准票屆時方能進園外餘皆不許擅入惟不准携帶僕人以示區別而免淆混至本園每日下午五點鐘後華人概不准進園各宜恪遵此諭

浙杭 元吉永號

本莊自置紗羅綢緞新樣洋辦花素洋布川廣夏貨團摺雅扇南貨頭油俱全祇爲近時錢市漲落不同故而各貨減價開設估衣衙中間路北凡 仕商賜顧者無悞特此佈達

告白

昇仙傳 南北宋 金鞭記 雪月梅
後聊齋 後列國 玉蛟梨 小八義
草木春秋 西湖佳話 聊齋志怪
前後七國 織花仙史 挑燈新錄
後英烈傳 三續聊齋 巧合奇冤
花月姻緣 髮逆圖記 第一奇女
醒世姻緣 續施公案 五虎平西
南 續今古奇觀 續永慶昇平
[illegible]詩韵二集 五十名家手札
彭公案 楊家將

文美齋謹啓

六月十六日輪船進口
怡生 輪船由上海 怡和行
新豐 輪船由上海 招商局

六月十七日輪船出口
飛鯨 輪船往上海 招商局

六月十六日錢洋行情
天津九七六錢
銀盤二千七百一十三文
洋元一千九百六十五文
紫竹林九六錢
銀盤二千七百五十五文
洋元一千九百九十五文

光緒二十一年六月十七日 第一百六十六號
西歷一千八百九十五年八月初七日 禮拜三

直報

上諭恭錄

上諭吳大澂奏已故大員功德及於桑梓請准於原籍建立專祠一摺原任新疆巡撫劉錦棠於上年七月間在籍病故當經降旨優卹予諡並准於立功省分建立專祠該故撫久膺疆寄懋建殊勛其在籍時至行義舉尤足以矜式鄉里加恩着准其於湖南省城及原籍湘鄉縣各建專祠由地方官春秋致祭以彰藎績而順輿情該部知道欽此 硃筆田我霖補授太僕寺少卿欽此

釋瘟

聞之禮曰寒暑不時則疾風雨不節則疾故饑饉之餘瘟疫時作兵燹之後瘟疫流行一則氣血乖於陰陽而飲食不節一則屍骸暴於原野而腥穢必蒸由是愈染愈深愈傳愈廣藥物或有時不給醫理或有所未明以致不能濟其死生播爲殃禍者比比也謹即身所經者而憶計之數十年來瘟疫之重且廣者莫如吐瀉轉筋一症是症也辛苦之人勞碌飢渴元氣虧損疫氣遂承間而入其農夫當午方鋤汗淌禾下暴雨忽注衣以無乾其途人一肩行李喘甚吳牛毒霧暗侵心腹頓脹故吐瀉轉筋一症貧賤者多死焉其富貴之人溫涼得所樂餌隨身亦往往患此不起者病多由於色慾過度內傷實重外感實輕此皆尋常之事理有固然勢所必至者若夫至重至廣變出不測猝不及防者則莫如同治二年克復金陵之歲爲重之處尤莫如金陵其天心厭亂有意創平粵逆即是時余寄食浙西杭州蘭溪富陽一帶亦皆肅清未久金陵破後到處咨送難民據云金陵內外始以饑饉人相食症發之後雖有人不暇食不能食也大抵賊黨狼籍燥濕寒暑蹂躪蓬垢瘴癘薰蒸百端並至飢無父母妻子之贍顧又乏朋友醫藥之療治扶持故易病病必死其不死者寥寥矣我兵亦染是疾不起者亦復不少惟一時之名將元戎概無是症余每以私意度之名將元戎其身亦猶夫人之身其與士卒同甘共苦亦猶夫兵勇之勞而運籌決算廢寢忘餐其憔悴更有過於兵勇萬萬者而卒不一染是疾何也其荷 朝廷之福社稷之靈百神默有以呵護固矣而其忠智毅烈心 於仁造次必於是顛沛必於是心外其身身外其境其必以造次爲從容以顛沛爲暇豫死生利害無能攖悲憤憂思莫能感其視耳目手足臟腑肌骸一一不爲己有惟知有致身以事君所謂安仁者非耶孟子曰仁者人也耳目手足臟腑肌骸具而名人如菓之核如穀之李核與李之中有物曰仁仁之在人猶是也故仁其心者遺身心其仁者遺境苦樂順逆不得入而少參所以志士仁人有殺身以成仁無求生以害仁也夫身既亡矣仁將安附以此知仁不與身存仁不與身亡斯身乃附仁而俱存此其理固難一二爲世俗道也自復金陵之後雖有是疾染不重傳不廣重且廣者於斯爲甚天且默默難測乎然君子止問其在己之天無須問在天之天而愚民無識無怨及於神明能縮智窮乃移念於祈禱靡神不舉爰祀司瘟無策可籌計惟茲茲逸余爲祝義不容辭因取敬鬼神而遠之之旨以釋斯民之疑以破斯民之懼以安斯民心中之神以曲行斯民當務之義云爾謹附錄所擬祝文尤望 博雅俯賜哂削爲幸

維年月日謹以清酒先致祭於行祖復移駿於道周以饑司瘟之明神曰竊以惟天誕降下民惟神奉若天道大降神以司民命爲生民不爲殺民民祀神以答天庥爲福我不爲禍我民爲神主死喪不已無民孰存馨薌神爲民依禱祀不靈無神胡從肸蠁縱五行偶有伏沴致六氣延爲疵癘愚民或有失德昊天降此鞠凶即闔爍父無不喜蠢子之自新猶是仁天豈忍聽生靈之呼籲乃知小民同心之日即爲上天悔禍之期爾仕明神亦昧斯旨向以陰陽氣鬬鬱而未通致令荒歉之餘釀而成疹將飛廉之肆虐抑旱魃之爲灾日昨豐隆已除穢氣嗣蒙甘霖盡滌腥聞承吾民解愠之風爲 尊神返宮之馭望即屏玆大癘於以蘇此灾黎神理非遙大人豈偏代民祈命用竭悃忱敢告

風憲復新 ○新簡都察院左都御史許筠菴總憲定於六月十九日辰刻上任示仰闔署廳員筆帖式五城司坊各官暨書皂人等至期一體謁見毋違特示

宵小革故 ○京師宣武門外大街一帶地方每當魚更初躍有一種小竊狀似流丐以索鐵爲名三五成羣沿途奔走乘間攫取什物得手後狠奔豕突而去無從追獲而此輩向與看街巡緝兵丁聯絡同黨魚肉分肥以致無人向之稽查竊徒得以售其巧計相沿成習殊可惡也昨聞一某姓宦家行至永光寺西街被竊匪揪倒搶去衣包一個當即狂追無獲隨赴西河汎官廳吵鬧追詰官人百般央勸某素日深知其弊立索衣包巡兵無計可施復行央緩次日一准追交贓物某始首肯而去聞於六月十二日已經巡兵將某所失原物追出交還其平日與竊同黨情形已可概見現經城憲訪知輦轂之下有此等匪人任意搶掠此風斷不可長即嚴飭司坊官並練勇局哨弁認真嚴拿懲辦以靖閭閻云

司空徵吏 ○工部爲咨行事本部寶源局漢監督現報差滿應即照例咨取各部郎中帶領引 見請 旨更換相應咨行貴部卿於一等漢郎中員外郎出具考語保送一二員如一等現有經手未完事件准以二等資深人員出考語保送務於三日內將銜名咨送本部以憑核辦可也

侍御赴台 ○宗室錫鈞呈控鍾德祥家人熊翼臣訛詐銀兩等情前經宗人府奏稱因牽涉本官奏請 欽派大員會審已見邸報現已審訊明確業經覆 命欽奉 上諭徐桐等奏審明風憲官收受贓款按律定擬一摺已革御史鍾德祥身居言路宜如何砥礪名節乃竟收受贓款實屬有玷台官着照所擬發往軍台效力贖罪餘依議該部知道欽此玆聞鍾德祥已於六月十二日解交兵部起解赴德勝門外關廂北城兵馬司副指揮署內投遞履歷係到第一台翌日接站解往誠謂王子犯法庶民同罪矣

官課題單 ○集賢書院六月十六日官課題目 文題鼓方叔入於河播鼗武入於漢 詩題賦得湯盤禹鼎有述作 賦詩題天子聖哲賦以天子聖哲是謂四聰爲韻 賦綫歌 論策問 大法小廉論 問日本新約准於通商處所設立機器廠改造內地土貨其有害於國計民生盡人知之裁抑既達初議補救實賴豫籌其各抒所見以覘才識

補課榜示 ○欽命二品銜新授福建按察使長蘆都轉鹽運使司鹽運使隨帶加六級紀錄十四次季 示榜示事集賢書院本年六月十二日補考生員本司錄取名次並獎賞銀數開列於後須至榜者 計開補考附課三名 高雲傑 戴呈輝 劉起俊 第一名獎銀八錢 二名獎銀六錢 三名獎銀三錢

貧婦羣集 ○前有青縣婦孺貧民約一百餘人在道署跪求乞食據云十餘村人昨又有武清大城文安靜海等四縣老少貧人約共數百餘人亦在道署求爲接濟昨夜即在道署照牆內露宿不知觀察大人將如何格外體恤設法安插矣

公役心慈 ○某婦灤州人年約四十餘歲身穿藍布單衣手持布包一個月初來津赴道轅署內聲稱節婦叩求旌表等情觀者傳說手內布包有刀剪等件或有冤屈或有瘋疾其詳均未可知連日不食昨某班頭役值班憐之朝夕給食焉倘蒙道憲查知赴津情由或屈或瘋當不難水落石出也容訪再錄

民答神庥 ○去歲軍興以來榆關屯紮最多其處居民數千餘戶旗籍居半前當風鶴頻驚人心惶惑無計可圖惟祈神佑今中

東和議已定關內防堵兵勇業已遣散將畢昨旗民某甲來津雇妥名班聞月內懸燈結彩獻戲五日以答神庥云

營屯靜境 ○湖南統領吳軍門由火車抵津暫借河北窰窪演武廳作行台已紀前報所統步隊四營在關外天津兩處已陸續遣散惟馬隊三營戰技頗嫻最稱得力仍將帶回原省以資調用軍門因津埠繁雜恐馬隊人等易滋事端日前札飭馬隊營哨各官屯紮靜海一帶軍門辦理可稱妥善歟

誤不可再 ○本埠侯家後一帶娼窰不下數百餘家附近居民雜入其間前大兵雲集三五成羣蝶尋花鶯占柳皆於是乎遊兕在天氣炎熱其間居民日晚洋燈懸照閉戶稍遲蠻漁舟者輒作桃源誤入昨某宅有營勇數人一擁而進幸為本宅主相遇即將前進者揪住飽以老拳餘則抱頭鼠竄聞將捉該勇送到官裏去云

愼之在三 ○現在城廂內外霍亂轉筋之症層見疊出兼有朝不謀夕者緣此症傳染甚速 吐一瀉即由陽轉陰殊屬可畏其三陰者太陰屬脾少陰屬腎厥陰屬肝男女一體倘不節色慾精血虧損易得此症定傷性命少壯之人不畏生死不節色慾不忌飲食隨其自便易染是病病多不治故老弱之人得病者少少壯之人得病者多職是故也懍之愼之西頭有某甲者其妻之胞妹與某乙為妻住河北獅子林○其妹偶得時疾其姊趨而往視之晨起即抵獅子林妹疾已瘳至午刻姊至心中忐忑即坐轎回比到家時病已亟少時氣絕姊之姑因媳氏之亡也怨及媳妹之姑曰因望看你家病人致死我家媳婦非告到官司不可現經鄰人說合不知了結否耶又宜興埠某氏赴溜米廠探伊女病坐未半晌不料女病尚可支持母病忽然垂危吐瀉不止赶將伊女裝老衣穿上雇工用大笸籮抬回聞其病已在膏肓云

戕命如何 ○大兵遣散道憲李觀察派剝船二百餘隻裝運兵丁已紀前報現各剝船停泊趙家場沿河一帶日前船頭某甲不知因何事故被剝船某父子用斧傷其肩背幸無礙性命經該管官瞥見一併送縣懲辦矣

用武不當 ○本埠當行約有四十餘處其當首飾等件每銀一兩作當價二吊文率由舊章各舖一律昨北門外某當舖有勇丁當戒指一個不足一錢該當夥給當價二百文該勇定要當錢三百文始則口角繼則用武將該當夥某甲毆傷當掌櫃知已赴縣呈控矣至如何訊問之處容訪再錄

朝鮮間俗 ○朝鮮王姪李俊鎔被囚之事因罪人高宗柱曹龍承供招株連現由總理大臣法務大臣擬請國王將李俊鎔另置別院釘以鐐銬每晝夜派巡捕三名看管而對質之時高曹兩人猶高聲與李爭辯李每日飽受鞭撻小腿肚皮肌肉盡脫父母妻子晝夜號泣國人聞之莫不淒然欲絕○王父大院君因王姪李俊鎔株連一案亦囚獄中雖無拷打情形然貴為王父年逾七旬忽與囚奴為伍國王豈無法以援其父誠創聞也有為王計者曰何不竊負而逃否則從父同囚以盡定省之職蓋王父本未嘗自殺人之事苟能從大院君之囚則舉國必然震動即各國使臣亦必羣起而問奸黨之罪奈何王計不出此而隱忍苟安靦顏為一國之主意者奸黨必私心竊喜曰王無父臣無君不亦宜乎僉稱千古變端至朝鮮為極矣○朝鮮風俗向來不准僧人入王京城內茲有日國僧人日蓮宗管長代理佐野前勵謹奉書於朝鮮國朝廷內閣總理大臣金宏集閣下敝衲自來闕下僅數旬矣未能知貴國之例惟聞國法禁止僧侶入城駭然而竊喟然而歎謂今聖主在上賢相在下庶政維新百廢俱舉中興之象翕然可觀而此禁未解豈非盛世一大闕典乎顧國家創設此禁其所由來尙矣當麗朝之末教規壞頹寺院徒大而僧侶驕橫恣睢漫唱虛誕誑惑民人擅弄兵器紊亂王憲至於抗拒眞主革命之運是盡聖祖之所以堅排佛教職是故也抑宗教之弊至於此極固為佛教所深惡而王者罪之固為當然邇來數百年矣僧侶屏息吞氣其教澤固不能補王化亦實無惑民亂法之患至今日人皆至以奴隸乞丐遇之自教祖垂法之旨觀之可不悲哉夫佛教之弊誑惑民人紊亂王憲善嘗有罪而其感化兇惡誨導頑蒙之德亦未嘗無寸功於世且夫僧侶亦人也其教素以裨益世道濟度衆生為旨入城之禁雖出於自招而其徵既絕其禁尙存奴隸乞丐尙得出入王城僧侶獨不能得其自由是非王者所以一視同仁治化民人之道也夫法有時而變禁有時而解乃王者之盛德所以懲奸勸善也方今文明各國有宗教自由之制不論何宗派齊許布教度民蓋亦變通之得宜者矣今國家方

倣各國革故鼎新寬刑罰施仁惠聖恩之厚徧及草木而獨未及僧侶是豈非聖明之意抑亦措置未遑及此也況今外國僧侶尚且出入于城在城內設寺院布教法而內國僧侶不反沐其澤有是理乎伏願閣下觀古今之變察內外之別推聖意之所在以許僧　之入城布教焉是洵盛世之美舉也抑敝祠以一外臣之身胆敢容喙於王法僭越之罪無所逃矣夫推己及人以補王化實不外於釋尊垂　教之意也閣下若察其愚衷而容其邇言則不唯敝祠之幸也自日僧上此書後即弛僧　入城之禁於是數日以來僧　之入王京城內約五六百人僧乎僧乎不至作門外漢矣〇高永喜派授駐劄日本公使之職不日即將前往故日使臣於前日特設宴於館爲高永喜祖餞除日員外有外部大臣金允植農商工部大臣金嘉鎮等雍容一堂極盡賓主之歡〇特派大使前往日本非常川駐劄之公使也派出義和君李岡即國王之次世子也自兵亂後業已去日通好兩次此次則三至日本云　錄新聞報

玆啓者本堂新刻津門孟筱帆孝廉平舒劉紫山選拔兩名士合刻賦鈔註釋詳明誠爲後學之津梁也更有青照草堂重註七家詩醇試帖舉隅二種大爲士林推重洵屬古學金針又有覇州吳河帥文安陳學士合輯水利叢書實爲目前急務近印津沽周衣亭太史孟子讀法講義精詳不徒經生足資討論制藝宗匾尤壽見地公諱人鵰著作甚富玆姑印其一以供膾炙合計五種除本堂發售外津郡文美等書局一併寄售至於各種書籍筆墨無不揀選精良善本以期近悅遠來凡刻詩賦文集善書等板刷印裝訂書籍自當精益求精省工價廉萬不敢稍涉含混有負　賜顧

寓河北關上毘盧室義合主人謹啓

本行玆由外國運到新式玲巧水龍其法將水龍放在井內抽水頗爲靈便官商住家花園均可合用價亦相宜倘蒙　賜顧請至本行看樣定價可也此佈

信遠洋行告白

陳蘭舊先生脉理分明治療得法造診大症著手回春現寓海大道東善病院後

大英駐津工部局諭　查本局花園之設原爲供西國官商游玩銷夏之所而華國官商亦可藉此來游無如近來華人觀望者日多一日夾雜不清故西國官商大有地窄人稠之嘆爲此特示自西歷八月初一日即華歷六月十一日起凡來游玩之華國官商除前一日函達本局公事房註明同游幾人以便取領准票屆時方能近園外餘皆不許擅入惟不准携帶僕人以示區別而免淆混至本園每日下午五點鐘後華人概不准進園各宜恪遵此諭

浙杭元吉永號

本莊自置紗羅綢緞新樣洋辮花素洋布川廣夏貨團摺雅扇南貨頭油俱全祇爲近時錢市漲落不同故而各貨減價開設估衣街中間路北凡仕商賜顧者無悞特此佈達

告白

彭公案　楊家將
昇仙傳　南北宋　金鞭記　雪月梅
後聊齋　後列國　玉蛟梨　小八義
草木春秋　西湖佳話　醉夢志怪
前後七國　鐵花仙史　挑燈新錄
後英烈傳　三續聊齋　巧合奇冤
花月姻緣　髮逆圖記　第一奇女
醒世姻緣　續施公案　五虎平西
南　續今古奇觀　續永慶昇平
[illegible]初二集　五十名家手札

文美齋謹啓

六月十七日輪船進口
怡生　輪船由上海　怡和行
海晏　輪船由上海　招商局
六月十八日輪船出口
飛鯨　輪船往上海　招商局

六月十七日銀洋行情
天津九七六錢
銀盤二千七百一十五文
洋元一千九百六十五文
紫竹林九六錢
銀盤二千七百五十五文
洋元一千九百九十五文

直報

光緒二十一年六月十八日 第一百六十七號
西曆一千八百九十五年八月初八日 禮拜四

上諭恭錄

上諭鹿傳霖奏請調員差委等語禮部主事曹穗開缺河南開歸陳許道鞠捷昌前四川松潘鎮總兵夏毓秀着禮部兵部山東巡撫分別飭令各該員迅速前往四川交鹿傳霖差遣委用陝甘補用總兵葉占魁現在陝西軍營着俟軍務平靖再行赴川聽候差遣欽此 上諭此次考試各省之優生侯青照王鴻瑞紀鉅湘彭年何慶琛楊恕祺邱道孝韓鵬騫王治瀛周海清董玉璽趙飛翰高燕周德馨林師尚左芬徐元綬張則川王擴中錢昌瀾周世謙杜師預蔣松華許炳照彭光弼陳闓熾均着以知縣用李長生梁善濟傅士林張拱辰劉錦標王端郭日章馮晉茹恩松朱㸃衣洪得埈殷松年陳祖新秦鏡中吳祖蔭朱鳳岡秦風黎宗渭李澄濤江肖沆紹明華焯晉維藩王國棟范錫朋黃僑生羅元黼李均林均着以教職用欽此

與友論友

開門友今人不如閉門友古人此昔人心得之言以語今人或以爲先得我心或以爲語涉於激謂生今反古烖及其身又謂有身即有衣食不能絕世而遊非斯人之徒與而誰與衆以其說爲是吾非敢以爲非是特怪夫爲是說者不求深解誤世俗兼以誤孔子故佛之爲教非其人不許褻讀其經非其人不許妄傳其教非不傳也勢不能傳傳之以誤其旨固不如其不傳誠以道之在人即人而具無須外求倘遇其人不傳自傳佛曰即心即佛弟子亦曰即心即佛佛曰非也弟子曰非心非佛佛曰亦非也弟子無以應有慧心者曰任他非心非佛我自即心即佛佛爲拈花一笑今之佛氏弟子遍天下即世俗無知之子亦無不信佛帝王賞罰之權聖賢是非之論皆聲教不通之處賞罰是非之力於是窮而佛之號則可於此警其頑緝其驕謂非斯人信佛之至誠乎聖人以神道設教意謂可假以行權也然吾謂能行其似不能行其眞何也民可使由不可使知民者氓也無知之謂也無知烏足以傳佛旨又烏足假以傳聖教法華經如來壽量品曰亦知拜跪問訊與之好樂而不肯服此何以故毒氣深入失本心故以是知天下之盡信佛者乃世俗心中禍福利害一己之私念無計可施乃佞佛以祈禱之冀其可加以非分之福可赦其當罪之刑非爲以孝弟忠信作寶筏出迷津以慈悲渡脫也是豈佛與世之本旨乎聖教之於人與人之尊學言也何以異是余喜讀孔氏書然所謂仰夫子數仞之牆不得其門不見其宗廟百官者焉足以知是且非足求乎淨十目共睹夫青蓮目知非妙圓明心又焉敢以掉廣長舌耶且所謂聖與佛者皆下之人親愛其君長尊無二上之辭非別立一門之說則有一教之旨茲亦無暇具論也竊即孔氏所謂道不遠人者蠡測之知孔子當日所謂今世乃知天知人有三重者之今世非世俗心中巖巖赫赫莫敢仰視雖許附熱趨炎伺候於公卿之門奔走於形勢之徒處賤汚而不羞觸刑辟而誅戮者之今世孔子所謂斯人之徒乃耕田而食鑿而飲順帝則於不識不知者之斯人非世俗心中機械變詐利己損人雞鳴而起舜其貌蹠其心其平居以酒食遊戲相徵逐相[illegible]

利害比反眼若不相識將隋之井而下石焉者之斯人也況所謂友者乃子輿氏所謂友也者友其德也不可以有挾也又非謂世俗心中之挾貴挾賢挾長挾自勢若無更之孟子之門似友而非友也者且夫閉門所友之古人必爲古史中衆所嘉許之義士仁人若新莽若曹瞞諸背後以爲知己以我讀書論世綜千百年志士仁人之生平身世畧其迹原其心於萬難中觀過知仁雖千載不白之冤昭中書君明爲申辨贊片語以書其後俾百代下讀書論世者愜於心爽於目拍案驚奇知在天之靈必頷手以　萬年知己綜千百年大憝元惡之隱衷私曲譎其奸發其覆於易忽中群人所畧破一時衆目之瞇驅毛錐子力爲剖別出一言以正其辜俾百代下讀書論世者愜於心爽於目鼓掌稱快知九原之醜必下心以爲百世嚴師使以此事加之今人可乎不可使以此心施之今人平乎不平吾固曰閉門友今人不如閉門友古人也時乙丙二客在座余素心子也皆相視而笑

貿然而至　○京師前門外糧食店地方萬隆客棧內日前有高姓住客由東便門外以五套大車二輛上插車機處黃旗載運機器砲一尊洋鎗二杆當經南營飽派戎訪獲即親身督同西珠汎都戎帶領兵丁數百名前往萬隆店內將高某拏獲解案詰訊據供系省機器匠役製造鎗砲實因邪匪劫起是云黑龍江依堯山軍畫克唐阿軍營中所用鎗砲皆係高某製造所造鎗砲俱鑄其名倘不深信可即演放於是在京西藍靛廠地方經榮振華大金吾親往監視演放高某所演鎗砲連聲隆隆貫耳竟能數十響機器靈巧非常果係匠人今飭取具妥保聽候奏達　上聞矣

得之則生　○京師前門外廊房頭條胡同文盛齋畫店門首於六月十四日有某官年約三十餘歲由會元堂飯莊出來行至文盛齋門首猝然跌倒身入該畫店內即時命赴黃泉該舖主倉皇失措即赴中城司報案一面查訪屍親十五日經中城帶領吏仵相驗經某中翰親領備棺成殮抬往二聖菴中以便設奠聞悉亦因患霍亂不及回家醫治即作僕路客矣於是都中士人莫不恐懼今有前門外後孫公園溫宅施送避瘟雷擊散　牙皂三錢五分　上硃砂二錢五分　煅白礬二錢　白芷一錢五分　明雄黃二錢五分　防風二錢　桔梗二錢　法半夏二錢　白麝香一分　藿香二錢　管仲二錢　陳皮二錢　薄荷二錢　北細辛一錢五分　生甘草二錢　共研細末爲散專治轉筋霍亂兩眼發黑指甲轉青肚腹疼痛上吐下瀉急以生姜湯沖服一錢如病重不省人事者即以二三分吹入鼻孔內俟其開竅再用此法痢疾瘧疾感冒寒熱一概可服熱者以冷水沖服孕婦忌用　又施送至寶回牛丹此丹專治吐瀉手足麻木筋痛腹疼疫症甘治神效附方于後以便有力者照方合送　麝香二分　公丁香一錢　豆腐製倭硫黃一錢　肉桂一錢　吳茱萸一錢　右研極細末每付用一分用葱汁拌勻納入臍中外再以煖臍膏蓋貼於上用炒熱麩皮布包熨腹自愈不可誤入口中孕婦勿用今經溫善士照此二方配合藥劑熬煉煖臍膏每日由晨至夕施送凡患斯疾者登門乞取不絕於途濟世活人無數皆感溫善士救生之德莫大焉

朱提亦飛　○某甲者某部之書役也寓前門外玉皇廟左右年來錙積銖累頗有餘貲室人某氏井臼親操極其勤儉故不動尊皆變其收存氏之母性嗜樗蒲日從事葉子戲藉以遣興日前竟輸去三百餘金無款抵償向友借銀三百金作彌補之資氏私爲之而甲不知情氏恐日久事敗聞知如何得了清夜自思無法可想一日突生心計於某夜乘甲在酣睡之際私將箱篋撬開窗櫺推落己則假寐榻前霎時大聲疾呼有賊有賊甲聞聲驚起即欲拔身追捕只見窗櫺大開箱篋俱被撬壞赶緊查點而纍纍者已失去雙柏兩盆中本寒士今竟意外之財如割心頭肉自念半生積蓄一旦空虛焦灼之情不堪言喻由是形類瘋顛終日高聲喊嚷好銀子飛了快捉快捉見案頭之瓶鏡等件任意擦砸刻已延醫診治然此症皆於心緒恐非旦夕所能奏效女也母者目睹情形甚爲慚愧然亦追悔莫及已

赤緊抵賦　○都門巨室每逢四季購買名花以博雅觀而餅件趣故前門外迤花市及城內之隆福寺護國寺城外之土地廟花兒市南藥王廟自春徂秋賣花者利占三倍逐日列錦成堆集香作國炫爛幾迷人眼更有賣花朶者每於紅日一竿提荷筠藍紅腔紫韻喚賣於各巷朱門之首以供香閨曉妝用刻下本節看花當行出色則茉莉及晨間攢簇一枝不過數十朶即賣京蚨七八百文蓋此花芽芳馥郁襲人衣袂勝於百合之香譽之輝鬘淡雅宜人此南方草木類編中所以稱爲首飾花也更有茶葉鼻煙并用其薰陶以增香馥故

此花善價遂爲諸花之冠因憶唐時俗愛牡丹每於春暮買之者不惜重價白香山曾有買花吟其篇末有云有一田舍翁偶來買花處低頭獨自嘆此嘆無人喻一叢深色花十戶中人賦吾欲爲今時買茉莉花者借詠焉

集賢榜示 ○署直隸總督部堂兼管長蘆鹽政雲貴總督部堂王 爲榜示事照得本署督部堂於六月初二日預提七月加課考試集賢書院舉貢生監制藝試帖課卷評定甲乙並獎賞銀數開列於後須至榜者計開 超等廿名 張華燕 周廷華 蒲輪召 汪元 方紀 沈鈞和 湯聘之 惲祖蔭 鮑德銘 趙鍾英 徐汝翼 田福華 沈藹仁 顧化杲 張熏 賀廷賡 李興仁 黃藝斌 姚陛聞 席聘珍 第一名至五名各獎銀四兩 六名至十名各獎銀三兩 十一名至廿名各獎銀一兩 特等四十名 沈鍾滙 舒翹 崔寅來 丁廷珍 張振鐸 黃桂昌 崔作樞 王樸 李瑛 宗逢瀛 鄭宦清 余開甲 凌文曜 康楠 鄭鳴謙 李咸熙 鄭燮寅 陳毓瑞 楊敬秩 崔作楝 沈朝輔 李璁 陸壽昌 汪家鼐 徐忠瑒 王銘 楊文彬 湯銘 黃承烈 于席珍 吳錫金 徐之壎 戴清泉 蕭立基 崔湘 王文純 李重熙 周之棫 方賓穆 一名至二十名各獎銀一兩五錢 二十一名至四十名各獎銀一兩 一等五十七名 趙雲鵬等 一名至二十名各獎銀五錢 二十一名至四十名各獎銀三錢餘無獎

三取題單 ○三取書院六月十六日 運司課生童題目 生題不降其志至其斯而已矣 童題伯夷叔齊與謂柳下惠少連 詩題賦得蘭池清夏氣得蘭字 生五言八韻 童五言六韻

餉解會垣 ○長蘆運司衙門每月有應解保定省城督憲會垣月餉銀兩茲由季運憲飭庫史提兌足銀一萬兩作於本月之餉飭委候補大使孔慶霄押解並赴直隸藩憲交兌孔大使奉檄於本月十六日由水路押解起程矣

寇況大海 ○昔年天津沿海一帶多以海爲生嗣因輪船盛興海船幾成棄物業此者必須變通生意或裝紙張或買魚鮮無如近年一來直東沿海多盜節歲屢劫商船直難緝捕曾奉 傳相飭派兵輪巡緝而該盜出沒無常行蹤詭秘是以仍難緝獲共結黨或二三十人至五六十人無不精製器械洋槍最快皆十數出刀劍亦俱鋒利莫比先於沿海劫有船隻該賊均隱於艙內即用此船出海搶掠倘與商船駛近即行發作令人猝不能防如將銀錢衣物吃食搶掠一空或可即將船放走若未能搜出銀錢即將掌駕水手綑縛吊於桅上百般毒打務使獻出銀錢買命否則即將船夥打死或殺死棄於海內是爲常事因之海船出口無不視爲畏途船戶邵□岐大小二船出口販買魚蝦行至山東壽光縣羊角溝河裏直利津河口等處於閏五月二十四日被劫大船元祺順錢四百千衣物三十餘件小船新順錢五十千衣物十數件恐於該處轉家定被賊人劫回反致殺害因此回津於昨日赴道轅稟明即蒙批准移會山東撫院轉飭失事處所之該管文武上緊嚴緝並行直隸沿海之滄州鹽山慶雲等州縣文武一體協同兜拏己紀前報惟似此海盜猖獗人多械利兼之出沒無常故[illegible]緝捕匪易然該盜賊雖在海面其家鄉均在沿海究有窩主何不購負眼線躡密蹤跡訪搗其巢穴該賊定必胆寒不緝自絕是否可行請質之於講斯事者

禁賭弭盜 ○賭爲盜媒勢蓋相因而至守望總局江蘭生太守接辦以來轄領地面煞費苦心昨復出示曉諭禁賭不言錄左 開場聚賭 有干例禁 如敢故違 拿獲嚴懲

節慾衞生 ○禍從口出病從口入出口不愼一言肇戎馬之興入口不愼一物致心腹之痛現在吐瀉轉筋其險者多係陰症月令王瓜生苦菜秀其物皆感陰氣而成雖在尋常均宜少食至螃蟹性寒本草已詳紅樓詠食蟹詩云性能寒胃定需薑則蟹之屬陰不言可喩且蟹之爲物既熟之後忌與惡露惡葡桃食之必作吐瀉或云水底紫泥或云生豆粉攪入冷開水中飲之可解爲益吐瀉以出其毒也若染疫吐瀉則又不宜誤飲總之夏秋之間一切冷葷水菓陰寒之物皆宜少服何必以性命博口腹之慾哉

淀北水災 ○縣屬淀北一帶地極窪下屢年被水本年尤甚窪下處積水未消高阜處雖堪播種日前北河水漲數尺田廬復盡淹沒殊屬可憫想各大憲又增一番軫念也

河東路案　○河東小樹林白房子河沿有男屍一具不知何時斃命查該屍年三十餘歲係受火槍沙子傷身兩衣履俱全屆經該管二甲地方王雲升赴縣報明由委廉蒞驗委係因傷身死但不知該屍姓名尤不知因何被傷除飭地方暫行殮埋即飭捕嚴行緝兇俟有續聞再爲續登

北港起蛟　○北港在鄂上游峻嶺崇山係產紅茶之所每年所售約有數十萬金適值子茶將罄茶師茶客俱將返里陡於七月下旬七日該處內山忽然蛟起山居者羣見雲生石窟心知有異咸站立望之頃刻黑雲籠罩大地晦暝阿香車隆隆而至霹靂一聲傾盆大雨洪濤從山頭直下谿狹不能容受灌入民居無從趨避共淹斃一百餘人雞犬牛羊不計其數近有土人自漢至滬者所言如此亦奇厄也

告白　盛世危言一書香山鄭陶齋觀察所著也觀察負經世之才庚申之變目擊時艱遂棄舉業日與西人游足跡半天下致究各國政治得失當今時勢强鄰日逼儼成戰國之局凡有關與中外情勢商權利弊旁搜遠紹無遺隨手筆錄積年累月共成五十篇凡用舶礮設電綫建鐵路開礦織布商務農工治河防海防邊練兵等事瞭如指掌皆時務切要之言凡　士大夫留心經濟者家置一編俾人人洞達外情事事講求利病便天下除厥弊端不誠有裨於大局哉每部五本存售無多急來購取可也　文美齋謹啓

本行茲由外國運到新式玲巧水龍其法將水龍放在井內抽水頗爲靈便官商住家花園均可合用價亦相宜倘蒙　賜顧請至本行看樣定價可也此佈　信遠洋行告白

朱鈍翁先生術擅岐黃名傳遐邇近治癘螺痧急症河東小關陳鳳亭等多人均已立刻奏效
[illegible][illegible]醫先生脉理分明治療得法迭診大症著手回春現寓海大道東醫病院後

大英駐滬工部局諭　查本局花園之設原爲供西國官商游玩銷夏之所而華國官商亦可藉此來游無如近來華人觀覽者日多一日夾雜不清故西國官商大有地窄人稠之嘆爲此特示自西歷八月初一日即華歷六月十一日起凡來游玩之華國官商除前一日函達本局公事房註明同游幾人以便取領准票屆時方能近園外餘皆不許擅入惟不准携帶僕人以示區別而免淆混至本園每日下午五點鐘後華人概不准進園各宜恪遵此諭

浙杭　元吉永號

本莊自置紗羅綢緞新樣
洋辮花素洋布川廣夏貨
團摺雅扇南貨頭油俱全
祇爲近時錢市漲落不同
故而各貨減價開設估衣
街中間路北凡　仕商賜
顧者無悞特此佈達

告白
彭公案　楊家將
昇仙傳　南北宋　金鞭記　雪月梅
後聊齋　後列國　玉姣梨　小八義
草木春秋　西湖佳話　醉茶志怪
前後七國　鐵花仙史　挑燈新錄
後英烈傳　三續聊齋　巧合奇寃
花月姻緣　髮逆圖記　第一奇女
醒世姻緣　續施公案　五虎平西
南　續今古奇觀　續永慶昇平
萬年青初二集　五十名家手札
文美齋謹啓

六月十八日輪船進口
新裕　輪船由上海　招商局
海晏　輪船由上海　太古局
六月十九日輪船出口
怡生　輪船往上海　怡和行

六月十八日銀洋行情
天津九七六錢
銀盤二千七百一十五文
洋元一千九百六十五文
紫竹林九六錢
銀盤二千七百五十五文
洋元一千九百九十五文

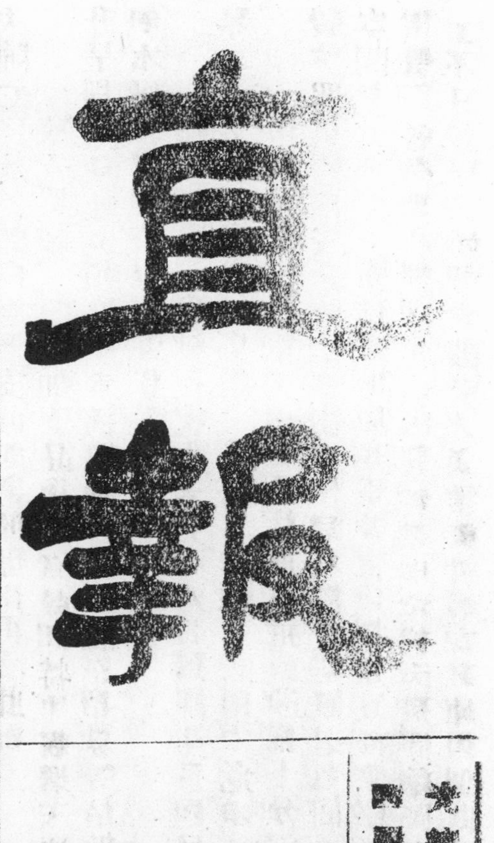

光緒二十一年六月十九日　第一百六十八號
西歷一千八百九十五年八月初九日　禮拜五

上諭恭錄

上諭麟書着補授大學士管理工部事務欽此　上諭崑岡着以禮部尚書協辦大學士欽此　上諭翁同龢李鴻藻均着在總理各國事務衙門行走欽此　上諭吏部左侍郎徐用儀着退出軍機處並無庸在總理各國事務衙門行走欽此　上諭禮部左侍郎錢應溥着在軍機大臣上行走欽此

論異端不必攻

天下之大不可以拘墟論拘墟者不足以語天下之大也久矣浮蝣不知朝暮蟪蛄不知春秋夏虫不可以語冰井蛙不可以語海故莊子以小年大年爲寓言天下事何莫不然人生一隅各執一是見其所見卽道其所道譬之於水源遠而其末易分分流而絕其源迷其途者則任其所之自行自止無煩與之爭辨也孔子曰攻乎異端斯害也已攻如攻木攻玉攻城攻地力破其堅之謂言異端之道如斷港絕潢各以其地爲歸聽其自行自止原不必卬過越阻枉費功力轉致支蔓詞義甚明而宋儒故爲攻爲專治其事如闢異端治之爲害同待專治而始爲害解太紓曲非爲八比應試之文甚不必尊其解者聖賢之書原教人明理以應務初非爲八比而設八比之制始自宋末初開國元勳讀書好學如趙普者以半部論語佐太祖得天下以半部論語佐太宗定太平是論語爲萬世有用之書非若八比爲萬世無用之物也世之有用者皆可存世之無用者皆可去有用者不必人過費精力以存之而其物自存無用者亦不必人過費精力以去之而其物自去善有用者皆正途君子所履小人所視卽孔子所云誰能出不由戶者至於無用之途或僞妄者冀借捷徑以邀福或[illegible]冀託空門以逃世其人否異端也否其人亦非不自知明知而故犯之終亦必窮而無所入爲聖賢者不忍坐視其終窮也特爲大聲疾呼如六士之倒坐擊世人一回頭其能回頭與否聽之斯人原不必奮袂攘掌摩拳頓足以與力爭故菩薩只低眉無怒容亦未始非懷孔子攻異端斯害之意陸稼書[illegible]大佛寺云當年可惜生西土未聽尼山說魯論是佛之爲人俊偉光明亦可想見蓋天之下地之上凡有血氣有生之倫自必有有生之道人之由道也猶水之歸海也中土之人概尊孔子中土之水概歸東海若統今之五大洲論當更有說剎水之各歸其海人之各尊其教其源遠而末易分者夫復何異卽如佛爲西方之聖人自漢明帝其徒始流入中國未必卽佛之宗派也以其時年豐人樂中士既富之後教有未加俗情厭故喜新重難輕易遂舍日用尋常之大道爭相皈依愚民無知愈與愈惑初不詢其所以然而讀孔氏之書者遂目其章爲異端悉力攻之而爲佛者流亦遂起而力與爭如兩敵相對勝負難分今且無禁其不爲佛也試卽世俗所深信爲佛者舉其所爲以示民之必從佛者數民曰勿許美食佛火化民皆勿許厚葬斯二者無知之民或可勉以相從佛無子民皆勿許娶吾知卽嚴法峻刑驅民從佛恐必百不獲一矣何須乎禁何待乎攻攻之適覺多事而害以甚矣然吾謂當日眞佛之心與佛之行未必如是但

二

其如是則一佛之外絕無蟠寶使世皆從佛世皆無子又安得有佛之徒哉而佛之所以茹素火化無子者佛或亦自知其短自爲其短而然天下未有非其力而可以美食者故茹素未有非其財而可以厚葬者故火化未有寂滅如斯而可以留種者故無子是佛之短佛自知之未嘗自以爲是而故貽人以可攻之隙也否則飲食男女可也旌蝌瀾歷可也何必左支右絀廣招濫受而汝汝若是哉彼九流之虛誕妄幻者其趣與佛同而顯且肉食妻婚葬矣取人之財以自奉矣五夜自思當有深愧於佛者宜其敬佛而不敢少侮也如此類者又何待攻又何必攻哉

[illegible]（崇文門外東大市三合木廠門首豎立木植甚多忽於六月十五日下午木料自生焰光烟氣上冲當經水會善練及時施救諸人手忙脚亂幸將火焰撲滅尚未延及池魚然該主受虛驚不小誠謂不幸中之大幸矣

例有專文 ○兵部武選司經承某者因某營員補缺索費甚鉅經該營員於六月十四日赴兵部署內攔堂喊禀呈控已派司務廳將某經承管押究辦至如何訊斷之處俟訪明再錄

鼠嚙芳蘭 ○京師地面寬闊雖設有五城司坊官緝捕之責然棄屍之案屢有所聞實爲閭閻之害也崇文門外迤南四塊玉地方棄有女屍一具約年二十上下歲滿裝赤身缺右腿一隻當經該管地面總甲赴南城司報案相驗該女屍尚係處女惟遍身鱗傷右腿被刃物砍折並無屍親認領現經劉廣廷指揮懸賞購緝兇犯務獲究辦以重人命

鶯嚶[illegible]色 ○京師阜成門外二道溝居民某乙者有女年[illegible]及笄頗有姿首上月被人拐逃偵騎四出尋覓無蹤一日在蘆溝橋地方見車一輛內坐一佳人雲膚花貌參差似女車前跨坐少年按轡徐行乙甚詫異尾隨之至長新店趨前詳視果掌中珠也正欲轉詢少年已乘間逃逸乃將車夫田二控於蘆溝司案問來歷據供由阜成門外二里溝某姓家乘坐雇至涿州等情堂訊以該告係京師地面所轄飭將一干人証備文詳送宛平縣訊辦該車夫與少年是否一鼻孔出氣想縣琴堂集訊後自能水落石出也

是大不敬 ○欽命二品銜新授福建按察使長蘆都轉鹽運使司鹽運使隨帶加六級紀錄十四次季 爲二取書院備取童生知悉案據天津府儒學申稱三取書院六月十六日考試齋課點名時突有附課童范長祐袒裼盤髮上堂領卷所視無不駭然此將該童扣除請示補等情據此查該童不守院規袒裼盤髮上堂領卷自應扣除以示懲儆所遺之額以備取第一名童生汪如沅頂補合行牌示爲此牌仰該童生即赴院課試毋違特示

何可安貧（欽命頭品頂戴督辦東征糧台兼練兵事宜廣西按察使司按察使胡 示據職婦婦黃陳氏禀 批據禀該氏夫在旅順陣亡前經 徐統領抄村禀請將恤得卹賞銀兩在前敵具領會經本台咨請 總理前敵營務處袁 查照核發在案至於該氏夫陣亡以後所銀白應停支仰即遵照毋得再瀆此批

地方招頭 ○欽加五品銜賞戴藍翎特用縣署天津縣右堂加三級紀錄五次何 爲出示招募事案據天津衛地方散役孫吉升呈稱窃身地方頭邊[illegible]春逃跑無人辦公懇恩招募等情據此合行出示曉諭爲此示仰軍民人等知悉如有願充天津衛地方役者呈明本廳以憑備查毋得遲悞特示

輔仁課題 ○輔仁書院六月十八日齋課生童題目 生題 孟子曰舜之飯糗茹草也若將終身焉及其爲天子也被袗衣鼓琴二女果若固有之 童題 其實 詩題 賦得安危須仗出羣才得才字 生五言八韻 童五言六韻

雷網可衅 ○軍興以來大沽海口戒嚴設備十分安妥所有應需器械一切由天津軍械局撥往俱能件件齊備現在防務稍鬆設將器俱均應妥爲收拾茲由軍械局承辦稟請若收回總庫器非一件運費極巨因查沽口向有招商局所建棧房內房屋極多現在空閒於此棧擇地置作爲械庫稍爲改置以期得宜而資堅固然非諳悉工作精明練達者弗能爲役因移會天津鎮憲大沽協憲導勸水雷營郭管帶悉心經理並已由郭管帶揣定棧內房間繪圖貼說撤估工需若干兩會茲由軍械局核准照議辦理如數發給銀兩業已與工不日諒可告竣即將設防之魚雷器件等存於庫內似此不但應用時刻能迅速搬移而且實在專歸自當精心無誤矣

電綫聿新　○本埠距京二百四十里自有電綫以來凡有衙署事件無不付之電局以期捷響惟以近年雨水過多致朽壞恐誤事機（電局飭工匠、等將天津至京一路電綫陸續更換不久工竣煥然一新矣

是爲大善（負二小蟻駝一粒名竭其力其實也本埠善舉中於他省北門西門一帶掩埋善會約有數處兮染時疫斃命者日不暇計各堡趙韓擡埋無分晝夜不辭勞瘁各處善會脚行居多富此天氣炎熱貧人爲此實屬善行可嘉孰謂既富方穀乎

無使訟凶（朋友有通財之義自古有之至以錢財細故與訟上聞非所以全交也昨本埠某貢生與某營官因欠錢文赴督轅稟控幸蒙王夔帥批示飭知邑侯趙大令錄批照銷否則訟必終凶定啟隙末矣

遊勇成擒　○自遣兵以來親兵練軍及營務處巡捕等官每日帶勇丁各街巡查地方藉以安謐日前有遊勇四人在河北窰洼某烟館吵鬧經營務處會同當將遊勇四人拿交營務處審訊至如何情由俟訪明再錄

駁船增價（錫廳所屬駁船約有一千餘隻本年南糧較遲駁船戶苦不可言幸大憲恤其遇卸完竣各給銀十兩以示體卹己紀前報現在關外大兵撤防道憲李觀察派駁船二百餘隻裝運防勇抵山東德州地方每船給價三十六吊文日昨各駁船戶等赴局領取矣

浙餉將來（浙江省歷年由地丁項下撥解京餉銀兩茲由藩庫提兌銀五萬兩詳請撫憲廖中丞飭委試用通判閻希傳管解作爲第四批京餉裝鞘由省起程至滬附搭輪船到津雇車運至京都赴戶部交納

助賑彙單　○啓者敝局自辦唐山賑務以來屢承各大善士慨隱爲懷源源接濟則所全活奚啻億萬人數此皆諸大善士之賜也但自前歲以後之區屬求賑者日踵至惟因款項支絀不能悉如所請然揆諸視同仁之意於心終歉歉焉是以仰求　四方樂善君子慨爲資助多得一錢多救一命如集成巨款則或一邑或一郡將全活者又不可勝計矣豈非　諸大善士之功德哉茲謹將第十八次助捐各大善士姓名捐數登報以昭徵信向乞　仁人君子念切民艱共相援手救人救澈始有終千金不厭其多白錢不嫌其少即祈逕至溜米廠濟生社代收　計開　武陵郡凌氏助永遵賑款錢平化寶銀五十兩　山東一郵主人助洋銀六元　吉祥子助津錢十千文　集義社代募第九起栢蔭堂助津足錢十千文　海粟仙館助津足錢二千五百文　海粟仙館學童助津足錢一百文　恒思堂捐助津九六錢一千文　厚德堂宋助津九六錢一千文　潤德堂胡助津九六錢一千文　玉華齋助津九六錢一千文　玉黍號助津九七錢一千文　文義厚助津九六錢一千文　公和義助津九六錢一千文　下成西助津九六錢一千文　悅美號助津九六錢一千文　文豐助津九六錢一千文　燃藜書庄助津足錢二千文　居易堂王助津九六錢二千文　立明堂徐助津九六錢二千文　隱其名助洋銀一兩　第六起立本堂助津九六錢四千文　四箴堂助津九六錢十千文　豐安堂助津九六錢二千文　慶餘堂助津九六錢四千文　離離居士助津九六錢二千文　問心堂助津九六錢四千文　慈蔭堂助津九六錢四千文　習射齋助津九六錢六千文　壽康堂助津九六錢二千文　樂善堂助津九六錢二千文　仁壽堂助津九六錢二千文　慈蔭堂爲母病愈助津銀四兩　求母病速愈氏助津銀四兩　普安堂助洋銀一元

天津義賑局同人具

紀臺軍大捷確情（臺軍克復新竹縣及竹塹會由西報譯出茲接閩中訪事人來書所述更詳亟錄於報想聞風逖聽者必當同聲稱快也來書云有客附小南京輪船避地至廈據言上月二十三日由大嵙崁起程適值臺灣義兵民團與日人戰大獲勝仗日人心驚膽落棄甲狂奔臺軍奮勇直前窮追不捨日人不復成軍有土崩瓦解之勢臺軍乘勝長驅立將新竹縣城竹塹城克復並復桃仔園一帶地方俾聲所指足使聞者爲之歡呼雀躍夫台軍之所以制勝者正自有故夙知日人剿襲西法皮毛自恃鎗砲之利列隊而進冒死向前卯某紅狼蠢如鹿豕雖十死其九而一人猶屹立不退若與明鎗交戰堂堂之陣正正之旗斷不能取勝惟有明攻暗誘四面設伏且多設疑兵以惑亂其兵心其路崎嶇日人素未涉歷臺軍則或抄前以扼其進竄之路或斜出以分其兵勢日兵方欲列隊以攻其堡而他處忽又有火起乃鼓聲震地大兵殺進日人行鎗彈如雨初不知從何處飛來定睛細視或在深箐深林之際或在嶮巖亂石之中一時不

及甲抗歸至全軍皆潰每大擊兵二三百人皆於行至半途時被臺軍用計禽獲草薙之閏月廿一二兩日各堡義兵會合進剿日人大敗死者一千數百餘名其得苟全性命免作異域游魂者僅數十人而已有三兵頭逃入板橋社城內求救該處團總為之更易華人衣服始得生還其為義兵查悉逼向板橋一社索人板橋為某甲別墅有兵六百名護衛臺灣義兵以其通敵縱仇與為難兩下列陣以待嗣經鄉者出為勸解以現當多壘之秋正宜同心合力以禦日人何必操同室之戈貽鬩墻之悔責令某甲出銀三千元以助軍餉其事始寢日兵頭脫逃後即升放氣球鳴礮向滬尾兵船求添援兵而兵船管帶怵於台軍之威躊躇未發聞澎湖兵船亦不肯派兵赴台日蹈覆轍誘稱天氣炎熱暫且休兵可見其力窮計竭矣現在日人已退出新莊離台北府僅十里耳此克復新竹竹塹之確情也謹磨盾鼻草捷書為台軍望風遙賀 錄申報

敬啓者本堂新刻肄門孟筱帆孝廉平舒劉紫山選拔兩名士合刻賦鈔註釋詳明誠為後學之津梁也更有倚照草堂重註七家詩韻試帖舉隅二種大為士林推重瀛寰古學金針又有霸州吳河帥文安陳學士合輯水利叢書實為目前急務近印肄沽周衣亭太史孟平讀史講義精詳不徒經生足資討論制藝宗題尤尋見地公諱人顯著作甚富茲姑印其一以供膾炙合計五種除本堂發售外津郡文美齋書局一併寄售至於各種書籍筆墨無不揀選精良善本以期近悅遠來凡刻詩賦文集善書等板刷印裝訂書籍自當精益求精省工價廉萬不敢稍涉含混有負 賜顧 寓河北關上毘盧室義合主人謹啓

告白 盛世危言一書香山鄭陶齋觀察所著也觀察負經世之才庚申之變目擊時艱遂棄舉業日與西人游足跡半天下於究各國政治得失當今時勢強鄰日逼儼成戰國之局凡有關與中外情勢商權利弊旁搜遠紹無遺援手筆錄積年累月共成五十篇凡用槍砲設電綫建鐵路開礦織布商務農工治河防海防邊練兵等事瞭如指掌皆時務切要之言凡 士大夫留心經濟者家置一編俾人人洞達外情事事講求利病使天下除壅蔽之弊不誠有裨於大局哉每部五本存書無多急來購取可也 文美齋謹啓

本行茲由外國運到新式玲巧水龍其法將水龍放在井內抽水頗為靈便官商住家花園均可合用價亦相宜倘蒙 賜顧請至本行看樣定價可也此佈 信遠洋行告白

[illegible]醫先生脉理分明治療得法送診大症著手回春現寓海大道東醫院後

浙杭元吉永號

本莊自置紗羅綢緞新樣洋辮花素洋布川廣夏貨圍摺雅扇南貨頭油俱全祇為近時錢市漲落不同故而各貨減價開設估衣街中間路北凡 仕商賜顧者無悞特此佈達

告白 彭公案 楊家將
昇仙傳 南北宋 金鞭記 雪月梅
後聊齋 後列國 玉姣梨 小八義
草木春秋 西湖佳話 聊齋志異
前後七國 鐵花仙史 挑燈新錄
後英烈傳 三續聊齋 巧合奇冤
花月姻緣 髮逆圖記 第一奇女
醒世姻緣 續施公案 五虎平西
南 續今古奇觀 續永慶昇平
萬[illegible]齊初二集 五十名家手札
文美齋謹啓

六月十九日輪船進口
新裕 輪船由上海 招商局
海晏 輪船由上海 太古行

六月二十日輪船出口
怡生 輪船往上海 怡和行

六月十九日銀洋行情
天津九七六錢
銀盤二千七百一十文
洋元一千九百六十文
紫竹林九六錢
銀盤二千七百五十文
洋元一千九百九十文

光緒二十一年六月二十日　第一百六十九號
西曆一千八百九十五年八月初十日　禮拜六

上諭恭錄　絜言　立秋成盛　太常辦公
放錢當否　守玉如何　諏吉榮任　慶賀禮單
而能濟衆　所以謂人　履坦有期　續賑可望
自戒將來　毋庸纏訟　提案覆訊　照例宜懲
幸有徵嫌　不無隱恨　日不諱敗　復我邦族
台輪增價　日示照錄　得之則生　告白照登
京報照錄

上諭恭錄

旨廕生文錡文林麟昌松端俱以頭員用保送翰林院編修劉沛然着以知府分發省分補用截取內閣中書曹鍾英着照例用奏留吏部額外主事哱輔清郝秉忠俱准其留部熱河都統衙門筆帖式員缺着擬正之松山補授擬陪之蔭秀着記名擬補兩浙橫浦場鹽大使王宗瀅着照例用卓異釐剔恩平縣知縣錢瑩着准其卓異加一級仍註册回任候升服滿前選湖北通山縣知縣陳謨者不必坐補原缺盛京兵部郎中員缺著文富補授　孝陵禮部員外郎員缺著文劍補授盛京工部員外郎員缺著誠慶補授盛京刑部員外郎員缺著炳誠補授欽此　上諭錢應溥着充方畧館總裁欽此　會麟書行走班次着在張之萬之次欽此

絜言

取天下之物而與我爲計則莫親於我取百年之事而爲我綜核則莫重於生世之養體膚者則嗜鍊形學釋道者則講養氣談詩書者則曰修德凡以爲生也斯三者得其眞皆足以衛生襲其似皆足以戕生眞與似奚以辨辨之於其心而已辨之於其心之恐與無恐而已試之於所恐者之爲理與慾而已世未有甘蹈死亡之地者惟有所恃而不恐者則蹈之而不懼蹈之而自幸自幸不懼是即慾之念也是即死之途也恃其德而故使肢體盡行折斷僾焉不可以終日猶能生乎恃其氣而將腸胃迭事刳湔楞然而一空如洗猶能生乎恃其形特令膚革肆其充盈塊然幾不能喘息猶能生乎是固人人所共知斷不肯一出乎此者其有非此而類此者乃甘蹈其途而不懼且自幸接踵死者項背相望明明知之明明犯之則莫如逸豫一途孟子曰生於憂患死於安樂人每以爲身有或然而不知其理有必然也昔管敬仲言於齊侯曰戎狄豺狼不可厭也諸夏親暱不可棄也宴安酖毒不可懷也以宴安埒戎狄豺狼而不足直以酖毒視之可謂知生知死愛君親切之言矣然而桓公多內寵卒死於六如夫人　手可怪也今而思之無怪也天下之爲桓公者可勝數乎古今天下之死於酖毒者千萬人一人或皷害於人或誤於不知死於晏安者古今天下皆是也其非被人害而誤於不知也且或素講鍊形養氣修德也夫酖之爲毒入肝肝裂入腸腸腐一沾入口死不旋踵晏安雖敗德喪志其禍之烈豈至於是孰知其禍竟至於是且不止於是也譬之於地蜀道最平康衢最不平譬之於水溪澗最險瞿塘最不險何也心恐蜀道瞿塘之不易行而愼之又愼故不平頓化爲平至險卒成不險若康衢若溪澗人人易之漫不經意曰是何足懼是何必愼如此畏首畏尾身其餘幾我生不有命在天乎況强壯如此修行如此心田如此縱或寒暑不時風雨不節何礙於人恃此以不恐是晉也　倡於前百和於後何也適中其苟且偷安之慾冀以便其貪縱之私幸獲萬一之遂也嗚乎此天下之所以接踵死者項背相望明明知之明明犯之也試爲平心思之孰使吾志氣昏惰者非逸豫之慾念乎孰使吾功業隳廢者非逸豫之欲念乎孰使吾縱欲忘返而流於惡弛備忘患而陷於禍者非逸豫之慾念也耶忍之須臾即與日月爭光河山並壽快之須臾即與草木同腐波浪俱淹此猶其遠焉者也況陰陽失愼疾病旋來生死之機眼前即是顧樂聞世俗順情之諂惡聽拂逆耳之

言余固無如之何也余終不能無言也於是乎爲祭言

立秋成靈　○六月十八日立秋吏部文選司司員將京外各衙門大小職官額設若干缺姓氏籍貫出身並大小職官駐劄何地次載全省賦稅地丁錢糧漕米鹽課總數並藩庫存留若干起運若干及關榷額征稅銀若干並各直省各府下先載四界次戴形勢至京若干里至省若干里領州縣若干倉穀若干徵收若干養廉若干次載風俗學校土産繕寫光緒乙未年秋季縉紳黃冊於是日寅刻派筆帖式瑞壽玉書赴　內廷奏事處呈遞以備進呈　御覽

太常辦公　○太常寺咨行戶部所有本寺應支光緒二十一年秋季分辦公經費銀四百兩請戶部即行核支傳領以資辦公因當由陝西司呈大堂標畫銀數相將劄銀庫郎中照數支領

放錢實否　○頃奉　[illegible]寄交擊寶源局爐頭某甲因放錢數目不實被某侍御據陳　上聞現聞工部堂憲派員盤查訊詰有無弊端已將某[illegible]傳案諒不難水落石出也

守玉如何　○京師至六月初旬以來疫氣傳染霍亂轉筋之症尤甚死亡尤速迭登前報今聞宣武門外一帶街巷有僅及一日而亡者有甫越子午對時即斃者縱有妙藥靈丹亦難猝辦至崇文門外一帶近來疫勢雖覺大減而日中仍有喪亡然有喪之家內非特無人斂臨弔唁甚至米市胡同鹽齋糕點舖內有某甲赴該舖買糕點經舖夥甫將羔點包妥某甲即患霍亂忽而僕跌櫃外赶經舖夥掖扶救治不料兩眼塌陷牙關緊閉已作長眠客矣及彰儀門內老君地南下窪都土地廟白馬司坑榆樹林等處叢葬地內近日以來各地薄棺埋滿今自六月中旬以來該處掘坑不及甚至每處堆積均有二三十具之多現因天氣炎熱屍身腐爛臭氣刺鼻嘔數十年未聞傳染此災死者如此之多聞者莫不毛骨悚然未識守身如玉者應如何調攝方保無虞也

諏吉榮任　○新簡兵部尚書徐頌閣大司馬定於六月十九日辰刻上任示仰闔署司員步軍統領五營四哨汎并駐京各省提塘差務廳暨書皂人等至期一體謁見毋違特示○新簡倉塲侍郎廖仲山倉帥定於六月十九日己刻上任示仰各倉監督書皂人等至期一體謁見毋違特示○新簡太僕寺卿田雨田大司僕定於六月二十四日辰刻上任示仰闔署廳員筆帖式書役人等至期一體謁見毋違特示○新簡署理正黃旗滿洲都統啓統制秀定於六月十九日卯刻上任示仰闔旗參領佐領領催章京人等至期一體謁見毋違特示

恭賀禮單　○欽命二品頂戴新授福建按察使長蘆都轉鹽運使司鹽運使隨帶加六級紀錄十四次季　爲慶賀事奏光緒二十一年六月二十八日恭逢　皇上萬壽聖節奉禮部咨行於六月二十六行禮　賀禮理合敬謹朝　賀合亟出示曉諭爲此示仰所屬官員師生人等知悉至期五鼓齊赴　萬壽宮亭一體敬謹朝　賀各宜凜遵毋違特示○查恭逢　皇上萬壽聖節正日暨前三日後三日文武各官俱穿蟒袍補褂掛珠不理刑名凡文武各官一體遵照切切特示

而能濟衆　○本埠北門外茶店口火神廟古剎也每屆六月二十日爲敬祀火神之期各董事等懸燈結彩呈供獻戲聞已屆邀附合班演劇今早舖戶人等齊赴古剎拈香敬候開演以答神貺

所以謂人　○各州縣被水村婦來津乞食者染疫輒病病則坐臥街路令人目擊心傷昨道署西箭道有婦患病勢幾垂危幸附近居戶施藥赶救遂得全活惻隱之心人皆有之于此可見

履坦有期　○本埠官道自北門外南閣中止已紀前報至雙廟大街本橋窪下一當雨集來往堪虞昨工程局憲赴南閣一帶履勘情形路人見者傳說大憲閱看官道定擬修築不日當履道坦坦矣

續賑可望　○縣屬淀北各村被水淹沒已紀前報昨淀北二十餘村婦孺等約有數百齊赴縣署叩乞續賑等情適邑侯趙大令公出回署當諭本月下旬轉詳籌賑局大憲派員覆驗續賑以資接濟等語村婦等聞之扶老携幼各欣欣然回村而去

有戒將來　○北倉距城十數里北倉司大使官署被搶報案已登前報茲悉被搶情形係於本月初十日戌刻忽來十數人闖入

大門即將門緊閉首放洋槍示威用鐵斧砍開宅門入室搶去衣服首飾各數十件及地方差役民人齊集將欲圍捕該賊等聞聲開大啓門携贓而逸還下手斧一把猶燃槍以截尾追因黑夜鬧該賊均有利器是以未敢追緝迨次日黃大使偕春開清失單飭差赴該管文武衙門報案於十二日縣委協同該管西沽汛武官勘驗被搶情形繪圖貼說詳稟上憲外立即飭捕上緊嚴緝贓賊務要即獲惟是北倉居面建有倉廒乃北河第一首村人烟稠密漕糧聚泊之處該賊匪膽敢持械於起更時分硬行搶刦官署實屬怨不畏法若不拏獲從嚴治罪何以戒將來乎

毋庸纏訟　○本年販賣人口之案情實者固屬不少疑似者亦有之昨某婦赴道轅呈控疑其婿將女販賣經道憲李觀察諭云爾女既嫁與某爲妻焉有販賣伊妻之理飭即取保具結毋庸纏訟

提案覆訊　○本埠劉琨前被盛三扎傷身死盛三畏罪逃逸當將伊兄盛二揪扭來轅以憑訊問盛二所供與原稟不符昨劉琨之弟劉珍赴道轅呈稟細訴扎斃情形蒙道憲李觀察示諭是否實有其事抑或揑詞狡執仰天津府飭天津縣提案復訊毋任托縱着即同劉候質

照例宜懲　○本埠賭博之風甲于他省幸各大憲有犯必拏盡法懲治郡中有李濬者昨因伊弟賭輸折準銀兩等情赴縣呈控蒙諭同場聚賭大干例禁爾弟賭輸折準銀兩姑作張大之詞以爲訟准圖賴之計殊屬不合候傳訊察究照例懲辦

幸有徵嫌　○自去歲各屬屢被水災婦女來津者稍有姿色多被奸人誘入娼窯昨有某婦年約二十餘歲在河北腰窩娼窯初學賣笑因受鴇兒凌虐痰迷心竅鴇遂棄之門外呢呢喃喃自言自語斯人而有斯疾大意或欲保其貞乎

不無隱恨　○河東陳洛者素行無賴與同類人魏五有嫌昨晚陳洛行至侯家後地方被魏五率同黨數十人持械將陳洛毆傷好事者遂將陳洛抬送至家後不知何以了結云

日不諱敗　○台灣之役日人頗切杞憂各報館亦不諱敗得有消息即發傳單確言某月某日與劉軍開仗不利死傷幾多惟所報死傷之數尚不實耳

復我邦族　○昨接臺灣消息云日人自犯臺灣後惟以奸淫爲事民不聊生臺北一帶居民全行內渡以避凶鋒自閏五月望後輪船如梭往來不絕所載大都以婦女爲多近日科麽沙海龍兩輪船絕不停留專往臺北載客每次可得水脚數千兩之多間日一往獲利可知南安同安安溪各郡之以製茶爲業者無不以一人而攜臺婦數人其中多娼妓敗葉殘枝茫無依倚故任其如取如携也臺北郡民前迎日人登岸者恐將來全臺克復爲義兵根究通日之罪雖百喙無以自解不如見機引避之爲得計遂携帶眷屬各回內地此誠狗彘不食其餘矣

台輪增價　○臺灣信云閏月十九二十兩日臺軍大獲全勝日兵之在滬尾淡水臺北府大稻埕艋舺基隆等處四鄉姦淫民婦肆行搶掠幷禁民間於夜深人靜時不准閉戶俾日兵可以任意入內效禽獸之所爲違者格殺勿論似此情形豈有人心者之所爲哉稔其命意之所在或自知臺灣一島斷不能佔據故特縱兵殃民必使生靈塗炭城邑邱墟而後忿氣始洩臺民不堪日虐無不攜家遠避附船內渡科麽沙輪船於上月二十六日又由淡水載男女一千二百餘人小南京輪船載五六百人內渡科麽沙卸空即日復回淡水載客小南京輪船於二十七日午刻展輪赴台北府裝載難民此輩鑒於日人之橫行無道不能一日安居遂甘心拋田產紛紛內渡船價爲之陡漲往時每人四元者今已增至每人八九元小南京船價尤鉅每名十元人亦樂於附搭輪船往來大獲利市云

日示照錄　○昨日廈門採訪使者鄭示臺民抄錄日督條示八款不倫不類識者疑之日人雖妄揆諸要結臺人之意恐諺妄屬不至於此姑錄之以見君子之惡居下流焉其八款錄後　第一款禁吃洋煙犯者棄市　第二款台民均當剪髮入籍　第三款婦女聽借不准少吝　第四款除祀祖先　第五款人死後不許安葬以火燒灰迎風吹送　第六款欵戶不許棖門　第七款竹圍當拆　第八款台民不剪髮入籍不得掌管田業

傳之贈生（京師前門外廊房頭條胡同文盛齋畫店門首於六月十四日有某宦年約三十餘歲由會元堂飯莊出來行至文盛齋門首猝然跌倒身入該畫店內即此命赴黃泉該舖主倉皇失措即赴中城司報案一面查訪屍親十五日經中城帶領吏仵相驗經某中翰認領備棺成殮抬往三聖菴中以便設奠聞恐亦因患霍亂不及回家醫治即作僕路客矣於是都中人士莫不恐懼今有前門外後孫公園溫宅施送避瘟雷擊散　牙皂三錢五分　上硃砂二錢五分　煅白礬二錢　白芷一錢五分　明雄黃二錢五分　防風二錢　桔梗二錢　法半夏一錢　[illegible]麝香[illegible]分　藿香二錢　貫仲二錢　陳皮二錢　薄荷二錢　北細辛一錢五分　生甘草二錢共研細末每[illegible]散專治轉筋霍亂兩眼發黑指甲轉青肚腹疼痛上吐下瀉急以生姜汁冲服一錢如病重不省人事者急以二三分吹入鼻孔內俟其關竅[illegible]用治痧痢疾瘧疾感冒寒熱槪可服熱病以冷水冲服孕婦忌[illegible]　又施送至寶回生丹[illegible]丹專治吐瀉手足麻木筋痛腹疼症其治神效附方于後以便有力者照方合送　麝香三分　公丁香一錢　豆腐製倭硫黃一錢　肉桂一錢　吳茱萸一錢右研極細末每付用一分用葱汁拌勻納入臍中外再以煖臍膏蓋貼於上用炒熱麩皮布包熨腹自愈不可誤入口中孕婦勿用今經溫善士照此二方配合藥劑熬攤煖臍膏每日由晨至夕施送凡患斯疾者登門乞取不絕於途濟世活人無數皆感溫善士救生之德莫大焉

本堂由上洋寄到石印劉大將軍台戰實紀附地圖陣圖分上下本書眞價廉先覩爲快〇又寄到繡像清廉訪案全傳名曰殺子報每部四本外有裝套所寄無多閱者先取

寓城內三聖菴西直報分處內紫氣堂啓

告白

盛世危言一書香山鄭陶齋觀察所著也觀察負經世之才庚申之變目擊時艱遂棄舉業日與西人游足跡半天下究各國政治得失審今時勢強弱日逼備成戰國之局凡有關與中外情勢商榷利弊旁搜遠紹無遺觸手筆錄積年累月共成五十篇凡用槍礮設電綫建鐵路開礦織布商務農工治河防海防邊練兵等事瞭如指掌皆時務切要之言凡士大夫留心經濟者家置一編俾人人洞達外情事事講求利病便天下除厥弊端不誠有裨於大局哉每部五本存書無多急來購取可也

文美齋謹啓

本行茲由外國運到新式玲巧水龍其法將水龍放在井內抽水頗爲靈便寓商住家花園均可合用價亦相宜倘蒙賜顧請至本行看樣定價可也此佈

信遠洋行告白

[illegible]國[illegible]醫先生[illegible]分明治療得法送診大症著手回春現寓海大道東醫病院後

浙杭元吉永號

本莊自置紗羅綢緞新樣洋辮花素洋布川廣夏貨閩摺雅扇南貨頭油俱全祇爲近時錢市漲落不同故而各貨減價開設估衣街中間路北凡仕商賜顧者無悞特此佈達

告白

彭公案　楊家將
昇仙傳　南北宋　金鞭記　雪月梅
後聊齋　後列國　玉蛟梨　小八義
草木春秋　西湖佳話　聊齋志異
前後七國　鐵花仙史　挑燈新錄
後英烈傳　三續聊齋　巧台奇案
花月姻緣　髮逆圖記　第一奇女
醒世姻緣　續施公案　五虎平西
南　續今古奇觀　續承應昇平
萬年青初二集　五十名家手札

文美齋謹啓

六月二十日輪船進口

豐順　輪船由上海　招商局
順和　輪船由上海　怡和行

六月二十三日輪船出口

武昌　輪船往上海　太古行

六月二十日銀洋行情

天津九七大錢
銀盤二千七百一十文
洋元一千九百六十文
紫竹林九六大錢
銀盤二千七百五十文
洋元一千九百九十文

第一頁

直報

光緒二十一年六月二十二日　第一百七十號
西歷一千八百九十五年八月十二日　禮拜一

上諭恭錄

上諭河南開歸陳許道員缺着陸襄鉞補授欽此　旨愛隆現在丁憂所管廂藍旗蒙古副都統着色楞額署理欽此　上諭御史王鵬運奏考試御史請慎保送一摺各衙門保送考試御史記名人員有兼充軍機章京總理各國事務衙門章京者如果辦事得力原准隨時奏留誠以此兩項差使均係重要與各部院辦事司員不同惟該御史既自此次嗣後各部院保送御史於奉旨記名後概不得瞻徇情面率行奏留至兼充軍機處總理各國事務衙門人員各該堂官亦須詳加考察苟非必不可少之員即毋庸奏請留差以杜流弊欽此　硃筆龐鴻書着協理京畿道事務欽此　硃筆張嘉祿補授禮科掌印給事中欽此　上諭自泰西各國通商以後洋人僑居內地中外相安朝廷一視同仁迭諭疆臣將加保護乃近日四川省城有焚燬教堂之案同時煽動蔓延數州縣頃又據福建報稱古田縣匪徒殺傷洋人多名甚至戕及婦孺覽奏情形殊堪痛恨四川一案經將犯訊辦福建一案首要各犯尚在緝拿着慶裕邊寶泉督飭嚴速即拏獲毋任漏網此等不逞之徒造言惑衆所在多有要在地方官隨時防範消患未萌何得相率因循以致釀成巨案着各直省將軍督撫等通飭所屬凡有教堂處所務須實力保護並曉諭居民勿聽浮言妄生疑衅倘敢藉端滋事定當執法嚴懲該地方官辦理乖方亦當從重懲處決不寬貸將此通諭知之欽此

絜絜言

天人也物我也混同而一者也神鬼也死生也亦混同而一者也一者何也在天曰太極在人曰元氣而已物與我則一氣之分全各具而已神鬼生死則一氣之屈伸往來而已所謂一物一太極萬物一太極也太極在天動而生陽靜而生陰極陰生陽極陽生陰其理一定而不易在人則樂者屬陽喜與愛欲皆屬焉憂者屬陰怒哀與懼與惡皆屬焉此七情者循環無端要爲元氣所運行而已孟子曰吾善養吾浩然之氣卽元氣也心性生於是氣血具於是塞天地配道義卽是氣之充周也睟面盎背卽是氣之發皇也善養者則集義以生之不善養者則襲義以取之生之者幽明物我渾然無間樂同一樂幽明物我不約而皆樂憂同一憂幽明物我不約而皆憂判而爲舒慘而喜而欲而愛而怒而惡而哀懼之情別而爲盈虛予奪是非損益之理散而爲禍福利害安危死生之變彼動則此應彼發則此覺統天人物我而無間何所私於一己古之聖人所以視民如傷者豈以冥冥中有神鬼不可欺昭昭然有因果報應而不可犯哉誠以幽明物我通爲一體不見其有可傷之地戕傷於民卽傷於我既傷於我卽傷於神如此者謂之仁人而仁則觸類無不覺不必其疾痛之在己也而無不切於己無不通於神無不通於天不仁則不覺不覺則不通幽明不通故有神鬼之間物我不通故有人物之間如此則惟知有己一己之外皆無所關苟利於己何恥乎媚鬼神苟利於己何恤乎害人物於是因僞作妄因妄爲幻人有幻心是生邪境人有邪心是生怖境於是

淫誣怪誕之說與羼蒿僂愴之妖作陰詭側僻之事起而貫塗刳剔之亂生人之不仁非天獨賦以酷戾暴狠之性也私己深畏神甚不仁之氣自以淪惑其心以至此極也夫蚋生於醯醬而敗醯醬者蚋蠹生於稼穡而賊稼穡者蠹人生於天地而剝天地者人氣生於吾心而害吾心者氣是氣也有二無二言其終則血氣之氣與浩然之氣兩相分言其始則血氣之氣與浩然之氣兩相合所謂渾然之元氣也善養者則以氣輔氣保護其元氣不善養者則以氣賊氣斲喪其元氣孰保護孰斲喪初非可執途人而問之者昔舜之窮也于田號泣其達也被袗鼓琴文之窮也玉門作易其達也虞芮質成之二聖者遇有窮達心無通塞以心御氣而不為氣所役以心移氣而不為氣所移孔子之畏於匡人阨於陳蔡猶援琴以作歌及其夾谷聞人郤萊兵亦復從容不迫恃此浩然之氣以衞生以馭世故能消遙曳杖保其天年以順受其正皆養心以養氣之明效也非特聖也賢亦有之曾子鋤瓜小杖則守大杖則走其兢兢以守身為孝者臨深履薄百年一日及其寢疾則呼曾元易季孫之簀其正氣浩然即其元氣充然也所謂仁也若夫不仁之人非特不仁於人亦必不仁於己人之生也猶火也無所為則即當暫秘以韜光不仁者則逞其私智熊熊然炫耀以自雄則其立燼也愈速世有貪欲無既溪壑難盈車甚澤心甚悴究之元氣消耗變起無端萬億不能救其命求為庸鄙之夫以延殘喘而不可得者當亦悔其疇昔之不留少餘也人之生也猶水也不得已則自宜因時以任運不仁者則矜其私術沾沾焉肆力以自恃則其橫決也更甚世有妄冀長生信心皈附鍊丹砂持咒偈卒之元氣抑遏疾生不測仙佛無以効其靈求如顓愚之子以蹈故常而莫可必者應亦悔生平之不順自然也是皆私己過甚實大不仁於己也然則如之何而可也曰惟渾其心於天人物我即渾其心於神鬼死生持其志勿暴其氣吾亦不知其為希聖即希賢即安命而已或曰此老生之常談也余曰何敢謂非常談也顧有不能不一再言之者於是復繼絮言為絮絮言

吏部文章 ○吏部為傳示事所有本部帶領引見之宗人府主事王桂琛直隸總督衙門筆帖式明恩陝甘總督衙門筆帖式裕端山西巡撫衙門筆帖式慶壽甘肅新疆巡撫衙門筆帖式瑞山愛紳奉奉天復州知州許彭齡奉大鐵嶺縣知縣陶懋和黑龍江綏化廳巡檢徐廷茂發往奉天差遣委用巡檢馬光甲徐廷芬成樑王國昌亦崇駿李煥炳發往奉天差遣委用典史陳敬之黃釗王[illegible]琮汪堉徐績勳陳榮盛京刑部蒙古主事職銜[illegible]齡等均限於本月二十三日辰刻赴鴻臚寺署前望　闕謝　恩毋得違悞特示

溫氏功德 ○日前後孫公園溫宅因四時不正時疫流行霍亂轉筋吐瀉之症不及醫治即名登鬼錄現經自備資斧施捨全寶回生丹避瘟雷擊散煖臍膏已列前報今因時疫未減復行配合神效瘟疫救急仙方　炒白朮四兩　何首烏一兩　紅花四兩　煨佛手一兩　酒浸防風四兩　蘇梗二兩　神麯九錢　茯神四錢　砂仁一兩　硃砂四錢　橘紅　錢　共研細末紅棗為丸麝香為衣每服三丸如蓮子大開水送吞孕婦忌服現已配合此藥施送救濟活人甚多咸頌溫善士無量功德廣種福田也

大為俗蠹 ○京師前門外火神廟夾道地方向有蜂媒蝶使一流人名曰轉當局見人輒曰某艮房來有新人請君小坐艮家子弟及年少學徒墮入彀中者已更僕難數近則此轉愈衆有出是路者無論是否個中必有多人簇擁牽裙引袂糾纏不已此人叱去彼人又來殊堪痛恨而草市一帶刻下更有露天賭攤任人入局大衆圍隨皆屬喝盧呼雉之人阻塞街衢行人不便嘗思娼賭為閭閻之患例所必禁而此兩事者為患奚若或亦賢有司所亟宜嚴禁者歟

洞異凡鱗 ○水族類有三千八百尋常河流已有奇形異樣目所未經若地近渾河則隨浪而至似夜叉形狀者筆難殫述六月十五日彰儀門外三十里許蘆溝橋渾河近因連日霪雨以致山水瀰泛波浪洶湧由河中躍出大魚一尾約長二丈有餘其色灰其形似脊背如命和子彈丸五粒豎出肉外腹刺隱皮亦條條可數其尾及分水宛如肉結長尺許見者聚觀有搖尾乞憐狀經好善者以京蚨四千買使漁者即放之中流悠然而逝龍耶龜耶不得而知矣

免累民商 ○欽差署理北洋通商大臣直隸總督部堂雲貴總督部堂王　示商民明獻亭等呈批前據李道稟覆以爾等所交木石各料只在鐵路停工以後具以價未發令前謂曹國衡木板非石料可比儘可另售批飭發還自行變價在案候行李道勸諭員司速將木料點交原商收回毋得短少轇混至石料係笨重之物既經給予領錢執照着計明丈尺勢難退回所需價值應如何設法清結免累

商民董由該道籌議贖奪暨候行鐵軌官路總局查照所呈執照十二張驗訖交巡捕官當面發還

合示捐職　○欽命二品銜新授福建按察使長蘆都轉鹽運使司鹽運使隨帶加六級紀錄十四次季　爲榜示事照得蘆綱新餉捐輸案內第五次請獎各捐生姓名官職合行榜示須至榜者共計捐生一百二十一名謹將首尾捐生五人列後　計開　鄧光瑜由監生請以指項典史分指陝西試用　袁純熙由五品職銜請以通判指分浙江試用　宋盛林由監生布照磨銜請以州判不論雙單月分發試用　田陰森由俊秀請以監生由監生請捐不論雙單月選用典史　陶翊中由分發省分試用知縣請以指省湖北試用

工程待議　○本郡前由周玉山廉訪建議平治街道設工程局專司其事歷經數年城廂內外逐漸修理平坦行人多便惟東門北門內石頭道未設巡兵僅有打掃夫早晚灑掃究無阻禁傾棄穢物之權鼓樓東大街石路舊將暗溝修通以洩雨水不僅行人方便且於兩邊舖戶甚有益處無如人心狡悍不思建路之義任意蹧蹋近來各舖戶居民多將穢水傾入暗溝以致臭氣薰蒸莫不掩鼻以過道署前石橋胡同口尤甚各舖戶相率效尤似此作踐修不勝修是否應由工程局除派巡兵稽查外仍酌派委員不時嚴查倘有作踐街道者從重議罰使各知儆戒庶土道平平實君子小人所共禱焉者

府試有期　○欽加同知銜卓異候陞題補青縣署天津府天津縣正堂加九級紀錄十次趙　爲歲考事案蒙本府正堂沈札飭本年七月初六日在貢院開場考試文童於初八日考試性理孝經論七月十六日考校武童各於正場前二日齊集合即出示曉諭等因蒙此除移學遵照外合行出示曉諭爲此示仰縣屬應考文武童生知悉爾等各宜遵照定限齊集投考毋得自悞切切特示○又示於七月初一日補縣考

遣勇過津　○議和以後所有榆關內外各省勇丁自本月初中兩旬陸續來津已紀前報各大憲諭令親兵練軍兩營輪流護送不准停留閏月杪即可遣撤完竣矣

運艘出閘　○山東黃河決口糧艘尚未出閘已紀前報茲聞糧船等幫於本月中旬挽出閘口已抵臨清境界聞距津二十餘站約在月杪可抵津埠矣

譯西信紀臺灣近日情形　○昨譯西信載有臺灣消息云劉淵亭軍門坐鎮臺南指揮若定風鶴不驚日兵鑒於前此窺臺南時屢遭挫敗遂有戒心不敢再作圖南之計軍門閒暇無事乃偕本地民紳蕩漾於青林碧澗之旁携美饌備佳釀訪素心人樂數晨夕沖襟朗抱不減陶徵士一流人幾令人忘其爲百戰百勝之名將是奇人也亦快人也臺地每歲三熟五穀豐收兵民食用儘敷接濟大可無虞加以目下蓄糧堆積如山士飽馬騰民心愛戴觀此情形大可與日人曠久相持日人雖狡其何能爲　錄中報

日無去志　○近日日人在東營添修電線竿子並修理街道西營王宅日官改作公寓前後均添挖水溝海蓋會復之日兵互相調駐日船裝來大米並耕田所用之器具及軍裝衣服等甚多豈日人欲爲久占之計耶

英電譯登　○初五日倫敦來電云中法新立和約中國願將南省各海口與之通貿易既定之後法國即可派領事官前往并准法人在廣東廣西雲南三省鳩工開礦至於潞江湄江皆可用輪船來往

醫旌駐津　江南沈漢卿儒醫也世傳岐黃弱冠時因母病問道於費伯熊先生由是脈理益精官電總辦佘與闌道盛因天津少南醫擬設醫局遂飛電至申恭請來津閏月朔廣仁堂設醫局於西門外養病所內沈君在局醫治每日門症二百餘號有手威春午後出門治驗不勝枚舉闔署中向有儒醫劉君午月初患濕溫症天津諸名醫診治數日病勢不減後請沈漢卿診治一服而愈因書之以揚其名凡爲病魔累者庶不復爲醫累耳

得之則生　○京師前門外廊房頭條胡同文盛齋畫店門首於六月十四日有某官年約三十餘歲由會元堂飯莊出來行至文盛齋門首猝然跌倒身入畫店內即此命赴黃泉該鋪主倉皇失措即赴中城司稟案一面查訪屍親十五日經中城帶領吏仵相驗經某中輸認係備棺成殮抬往三聖巷中以便殺奠聞悉亦因患霍亂不及回家醫治即作撲路客矣於是都中人士莫不恐懼今有前門外

[illegible]孫八閣温宅施送避瘟霹靂散 牙皂三錢五分 上硃砂二錢五分 煅白礬二錢 白芷一錢五分 明雄黃二錢五分 防風二錢 桔梗二錢 法半夏二錢 當麝香一分 藿香二錢 貫仲二錢 陳皮二錢 薄荷二錢 北細辛一錢五分 生甘草二錢 共研細末忌鐵專治轉筋霍亂兩眼發黑指甲轉青肚腹疼痛上吐下瀉急以生姜汁冲服一錢如病重不省人事者并以二三分吹入鼻孔內俟其關竅開用治法痢疾瘧疾感冒寒熱一概可服熱病以冷水冲服孕婦忌用 又施送至寶回生丹專治吐瀉手足麻木筋痛腹痛痧症其治神效附方于後以便有力者照方合送 麝香三分 公丁香一錢 豆腐製倭硫黃一錢 肉桂一錢 吳茱萸一錢 右研極細末每付用一分用葱汁拌勻納入臍中外再以煖臍膏蓋貼於上用炒熱麩皮布包熨腹自愈不可誤入口中孕婦勿用今經溫善士照此二方配合藥劑熬攤煖臍膏每日由晨至夕施送凡患斯疾者登門乞取不絕於途濟世活人無數皆感溫善士救生之德莫大焉 杏花村朱家胡同陳公館施捨

茲啓者本堂新刻津門孟筱帆孝廉平舒劉紫山選拔兩名士合刻賦鈔註釋詳明誠爲後學之津梁也更有青照草堂重註七家詩韻試帖舉隅二種大爲士林推重洵屬古學金針又有覇州吳河帥文安陳學士合輯水利叢書實爲目前急務近印津沽周衣亭太史孟子讀法講義精詳不徒經生足資討論制藝宗題尤尋見地公諱人顯著作甚富茲姑印其一以供膾炙合計五種除本堂發售外津郡文美齋書局一併寄售至於各種書籍筆墨無不揀選精良善本以期近悅遠來凡刻詩賦文集善書等板刷印裝訂書籍自當精益求精省工價廉萬不敢稍涉含混有負 賜顧

寓河北關上毘盧室義合主人謹啓

朱銑翁先生術擅岐黃名傳遐邇近治瘟螺痧急症河東小關陳鳳亭等多人均已立刻奏效

本堂由上洋寄到石印劉大將軍台戰實紀附地圖陣圖分上下本書眞價廉先覩爲快〇又寄到繡像清廉訪案全傳名曰殺子報每部四本外自裝套所寄無多閱者先取

寓城內三聖菴西直隸分局內紫氣堂啓

本行茲由外國運到新式玲巧水龍其法將水龍放在井內抽水頗爲靈便官商住家花園均可合用價亦相宜倘蒙 賜顧請至本行看樣定價可也此佈

信遠洋行告白

錢硯樵先生祿曾分明治療得法送診大症著手回春現寓海大道東醫病院後

浙杭 元吉永號

本莊自置紗羅綢緞新樣洋縐花素洋布川廣夏貨團摺雅扇南貨頭油俱全祇爲近時錢市漲落不同故而各貨減價開設估衣街中間路北凡仕商賜顧者無候特此佈達

悅來洋貨號

開設天津紫竹林大街自運各國鐘表洋貨新到外國上磁玲瓏花盤碟玩物玻璃器皿奇形碗盞杯盤香牛皮靴鼻烟盒普魯絨珍寶袋盒洋畫酒鑽叫鐘烟盤電鍍金銀首飾釵釣雲鑼梳篦夏衣襪綉花窗簾玻璃磚磨花描銀彩花茶杌鏡子大橫鏡等格外減價消售發客

六月二十四日輪船出口

重慶 輪船往上海 太古行

通州 輪船往上海 太古行

六月二十五日輪船出口

連陞 輪船往上海 怡和行

新濟 輪船往上海 招商局

六月二十二日錢洋行情

天津九七六錢

銀盤二千七百一十文

洋元一千九百六十文

紫竹林九六錢

銀盤二千七百五十文

洋元一千九百九十文

直報

光緒二十一年六月二十三日 第一[illegible]七十一號
西曆一千八百九十五年八月十三日 禮拜二

上諭恭錄

軍機大臣面奉 諭旨本月二十五二十六二十八日均着推班欽此

善惡名實論

天下有同名而異實者語其名則慕之語其實則惡之慕則思有以得之能得則其喜可知不能得則其憂可知惡則思有以避之能避則其喜可知不能避則其憂可知喜與憂生於心發於政見於事此必然之勢誠中形外無所容其掩著者有之則自任法始溯立法之初心以爲人不可終古常存卽其心不可以終古不弊也於是垂諸法以永其心便後世第守吾法卽可以常見吾心是心存非人存人存非法立行之百世如一日矣不知終古無不弊之法非法弊也弊在任法者之喜與憂而已夫喜與憂本乎天性發爲人情雖聖人不能廢矣以爲法弊之濫觴卽曰視乎喜與憂者之存心苟與不苟而已其存心而不苟者旣盡其法中之義必更盡其法外之仁循其名責實此君子之用心所以無往不善也其存心而苟者則反是弊不生於法中弊卽生於法外弊生於法外復混迹於法中假其名以敗其實此小人之用心所以無往不惡也至惡起於心則生於其心害於其政發於其政害於其事矣蓋其心惟有一私己之心凡遇事之有利於己者則殫精竭力以圖之務通方不爲恃止務捷足恐落後塵勞心焦思幾欲奪氣數之運以苟爲進取於是冀有盡之身轉償無盡之禍綢繆辛苦假善之名以濟惡之實其狡獪必欲使當世有一而無二舉生我何生彼是皆苟之一念有以致其必然也凡遇事之有害於己者則殫精竭力以去之凡事務多方爲規避之計臨事務悉志爲營脫之謀勞心焦思不惜敝庸祿之名以苟爲藏身於是據已然之禁挽本然之憂綢繆辛苦假善之名以掩惡之實其狡獪亦欲使當世有一而無二審我負人毋人負我是又苟之一念有以致其必然也嗟乎吾今來止此善惡兩途我旣不能以一身越乎兩途之外以一身混乎兩途之中又不能以一身甘辭善而蒙惡之名以一身痛絕惡而蹈善之實顧乃舜其貌蹠其心以飾斯人之耳目致令世之名爲舜者實按之皆蹠之徒可慨也所可幸者人呼爲舜則樂聞猶有舜於其心也人呼爲蹠則惡聞猶無蹠於其心也則何弗易其學蹠之心以希舜也卽何弗易其冒名之心以務實也卽何以易之去其苟念以勉於無所苟則可矣

湖餉收訖 ○湖廣總督咨送試用通判林建章等督解湖北省光緒二十一年正二三四月協本兵餉銀二萬兩於六月十四日赴戶部投批交納十九日開庫照數收訖矣

俄譯新會 ○總理衙門向無繙譯官凡中外接見時則以同文館各洋文副教習暫行傳話自光緒十七年間始行添設各語繙譯官專司其事然必所學已精又曾經出洋繙譯有年者始能入選如無其人寧缺無濫蓋其慎也初設時惟英館得[illegible]副二員[illegible]

儀爵及沈太守鐸儀館一員爲恩閣讀光法俄兩館闕如也前經塔不[illegible]觀察克什訥自俄國[illegible]創建入[illegible]新設俄館[illegible]譯之[illegible][illegible][illegible][illegible]
時卽在館中肄業質敏學勤光緒初年曾經[illegible]俄欽差調充頭等繙譯官迄今二十餘年凡俄國政治之得失風俗之異態以及道里遠近
山川阨塞無不熟之于胸而可圖之於筆諳習文字猶其餘事以司喉舌自必勝任愉快惟日館一缺現無合例人員聞俟年底將[illegible][illegible]
較深學習有得者數人詳加考校擇尤充補云

照辦封茶　○西寧辦事大臣每歲春秋間出口致祭海神就近調集青海蒙古各部暨玉樹等番族於會盟[illegible]例頒賞綢緞[illegible]
刀茶封等物以廣　皇恩例應奏明預將各物存庫俟年提用現因本年秋間庫存茶封無多咨由陝甘總督飭司[illegible][illegible]委員赴山西[illegible]化
城採辦磚茶一千方刷印茶票解甯存庫以應賞需已由陝甘總督咨明晉撫照數代辦[illegible][illegible]並將所用[illegible]數[illegible]文咨達戶部[illegible][illegible]

亟宜覆露　○埋胔掩骼文王之仁澤下及黿泉景仰前徽後之人所亟宜效法者也京師宣武門外恩家坑[illegible]光閣後身歪脖子
樹老君地萬壽西宮南下窪一帶及崇文門外安化寺法塔寺崗子[illegible]塊玉等處地方皆爲叢葬之區今年四月陰雨[illegible]災又兼[illegible][illegible]大雨
連綿積水甚多以致該處盡成澤國所有棺木俱飄沒於巨浸中目下水勢漸消深者猶[illegible]淺者[illegible]骨縱橫暴露[illegible]蒸世人感
受此氣刻每逢天曙時又加臭穢刺鼻是以居人未有不患疫癘者日來霍亂轉筋吐瀉等症時疫流行未始不由於此惟望仁人君子早
爲掩埋於屍骨既免雨淋日曝之慘且足免時疫傳染之虞生者死者兩有裨益存[illegible]隱心[illegible]慈悲念者[illegible]其[illegible]此而早爲設法哉

風聞決口　○昔　純廟御製示直督方治河詩云水由地中行行其所無事要以禹爲師禹貢無隄字又云譬之築[illegible]墻[illegible]上[illegible]
滿[illegible]　御筆自注[illegible]曾阿臣不治河而治隄已爲下策且所以急急治隄者以決隄處分[illegible][illegible]故也今則隄決[illegible][illegible]往往不增[illegible][illegible][illegible]地
方官[illegible]以無[illegible]取士爲言及阿木淌時地方不爲申詳加以軍書旁午勢難兼顧民之就亡大率爲此乃有時已安[illegible]木[illegible][illegible]往[illegible]隄決不
堵者則以[illegible][illegible]犬牙莫能專責官避處分民無隴畝矣頃聞于牙河上游[illegible]各庄南大王庄決口三十餘丈水深[illegible]二尺有餘以[illegible][illegible]三[illegible]
交涉彼此坐觀聽其愈衝愈深愈刷愈廣下游田廬任其淹沒可嘆也是否[illegible]實姑[illegible]有[illegible]必[illegible]之[illegible]以[illegible]明再[illegible]

星使榮程　○調補湖南巡撫德中丞壽由京榮程約廿三日早八點鐘可抵津[illegible]又日本公使林董君於廿三日由京來津云

三取領獎　(欽命二品銜新授福建按察使長蘆都轉鹽運使司[illegible]運使[illegible]帶加六級紀錄十四次季[illegible]示[illegible]今[illegible][illegible]三
取書院官課考取內外附課生童等第名次並獎賞銀兩數目開列於後須至榜者　計開　內課生十名　于文彬　[illegible][illegible]　[illegible]文[illegible]
徐　爵　何家駒　喬從鋭　陳䇿齡　李耀曾　李培元　曹錫蕃　第一名獎銀一兩五錢加獎一兩五錢　二名三名各獎銀一
兩加獎一兩　四名五名各獎銀一兩加獎八錢　六名至十名各獎銀七錢加獎五錢　每名各膏火銀八錢　外課生十名　周[illegible][illegible]
王文琴　郭峻[illegible]　郭賡熙　王新銘　徐曜奎　張彭年　高增奎　何琪光　陳[illegible]　[illegible]誥　第一名[illegible]五名各[illegible]銀[illegible]錢加獎[illegible]錢　[illegible]名[illegible][illegible]
六名至十名各獎銀四錢　每名各膏火銀六錢　附課生卅九名　吳承翰等每名各膏火銀五錢　內課童七名　[illegible][illegible][illegible]　陳自中
李士鈴　朱家琦　潘[illegible]新　高祖陰　張德珍　第一名獎銀八錢加獎八錢　二名三名各獎銀五錢加獎[illegible]錢　四名五名各獎
銀五錢加獎三錢　六名七名各獎銀三錢加獎三錢　每名各膏火銀六錢　外課童七名　陳曾奎　陳自正　王開[illegible]　陳[illegible][illegible]
王國瑾　王恩溶　李怡曾　第一名至三名各獎銀三錢加獎二錢　四名至七名各獎銀二錢　每名各膏火銀四錢　附課童二
十二名　楊樹堂等　每名各膏火銀三錢

初產殤嬰　○生產一節瓜熟蒂落不假人爲達生編言之已悉奈郡婦人未[illegible][illegible]每[illegible]非常出閣後益以夫壻之供養[illegible][illegible]
愈甚一遇生產有一分難作十分苦誠取禍之由也茲聞城內某姓以貿易爲生上年爲其子某甲娶媳至今[illegible]屆將過[illegible]花已孕日昨臨
盆有信赶將穩婆招來歷一晝夜尚未分娩穩婆卽乘機嚇言不及早下手恐有不妥若要母子[illegible]全須[illegible]若干其或保母[illegible]能保子[illegible]
或保子不能保母須錢若干產婦之姑素本穩重奈經穩婆恐嚇又憐產婦困憊之形心已無主旋[illegible][illegible]穩[illegible]兒首已[illegible]產門但兒力已竭
衣包未破得難自落此時若不動手難保全矣某姑心慌允其所請穩婆以其技得售欣然探囊取出小刀[illegible]然[illegible][illegible]兒[illegible][illegible]下呱呱有聲

合家歡喜穩婆接兒　視面如土色粹手趁空而逸蓋衣包已破兒頭已抵產門穩婆因急欲索謝誣以衣包未破其用刀割開之物非衣包實小兒頭皮也其姑趨視見兒頭血淋淋不禁大怒立牽子姪往與鬨穩婆之師穩婆已早閉門未能攻入鄰左右鄰人出爲相勸[illegible]由穩出資覓醫調治延某外科先生復用藥敷若干不知未曾出腹之兒受此大創又值暑熱傷痕早已潰爛延一晝夜即夭其家欲與訟仍經原中人議由穩婆與兒備具衣棺外再罰出資五十竿交某或作善舉或與兒另購牛眠地事乃得寢聞穩婆每年籍端嚇詐人家已小康今其惡貫將盈先令浩費白餘千耳然以科其貪財害命之辜仍有未當而爲產婦者亦甚依違生線以忍痛爲一第義耶

似乎不平　○今春海中告警雜糧嚴禁出口以致關外糧米短少商賈居奇糧價日漲一日無以復加貧民均難度日自麥秋後和議告成督憲設立平糶局民困稍舒今麥子每石六千餘文價極平和而麵鋪每斤價值仍賣洋錢六十四文或六十八文或七十二文不等何漲價之速而落價之遲耶

入險出險　○諺云行船走馬打鞦韆蓋言險也竊謂行船之險莫險於溪港莫不險於瞿塘灩澦之險人盡而畏之故鮮死溪港懦弱民狎而玩之故多死焉此溪港之所以爲險而行船所宜小心也津埠運河一帶刻無時漲往來行人多以舟爲便日前某甲坐搖船科頭欲睡一俯首竟落水中幸近岸水淺無滅頂凶可不戒哉

浪逐冤沉　○日昨河北窰窪新浮橋旁來往行船兩隻相撞某甲之船將某乙船上移針撞落河內遂似石沉大海現在雇人打撈尚無蹤影不知其屍流向何處矣

風流孽障　○天津侯家後山之木俱備優遊境實銷金窟也富貴商賈之子無不迷是鄉而[illegible]其[illegible]已近坤[illegible]其存意賣俏以炫娼妓之心者用意甚深殊不顧其迹近優伶失其家之箕裘弓冶也乃果有藉此得邀妓之歡與之締結不解者本埠富室甲乙二人因俏得妓因妓得財望其如意竟己如意自稱避柳陰路曲無使與流鶯比鄰斯無負於妓求後之意不[illegible]兒食心愈熾仍於日在花叢賣弄精神引誘良家子弟二人且自稱爲脂粉將軍煙花太歲從中獲利其有富家子弟入斯境者伊等更爲添兵佈陣務使迷入網中暗使娼妓以柔情軟語牽情扯意使客爲脫籍從良甲乙則又爲惡鴇作說客從中勒措多索其資二人分肥若遇有購人潤花富有家財手無利權者甲乙即勾同鴇子勸以重價由該子弟親筆立據以爲他日取償之券前月有清真教巨賈之子某丙者戀妓二寶經甲乙鋪謀設計要丙寫借券七百兩甲乙公然持據向某子弟家中索討丙之母情知被誘概不依從甲乙遂竟赴公堂以索債控告某丙之母己將丙送忤逆在案似此風流債務正不知賢宰官作如何判斷也

尙愼旃哉　○南門外某甲者以牛意發跡人極忠厚純謹日前偶患感冒業已痊愈旋以飲食未愼又染時疫[illegible]醫[illegible]醫診治一劑之後甲即瞑目甲家憤極集人尋醫毆打蓋以一家十數口仰給於甲今被庸醫所殺胡不切齒幸甲族叔年老恐啟[illegible]再遭人命禍伊胡底因竭力阻止某醫者可謂不幸之大幸矣據查藥方以始經得病即以大黃石膏元明粉等峻劑攻伐因致斃命今夏以寒暑不時風雨不節醞成時症竟有朝發夕死者然保生之道惟有節飲食愼風寒忍氣怒自可免患否則因疾[illegible]生甚可慨也尙愼旃哉

勿使滋擾　○昨有散軍六七人奇形異樣身穿夾衣頭戴夾帽各背包裹腰帶扎抹腰刀其言語不明白未悉屬何營兵勇日晡時行至鼓樓西大街席棚兩坐各買食物或付錢未足賣者再討即怒欲尋衅幸適時即去矣惟是散軍陸續來津[illegible]官不時稽查以免擾害市面若待臨事再查則遺悞不淺矣

紀日本鐵路失事情形　○日本西人來信云本月初四日夜半時日本鐵路失事此路係由吉野以達神戶[illegible]是日裝載受傷日兵四百數十人於是晚開行方至半途正當風馳電掣之時忽聞大聲[illegible]有山崩石裂之勢一[illegible]車已飛[illegible]空中一半入海一半即墮於路側入海之兵淹斃不少其因碰撞及跌傷者爲數尤多乃將傷兵舁至醫院療治日主聞此[illegible]發洋[illegible]五百元爲賞賚之資有人言前數日日本各地狂風暴雨有拔木走石之勢[illegible]路基址[illegible]損[illegible]路人尚未知覺[illegible]

不禁止行車致遭此禍此係從西信譯出所載傷兵豈由臺島受創而回耶未可知也既已受傷又罹意外之災何自取之勤遭囮厄如此耶

虔製時藥 ○避瘟雷擊散 牙皂三錢五分 上硃砂二錢五分 煅白礬二錢 白芷一錢五分 明雄黃二錢五分 防風二錢 桔梗二錢 法半夏二錢 台麝香一分 藿香二錢 貫仲二錢 陳皮二錢 薄荷二錢 北細辛一錢五分 生甘草二錢 共研細末爲散專治轉筋霍亂兩眼發黑指甲轉青肚腹疼痛上吐下瀉急以生薑汁冲服一錢如病重不省人事者即以二三分吹入鼻孔內俟其關竅再用治法痢疾瘧疾感冒寒熱一概可服熱病以冷水冲服孕婦忌用 又至寶回生丹卅丹專治吐瀉手足麻木筋痛腹痛痧症其治神效附方于後以便有力者照方合送 麝香三分 公丁香一錢 豆腐製硫黃一錢 肉桂一錢 吳茱萸一錢 右研極細末每付用一分用葱汁拌勻納入臍中外再以煖臍膏蓋貼於上用炒熱麩皮布包熨腹自愈不可誤入口中孕婦勿用 此方由都門寄來據稱靈驗至極爰有同人出貲配合交由杏花邨後朱家花園胡同陳宅敬送胡同口有字帖如需藥者前往告知病症取藥可也

告白 盛世危言一書香山鄭陶齋觀察所著也觀察負經世之才庚申之變目擊時艱遂棄舉業日與西人游足跡半天下致究各國政治得失當今時勢强鄰日逼儼成戰國之局凡有關與中外情勢商榷利弊旁搜遠紹無遺謄手筆錄積年累月共成五十篇凡用銀錢設鐵路開礦織布商務農工治河防海防邊練兵等事瞭如指掌皆時務切要之言凡士大夫留心經濟者宜置一編庶人人得達外情事事講求利病使天下除厥弊端不誠有裨於大局哉每部五本存書無多急來購取可也 文美齋謹啓

本堂由上洋寄津石印劉大將軍台戰實紀附地圖陣圖繪像繪紀另有一圖共卷一至卷五先覩爲快 寓城內三聖菴西直報分處內紫氣堂啓

本行茲由外國運到新式玲巧水龍其法將水龍放在井內抽水頗爲靈便官商住家花園均可合用價亦相宜倘蒙 賜顧請至本行看樣定價可也此佈 信遠洋行告白

[illegible]西醫[illegible]先生孫曙分明治療得法送診大症著手回春現寓海大道東醫病院後

浙杭
元吉永號

本莊自置紗羅綢緞新樣洋辮花素洋布川廣夏貨團摺雅扇南貨頭油俱全祇爲近時錢市漲落不同故而各貨減價開設估衣街中間路北凡 仕商賜 顧者無悞特此佈達

告白 彭公案 楊家將 昇仙傳 南北宋 金鞭記 雪月梅 後聊齋 後列國 玉蛟梨 小八義 草木春秋 西湖佳話 聊齋志怪 前後七國 鐵花仙史 桃燈新錄 後英烈傳 三續聊齋 巧合奇冤 花月姻緣 髮逆圖記 第一奇女 醒世姻緣 續施公案 五虎平西 南 續今古奇觀 續永慶昇平 萬年青初二集 五十名家手札 [illegible]文美齋謹啓

六月二十四日輪船出口
重慶 輪船往上海 太古行
通州 輪船往上海 太古行
六月二十五日輪船出口
連陞 輪船往上海 怡和行
新濟 輪船往上海 招商局

六月二十三日[illegible]
天津九七六錢[illegible]
[illegible]二千七百一十[illegible]
洋元一千九百六[illegible]
紫竹林九六錢[illegible]
[illegible]三千七百[illegible]
洋元一[illegible]九百九[illegible]

直報

光緒二十一年六月二十四日
西歷一千八百九十五年八月十四日
第一百七十二號　禮拜三

上諭恭錄

上諭吏部尚書着熙敬調補敬信着調補戶部尚書兵部尚書着榮祿補授欽此

公私明暗論

今使執人而語之曰明生於公暗生於私人莫不帖然服執人而語之曰暗生於公明生於私人莫不瞿然駭又使執人而語之曰愈公愈暗愈私愈明人莫不憤然爭譁然辯以為天下古今變亂是非之邪說不近人情勢將群起而攻之嗚呼此皆以耳為目不求深解茫無所據者也庸醫之治疾也殫精竭思可謂公矣一劑而人斃明乎暗乎醫之飾辭往往曰病退身亡夫人之最要者莫大於生大而經天緯地致君澤民事親教子小而農工商賈一切奔走供役之事皆需此身皆需此氣語所謂三寸氣在千般用 且無常萬事休也且人之有疾求醫以濟生也與其病退身亡何若使之抱病以生猶可力疾以自為也吾不知為此言者其居心也公乎私乎故吾謂與其託無益之公以自飾其自便之私何如求各便之私開誠與物孰明孰暗固不俟繁言而解矣夫醫其小焉者也書生之謀人家國也引經法古人云亦云可謂公矣而究之國計民生一無所賴何取乎公何得謂明夫所謂公者對乎私而言之也必先知何者為私然後能知何者為公所謂私者非第貨利而已也自賢自知強不知以為知私矣矯俗矜廉避嫌好勝私矣喜事權之己出忌他人之我先私矣竊聖賢之虛名失事機之當幾私矣氣質之偏疎學術之偏僻私矣私即不公不公即不明不明即暗貨利之私明知其不可而犯之其害於明也淺意見之私不知其不可而犯之其害於明也深彼世所共服為無私者古聖賢也古之聖賢如孟子所舉舜禹子路諸人公而無私者也然舜禹子路諸人舉不自知其無私矜矜然以大公自命故聞過則喜昌言則拜邇言必察舍己從人以求其明求明之心即公也畧公私之迹而惟明之求求明為得不明術庸人者不自知其有私且斤斤然曰我既公矣何必咨人何必詢衆遂恃其自是之公以為所欲為不知其自謂無私之公實即至私而不公者也焉得為明焉得不暗周官論刑曰議親議貴孔子語仲弓舉賢曰舉爾所知與葉公論直曰父為子隱子為父隱詩曰還且私人曰言私其豵如此之類舉不勝舉要皆不諱言私又恐人之忘其私且更務委曲以遂人之私惟其公也惟其無己之見存也所以文理密察地之事事物物無不為至善之所止是明也非暗也若夫明之流於刻者明其所不當明其明自當以暗論而也日月有明容光必照不容之處則不照螢火燐光務於日月不照之處而照之以視日月謂之無明亦無不可故瞶瞶之暗也小察察之為暗也大無心之為暗也小自是之為暗也大吾獨怪夫今之為庸醫者無不自是以與不知醫者漫誇其技之神屢數某某奇症經予起手而效且不效者不言也設遇病家延有兩醫彼此維護實彼此相爭退後則彼此相謗即彼此相仇斷無所謂聞過喜聞善拜舍己以從人者其為公私明暗吾亦無暇與之辨要不可與名醫同日語昔孔子備生有經傾疾有素藥未達者不敢嘗大縱多能論語記孔子備矣

未聞其曾一醫人亦未聞其求人以醫也誠離之也誠愼之也邇來瘟疫流行每聞有一藥而亡者其數阨耶其術疎耶胡不愼於未病之先耶

其可已矣　○昏夜越城有干例禁守城兵丁貪受微利每在城下安設長梯以便拾級而登管帶某營駐紮安定門城上查知此種惡習而論各官認眞查拿無知小民因有長梯可登相率偷越間有被城門使見者將欲送官究治因其再四苦求僅予薄罰了事某夕有某甲等六人行至上城某砲台內適城門使到台盤詰該兵丁等不敢開門將燈吹滅該門使大怒將門打開中等磕頭如搗蒜門使大怒申訴將兵丁某乙扭出立予懲辦以昭炯戒今北城一帶無有扒城者矣

姑妄聽之　○六月初旬京師忽有霹靂之聲落於西南方不知所殛何物已列前報茲訪聞彰儀門內牛街迤南土房內向為某孀婦孤宿之所經婦瞥見由外扒進蝎虎一具約長三尺有餘後隨火球一枚逾時只聽得霹靂一聲未見形勢但見墻垣之上遺有血跡數道諒所殛者係蝎虎也噫似此精靈必定以術害人故遭雷劫耳

實爲隱憂　○地安門外煤廠胡同永興南煙舖於六月十七日晚間八點鐘有匪十餘人明火持械施放洋鎗搶劫計贓銀二百數十兩當經舖夥吶喊堆撥房兵丁追捕該匪膽敢施放洋鎗將巡緝兵丁轟傷甚重即赴地面官廳稟報登勘詳報步軍統領衙門勒差踹緝贓賊務獲究辦毋任遠颺京師盜風如此其熾亦市廛之隱憂也

毋乃太過　○有某甲者出身甚微偶學得泰西救吞洋煙法遂借棲於察院胡同大椿堂樂舖六月十七日夜間乘輿從某處救食洋煙迫歸路經聚福茶館遂入聽平話座中有知其出身者極口譏訕某甲既歸不知何故將轎夫甲乙等閉於戶內謂某某之辱罵皆出於爾之教繼復拳足交施某乙暈絕臥地不能起立次日始能言其事其家至大椿堂理論忽有某丙來爲落阱下石之說傳地方送任琴堂究辦云

帝君聖誕　○本埠城鄉內外關聖廟約有數剎六月二十四日爲協天大帝聖誕各廟等懸燈結彩鼓樂喧嗔北甕城內尤盛香侶雜沓自朝及夕絡繹不絕云

督撫呈批　○欽差督理北洋通商大臣兵部尚書都察院右副都御史兼巡撫事直隸總督雲貴總督部堂王　示具呈舉人陳光勞等係武清縣人批該隄被匪徒偷扒決口已據武清縣稟經批飭查拿究辦在案據呈該隄係被李子香等偷扒有無証據仰武清縣確切訪查如果屬實即行嚴拿到案定擬詳辦以儆將來一面速將決口堵合具報粘單抄存圖說附○又示具呈五品銜李步壇係新安縣人抱告王人高升批案既控司委員會審稟覆趙崇嘏有無唆訟證據已否保釋爾兄李步墀因何被押訊斷有無不公應否飭令覆審仰按察使查明核辦具報粘單抄存

飯銀解京　○山東賑撫賑捐局按四成收捐自四十三卯至四十六卯共收銀十九萬餘兩隨收隨解賑濟所有應解戶部照費飯食銀六千七百餘兩又捐納監生應解國子監照費飯食銀三千餘兩茲由賑捐局司道將銀兩彙齊裝鞘封固詳明撫憲李大中丞札委分省補用知縣謝紹佐領解前赴戶部並國子監分別交納又河防局上年陡汎案內有應解工部水利飯食銀四千九百餘兩如數備齊詳請撫憲批飭謝大令附便管解赴工部交納聞謝令奉檄後即束裝稟辭於本月初十日自省起程矣

漕艘抵廟　○江蘇江北河運漕糧已抵十里堡因黃河決口尚未渡黃情形曾登報牘隨於本月初旬知悉兩省漕船已抵章邱冀家廟一帶仍以黃河決口尚未渡黃何日抵直尚難預計也茲探悉江蘇江北運官銜名及船戶花名船隻數目合亟錄登江蘇糧船

第一起運官松江督糧府孫治安船戶張國賓　第一起運官即補分府徐振常船戶張耀賓　第三起運官即補分府奇齡船戶王鴻儒　第四起運官即補縣孫傳恕船戶蔡福文　第五起運官即用縣熊兆姜船戶王永茂　第六起運官即補分府鍾壽康船戶曹文鈸　第七起運官即補縣許賜春船戶張立安　第八起運官即補縣張沐熙船戶鄒邦俊　每起糧船四十五隻共八起共三百六十隻共裝米十萬五千餘石　江北糧船　第一起運官即補州陸樹堃船戶李繼賢　第二起運官即補分府王國楨船戶陳長有　第三起運官

即補州陳錫純船戶王廷貴　第四起運官即用縣郭冏船戶謝青山　第五起運官即補縣嚴慈船戶吳洪順　第六起運官即補分府丁年船戶沈文彬　第七起運官即補縣孔祥霖船戶魏廣亮　第八起運官即用縣張壯彩船戶周治祥　第九起運官即補縣冷利南船戶王長發　第十起運官用補縣葉元藝船戶胡廣富　每起糧船四十七隻共四百七十隻共裝米十三萬餘石

考試經古　○士人通經方可致用不學無術誠堪虞也運憲季都轉定於六月二十四日考試經古以贍博淹諭凡舉貢生監等務於是日黎明赴運署領卷領題回寓靜作限十日交卷云

詐騙號衣　○自去歲海氛不靖各省統領以及營哨等官凡有營中號衣等件無不付之津中殷實布店以專責成奈攬頭人等居心叵測每以詐騙爲事實屬目無法紀本埠有鄭二者在城內某布店代攬頭某甲作保不料攬頭詐騙號衣二百餘件經某布店查知將保人鄭二送縣懲辦昨在鼓樓東大街將鄭二枷號示衆一個月滿日責放俟拿獲詐騙號衣攬頭之某甲如何訊辦續訪再報

渡不需錢　○鐵路官商總局示　照得本局碼頭　向備渡船兩隻　所有義渡人夫　每日額給工食　義在不取分文　來往行人利涉　今再重申禁令　諭爾渡夫知悉　原爲義渡濟人　不得絲毫取值　倘敢强索錢文　查明重治懲責

充便給帖　○欽加同知銜卓異候陞題補青縣署理天津府天津縣正堂加九級紀錄十次趙　爲出示招募事照得各集牙行如有年老事故例准告退另募接充縣屬河東集廣益公斗店王松岩於光緒十四年十一月間因案斥革追繳帖照所遺之缺當時無人接充經孫前縣諭飭河西集長順等七家糧店公同代辦收取行用藉資應差一面出示招募嗣據縣民糧店公舉商人劉秉鋒認充接開改號通源裕未及半年即報歇業復經李前縣查照前案仍飭河西集各糧商代爲辦理數年以來稅差尚無貽悞茲據該糧商司事劉騂吉以事係爲代辦任重差繁一再稟請告退除批飭暫爲代辦俟募補有人再行准退外合行出示招募爲此示仰津邑居民人等知悉如有土著殷實可靠之家情願接充河東斗行者立即取具連環保結出具甘結呈縣驗充以便發給帖諭收執辦公毋違特示

會川求賑　○靜邑獨流南泊一帶數十村水已深至六七尺茲又以子牙河上游大王庄地方決口水漲丈餘民無以堪昨南泊各村來津赴籌賑總局叩求義賑未知總局大憲何以設法接濟也

瀛海爲災　○河間府地面最窪歷年多受雨集水患茲聞本月初七初九初十十三等日又疊降淫雨平原深及尺餘遍野積水又聞子牙河上游南岸留各庄南大王庄亦河間府屬隄決三十餘丈因其處爲三縣犬牙交錯莫專責成無人堵塞上游如此下游更何以堪也

日人妄想　○日本西字報載前月駐紮台北府日本步兵頭及水師提督均專人致書於劉大將軍略謂與其困守一隅無援無餉不如罷戰或歸順本國或讓地他往悉聽自便云云此信去後至今尚無回覆恐已中途被失等語日人妄想何異夢囈夫以劉大將軍之忠勇性成神謀不測恢復台北指顧間事豈一紙書所能動其心耶謂之妄想誰曰不宜

日報論傷　○日報載自中日開戰以來日兵之受傷者皆送至醫院驗治其傷非在頭面即在腿足細按其故其受傷在上部者皆側身伏地故所傷在上其受傷在下身者則勇往直前奮不顧身故所傷在下也惟在台灣則不然所傷皆在中間大概緣中國北邊之兵一經敗北即亡命奔逃不敢回鬥惟台兵最爲兇悍雖敗猶能抵死上前直搏其鎗彈命中務取要害致命之處此傷勢之所以不同也惜其槍械不及日本之利故我日本尚得於臺地餘爲布置不然恐難得志耳但此言出自日人之口其受創深矣明眼人自能辨之

虔送時藥　○乾隆元年貴州瘟病傳染有名醫製一良方活人無數道光元年江南患麻脚瘟甚重治以此方無不神效同治改元秋患吐瀉轉筋者初多暴卒繼得此方由楚傳至豐內服之輒效近聞各處患此症者忽然眼眶發黑六脈全閉指甲轉青或名爲烏痧脹轉筋霍亂腹痛吐瀉不省人事如係陽症面赤身熱口渴神氣煩燥舌苔黃厚如係陰症四肢逆冷腹攪痛面色青舌苔白口不渴陽症用開白水冲服陰症引加附子炮薑各五錢病重者仍須量加重用倘覺轉筋再加香圓佛手木瓜各三錢將藥引煎透台方藥冲服服藥之前先將病人兩膝腕彎上用手蘸温水拍打有紫黑紅點出即用磁鋒刺破出血立醒醒後服藥即愈孕婦及小兒麻痘忌服如孕婦患

此症亟宜服藥務須減去麝香恐墮胎也方列於左
避瘟雷擊散　牙皂三錢五分　上硃砂二錢五分　煅白礬二錢　白芷一錢五分　明雄黃二錢五分　防風二錢　桔梗二錢　法半夏一錢　台麝香一分　藿香二錢　貫仲二錢　陳皮二錢　薄荷二錢　北細辛一錢五分　生甘草二錢　共研細末為散專治轉筋霍亂兩眼發黑指甲轉青肚腹疼痛上吐下瀉急以生姜汁沖服一錢如病重不省人事者隨以二三分吹入鼻孔內俟其開竅再用治法痢疾瘧疾感冒寒熱一概可服熱病以冷水沖服孕婦忌用　按患此症者多牙關緊閉故用牙皂細辛通其關竅但性燥不宜多服每服多至一錢或七分如病重不效再服如前良久不效再服如前斷無不效矣又按病者初覺頭痛腹泄手足作麻先濃煎艾湯試之如吐即係此症照服前藥無誤又方用麻線絞小竹弓蘸香油刮手足並前後心再看身上有無小紅點如有點即名斑痧以燈草或紙捻沾香油點火燒其紅點令其爆爆即愈亦妙方也　又金寶回生丹此丹專治吐瀉手足麻木筋痛腹痛痧症其治神效附方于後以便有力者照方合送　麝香三分　公丁香一錢　豆腐製倭硫黃一錢　肉桂一錢　吳茱萸一錢
右研極細末每付用一分用葱汁拌勻納入臍中外再以煖臍膏蓋貼於上用炒熱麩皮布包熨腹自愈不可誤入口中孕婦勿用
此二方由鄙門寄來屢稱靈驗至極爰有同人出貲配合交由杏花邨後朱家花園胡同陳宅敬送胡同口有字帖如需藥者前往告知病症取藥可也

敬啓者本堂新刻梓門孟筱帆孝廉平舒劉紫山選拔兩名士合刻賦鈔註釋詳明誠為後學之津梁也更有青照草堂重註七家詩並試帖舉隅二種大為士林推重瀾關古學金針又有覇州吳河帥文安陳學士合輯水利叢書實為目前急務近印津沽周衣亭太史孟子讀法講學精詳不徒為生足資討論制藝宗題尤為見地公諱人麒著作甚富茲姑印其一以供膾炙合計五種除本堂發售外津郡文奐齋書局　併寄售至於各種書籍筆墨無不揀選精良善本以期近悅遠來凡刻詩賦文集善書等板刷印裝訂書籍自當精益求精省工價廉為不敢稍涉含混有負　賜顧
寓河北關上毘盧寺義合主人謹啓

本行茲由外國運到新式玲巧水龍其法將水龍放在井內抽水頗為靈便官商住家花園均可合用價亦相宜倘蒙　賜顧請至本行看樣定價可也此佈
信遠洋行告白

[illegible]醫先生[illegible]分明治療得法送診大症著手回春現寓海大道東醫病院後

浙杭　元吉永號

本莊自置紗羅綢緞新樣洋縐花素洋布川廣夏貨圖摺雅扇南貨頭油俱全祇為近時錢市漲落不同故而各貨減價開設估衣街中間路北凡仕商賜顧者無悞特此佈達

告白
彭公案　楊家將
昇仙傳　南北宋　金鞭記　雪月梅
後聊齋　後列國　玉蛟梨　小八義
草木春秋　西湖佳話　聊齋志怪
前後七國　鏡花仙史　挑燈新錄
後英烈傳　三續聊齋　巧合奇冤
花月姻緣　髮逆圖記　第一奇女
醒世姻緣　續施公案　五虎平西
南　續今古奇觀　續[illegible]昇平
萬年青初二集　五十名家手札
文奐齋謹啓

六月二十五日輪船出口
進陞　輪船往上海　怡和行
新濟　輪船往上海　招商局

六月二十四日銀洋行情
天津九七六錢
銀盤二千七百二十二文
洋元一千九百七十文
紫竹林九六錢
銀盤二千七百六十二文
洋元二千[illegible]

直報

光緒二十一年六月二十五日　第一百七十三號
西曆一千八百九十五年八月十五日　禮拜四

論史

以己論己即其始難料其終以己論人觀其外不知其內以今日之己論昔日之人或見其偏未見其全知其一不知其二一二云論世知人不過以耳爲目人云亦云聊於殘編斷簡之餘依稀彷彿爲捉風捕影之談耳血流漂杵武成已難取信於予與後世文字愈繁人心愈僞求一信史戛戛其難龍門文筆高潔不免好爲弔詭矜奇之論至季漢蜀漢三分鼎足成其書者尤矯若游龍翩若驚鴻令後世讀之一喜一驚出神咋舌而後之修其史者亦卒無大異其說至歐陽子爲正統論章子復爲霸統論其說以進晉梁爲未善以進魏爲非是蘇子辨之駁章子而與歐陽然皆爲統之一字而論其一時之君臣是非賢否三子舉無異說也夫古人往矣論古者亦往矣數千年前無異說數千年後孰得而異之雖然千古之世異千古之心同千古之書不足憑千古之心皆可信古人往矣以吾心招之而可來見於羹見於牆文之琴旦之夢古之人以心印心以神契神捷於影響孔子於杞宋文獻無徵之後猶能言夏禮殷禮孔子豈欺我哉蓋以其情自固然理有必然也閒嘗讀三國史於昔人論斷賢否外得三豪傑焉一曰蜀後主夫後主爲亡國之君小儒讀書觀其亡國降魏之時幾追恨長阪一役幾傷子龍先主怒擲地不死爲之說者又謂後主福厚能佑子龍以無傷且能享帝制於西蜀其理茫茫不足爲訓竊謂君如後主賢主也其賢安在予與氏曰將大有爲之君必有不召之臣湯於伊尹桓於管仲是矣湯桓而後後主足以當之劉氏之所以得帝於蜀者人以爲皆武侯之力竊以爲皆後主之賢也夫以全蜀之兵武侯掌之收發惟其所欲內外之臣武侯總之進退惟其所言其時街亭一失陳倉再敗握重權總大柄爲之主者有臣如此其權其功孰不震之當其一挫再敗之後同朝之忌嫉強敵之窺伺保無有讒言反間以煽惑於後主之側以離其臣主素昔之情使之啓疑而生隙者設後主稍爲所動孔明必見幾而作不俟終日況武侯前後出師其表言似訓似誨雖在英明之主如高祖者迹其前後待臣之心恐亦逆耳拂心有所不受而後主每下一詔每行一事必曰丞相如何丞相如何始終無毫髮之間至武侯將死復遺諫勸用諸賢後主無不惟諫是從惜武侯既亡諸賢不祿獨一勸降之譙周老而不死何傷於後主之賢哉自古爲人君者莫賢於用賢相自古之爲相臣者莫賢於用賢人後主能用武侯武侯能用諸賢固劉氏將興之兆也昔季札觀周樂也爲之歌魏曰美哉渢渢乎大而婉險而易行以德輔此則明主也聞其樂且知其德況後主之行事昭昭可考非賢主而何惜運數不齊天欲亡漢於後主乎何尤

此稿未完

輦迎雲御　○軍機大臣面奉　諭旨本月二十四日　慈禧端佑康頤昭豫莊誠壽恭欽獻崇熙皇太后還宮所有是日進內奏事當差執事之王公文武大小官員均著穿蟒袍補褂欽此已見邸抄茲聞內務府已備文行知各衙署轉知是日王公文武大小官員皆穿蟒袍補褂及蘇拉人等均穿花衣以崇體制

儀效嵩呼　○六月二十八日　皇上萬壽改於二十六日　朝賀前經奉　旨本月二十五六二十八日俱着推班欽此現經禮部司員會同鴻臚寺鳴贊序班定於六月二十一日起至二十四日在禮部署內先期每日分班演習禮節務期嫻熟俾免臨時愆誤云

禮重對天　○吏部為出示曉諭事現出有吉林左翼助教一缺經吉林將軍考取吉林筆帖式榮奎擬正吉林筆帖式慶亮擬陪給咨到部相應出示曉諭該二員穿天青褂備帶補褂並佩帶對子荷包手巾於七月初二日五鼓赴吏部公所內書到聽候排班帶領引見再傳於六月二十九日辰刻衣冠赴部演習口奏履歷萬勿違悞特示○兵部為傳知事所有題補副將者應題補都司楊榮陞題補守備吳炳章等三員本部定於七月初五日帶領引　見相應傳知該三員於是日各帶弓袋佩帶飄帶荷包手巾五鼓赴西苑門外都虞司本部公所報名以憑帶領引見並先於六月二十七日辰刻赴部演禮云

愧難為地　○右安門內猪營某氏宗祠有二巨盜潛匿其間於六月二十二日晚間有某武弁踨線至此內一勇驍甚先距躍而入知盜尚偃臥於床將帳撤一切席捲之大呼同伴曰速來速來已得二盜矣於是羣勇並至以火燭照床中二人係一男一女男則形狀粗狠殊非善類女亦蓬首垢面蓮船盈尺一對可憐蟲尚如無褌公一絲不掛既被獲婦哭曰予足如此纖纖何能為盜若釋我衆憐其狀鄉還下衣及細詢何以至此婦供稱同臥者其夫也弁乃釋婦牽匪而去當牽匪之際婦惟僵立殊無慘怛頗覺其忍及歸詰匪匪言此婦實非其妻乃祠後某婦招伊入祠姦宿耳夫逋逃之下尚戀戀於圖姦罪貫盈矣不敗何待

吏部選單　○郎中刑部福建司鄭秉成升　小京官國子監博士梁孝熊呈請分發　知縣江西宜黃吳大惇革　甘肅靖遠寶善修墓　福建平和費超丁　山西寧鄉鄭世璜　廣東惠來武玉昆俱近　順天文安王禹震迴避　四川儀隴許月華丁　貴州安平趙文偉捐升　布經江西布政司連級升　州同甘肅靈州李疇修墓　縣丞浙江樂清俞宗淵　河南閿鄉金兆魁俱捐離任　府經湖北黃州吳明捐離任　典史四川蒲江鹿搗迴避　甘肅海城方傳宗革　巡檢山西繁峙楊錫智丁　吉林雙城林雲陞故　廣東臨高諸德冠調

藩署牌示　○深州直隸州知州錢瀏者調省另有差委遺缺詳委卓異候升邯鄲縣知縣吳壽調署邯鄲縣知縣員缺詳委候補知州丁崇雅署理　束鹿縣知縣汪煇調省察看遺缺詳委候補知縣李秉和署理　寧晉縣知縣梁灝調省察看遺缺詳委即用知縣羅廷煦署理　署安平縣知縣候補知州裴季倫調省遺缺詳委候補知州孫毓琇署理　調署雞澤縣知縣俞廷獻請假兩月遺缺詳委候補知縣劉兆祥署理　題補懷來縣知縣李艮楫奉部覆准飭赴新任　委署定興縣典史杜沛霖會不在省扣委遺缺委試用儘先驛丞李世泰署理　滄州風化店巡檢凌家炘撤省察看遺缺詳委河工分缺簡用從九品黃受正署理北岸西工上汎涿州州同李葆初丁憂遺缺擬以滄州知州李樹才詳請升署完縣訓導趙世德會試中式遺缺詳委候補教諭白世符署理　新任臬憲朱大人於初六日卯時接印

柳營繫馬　○管帶湖北鳳字中營馬隊李率領該營馬隊於十六日駐紮楊柳青鎮是否開往何處於何日拔隊俟訪明再報

藝苑蜚英　○欽命二品銜新授福建按察使長蘆都轉鹽運使司鹽運使隨帶加六級紀錄十四次季　為榜示事今將閱過三取書院齋課考取內外附生童等第名次並獎賞銀兩數目開列於後須至榜者　計開　內課生十名　喬從鋭　郭賡熹　王家彥　朱士琦　陳文炳　徐　蔚　李培元　王潤芳　王新銘　何家駒　第一名獎銀一兩五錢　二名三名各獎銀一兩加獎一兩　四名五名各獎銀一兩加獎八錢　六名至十名各獎銀七錢加獎三錢　每名各膏火銀八錢　外課生十名　楊昌蔭　陳翰卿　劉鍾霖　吳承翰　陳奎齡　李耀祖　劉恩渠　周艮弼　王廷璋　高增奎　第一名至五名各獎銀四錢　每名各膏火銀六錢　附課生三十七名　閻寶麟等　每名各膏火銀五錢　內課童七名　劉嘉璘等　外課童七名　王鴻勛等　附課童二十四名　張鳳岡等　所有獎銀及膏火銀俱照前榜

害貽苗秀　○府屬青靜滄鹽南慶等州縣屢年被水惟今歲自靜邑唐官屯迤南始有禾苗可望有秋又聞飛蝗遍野各屬等縣

傷禾甚多殊屬可惜青縣一邑由災尤甚不知賢有司更將何以設法也

災及桃夭 ○大兵之後必有大疫因此殞命者不可勝數聞之悚然本年日前南門外鬮口下某姓娶婦入門未及一日卽患時疫針藥無靈至夜遂登鬼籙夫婦情緣止覿一面附近居民無不代爲歎息焉

是其智也 ○王春圃者在西門外迤南三里置有官場雇工人崔子榮看守昨日夜間崔在夢鄉忽聞零磚碎瓦擲入屋中不知何人所擲不敢出屋亦不敢查看及至次早見房門均開將其舊棉衣破褥子竊去雖所失不多但以磚瓦亂擲以行其竊盜之智亦黠矣因通知該管地方吳吉升據情報案云

窮斯濫矣 ○雙口村地方趙鳳祥與民人馮迎甫陳德明行至韓家樹村後大窪突遇一賊手持利刃攔住去路該地方等以手無寸鐵未敢與較遂被該賊搶去津錢三千餘文携贓而逸趙某行未數武卽遇該管西沽汛官帶兵巡緝趙卽稟明汛官率兵飛速追赶果將賊贓拿獲原贓現錢交失主領去該賊身上搜出腰刀一把據供姓張行二係密雲縣人因貧無奈行此不良卬求恩典該汛官不允其請卽飭役並腰刀一併送交縣案懲辦

日報譯登 ○東洋報載日政府現飭將東洋車三十輛車夫六十名送往臺灣應用○又日本在前禮拜五計染瘟受病者共九千六百二十五人內死者五千八百七十四人

牛莊近信 ○牛莊西信云聞營口關道將命駕來此因此關前被日人佔去强收商稅今兩國已立約修好日人遂將此關仍歸中國管理一俟監督旣到自可將關稅照舊徵收○又云此處前患霍亂病迄今仍未稍殺日人之染疫者多華人亦間有之

壞船無用 ○前此日本與中國交兵因兵船不敷應用遂將商船多艘改作兵船各商船中有三菱公司往來上海之費局麥習此船在鴨綠江開仗時受傷過重今由日廷歸還三菱公司公司以船已無用不肯收受日廷不得已遂擬定付公司銀若干以償其耗[illegible]以此船報效日廷聞日廷將擇地安置以紀陳蹟且旌戰功此則由東報譯出中國聞之可不爲發憤自雄之計哉

交還弁勇 ○日本西字報云從前營口高麗等處之華兵被日兵擄至東瀛者現將送回中國共有武員五十五人營兵八百四十二人共八百九十七人日本准備輪船武員十人兵廿一人送至大沽口交還

日兵赴臺 ○烟臺訪事人來信云威海地方前次到有日兵甚多在此處測量地段爲屯兵住紮之計嗣有自威海來者言及此處日兵均已調往他處俟將營房蓋齊秋後再來居住聞此次日兵他往蓋係調赴臺灣耳諺云生有地死有方信然又云連日續有中國兵勇來往自西而東蓋調往威海相近一帶地方駐紮也

西函照譯 ○有某西人致函西字報館云中日和議已成日人之來華貿易者已各處皆有乃華人則日受虐待爲分倘至東洋一概禁令登岸即如某此次不幸帶有傭工華人一名抵日後大受厥累尚喜是日適逢天雨巡捕等稽察稍疏始獲挾之入棧逮後赴訴該處地方官請爲安置非特置諸不問反欲飭捕拘拿因思稟請領事發給照會而爲期又須七禮拜之久周折殊多他如別國西人之帶領華人至日者倘被巡捕查出無不閉置客棧不令出門每月開消非英洋十四五元不可似此諸多不便爲特函請登報以告世之有志遠遊者此後愼勿挈帶華人云云噫日人如此苛待華人固屬無禮已甚然華官絕不保護任令受侮强鄰此實我中國各官失之太懦之故也

虔送時藥 ○乾隆元年貴州瘟病傳染有名醫製一良方活人無數道光元年江南患痲脚瘟甚重治以此方無不神效同治改元秋患吐瀉轉筋者初多暴卒繼得此方由楚傳至夔府服之輙效近聞各處患此症者忽然眼前發黑六脈全閉指甲轉青或名爲烏痧脹轉筋霍亂腹痛吐瀉不省人事如係陽症面赤身熱口渴神氣煩燥舌苔黃厚如係陰症四肢逆冷腹攪痛面色青舌苔白口不渴陽症用開白水冲服陰症引加附子炮薑各五錢病重者仍須量加重用倘覺轉筋再加香圓佛手木瓜各三錢將藥引煎透台方藥冲服服藥之前先將病人兩膝腕彎上用手蘸温水拍打手膝黑紅點出即用磁鋒刺破出血立醒醒後服藥即愈孕婦及小兒痲痘忌服如孕婦患

此症亟宜服藥務須減去麝香懼墮胎也方列於左

避瘟雷擊散　牙皂三錢五分　上硃砂二錢五分　煅白礬二錢　白芷一錢五分　明雄黃二錢五分　防風二錢　桔梗二錢　法半夏二錢　台麝香一分　藿香二錢　貫仲二錢　陳皮二錢　薄荷二錢　北細辛一錢五分　生甘草二錢　共研細末爲散專治轉筋霍亂兩眼發黑指甲轉靑肚腹疼痛上吐下瀉急以生姜汁冲服一錢如病重不省人事者並以二三分吹入鼻孔內俟其開竅再用治法痢疾瘧疾感冒寒熱一概可服熱病以冷水冲服孕婦忌用　按患此症者多牙關緊閉故用牙皂細辛通其關竅但性燥不宜多服每服多至一錢或七分如病重不效再服如前良久不效再服如前斷無不效矣又按病者初覺頭痛腹泄手足作麻先濃煎艾湯試之如吐卽係此症照服前藥無誤又方用麻線紮小竹弓蘸香油刮手足並前後心再看身上有無小紅點如有點卽名斑痧以燈草或紙捻沾香油點火燒其紅點令其煖爆卽愈亦妙方也　又至寶回生丹此丹專治吐瀉手足麻木筋痛腹痛疫症其治神效附方于後以便有力者照方合送　麝香三分　公丁香一錢　豆腐製硫黃一錢　肉桂一錢　吳茱萸一錢

右研極細末每付一分用葱汁拌勻納入臍中外再以煖臍膏蓋貼於上用炒熱麩皮布包熨腹自愈不可誤入口中孕婦勿用

此二方由都門寄來據稱靈驗至極爰有同人出貲配合交由杏花邨後朱家花園胡同陳宅敬送胡同口有字帖如需藥者前往告知病症取藥可也

告白　盛世危言一書香山鄭陶齋觀察所著也觀察負經世之才庚申之變目擊時艱遂棄舉業日與西人游足跡半天下致究各國政治得失當今時勢强鄰日逼儼成戰國之局凡有關與中外情勢商榷利弊旁搜遠紹無遺隱手筆錄積年累月共成五十篇凡用餉礦設電綫建鐵路開礦織布商務農工治河防海防邊練兵等事瞭如指掌曾時務切要之言凡　士大夫留心經濟者家置一編[illegible]人人洞達外情事事講求利病便天下除厥弊端不誠有裨於大局哉每部五本存售無多急來購取可也　文美齋謹啓

本行茲由外國運到新式玲巧水龍其法將水龍放在井內抽水頗爲靈便官商住家花園均可合用價亦相宜倘蒙　賜顧請至本行看樣定價可也此佈　信遠洋行告白

拍賣告白

啓者准於本月二十六日禮拜五日下午兩點鐘在英國領事官巡捕院內拍賣外國傢俱等件如欲買者請早來拍可也特此佈聞　集盛洋行謹啓

浙杭 元吉永號

本莊自置紗羅綢緞新樣洋辦花素洋布川廣夏貨團摺雅扇南貨頭油俱全祇爲近時錢市漲落不同故而各貨減價開設估衣街中間路北凡　仕商賜顧者無悞特此佈達

告白

彭公案　楊家將
昇仙傳　南北宋　金鞭記　雪月梅
後聊齋　後列國　玉蛟梨　小八義
草木春秋　西湖佳話　聊齋志怪
前後七國　鐵花仙史　挑燈新錄
後英烈傳　三續聊齋　巧合奇寃
花月姻緣　髮逆圖記　第一奇女
醒世姻緣　續施公案　五虎平西
南　續今古奇觀　續永慶昇平
萬年靑初二集　五十名家手札

文美齋謹啓

六月二十七日輪船出口

海定　輪船往上海　招商局
新豐　輪船往上海　招商局

六月二十五日銀洋行情

天津九七六錢
銀盤二千七百四十二文
洋元一千九百八十文
紫竹林九六錢
銀盤二千七百八十二文
洋元二千零一十文

直報

光緒二十一年六月二十六日　第一百七十四號
西曆一千八百九十五年八月十六日　禮拜五

上諭恭錄

軍機大臣面奉　諭旨本月二十四日　慈禧端佑康頤昭豫莊誠壽恭欽獻崇熙皇太后還宮所有是日進內奏事當差之王公文武大小官員均着穿蟒袍補掛欽此

釋雨

六月二十三日夜間一點鐘陰雲四合雷隆隆電閃閃震靂一聲雨師税駕沛然若壯士挽天河而洗兵甲一時溝澮皆盈京西山泉無不暴漲灌注河渠如人抱時疾表裏忽通遍身皆汗自頭至足初無分乎上下焉蓋心爲身主汗爲心液表裏未通則心鬱鬱則志忑不安故雖着重裘蓋重衾而不汗表裏既通則心泰泰則渙渙則解解則陰陽合而汗發一處汗他處不汗雨降泉發猶是也一時各護河波浪洶湧次晨自謂中澤門外護城河內見龍尾三尺奇怪誕支離是即非即俗目庸耳莫可究詰據西人格物家言凡雨均由日蒸水氣而成譬如置水釜中以火燒之釜蓋上始猶熱氣繼結水珠若置涼風之下則蓋上之水涔涔下矣雨水亦然日之蒸於上猶火之爨於下釜蓋熱氣則空中之雲氣也蓋上水珠則空中之濕雲也濕雲一經冷風吹過變而爲雨猶釜蓋置於涼處水之涔涔下也故分五洲而言之每處雨數不同而合五洲而計之則每年雨數無異蓋日蒸之熱度勻即雨水之下數相若也其偶此多而彼少者或爲大風所吹或爲高山所阻非真有物焉以憑之也今人於空中雲氣幻相輒謂之龍取水即降下之水不知呂氏春秋曰趙雲如美人詩曰夏雲多奇峯豈亦將引爲唐賦朝雲暮雨公羊傳出雲降雨諸說以實之耶訛言之傳原不足論按天地爲物自大至細皆　氣之所運也一氣爲何陰陽之所合而爲者也其上浮則爲天其下降則爲地其中聚則爲物其氣隨運隨聚隨生有一境必有一物有一物必有一幾所謂萬物一太極一物一太極要皆天地二氣所合之一氣也二氣稍有不合即不無所暌暌隔也隔則疑疑則變象生易在暌之歸妹曰暌孤見豕負塗載鬼一車先張之弧後說之弧匪寇婚媾往遇雨則吉其象曰遇雨則吉羣疑亡也幽明也陰陽也實相表裏者也幽隣於明明隣於幽陰根於陽陽根於陰未嘗孤立也昔兩僧以天地男女雞卵之先後相盤詰其言雞與卵也曰雞先乎卵先乎　僧曰卵先一僧曰卵從何來其

莫能對蓋未識乎陰陽無孤立之說也又嘗即人身之蟣虱究之二物孰先人必以爲虱先至問以虱從何來則又非虱居先矣此即陰陽[illegible]一之氣動則變變則化一生二二生三三生萬之說也若拘尋常釋氏有無之說必謂有生於無夫既得指以爲無則無已爲有何得言無故人易不言有無而言兼兼則陰陽之合也且如虱蟣未生之前謂此物爲衣所生乎而衣不自生也謂爲人所生乎而人亦不自生也人不自生衣不自生人與衣相際則其物自生是即陰陽不孤立之明驗也而在暌之歸妹一爻居暌之孤子然獨立暌陰陽而爲雨塗暌生疑疑生怪故爲負塗之豕載車之鬼陰醜詭幻無所不至然至理之本同然者終不可暌也故暌則疑解則止疑則寇解則媾向之疑

以爲鬼家者特未嘗合陰陽而爲一也未合爲一猶陽氣已發陰尙伏匿而二氣不通陽氣動與陰氣搏則激之爲電光會之爲雷聲蒸之爲雲象至陰氣動與陽合則陰中有陽陽中有陰陰陽合一而雨降矣雨降則羣材潤孳疑亡融通灌注和同無間故易以遇雨則吉解蹇大矣哉至西家冷熱之說吾中土昔賢亦爲是論言陽從地起上騰爲雲遇冷風則化而爲雨風高則雨細風低則雨粗未雨風熱陽搏陰也將雨風冷陰搏陽也旣雨風滴陰陽和也其義與西人格物家適相表裏竊謂天地之運不特雨爲因熱而生因冷而成也試即一歲之時行物生驗之春蠢蠢陽氣動也而草木怒生夏假也陽氣大也而草木暢茂至秋則陰氣漸盛而漸冷則草木結實而黃落與與熱氣遇冷而降爲雨夫復何異由是而推可勝道哉至龍之爲物載於易者於詩書屢矣然而神與不神則有異如其神也則固不可以意象拘尋常見也

吉諏接印　○新任揀補西城兵馬司張副指揮翯卿定於六月初十日卯刻上任示仰闔署書皂總甲捕頭捕役仵作穩婆官媒房牙戲園卯頭人等至期一體謁見毋違特示○新選中城兵馬司楊副指揮紹時定於六月十五日辰刻上任示仰闔署書役總甲捕頭捕役仵作穩婆官媒房牙戲園卯頭街道鋪頭鋪總紀人等至期一體謁見毋違特示

價重垂簾　○獻醫瞽者李某幼習君平術雖秋水雙瞳不分黑白而靈犀一點實有扣槃捫明之用於今春來京寓前門外刷子市大興店選擇吉期推算命相均一一吻合以是人皆信之雖筆資過昂弗恤也近忽自視過高遇有倩其測算者非再三延請必金玉爾音且有三請三却者是豈術果驚人自增聲價耶抑囊有餘資自圖安逸也欲索解人不得矣

任意欺心　○古人五世同居播爲美談第恐族中出有不肖之人轉不若早日分爨之爲愈也前門外李鐵拐斜街居民周某自順治年間祖居其地有房十餘間迄今已七代同居向由長房主持家務長房縱屬幼丁亦莫敢或生異議足見當時立法之善詎至近日而事變迭乘其勢有不能不分者周和臣居房之長而年齒幼小所與共處者俱叔伯行欺壓稚弱互相凌辱叔行有名翼國者虎而冠也欺壓尤甚於去年秋間藉辭將公中房產紅白契紙騙入己手價賣肥己復將和臣驅逐朝夕詈罵和臣氣不得伸因之成疾現經其妻余氏爲和臣赴訴琴堂想明鏡高懸不難辨其曲直第世人以同居爲美似周氏者美乎否乎

代捉傷手　○追飛挾彈本傷天地之和取卵覆巢誰憫慇懃之意禽鳥飛鳴自得自以爲無患與人無爭也從而戕虐之自蓄殺機戕物實以自戕也昨聞宣武門外車子營地方有甲乙二人玩弄鳥鎗每以彈飛禽爲樂六月二十二日挾鎗同往榆樹林地方於樹林陰翳中仰視一鳥立於枝頭後有一蛇吐舌餂餂將欲得而甘之甲欲鳴鎗擊鳥恐蛇之肆其毒也欲發不發乙曰汝何怯哉若我擊之不在鳥而在蛇矣因取甲鎗擊蛇轟然一聲鳥飛而蛇墜鎗亦炸裂其指幾墮血濺碧草痛不可忍甲爲裂衣裹創扶歸道有詢之者具言其故人曰凡以鎗擊蛇者中之則鎗必炸裂屢試皆然而不明其故得毋蛇爲陰物而穢歟昔人有代斲而傷其手者今乙因代甲捉物其手被傷可謂代捉傷手矣

雷厲風行　○近來河北關上又新出一般混混均係二十歲上下與侯家后混混屢次打降侯家后混混均已被獲在押關上混混日聚日多孫得發趙小辮在獅子胡同後新立鍋夥夜聚明散約有四五十人日前與練軍在某娼寮打降練軍勢必報復不知將來伊於胡底六月二十三夜經守望總局江太守暨西北分局黃大令派委孫千戎會同捕盜勇天津縣八班拿獲混混楊旺劉四倪老趙七魏五等五人由五段局員王大令訊明同解總局發縣懲辦似此雷厲風行庶免養癰成患矣

星馳火速　○閻大令在縣發審有年素稱明斷茲聞鹽山縣有某命案須請隣封相驗昨大令已速赴鹽山不知何日差旋也

襄辦公差　○欽加同知銜卓異候陞題補靑縣署理天津府天津縣正堂加九級紀錄十次趙　爲出示曉諭事案蒙憲札開據職員磚瓦舖戶萬源號時中吉永興號翟文成永和美洪恩瑞雙瑞和王瑞林等遺抱稟舖夥劉祥瑞赴府稟稱竊華郡生理各行均有經紀應差民行買賣均有經貼若無經紀出頭有舖戶捧辦舖戶差費程原係如此身等磚窰舖戶捧辦各憲磚差現值應前半年差事再者各署磚差隨時不斷身等僅供要差現在磚窰舖戶賠累若干並無生理情緣沿河一帶由外販磚在津偷賣者甚衆販磚約有五六

百萬之多鹽販隨賣隨不等同應差與津邑各行應差同行帮差者章程不同以致身等難以支持若不求恩賞示曉諭隨同帮辦伊等自知取利效尤甚廣身峰直無生理指何供應各鹽要差乞賞示等情合即遵照查明出示曉諭爲此示仰販賣磚瓦人等知悉自示之後凡有由外販來磚瓦在津售賣者均須隨衆照章帮同時中吉等應差以資辦公倘敢抗違藉端浮派一經查出或被指控定行傳究不貸各宜凜遵毋違特示

追償要件　○城內某布店被攬頭誆去號衣若干將保人鄭二拿獲枷號示衆已登前報茲聞攬頭爭某亦被拿獲現送縣追取號衣等件伏思號衣爲軍務要需胆敢誆騙若干匪屬目無法紀其有無竊符救趙之意抑或僅爲濟貧所望執法者尤當細究也

亦在車下　○日前山東馬隊王營總所帶左右兩營已抵津埠現住西門外各客店聞不日即歸原省駐防矣

間諸水濱　○日昨三岔河口有一男屍自御河流至該地經救生會人用繩繫在河干年約四十歲上下似外郷人身上僅穿月色洋布褲一條細觀偏體並無傷痕已經該地方棺殮抬葬義塚矣

過不愛惜　○四外村民來津者非工非商無所事事幸工程總局修理官道拉運洋車藉資食力饑民乍得飽食不知節檢已恐傷生加以貪啖冷腥尤易致染時疫昨南門外某甲拉車爲生稍有餘資在車店自食螃蟹斤餘晚即吐瀉不省人事今早已登鬼錄死誠不如饑之愈矣悔也何及

終係疎虞　○被水災黎無以餬口往往攜眷來津就食村中兒女多痴輒被奸人拐誘日前南城根某甲之女年已及笄晚間大迷其父四處偵尋杳無踪影或迷或拐皆未可知抑亦父母之咎歟

日將病亡　○日將軍福高華刺尙駐命州今染霍亂時症而亡鐵馬征砲空留異地昔日英雄而今安在哉

鬧教電音　○昨接福州十六日來電云所有古田縣被傷教士運至福州者均于是日一併收殮矣又奉福縣地方美國教堂亦被亂黨焚燬現在福建各屬大有揭竿起事之勢故向在該處之西人皆岌岌可危雖地方官亦不能保護各國西人惟自致電本國懇其從速派兵前來免致再遭蹂躪○文滙西報館接到昨日七午六點鐘福州來電云有美國某教女在古田眼見殺害教士之事其所述之言頗爲詳細據稱六月十一日晨刻一點半鐘時忽聞街上喊聲不絕欲與教士爲難余遂穿衣出門甫至門口突遇一人手持鐵矛向余胸直刺余以手撥開遂傷及手畔幸余傭人趕到將矛奪去余始得逃至山上其時教士住房二宅已被燒燬並打斃英女教士五人猶有受傷者數人據傭人言在余家中余乃回家見一英女教士頭上被刀割傷幸余所住房屋租自華人故未燒去有一小孩年十二歲其膝割傷流血不止有一孩年六歲頭上受傷甚重又有一歲之孩膝亦因傷而腫又有十一歲之女孩及三歲之男孩皆被矛刺受傷頗重惟英教堂中西人名飛力布司者所住較遠故得倖免是時西人聞信趕來遂同至火燒場見被燒者共有八人三人已不可辨認至晚有一醫生來醫治受傷之人已死者即買棺木收殮將燒死之骨收在箱中後又從瓦礫中查出一屍故知燒死者共有九人○來電又云吃素黨約有五十人其中數人帶刀有人帶砲一尊余亦曾聞其放砲一門古田華人則言黨人所帶之炮實有數門知縣王大令於是晚帶兵一百名到鬧教處查問死者及被傷者之名姓并驗各人受傷之處塡格存案大令極力設法保護余等遷至秋甘地方○昨日本埠西人接到北京英欽差來電云古田教案已派福州英領事趕急帶兵前往查辦究竟如何起事再行定奪　錄新聞報

虔送時藥　○乾隆元年貴州瘟病傳染有名醫製一良方活人無數道光元年江南患麻脚瘟甚重治以此方無不神效同治改元秋患吐瀉轉筋者初多暴卒繼得此方由楚傳至夔府服之輒效近聞各處患此症者忽然眼前發黑六脈全閉指中轉青或名爲烏痧腸轉筋霍亂腹痛吐瀉不省人事如係陽症面赤身熱口渴神氣煩燥舌苔黃厚如係陰症四肢逆冷腹攪痛面色青舌苔白口不渴陽症用開白水冲服陰症引加附子炮薑各五錢病重者仍須量加重用倘覺轉筋再加香圓佛手木瓜各三錢將藥引煎透台方藥冲服服藥一前先將病人兩膝腕彎上用手蘸溫水拍打有紫黑紅點出即用磁鋒刺破出血立醒醒後服藥即愈孕婦及小兒麻痘忌服如孕婦患此症[illegible]減去麝香[illegible]胎也方內去

避瘟要方 牙皂三錢五分 上硃砂二錢五分 煨白礬二錢 白芷一錢五分 明雄黃二錢五分 防風二錢 桔梗二錢
半夏一錢 白檀香一分 藿香二錢 貫仲二錢 陳皮二錢 薄荷二錢 北細辛一錢五分 生甘草二錢 共研細末爲散專治
轉筋霍亂兩眼發黑指甲轉青肚腹疼痛上吐下瀉急以生姜汁冲服一錢如病重不省人事者並以二三分吹入鼻孔內俟其開竅再用
治法痢疾瘧疾感冒寒熱一概可服熱病以冷水冲服孕婦忌用 按患此症者多牙關緊閉故用牙皂細辛通其關竅但性燥不宜多服
每服多至一錢或七分如病重不效再服如前良久不效再服如前斷無不效矣又按病者初覺頭痛腹泄手足作麻先濃煎艾湯試之如
吐即係此症照服前藥無誤又方用麻線絞小竹弓蘸香油刮手足並前後心再看身上有無小紅點如有點即名斑痧以燈草或紙捻沾
香油點火燒其紅點令其焌爆即愈亦妙方也 又至寶回生丹此丹專治吐瀉手足麻木筋痛腹痛痧症其治神效附方于後以使有力
者照方合送 麝香三分 公丁香一錢 豆腐製硫黃一錢 肉桂一錢 吳茱萸一錢
右研極細末每付一分用葱汁拌勻納入臍中外再以焌臍膏藥貼於上用炒熱麩皮布包熨腹自愈不可誤入口中孕婦勿用
此二方由都門寄來據稱靈驗至極爰有同人出貲配合交中杏花邨後朱家花園胡同陳宅敬送胡同口有字帖如需藥者前往告知
病症取藥可也

朱銘翁先生術擅岐黃名傳遐邇近治癟螺痧急症河東小關陳鳳亭等多人均已立刻奏效

茲啓者本堂新刻津門孟筏帆孝廉平舒劉紫山選拔兩名士合刻賦鈔註釋詳明誠爲後學之津梁也更有青照草堂重註七家詩館賦帖舉隅二種大爲士林推重洵爲古學金針又有霸州吳河帥文安陳學士合輯水利叢書實爲目前急務近印津沽周衣亭太史孟子讀法講義精詳不徒經生足資討論制藝宗題尤喜見地公諱人麒著作甚富茲姑印其一以供膾炙合計五種除本堂發售外津邑文美齋書局一併寄售至於各種書籍筆墨無不揀選精良善本以期近悅遠來凡刻詩賦文集善書等板刷印裝訂書籍自當精益求精省工價廉萬不敢稍涉含混有負 賜顧

寓河北關上毘盧室義合主人謹啓

本行茲由外國運到新式玲巧水龍其法將水龍放在井內抽水頗爲靈便官商住家花園均可合用價亦相宜倘蒙 賜顧請至本行看樣定價可也此 佈

信遠洋行告白

浙杭 元吉永號

本莊自置紗羅綢緞新樣
洋辮花素洋布川廣夏貨
團摺雅扇南貨頭油俱全
祇爲近時錢市漲落不同
故而各貨減價開設估衣
街中間路北凡 仕商賜
顧者無悞特此佈達

告白 彭公案 楊家將
昇仙傳 南北宋 金鞭記 雪月梅
後聊齋 後列國 玉嬌梨 小八義
草木春秋 西湖佳話 醉茶志怪
前後七國 鐵花仙史 挑燈新錄
後英烈傳 三續聊齋 巧合奇冤
花月姻緣 髮逆圖記 第一奇女
醒世姻緣 續施公案 五虎平西
南 續今古奇觀 續永慶昇平
萬年青初二集 五十名家手札
文美齋謹啓

六月二十七日輪船出口
海定 輪船往上海 招商局
新豐 輪船往上海 招商局

六月二十六日銀洋行情
天津九七大錢
銀盤二千七百四十二文
洋元一千九百八十文
紫竹林九大錢
銀盤二千七百八十二文
洋元二千零一十

直報

光緒二十一年六月二十七日 第一百七十五號
西曆一千八百九十五年八月十七日 禮拜六

論史 續前稿

其一爲魯子敬子敬忠厚長者或且以忠厚爲無用之別名夫人而知之至於臨大事決大議謀深慮遠抗強敵而不驚折羣辯而不惑審幾則能即始以見終用人則能集思以廣益其才其智足以闢國百里謀國百年者人將舉前之周郎後之陸遜以爲吳國之巨擘次則奮志立功如黃蓋呂蒙其卓著也若子敬者既不如諸臣言語之便捷心計之靈巧赤壁一戰諸將皆有奇勳子敬獨寂寂無聞荊州一役子敬則訥訥無語似若聽周郎孔明所戲侮而一無所知者嗚乎世亦知一時諸臣皆在子敬涵蓋中皆出子敬精明強幹下乎世以爲周瑜陸遜黃蓋呂蒙者爲東吳必不可少之人豈知東吳之所以爲東吳得與蜀魏鼎足者舍子敬則不堪爲國乎惜孫權智量短小徵特不及蜀之先帝亦並不及蜀之後主誠使吳任子敬亦如蜀任孔明子敬之功必不出於孔明下彼此必互援爲知己外此者不足與知也何也赤壁一役和戰兩途孫仲謀或有不決而子敬獨先決及周郎定計子敬徵待一無所僥且處處暗有所助其莫逆於心也可知及討荊州也子敬非不能與孔明強辯特以一時大局宜先結蜀而後攻曹故特委曲從容不爲決裂與孔明謀蜀之策北據曹東和孫同一機軸其勸仲謀之言曰宜相輔協與之同仇又曰總括九州先成帝業實仲謀有負於子敬之言非子敬謀國之疎也使仲謀者確守其見力行其言滅魏誅曹天下事正未可量曹未可誅脣齒先固外侮莫侵分天下爲鼎足據其一方南面稱帝豈不毅然大丈夫乎孰與受人封禪屈節一朝勤多擊肘低首拜降己成俘虜反顏相向即爲判臣進退維谷終於不免哉仲謀乃計不及此通好於魏襲取荊州從此納貢稱臣以子爲質是皆子敬所逆料爲之慟哭者也自吳絕好於蜀照烈修怨於吳吳反求就於魏幾爲魏襲致使合肥之號令如戲先王之姊妹相生如狐自埋而自搰說無成功其智計視子敬奚啻霄壤夫仲謀亦人傑也伯符惟幸其有弟故以江東兩世之業屬之一不聽子敬之言兩世王基頓成敝屣得十荊州可以償乎否耶如子敬者又可少也耶其一爲魏武帝夫魏武之行不齒於當時無不恨其奸雄者且彼之奸雄亦何害於今之世而今之世雖婦孺無不恨之怨之深惡而痛絕之余何敢獨以爲是然大學有曰好而知其惡惡而知其美此好惡之宗程而聖門以爲大公至正者也魏武者初舉孝廉智能出衆董卓之亂羣公束手曹獨以獻劍之謀毅然自任何其快也一計不成飄然長往爲陳宮所獲詞不少屈大義凜然致陳宮甘棄官從之以逃此時魏武誠人臣中千古不多得之義士使從此得遇有爲之君同心之友其功業復何可及設不幸而半途隕命千載下爲之惋恨又當何如也乃事不出此而乃以權術晉上公加九錫人爲之實天爲之耳不然使曹當日反其事以行之與二三庸劣之臣爲迂腐無聊之策可冀漢室之日隆乎竊嘗論衰世政事不壞於君子之少壞於君子之多不壞於君子之私而壞於君子之公後世之弱宋是證也惟其多而公也故各持己見以相爭厚於責備賢者以爲行春秋之法而事權不一於事夫何所濟夫國之盛衰要亦視人君之所好而已武侯前出師表曰親君子遠小人此前漢之所以興隆也親小人遠賢臣

此後漢之所以亡頹也先帝每與臣論此事未嘗不太息痛恨於桓靈也況自靈至獻如江河趨下其勢莫挽大權旁落而中議焉亦勢使然也後出師表曰曹操智計殊絕於人其用兵也髣髴孫吳又云先帝每稱曹爲能其才之不尋常者已爲當時人人所服無須更論吾獨惡其識量之高大迥出於尋常萬萬有轉若爲其才掩爲其事掩者不表而出之反恐爲魏武所竊笑也識量若何任雲長之掛印封金過關斬將讀陳琳檄而愈瘋聞彌衡鼓而暢飲此適足以見其奸未足以徵其識量也識量安在在忍守三分而不欲汲汲一統孑孑孤立也當孫仲謀與通之後擁百萬之衆復得吳强國爲外應宜若無所却顧者然或以不肯窮追關公勸留之爲權害魏武深然其說反權請擒關其自劾魏武發露其奏射以示關而使之走以魏之強似可以縱橫任意獨立無懼矣然終不欲絕外援而自樹其敵蓋深有見於戰國兩利俱存之說也蜀修關公之怨吳求救於魏魏辟勸襲之魏主不從豈眞有私於吳哉史稱曹某不覺筆落於手夫荊州已非曹有以他家之物轉與別家於曹何與而震驚若是其深恐魯肅之計行兩雄相倚而天下難爭也何待言哉嗚呼三分之局孔明識之子敬識之孔明子敬而外微魏武其孰能識之乎質之三子以爲後世之知心否

萬效三呼 ○六月二十八日 皇上萬壽二十五六日推班解內務府掌儀司飭傳承應班全班優伶於是期均由卯刻赴 內廷演劇二日所有聽戲之王公大臣大序俟諭明再錄並聞光祿寺飭傳廚役五十名於二十五六二十八日寅刻赴 內廷御膳房造辦筵宴以昭愼重

茶有百損 ○京師近有某善士刻成防疫等書遍贈居人所云王瓜茄子西瓜香 李子皆不可食今聞玉皇廟東夾道居住回民石某年近古稀體質强健昨晚口渴食西 半個忽於三更偶患霍亂吐瀉不省人事數刻之間即作長睡客死在各巷黏貼報單內云珠蘭有毒一則頗覺未經人道爰節錄之其語曰今人之品茶者往往不取正味而爲矯揉如珠蘭茉莉等茶大爲今世所尙然其茶均非正茶也姑不具論惟思人之服茶者原取明目滌穢期其有益故也今珠蘭一茶不惟無益而反有害香珠蘭性最毒能殺蟲人久服之必染疾病則似疫非疫不久必死即其害也書此以告世人各宜戒忌勿以性命等諸鴻毛爲要此言雖無人試驗想亦全屬子虛質諸大下格致及善醫者未識以爲何如

同爲狗盜 ○前門外五道廟居住張大者車夫也聞每日馳驅言返偕甲乙等至通順車廠而謀棲止是以宿于斯亦食于斯六月二十二日聞張六見門前有犬一頭饞涎下注思欲與甲乙共嘗一臠當率同甲等殺而食之如屠門之大嚼豈知甲等背人食後皆先後抱病不起而張六亦於二十三日陡然患狗頭瘋日作狺狺聲不稍息羣醫均爲之束手人咸謂難保無性命之憂云

甘爲鶴遊 ○京師近日以來登錄吞烟斃命之事已屢筆爲之禿書不勝書矣乃六月二十一日阜城門內錦什坊街地方又有某甲之嫂與其妻某氏效與偕亡之計同服阿芙蓉汁雙雙赴黃泉路上作逍遙遊當由其親屬某乙即赴北署報與甲知以便循例報案緣甲是日甫與某丙因宿嫌手刃其軀正在赴琴堂投首而其嫂及妻之噩耗又至想又須添一樁公案費賢有司之讞鞫矣

文武慶賀 ○本月二十八日 皇上萬壽聖節於二十六日五鼓時分郡城文武各官齊集龍亭恭行慶賀典禮

糶賣公平 ○紫竹林下海大道旁貽來牟號開設有年實爲津地機器麪坊剏始之祖貿易之盛向爲衆商所稱道今春該店復於大夥巷內龍王廟左近北河沿分設新店已於六月十六日擇吉開市其機器係向外洋各廠定購精緻堅固罕有其匹馬力甚大用煤甚省帶磨六盤日夜可出麪粉二萬三四千斤之譜白淨乾潔爲各磨坊所不及以工費較省故定價甚廉目下各項糧價日漸平落今因海氛既靖商販麕來而該磨坊之糶賣公平亦與有力焉

險路將平 ○本埠南關太平街雙街口等處稍有雨水即不能行甚或數日洽旬依然泥濘行人不便已紀前報茲聞工程總局七月間飭工匠人等仿照南關東大街官道一律修齊不久路途平坦矣

奇災未有 ○本埠東北鄉趙家城及潘兒鼠子家堡東堤頭等一帶村庄傳染霍亂轉筋之症實在利害各村庄每日死亡者不少聞趙家城自患此症約計死有百十餘人自同治改元後至今三十餘年症未有如此之甚者

開局戒癮　○前道盧呂庭芷觀察在津埠西門內廣仁堂設立戒烟所一處除癮者實繁有徒茲津埠廣仁堂戒烟所定於七月初四日在所開醫排治戒烟者可以自然解脫矣惟烟癮易斷心癮難斷能斷心癮有志竟成矣

立會宜防　○本埠洋車約有三千餘輛郡中各街路徑狹窄來往行人倘有撞碰非打即罵甚有將洋車毀壞者情實難忍茲聞郡屬一帶各車夫有起會之意倘有毆打之事羣起而攻以洩不平按此情形糾集多人似與混混門毆無異與其滋事懲治何如消患未萌有地方之責者尚其禁之

日敗確情　○日本來書云臺灣之役言人人殊聞嘗取日人私論及各日報所記參觀之其受困情形蓋已瞭如指掌矣日人之言曰臺兵狡計實多每次行軍途中或不見一人或數十殘兵與之接戰且戰且走及至叢林家屋猝發火爲號四面兜圍日兵或死或傷無有能倖免者目下水陸二軍將士陸患疫症水患脚氣兼之海水不堪汲飲天氣又熱如熾炭眞敝疲難堪云○日報載女平鎭統領爲胡君嘉猷附近土地皆歸其統轄部下兵士勇悍絕倫較之湘淮各軍闘砲即遁者相去眞不啻天淵胡每擇深林中堅固房屋屯紮其中時出至日兵所設行營肆行刼奪日兵多被殺者以致跋前疐後大有不能兼顧之憂東歷七月一號日本步兵第一大隊及第六中隊添入工兵中隊約鼎進攻自午前六點鐘時戰至午後三點鐘時日兵因彈盡而退刻下十餘日內臺兵聲勢益雄以致新竹以南無復有日人蹤跡云○又云臺灣地多險惡斷岸絕壁橫亘於前大砲及野戰砲不能搬運現在改將山砲臼砲及小銃運往軍前○東歷上月二十九號得臺灣電報云臺兵常改裝農民模樣潛至三貂嶺附近刼殺日兵以故日本師團長命山根內藤澤崎率三枝隊協戰當發電時砲聲已不絕於耳登之報牘如是云云至於勝負情形絕不提及意者日兵又遭挫衄故諱而不言乎　錄申報

黨匪戕官　○昨午字林西報館傳單云頃接福州來電言有中國委員某帶領護勇若千名押解庫銀于昨晚行至同仁地方突被吃素黨戕害護兵亦遭殺死查同仁距福州一百英里

赤嵌近報　○昨由鯤身鹿耳間遞到雙鯉云大科嵌之役日人幾無[illegible]類倖免者纔數百騎率多身帶彈傷肢體不完相率遁回臺北負嵎自固大約俟齡國兵到援兵再圖後舉○當臺灣府孫蔓齋太守交卸府篆摒擋內渡時有饟處駐防統領鄭某胆敢率其所部千人將府署圍裹數重聲言須太守借銀四千兩不然即以兵戎相見嗣經後任黎司馬再三排解一面由太守籌給二千五百金而林蔭堂觀察亦督大隊赶到鄭某始撤圍颺去刻聞太守已偕觀察買舟向泉州進發至林所統各軍則併歸吳鸞軒[illegible]門節制云○日人初據臺北時尚知約束兵丁不准騷擾土人惟曾充團練團丁之家不及遷避輙遭殺戮乃數月來故態畢露縱兵攘奪食物奸淫婦女種種荼毒民不能堪日官遇有此等案情率多回護並不認眞訊辦是以臺民稍具身家者鮮不搭輪內渡別尋樂土迨入伏後天時酷熱[illegible]營惣疫死亡相望兵官不自修省反疑土人於食物中置有毒藥是以添派巡捕若干名分出監視且強定市價魚肉每觔六十文菜蔬每斤十二文小民畏威多虧血本○距臺北府城十五里之八芝蘭堡爲潘陳兩姓聚族而居日前暗約劉吳各軍來攻願爲內應事機不密爲日官所聞立調駐[illegible]侍衛兵兩營馳往該堡將男女三百餘口摟殺凈盡當日兵往攻時兩族自知不免迎拒甚力日兵陣斃者亦踰百人○林蔭堂觀察言旋後粵東吳鸞軒軍門力任艱鉅即擬茲日誓師出駐大湖口以遏敵衝兼爲將來規復臺北張本邱仙根水部協防安平劉淵帥則往來其中兩郡以便居間調度月初帥節巡至苗栗見有甲乙兩人逡巡道旁形跡可疑當叱戈什哈拘獲搜其身畔果有十三響新式手槍一枝利刃兩柄炸藥一包自稱爲日營遣來行刺隨節已經數日無隙可乘今既被擒惟求速死淵帥得供遂置之法○某日薄暮有日兵一小隊巡邏至三角湧地方突遇生番短兵既接傷亡頗重迫兵頭闢營督師往援則番衆早翻山越嶺如鳥獸散矣兵頭遂命將附近土著捕殺數十人以洩其忿　錄滬報

度送時藥　○乾隆元年貴州瘟病傳染有名醫製一良方活人無數道光元年江南患麻脚瘟甚重治以此方無不神效同治改元秋患吐瀉轉筋者初多暴卒繼得此方由楚傳至蘷府服之輙效近聞各處患此症者忽然眼前發黑六脈全閉指中轉背或名烏鴉沙脹轉筋等[illegible]吐瀉[illegible]者人事如係陽症[illegible]赤身熱口渴神氣煩燥舌苔黃[illegible]如係陰症四肢[illegible]冷腹[illegible]痛面色[illegible]舌苔白[illegible]不[illegible]

……口水中服救痧症俾加附子炮薑各五……病重者仍須量加重用……再加香……手木　各三錢將藥引煎透合方……沖……服
之前先將病人兩臂挽彎上用手蘸溫水拍打有紫黑紅點出即用磁鋒刺破出血立醒醒後服藥即愈孕婦及小兒痲痘忌服如孕婦患
此症亟須服藥務須減去麝香恐墮胎也方列於左

避瘟雷擊散　牙皂三錢五分　上硃砂二錢五分　煅白礬二錢　白芷一錢五分　明雄黃二錢五分　防風二錢　桔梗二錢　法
半夏二錢　台麝香一分　藿香二錢　貫仲二錢　陳皮二錢　薄荷二錢　北細辛一錢五分　生甘草二錢　共研細末爲散專治
轉筋霍亂兩眼發黑指甲轉青肚腹疼痛上吐下瀉急以牛姜汁沖服一錢如病重不省人事者僅以二三分吹入鼻孔內俟其開竅再用
治法痢疾瘧疾感冒寒熱一概可服熱病以冷水沖服孕婦忌用　按患此症者多牙關緊閉故用牙皂細辛通其關竅但性燥不宜多服
每服多至一錢或七分如病重不效再服如前良久不效再服如前斷無不效矣又按病者初覺頭痛腹泄手足作痲先濃煎艾湯試之如
吐即係此症照服前藥無誤又方用痲線絃小竹弓蘸香油刮手足並前後心再看身上有無小紅點如有點即名斑痧以燈草或紙捻沾
香油點火燒其紅點令其煖爆即愈亦妙方也　又至寶回生丹此丹專治吐瀉手足痲木筋痛腹痛痧症其治神效附方于後以便有力
者照方合送　麝香三分　公丁香一錢　豆腐製硫黃一錢　肉桂一錢　吳茱萸一錢
右研極細末每付一分用葱汁拌勻納入臍中外再以煖臍膏蓋貼於上用炒熱麩皮布包熨腹目愈不可誤入口中孕婦勿用
此二方由都門寄來據稱靈驗至極爰有同人出貲配合交由杏花邨後朱家花園胡同陳宅敬送胡同口有字帖如需藥者前往告知
病症取藥可也

告白　盛世危言一書香山鄭陶齋觀察所著也觀察負經世之才庚申之變目擊時艱遂棄舉業日與西人游足跡半天下致
究各國政治得失當今時勢強鄰日逼儼成戰國之局凡有關與中外情勢商榷利弊旁搜遠紹無遺斷手筆錄積年累月共成五十篇凡
用鎗礮設電綫建鐵路開礦織布商務農工治河防海防邊練兵等事瞭如指掌洵時務切要之書凡　士大夫留心經濟者家置一編俾
人人洞澈外情事事講求利病便天下除厥弊端不誠有裨於大局哉每部五本存書無多急來購取可也　文美齋謹啓

本行茲由外國運到新式玲巧水龍其法將水龍放在井內抽水頗爲靈便宮商住家花園均可合用價亦相宜倘蒙　賜顧請至
本行看樣定價可也此佈　信遠洋行告白

浙杭　元吉永號

本莊自置紗羅綢緞新樣
洋辮花素洋布川廣夏貨
團摺雅扇南貨頭油俱全
祇爲近時錢市漲落不同
故而各貨減價開設估衣
街中間路北凡　仕商賜
顧者無悮特此佈達

告白　彭公案　楊家將
昇仙傳　南北宋　金鞭記　雪月梅
後聊齋　後列國　玉姣梨　小八義
草木春秋　西湖佳話　聊齋志怪
前後七國　鐵花仙史　挑燈新錄
後英烈傳　三續聊齋　巧合奇冤
花月姻緣　髮逆圖記　第一奇女
醒世姻緣　續施公案　五虎平西
南　續今古奇觀　續永慶昇平
萬年青初二集　五十名家手札
文美齋謹啓

六月二十七日輪船進口　怡生　輪船由上海　怡和行
六月二十八日輪船出口　海定　輪船往上海　招商局

六月二十七日銀洋行情
天津九七大錢
銀盤二千七百五十文
洋元一千九百九十文
紫竹林九大錢
銀盤二千七百九十文
洋元二千零二十文

直報

光緒二十一年六月二十九日　第一百七十六號
西曆一千八百九十五年八月十九日　禮拜一

上諭直隸河間府知府員缺著如松補授欽此

[illegible]

天下之事有然而然與夫所以然而然之理令昔同源雖大智不能易其說天下之不期然而然與夫欲不然而不得不然之事後先同揆雖奇才不能異其趨何也惟公生明惟明自公王道學功夫而已昔者帝王曰欽明曰濬明曰文明功業無不以明始中庸入道之門首言智大學綱領之要首知止學問無不以知始亦無不以明始也故古今斷無迂腐之賢聖斷無冒昧之大豪傑第所謂明者惟明其所當明不當明者毫不過察也彼賢賢然扶摘不已疑慮無端妄患非分之貪過期速成之效是愚而昏也不可謂智揣得謂明乎余昨以蜀漢主魯子敬魏武帝爲三豪傑或以爲過余曰非過也昨僅略言之未暇詳說也今試再舉數事以相質要以三人之傑在明其所當明不明其所不當明而已後主之賢爲何人君之道無他用人而已用人之道無他勿疑而已孔明之賢足用後主用之而不疑賢否何嘗用賢者即賢不賢者即不賢耳不疑則能用賢疑則不能用賢耳齊桓伊尹未齊以管仲霸蜀以孔明帝惟其君賢故能用賢惟能用賢故能[illegible]然以孔明之權孔明之謙勤去歷不誠宜若何[illegible]宜[illegible]何且云乃欲若何此臣之所未解者若干事一出言曰先帝再出言曰先帝既挾以先帝之勢復悚以外患內憂使後主之量稍狹者不如漢宣之甚刺在背者乎雖云以孔明之忠誠致令後主不能疑以先帝之家遺致使後主不敢疑此不能不敢之心非即後主之賢乎哉此猶其孔明在生之時論也及孔明既死即從其諫用蔣琬費禕董允且聽董允裁後宮嬪妃之數夫以齊桓於管仲尊爲仲父生不能幾齊桓之內變死不能除庸易牙開方之小人使管氏抱憾九原千載而下致[illegible]蘇氏譏管子不能薦賢自代是皆齊桓不及後主處孔明出師之後表曰臣受命之日寢不安席食不甘味思惟北征宜先入南又曰千[illegible]來[illegible]偏安於蜀都故冒危險以奉先帝之遺意而議者謂爲非計當武侯深入不毛時其議武侯之非計者諒非一人亦非一語矣而後主[illegible]爲少動以視周公東征成王之惑於流言者何如昔李密謂劉後主可與齊桓比論之非特可比齊桓也其不顛覆典型也其賢既過於太甲其不改父之臣與父之政[illegible]其孝而可擬孟子乎孰謂後主可易及乎魯子敬者識高量雅不屑屑與人辨是非而獨覽全局[illegible]東附[illegible]與爲吳算者至深且遠非若周陸諸人自顯其智自多其智以與無智者有智者爭智也惟然就天下全局與吳之現在後[illegible]其[illegible]算孫與劉協力同仇則無上策而諸侯之弱者惟知附魏強者惟知自雄其弱者之昧固無足論其[illegible]當[illegible]而妄思非分速期成效其與弱者昧者相去幾何無論蜀之荊州未必即甘心拱手以讓也即使吳取荊州其能取而斯時之吳即可以[illegible]爭[illegible]哉[illegible]爭獨仍不免附草倚木既爲國者仍須附草倚木既爲國也曹魏[illegible]其龍與[illegible]除[illegible]齒之邦倚虎狼之[illegible]孰與留蜀爲

魏敵且以爲我外援也此二事者孰當明孰不當明昭昭黑白於此而不能明徒急急於索荊州襲西蜀計謬甚矣由是觀之子敬誠大智關陸之智小而近於昏矣若魏武者事事快人無煩悉數識量之高遠前論已畢其凡試更即其事而申論之使當日窮追關公關即受禽其能唾手以取蜀乎吾知其必不可也即能取蜀天下之狡焉起者吳蜀之外如韓遂馬超輩尚不乏人固不如留關以爲權害用間以離韓馬使彼自爲韓子東郭而我爲田父計縱不成我與蜀亦可兩利俱存歸以俟其瑕而擣之且足以表己與關公屢次相交之雅此老瞞之深算己早有三分之成竹在胸也惟孫權見不到此故不畏與蜀啓釁且通曹以襲荊州荊州得矣能不於曹稱臣乎納貢乎既臣且貢矣心復不甘致生反復以子爲質不足取信終掛名爲魏之叛臣明乎否乎惟昭烈見不到此故爲荊州復仇　敗嘔血神歸白帝此皆遠遜於魏武萬萬者嗚乎三國一局惟武侯知之最眞既不能得天時又不能得地利子敬知之而無其君後主知之武侯死後而後主無臣魏武知之既得天之時復得漢之遺柄以待吳蜀之自敝天下之勢微魏武其孰與歸乎

萬萬呼嵩　○六月二十六日爲　皇上萬壽　朝賀之期所有王公貝子貝勒文武大臣均穿朝服於是日寅刻赴　乾淸宮伺候　皇上御　乾淸宮升座受賀畢詣同樂園觀劇茲悉內喜承應兩班優伶孫季仙小叫天陸小芬余子雲貴宮桂雲等赴內演劇並蒙二十五日辰正開場時先經南府內侍裝扮靈官次經毅班優伶一百靈官各獻壽字一枚舞耍以獻百壽祥瑞次接大富貴長春大晉賜福遐齡封官蟠桃會四面觀音趙顏求壽絨花記梅玉配等劇至申刻止二十六日復行入內演劇云

九九進膳　○六月二十六日經內務府呈進　御膳房承造九九盒已見宮門抄茲聞九九盒內係裝盛各色吉慶花樣滿漢餑餑共八十一盒由內務府呈進　御用以崇典禮

鼠慶誌喜　○朝陽門大石橋居住李五作油店生理其妻懷孕已久時臨盆早延收生婆於家六月二十五日夜闌忽有妙手空空兒在房後連挖二窟幸被坑所阻復於山下又鑿一窟甫透未入忽聞房中人語時久不息未辨何事迨啓明東上忽聽呱呱之聲始知其產婦生兒也只得喪氣而去次早舉室獲麟轉言生即保我財賄此福兒也後必有出人頭地者

白鼠呈祥　○濟南武孝廉葛某考南曹得兵部差官差滿將回山東歸撫標以守備用曾在前門外蔡家胡同東首開設添店生理晉明三年結算帳目一次今春二月間葛某由籍來京算帳因有煙霞癖即在店下榻俾晝作夜每三鼓後見有白鼠來往甚夥皆二四寸長訝以舌店夥張某曰已數年矣不足爲奇至六月二十四日夜晚十點鐘忽來一巨鼠尺餘身白首尾赤白另有四白鼠約五六寸簇擁自東南偶出形似人以前蹄作拱揖賀喜狀同伏隅向燈光之旁其餘羣鼠皆拱立而迎之入床帷即不見次夜邀夥友人同觀之所見從同咸曰此禮鼠也見之者吉祥果於六月二十六日得家報已補實缺并獲弄璋云

頌德情殷　○合肥李爵相駐津有年軍民官商感戴莫名筆不勝記茲有河南商船戶公送匾額一方云湛恩汪濊楹聯一付云三十年使相利溥畿疆咸欽公望公才德在生民功在社稷五百歲英賢靈鍾肥水尚覺文襄文正有此秩位無此勳名語適雅稱然此亦欽譽莫能也

鬧餉紀實　○吳鳳柱軍門由前敵帶回鳳字四營係去秋在天津新募之軍然已赴前敵曾經戰陣比因和將還來津駐紮東營窪　帶向有兩月軍餉待放本月二十六日擬將發餉遣散營官梁姓者走商於三營統領劉八大人議欲扣除各項開銷劉大人未允詎二人在帳內議論之際衆勇丁已在帳外聽明梁營官走後衆勇丁求劉統領勿扣統領云我不能主向有總統軍門在此衆云總統亦難保不致扣我等只好去求總督王大人了劉統領不能攔阻四營勇丁齊聲走稟督署將到督轅梁營官得知帶衆親兵來打衆勇丁情急因將梁營官毆傷吳軍門聞知遂帶親兵一百又約練軍何統領黃翼長各帶兵丁器械一直殺來衆人以手無器械不敢與應急向浮橋逃生黃翼長著人將新浮橋拉開練軍與吳親兵由東赶來衆人有向西逃者有向浮橋欲過河者不料浮橋早開後面赶殺已近因向河內亂跳淹斃無數向西跑者被馬兵追殺數名正赶之間督憲王制軍聞知即速傳令不許追赶時鬧威之官皆到聞王制軍將劉統領調去訊明者劉統領點淸衆勇之名於昨日已發口糧將其車封賞入寨前聞將何統領黃翼長業行責飭吳軍門亦被責飭梁營官已在著

看押候入奏 旨下再行發落云

南糧確耗 ○本年南糧漕船十八幫船戶並各押糧委員銜名已紀昨報茲聞南糧第一起共四十餘隻已至府屬滄州地方約二三日即抵津埠矣

投卷示期 ○七月初六日府試文童正場已登前報茲邑侯飭縣署禮房於初三日投齊府試正場試卷應考各童臨期務各投卷毋得自悞

釁起無端 ○北營門內土棍楊茀森徐六傅寶盛郝玉德姚得魁等不知因何起釁各持器械找向崔邦起毆打崔以寡不敵衆未敢相拒該管地方張順意恐肇巨禍飛報汛官立即前往將楊茀森等五名並崔邦起一併抓獲送交有司究懲矣

災幸旣濟 ○河東西方菴前王姓土娼窰內於本月二十八日正午十二點鐘時火起燒燬草房二間幸鄰人甚多水會向近立即撲滅否則延燒鄰右不知所止矣

罪有應得 ○東南城角鍋匪穆七前因犯事逮案判以遊獄因逢 恩赦釋回交地方官管束詎其怙惡不悛復行開場聚賭以四面寶為網利計曾經登報隨經守望總局憲出示禁止奈該場賭徒皆無賴之尤所誘手頭充裕之人一經入局各賭徒即爭相魚肉以此意見不和日行吵鬧而穆惟執有錢理長無錢理短之說以為例以致激成釁端被控昨日局已閉門穆已被牽入縣尚未悉如何判斷耳

後恐難為 ○直屬天河兩府素稱多盜莫如去歲至今為甚說者以沿河州縣屢遭水患又經今春大雪凍冷異常耕種失時再首夏復大風暴雨海嘯騰漲即業經耕種者苗已不全復有男子赴募應招充當兵勇婦女不能力耕如此之類亦屬不少及今軍務稍平各營遣散歸里無業可執飢饉難忍遂忘廉恥兼以充過兵勇性情多習於悍遘以奸民匪徒勾通即挺身走險作無本生意權顧眼前餬口不計將來以致大秋在即農民樂業之際盜反充斥舉此秋禾遍野得以隱跡藏形是以河屬各州縣偷竊搶刦之案迭出層見緝不勝緝是否執法者輕縱抑係翫法者太甚乎惟是現當初秋正商賈興販之際亟宜保護行旅以免畏途況轉瞬又至冬防此時若非認真緝捕嚴行查拿懲一儆百仍復因循敷衍恐盜心愈熾賊膽愈壯蔓延愈多緝捕愈難居民行旅何所得安守斯土保斯民者曷其早籌良策乎

除莠安良 ○侯家後混混梁二者自恃血氣之剛專以尋事生非訛索娼窰欺詐平民人皆目為無賴之尤因其強橫凡之者皆退避三舍無敢與談梁遂益無忌憚該管地方張吉升因梁攪擾地面深恐滋成巨端赴該管汛官報明立將梁抓獲送交縣案矣

拒捕傷主 ○南皮縣董家庄畢魁龍者農家也於前月夜間忽來暴客二人越墻入院畢□驚覺由窗隙窺見僅有二賊意欲出喊詐該賊已毀門入室搜尋衣服等物畢稍若迴護即被拒傷旋至院中將小驢一頭一併刦去開啓大門携贓而逸畢已開單報案未知能緝獲否也

電音彙譯 ○香港十七日來電云英國已派兵船三艘赴往福州地方查辦閩教案件大約禮拜四即本月十八日可以抵埠○又北京電音云駐京法欽差特派天主教教師前往四川會議鬧教賠欵之事○又云古田鬧教之事較之四川教案尤為重大現在英欽差日與總理衙門往返譯商究竟如何定議則尚未得其詳也 錄新聞報

日事雜誌 ○日本西報云日前有一輪船名扒寗吞者由打狗裝載糖斤而至橫濱海關向收進口稅糖商不肯付給意謂台地既為日屬即不應視如他國之貨物也○日本恒順地方前有大風其時撞傷一輪船名米西馬麥魯水手之因而致死者十人搭客死者十八人此船向在長崎及鹿兒島二處往來已有數次

查獲兵船 ○東洋報載近日日軍在營口相近之某港內查獲中國兵船二艘魚雷船一艘船中臥有死屍四十餘具按此三船不知何自而來惟循照公例中日現既言歸於好約當送令回華也

[illegible]時疫[illegible]序時疫[illegible]春令人寒心茲[illegible]友人處得一驗方靈效無比用特[illegible]一紙[illegible]
闡照製以行勢[illegible]做處[illegible]得[illegible]紙[illegible]所[illegible]諸報以廣衆目既可知法製備[illegible]至做[illegible]取用[illegible]與[illegible]
法製備究[illegible]凡染是症者其速非常幾有針不容及之勢急取是藥服之可鬆病勢以便延醫[illegible]治也附方列下　時疫驗方　真止大土
[illegible]廣木香[illegible]兩[illegible]檳榔四錢[illegible]大茴香五錢[illegible]用[illegible]好燒酒[illegible]將藥浸入兩日即可用每服[illegible]羹匙小兒減半

[illegible]日　朱鈍翁先生術擅岐黃名傳遐邇近治瘧螺痧急症河東小關陳鳳亭等多人均已立刻奏效
告白

[illegible]世危言[illegible]香山[illegible]所著也觀察負經世之才庚申之變目擊時艱遂棄舉業日與西人游足跡半天下
究各國政治得失[illegible]今時[illegible]日逼[illegible]成敵國之局凡有關[illegible]中外情勢[illegible]權利[illegible]窮搜遠紹無遺[illegible]手筆[illegible]積年累月共成五十篇凡
用鎗礮設電綫建鐵路[illegible]礦織布商務農工治河防海防邊練兵[illegible]事[illegible]如[illegible]時務切要之言凡
人[illegible]達外情事事講求利病[illegible]天下除弊[illegible]不誠有[illegible]於大局[illegible]五本存[illegible]無多急來購取可也　士大夫留心經濟者[illegible]編[illegible]
文美齋[illegible]啓

來[illegible]洋貨號

一開設天津紫竹林大街自運
一各國鐘表洋貨新到西洋細
磁[illegible]瓏[illegible]盤玩物藍[illegible]
水仙花盆白[illegible]大菓品杯五
[illegible]色大小高[illegible]供碗盤碟[illegible]衣
[illegible]通[illegible]花[illegible]紗[illegible]罩飯罩
[illegible]荷包靴[illegible]背[illegible]絨珍寶袋盒
[illegible]首飾洋火盒茶盤子[illegible]
[illegible]璃[illegible]磨花[illegible]三連茶杌[illegible]
[illegible]鏡[illegible]　○[illegible]
格外減價消售發客

[illegible]者本堂新刻[illegible]孟[illegible]孝[illegible]平[illegible]紫[illegible]選被[illegible]名士合刻賦[illegible]
[illegible]爲後學之[illegible]也更有[illegible]堂[illegible]七[illegible]詩[illegible]帖[illegible]二[illegible]大爲士林推重[illegible]古學金針
又[illegible]州[illegible]河帥[illegible]文安[illegible]士合[illegible]水利叢書實爲[illegible]急務近日津沽周衣亭太史孟子讀法講
[illegible]義精[illegible]不[illegible]經生[illegible]討論[illegible]宗題尤[illegible]見地公諱人[illegible]著作甚富茲姑印其一以供[illegible]
計[illegible]除本堂[illegible]外[illegible]文美[illegible]書[illegible]寄售至於各種[illegible]籍筆墨無不揀選精良[illegible]
[illegible]近悅遠來凡刻詩賦[illegible]書[illegible]刷[illegible]訂書籍自[illegible]精益求精[illegible]工價[illegible]不敢[illegible]
混有負[illegible]　寓河北[illegible]上[illegible]室義合主人[illegible]啓
[illegible]本行[illegible]由外國運到新式[illegible]水龍其法將水龍放在井內抽水頗爲靈便官商住家花
園均可合用價亦相宜倘蒙[illegible]顧請至本行看樣定價可也此佈　信遠洋行告白

浙杭元吉永號

本莊自置[illegible]紗[illegible]綢緞新樣
○洋[illegible]花素洋布川廣夏貨
[illegible]摺雅扇南貨頭油俱全
[illegible]爲近時[illegible]市[illegible]不同
故而各貨減價開設估衣
街中間路北凡[illegible]仕商賜
顧者無悞特此佈達

德陞齋靴鞋鋪

本齋專做滿漢朝靴
新樣京式名鞋及鑲
[illegible]乾坤鞋十樣俱全價
[illegible]賜顧[illegible]請
認明本店招牌庶不
致悞本[illegible]設在天
津府北門外估衣街
集義棧對過便是

六月[illegible]十九日[illegible]輪船由上海[illegible]
[illegible]海晏[illegible]輪船由上海[illegible]
[illegible]飛鯨[illegible]
七月初一日[illegible]口
[illegible]怡生[illegible]輪船往上海
六月二十九日[illegible]行情
天津九七太[illegible]
[illegible]二千七百四十三文
洋[illegible]九百八[illegible]五[illegible]
紫竹林九六太[illegible]
[illegible]一千七百八十三[illegible]
[illegible]元二[illegible]一十五[illegible]

光緒二十一年七月

直報

光緒二十一年七月初一日　第一百七十七號
西歷一千八百九十五年八月二十日　禮拜二

上諭恭錄

上諭麟書着授爲文淵閣大學士欽此　上諭奎俊奏特參疏防連刦之知縣營汛請交部議處一摺本年四月初三日震澤縣照家圩地方連出刦案經該撫勒限嚴緝限滿贓盜仍未破獲捕務實屬廢弛震澤縣知縣費鴻年震澤汛把總江擇卿均着先行交部議處以示懲儆餘着照所議辦理該部知道欽此

保甲弭盜辨

或以天津華洋交涉水陸通衢地廣人稠客居更夥政事殷繁地方官鞭長莫及爰設守望局猶恐一局不能兼顧復由總局分照地方之十八堡設立十八局編查保甲查拿奸宄巡緝盜賊代爲分憂以期清靖匪類保護閭閻立法誠盡美盡善惟具中尚不能無憾者以編查保甲一節僅於秋末冬初飭令書吏局勇協同地方沿門查寫某姓某名現執某業男女若干口於十家中派一甲長嚴查九家有無窩奸藏匪倘若匿不舉報與犯同科罪無赦然自創設保甲以來迄今多年從未聞某處有舉報窩奸藏匪之事毋亦法未盡善乎現當邊防撤兵勇之際異邦之流落於此者良莠不齊繁雜難辨加以附近各屬屢遭大祲民無藏蓋保無有廉恥喪於饑寒混迹其間轉瞬又屆寒冬恐無依之民偕匪徒滋生他故搶刼偷竊更覺無計可弭若僅按保甲舊例一歲編查一次假手於書辦局勇其所派之甲長是否賢愚均無由辨甚有局勇地方與不識甲長之面局員更無從識認所編保甲之冊無非紙上空文虛應故事且爲甲長者只云有罰未嘗有賞人情好貪而惡罪無功可貪誰甘罹罪非稍易章程重賞甲長雖局員備極勤勞萬難週密擬於十家內擇公正練達者派以爲長傳至局中由局員面諭務令隨時認眞稽查果能舉報窩實拿獲訊明該奸匪所犯輕重酌核其功詳請上憲給予外獎頂戴以示鼓勵倘或挾嫌誤攀妄拿不實亦卽從重分別罰懲庶賞罰分明自必勇於任事云云夫賞罰者爲政之實不可偏廢有賞必須有罰有罰必須有賞以旌其功誅其罪此政之大權所以能奔走天下也第士農工賈之務正業而安分者多畏事無論巨細但無干己卽與匪鄰居習知情狀義憤難平回思一經報官必致株連遷延歲月曠誤職事官雖清廉而書役勇丁無不魚肉良民護庇匪類以匪類之必善奔競取不義之財爲揮霍之舉東手入西手去所謂匪類非其朋友即其私人縱彼此素無知交一入是途便成黨與而爲良民者艱難辛苦僅足饔飧自奉且不敢豐何能浪擲錢財顧一家仰事俯畜之資以爲公門供獻書役勇丁既素與匪徒交涉迭受饋遺原爲遇事照拂起見又焉肯舍素昔相好之人以轉爲不相知之愚氓耶以故良民安分之子望公門則避之不遑而公門執役之人遇良民則誅求無厭況津地多異地就食之人以身爲業無論遇事必須耗財卽曠去數工便誤却一家日月蹴屋而居此處不善則去而之他耳避罪不暇何暇貪功其貪功者或仍係匪徒之挾嫌否亦妄人而已奚足以與保甲事以保甲而弭盜其法始自周官歷代相沿宋熙豐閒保甲之法始以捕盜繼以習武又繼以

督權科民不勝優此王安石祖周官而誤者也勝國但以督辦眞賦均輸徭役至賤也至王陽明撫贛南時乃令居城郭者十家爲甲在鄉居者村自爲保立十家牌使每甲自糾甲內之人不得容留賊匪平日講信修睦寇至務相救援奸細無田藏自盜賊無由起漢唐時待保甲之人或榮以官或崇以禮視勝國爲更優勝國視漢唐爲稍薄其得力於保甲者皆有成效可倣也夫法無不善惟視其待法者何如耳爲政之道欲求便於民先求便於官官便則所爲之政必精否則迫以上意雖不得不行其便於民也已稀矣　此稿未完

光緒二十一年六月分選單　〇郎中刑部福建司彭見紳湖南監　博士國子監石耀宗直隸舉　知州雲南陸涼李恩官安徽蔭　知縣江西宜黃鄭世璜浙江舉　山西寧武鄉玉昆河南監　貴州安平鄒毅洪雲南　甘肅靖遠儲英翰江西　福建平和范溶四川　江西廣豐黃秉湘四川　雩都尹春元山西　廣東惠來池伯煒福建　順天文安張琨雲南　四川儀隴臭樹立浙江　福建甌寧陸士奎江蘇俱甲　布經江西陳思忠順天監　州同甘肅靈州周啓樾四川監　府經湖北黃州夏克李河南監　縣丞河南閿鄉羅壽田山西監　浙江樂清王汝藩江西監　巡檢廣東臨高汪艮仕湖南　吉林雙城陸費炇浙江俱監　典史四川蒲江梁清藻甘肅監　甘肅海城程尚謙山東供事

光緒二十一年六月分教職單　教授吉林吉林喬國楨冀州甲　直隸宣化董希孟順天拔　甘肅甘州胡少蘭寧夏　湖北宜昌張兆基漢陽　廣西太平謝以倫桂林　四川順慶陳耀先成都　貴州興義白子劍貴陽　鎭遠萬定禮貴陽俱舉　正學安徽亳州石巍然鳳陽　山西沁州侯賓光平定　河南息縣陶瑞徵開封　甘肅鎭番謝庭芝蘭州　浙江臨海韓壽祺紹興　福建惠安吳榮庚福州　四川合州范運鴻叙州　雲南路南郭寶生　雲南宜良王相東川　貴州開泰李登洲遵義俱舉　訓導直隸望都程汝楫天津　安徽英山吳瑞圖廬州　山東東阿安簪蓉東昌　山西潞城白聯捷太原　沁源張槐齡汾州　陝西石泉馬晉規同州　甘肅禮縣李甲第慶陽　浙江遂昌淩鴻湖州　江西興安劉四鳳吉安　廣西藤縣劉朝翰潯州　武宣朱緑藻柳州　武緣羅繼坤桂林俱歲　直隸完縣范履謙河間　河南宜陽張家鏞汝寧　廣西修仁黎紹簪桂林　四川雲陽劉澤溥成都俱舉　雲南祿豐朱廷琨普洱優　復設山東福山周如蓮濟南　霑化劉玉璠濟南　山西孝義曹和壎霍州　靈石馬邦俊解州俱副　山東范縣趙維澧青州　河南通許朱學軾彰德　孟縣李琨曜河南　湖南通道楊焯衡州　黔陽寧會澤長沙鄉四川東　曾懿畬資州　華陽羅彤潼川俱廩　甘肅華亭蒙須熙秦州　湖南永明廖如遂桂陽　廣西懷遠梁之榕梧州俱拔　浙江常山馮紹勳寧波舉　江西上猶曹鳳翔贛州歲　湖北松滋陳淑祥黃州舉　復訓順天固安李清彥河間　增文安趙濬德趙州　山東掖縣高鍾璐濟南　浙江秀水童如淮杭州俱廩　浙江海寧張瑞清寧波舉　順天磁州于得春順天舉　福建漳州蘇廷明臺灣拔　湖北武昌羅湘安陸歲　廣西橫州呂睦堃鬱林附　四川簡州汪銘嘉定廩

神所憑依　〇六月二十四日爲　關聖帝君聖誕之期前門甕城內　關帝廟經羽士延請黃冠道人十三衆誦經護國保境平安門首笙管笛簫音樂齊奏於四點鐘時道人手敲法器身披五色繡花綵衣口誦經咒由東甕城出走東月墻至正陽橋前焚化神樓寶庫錢糧畢由西月墻進西甕城返回　關帝廟功德圓滿是日官商赴廟焚香叩拜者不絕於途都中居人亦莫不虔誠祭祀云

天胡不弔　〇京師節逾立秋天氣甚涼乃伏中並未炎熱寒暑不時疫症傳染多不容治近有山西陳司馬以入覲赴都在前門外西河沿福來店內暫寓忽於六月二十三日黃昏時染患霍亂吐瀉赶即延醫診視不及竟於是夜三更病歿旅邸幸有司馬之親戚亦在都同寓得以料理一切現在靈柩暫停三聖菴廟內擇日伴送回籍安葬噫千里馳驅一官落拓天胡不弔竟使壯志未伸遽傷殂逝耶且司馬上有老親中有孀妻下有孤兒他日靈輀抵籍想撫棺一慟必有不勝淒慘者〇又聞琉璃廠居住郝某所生之女盈盈十五正當嬌小之年丰姿嫻雅質性聰明郝愛如掌珠亦於二十三夜間同患霍亂醫治罔效數刻之間即爲無常挈去郝某痛哭失聲鄰居因此女賢淑亦無不同聲嘆息云〇又聞宣武門外米市胡同同德樓茶社內一人年約而立正在吃茶之際忽患痧氣不省人事卽魂赴幽冥矣〇又聞前門外西月墻一帶行人患痧疾作僕路客者不計其數並聞阜成門西便門兩處每日抬出靈柩四十餘具之多聞者莫不驚愕

芙蓉遺恨 ○嗚雉呼盧偏多豪興與離鸞別鵠轉若恒情 天下之忍心人莫此爲甚矧以之釀成人命乎京師西安門外太僕寺街其甲素性嗜賭無分晝夜惟視樗蒲爲樂事所有祖遺家業已一併花費罄盡昨聞六月二十三日又在劈柴胡同與某乙同賭竟以床頭人爲孤注商定如經賭輸即將妻作抵詎意事機不密爲伊妻預聞自怨遇人不淑即吞阿芙蓉膏投向閻羅王座下迨甲知覺後赶即延醫灌救業已不及吁賭之爲害如此人非劉盤龍轉世何必懸一擲百萬之豪哉

松樹何辜 ○六月二十二日夜間約交三鼓忽見黑雲濃合電影雷聲相繼驟至雖有微雨旋即透晴一時聞說彰儀門外二義菴旁松樹一株被雷轟擊一孔樹頂煙霧迷漫渾不能辨居其地者謂頃有一物首尾赤色離地數尺奔入廟內大殿後簷椽之上隱隱有聲而霹靂已至未識是何妖魔羅刼耶用特訪錄以符新聞體例

刀環可賦 ○現聞日本將管帶操江、船王丞戎永發及華兵三十餘名送還不日進口嗣聞高陞船主不知名姓暨華兵一千數百名亦即陸續送歸云

戕斧言旋 ○統領山東馬步五營王軍門昨由前敵來津馬隊兩營暫住西門外各客店已紀前報所有步隊三營暫住車站一帶日前調撥數十隻由老龍頭地方裝運各勇丁行李一切昨午吹號起行聞仍歸東省駐防云

公案翻新 ○僧尼雖係兩途而皈依則爲一致日日坐冷蒲團那管開花開落年年持空盂鉢莫問流水東西謬所謂南寺北寺無事有事前菴後菴事不相干者也不意津郡某廟住持男僧竟與某廟住持女僧訟於琴堂亦創聞也不知花縣賢宰官如何坐冷泉亭爲洗熱腸也

道山歸去 ○院署東淨業菴寄居道衲齊元成即俗稱赤脚道人者也原籍山左武定出家奉省小海山歸奉觀 生苦守清規終日靜坐寒暑不侵年八旬餘身極康健鶴髮童顏忽於六月初旬端坐不言不飲不食面色如故二十四日子時玉柱下垂氣息不聞嗑然羽化道衆男女俱來焚香頂禮二日間身猶活軟蠅蚋不侵或聞室有清香入殮與內議爲安葬矣

東流莫問 ○新浮橋下漂流仰面浮尸一具身穿藍布單褲一條襪子一隻頭有傷痕聞三岔河口工部閘救生會撈尸一具賞錢一吊澤及亡骨功德莫大矣

春色難關 ○譜裏文鴛田問自應種玉花前夢蝶月下亦許牽絲離合修短之中似亦有莫爲莫致者否則強以合之必歧出意外蓋小星江氾之義亦必宜室宜家始可乃寢乃夢耳本埠侯家後某妓與某富室子有露水緣妓己甘作商人婦商不惜千金買花入室詎嫡氏妬甚凌虐不堪昨竟出門逃逸富室四外偵騎尚無蹤影不知過墻春色能再入園關鎖否耶

日本時症 ○上月二十一日神戶西信言今歲日本自有霍亂時症以來計各處染此症報官者共有五千三百十八人中有二千八百九十一人已因症殞命矣

廈門雁帛 ○昨接廈門某事人來書云近日廈門天氣炎熱居民感受暑氣均染霍亂痧症上吐下瀉手足如冰若解救稍緩即命歸泉壤大街小巷時聞哭泣之聲行道者亦爲之慘然○又云臺南地方經劉大將軍鎮守其間所有通商往來生意居民安靜如常臺北軍情因刻下天氣炎熱異常日人感受暑邪患病甚衆鎗砲之聲久矣無聞即台民亦不進攻臺北惟於新竹苗栗一帶駐札以資扼守○又云日人新添兵艦數只滿載日兵赴基滬淡水等處約萬餘衆附帶軍火粮米馬料亦頗不少運至台北城中堆積擬俟秋凉大戰但日下該處日兵死亡相繼朝不保暮新來之兵安知不又受疫癘枉送性命於異鄉也○近有潰勇數十名由澎湖來廈稟懇地方官資遣回籍者述及澎湖地方荒野之極居民逃避十室九空僅剩漁人等寥寥數輩日人亦爲數無多先將該兵等押令做工現已工竣逐回內地幸得生還昨蒙道憲允准委員點名附招商局船裝赴申江

照錄照會 ○朝鮮外部大臣金允植於閏五月十一日照會美公使施崇照本國與各國所立條約第四款載朝鮮之濟物浦元山釜山各口并漢陽京城楊花津皆作爲通商之處任聽來往貿易商民前往以上指定處所或欲永租地段或欲賃購房屋起蓋房室設

立棧房作房等工亦聽其便暨在朝鮮通商處所揀擇地畝立定界限經營基址作爲洋人居住之處應由朝鮮官員會同各國所派官員妥行商辦各等語查自各國訂立條約通商以來漢陽京城至今尚未劃定租界雖曰各國商民多居於貞洞左右與南門大街水標橋等處及泥峴一帶地方而實則散居城廂內外者尤庶且繁未得彙聚一方致多不便宜處茲擬會同各國總領事公使領事公同議定區畫地段誌明界址作爲各國租界以便與各國人租地建屋設棧置廛得有相鄰相近諸臻裨益之利以免鄰毫索處不便之端相應備文照會貴公使請煩查照轉與各國總領事公使領事同相商議如何辦理卽行照覆以便訂期會議是禱須至照會者

等

治癘螺痧方　○現在癘螺痧盛行醫不得法立時殞命實爲惋惜蓋此症從濕氣閉血不行五臟不和六腑不通而發友人傳有丹方歷試歷驗用乞登報以救世人方用葱連根搗爛滴汁臍眼滿上加生薑一片將臍眼蓋好又用大艾九三枚放在薑上燒灸卽愈若重者再用老葱連根生薑菜油食鹽共大艾搗爛放在薑內炒熱用布包好如拳大在背上腔擦白數下卽愈忌食牛肉鷄肉及鮮味

時疫良方　○茲於者當此新秋入序時疫流行蒼生朝不保暮令人寒心茲在友人處得一驗方靈效無比用特寫奉一紙祈登閱照製以行方便敝處已製得四瓶敬祈登諸報端以廣衆目既可如法製備并可至敝處取用昨與名醫孫君蕙蓀試過極稱聖劑亦如法製備矣蓋凡染是症者其速非常幾有針不容及之勢急取是藥服之可鬆病勢以便延醫治也附方列下　時疫驗方　眞大土膏二錢　廣木香一兩　樟腦四錢　大茴香五錢　用頂好燒酒一觔將藥浸入兩日卽可用每服羹匙小兒減半　秦來洋行王昭槐具

拍賣告白

啓者准於本月初三日禮拜四日早十點鐘在紫竹林中街飛龍傍勞公館內拍賣外國傢俱等件如有欲買者請早來面拍可也特此佈聞　集盛洋行謹

告白　盛世危言一書香山鄭陶齋觀察所著也觀察負經世之才庚申之變目擊時艱遂棄舉業日與西人遊足跡半天下故究各國政治得失當今時勢強弱日逼儼成戰國之局凡有關與中外情勢商權利弊旁搜遠紹無遺隨手筆錄積年累月共成五十篇凡用館礦設電綫建鐵路開礦織布商務農工治河防海防邊練兵等事瞭如指掌皆時務切要之旨凡士大夫留心經濟者家置一編俾人人洞達外情事事講求利病使天下除厥弊端不誠有裨於大局哉每部五本存售無多急來購取可也　文美齋謹啓

本行茲由外國運到新式玲巧水龍其法將水龍放在井內抽水頗爲靈便官商住家花園均可合用價亦相宜倘蒙賜顧請至本行看樣定價可也此佈　信遠洋行告白

浙杭元吉永號

本莊自置紗羅綢緞新樣洋縐花素洋布川廣夏貨團摺雅扇南貨頭油俱全祇爲近時錢市漲落不同故而各貨減價開設估衣街中間路北　凡仕商賜顧者無悞　特此佈達

德陞齋靴鞋鋪

本齋專做滿漢朝靴新樣京式名鞋及鑲花坤鞋一應俱全　價廉物美　賜顧者請認明本店招牌　庶不致悞　本鋪開設在天津府北門外估衣街集義棧對過便是

七月初一日輪船進口

海晏　輪船由上海　招商局

桂陽　輪船由上海　太古行

七月初　日輪船出口

飛鯨　輪船往上海　招商局

七月初一日銀錢行市

天津九七六錢

銀盤二千七百四十八文

洋元一千九百九十文

紫竹林九六錢

銀盤二千七百八十八文

洋元二千零二十一

直報

光緒二十一年七月初二日 第一百七十八號
西歷一千八百九十五年八月二十一日 禮拜三

上諭恭錄

上諭陳金鰲着調補貴州威寧鎮總兵四川松潘鎮總兵員缺着夏毓秀補授欽此

保甲弭盜辨 續前稿

總天下之總總林林而統於一人以為天子天下一家中國一人耳自一人而視天下則官吾官也民吾民也以吾之官治吾之民譬之一身君為心官為股肱民為白體以股肱而衞白體惟便是視原不待教而從安所不便官居一人之下萬人之上乘天子之令藉大吏之權雖在一命微員亦莫不威福惟我遣一役一差一里胥下都鄙入鄉曲叫囂東西墮突南北所至之處雞犬譁然稍不遂其貪詐之心朝噬官而暮譏遞一入公門未敢扑而骨髓已寒稍遷延而資產為破堂上有法堂下有刑一鞠不從轉詳大憲譏遞者毫毛盡矣官則依然衣輕策肥都耀而誇赫也奚為不便嗚呼此正官不便之由來也何也彼之所施於民即上之所施於彼者也不見夫末世求仕之苦乎千里迢遙一身落拓裘敝金盡季子無顏自昔已然至以未秩不入流品蘇子所謂國家既擯於廉恥之外者固無足論州縣一途古所謂司民之牧者而生於極南者必使之仕於極北生於極東者必使之仕於極西以中土幅幀之廣東西南北寒燠燥濕迥懸水土不服風俗不通人情不洽宦不喜其民民不喜其官迫於例制不得不爾迨居其地漸習其事粗悉大致近則一二年遠則三五年又將別調一缺雖有經濟展布未能既不宜其地又不久於官舉視官衙如傳舍安問乎民之便不便盜之弭不弭且其職政事之繁既兼兵農又兼禮樂皆其人生平所未習未聞者徇循名以濫冒其人舉不能為舉不能為遂相率而不為而上之責備亟嚴處分亟重動輒挂例部吏即挾以短長需索使費限以不能為之實迫以不得不為之勢重以短長需索之苦則相率趨避而苟免此皆前代相沿不便於官之舊弊也又有甚者仕途雜進冗擠非常名為一官或終身不獲攝篆勢不得不妄生事故冀求一差以謀資斧此猶冀其便民乎弭盜乎吾知其必不能也且夫便民弭盜之端理宜求之親民州縣而州縣為政之道不外於勤書曰六府三事維勤抑知州縣之官有欲勤不得者乎屬吏之於上憲也不患其不從特患其從之太過上憲縱極清正嚴明不須驛員供應而卑卑一職怵以上憲之威及隨眷幕友家人之恐嚇若行轅若水驛若廚傳若闤鑽瑣屑繁重其能得上憲者稱賢不能得上憲者稱不賢其能得與不能得者初非以上下之情相通也為上憲者盱衡厲色矜矜自得餽餉米不受餽牲牢不受而不受之費往往或更甚於受者何哉在上憲以為吾既不飲若 杯水矣其所應備之館舍馬夫宮無誤矣而不知扈從之人所需不遂則毀精舍而汚之鞭人夫而逸之詭程途而誤之入山縣則索魚入水縣則索雉經行所具供應之屋幕床几陳設及銀杯象箸而滿載之訴之長官而聽未敢必也訴而不聽徒拂上憲之意結怨宵小雖忠直之士亦惡隱忍而不與較而為政之精神已銷磨於無益之地矣斯時州縣之心中何有民何有盜

此稿未完

禮重孟秋　○七月初一日孟秋　皇上親詣致祭　太廟　社稷壇所有在京各衙門應行陪祀官員俱令先期開送齋戒職名毋得托故不到以昭愼重

生如朝露　○邇來時症雖見受其患者朝不保夕六月二十八日崇文門外四塊玉地方有不識姓名之某甲衣履新鮮身體魁偉竟因感受急痧突然倒地瞬息斃命語云人生如朝露又曰身世寄蜉蝣信然信然

破啼爲笑　○京西海甸扇子河內撈有女屍一具一時觀者如堵忽一老人失聲言曰此吾女也必爲其翁姑所逼急覓媒人家述知其事復赴北城外坊控告該媒人聞知亦即馳赴男家而婿家關門閉戶皆如黃鶴之舉媒人遽信爲實亦赴坊內具控正喧鬧間老人之婿與女欣然而至蓋婿家一門俱向親戚家作賀及聞此事故夫婦偕來也老人與媒乃知前此誤認坊內觀者一時傳爲笑柄云

前倨後恭　○俗謂庸醫殺人不用刀斯言也固爲若輩痛下針砭者也然庸醫猶得稍識之無其初志未必遽視性命如草芥至兼有無知婦女就此時疫流行擅動針灸其操術旣鄙其殺人尤多無怪人皆欲百端以窘辱之矣刻據宣武門外下斜街有陶某者於六月二十五日以七歲子偶患微疾延請葛某診視葛一見即稱霍亂病重非以針刺難保無虞即向該童手腕脚腕頂心等處連刺數十針針未啓出子已奄奄魂赴泉臺陶某以年近五旬誠不免喪明抱慟立欲投赴琴堂呈報幸經和事老出爲解釋令葛齊衰成服在其子棺前稽顙行孝禮並令返賫于二十七日清晨代爲發喪始寢其事當時觀者人多如鯽見葛蘇衣草履涕泣靈前皆笑不可仰云

闃其無人　○前門外三里河廣仁堂練勇局專爲輪流值夜公所經巡視南城察院楊侍御明查暗訪於六月二十五日夜間三鼓後獨自行走往南城所屬各地面嚴密稽查至廣仁堂值夜公所見門虛掩侍御入內少坐該公所內竟無值夜坊官輪流住宿而值日夫役不識張侍御係何人當經侍御留下名柬迨至次晨值夜方某見此名柬已知曠職之咎倉皇失措旋經張侍御嚴諭將曠悞值班之官弁均行裁撤另行更換以示薄懲

確乎有理　○近因節逾立秋每日卓午之時赤傘高張炎威特甚居人幾有揮汗如雨之勢而早晚則薄寒透肌無異深秋都人即身著夾衣猶覺寒凉以故調攝稍疏即患轉筋霍亂吐瀉等症城內各處染患時疫者比戶皆是雖有名醫妙藥不容醫治日前已將可畏情形疊登前報茲聞彰儀門內南馬道宋某灰行經紀年近花甲於六月二十三日因患霍亂數刻即作長眠客次日其家子女等五口同患斯疾亦數刻皆魂歸城府現在長安居人病縱稍輕亦皆臥床不起竊想避瘟之法不外節飮食愼私慾行方便存好心疫癘之氣或不相染否則縱有仙丹聖水恐亦無濟耳

感恩無旣　○現今和議已成榆關內外各營防勇陸續裁撤已紀前報茲聞貴州古州鎭臺丁軍門所部馬步等隊十餘營擬裁撤步隊五營經兩江督憲劉峴帥定裁撤章程各勇丁省分近者加恩餉一月省分遠者加恩餉兩月以資體邮昨軍門在梁王莊地方裁撤五營每勇加恩餉三月軍門平素慈愛勇丁于此可見

防患未萌　○關外撤防營勇現由火車來津者多就近暫住車站地方以爲方便日前河北窰窪練軍營何統領飭勇丁等出溜米廠馬家口上下一帶站段以防不測各勇丁等晝夜巡查不辭勞瘁附近貧民何幸如之

市價宜平　○自上年軍興各省糧米或因籌餉禁止出境或該省已有强敵或以海面不靖不敢販運惟山東河南源源而來本郡各糧店無不堆積如山藉詞本邑荒歉竟行居奇勒買造次價値增長迨今春糧價昂貴雖百歲之人從未經過各糧行獲利已鉅詎以各省弛禁紛紛請票販運以及鄰省源源而來經各憲一再出示禁止高抬價値各糧店乃恐法不寬貸無可藉詞只得平減然較之往年此時仍屬昂貴即如玉面每斤終以津錢六十文論此時二麥收倉秋禾漸已登場正是糧價減價之時忽於昨日玉面每斤又長四文誠所不解按本邑窮民均以粗糧度日而該糧行安心肥己不將貧民勒死耶不然何以正在收糧之際反又增價豈藐視官府不能隨時稽查耶現在民困未蘇又値遭[illegible]之際以該糧行一己之私倘若激而生變咎將誰歸想撫茲土者保民爲懷必有一番禁止矣

提命當禁　○凡户部銀兩例應十足成色是以收納課帑賦稅衙門均設爐房將所收銀兩鎔化提淨鉛銅乃爲十足成色至民

囘所設傾銷之舖係於十足銀內攙和銅鉛獲利極厚然至呈交官庫多經驗出即九九二色尚屬不足該傾銷舖容心貪利已可概見屢經官憲出示嚴禁即以九九二爲準倘不足色即罰令補足嗣後以何號傾出之銀務將字號及製造年月於寶面鑿明不准含糊而該舖以官法甚嚴遂乃另生奇謀以元寶之內自有眞金用外國所造鎔鑠水鎔化卽可將金提出於是各舖多有效尤惟銷鑠水氣味極臭附近居民實受其害後經人禀明大憲出示禁止請元寶本廼國寶其原有眞金卽係寶之精華擅毁國寶提出精華實屬膽大妄爲有違例禁飭令凡有提金爐之傾銷舖一律封爐如有不遵卽行按律懲辦憲示煌煌自應永遠遵照茲聞近來傾銷舖仍以貪利心熾陽奉陰違擇避靜之區徹夜開爐傾銷提金並有奸商鎔化之寶且不足九九二色私造曩日開歇之爐所字號及年月鑿記於寶面以致無從稽考總之百計叢生藐法貪利究其所以委因倚恃東家官勢不但該管地方不敢舉報卽在上應管者亦不肯遽然查禁以致相率效尤依然禁所未禁似此違例擅行妄爲殊屬目無法紀若不嚴行查禁將恐市面貽害不淺矣

蜚蝗成蝻　○飛蝗一物旱則爲蝗潦則爲魚前報已詳今春飛蝗蠢動爲時未久禾稼未致大傷由南而北蝗飛殆盡茲聞衛南窪一帶遍野復出新蝗當此五穀結實之時倘不設法捕捉秋收幾有名無實况村民屢被水灾元氣未復有地方之責者亟宜速設良策也

萑苻待禽　○山東樂安縣馬正元同夥張書潤化豐以賣草帽爲生於春間用小車運儎赴采育營一帶售賣完竣往通州買得現銀七十餘兩並遇同鄉魏書年販賣馬皮得價銀六十餘兩在采育與其夥伴用小車三輛裝載行李一同回家本月初旬行至信安縣馬家堡遇賊多人各持洋槍器械傷馬姓數處將馬魏之銀概行搶去馬急將同夥張劉兩人安頓於勝芳鎮馬魏二人折回赴縣報案請經文武勘驗失事處所並無賊遺之物據供銀在鋪蓋之內勢必用刀劙而取亦無零繩破布及脚踏形跡該處正當秋禾遍野更無可查尋遂飭差赴通州詢及馬買銀之舖誠爲不虛但銀數不符總之雖無傷搶痕跡惟據報搶銀數贓已逾貫自應飭捕嚴緝此案恐台虛具茲據該縣友人來言亦不敢妄爲懸揣合亟登報以覘其後○直隸沿河州縣連年河流泛溢受灾甚重顆粒不收困苦至極且以去歲車既荒饑成匪類王慶坨牛角道大灘子一帶近日賊匪出沒無常爲行旅害聞該管武官曾派兵丁巡緝迨上月中旬大灘子有賊十數攔截行人詎料上月十九日兵丁數人往捕田高糧地內突出賊匪數十名各持洋槍器械以一半拒兵一半行刦客將該官兵困住用洋槍轟傷長槍扎傷並將該兵兩腿踹傷不能行走兵所執洋槍扎槍均行搶去該兵寡不敵衆有二名大受其創其分股賊匪將過路曹邦安等七八人之現錢共數十千及錢帖衣服等物全行搶去旋又至大灘子里許地名五頃五之處遇線河村民曹世俊偕同李翟二姓各帶現錢共十數千赴楊柳青鎮買貨不僅被該賊等將錢搶去抑且各被拒傷並將曹之同行戴守相用槍扎傷數處似此聚衆持械搶刦行人拒捕官兵藐法已極惟是大灘子相距文武官衙數十里該賊出沒無常若解往拿卽逃匿無踪否則出爲擾害伊于胡底若不設法嚴緝終恐釀成巨患守斯土保斯民者幸勿因循輕視也○又聞大城縣石溝村民某某二人在河上同行亦於日前遇賊施放洋鎗刦去紋銀六兩現錢兩吊包袱一個經二人跪求賊復賞還現錢二百文以作川資二人幸未被傷乃抱頭鼠竄言其處去得勝口不遠想左近定有巢穴不然何路案多出於河北耶

三韓近事　○自去冬朝鮮政府改定地方官制由漢城府尹衙門辦理茲因朴泳孝潛逃後所有改定各制均已停止府尹一官亦棄而不用仍置觀察使於前議會並兼辦漢城府尹事務○朝鮮兵丁衣服前以黑色改白今乃仍舊改用黑色朝令暮改政事紛更其國運可知矣

急救癟螺痧法　○近年來痧症之外更添有癟螺痧一症亦如瘟氣流行傳染遍鄉爲害甚速此症初起時微覺惡寒四肢發凉而吐瀉或咽喉微疼或不疼而腫脹或腹痛胸悶吐瀉一次後則十指頭螺紋肉癟凹此病極凶極險醫治不可躭延遇有病人扶靠坐直用老生姜四兩搗爛者四人用姜在病人兩手頭兩脚心處重擦並膀彎上腿灣上用力久擦冷至何處擦至何處宜擦至皮肉囘熱爲止

復急尋野莧菜根搗爛取汁用溫水冲服服後即吐無虞惟細看病人身上如有紅點用銀針挑破有紅筋亦挑去即可無虞○老生姜値鹹無幾城鄉各家均可備存如遇不及購買之家即可分與亦救人之陰功也因此症來勢急而險再候買姜不及救矣○又方凡在夏秋所得霍亂吐瀉等症只要四肢發凉腹內絞痛便是霍陰毒亂傷人頃刻醫藥均來不及即以辟瘟丹紫金錠兩方輕服一塊重服二塊救人最速○又方觀音救急丹此方常治男婦老幼急症並癟螺痧以及陰陽反錯寒熱交爭四時不正之氣鬱悶或痧猝然腸腹絞痛吐瀉交作或吐瀉不出急用陰陽水將此丹點大眼角並肚臍眼內并二鼻孔令其仰睡即可痛止病痊如遇極重之症可用二分放舌尖上陰陽湯送下此藥之功極大雖死至一時之久亦可回生效驗之至眞硃砂六兩原麝二錢五分雄精六兩明礬一兩上梅片　錢五分月石二兩蟾酥二錢牙硝四兩神金二百張右藥共研極細末牙硝後下磁瓶封好勿令洩氣

天津府正堂沈斷案如神查拿匪人滄州訟棍池參奄收禁發辦嚴禁賭博萬民感戴送萬民傘無數滄州正堂李三月初六日到任迄今數月之間辦盜賊二十餘案重責嚴辦化匪爲良道不拾遺夜不閉戶萬民感戴送萬民傘無數懇求　老中堂懇准常任　鹽山捕廳楊每日下夜嚴拿賊匪禁止賭博萬民感戴　青縣正堂王問案公正明順查拿賊匪萬民感戴

茲啓者本堂新刻律門孟筱帆孝學平康舒劉紫山選拔兩名士合刻賦鈔註釋詳明誠爲後學之津梁也更有齊照草堂重註七家詩並試帖舉隅二種大爲士林推重海園古學金針又覇州吳河帥有文安陳士合輯水利叢書實爲目前急務近印津沽周衣亭太史孟子讀法講義精詳不徒經生足資討論制藝宗匠尤壽見地公諱人麒著作甚富茲姑印其一以供膾炙合計五種除本堂發售外津郡文美齋書局一併寄售至於各種書籍筆墨無不揀選精良善本以期近悅遠來凡刻詩賦文集善書等板刷印裝訂書籍自當精益求精售工價廉萬不敢稍涉含混有負　賜顧

寓河北關上毘盧室義合主人謹啓

拍賣告白

啓者准於本月初三日禮拜四日早十點鐘在紫竹林中街飛龍傍勞公館內拍賣外國傢俱等件如有欲買者請早來面拍可也特此佈　聞

集盛洋行謹啓

浙紹朱鈍翁先生醫脉深奧屢治重症俱奏奇效而於婦幼兩科尤有妙術

本行茲由外國運到新式玲巧水龍其法將水龍放在井內抽水頗爲靈便官商住家花園均可合用價亦相宜倘蒙　賜顧請至本行看樣定價可也此佈

信遠洋行告白

浙杭元吉永號

本莊自置紗羅綢緞新樣洋縐花素洋布川廣夏貨團摺雅扇南貨頭油俱全祇爲近時錢市漲落不同故而各貨減價開設估衣街中間路北凡仕商賜顧者無悞特此佈達

德陞齋靴鞋鋪

本齋專做滿漢朝靴新樣京式名鞋及鑲花坤鞋一應俱全價廉物美　賜顧者請認明本店招牌庶不致悞本鋪開設在天津府北門外估衣街集義棧對過便是

七月初三日輪船進口

新裕　輪船由上海　招商局

桂陽　輪船由上海　太古行

七月初四日輪船出口

海晏　輪船往上海　招商局

七月初二日銀錢行情

天津九七[illegible]銀

銀盤二千七百五十文

洋元一千九百九十五文

紫竹林九六銀

銀盤二千七百九十文

洋元二千零二十八

直報

光緒二十一年七月初三日　第一百七十九號
西歷一千八百九十五年八月二十二日　禮拜四

保甲弭盜辨　再續前稿

其州縣之居首領者缺非郡城即爲省會其輿地更闊人民更雜政事更多而更未嘗一理政事也何也供役繁應酬夥各憲衙門不能皆奔走也實又不能不奔走每日誌鐘漏幾下即衣冠出署轎去如飛從人揮汗夾道急馳東西朔南無少停足最要者則院署首府自朝至於日中昃忍飢渴冒寒暑坐轅門聽鼓吹數間鐘鳴速投手版待命下令歸始敢回署歸途便取懷中記事珠屈指綸計某處有喜某處有壽某處爲權要某處爲欽憲某處當先某處當後某處當作如何酬對該之於本職本身之私計孰利孰否心憧憧神忙忙幾不識此身究處何地甫歸本衙其上申自理各件未遑一閱而某憲署之傳呼又至或云某堂廳瓦漏某射堂須[illegible]或云憲於某處晏客或云憲於某處行香再一往返更炮隆隆更鼓鼕鼕矣甫一飲啄又有某寅友某戚某紳衿必須面會非請託即求薦所囑之事順情者少拂意者多聊作應酬即當少息又廻憶今日某憲所論當如何辦明日當如何備一條一條數未及終黑甜已入如是縱其勇兼人其神過人尚能有餘間爲民設法籌農桑理訟獄緝盜賊乎其日中之坐憲署官廳會同僚雜坐戲笑欠申假寐候衆憲出院署排鴛班肅揖立之時正城鄉老幼毀肢折體待訴之時當奔轅門治供具之時正家人隸胥舞文匿案弄權行賄之時也朝廷莫尊於天子入朝有輪班值日之期有無事推班之日未聞有逐日請安終日候訓者而屬吏之候憲台無虛日或又終日不謀一面有何訓教不知此係關何政體遵何例文職分之卑一卑至此便乎不便官既不便豈能以不便之身而轉爲不關己之愚民求便乎至弭盜一節捕役是其專責六房書六班役即古庶民之在官者捕亦猶是古之在官者食下士之祿今無是也他書他役之財取之良民猶有間也捕役之財索之盜賊取其財而制其命人孰無良焉肯出此而憲署一行提比則來往有費經承有費捕方屈膝跪足供張之不暇何暇緝盜且以忠恕之道待捕勢有不能不取盜財者試就各州縣額設捕役之數與各州縣額設地丁項下坐支之欵數核之每州縣額設若干役應支工食額銀若干兩其多者每名無過二金其發自州縣也照例繳扣減平外每兩或折大錢一千或折京錢二千甚或八扣每兩僅得大錢數百京錢千餘文其中制府之鳴鉦者分焉揚旗者分焉巡道之擊柝與張繖者分焉名下之白役又分焉其足不足夫何待問及至詣府受遣踐更遞換莫不鮮衣肥體倜儻而前其遞解則莫不器械資糧犁然具備思其所以謀生所以應酬與其所以甘受敲扑之故不禁心寒髮指也況能養盜者必名捕也唯能養之斯能擒之其不能是者乞丐類耳不能養盜盜亦不屑供養之若此者何以自給則惟依公例有娼賭宰牛等禁藉此以取月例嚇飛錢混以度日或爲攬獄過訟及爲盜囮者間有之是彼藏身立命之所仍在朝廷禁令之中夫如是則禁何以禁令又何以令耶至舍是而專恃保甲意在務求便民也抑知其便民之中更有其大不便乎　此稿未完

日下常規　○京師前三門外各街巷舖戶修理拆改門面及居民添造房間均應先期具呈赴前門外三里河督理街道衙門呈

報聽候批准發給照書執照始能修蓋倘有修飾添蓋隱匿不報者經該衙門查出立即從嚴究辦律例綦嚴昨前門外北棒鎚營居民孫某家道殷富頗置房產前因自居房屋後院緯有餘地甚爲寬敞欲添造房屋三椽向街道舖戶黃某說明託其代爲呈報黃某意爲後院添蓋房間無關緊要不必呈報竟令其赶覓木廠雇匠鳩工興修築之登登聲聞於外經巡視街道察院鄭侍御訪明孫某添蓋房間隱匿不報情事派差將孫某傳案議罰白鏹二百兩以備修理街道吊路公項之資孫某自知罪無可逭情甘認罰始得息事用特錄報以爲小遷功令貪小失大者戒

風流薄債　○某乙者居京師前門外燕家胡同素常拐販人口曾由近畿各鄉騙來婦女加意梳攏粧扮艷麗遲之日久卽能改變顏色佐以脂粉便成絕代佳人而又約束其裙下雙鉤步步生蓮尤能於柳陌花叢別樹一幟引人入勝而遊客欲覓進身者率秘指引斷難入彀今春有某宦來京赴選藉牽線人作合與一婦締結不解現某宦選得地方將諏吉赴任而該婦於前夕送行談笑諧謔之餘仍效鴛鴦交頸詎知臨歸來寓卽某乙之謀士囑女勒索千金方能罷手否則同往寓裏去科姦宿民婦之罪某宦惜愛聲名不得已爲之設法周旋以了風流孽債某乙乃飽塡慾壑說者謂某宦自取之咎千金猶爲薄罰誠是然如某乙者誘良爲娼其罪尤在所不赦有地方之責者以爲何如

竟有花賊　○左右兩翼番役甚多比因閭閻不靖竊案重重遂分布兵丁四方蹤緝六月二十七日灰廠地方夜間捕獲女賊綦氏一口解案審究夫以閨中少婦竟擅妙手空空技奇矣卒爲該兵丁所獲是其緝捕勤能亦何可沒至該婦犯竊係何案件姑俟研鞫後再行訪錄

恨少生公　○京師宣武門外迤西居人某甲年二十餘齡娶妻某氏貌頗不惡然石人也一對小鴛鴦不得不作畫中供養爰倩冰人別爲撮合另娶某家女妻自思生成缺陷實命不猶不免新人笑舊人哭矣乃潛服紫霞膏毒發殞命妻父母聞訃前往署有怨言嗣經西城正指揮金君帶仵前來兩造皆請免驗金允之諭以稟詳城憲批准行文刑部存案備查

寅申功令　○在任候補道特授直隸天津府正堂沈　爲申明功令以肅考校事照得掄才鉅典攸關立品修身懍刑是重凡爾童生在場固應守法臨考尤須循規津郡七屬近在畿南帶海襟河人才稱盛茲本府開場考試合屬文武童生寓居郡城文者固宜溫習詩文武者亦應演習弓馬共思奮勉勿涉荒嬉如有結伴閒遊或酗酒滋鬧或聚賭宿娼旣自暴棄卽干法紀除密訪查拏外合行出示曉諭嚴禁爲此示仰闔屬應考文武童生知悉爾等務各自愛敦品立行力圖上進至送考人等更當安分守法毋蹈愆尤各宜凜遵毋違特示

甲乙詩文　○七月初二日問津三取兩書院爲運憲季都轉按試之期謹將生童文詩題目列左　生題　廣土衆民君子欲之所樂不存焉　童題　廣土衆民君子欲之　詩題　賦得殘星數點雁橫塞得橫字　生五言八韻童五言六韻　三取題目　生題　中天下而立定四海之民君子樂之所性不存焉　童題　中天下而立定四海之民君子樂之　詩題生童一樣　賦得長笛一聲人倚樓得聲字生五言八韻童五言六韻

示獎問津　○欽命二品銜新授福建按察使長蘆鹽都轉鹽運使司鹽運使隨帶加六級紀錄十四次季　爲榜示事照得本司考取問津書院五月十六日齋課今將閱過生童試卷擬第名次並獎賞銀兩數目開列於後須至榜者　計開　內課生廿名　王德純　李鴻池　于長藻　曹春泰　陳振藻　魏　震　郭進修　李仕林　劉金瀛　高世瀛　劉葆善　胡家祺　趙慶頤　鄭炳勳　孫洪儀　王春第　李金藻　王春瀛　陳澤寰　梅士俊　第一名獎銀一兩五錢加獎二兩　二名三名各獎銀一兩加獎一兩五錢　四名五名各獎銀一兩加獎一兩　六名至十名各獎銀八錢加獎八錢　十一名至二十名各獎銀六錢加獎四錢　每名各膏火銀八錢　外課生二十名　孫履晉　李春第　曹白珍　何銀齡　陳秉鑑　陳霨修　朱士珍　蔡　彬　喬瑞平　張式湘　呂寶善　耿壽曾　辛元式　樊蔭慈　魏熙錫　李智榮　傅夢元　張　珣　魏金題　馬夢吉　第一名至十名各獎銀四錢餘無獎每

名名膏火銀六錢　附課生六十三名　何錫珍等　每名各膏火銀六錢　內課童十五名　趙玉琳　陳振藻　周桂芬　丁名珍　黃濤　賀萬年　邱鍾瀶　許朝棟　李延耀　章銘勳　穆祥和　張汝驥　陳延昌　魏雲湘　杜金銘　一名獎銀八錢加獎一兩　二名三名各獎銀六錢加獎六錢　四名五名各獎銀六錢加獎四錢　六名至十名各獎銀四錢加獎四錢　十一名至十五名各獎銀三錢加獎二錢　每名各膏火銀六錢　外課童十五名　辛錫培等　一名至五名各獎銀二錢餘無獎　每名各膏火銀四錢　附課童四十三名　馮文翰等　每名各膏火銀三錢

按名保派　○本埠縣府兩試文童其數之多約及九百人文蔚起可賀也自縣試各童取認保後至府試兩學復挨次派保日前府縣兩學按縣試名次擬派保廪生王奉璋等共五十名每廪生名下各派保文童十七八名昨日已在縣學明倫堂內列示

風規甚厲　○本埠守鎮總局江蘭生太守接任以來凡娼賭有傷風化事無不盡心懲治日前十八段局員拿獲窩賭之局頭土起仁二犯飭勇送局昨經太守訊責在十八段地方枷號游街期滿責放

秋水為災　○上河桑園地方勢處上游每年六七月間伏秋汛漲一經漫決下游數十百村盡成澤國殊屬堪虞茲聞上月杪桑園一帶決口數處由青縣盤古村黑龍港灌入下游各窪晝夜不止下游舊水未涸新水又來民不堪命矣

虐毒宜償　○本埠姑媳不睦凌虐致斃者層出疊見茲聞郡城有王某婦性極凶悍止有一子娶某姓女為媳甫門後姑百般凌虐媳思無生趣昨晚自盡媳母赴縣喊冤經委員某大令帶差役仵作赴場相驗實係自盡身死噫不識為之姑者又當受如何凌虐矣

刺痕尚在　○昨日營務處委員協同縣署捕盜勇之把總[illegible]昭明在河北大紅橋拏獲賊人張富山係山東人前在津竊過集成棧內寓客之衣物曾經獲案縣署燈押滿遞回原籍今該賊仍又來津是否依然行竊但面上有刺字痕跡故復被獲如何訊辦俟探明再報

狹路逢冤　○日昨馬家口迤南泰山行宮前有外郡甲乙二人早有仇恨行至該處狹路相逢甲遂持刀將乙渾身亂砍並將乙之右手腕筋骨剁折僅有肉皮連而未脫乙已赴縣控告經驗致命傷十餘處划傷無數聞已將甲責押候辦云

兩船歧報　○字林西報云昨日本埠接到烟台電信恐自蘇州輪船在彼處東北山嘴失事又據訪事人來電云西歷八月十一日號早晨東北山嘴燈塔中人打懸記號言傳聞有英兵艦一艘擱於東南山嘴岸上其時適有日本和泉兵艦從威海衛駛出見此記號停輪察看旋即向東駛去置之不顧又有飛鯨輪船查至東南山嘴下一帶未見壞船蹤跡東南山嘴燈塔亦不打記號大約彼處未知此事也此二電似言一事而情節兩歧究竟孰是探明再登　錄滬報

領事行期　○上月二十一日福州電信云此間英領事定於二十五日前往古田縣查考鬧教之事所有護送之人或用英兵或用華勇刻尚未經議定也

臺灣近狀　○廈門來信云此間得臺灣消息知劉淵亭大帥尚未躬親戰陣歷次與日人交戰者皆係客民此種客民無事時從事田疇臨敵則舍耒耜而操戈戟所用鎗械彈藥皆係上品日復預備多多故日人惟占據從前華軍所棄地方而不能向前攻擊至於劉軍布置一切頗極精詳誥誡所部之兵不准輕放一彈以便養精蓄銳他時痛擊云　錄申報

西電彙譯　○香港十七日七點鐘來電云有名而林浦英兵船因船上有人沾染瘟病現已由臺灣駛回香港○自古田鬧教案起香港西人定於明日聚會議事○又十八日來電云昨日四點鐘廣東佛山地方亦有鬧教情事燬去病房一所嗣後續電改稱該房屋未拆毀惟拋磚擲石勢甚洶洶當經中國官員派兵彈壓即獲安謐而寓港各西人則咸有戒心故於是日集衆會議係央設察使為自我者頗多○又福州十七日來電云閩浙總督特派兵船前往古田保護閩縣兵船到後所有教堂中物件盡被搜掠一空所以西人咸憤憤不平閩浙總督今將搶物人立行正法至於古田受傷人現在醫治惟小孩恐有性命之憂　錄新聞報

台北近聞　○本館昨接駐廈門訪事友人來函云日來台北所獲內渡者稍爲稀少因日人在彼與我敗北自知所爲不合民

心故意[illegible]約束部下徐非[illegible]亦己條去姚勤[illegible]民外遷後請中國欽差來臺當仍遵照中國制度爲日國又到兵艦五艘載來軍械糧食等件先屯基隆繼運臺北府城唯積如山馬料亦有數千包之多新來日兵約有八九千意俟秋涼後決一死戰不知合民忠義兼之劉軍駐守有方養精蓄銳欲滅此朝食耶　錄新聞報

韓城遺事○去冬由奸黨妄立保護華商規則多條凡華人來韓及往外直者必須至漢城府領票票上擅稱清國某人直有大朝鮮等字眞可謂荒謬絕倫矣自朴泳孝逃後該票上改書大清國某人可見事無鉅細皆朴賊任意妄爲以至兵連禍結人民塗炭即寢其皮而食其肉亦不足蔽厥辜也○逆賊朴泳孝逃後國王數次派臣迎大院君入城而大院君屢以疾辭終不入城與聞國事蓋因奸黨滿朝多所掣肘不如獨善其身之爲愈也○上月十六日有羅某上書於公擬於是晚邀集城廂內外之勇而有力者一千人將奸黨一律除盡太公恐彼等不能成事反致騷擾居民遂將羅某執於獄中以爲狂誕無知者戒○朝鮮營街華商酒館夥計張某湖北人也是日有日兵二名來鋪食物不肯給錢經向索討則反將店內碗盞打碎而出張某氣忿不堪痛飲數杯追趕日兵業已不知去向忽有二日人貿貿然來張不分皂白將二日人飽以老拳復扭赴日本領事館面見領事大聲疾呼言我華人被日人欺辱既經食物不給錢又并且打壞東西我華商有生理今日某不惜死而來請借一席以圖華命日領事云食物不給錢者非此二人何得將渠狂毆張云皆是汝國之人我安能辨其姓名日領事無可如何慰以好言請容我督戒我國之人不得再犯此事請且回去張猶倔强不歸日領事遂派巡捕二人送張回鋪如張某者眞不愧血性男子也　錄新聞報

本直報分處寓城內天津府署西三聖菴西紫氣堂梁子亨便是　諸君賞閱賜一字兩隨送不悞敝處由上海寄津新聞報紙　字林滬報　代送申報各樣報紙均有　士庶官商賜顧多蒙賞閱　直報分處梁子亨謹啓

本行茲由外國運到新式玲巧水龍其法將水龍放在井內抽水頗爲靈便官商住家花園均可合用價亦相宜倘蒙賜顧請至本行看樣定價可也此佈　信遠洋行告白

告白　楊家將　彭公案　昇仙傳　南北宋　金鞭記　雪月梅　後聊齋　後列國　玉嬌梨　小八義　草木春秋　西湖佳話　聊齋志怪　前後七國　鐵花仙史　挑燈新錄　後英烈傳　三續聊齋　巧合奇冤　花月姻緣　髮逆圖記　第一奇女　醒世姻緣　續施公案　五虎平西南　續今古奇觀　續承變昇平　萬年青初二集　五十名家手札　文寶齋謹啓

浙杭 元吉永號

本莊自置紗羅綢緞新樣洋辦花素洋布川廣夏貨團摺雅扇南貨頭油俱全祇爲近時錢市漲落不同故而各貨減價開設估衣街中間路北凡仕商賜顧者無悞特此佈達

德陞齋靴鞋鋪

本齋專做滿漢朝靴新樣京式名鞋及鑲花坤鞋一應俱全價廉物美賜顧者請認明本店招牌庶不致悞本舖開設在天津府北門外估衣街集義棧對過便是

七月初三日輪船進口
豐順　輪船由上海　福州局
桂陽　輪船由上海　太古行
七月初四日輪船出口
新裕　輪船往上海　招商局

七月初二日銀洋行市
天津九七大錢
銀盤二千七百五十文
洋元一千九百九十五文
紫竹林九六錢
銀盤二千七百九十文
洋元二千零二十文

直報

光緒二十一年七月初四日
西曆一千八百九十五年八月二十三日 禮拜五
第一百八十號

保甲弭盜辨（三續前稿）

求便民而轉致其民之大不便者何哉所謂民者良民也盜則民之無良者也良者自不爲盜即不能與盜者聲氣之通其平日居遊往還之處之人亦皆不能知盜之蹤跡即或習與盜見知其爲盜亦第如同牀各夢不能知盜之所爲不知其所爲而懵然捉之舉之是妄八也舉之適爲多事何也盜曰攫貨而匿之捕擒官拷比之又比猶開口呼冤不肯承認今使其隣右舉其窩主以爲鉤距蹤跡未形難以白官蹤跡即形亦必不認且將反噬既爲鄰右保無有相涉事件爲之短長諺云賊咬一口入骨三分言仇攀也倘爲所攀不及見官已受大累大辱無間官之賢不賢也不能弭盜翻爲盜誣姦民未服良民反罹於辜比其獄平歸里盜更將百計以圖良民輕則耗財惹氣重則傷命傾家此時縱奔走呼號地會極而南溟深天極高而北辰遠卽近居城市而堂高廉遠無關也若是則以民治盜盜既不能責以事前之稽查徒重以事後之連坐縱令商鞅韓非復生亦復不忍而顧可執執行之乎又況有必不能行者古今天下之大局勢與利而已矣有勢者可以攝人有利者可以集事一鄉之富人有事而百室不安一鄉之貴人有事而千夫勞攘一鄉之奸雄有事舉富貴貧賤之衆皇皇不息其勢其利有以濟其私我畏我而有求於我也斯三人者其仁人耶且忍人耶在所皆有然其藏奸匿匪以爲賊巢者忍人多仁人絶少以忍人而具此勢力以爲盜藪彼良民者即熟視亦復如何即自來爲盜巢之人有不富不貴者乎非其身即其親族朋友及居樞要有聲名震遐邇彼得藉以覆翼之影射之下屬官僚方望風攀援聞聲震惕兼以若輩之奔走賄囑官之不肖者正藉徑以夤緣官之極賢者亦將藉詞於隱忍善其場似戲似旅今夕行旃暫駐來日將稅駕於何方此時優孟相誇轉瞬復落魄而致慨前之任皆以無事爲福豈後之任轉以有事爲榮故凡盜賊所聚之區百年不能絶其迹盜賊之來有以匿之匿盜之方夫有所授之也歷觀前代皆行保甲之法至萑苻盜起幾於無地無之卽如勝國於保甲法甚爲着意而得其力者則惟贛南濠一役由陽明平日愛民有素教民有方講信修睦民皆出入相友故能守望相助耳倘舍此不講朝立一法暮下一令絮絮焉聒於民耳曰弭盜也弭盜也雖舌弊脣焦奚啻東風吹馬耳辦之不善日將有姦民未服且民先受其累者勢所必然固無足怪然則如之何而可曰在守令守令賢則盜自弭何論保甲何況保甲賢惡在曰不會贓不枉法不避權貴不畏強禦有官如此民之好善惡惡其性也喜安惡亂其情也除莠安良民之大欲所存不約而同者也官能爲民剪勢惡除土豪歸閭閻遇有盜賊奚爲不舉又何待賞以外獎哉然而未易言之者民之未使實以官之不使也減其俸奪其費而禁其貪便乎不便卑其職奪其權責誅其懦便乎不便促其時縶其事速者其成便乎不便牧令如此牧令以下自檜無譏此皆盜不易弭之由豈保甲之弊有未盡善乎明知語妄無稽聞者逆耳然胸中格格不吐之而心不安意不快知我罪我舉皆有所不計焉或閱之憮然爲間曰請君書之予再思之

是誰之過　○京師各省會館鱗次林立其中有亭台樓閣池沼園圃之勝則惟嵩雲草堂安徽會館尤勝次則宣武門西磚兒胡同景忠祠係雲南會館該館常川看守者爲宛平縣人某六月下旬曾雇同春戲班在館中鋪設開台演劇准客攜妓紛紛入座樂不可支詎料歡場滋孽醋海生波適有某部郎少君與一某姓爭妓心中忿極初則彼此詈罵繼則擲盞飛盤當經掌館者會知西城坊學轉請派官役彈壓一面止劇並將看館人交坊看押究辦

於世有功　○六月二十六日宣武門外南堂子胡同三官廟柳仙降乩云今年七八九月天降大病每家水缸內將生姜三大片黑豆九個花椒二十一個共三樣用青布口袋三個分裝浸入七天一換可免此災若能廣爲傳布功德無量且保闔家平安並用紅布口袋裝花椒一盃黑豆九個生姜三片共三味不論男婦老幼每人各佩帶一個時時聞之更須改惡從善敬惜字紙米谷可避此病不可視爲具文特論善男信女咸使聞知

例率舊章　○在任補用道特授直隸天津府正堂加一級紀錄三次沈　爲出示曉諭事照得本府現在示期開場考試合屬童生每逢正場及招覆考試之期自應按州縣先後并該童所取名次魚貫而入聽候點名誠恐各童并不按次聽點混行闖入轅門殊違擁擠合行出示曉諭爲此示仰闔屬應考及送考人等知悉每逢考期務於本府啓門開點時均在貢院轅門外按照所取牌數魚貫而入按次聽點如有牌不未到而先行擠入者定即逐出至送考人等止准在轅門外站立如有不遵定即究懲不貸各宜凜遵毋違切切特示

榮分稽古　○在任補用道特授直隸天津府正堂沈　爲月課事照得本府考試稽古書院肄業等第姓名並獎賞銀兩數目合行牘列榜示須至榜者　計開　正取八名　趙元禮　李　柏　董鴻恩　魏　震　高增奎　王春瀛　劉承蔭　董　煥　第一名獎銀三兩　二名三名各獎銀二兩五錢　四名五名各獎銀二兩　餘各獎銀一兩五錢　副取十二名　陳振藻　劉寶和　劉秋濤　王新銘　劉鳶祺　穆如清　李灣希　盧秉銓　皮祖功　鍾汝廉　王德純　宮汝霖　一名二名各獎銀一兩二錢　三名至七名各獎銀一兩　餘各獎銀八錢　次取三十名　程士珍等　一名至六名各獎銀七錢　七名至十四名各獎銀五錢　餘照獎

請事斯語　○欽加同知銜卓異候陞題補青縣署理天津府天津縣正堂加九級紀錄十次趙　示據于占奎呈稅于立既爲縣役自幼抱養作爲義子娶妻授室恩義已深如果不服管教妄爲滋事該役儘可隨時送究何庸備案耶○又示據劉相林等呈批據縣二庄現有飛蝗停落著即多集人夫如法撲捕務盡務絕根株毋留餘孽並候稟請局憲委員會勘飭辦

毋失其時　○七月初六日府試正場兩學廩保每將各童十數名已紀前報茲兩學不論各童定於初三初四兩日投齊府試正場試卷送學鈐印以便送考

供到南糧　○南糧漕船前至府屬滄州地方並已登報初三日早南糧三四起已抵津埠停泊姚家灣上下一帶聞不日連檣北上云

羈歸首犯　○二十六日湖北鳳營勇丁鬧餉情由已實紀前報茲悉經營務處憲研訊實爲什長甘得勝一犯滋生事端即飭釘鐐收禁初三日奉督憲令將該犯綁出就地正法聞將首級解赴窩窪犯事處懸竿示衆云

望恩如歲　○秋水大至飢饉荐臻永驛兩程家黎相望昨文安霸州兩屬紳民約四十餘口乘船來津赴憲署報災求賑想大憲又添一番念矣

此節可風　○愁生碧海東逝無不咽之波恨滿青天西顧無長圓之月中人以上確爾有操賢智者流皭然矢志所以不恤物議邊避孀婦之三言備歷艱辛每食杞梁而一慟甚或青陵台畔爲歌以矢其堅貞紫綬車前作畫以昭其貞潔此世俗所罕覯人間所希見者乎於結褵十稔頓逢鵠寡之辰絶粒三朝願策鶴遊之馭所謂紅顏甘義雄於一劍之師縞袂趨風凜若萬夫之特撫箋滋嘆濡筆生嗟矣茲聞河北關下琴舫王君妻李氏事親孝事夫順夫失血經年氏侍湯藥寢不解衣夫於六月二十一日歿氏親含殮畢慟哭不食於二

十三日竟以身殉畢國實之嗚呼三年乃兩受徵不二之心六月飛霜方表靡他之志事關天性宜荷　雲章謹備鳳聞俟聽憲裁

將奈公何　○津郡西頭東浮橋開放來往行船船將欲上閘忽有二少年搶關飛跳兩兩相撞落河衆急救時已沉河底幻作海

溺但爲賦箜篌引以弔之而已

咎由自取　○河東十字街下坡鴨子房家數十戶多畜鴨人呼鴨子房者之以其業也有過此者俯拾黑膏一塊疑是余膏可消

渴解鬱悶腹適膨脹遂以開水沖服愈時氣絕或意所拾非茶膏豈鴉片烟灰耶藥未達而敢嘗於當日朝急知心之饋尚如此況不知爲

誰何之物耶亦懵懂矣

匹夫何罪　○津民王六晝昨早用刀將田某剁傷血流不止兼有致命之處田某情急赴縣喊控委員與某大令提堂驗觀用刀剁

傷屬實並致命兩處將王六笞丈二百驗令保辜五日鎖押候辦

童子何知　○洋車以人爲馬辛苦異常可憫也昨有某車夫年十餘歲載某署崑崙初不知其奚自也索車錢三十文車夫求貴

加數文該崑崙怒其行走，進大加喝飭將車夫送交南門外保甲局懲責幸局憲覺仁憐其幼而釋之矣

陸行宜慎　○霍玉喜者不知鄉貫開雇車裝載行李錢文等物行至景州姚庄地方突遇步賊數人持械攔路霍再三央懇賊怒

不息毆霍昏倒即將車輛驅走霍僅以身免赴州署報案已蒙勘驗飭捕緝未悉能獲贓賊否也

水戰須知　○倫敦西報載駐紮法京巴黎司訪事人來信云法國近命水師提督福納亞君查察本國水師利弊[illegible][illegible]首佃出

証據人心莫不恍然緣該提督言本國鐵甲戰艦大半行駛不快煤艙不大故此種船不利戰事所有新定艦式多合該提督之心而已造

好者僅有一式又言試觀中日兩國之戰事可見行船須快用砲須輕而靈中國砲重轉運故難取勝凡攻敵艦不宜注意於鐵中之帶子

去年中日戰於鴨綠江時日本水師提督命兩師不必攻中國戰艦之鐵甲帶子蓋以帶子係鐵甲最厚之處其堅難攻故也譯字林西報

疫斃人數　○法捕房克總巡因恐時疫傳染特飭各包探分段稽查如有人患疫身死即着赶緊殮埋昨晨總巡復飭探至四明

公所查明近日寄厝時疫死者之棺數具該公所司事報稱至前晚止共有三百零七具各包探又查得法界以內別籍人之患疫殞命者

亦有一百七十餘人

保護教堂　○四川拆毀教堂乘機劫掠妄殺無辜一案辦理頗形棘手而內地傳教之處往往有匪徒布散謠言煽惑鄉愚藉端

滋事以致洋人皆席不安枕杭州人民雖素多安分不敢妄滋事端然恐有無業游民造言生事等情是以美國領事特函致撫憲及卑臬

請其加意保護廖中丞接函後飭仁和錢塘兩縣及保甲局派差嚴拿密訪照章保護聞署吉仲帥亦傳諭八旗協官嚴加約束并出示曉諭備貼

通衢爲愚愚豫防之計所以安教士即所以衛閭閻居民當曲體憲意弗爲謠言所惑則幸甚矣　錄申報

大將威名　○鎮江來函云馮萃亭宮保當咸豐十年金陵大營潰散時從張忠武公移師鎮江旋因賊焰披猖忠武殉節雲陽斯

時鎮江守兵無多外援莫繼宮保嚴密防守振作士氣力保孤城賊屢次來犯大小百餘戰屢挫凶鋒　朝廷知其才可大用　命督辦鎮

江軍務由是事權愈專士氣愈奮半壁江山非軍門誓死扼守幾無一片乾淨土矣同治一年秋賊平凱撤宮保奉　命入都　陛見旋赴

粵西提督任嗣因叛將李揚才作亂奉　命督剿事定後逾數年即上疏乞骸優游梓里光緒十年強敵肇衅覬覦越南諒山之役軍門出奇

制勝幾有恢復全越之勢厥功尤偉迄今猶嘖嘖稱之迨上年中日交戰江海各防戒嚴宮保復奉　朝命督辦江南防務統率所部常勝

萃軍十數營於是年冬由粵起程留駐江皖各省水陸數千餘里於今年春間方抵鎮江在東北門一帶捍江濱隘口駐紮所統弁勇皆樸

誠驍悍望而知爲節制之師宮保平日講求軍政紀律嚴明素與士卒同甘苦麾下之年長者曾與與敵交戰屢著勝仗迄今談當日事猶

眉飛色舞宮保抵鎮首出安民告諭尤在兵民和悅不准出外稍滋事端此治軍之緊要關鍵數月以來軍民相安秋毫無犯宮保之三

公子相[illegible]勸人守總辦營務處[illegible]公子等[illegible]一切[illegible]

[illegible]

喊殺聲起時各營各勇率兵丁同時挂起戈矛耀日旗幟如雲迨至鳴號戾止營官各官謁見後隨命各營演試隊傳令排隊一晶頂官手執紅旗左右麾舞帥臺之上鼓角齊鳴衆軍士忽來忽止忽起忽伏排列陣勢有如花八門之嚴兩晶頂官各由五色旗內中央出一揮動洋槍一變爲長蛇一字陣槍聲隆隆如巨霆一驚人如連珠之不絕是時大纛高張衆健兒揮汗流浹背而內勇皆負槍以刀矛互相擊刺諮喇叭聲旋演八卦陣長蛇陣三才陣金鎖陣螺陣步伐整肅奇正相生正當風捲雲馳之際忽見前晶頂官又手執藍旗署一旋舞旋而兩軍相對奮勇格鬥如遇大敵槍烟迷漫之際殺氣亘天幾使白日匿影演畢復變爲一龍繞珠陣緩緩退入布門猶聞一路凱歌聲走陣之後又演籐牌打靶暨雜技各獻神通精純嫻熟似灞上棘門之兒戲操演甫畢時已暮色催人宮保遂命駕回行臺道旁觀者咸謂宮保年逾古稀鶴髮童顏端坐輿中高瞻遠矚汾陽矍鑠精神可謂兼有之矣　錄申報

浙紹朱銑翁先生醫脉深奥屢治重症俱著奇效而於婦幼兩科尤有妙術

敬啓者本堂新刻庫門孟筱帆孝廉評選紫山選援刻名士合刻賦鈔註釋詳明誠爲後學之津梁也更有前照草堂匯註七家詩輯試帖舉隅二種大爲士林推重柳州古學金針又鄂州吳河帥附文安縣士合輯水利叢書實爲目前急務近印津沽周衣亭太史孟子讀法講義精詳不徒經生足資討論制藝宗題尤尋見地公諱人撰著作甚富茲姑印其一以供瞻覽合計五種除本堂發售外津滬文奐齋書局一併寄售至於各種書籍筆墨無不揀選精良籍本以期近悅遠來凡刻詩賦文集善書等板刷印裝訂書籍自當精益求精省工價廉爲不敢稍涉含混有負　賜顧　　寓河北關上毘盧寺義合主人謹啓

本直報分處寓城內天津府署西三聖菴西紫氣堂梁子亨便是　諸君賞鑒閱賜一字函隨送不悞敝處由上海寄津　新聞紙　字林滬報　代送申報各樣報紙均有　士庶官商賜顧多蒙員閱　　直報分處梁子亨謹啓

本行茲由外國運到新式玲巧水龍其法將水龍放在井內抽水頗爲靈便官商住家花園均可合用價亦相宜倘欲　賜顧請至本行看樣定價可也此佈　　信遠洋行告白

告白　楊家將　彭公案　昇仙傳　南北宋　金鞭記　雪月梅　後聊齋　後列國　玉蛟梨　小八義　草木春秋　西湖佳話　聊齋志怪　前後七國　鐵花仙史　桃燈新錄　後英烈傳　三續聊齋　巧合奇冤　花月姻緣　雙逆風記　第一才女　醒世姻緣　繡像施公案　五虎平西南　續今古奇觀　續兒女英雄平　萬年青初二集　五十名家手札　文奐齋謹啓

七月初四日輪船進口　豐順輪船由上海　招商局

武昌輪船由上海　太古行

七月初五日輪船出口　桂陽輪船往上海　太古行

七月初四日銀錢行情　天津九七五銀　[illegible]錢盤二千七百六十二文　洋元二千文　紋銀九六九[illegible]　錢盤二千八百零二文　洋元二千零三十文

浙杭元吉永號

本莊自置紗羅綢緞新樣洋縐花素洋布川廣夏貨團摺雅扇南貨頭油俱全祇爲近時錢市漲落不同故而各貨減價開設估衣街中間路北凡　仕商賜顧者無悞特此佈達

德陞齋靴鞋舖

本齋專做滿漢朝靴新樣京式名鞋及鑲花坤鞋一應俱全價廉物美　賜顧者請認明本店招牌庶不致悞本舖開設在天津府北門外估衣街集義棧對過便是

直報

光緒二十一年七月初五日 第一百八十一號
西曆一千八百九十五年八月二十四日 禮拜六

芻言

傳曰民和年豐似年之豐不豐非天爲之而民實爲之者世無不欲和之民有必不易和之勢和不和民自爲之似與他人無與然而民卒不能自和卽和亦不能持久於是長民者爲之立法以行政見利必趨見害必避人情也而爭端起婚姻有爭田土有爭錢財細故有爭人命盜案有爭長民者妥治爲錢穀刑名之例以平其爭息其爭古昔盛時世之稱爲能吏者無不精求錢穀刑名非若後世之概諉諸幕賓而吏不問也亦非若後世之言錢穀刑名者避重就輕第爲一官一處分計不識民爲何物也然而催科愈工民生愈擾聽斷自喜民冤莫伸也故爲治之家目筐篚刀筆爲俗吏彼豈不治錢穀刑名哉何以能寓撫字於催科息忿爭於聽斷也慈祥惻怛之意根於一誠隨其所施無往非是苟爲不誠縱日討周官法度講習之徒事紛紜於政無補矣孔子云以約失之者鮮矣蘧伯玉寡過未能詩曰淑人君子其儀一兮心如結兮茲數語者或以爲此方板之學究無用之腐儒絕無關於政事經濟竊謂結者約之謂約則寡過如結者寡過未能之狀彼自謂無過者心之散也結也久矣心不約則儀不一儀不一則其人可勝道乎約其言則言無尤約其行則行無悔約其身約其心則無忤於世無役於形愼獨以居抱一以游外和中堅於以治博而居要守有裕故爲有餘其所措注必卓犖而不同於俗而其所以立身行政之要不外一誠　誠果立道之五德之三經之九無不具舉非是則皆虛器焉古今之人不患才之不足古今之政不患法之不良可患者一誠不立則才爲逢世之資法皆飾治之具此聖人當日之所深憂也憂之如何惟期立其一誠而已矣孔子對哀公問政一則曰所以行之者一再則曰所以行之者一一者何也曰誠也哀公愚柔之君孔子早知之彼其所以愚柔者何不一耳不誠耳誠何在在內不在外根於性見於情情之一發而無僞者莫如恥之一念故孔子於五達道三達德外語以三近之法三近中之最要者則惟知恥由是則近勇勇於好學則近智勇於力行則近仁知斯三者則知所以修身治人天下國家觀此矣不觀九經之序乎自修身起至懷諸侯止是賢親大臣羣臣庶民百工遠人諸侯皆身也尊之親之敬之體之子之來之柔之懷之皆修身也原其朔皆啓於知恥恥之於人大矣哉有恥則誠一誠則事事皆誠無恥則不誠一不誠則事事皆不誠天下豈有一誠而不可爲之事天下豈有不誠而可爲事之人天下豈有一誠而猶不智不仁之人天下豈有一不誠而非至愚至柔之人豈有至愚至柔之人而能自恥者哉奈何世之自負其能者善趨利善避害一語刑名錢穀則無不貫澈靡遺一語催科斷獄則無不沾沾自喜及語以寡過未能儀一心結之道則啞然笑責以無爲無守之過則艴然怒試於雞鳴而起稱平旦之氣舜蹠未分撫心自問恥乎否乎過此則不可以自問遑問民之和不和乎予每欲於世雞鳴時一自惕故欲與同志者共勉焉

愚孝可旃

〇劄臂療親前人譏爲愚孝義原文毋毀體不可毀傷之義以律之也然而民家女子自幼未讀惟酒食是議乃覺知

有親不知有身亦可憫矣宣武門內太僕寺街居民彭徐氏系出寒門獨聞人談烈婦事輒嚮往之平素事姑以孝稱六月二十八日夜間姑患癟螺痧吐瀉不止醫藥罔效氏恐姑危在旦夕即刻焚香告天潛割臂肉煎湯進姑食之果轉危為安漸痊可呼氏雖愚孝可風矣至性過人鬚眉中尙不數覯況巾幗乎本館雖不能揚扢樂書之以候輶軒

良方急布　○京師近日染患時疫頃刻赴九泉者已不勝書六月廿九日午前地安門外大街某雜貨店學徒忽轉筋四肢厥冷不省人事舖主倉皇失措經友人傳來一方如感受時疫肚腹疼痛過身發冷手脚即背用老薑一塊將手脚心竭力捺擦俟手脚心回溫即可停擦再用野莧菜搗爛取汁茶杯許用沙器熬開切不可用銅鐵器熬以銅鐵臭味最能傷人肚腹銅器尤甚故也熬開俟冷即服服後稍吐即愈再患此症者用生薑擦溫後用紅紙撚燃香油照前後心手脚心如有紅點即用銀針挑破如紅點內有紅絲即為挑斷為要該雜主即覓野菜搗汁灌之隨即用薑四塊覓得友四人各扯手脚齊力捺擦頃刻學徒痊愈現聞患斯疾者照此救治頗為靈驗

猝不及防　○聞刑各衙門隔牆傳人必須奉差者先赴該管地方官署掛號協同巳差前往緝拿向章也昨聞東安門外奶子府地方向有某混混開設賭局招聚匪人並有窩藏賊盜情事日前經左翼番役周某訪確六月二十八日密帶番役數十名赴板橋地方止藍蒙三甲喇協尉官廳先行掛號協同前往該處拿獲賭匪一十餘名一併解赴該官廳派兵看守先行小心搜取該犯等身傍有無攜帶物件原因謹慎起見詎料所獲各犯內有著名巨盜王成兒即汪二於搜驗時由套褲取出利刃將番役周某肚腹刺破血汚流出昏倒於地該盜鼠竄數步即用利刃自行連戳肚腹數次當即斃命一面詳細步軍統領衙門票委五城指揮相驗確番役周某傷勢甚重恐有性命之憂旋即延請西醫德某醫治用雞皮補敷妙藥諒可保生現將所獲各犯一併解送刑部審辦且該犯拒捕以刃物刺傷番役旋即自戕斃命乃該管官廳弁兵未能先事預防失察之咎亦所難辭耳

疾何以傾　○前門外鑾駕胡同鄭璧菴者家道殷富曾經開設三益金店生理日前偶患癟螺痧醫治不及即成幽冥富叟六月二十九日發引之期槓前儀仗鼓樂亭轎銘旌百事整齊甚為熱鬧並有執紼黃冠道人喇嘛番僧叢林戒僧等隨槓徐徐前引至前門大街地方一喇嘛番僧偶患痧氣當即昏倒旋以車送回旃檀寺遂亦作地府僧又有槓夫二名亦因斯疾斃命並聞是日執紼戚誼亦有數人患斯疾與鄭同伴偕行者傳染之速可懼也

吉諏入覲　○李傅相准於初五日早六點鐘乘火船北上入覲　天顏聞郡文武及練軍親兵等營恭送如儀

獎示集賢　○欽差署理北洋通商大臣直隸總督部堂兼管長蘆鹽政雲貴總督部堂王　為榜示事照得本署督部堂於六月初二日預提七月加課考試集賢書院舉貢生監制藝試帖課卷評定甲乙等第名次並獎賞銀兩數目開列於後須至榜者　計開　超等二十名　張華燕　周廷華　蒲輪召　汪　元　方　紹　沈鍾和　湯聘之　惲祖蔭　鮑德銘　趙鍾英　徐汝冀　田毓華　沈讓仁　顧化棠　張　燾　賀廷賡　李興仁　黃藝斌　姚陛闓　席聘珍　第一名至五名各獎銀四兩　六名至十名各獎銀三兩　十一名至廿名各獎銀二兩　特等四十名　沈鍾涯　舒　翹　崔寅來　于廷珍　張振鐸　黃桂昌　崔作樞　王　樸　李　瑛　宗逢瀛　鄭宧清　余開甲　凌文曜　康　楠　鄭鳴謙　李咸熙　鄭燮寅　陳毓瑞　楊敬秩　崔作棟　沈朝轄　李　璁　陸壽昌　汪家彝　徐忠楊　王　銘　楊文彬　湯　銘　黃承烈　于席珍　吳毓金　徐之壎　戴清泉　蕭立基　崔　湘　王文純　李慶熙　周之棫　方賓穆　一名至二十名各獎銀一兩五錢　廿一名至四十名各獎銀一兩　一等五十七名　趙雲鵬等　一名至二十名各獎銀[illegible]錢　廿一至四十名各獎銀二錢餘無獎

會友輔仁　○天津道署七月初二日課試輔仁書院生童題目　生題　子曰行己有恥使於四方不辱君命可謂士矣　童題樂其可知也　生童詩題　賦得黍稷盈疇得盈字　生五言八韻童五言六韻

曰若稽古　○關道署課集賢書院舉貢生監經文策問題目　附列於左　經題　七月在野八月在宇　策題　問隸書之興肇自秦代蔡邕王僧虔江式張懷瓘諸家並謂程邈所作或云增減大篆或云附於小篆或云刪古或云益大小篆方圓而為隸富以何說

爲長閣帖有程邈書與今正書無異且有目爲上上品者後儒多疑之其義安在謂程邈所作隸即漢碑中字其信然耶道元水經注謂臨古中字以爲隸先後於篆然乎否耶陸游釋隸古之義與孔祭酒殊說宜何從士大仲師宜官梁鵠以及邯鄲毛宏諸人皆號偁能書其軼事遺蹟時代先後能詳稽之歟八分之於隸羣論紛如是二是一能博引而析衷之歟鍾繇三體銘石章程書則爲八分庾元威述隸有十餘種漢石有與相近者歟體維何魏晉以下書家有論隸八分體法者若衞夫人王羲之成公綏庾世南米芾之屬意各有會盍綜述之以爲臨池之助　經學史論題　荏菽解　蘇綽論

糧憲示條　○日前南糧三四起已抵津埠停泊姚家灣以下一帶已紀昨報茲江安督糧道憲馬觀察恐各糧船水手人等滋生事端出示嚴禁遍貼城廂內外條示附錄　潛船水手　上岸滋事　居民喊稟　立即嚴辦

草竊叢案　○任邱縣布商來津據言任邑土地高原每年收成視他邑差好惟去歲以雨水不甚安靖前五月中旬邑尊公出時有客商王姓在司馬庄被賊刦去騾馬一案未及十日而鄭家庄居民王會珍家又被賊刦去騾馬衣服彼時王欲喊捕被賊拒傷至今均未拿獲未識何時可安靖也

似十字坡　○昨報王憤瓚同標夥鮑升堂行至故城縣劉家庄被賊將該標夥槍傷身死搶去銀兩一案頃又探悉該管官飭捕拏獲窩主王芝蘭一名起獲原贓供出首賊劉三自携帶贓物逃逸仍須上緊嚴緝近日盜賊縱橫出沒無常如無窩主何以藏身所以緝盜必先抄窩也

爲一棒血　○河東小聖廟後崔三向張十討帳張因無錢軟語支吾崔怒用木棍作當頭棒喝血隨棒飛如雨越日因傷身死經該管地方報明相驗聞已將崔遞繫縲絏矣

身恐玷玉　○士農工商理宜安分各守正業茲聞郡中某富少紳前月初旬在某署送究某班優伶一案係樂壺洞某錢店舖掌主使噫既爲舖掌即宜循規蹈矩方不愧商賈之名何竟爲奔走訟庭耶亦可爲不安分者矣

窟又銷金　○溫室有樹鸚鵡不言酒國無花蝶蜂奚醉津埠侯家後鶯花塢也酒樓之畔妓館梨園無一不備仕商紈袴晨夕往還人醉玉樓夢回金谷市開不夜地駐長春梭織宵行繁華熱鬧既有趨熱之客即有伺冷之人相因而至無足怪者前月差官張某攜袍金表銀兩尚未緝獲昨晚二鼓又有河北某巨家子餐飽烟霞秉燭歸去左手提燈籠右手攜烟袋及羽扇一把行經協盛園三岔路口背後人來向肩拍即將羽扇烟袋搶之而逸　闊少被嚇之下腿軟口禁不能步不能聲所失值數十金云盜黠矣若失主則九牛亡一毛何足介意

鯤海捷音　○臺軍勝日情形迭詳報牘茲又得探訪使者手書云日人知陸路不能取勝遂幡然變計于大稻埕江干一帶傍險築造土壘數座架以新式機器快砲堅壁自固密遣運兵船若干艘運兵數千于上月既望隨潮掩至新竹苗栗交界之中港地方登岸該處防兵猝不及防致遭挫敗迫劉淵帥聞警日兵已分兩路趨後壠從襲苗栗一取道落星驛往攻竹塹飛檄淵帥亟差弁賫令分諭兩路守將佯輸詐敗誘敵深入腹地俟敵陣亂旗靡始准還擊一面躬與吳霽軒軍門各率輕騎數百沿海星夜分襲日兵之後日人正趨苗栗前進聞忽後面黑旗掩至早已膽落倉皇接仗黑旗勇氣百倍以一當十日漸不能支而守將又率精銳返旆夾攻敵遂拋槍械先後潰圍望中港而遁途次又爲客民所截斬殺若干迫至海濱則潮水已落運船早已退泊口外僅遺杉板數艘傍岸偵探消息爰爭先恐後渡至運船鼓輪遠逝其稍落後者恐爲追兵所及多半投水而死尚有運船兩艘因吃水過深擱在淺灘致爲臺軍所俘周察船身其一似即中國之操江云　錄滬報

臺事摭要　○臺北近來時疫甚重日人之染疫而斃者日有所聞雖由該國陸續載到新兵若干然沾染疫氣之後勁旅亦成疲卒以致久未開仗○滬港與澎湖僅一衣帶水日前該處土兵護到澎湖漁船一隻因形迹詭異上船搜查于艙板下尋出炸彈若干包船戶見事機敗露即鳧水遁去僅獲粵人一名解赴劉帥轅訊再鞫之下盡無實供淵帥因其自外生成立即梟示○臺中黎太尊初發楚勇

三䜣即在苗栗一帶駐札以資防守○中路撫番局員謝揆庭大令宦游日久瞻念家山月初稟請銷差內渡所遺局務已由淵帥另檄某紳接辦矣（[illegible]大將軍鬼節時而臺中時而臺南均不久駐故[illegible]兵亦不能知其定所日人雖百[illegible]謀[illegible]偵探[illegible]糧餉頗形支絀雖有紳地富紳捐助藉恐不能持久然此皆外人代抱杞憂想智珠在握者定能另籌善策決非局外人所能窺測也○嘉義後山金鯉社番目牛罔老歪[illegible]悍善戰全臺各番社皆仰其鼻息前此華官懸千金重賞購其首級而不可得刻慕淵帥高義率其慣戰番丁千人赴營投誠大有氣吞日虜廓清海甸之志淵帥深爲嘉許欵以牛酒[illegible]率部曲歸山俟秋高氣爽時再當調令從征　錄滬報

疫疾可畏○日本西報接澎湖媽宮島訪事來書云[illegible]媽宮島大氣酷熱異常寒暑表升至九十八度迫日兵調往臺灣後澎湖日少日輪祇日中有華渡十艘往來運載疏食求售[illegible]已駐澎湖日軍犯霍亂吐瀉之症者指[illegible]屈病故者已有一千二百餘人矣逮至霍亂稍止又有別種病起日軍呻吟牀褥者三百餘人此外尚有病重傷重兵士難望挽回者六七百人載回日國云　錄新聞報

忠勇堪嘉○昨有某號商自臺灣動身由廈門乘輪抵滬據述新竹之役有駐守該處義民頭目吳某年僅十九歲志勇雙全○水財鉅富[illegible]自營當日兵攻新竹時即帶領義兵千名與日對敵屢敗日兵[illegible]月十六日又與之綏吳復將義兵千名分兩路抵敵鏖戰[illegible]時殺以兵力單薄不能取勝致被日兵四面圍困吳亦爲日所執其母聞警即出而指揮其城得以保守惟吳被擒後日官甘言勸降嗣以罵不絕口卒爲所害臨刑時猶將自己舌尖咬破向空一噴監斬日官頓時倒地旋亦殞命吳母仍將所部義兵堅守其城口糧則由家貲給發爰禱告天地誓不與日俱生是夜吳託夢於母謂臺地義民亦頗不少如能殺日還[illegible]冥中護佑必不令日人得志也　錄新聞報

七月初五日輪船到口
新濟　輪船由上海　招商局
通州　輪船由上海　太古行

七月初六日輪船出口
武昌　輪船往上海　太古行

七月初五日銀錢行情
天津九七六錢
錢盤二千七百八十文
洋元二十[illegible]文
紫竹林九六六錢
錢盤二千八百二十文
洋元二千零三十文

直報

光緒二十一年七月初七日 第一百八十二號
西歷一千八百九十五年八月二十六日 禮拜一

上諭恭錄

上諭額勒和布奏假期屆滿病仍未痊懇請開缺一摺額勒和布著賞假兩個月毋庸開缺欽此 上諭德馨奏知縣擅自離省請旨革職等語江西贛縣知縣鄭季春經德馨以難勝繁劇另行請補廣昌縣知縣乃該員於贛縣開缺後擅自離省實屬謬妄廣昌縣知縣鄭季春著即行革職以肅官常餘著照所議辦理該部知道欽此 上諭倉場侍郎奏遵查豐益倉開放漕米並未積壓並聲明前札到倉日期一摺著戶部查明具奏欽此

閙餉詳紀　公正山人來稿

前報紀鳳字營閙餉一節已得崖略而抑有未詳且盡者因再續探登報以成實錄查吳鳳柱軍門所部步隊四營馬隊三營步隊紮西窰窪新河隄上馬隊紮西關外軍門自率親兵白名駐紮練軍演武廳先期出示曉諭定於六月二十六日遣散步隊四營以其皆是去秋在津招募之人到家路近祗給一月恩餉又令繳出號掛許給津錢壹千文該兵勇以遣撤原有恩餉兩月之例今祗發一月沿路不敷費用又號掛戰裙原扣去銀貳兩五錢九分今欲繳號掛應照發該銀又前在前敵曾經打仗並未發給車米皆兵勇自行買食而仍每月扣銀九錢至三月轉至錦州以後始各每月補還銀五錢又靴子頭布扣銀七錢棉襖棉褲扣銀一兩四錢草帽汗掛扣銀一兩三錢兵勇實在苦況今當遣撤跪求軍門格外施恩云云而軍門概不允准訴於營官亦同 律因相率奔告 督憲跪於轅門外吳軍門及兼營務處之左營梁營官前營劉營官右營陳營官登時前往阻攔並飛諭馬隊前來護衛該兵勇等見情不得達而梁營務處適來因共揪而毆之軍門直前救梁又被兵勇木石亂擲不得已策馬逃跑兵勇躡後追趕適練軍何統領黃翼長原奉 憲檄有彈壓地面之責聞警帶隊前來何統領搶趨海防公所西轅門保護督署並撥勇過河保護中堂行臺黃翼長堵住浮橋恐其亂竄而吳軍門之馬隊追趕之勇拿住四卜馬麾其親兵及馬隊亦斬此勇得以脫身而前面浮橋黃翼長已令拉開後面撕殺之聲一起兵勇及觀者遂多擁擠落水隨溜而去其餘兵勇悉緣河干向西鼠竄吳軍門忿怒之餘飭令馬隊四路趕殺除隄頭白廟不計外自新浮橋至隄上門共殺十五人內有鳳字馬小隊二棚除什長一名外該小隊陳哨官謀殺因其身有珍珠銀兩錢帖玉器等物屍首均即寘於河又生擒十人送於督署比時司道府縣均已齊到 督憲用大令調集劉營官等一干集訊各勇均供如前情且呈出每人扣銀清單問官見其扣已有實徵且橫加誅殺並禮因責飭劉營官梁營官等詞及吳軍門而於何統領黃翼長無與也前報會責飭偶有所誤耳劉營官即劉八大人前報載二營統領亦誤衆官訊畢因將張全海蔣德山邢萬春龍保廷王雲浦孫得勝甄起鵬耿振升徐國文等九名即時取保釋放次日經督辦東征糧臺胡廉訪點名發餉如扶廿得勝一名帶押該署此勇較爲桀驁自是倡首已於昨初三日覆訊詳稟 憲示斬於西關外矣是役也地近節院由

大肆毆戮於手不持刃之人又在花衣期內無論軍門及各營官之敢扣與不敢扣其爲大不敬莫甚乎是聞　督憲電奏已奉旨英某交部議處之旨噫是遂足蔽其辜哉是遂足蔽其辜哉

實爾客氣　〇京師人家燒木煮飯俱用煤炭灰即傾棄街心旱時灰沙瞇目雨後黑泥沒脛行人苦之七月初一日午後大雨傾盆各衚巷泥濘不堪有某甲行至前門外大栅欄西口被人濺汚衣衫濺者　逸適觀音寺晉義永乾菓店學徒雷某赴大栅欄買物行走如飛某甲疑即汚衣之人始則敬以老拳繼加馬箠交下問知雷某係晉義永學徒即揪扭至該店向鋪掌肆行辱罵並聲言遺失翡翠搬指金表等物晉義永鋪掌懼其威勢覓和事老解釋許爲陪禮人聲嘈雜某甲不聽理論復行用武將該店傢俱搗毀一空並將鋪夥梁某毆傷當經中城紳士包某瞥見以爲不平隨即帶領練局勇丁十數名前往晉義永將逞兇滋事之某甲鎖拿解交中城坊官押辦城究辦以儆不法

猶有雄風　〇崇文門內東四牌樓十一條胡同居住某廚役妻某氏年甫花信貌亦如花而韻與隣居某乙年相若貌亦若也彼此情投有星前月下之約夫有所聞不願以七尺鬚眉爲綠頭巾壓倒時常留意未見實情六月二十八日氏夫僞稱赴某宅廚作清晨携帶刀勺而走氏以隙可乘即約鄰某重續巫山夢氏夫遽然闖入室正野鴛鴦交頸送情時也忿火中燒持菜刀磔然爲解携雙首級赴營營地面官廳首報詳解步軍統領衙門票委五城正指揮會同相驗詳報刑部審辦矣

嬰女何辜　〇右安門外趙村店居民某乙年逾不惑膝下乏嗣育三女而元配故鸞膠再續暗結珠胎乙正盼弄璋比至七月初一日續室分娩依然弄瓦忿極用刀將嬰兒戳斃前將四肢分裂拋棄村外鄰氏見其屍偵其故惡其殘忍以情訴該管地面總甲報由南營遊戎將乙傳案訊究懲辦按弄璋弄瓦窰且不任其辜況毬中物乎溺女之風久干例禁乃腹重以支解嬰孩何辜慘遭此酷冤哉

仙方宜布　〇仙傳神效黃金丹　前經登報未將藥品分兩開明今託友人抄寄來都配合此藥俱稱靈驗特將藥品開列於後

眞川連二兩四錢　眞川貝六錢去心　荊芥穗三錢　乾姜二兩四錢　廣陳皮三錢去白　華撥六錢　酒芩二兩一錢　丁香三錢　麥牙二錢　炒沙仁三錢去殼　東前子六兩撥淨去殼除皮[illegible]右藥共爲細末與荷葉搗汁爲丸如無鮮荷葉乾荷葉煮汁亦可每料作二百丸　此丹專治一切寒熱暑濕感觸四時不正之氣兼治腹痛泄瀉絞腸霍亂斑痧瘧疾咳嗽時疫等症其效如神大人每服一丸小孩半丸入口嚼化開水送服病如較重二丸一服服後須忌魚蝦一天切切查近日得時症者皆因犯害三陰此丹性極溫和能固三陰故服之多見速效此藥不偏寒不偏熱配合至妙可奪造化之權誠有回生之力藥雖平淡效驗非常現經京師前門外琉璃廠小沙土園傳善士出資配合數料服者皆稱靈驗是以再行錄報佈告周知若能配合施送普濟羣生則功德無量矣

甲開先後　〇欽差署理北洋通商大臣直隸總督部堂兼督長蘆鹽政雲貴總督部堂王　爲榜示事照得本署督部堂於六月初二日預提七月加課考試集賢書院舉貢生監經文策問課卷評定甲乙酌獎賞銀數合行牘列榜示須至榜者　計開　超等六名

舒翹　蒲輪召　蔣清瑞　張東瀛　汪元　李炳榮　第一名二名各獎銀三兩　三名至六名各獎銀二兩　特等十四名　方紹周之棫　方賓穆　方秋庠　鄭宦清　姚陛颺　湯　銘　李　瑛　楊敬秩　李煜華　李咸熙　湯聘之　陸淇賢　吳燮慶

第一名獎銀一兩五錢　二名至五名各獎銀一兩　六名至十四名各獎銀五錢　一等四十四名　崔作樞等　一名至十五名各獎銀三錢餘無獎〇又爲榜示事照得本署督部堂預提七月加課考試集賢書院舉貢生監經解史論課卷現已評定甲乙等第名次並獎賞銀兩數目合行榜示須至榜者　計開　超等六名　崔作樞　蒲輪召　戴清泉　佐清來　汪　元　周之棫　第一名二名各獎銀三兩　三名至六名各獎銀二兩　特等十二名　李　璁　汪家鼎　凌文曜　王文純　方秋庠　李咸熙　惲祖蔭　李[illegible]熙　吳燮慶　方　紹　蔣艮駿　陳毓瑞　第一名獎銀一兩五錢　二名至五名各獎銀一兩　六名至十二名各獎銀五錢　一等四十五名　王　樸等　一名至十五名各獎銀三錢餘無獎

實卜升沉　〇守營局第十四段李少尉從儒聞計丁內艱劉委陸少尉壽昌接辦按陸公上月方驗看到省即得長差其老翁子

糧鹺尹現又奉運憲派充監印長差

漕驛續聞 ○江北南糧頭三四幫已抵津埠停泊姚家濟上下一帶已紀前報茲聞江北漕船十幫亦抵津屬相直口一帶惟江蘇八幫頭四幫均抵山東德州後四幫現在東昌府境內聞俟將運河決口堵好水勢暢行再爲北上云

賑封會審 ○靜海縣職員孔慶芝等稟控道職呈稟莊頭楊文元增地租一案蒙批此案既經府委隣封提審即當赴質乃砌詞越瀆情虛可見仰天津府委靜海縣集審明確秉斷詳奪爾等均回縣候傳可也

無理取鬧 ○家居事無鉅細概宜周詳稍涉大意便有意外之虞茲府署東任家胡同□某乙者娶某氏日前病故妻母因延信稍遲心涉疑忌恐非正命當即赴縣呼冤蒙委廉詣場相驗乃係因病身死縣兩造具結銷案某乙不於妻病危時與其母家送信致令妻母生疑妻母亦不甚加察遽□控案將已死之女任官顛倒檢驗一瀕頃一唐突矣是否更有別情耶

有事爲榮 ○大挑知縣陳泰奉督憲委幫辦務處間案差

不負賢妣 ○不遭板蕩忠臣無建節之年不遇憂危孝子鮮揚名之日吹簫樓上竹無淚以奚斑舉桉由鵑未啼而鳥紊然事屬尋常所罕覯人爲今古所希聞何意雲津屢登日報勿亦上自孝慈之主故下多節烈之民乎日昨南門外河北關上烈婦二人已紀前報茲悉衛安門外鈴鐺閣街沈姓于年二旬娶張氏梁家嘴張某女也幼嫺閨範長淑愼沈學賈都門□染疫故夫柩□家氏親自扶櫬安葬畢一慟而絕□時甦不飲食自勸慰者概謝絕前日梳粧潔□登床逝者絕粒十有一朝矣與前 烈婦相去半月不約而同事有關於人紀寵宜荷夫 天章爲待風聞先存月旦

早舒救阽 ○督辦直隷籌賑總局 示據郝家堡等六村民人郝曉川等禀 批查閱呈內各村業於四月間放過急賑仕案茲據禀被災困苦自係實情應俟派員查勘一併酌放賑撫仰即回村靜候毋庸再瀆此批

之罘近信 ○華歷六月二十二日烟臺西報云有輪船名爾令古而特者載潛水人四十八名至威海衛又有扳克輪船載潛水人一百餘名至威海衛此一百餘人均帶抽水機器又有小船及各種器具俱由該輪船附去聞日人欲將沉在威海港內之船悉數撈起即大受夷傷之定遠鐵甲亦在其中 錄滬報

日兵大舉 ○日本傳來西信云日本人在臺灣如奕棋然實不能佔先著日本國內之兵亦不能多調出境遂將駐紮大連灣之兵調往臺灣以爲彌縫之計聞共須調兵五萬往臺方可敷用日兵自侵臺以來從未與劉軍門相遇此次興師動衆有此大舉想其意必欲與劉軍門爭一日之長以最爾彈丸之地而亦欲以全力搏之亦可謂小題大做矣劉軍門雄才大畧冠絕一時想必能激勵軍心嚴密設備斬馘獻俘在指顧間耳請拭目以俟之 錄中報

受之自愧 ○昨接日本西信云日皇因伊東於中日交戰之役辦事甚爲得法欲賞以侯爵伊東辭曰遼東之事迄至今抱愧此地仍非我有不能久踞仍當舍之而去不足以論功徒增慚赧耳臣何力之有焉承賜侯爵萬不敢受西信述其語本報因譯登之見其尚有天良非純說大話也 錄中報

西報二則 ○西貢報載西歷八月二號巴黎司來電云日本已允准不照條約將屯紮遼東一境之日兵退回該地歸還中國是以德法俄三國催促日人退出遼東即或日人因此欲向中國加索償欵三國亦所不願○暹羅西報載西歷七月二十九號倫敦來電云俄國准理銀行現已允付中國借欵銀六兆餘外之銀均由法國借付 錄滬報

鐵路印證 ○英國某日報云查印度議造鐵路之時英印各官皆謂印地貧瘠習俗難移民心不一恐此路難以舉行一時輿論翕然厥後印度人漸知鐵路之益行走穩速使於商民乃始不執前見放心乘坐據近分出去歲末次官報單言此十二月中乘鐵路火車者約共一百三十兆人四季行人自帶票者不在其內各路火車所裝載各項貨物及金石等件計二十餘兆噸此十二月中所進之銀總計羅比二百三十兆枚似此鐵路工程可以逐漸擴充矣中國欲知鐵路之益盡即以此爲證 錄滬報

朝鮮瑣俗 ○朴泳孝謀逆未遂逃竄日本查泳孝先隱於日使館時朝鮮外部大臣金允植照會日使請將泳孝行送不執逆黨放露逃在貴館隱匿查通商定章從無私藏逆賊之理務將該賊發還等語去後繼又照會日使謂朴泳孝已由貴國兵丁二十餘人護出南門之外我巡捕數名並居民多人所眼見因思貴國兵丁保護是以未敢捕捉希將貴國兵隊因何力護逆賊緣由示覆云云旋據日使照覆謂我國兵隊紀律甚嚴兵斷無如此疏忽輕於出營之理想貴巡捕一時誤看所致非承函囑一切當遵照辦理云○近來天象大異五月閏白日天鼓忽鳴其聲淵淵熒惑星入於積尸星之位白貫日閏五月下旬夜間兩點鐘有紅星大如碗口自北飛流入南極南從六月初四日八點鐘時新月一彎旁有一星光輝燦然依月邊種種變象不一而足不知主何朕兆 錄新聞報

告白 野叟曝言 各國時事類編 中日戰守始末記 公車上書記 海上見聞錄 銀瓶梅 真正後聊齋 三續聊齋

三續今古奇觀 正續永慶昇平 後施公案 彭公案 鴛鴦夢 古今眼前報 金臺傳 雲中落繡鞋 後西遊記 蜃樓傳

百寶箱 繪圖小八義 意外緣 英雲夢 情天寶鑑 女仙外史 文藝叢書

怡來洋貨號

開設天津紫竹林大街自運各國鐘表洋貨新到普魯絨針指盒古玩盒珍寶袋像譜上等玲瓏磁器奇形玩物電鍍金銀鐲釧器皿真正牛皮靴搬荷包珠串梳篦花針花簽賬簿磨料貝欖碗盞杯盤玻璃磚磨花描銀彩畫金邊三連茶杌抬頭鏡等格外減價消售發客

本行茲由外國運到新式玲巧水龍其法將水龍放在井內抽水願爲盡使官商住家花園均可合用價亦相宜倘蒙賜顧請至本行看樣定價可也此佈 信遠洋行告白

茲啓者本堂新刻蜂門孟茂帆孝廉舒鐵雲山選被兩名士合刻賦鈔註釋詳明誠爲後學之津梁也更有齊照草堂匯詁七家詩並試帖舉隅二種大爲士林推重海鹽古學金針又覇州吳河帥有文安陳士合輯水利叢書實爲目前急務近印津沽閩衣亭太史孟子讀法議義精詳不徒經生足資討論制藝宗題尤壽見地公諱人麒著作甚富茲姑印其一以供膾炙台計五種除本堂發售外津郡文興等書局一併寄售至於各種書籍筆墨無不揀選精良書本以期近悅遠來凡刻詩賦文集善書等板刷印裝訂書籍自當精益求精省工價廉萬不敢稍涉含混有負賜顧 寓河北關上毘盧室義合主人謹啓

浙杭元吉永號

本莊自置紗羅綢緞新樣洋辮花素洋布川廣夏貨團摺雅扇南貨頭油俱全祇爲近時錢市漲落不同故而各貨減價開設估衣街中間路北凡仕商賜顧者無悞特此佈達

德陞齋靴鞋鋪

本齋專做滿漢朝靴新樣京式名鞋及鑲花坤鞋一應俱全價廉物美賜顧者請認明本店招牌庶不致悞本鋪開設在天津府北門外鍋店街集義棧對過便是

七月初七日輪船進口 圖南 由上海 怡和
通州 由上海 太古行
七月初八日輪船出口 新濟 往上海 招商局

七月初七日銀盤行情
天津九五化寶
銀盤二千七百九十文
洋元二千零一十文
紫竹林九五化寶
銀盤二千八百三十文
洋元二千零四十文

直報

光緒二十一年七月初八日　第一百八十三號
西歷一千八百九十五年八月二十七日　禮拜二

上諭恭錄

上諭前因御史敬祺奏山東平原縣知縣王之幹殘酷貪暴列款糾參當經諭令李秉衡確查茲據查明覆奏王之幹於辦團尚非有心違延亦無任用劣幕浮收漕米情事惟於地方詞訟違例科罰信任丁差在外詐訛民間報災任意責押實屬玩視民瘼王之幹着即行革職餘着照所議辦理該部知道欽此　上諭李興銳着調補山東登萊青道直隸天津道員缺着李岷琛補授欽此　旨國子監博士着石耀宗補授甘肅甘州府通判着曾道貫補授河南歸德府通判着呂燮垌補授山西寧鄉縣知縣着武玉昆補授貴州安平縣知縣着鄧毅洪補授甘肅靖遠縣知縣着儲英翰補授福建平和縣知縣着范溶補授江西廣豐縣知縣着黃秉湘補授廣東惠來縣知縣着池伯煒補授順天文安縣知縣着張琨補授俸滿江西峽江縣教諭黃獻煒着以教職用貴州天柱縣教諭王維格着以教職用截取舉人王篤允着以教職用王錫命着以教職用□科筆帖式着鍾岳補授禮科筆帖式着鹽福補授刑科筆帖式着崇啓補授工部筆帖式着繼年補授部院筆帖式着受昌補授大理寺筆帖式着榮燮補授翰林院筆帖式着松苓補授太常寺筆帖式着榮祐補授詹事府筆帖式着毓麗補授工部筆帖式着薩勒哈本補授兵部筆帖式著英啓補授理藩院筆帖式著恩元補授一品廕生毓盛著以文員用詹事府右中允著貽穀補授山東道監察御史著孫賦□補授欽此　軍機大臣面奉　諭旨本日引見之湖南候補道陳允頤著於初四日預備召見欽此　自巡視中城事務著曾廷獻去欽此

道聽

客有喜方人者甲乙二人遇諸途班荊道左敘今昔知交事余過其傍偶謦欬二人遽起侍欠伸招入座若甚幸爲傾蓋歡暑寒暄便各以所見質甲曰取人以德不以才所謂驥不稱其力也世之有才者往往失德由其才大故不拘小節不拘則失德之所以鮮也乙曰才亦然妨以中爲貫第恐有才而聰明過人彼旣不肯俯就人又不能仰企則才不適用矣凡中式之文以中爲斷不高不低所謂中者中也不中則不中爲其不可以爲師也質諸君子然乎否乎予笑而未答再三諏度不獲已予曰難言之如不見棄請無怪予與氏曰人之患在好爲人師好則爲患韓子曰汝非其父汝非其師不請而教誰云不欺無以辭以謝羞還相質且願聞兩君所以取師之旨僉曰謂其能得乎中可以人人取法也予曰有三人焉一能健步一能杖行一能匍匐孰爲中孰可師僉曰杖行者中有所憑依以扶危可爲師一人明辨一人唯諾一人囁嚅孰爲中孰可師僉曰唯諾者中無所可否不招禍可爲師十又曰譬之於弈一必勝一勝負半一必負譬之於射一必中正鵠一中鵠不正一必不中鵠孰爲中孰可師僉曰勝負半與中不正鵠者中間可師否二人相顧遲疑其語曰可也予又問曰未識兩君之所謂才德者將奚屬曰此無難辨有德者傾於自守事事適中有才者迥不猶人事事出衆耳予曰鄙所見則異乎二君之識竊謂有德必有

才有才必有德有才無德才之棄也有德無才德之賊也自古聖賢言才而不言德者多矣物莫大於天地天地與人爲三才不爲三德人莫賢於古皇高辛高陽縉雲氏皆神聖也傳曰某某有才子八人某某有不才子八人孔子曰才難不其然乎又曰才不才亦各言其子孟子曰若夫爲不善非才之罪也莊子云弟子問於其師曰木以不才而得終其天年雁以不能鳴見殺夫子將奚處曰吾將處夫才與不才之間夫才與不才之間似之而非也云云凡此皆言才而不言德誠以才德者皆人物之美稱有則俱有無則俱無故可舉一以賅二非如君等之所謂才德也張子西銘曰極其大而後中可求竊謂中者不偏之謂大者無窮之謂定大之體中無不周盡中之域大無不適二者異名而不可得無求中者必先求大固矣今夫天地之體無窮矣欲求天地之中者必周天地之體而綜核之即其無不適均之處以定其中是中非有定處無不適均之處即其處猶習射者期於命中其的所中之處幾何非有若何甚大也然必概見其所不欲射之處然後可得其所欲射之處是中者率不中之中云耳聖人見道之無窮名之曰大見大之無窮定之曰中中則大之中大則中之大無大斯無中矣後之學者以所見爲大以所大求中是坐井觀天謂天體之盡於是因以所盡者之中爲中是豈得謂之中乎然且語而不舍者非其所謂中者不中而其所謂中者不大也非不大也大不極則大非其大也有方則不大有方之大則大不極見隅則不大見隅之大則大不極無之爲言大而不自知其大者也不自知其大而後無方無隅絜其方周其隅而中乃出得其中則大自在從心之矩錯綜不窮付物之則曲成各當夫豈兩君之所謂中哉兩君之所謂中乃若禹貢所則之三壤每下愈況猶今茂材歲試所取第一二三之等謂二等之強於三等可也謂二等之遠強於一等人必以二等爲法何異概黜健步而使杖行概黜明辯而使唯諾概黜弈必勝射必正鵠者而使之半負半勝半正半不正以是爲師爲其徒之易於學步乎則盍使之盡匍匐盡囁嚅弈必負射必不中之尤易也竊嘗謂作人如作畫美人不易畫醜鬼亦不易畫與其費一樣工夫以學畫醜鬼者易其心力以學畫美人則危言無當爲承明問於盲故敢放言以對

時舉於海　○欽命二品銜新授福建按察使長蘆都轉鹽運使司鹽運使銜帶加六級紀錄十四次季　爲歲考事照得本司於七月十一日開場考試灶籍文童所有進場號炮成規合行牌示爲此牌仰竈籍文童及廩保等知悉定於三更一點舉放頭炮三更三點舉放二炮四更一點舉放三炮本司即升堂點名考試各宜早集鼓樓南問津書院伺候毋得遲誤特示

無得爲難　○又示蘆臺場竈戶李孔嘉等呈　批查前因蘆臺場晒鹽灘副猝被奇灾是以祥明籌借工本以資修晒爾等多年荒灘既未晒鹽無所謂灾何得一律援借所請應不准行仰蘆臺場查照此批

令肅棘闈　○府憲七月初六日考試天津縣文童正場已登前報茲聞場中功令森嚴各童均守場規蘊闈場內雖有吐瀉二三名幸皆勿藥有喜茲將正場文詩題目附列於左　已冠擠人于溱洧孟子曰惠　未冠而能濟衆　次題斯昭昭之多　賦得秋景下西墻得西字五言六韻

功同祇樹　○孤獨鰥寡無告窮民文王發政施仁必先斯四可謂得其要領矣本郡府憲每屆秋季支放孤貧口糧務期實惠均霑茲太守定於七月初九日支放孤貧秋季口糧錢文是日務早候領毋得自悞

嘉此南運　○江蘇江北漕船共十八幫江北等幫已抵津江蘇等幫未到已紀昨報初七日早江北前三四五六等幫已陸續下閘據船戶等聲稱現在北河水勢平穩行駛不致甚難約五六日即抵通埠矣家識旗民何幸如之

幸有阜田　○本郡連年被水收成歉薄民生困苦難堪今歲首夏風雨異常麥受丹灾現在秋禾漸致登場邑侯翟星甫大令顧念民隱於昨日親赴四鄉查勘收成如何茲已確查同吏胥詳各大憲計天津縣四鄉高地所種十成者可望七分收成其窪地可望六分收成果爾則該民尚不致十分瘠苦耳

府試示期　○七月初六日本郡文童正場已紀前報茲府憲沈太守於府屬各州縣等靜海青縣滄州鹽籍定於十一日考試文童正場前十三日考試性理孝經兩論該文童等齊集貢院左右是日扃門條點魚貫而入毋得擁擠云

鋪票被獲　○本埠各行鋪戶皆以零星錢票使用以期挪便不料其鋪失去銀票四張共一百六十兩昨有某甲持票取銀被入

拿獲送縣訊其□票何來甲頗狡詐飭責大板二十或倫或拾俟有實供再行續報

仍責兩宰　○王鑾坨牛角頭上大灘子等處賊匪出沒無常搶刦行人爲商旅害前屢登報頃聞王鑾坨附生李湘赴縣稟請爲設法嚴緝以安閭閻當蒙批示以所稟是否砌詞聳聽有無虛實候札行武清靜海兩縣會同查緝具報惟聞此項賊匪未知是否該處土著抑係路過之被遣兵勇惟此時此處秋禾茂盛有所隱匿必須妥爲設法方能緝捕得力也

奚啻再生　○去歲中日失和干戈從事其日軍俘虜中國之人於和議既成即訂期送回廣島俘虜共計九百七十八名於七月初二日送至大沽交還其在金州俘虜共計五百八十七名於八月初二日送至奉天鞍山之南乾綫堡交還所有送交大沽者茲日屆期果已送到當由天津鎮羅軍門督同大沽協韓副戎會同東征糧臺委員點驗查收聞係閩粵原籍會遣回鄉昨有來津者鄉音無改鬢髮全删他日歸鄉不知父母妻子團聚時當如何喜出望外也

孽在三生　○河北水師營勇某宿一娼有夫婦也相知久今已綠葉成陰子滿枝矣娼因子已成丁自慚面目大似知非不欲爲墻花之露該勇之淫心未死也昨該勇復在該娼家以芙蓉膏斃命該處地方即赴縣稟報經縣尊詣營主相驗並無傷痕實係自行身死茲又聞再請營務處重驗云云

義有十族　○昔□國方孝孺爲草詔事九族之外罪及其師師生之義夫有所授之也今邑庠生楊春田書業舌耕生二女無嗣二女相繼出嫁而楊於光緒初年故楊室時氏年六旬□矣隻身無依業徒陳東陽等爲楊舊弟廿餘家每家給師母月牌錢二三百文不等以資饔飱歷年無缺今楊時氏於上月病歿年八十六歲該受業等於月牌外各又加錢數百文以爲棺槨衣衾費使死者復生生者不愧於死楊之弟子有焉矣

助賑清單　○啓者敝局自辦唐山賑務以來屢蒙各大善士惻隱爲懷源源接濟則所活者奚啻億萬人數此皆諸大善士之賜也直屬被災之區甚廣求賑者日踵至惟因欵項支絀不能悉如所請然揆諸一視同人之意於心終歉歉焉是以叩求四方樂善君子慨爲資助多得一錢多救一命如集成巨欵則或一邑或一鄉將全活者又不可勝計矣豈非諸大善士之功德哉茲謹將第十九次助捐各大善士姓名捐數恭登報牘以昭徵信尚乞　仁人君子念切民艱共相援手救人救澈自始有終千金不厭其多百錢不嫌其少即祈送至溜米廠濟生社代收計開七月初七日收到集義社代募第七起助賑姓氏數目　柴訪臣助錢一千文　柴春農助錢一千文　牛儒軒助錢一千文　姜福蔭助錢一千文　天慶福助錢一千文　雷福汝助錢一千文　韓豐祥助錢一千文　韓凌霄助錢一千文　德記棧助錢二千文　李少符助錢一千文　遵古堂助錢二千文　路岐山助錢五百文　七齡童子柴元灣點心錢五百文　王孟賢助錢一千文　李鞠軒助錢一千文　張築山助錢一千文　禹少波助錢一千文　朱少安助錢一千文　復豐成助錢二千文　高文波助錢一千文　趙雨生助錢一千文　曹信臣助錢二千文　周雉卿助錢一千文　李輔菴助錢一千文　寶心堂助錢一千文　張郁卿助錢一千文　謙恕堂助錢一千文　郁文堂助錢一千文　益興堂助錢一千文　聚興堂助錢一千文　韋振廷助錢一千文　恒昌厚助錢二千文　仁育堂助錢二千文　于榮甫助錢一千文　金月川助錢一千文　金炳垣助錢一千文　陳佑延助錢一千文　餘慶堂助錢一千文　蘇退昌助錢二千文　忠厚堂助錢三千文　張予郁助錢一千文　陸鶴軒助錢一千文　楊少奎助錢一千文　范少堂助錢一千文　積善堂助錢六千文　沈紹堂助錢一千文　聚豐成助錢一千文　麗澤堂助錢一千文　無名氏助錢二十文　趙煥廷助錢一千文　星盛當助錢二千文　陸少逵助錢一千文　陸介泉助錢四千文　陳松樵助錢一千文　以上共九六津錢七十二千文　天津義賑局同人具

臺軍大捷　○客有自閩嶠貽我雙鯉者據言淡水茶棧各幫夥前已多半遷入內地有至泉漳等處暫憩行裝者海外歸來不覺歸心如箭即臺北土著男婦亦不堪日人之滋擾淫虐又逆料中路義兵乘間殺出鎗林彈雨之中或不免玉石俱焚遂相率內渡以避兵氛未幾日本果添調援兵四五千人進犯中路義兵奮力抵拒在中港一帶鏖戰勝仗日兵死傷甚多可謂天奪其魄矣□信又云上月杪

灣淡水板橋傳來信息云新竹城復爲日兵所佔此非日兵之果能攻城奪隘也蓋義兵早定妙計故作恇怯退避狀誘之使入日兵不知其計以爲時不可失縱□直入義兵見其入彀突起圍之網張三面僅留東門一路任其退出日夜攻殺日兵死傷無算由火車運回大稻埕醫院有不及醫治即登鬼錄者日以三四百計盛以三寸桐棺草草掩埋刀下游魂欲歸不得窮兵黷武果何爲哉此臺北最後勝仗之確音也臺南依舊平安無事本月初旬爹利士輪船仍至安平裝載各貨好音迭至亟錄之以當露布之傳　錄申報

奸細正法　○閩友信云爹利士輪船由臺南安平駛回廈門據附船而來者抵掌談臺灣事述及近日臺南雖無日艦來北兵戈寧息疆圉晏然月之初旬有奸細七名駕一漁船由澎湖到臺南進口時被守□兵丁察出悉數成擒船內有彼國號衣二百數十件船中共八名三名係潮州汕頭兩處人五名係澎湖本地人當時有一汕頭人乘間兎脫乃將所獲之七人解至劉淵亭軍門營次訊鞫軍門大開戎幕泊案問曰爾是何人受誰指使此種號衣送交何處七人堅不吐實劉淵帥恐有人特設反間之計遣彼來此以混我軍謀面甚狡執罪當更誅豈可養癰貽患即將七人斬首示衆以食毛踐土之人而甘爲他族作奸細誠不知是何肺肝白刃光中頭顱亂落血淋漓如流泉固絶妙下酒物也　錄申報

鐵路要音　○兼護兩湖總督譚大中丞前接部咨擬於湖北省開辦鐵路茲又據官場傳述云鐵路一舉不獨湖北亟須開辦即江浙諸省亦將一體舉行何省鐵路即歸何省官憲總理湖北鐵路之達于京師者計有二道其一則由汴省之信陽州北上中丞現已派員先往劃界何日開工須俟續聞再登　錄滬報

治霍亂時症預服方　○紫蘇三錢　蒼朮一錢五分　廣皮一錢　製香附三錢　炙甘草一錢　全葱三支　生姜三片　用井水各一碗煎服此方一服可飲二人如人多五六服共煎各飲一茶碗永不傳染立效如神此係林文忠公在蘇時霍亂時疫盛行此方預服均未傳染是症初起即宜禁穀食粒米不得入口再于膝灣委中穴刺出惡血爲要　招商總局來稿

本行兹由外國運到新式玲巧水龍其法將水龍放在井內抽水頗爲靈便官商住宅花園均可合用價亦相宜倘蒙　賜顧請至本行看樣定價可也此佈

信遠洋行告白

告白

野叟曝言　各國時事類編　中日戰守始末記　公車上書記　海上見聞錄　銀瓶梅　眞正後聊齋　三續聊齋

三續今古奇觀　正續[illegible]昇平　後施公案　彭公案　鴛鴦夢　古今眼前報　金臺傳　雲中落繡鞋　後西遊記　蜃樓傳

百寶箱　繪圖小八義　意外緣　英雲夢　情天寶鑑　女僊外史

文美齋□啓

浙杭元吉永號

本莊自置紗羅綢緞新樣洋縐花素洋布川廣夏貨團摺雅扇南貨頭油俱全祇爲近時錢市漲落不同故而各貨減價開設估衣街中間路北凡　仕商賜　顧者無悞特此佈達

德陞齋靴鞋鋪

本齋專做滿漢朝靴新樣京式名鞋及鑲花坤鞋一應俱全價廉物美　賜顧者請認明本店招牌庶不致悞本舖開設在天津府北門外鍋店街集義棧對過便是

七月初八日輪船進口

普濟　輪船由上海　招商局

七月初九日輪船出口

通州　輪船往上海　太古行

新濟　輪船往上海　招商局

七月初八日銀錢行情

天津九七銀盤　二千七百九十五文

洋元　二千零一十文

紫竹林九七銀盤　二千八百四十文

洋元　二千零四十文

直報

光緒二十一年七月初九日　第一百八十四號
西曆一千八百九十五年八月二十八日　禮拜三

上諭恭錄

自餘書行走班次在張之萬之前欽此

慷慨財迷

穆陵遊子稿

世之以慷慨自負者多矣而求其能剛慷慨之實如劉財迷其人者則不數數覯書長無事爰濡筆爲之大書特書以愧夫世之假慷慨而饒財迷者木工劉兆元綽號財迷津人也先業木匠繼跑洋合其爲人也刻己厚人有長者風少貧甚工資所得恒不足以餬其口乃隻身走汴梁投鏢商爲傭歲入仍不足供俯蓄乃歸業跑合焉先砵不得志嗣者行商嘉其誠篤始徐與之交繼且格外調劑之財迷倖其見於人也益以操守自勵凡經手買賣毫厘不涉於私因之人益重之而財迷之獲利亦遂年增而月盛不十年間居然稱小康矣財迷面儉跑合之餘仍執木匠業以嘗什一之利示不忘本也津俗奢侈成風凡執業洋場者更競尚奢靡惟財迷則不然布衣蔬食終其身每有餘資輒以周其親族交游且始終無德色至遇地方善舉更能不遺餘力　再樂助即如畿輔賑捐財迷首以五金爲同業倡於是聞風義者爭相輸助不崇朝而得毛詩之數者財迷力也嗣有以黃金丹藥資向慕者復慨助津錢兩千於是繼之者又得五十緡越日予讀新聞報見有三江公所募藥捐啓向道所以財迷復倡助青銅十五串因是而新泰興同人皆交相稱頌僉謂財迷若是吾輩不繼其後將爲後世天下笑於是爭輸恐後頃刻又集津錢一百五十竿噫彼財迷者不過一木工耳辛苦一生僅得溫飽而見義勇爲一揮數金無吝色以視彼擁厚資建高牙而視財如命徒留孽錢以供子弟之揮霍者相去奚啻霄壤哉予故歷述財迷之爲人以爲富世勸

刻己厚人假財迷真慷慨孰賤業而自得其有鑒於己貧而怨人不我施己施而恨人不我報爲大癡惟食焉而不事其事必得天殃故不敢一日捨業婚鰥迹其隻身走汴梁投鏢客志趨不合鬱鬱而返復跑洋合爲經紀其間奔波窮僨歧路與嗟險阻艱難人之情僞富無不備嘗而盡悉彼其樂富貴悲貧賤豈或有異於人哉亦知夫志不可貪嗜其貨利忍而不能捨喪其志氣屈而不能守苟取其財誤罹禍災罪必不能逭強其智力之所不能而冒取藉其職分之所當守而襲取一旦敗露身觸刑辟即或苟免子孫莫守貨悖而出殆又甚焉身死業隳者敗終爲知者笑孰與自食其力與世信臨財廉取予義我不負人人自不負我人縱負我我亦不負人身安心安久之人自舉安而不我負以視夫苟取冒取襲取者其爲利之得失長短優絀豈可尺寸計乎昔唐有宋清者藥市人也善居藥譽滿一時疾者就清求藥雖不持錢皆以善藥與積券如山歲終度不能報者輒焚券不復言人以笑清爲蚩妄或又謂清爲有道者清曰清逐利以活妻子道何道然謂我蚩妄亦謬清居藥四十年焚券百數十人或至大官或連數州受俸博其饋遺清者相屬於戶雖以賒死者千百不害清之爲富也清之取利遠遠故大豈若小市人然哉一不得直怫然怒而仇彼之利不亦翦翦乎或且鄙清爲市道交柳子獨譽之

以爲市道交已不可少況僑居市不爲市之道內居朝廷官府庠塾鄉黨以士大夫自名者何貴爭爲耶又有坊人王承福者天寶之亂發人爲兵持弓矢十三年有官勳棄之來歸喪其土田手墁衣食餘則以與道路之廢疾餓者且曰妻與子皆養於我者也吾能薄功小不有之可也是勞力而不肯一勞其心者也韓子稱之若財迷者視宋清則好善樂施視王承福則更畜妻子彼二人者且見道於昔賢況財迷乎予故喜讀之而樂書其後　賞奇人附志

將覲天顏　○李傅相自奉　旨徂東議和歸來數月屢告感冒銷假後取吉於初五日入　覲已登前報茲於初八日接到京電知中堂公車已於是日辰刻抵都矣

試論題目　○七月初六日府試天津縣學文童正場之期已登昨報今初八日早局門考試性理孝經兩論謹將兩論題目照列於左

性理題　乾至健無體論　孝經題　天地明察論

醫灶甄試　○運憲李都轉甄試灶籍應考各童定於七月初八日領取試卷初十日投卷十一日考正場十四日考性理孝經兩論諭云本都轉定於寅刻局、酉刻淨場如不完繳者不准送考又云向有延覽一場考試不准補考各灶童務於十一日齊赴署內鼓樓南間津書院聽候點名攜卷入場毋得自悞

堤將修　○本年爲直屬諸河朝宗正軌每屆伏秋汛漲沿河各堤均恐漫溢昨奉　憲王制軍天津道李觀察東征糧台胡方伯同赴河北堤頭地方驗看河堤水堤不日雇土工諏吉修補

廟貌宜新　○士農工商各有師授惟文武兩途尤爲四民之首其尊師重道也當何如哉查津郡素稱繁華覺觀寺院祠宇棲踵創建首事者無不振興蓋一經工竣可得異獎也第豪富巨家往往重文輕武本郡文廟雖創建年久續修者亦不乏人惟武廟始創於府署西大街早年已坍塌不堪嗣於光緒四年復遭回祿僅有正殿其知者以爲武廟不知者以爲民間之茅廬三椽耳廟貌敗漏祀典亦荒竟至無人顧問郡城尚有武廟乎然津郡由武選榮貫極品者亦屬不少、會武科魁者亦多飲水思源何不一究其根蒂其不敬孰甚焉本屬文風聯科之盛遠過於武已爲明驗況武廟地址附近居民不免侵佔若再遲延不修恐後日更多轇轕凡由斯途榮身者其毋離謝不敏乎

靈輀暫駐　○山東藩憲張劭臣爵方伯之正室呂夫人六月十二日在上海途次病故柩眷昨附新濟抵津柩停鷹壽寺眷寓佛照樓擇於七月十二日在寺諷經事畢眷即赴東

江北正供　○江北江蘇河運漕糧船隻數目運官銜名及到津日期均經陸續登報茲江北頭起糧船運官陸大令樹槼率船戶李繼賢等共漕船四十七隻又運官乘坐之太平船四隻於本月初七日午刻過天津關運橋北上、天庾正供指日即到通倉矣

河北假帖　○漕運糧船由南省帶來貨物由津至通沿路變賣同時以北方之物易之故習也昨一糧船水手將鴨子在河北攏攤售賣有　人買鴨價僅百餘大錢給錢帖二千要向賣鴨者找錢糧船水手不允買鴨者領至賣碗攤上答話言其帖爲碗攤上所找其人去未片時賣鴨人將帖退回乃係假帖賣碗人接看其帖並非伊所找原物蓋此人先買碗賣碗之人找給錢帖二吊其人用故智幟易漢幟故事將真帖匿於腰內換出假帖到傍邊又買鴨子却又着賣碗人作保賣碗人不疑其僞一時粗心未看其帖遽然作保及賣鴨人將帖退回賣碗人始知其假賣鴨人云帖非你的你如何保你既作保即該找你賣碗人無詞只可忍氣賠錢二吊向不知其棱之錢帖眞假否耶然即其後票之假可斷其前票非眞矣

恭頌匾額　○客歲軍興以來毅軍淮軍調赴前敵屢次接戰皆紀前報茲毅軍淮軍等營勇丁受傷者已復不少前由火車來津校津東紫竹林迤北天主堂養病院醫治痊者約有數百茲勇丁感德恭頌匾額兩方一曰恩施我軍一曰醫愈華兵已懸贊病院門首

議舉燈牌　○四十年前本年歲科兩考點名時擁擠非常郡紳創行燈牌設燈牌公所茶水桌櫈每牌五十名自首及尾魚貫而入直府屬靜靑滄鹽南慶等州縣文童考試郡中燈牌亦照送如前茲紳等公同擬議直府縣兩試亦一律照辦

傷有重輕 ○南門外有妓乘東洋車一輛由西往東將某姓童撞倒車由腿腕旁軋過登時昏暈該車夫猶飛跑不顧經路人不平代爲攔住詎該妓竟代爲車夫嘵嘵置辯衆因遷怒說該妓與車夫係一黨欲將該妓一併送官妓始畏懼軟語央求說合令車夫覓保先令該妓出資養傷留下首飾二件及車夫覓有保人始行放走或謂車夫即係妓夫然據該童家人云傷不甚重並未軋折骨髓幸哉但洋車飛行最易惹禍如何禁之斯可

道分來去 ○本郡華洋通商水陸碼頭南北貨物如山如陵終日分運行棧上下交卸或以車易車則二把小車地扒車騾馬車東洋車紛紛奔馳惟是街窄人稠時時擁擠阻塞打降鬥毆無日無之上年曾經工程局憲議以由閘口起順小道子至南門循城根至西北城角建造土石道極其平坦開工需材不下萬金原爲由紫竹林起貨前往北門外一帶交卸由此路行走庶可以洩東門外之壅塞詎該腳行均不能捨近求遠是以照舊行走南門外一道幾同廢弛茲查此路至西北城角爲止尚須奔南圍再折轉針市街行之不易亦嫌太遠若能由西北城角接於北門之西城根再於閩學會館或東或西購買民房開通極寬胡同一但上下貨物均可捷便行走而且於針市街甚爲有益該街北面尚有胡同數條其南面僅有胡同一條如此長街竟無分洩之處一經別有不慎甚非所宜也總之津地上下貨行僅有路二三條可否由工程局於總路派巡兵二三名要識字之人先期出示各行棧其貨發至某街須在發票爲明至總路憑巡兵查看以何處歸何路行走務令一貨均行一條路去貨均行一條路庶無來往相撞街窄不能分走之虞由此道路肅清行人方便善政也是否可行請質之專管者

助賑清單 ○啓者敝局自辦唐山賑務以來屢蒙諸大善士惻隱爲懷源源接濟承遇所需俱全活者奚止億萬人數此皆諸大善士之賜也陰騭文云救蟻中狀元之選夫救蟻之命尚得嘉報如是況救億萬人之性命者乎縱不能報及於其身必將報及其子孫將來桂子蘭孫科甲不絕吾預爲諸大善士卜之矣前所捐賑欵業經登報外茲又將第二十次助捐隨以昭徵信計開 姚琴舫大善士代募守德堂助錢平化寶銀五百兩 寶善堂助錢平化寶銀二百兩 詒清堂助錢平化寶銀六百兩 思補氏助洋銀五百元 知不足齋助公砝平松江銀一百兩 黃繼香助錢平松江銀二十兩 存德堂助九六津錢一百千文 劉少錫助九六津錢五十千文 劉筱齋助九六津錢三十千文 孫仲英大善士助錢平松江銀二千兩 又代募 潘二江助洋銀三十元 盧鴻昌助洋銀三十元 明元道人助洋銀三十元 無名氏助洋銀二元 聖記助錢平化寶銀二十兩 周之雲助洋銀十元 李[illegible]甫助洋銀二百元 胡二梅助洋銀一百元 席志前助洋銀二百元 王晉叔助洋銀一百元 零戶助洋銀一百元 吳仁甫助洋銀三百元 席志前續捐助洋銀二百元 李曼助洋銀二百元 王極泉助九七六錢四百吊文 前第一次助賑清單內登顧雲甫捐洋銀三十元實係黃韞甫誤作顧雲甫又前報登孫仲英姚琴舫兩善士代募某大善紳公砝平化寶銀一千兩實係姚琴舫大善士代募惜生道人理合更正明晰以供衆覽 天津義賑局同人具

藥捐清單 ○敬啓者鄙人經募藥捐正在力盡筋疲苦難爲繼之際適蒙宋桂堂司馬代募到京都恒利金店戴星甫大善士倡助京松化寶銀五十兩正當此症候繁多貧民醫藥罔措鄙人既得藉手巨欵仍擬廣配丹藥用代博施諸公慷慨樂助正如時雨之沛眼前實濟救命多多祇領之餘同深感謝謹登報牘奉揚仁風捐數列後 第六次藥捐清單 恒利金店捐京松化寶銀八兩又代募恒興恒和恒源三金店莊延恒都四戶各捐京松化寶銀六兩正 以上八戶共捐銀五十兩正 試驗有效人謹啓

日臺新語 ○本館探赴日本沿途偵訪之友人來信云第四旅團長伏見親王於本月某日率同混成第四旅團前赴臺灣旋得電報知六號午前至基隆九號至臺北○臺灣之役日兵死於戰死於疫者外間咸傳有五六萬之多其因患疫而載回者亦不下一萬六千人運兵船及鐵甲船被燬者不止十餘艘今奉日皇諭旨將前頒行政章程悉改爲軍政設參謀副官二部爲總督幕僚又設陸軍局長部炮兵部工兵部監兵部監督部金櫃部糧餉部軍醫法官部電信郵便部另海軍局民政局計共十一部兩局蓋政府自知臺事非計日可了故專從事於軍政也○東歷八月以來東京大本營自小松親王大將始屢集伊藤總理大臣及西鄉大山野津川上伊東諸將家會

議兹已議定曾派第二師團步兵第三旅團前往臺灣先至中國金州取齊每一中隊編制二百五十人步兵限編三十中隊第二師團第四師團編制臼炮山炮一大隊鐵道隊要塞炮兵隊電信隊近衛炮兵一大隊共計兵四萬五六千名軍夫二萬五六千名不日將行抵臺北合前到之日兵與劉軍决一大戰○日兵由臺北前進各處攻戰每次被圍受創兼之路多險阻行軍時不敢銳進時遇臺民耕于田樵于山及家内者探問前途有伏兵否若輩均答以不知及日兵戰敗而還則若輩不論男女率皆奮勇要擊亦有從墻壁間放槍者以致日兵大受傷夷現在駐臺日總督申奏日廷臺民負固不服請遣大兵赴臺俟秋凉時進攻遇屋即燒遇人即殺日皇覽奏許可說者謂日人窮兵黷武已屢遭大譴若再仇殺良民其不干天怒而覆敗也幾希矣○日兵自占踞臺北後屢次出兵不利且疾病叢興死亡相繼日廷得悉情形深恐軍心渙散特於上月下旬特敕中村侍從武官齎敕書一道乘信濃川丸前往臺灣由基隆淵淡水至臺北占踞臺北之欽島参謀長鈴木阪田兩副官山田大尉憲兵將校以下步兵騎兵憲兵若干名齊至大稻埕碼頭迎接敕使在英商義和洋行前登岸乘馬赴督署總督及近衛師團長能久親王水野民政局長大島陸軍局角田海軍局長同在門內迎入敕使將敕賚交總督總督捧而讀之其文甚長大約係温詒附循以免離心離德云 錄申報

兹啓者本堂新刻粹門孫筱帆孝廉舒藝紫山選被兩名士合刻賦鈔註釋詳明誠爲藝學之津梁也更有青照草堂匯計七家詩論試帖舉隅二種大爲士林推重瀋陽古學金針又覇州吳河帥育文安陳士合輯水利叢書實爲目前急務近印津沽周衣亭太史孟子讀法講義精詳不徒經生足資討論制藝宗題尤尋見地公諱人驥著作甚富兹姑印其一以供膾炙合計五種除本堂發售外津郡文美等書局一併寄售至於各種書籍筆墨無不揀選精良發本以期近悅遠來凡刻詩賦文集諸書暨板刷印裝訂書籍自當精益求精省工價廉萬不敢稍涉含混有負 賜顧

寓河北關上毘盧寺義合主人謹啓

浙紹朱鈍翁先生醫脉深奥屢治重症俱奏奇效而於婦幼兩科尤有妙術

本行兹由外國運到新式玲巧水龍其法將水龍放在井內抽水頗爲靈便官商住家花園均可合用價亦相宜倘蒙 賜顧請至本行看樣定價可也此佈

信遠洋行告白

售白 野叟曝言 各國時事類編 中日戰守始末記 公車上書記 海上見聞錄 銀瓶梅 眞正後聊齋 三續聊齋

三續今古奇觀 正續承平 後施公案 彭公案 鴛鴦夢 古今眼前報 金臺傳 雲中落繡鞋 後西遊記 蜃樓傳

百寶箱 繪圖小八義 意外緣 英雲夢 情天寶鑑 女僊外史

文美齋謹啓

浙杭元吉永號

本莊自置紗羅綢緞新樣洋辮花素洋布川廣夏貨團摺雅扇南貨頭油俱全祇爲近時錢市漲落不同故而各貨減價開設估衣街中間路北凡仕商賜顧者無悞特此佈達

德陞齋靴鞋鋪

本齋專做滿漢朝靴新樣京式名鞋及鑲花坤鞋一應俱全價廉物美 賜顧者請認明本店招牌庶不致悞本舖開設在天津府北門外鍋店街集義棧對過便是

七月初九日輪船進口

連陞 由上海 怡和行

七月初十日輪船出口

通州 往上海 太古行

普濟 往上海 招商局

七月初九日錢行行情

天津九七六銀

行盤二千七百七十二文

洋元二[illegible]

紫竹林九六銀

銀盤二千八百一十二文

洋元二千零三[illegible]

直報

光緒二十一年七月初十日　第一百八十五號
西歷一千八百九十五年八月二十九日　禮拜四

上諭恭錄

上諭前據給事中張嘉祿奏浙省盜風熾肆並奏參提督張其光等當經諭令廖壽豐確查具奏茲據奏稱浙江台州土匪上年經防軍兜剿匪蹤竄匿鄰境致甯波府屬之奉化縣時有刦奪案件迭經嚴飭文武各員分別緝拏惟匪首尤田鷄尚未弋獲着廖壽豐飭屬勒限嚴緝該地方官尙有諱飾情事即行從嚴參辦提督張其光查無廢弛之處總兵費金組知府馮相華並無嗜好均着免其置議玉環營參將鄧騶保查有在營納妾情事着撤去輪船管帶開缺以守備降補縣丞吳元鼎年輕尙氣不知遠嫌着即行革職勒令回籍餘着照所議辦理該部知道欽此

電諭恭錄

○ 旨文華殿大學士李鴻章着留京入閣辦事王文韶着調補直隸總督兼充辦理通商事務北洋大臣欽此

南台雲水八紀

乙未之秋七夕後三日晨興與乙丙兩友復會於南台秋水大至瞭望海河兩岸爲闊淡雲一抹橫其際間以遠樹疎疎似雲林筆又如趙僧索畫於石田翁詩所云筆到斷岩泉落處石邊添個看雲僧者兮子二人居然石邊看雲僧矣愧無〃田筆一繪之兩友曰造化小兒狡獪哉時易勢殊雲水爲之一變憶曩歲遊黃山雲生海上始如縷如纜逢逢出諸峰間雲而已蕩以微風拖以平遠秋水瀰望渺然已而雲勢益積天風大作怒浪潰湧洶洶崩山羣峰漸小若青螺數點浮沉渾茫中萬壑在下松濤震響不減錢塘潮彼時心幾不能自主覓身與山偕濤勢俱奔遙瞻天都蓮花兩峰屹立海天外傳所謂蓬萊方壺不知其有無于茲得其髣髴此心亦若從茲仙去以視今之淡遠畫圖又如隔世豈非造化小兒顛倒衆生有以使之弄之而非衆生所能自主乎子曰唯唯有間夫人之心而未始有獨立也則與物爲緣與物爲緣則緣物爲體物不可必故境變於外心搖於內順逆交乎所々憂樂殊於俄頃況百年之內炎冷相乘迭變無已則我心之爲我者也幾希矣士大夫身都通顯氣象偉然一旦失時落節則形神銷萎抑鬱嘘唏以爲生其生平之所以居心可知矣心不自得而以物緣心非營營於富貴即戚戚於貧賤俯仰之間念念遷謝所謂眞宰者安在哉若至人則不然意緒淡泊無殊今日之雲水不知菽水之異於甘脆也不知緼縕之異於文繡也不知衡茅之異於華屋也若是者謂之強不變於有道無道謂之中庸遁世不見知而不悔有識者遂得於其人以微世變焉蓋忠孝節義民之恒性待而循之如日用飲食初無非常絕特之爲不幸而運際其窮然後激烈奮發以求自遂而驚世駭俗之行出焉此如雲之蕩於風爲天上之山爲空中之怪水之激於石爲霆擊爲雷怒漩濤懸瀑觀者驚以爲奇絕豈雲水之必欲變相以顯其絕特乎衰周之季民生狹隘忠孝節義之人往往而出其間所以自遂其性者亦若雲之揚於大風水之抵於巨石奮其力以與爭遂成天下之奇觀不知其出於不幸此聖人之所深悲而不欲以之爲教也後之論人者不察此義好言奇節庸則已焉嗚乎必欲驅天下

忠孝節義之行盡出於奇是必欲其盡出於不幸也至於閨閣之賢以順爲正無非無儀詩人著之或不幸而以節顯又不幸而以烈聞朝廷旌其門志乘傳其事用以慰荼苦之心示其厲俗之意云爾非謂安常履順中無賢者亦非謂賢者必不安常履順也雞鳴之詩弋雁飲酒雜佩贈賓士女相與警戒之言日用飲食之事耳而風人歌之聖人著爲經以教來世至今誦其辭繹其義悠然想見其人雝雝肅肅穆穆棣棣關雎芣苢之風猶有存焉者乎不然胡安順一至於斯也近日畿甸津埠一帶瘟疫流行死亡相繼半月中津埠殉夫之烈婦三見其人行固可嘉情殊可憫至謂閨中之行必以此爲定程孔子有曰白刃可蹈也中庸不可能非謂白刃之不可蹈亦非謂白刃之不可不蹈其中庸與不中庸是又在蹈之者之自爲斟酌非外人可得妄談者予故因兩君之談雲水而及之以爲中庸說

督憲示諭 ○欽差署理北洋通商大臣直隸總督兼管長蘆鹽政雲貴總督部堂王 爲出示曉諭事據津武口岸商人許吉禀稱營兵私販漁利人鹽立時緝獲哨官責敢來廠逼索人鹽商業雖安請示禁在案等情當經批飭運司查明酌核議覆茲據該司查得沿海一帶皆產鹽之區灘坨林立私鹽最易侵灌不獨天津一岸如是薊六等岸莫不皆然現値大兵雲集梟匪乘間勾結或即假冒營勇販私漁利皆所不免若不嚴行緝禁於通綱大局殊有關碍該商所禀係爲顧全要岸起見應請照准出示嚴禁並請咨行各路防營一律認眞約束等情到本署督部堂據此除咨行外合行出示曉諭爲此示仰軍民人等知悉自示之後爾等須知販賣私鹽例禁綦嚴毋得以身試法倘有不知改悔勾結梟匪販私漁利定即嚴拿懲辦決不寬貸[illegible]巡亦不得妄拿平民藉端騷擾致干重咎各宜凜遵毋違特示

都轉示諭 ○欽命二品銜新授福建按察使長蘆都轉鹽運使司鹽運使雜帶加六級紀錄十四次季 諭寄籍廩保暨寄籍文童知悉案查前奉 前順天學院鐵 牌開飭將各童生身材形貌詳寫浮簽於查號交卷時按名核對飭發式樣一本發學令該教官傳諭該廩保認明本童照發下式樣詳寫浮簽不得以身中面白等字樣含混塡註將來核對不符定將該廩保童生斥革扣除並先懸知照童領卷入場須俟查號交卷兩次查驗後方准揭去浮簽若無知先揭即照犯規擯斥其揭去之簽各童生妥爲收存於招覆點名時再行核對如有遺失定即扣除嗣奉 學院行知以應考童生例應以同考五人互相保結近皆視爲具文互結之人當堂指問多有不能認識者殊非核實辦公之道行司飭令應考各童均要曾經認識之同考童生互相保結將互結冊畫押送 院考試之日遇有可疑之人當堂提問倘有不識認者定即一併扣除各等因業經轉行各州縣曉諭遵辦在案合行牌示爲此牌仰該廩保暨童知悉將來 院試時各於浮簽上遵飭塡寫領卷入場須俟查號交卷兩次查驗後方准揭去卷面浮簽毋得先自揭去致犯規條擯斥其揭去之簽各本童妥自收存以備 學憲招覆點名時核對愼毋遺失致干扣除所有 院試兩考該童等務擇曾經識認之同考五人互相保結將互結冊畫押具卷面浮簽面形面色身鬚並五官另有疵疾之處均要註明以備 院試時呈送各宜凜遵毋得臨時自悞切切特示

勢有難緩 ○子牙河兼納滹沱正派奔騰浩瀚數百里泱泱南來經靜海縣屬大瓦子頭穿衢北下爲新正河衢爲山左等處入京通途東西諸村與本街往來孔道數船橫渡梭織不能爲繼 邇伏秋漲汎往往因競渡落水失事爰跨河爲橋通行旅南北使之舊橋鳩工庀材百餘年堅且固雖商以規模狹隘不利運艘改爲之增高大而估値廉工疎材薄易爲視昔爲強堅固視昔爲遜以致行船偶觸戰戰有聲時虞塌陷自重修落成至今未及三載昨於七月初五日有自北南運鹽船已逾橋帶纜逆流上載重溜緊纜斷船橫直撞橋橋坍三孔行人落水多淹斃途爲斷現値秋水大至橫渡艱險本植椿柱側欹河內甚阻河流其處爲一河咽喉梗塞不通上游之漫決益甚查子牙河舊歲自臧家橋以下決口數處經年未堵文大青靜四縣春間低處積水四五六尺不等高阜平原雖經退出播種春苗以初夏淫雨烈風半已災毀再種之苗未及結實新漲又從決口溢出茫茫巨浸綿亘百數十里至瓦頭獨流爲東淀下游其苦尤甚此等地方不特今歲無禾[illegible]歲亦並無麥唯仰賑爲命一賑再賑固爲有加無已之 皇仁然豈能賑之終歲賑之來歲乎賑之來歲來歲漲水依期仍來又能賑之屢歲無一停施乎偶一停施溝隍立見故謂民間收穫一稔勝 朝廷賑濟百端今餬口不能修橋何力與其籌賑何若治河即不治河何可使廢壞橋梁堵塞河路即不爲通行計是亦亟宜修理者第恐以民間之橋仍諉諸民間修建則又不如當初未改猶可冀其不圮也小民徵淹情急恐事壅 上聞祈登報端以代肺石

事尙未明　○本郡吞烟自盡之案筆不罄書日前西門內城隍廟前某甲年二十六歲因向銅匠某乙討欠不知緣何情急晚間吞烟斃命現經街隣調停是否尙有別情抑係被欠戶欺侮俟訪明再報

於鄉有光　○本埠北門外鈴鐺閣大街沈某之妻沈張氏絕粒殉夫已紀前報玆聞本大街衆舖戶聯與號等約數十餘家恭送大傘一柄額曰節烈咸欽又牌兩對額曰穴冈千古粒絕九朝青年赴義彤管增輝於初八日三點鐘各舖戶人等衣冠鼓樂恭送觀者如堵贊不絕口

受知無愧　○本埠五方雜處良莠不齊西門外一帶尤稱難治自第八段鄉甲局金局員接辦以來認眞經理凡遇娼賭情事無不盡法懲治地方藉以安謐人皆欽佩云

情同望歲　○靜海縣所屬賈口等村積水未涸新水復來民情困苦日不聊生屢登前報玆賈口等村紳民張向辰等赴府轅稟請續賑蒙諭俟轉詳籌賑局遴派員查驗即擬續賑各村貧民想皆拭目俟之

歲也殺人　○府屬各治屢年被水成災民無餬口來津就食者日不暇計然握粟出卜粟耗則沿街乞食不能吹簫惟立俟其死而已矣日前南門外某甲外鄉人年約四十餘歲討飯無着餓斃道左赤條條去無牽掛噫何必生于故土死于異鄉耶慘矣

助賑清單　○啓者敝局自辦唐山賑務以來屢蒙　各大善士測隱爲懷源源接濟則所全活者奚啻億萬人數此皆諸大善士之賜也但直屬被災之區甚廣求賑者日踵至惟因欵項支絀不能悉如所需然揆諸一視同仁之意於心終歉歉焉是以□求　四方樂善君子慨爲資助多得　錢多救一命如集成巨欵則或一邑或一郡將全活者又不可勝計矣豈非諸大善士之功德哉玆謹將第二十一次助捐各大善士姓名捐數彙登報牘以昭徵信而免乞　四方樂善君子念切民艱共相援手救人救澈自始有終千金不厭其多百錢不嫌其少即祈送至溜米廠濟生社代收　計開　七月初七日收到彙義社代募第八起助賑姓氏數目周夢賢助錢一吊文　喬少甫助津錢一吊文　劉丹林助津錢一吊文　儲穀夫助津錢五百文　李子楊助錢五百文　李小庭助津錢一吊文　朱亦韓助津錢五百文　劉銘甫助津錢五百文　王吟笙助津錢五百文　李秋岩助津錢五百文　王雨村助津錢五百文　溫貢臣助津錢一吊文　王耀章助津錢五百文　張柳閬助津錢五百文　李荷生助津錢五百文　張席臣助津錢五百文　劉芝樵助津錢一吊文　徐郁生助津錢五百文　吳少卿助津錢五百文　中和號助津錢五百文　韓荷龍助津錢一吊文　楊卜孫助津錢五百文　汪耀軒助津錢五百文　此單未完

務須明白　○昨登第二十次助捐　大善士王樞泉助九七六津錢四百千文係王樹泉誤樹爲樞亟宜更正

藥捐清單　○敬啓者鄙人自前五月二十六日起經募貴金丹藥資共收津錢五百二十九千八百文又洋銀廿五元並施丹藥四百九十八料業經分次登報度已上邀　公鑒玆將第五次經收藥捐並撤寄各路藥料數目臚列於後用昭信實即希　公鑒　計開　余瀓甫觀察第三次經助津錢七千五百文　又代募無名氏銀二兩　又無名氏助津錢十千文　恒豐泰助津錢二十千文　恒和金店助津錢十千文　古壽延助津錢一千文　劉財迷助津錢十五千文　新泰興同人分助津錢一百五十千文　以上共收藥捐津錢二百十三千五百文又銀二兩○經施藥數列後　北洋電報官局赫琇岩善士經寄石山站電局藥七十料　余瀓甫觀察代施二十料　宋桂堂善士代施三十四料　瑞昌津總店代施十八料　東堤頭稅局代施十料　錦州恒豐泰號麗川代施十料　王醉侯代施二十五料　茂盛興帶往京都代施十料　德恒爐坊代施六料　滄州郭掌櫃帶往北塘代施十料　山海關三合棧代施四料　鄭滌華陳小菱千潍然張仲譜等四善士代施各四料共十六料　胡翰如李東甫從心齋吳見三楊叔循羅雲章等共代施十四料　新泰興洋行經寄唐官屯與濟青縣靜海縣陽信大與棧分司署李家坟萬盛灰店峯山廟等處友人代施共計三十三料　萬德昌號代施前後共五料南樂縣莊友代施前後十料　以上統共施出二百九十五料　試驗有效人謹啓

日報言敗　○昨日下午日本來信云東歷七月二十一號起日本近衛師團兵官山根松原內藤三人率兵分隊攻臺灣大姑陷

河西岸士兵戰至二十五六七等三日兩軍互有死傷各隊遂陸續逓回補足糧食藥彈擬往攻新竹東南境當近衛師團第二大隊第三聯隊進攻大姑陷之時委第六中隊第一小隊轉運糧食督糧之櫻井特務曹長選隊中勇敢士三十五名運米一萬五千斤梅乾六十壜載以華船十八艘七月十一號薄暮由臺北開出溯河流而上三十號清辰六點鐘時船達三角湧忽河之兩岸敵兵數百人突然而出燃槍轟擊彈丸皆中於船舷是處水淺不堪各船不能飛駛日兵無奈脫衣下水極力鏖戰而岸上彈丸猛烈櫻井特務曹長胸前中彈而亡江橋[illegible]臂拔劍自刎神谷等三十五人悉死於砲丸藥彈之中按此語見於日本報章所述彼軍敗衂情形諒不無浮光掠影也 錄申報

日災彙紀 ○日本來函云東歷七月二十四號九州各縣大風雨爲災旋由各縣知事電報情形以佐賀福岡二縣爲最烈佐賀縣倒壞房屋一萬五千所有奇死傷一百數十人福岡縣倒壞房屋一萬二千一百餘所死亡六十餘人至海中撞壞之船首推鹿兒島縣所屬計死亡及不知蹤跡者共一千零十六名野村內務大臣將以上三縣及大分廣島山口等各縣災況上奏日皇並派官赴各縣查勘○日本全國患虎列剌症蔓延不絕日有死亡七月二十八號查得是日通國患者三百四十九人死二百五十七人自初發至此計共一萬六百九十七人死六千五百九十二人○七月二十九號之夜十點鐘時大樾滋賀縣知事報東京政府曰縣下各川發水各地橋梁流失鐵道線路破壞東方各村均浸入水中路爲之斷十一點鐘時又報曰本縣淺井郡洪水益甚已由長濱派船多艘救護人命并派官吏前去視察是夜六點鐘時樺山岐阜縣知事報稱數日來大雨如注縣屬諸川發水以揖斐川爲最甚水高十三尺數寸今尚有加無已是夜十點鐘時荒川福井縣知事亦報稱縣屬諸川發水堤防潰決橋梁流失往來路絕人民房屋浸入水中目下正在調查其數三十號晨又報稱昨夜發報後九頭龍川之水陡漲一丈六尺數寸福井市未沒者祇三分之一房屋損害人畜死傷不可勝計其他各地被害之處甚多通道已斷而雨尚未歇是日靖江報稱洪水爲災房屋流失人畜死傷尚待稽查詳細又名古屋報稱昨日來大雨大垣垂井祇赤坂川隄破壞衝決鐵道線路浸入水內十一點鐘時列車脫軌人多負傷木曾揖斐諸川水皆漲丈餘

七月初十日輪船進口

船名		行
海晏	由上海	招商局

七月十一日輪船出口

船名		行
連陞	往上海	怡和行
普濟	往上海	招商局

七月初十日津河行情

天津九七大錢 銀盤二千七百七十七文 洋元二千文

紫竹林九六大錢 銀盤二千八百一十七文 洋元二千零三十文

光緒二十一年七月十一日　第一百八十六號
西曆一千八百九十五年八月三十日　禮拜五

上諭恭錄

上諭前據都察院奏編修呂珮芬等呈控安徽旌德縣教諭張堃劣跡多端當經諭令張之洞確查具奏茲據奏稱該員被控各節查無實據惟沾染陋習平日居官不勤訓迪實屬溺職若以主簿降補不足示懲着即行革職以肅官常該部知道欽此

叢談

日本來函云日本全國患虎列刺症蔓延不絕日有死亡東歷七月二十八號查得是日通國患者三百四十九人死者二百五十七人自初發至此計共一萬六百九十七人死六千五百九十二人按日本之所謂虎列刺即華人之吐瀉也此症中士歲有于今爲甚近日京師染患此症者不可勝數受病後三四點鐘即斃甚至七月初六日一晝夜間病斃者不下五百數十人並聞彰儀門外一帶鄉村亦染此症率皆閉目合口吐瀉轉筋針藥不效立即斃命每日約有百數十人惟十方院附近村庄尤甚記有之曰寒暑不時則疾風雨不節則疾古人豈欺我哉而誦詩忘味者直等諸莫不飲食可怪也既不能慎于未病之前又不能慎於臨病之際更不能慎於既愈之後以致突患其症茫無措手惟以不知誰何不甚愛惜之命付之盲不識字昏不知理貪詐執拘久假不歸之庸醫任其持凶器而刺之合鴆毒以逼之不幸則逼取其命幸而愈則逼取其財一病　愈之後故態頼蒙生不知其所以生死不知其所以死寄蜉蝣于天地天地亦即以蜉蝣遇之焉唐人說薈云人有疾病皆因過惡陰掩不見故應以疾病緣以飲食風寒惡氣以損其精氣精氣不守風寒惡氣遂得以中之理至明也至於百年之正命則百年之內爲吾有身有一身即有一身之衣食不能絕世而遊有一身即有一身之妻孥不能棄家而遁百憂感心萬事勞形力盡神衰不能保物老無傷百年外猶有可倖善者未必留滯惡者不待銖鋤是又不得以戕賊論矣夫人之有生即不能無死也久矣已死而猶可復生與夫死後有靈再生能記者大抵其生之日不以爲生死之日不以爲死其生既與衆有異其死自與衆不同木石之精鬼狐之怪苟能竊陰陽靈氣皆能變幻投殼轉而爲人則死者而求其生生者又求其死世之所難得者非人身哉至一爲人身則秉天地和會之氣以成形負五嶽四瀆以成相頭圓象天足方象地秉天地妙合之精以凝氣自有智以料萬事自有勇以敵百惡其靈視狐鬼奚可以倍蓰萬萬數乃醜然而生不如狐冥然而死不如鬼斯亦棄天之甚矣夫何怪天之我棄耶竊嘗因數年前順屬文安縣諸生某有夢閻羅笞掌換心事掌遂腫逾寸許剖腹之刀痕縫而赤者數歲不滅每私議曰千尺深潭羊腸一綫抑根不定頓落沉淪苦海茫茫白年有夢耳惟心有所則不得其正貪瞋妄想鏡台鬼蜮關頭造孽案於須彌萌孽根於芥子事前則誅心無據事後則誅志難償且有孽胆包天攖太阿而懸不畏死者設非閻羅老子換心笞掌於夢夤縱令文昌司命幻書三身又惡能向秋風春雨途遍覺諸生夢夢耶且後代之世事每責前代之聖賢所未經後代之人心亦斷非首代之禮法所能治故鳳嘗徵而尼山擱麟筆絕而地獄成猶萍與螢化土無

耆古之所無未必非今之所有也況易言載鬼書志金縢左氏所傳季友仲子伯有申生之異稗史所記羊祜後身之奇與夫唐吳皇后夢神介金槌劍自左脇以劍抉而入劍痕遂存是生代宗事未必盡荒唐也頃聞前門內西交民巷與隆街冥衣鋪主沈五於七月初四日患瘰螺痧醫治不及魂被閻羅王遣差攝去氣絕半日口鼻中忽似呼吸聲家人疑為屍變驚慌不前沈起隅而坐即言已赴森羅殿前八數擁擠紛紛突聽高呼沈五名當經官吏查驗我頭上無字吩咐速將沈五送回我於是歸而甦云已復元如初誠謂生死有數在數難逃矣是否屬實姑存其說以為如是我聞

香瑞中秋　〇七月初六日有某大僚派員進貢老本桂花十六盆每株約高八尺樹根圍徑六寸聞購貲時每盆需價白金四委員護送到京即行抬入大內旋內務府轉呈　御覽今年遇有閏月現在節逾處暑此桂枝葉盛發諒秋到上林木犀香滿金風玉露沾濺承恩此桂亦殊不凡矣

巧沿七夕　〇攷歲時記七月七日婦人以綵縷穿七孔針陳瓜菓于庭中以乞巧有蠨子網於瓜菓上者則為得巧故名巧節京師自初一日起至初七日止時新之供于庭者尚不概見惟有小兒女於七日內當己午之交盛清水一盆投鋼針一只在赤日下陳列瞰其針影浮動髣髴何物以像巧拙事殊近戲與歲時記乞巧之說相沿而不相類又書載七夕前一日雨為洗車雨後人以七日雨謂為牽牛織女傷前此之別久念後會之期遙灑淚淋淋化而為雨談甚不經然七夕每有細雨灑塵亦奇迹也

車傳信否　〇內務府首領太監劉某者俗稱印劉也平日伺候　皇太后御前值差忽於日前染患時疫醫藥罔效竟被閻羅王將魂拘去適有某內侍面奏　皇太后駕前曰印劉捏造病故當經密派　內務府御前大臣親詣查驗惟印劉屍身業已棺殮祗得開棺勘驗印劉實係屍身並非捏造旋即據實覆　命似此開棺見屍者實罕聞也聞者莫不稱異至其中有無別情或某內侍與劉素有氣忿故作惡劇各情俟有續聞再行佈錄

死竟糢糊　〇京師節逾處暑氣候寒暖不一陰陽失理癘疫流行因之斃命者不知凡幾詐據五城所屬地面陰陽生凡病故之家批寫殃榜人赴五城司坊結報自六月初旬至今共因斯疾作長睡客者計有三萬五千數百名之多實為數十年來未聞之疫災也京師前門內台基廠居住李君竹田者肆門人也承值海關總署信館之差有年身體強壯性情溫和前於六月下旬夜間偶患霍亂吐瀉之症已覺心神慌亂當以痧氣藥服之立即痊愈屢經友人探視時逢友朋談令人驚懼可稱兩世為人矣且言非怕死也實因有年逾八旬老娘在籍尚未盡為子之心乃因覓衣食離別老母終朝長嘆虧於孝道屢囑其妻代為侍奉不料於七月初四日夜間兩點鐘疫癘侵身致患瘰螺痧症立即昏迷不省人事旋經鄉友王君延醫調治罔效延至初五日午後兩點鐘竟作他鄉長睡客矣經鄉友備棺料理一切而拋母離妻慘不勝言現擬將靈柩伴送回籍安葬噫數百里馳驅一差落拓大胡不弔竟使壯志未伸遽傷殂逝上有老親下無弱息中有孀妻他日靈輀到家想母與妻撫棺大慟必有不勝凄慘者矣李君居心忠直古道照人京津各友無不痛哭非常同聲嘆息者

設局捕除　〇督辦直隸籌賑總局　示據軍糧城生員劉作彤稟稱軍糧城官排地農民劉智榮等稟批已派員前往督飭捕除設局收買矣仰即知照此批

輔仁領獎　〇欽加同知銜卓異候陞題補青縣署理天津府天津縣正堂趙　為月課事照得本縣閱取輔仁書院肄業生童等第名次並獎賞銀數合行臚列榜示須至榜者　計開　超等生員八名　喬保元　劉書掄　李鵬池　喬從銳　李金藻　陳振鐸　高殿昌　嚴文敏　第一名獎銀一兩二錢　二名三名各獎銀一兩　四名至八名各獎銀八錢　特等十二名　劉恩渠　魏　震　陶善璐　蔡　彬　陳自珍　陳震修　盧秉銓　張　彤　陳寶彝　郭峻城　劉承蔭　徐人文　一名獎銀八錢　二名至十二名各獎銀五錢　一等七十一名　徐人杰等　俱無獎　上取童十名　陳寶樹　劉葆良　董恩嘉　李家楨　辛承培　黃　渤　高毓中　孟廣慈　陳振藻　華澤灝　第一名獎銀一兩　二名三名各獎銀八錢　四名至十名各獎銀五錢　中取童十六名　周桂芬等　一名獎銀四錢　二名至十六名各獎銀三錢　次取童五十六名　王桐珍等　俱無獎

榮選誌喜 ○天河道遷李觀察在津辦理支應總局已有年所今春接視天河道任數月以來除暴安良整頓河務在在煩費苦心詳奉 命調補山東登萊青道聞將津道任內事件交代清楚即擬束裝就道馳赴新任矣

辦理宜平 ○現在津郡闔屬府試各州縣廳試文武童齊集有某縣文童在西門登城營兵攔阻始則口角繼則用武營兵揪二人至城守營衆童集赴城守營理論營兵嚇以器械復揪去二人仍交城守營不知此事如何了結也容訪再錄

誰問東流 ○日昨初更時有一人身穿白色褲褂外穿青色坎肩由西向東行走如馳至東浮橋中間投於河內衆人喊救許多幫搖一齊搶撈忽見頭露水面一捉未得隨又沉下不復見影矣現在尚無人問不識為何處人有何情節也

佯羅西法 ○本埠貧民往往以售食物為生某甲嘗在紫竹林一帶擔售食物附近某洋行廚夥欠包子帳令早赴行討賬因賬數不敷口角爭吵廚夥持刀相向被看街人瞥見閧一併送交英工部審辦矣

助賑清單 ○陸錦〃助津錢五百文 劉清泉助津錢五百文 張仁軒助津錢五百文 孫衡三助津錢五百文 潘右銘助津錢〃百文 王杷清助津錢五百文 李幼泉助津錢五百文 張瀛洲助津錢五百文 何子良助津錢一吊文 李樨香助津錢一吊文 王鳳池助津錢五百文 李熙元助津錢二吊文 曹雲階助津錢 吊文 李海樓助津錢二吊文 王少雲助津錢一吊文 郭蓉舫助津錢一千文 高竹溪助津錢二千文 李芷[illegible]助津錢二千文 宋玉舟助津錢 千文 魏福田助津錢五百文 何小樓助津錢一千文 閻子峯助津錢五百文 王蔭十助錢 千文 郭子[illegible]助津錢五百文 朱麗溪助錢五百文 劉李韋助津錢五百文 王賞生助津錢五百文 趙[illegible]孫助津錢五百文 李朗軒助津錢五百文 李石臣助津錢五百文 王夢臣助津錢五百文 陳仲純助津錢五百文 陳瑞庭助津錢 千文 高星彩助津錢五百文 陳仙洲助津錢五百文 錫玉田助津錢五百文 馮友山助津錢五百文 周小春助津錢五百文 吳墨園助津錢五百文 汪艳波助津錢五百文 于華庭助津錢一千文 陶仰楓助津錢一千文 陳翰香助津錢二千文 祁永昌助津錢五百文 李芹香助津錢五百文 董鐵笙助津錢五百文 董慶士助津錢五百文 以上共助九六津錢五十四千五百文 天津義賑局同人具

募藥捐啓 ○敬再啓者鄙人自經募黃金丹藥資以來仰蒙 各大善士源源樂助已集一百金藥亦施至七八百料之多在鄙人雖慣好多事要亦不能再作無厭之請乃近聞京都內外瘟疫之盛較前更甚此外如命復海蓋岫岩鳳凰城牛莊田莊台等處疫癘之重死亡之多更屬慘不忍言況地處僻壤 遇此症不惟覓醫無從抑且購藥何自是宜急為儲藥施救庶死化戾氣而保殘生乃鄙人以杯水之微莫救車薪之火為此登報籲呼伏望 仁人君子共發鴻慈藉救苦厄或多配[illegible]藥分投布施或廣傳驗方俾衆週知庶幾靈丹到處不難起偏地之瘡痍行見善氣充盈自足膺上天之福報 試驗有效再啓

剿回近信 ○官場接得軍電言甘肅回匪肇事已經官兵擊敗徽次內有股匪現被官軍逐至山西北界官軍中有馬兵一大隊約六千人攜帶劈山砲若干尊拖炮架之馬若干匹即日起程追剿逃匪山西省憲亦奉 命撥兵協剿又聞甘省西境肅州地方有回匪二萬五千人盡是精壯此股匪徒未與官兵接仗彼等之意倘被官兵擊敗即逃至新疆地方是以新疆巡撫陶中丞現亦調兵防堵矣

營口市情 ○自六月初旬各幫商人陸續到營上河小粉豆子暢銷無阻輪船漸多商務稍有起色黃豆三兩一二豆油四兩豆餅四兩八錢市八吊一六寶貼十兩英洋五吊六五日本洋五吊四五大米九兩至八兩五河下每日銷售粮豆數十石存貨約在萬石以上高粱三兩八及二兩九小米四兩五六瓜子十兩零五此亦經商者所宜知也故誌之

火車落海 ○日本來電稱馬關有火車一輛載運兵軍啓行乃其車忽墮於海中致令兵軍死者一百三十六名云云電音如此其詳尚不可得而知也

時事人一覽

英京電音 ○上月十五日英京發來電報云俄國駐紮巴黎亞京公使現經奉命改授為駐紮高麗大臣等由特誌之以備有心

日報之言　○日本某日報云日廷論功行賞於東京八月五號電傳大山巖山縣有朋西鄉從道三伯爵各升叙侯爵又叙勳功二級特賜金鵄勳章大將彰仁親王叙功二級賜菊花章頸飾及金鵄勳章野津道貫樺山資紀二子爵叙功二級升伯爵賜金鵄勳章川上操六伊東祐亨兩中將叙功二級授子爵賜金鵄勳章伊藤博文伯叙大勳位賜菊花大綬章伊藤辭不受山縣亦辭之○琉球爲中國藩屬雖微日本爽爲沖繩縣而士族中至今猶思復我邦土仍隸　中朝此等人日人俱指之爲頑固執迷黨去年中日開釁後日本屢戰屢捷　中國不獨願任朝鮮爲自主之國且以臺灣割畀日人六月中有舊士族七八人至東京爲舊主侯爵尚泰供奔走之役事聞於日政府野津內務大臣特招至官邸問爾等命意若何同稱我等願意全在琉球仍爲藩屬其歸入日本版圖勿論矣今請更正舊藩主由尚家世襲即不襲藩亦須裁去沖繩縣知事政由尚氏行野村告之曰爾等試觀日本之國體今日之制度何等闊大何等精良爾等宜捐棄前迷試思尚氏蒙帝室光榮賜以侯爵寵遇已屬不淺且聞尚家財政教育士民學業皆爲爾舊君謀隆盛倘値機緣尚可樂任內閣大臣何有於區區一縣知事哉爾等宜速歸縣所有縣屬子弟宜進求教育植產工業以期日漸繁興此即沖繩縣及尚氏之福也臨畢復再三開導於是諸人廢然而返

茲啓者本堂新刻津門孟筱帆孝學平康舒樹棠山選校兩名士合刻賦鈔註釋詳明誠爲後學之津梁也更有齊照草堂重訂七家詩首試帖舉隅二種大爲士林推重瀛屬古學金針又蜀州吳河帥自文安陳士合輯水利叢書實爲目前急務並印津沽周衣亭太史孟子讀法講義精詳不徒經生足資討論制藝宗題尤壽見地公諱人願著作甚富茲姑印其一以供瞻炙合計五種除本堂發售外津郡文奐等書局一併寄售至於各種書籍筆墨無不揀選精良每本以期近悅遠來凡刻詩賦文集善書等板刷印裝訂書籍自當精益求精省工價廉萬不敢稍涉含混有負　賜顧

寓河北關上毘盧室義合主人謹啓

本行茲由外國運到新式玲巧水龍其法將水龍放在井內抽水頗爲靈便官商住家花園均可合用價亦相宜倘蒙　賜顧諸君本行看樣定價可也此佈

信遠洋行告白

告白　野叟曝言　各國時事類編　中日戰守始末記　公車上書記　海上見聞錄　銀瓶梅　眞正聊齋　三續聊齋

三續今古奇觀　正續永慶昇平　後施公案　彭公案　鴛鴦夢　古今眼前報　金臺傳　雲中落繡鞋　後西遊記　蜃樓傳

百寶箱　繪圖小八義　意外緣　英雲夢　情天寶鑑　女僊外史

文美齋謹啓

七月十一日輪船進口

新裕　輪船由上海　招商局

七月十二日輪船出口

連陞　輪船往上海　怡和行

海晏　輪船往上海　招商局

七月十一日錢市行情

天津九七六錢

銀盤二千七百八十五文

洋元二千六

紫竹林九六錢

銀盤二千八百三十五文

洋元二千零三十六

直報

光緒二十一年七月十二日　第一百八十七號
西歷一千八百九十五年八月三十一日　禮拜六

上諭恭錄

上諭增祺奏庫倫辦事大臣安德假期已滿病勢增劇懇請開缺據情代奏一摺安德着准其開缺欽此　自性斌着賞給副都統銜作爲庫倫掌印辦事大臣照例馳驛前往欽此

書鳳營索餉事　乾坤草盧來稿

憝憝生蟲鬣鬣生潺暑新涼坐鳥皮几焚安息香烹武彝茶論津郡索餉之事而慨然也曰人君撫有土宇不得已而用兵非國之福也用兵而至於無功卒鬻忍割地以求和尤國之恥也無其福抱其恥於是舉向所招募於田間之勇或入伍未及一年或得餉祇此數月而驟概爲遣撤爲之統帥營主者宜何如拊循之噢咻之正餉之外并其薪俸以資給之若曰此夫大功未成爾等俱相從不久遽爾言歸予心滋歉然此　朝廷意也爾輩無于懟如此而勇有不感激涕零者乎如此而勇有不歡欣鼓舞者乎而尚何尅扣之可言乎而尚何鬧餉之有事乎若上月二十六日吳儀堂軍門鳳柱之書鳳字四營則尅扣實而有徵鬧餉並無其事也蓋言尅扣實而有徵也如號褂戰裙扣銀二兩五錢九分茲令其繳出祇給津錢一千文軍米並未發給而每月扣銀九錢至錦州後始給還五錢棉袄棉褲扣銀一兩四錢汗褂草帽扣銀一兩三錢及離去恩賞祇給一關之類何莫非剝之削之使其毫無餘積也蓋言鬧餉並無其事也當軍門預先出示遣勇之日兵勇探知帥意知所扣去者不能有補而號褂則尚存于手欲令繳之則二兩六錢九分亦可還也懇餉雖有路遠兩月之例或者陳其苦況路近亦可發給也由是由三而五而十而百而千各抱此意訴於統帥統帥不聽訴於營主營主不聞情急勢迫相率而訴於制軍手無寸械環跪轅門故鳳營之勇吾聞其索餉矣未聞其鬧餉也及至軍門與營務處梁丞福營官劉泉陳星等疾兵勇之有此舉動而身赴攔阻也兵勇之情於是乎不得上達遂起而毆營務處逐統帥矣如救火然愈遏則愈燃也如汁沸然愈揚則愈炙也於是銅龍一聲西關外之馬隊齊至而護衛練軍亦出隊以盡彈壓之責何統領不威則搶護督憲行署而兼擬過河以護中堂行臺者俱黃冀長本河則違統領約制牽動橋船短衣持刀而過兵勇及諸觀者於河者也馬隊則縱橫馳騁於演武廳西窯窪一帶出隄上門趕及濠頭白廟而殺人者也國殤未作而白刃竟蹈局外閒觀而濯流混投則兵勇死數十人而觀者亦相逐驅波無算也未與沙上之鷸橫被池魚之殃則馬隊徐什長遭礦哨官之仇殺而取其財者也嗚呼沙黃雲黑比日之天色改觀將酷兵離國家之軍法何在況乎無疆萬壽方當祝乎　聖人知方三年殊有愧於賢者身當方面手握兵符既病貪婪復加不敬如湖北提督吳鳳柱者可勝誅哉彼梁丞福等之助惡而辦理不善黃本河之無識而誤人性命又等諸自檜以下也抑吾聞之人有冤抑死者其精氣不散所以彭生豕立伯有爲厲載諸經傳有明徵已初一晚鳳營馬隊棚內竟有一人遇鬼讕語狂奔數十人遏之不能止而卒口吐白沫倒仆操場以死則該勇等精氣不散固不能釋然於舉刀之八

又豈能淡忘於出令之人乎他日冥報相貽不在其身亦當在其子孫矣又軍門貪黷之狀前任關外招馬賊二營而捏報三營糧餉糈兼以所部馬步各營每棚俱不足十人之數少者五人多亦不過六七人則不惟虐下而且欺上矣在商人史克誠店內定做號褂衩褲帽䩞等件共價銀五千八百一十五兩一錢而祇兌銀四千五百兩經史克誠稟控營務處飭令軍門自行清理而又甘言以慰以初七午君皇啓程之際僅補給銀四百兩則不惟剋勇而且克商矣種種昧心逆理殊堪髮指談至此兼兼生欠伸起曰是不有官法乎吾與若何所容心乎憨憨生曰嘻甚矣是何子之夢夢也當今世上下相崇以粉飾官不知法法固壞官多骫法法亦壞網嘗漏於吞舟之魚矣獨蝦鯢之細也乎於是移几添香重滌茶甌酌而飲之但見白雲一片悠然度子庭而西也乙未巧節後二日

儀肅官常 〇吏部爲傳示事所有本部帶領引 見之國子監博士石耀宗甘肅甘州府通判曾道貫河南歸德府通判呂之垌山西寧鄉縣知縣武玉昆貴州安平縣知縣鄒毅洪甘肅靖遠縣知縣儲央翰福建平和縣知縣范溶江西廣豐縣知縣黃秉湘廣東惠來縣知縣池伯煒順天文安縣知縣張琨偉滿江西峽江縣教諭黃獻煒貴州天柱縣教諭王維恪截取舉人王雋先王錫命戶部筆帖式鍾岳禮部筆帖式豐福刑部筆帖式崇啓工部筆帖式繼年都察院筆帖式受昌大理寺筆帖式榮鑾翰林院筆帖式松基太常寺筆帖式榮祐詹事府筆帖式毓麟工部筆帖式薩勒哈本兵部筆帖式奐齊理藩院筆帖式恩元一品廕生慶銀祥焯二品廕生毓盛詹事府右中允貽穀山東道監察御史孫賦謙等均限於本月十三日辰刻赴鴻臚寺署內演 闕謝恩毋得違悞特示

職修捕務 〇前門內蘇線胡居民戴某七月初五日夜間被賊撬門入室竊去首飾銀兩衣服古玩約計三百數十金當赴該管地面官廳報勘驗查該賊係由房落院入室竊取各物後正擬從門而出適戴某之弟在睡夢中聞聲驚醒大呼有賊躍起追捕該賊一時慌急隨用磚瓦亂擲將戴弟頭額左肩擲破血流如注賊遂携贓逃逸杳無踪影現已由該管地面官廳飭巡緝兵務獲贓賊究辦並聞於初七日經步軍統領衙門將巡緝兵瑞斌重責枷示一個月勒限緝以爲捕務廢弛戒

府憲示覆 〇在任補用道特授直隸天津府正堂隨帶加一級紀錄三次沈 爲歲考事照得本府考試天津縣文童止場文卷均已披閱合行榜示爲此示仰應考文童知悉於本月十八日黎明赴貢院初覆爾等各帶試卷毋得自悞特示 謹將前五十名考童名次開列於後 計開

陳寶樹 華澤沅 趙作綸 王錦文 董恩甲 吉夢熊 高爾昌 穆祥和 趙 鎮 李士鈐 唐肇坒
孫恢業 陳寶璠 王用熊 王士翰 王家瑞 劉嘉植 蔡成儀 魯沛文 安邦俊 孟傳銘 馮遇源 王連洲 金紹增
李振銘 王嘉善 蕭作舟 朱履謙 陳自中 趙德蔭 華世培 趙玉琳 楊樹堂 黃 渤 楊葆光 郭祖惠 朱家琦
周恒詹 李恩沛 龐耀宗 于鳳沼 韓雋庠 蔡成勳 權 昀 李家楨 陳振藻 高文彬 劉式謙 胡煥文 陳寶泉

漕憲勸捐 〇頭品頂戴兵部侍郎漕運總督部堂提督海防軍務兼管河務陸務松 爲出示曉諭事照得海氛不靖餉項支絀應即設法勸捐以濟軍食清江舊有順直賑捐局改爲清淮營餉新捐局委淮揚海關道爲總辦並加派各員分投勸辦茲據該局申請出示曉諭等情查此次海防添募營勇需餉孔亟前經 兩江總督部堂劉 奏奉 諭旨如有捐銀一萬兩以上者准其專摺奏請 特恩獎叙一萬兩以下者准照新海防章程請獎等因當即轉行欽遵在案合行出示曉諭爲此示仰官商軍民人等知悉茲値 國家有事之秋凡踐土食毛者諒均有急公報効之忱務當共念時艱展轉相勸踴躍輸將已捐者尙其層累而遞進未捐者尤幾感發而興起各該捐生赴局報捐毋得觀望自誤此外如有情願捐助巨欵不欲請獎者亦准其呈明仍當隨時奏請 特恩以昭激勸本部堂有厚望焉其各凜遵毋違特示

守職無虧 〇山東陳卜五軍門駐紮軍糧城已登前報現聞軍門以遣勇之際恐有匪徒趁勢爲奸派員在該村晝訪夜巡以靖地面又聞營門前有橋座朽壞捐廉鳩工修補以便行人如軍門者可謂關心職事矣

良心可見 〇鳳字軍三營統領劉顯輔總戎素性正直帶兵三十餘年視兵如子弟去秋在津招募步勇隨吳軍門助勦奉省牛莊海城田莊台等處大小二十餘戰無不在前指揮其平日與士卒同甘苦時或分已薪廉加給士卒昨日所帶步勇遣撤舉士卒不忍遽

離計無可報醵金恭上德正恩廉匾一方感恩懷德傘一柄旗四桿牌四對用彩亭鼓樂由下關口慈航院前進東門出北門路徑估衣街過鐵橋送到劉公館懸掛以伸感戴

兩運開駛　○江北河運頭起漕船過關日期業經登報茲探得第二起運官王大令國楨率同船户押解漕船四十七隻又第三起運官陳大令錫純漕船四十七隻均於七月初七日酉時過天津關北上

二盜就禽　○王慶坨大邇子等處近有賊匪出沒無常攔劫行人拒傷官兵等情聞該管汛官移請天津縣文武官會爲協緝旨經天津縣飭候補把總左照明率同捕盜勇會同四門汛兵前往津靜交界踩緝在婁家場拿獲賊人一名劉對據供係王慶坨人又在大屯西劉家場拿獲賊人一名劉二供係捻祖橋人聞即王慶坨劫搶毆兵案內之賊均一併押解來津送交縣案未知果否係此案正賊俟探明訊供再爲續報

小綹有囮　○昨有東鄉人肩搭錢口袋內有三二吊津錢行至東浮橋被賊割破口袋將錢盜去按東鄉連年不收人民最苦云此係領得賑錢來衛糴糧不料被此賊盜去且哭且訴言家中老小俟此爲炊惟有呼天罵忍心賊而已聞此賊專在浮橋綹行人物件其處必有窩囮否則不能匿迹也

起贓於鋪　○前晚二更時分天津縣捕役會同西門汛兵在河北窰窪拿獲賊人一名稱係東光縣人姓邱名二富時搜出灰布坎肩一件並稱在河北大街李姓剃頭舖暫住當即押令該賊至剃頭舖又起獲坐鐘一架一併呈交縣案未知訊供如何俟訪明再登

幸猶清白　○某乙者買人子索性風流曾娶某氏爲妻貌美而端以是不得乙心歡乙倚索豐日惟花柳宿或終宵不歸或歸在魚更四五躍妻虛掩室門合衣坐臥以候乙歸則由牕門叟啓其大門乙入室後再行自關室門夜以爲常昨妻因向親家慶酬歸後照舊虛掩室門而寢詎被妙手空空乘機掩入携去衣包二個並將繡花坤履順手攏去是夜乙恰未歸天明妻醒未見其夫室門大廠舉目見床頭衣包已失驚極急欲奔告姑左右覓鞋不得乃知鳳頭尖尖亦竟不翼飛去憤愧無地兼以素性端嚴愈思愈恥彌恨遇人不淑致遺是羞憤極淚流欲尋短見適其生母患病清早命人來接女僕入室見狀問故乙妻乃一一述之時氏姑已聞亟爲安慰乙妻姑並母家若非遇此機會則玉碎珠沉可惜矣論者以乙性暴虐嗜色貪淫致其妻無故貽恥幸乙母寬和視媳若女妻性端正以孝姑聞雖被竊而不致被汚穢或亦姑媳之德也

難燒堅貞　○北門外鈴鐺閣街恭送烈婦沈張氏牌傘匾額已登昨報茲聞本月十一日午時發引同葬西郊誥封亭執事前導慈惠寺新抬埋會又送大傘一柄梁家嘴村民亦送大傘一柄衣冠楚楚送者莫不起敬云

草竊宜鋤　○直省各府廳州縣搶劫之案屢登前報茲聞深冀兩州聚盜尤衆闖行擄掠人口勒贖倘事實屬有害閭閻奈失主不敢報官盜更肆無忌憚由是賊愈出愈多膽愈放愈大將來伊于胡底耶

沉冤孰洗　○昨日三岔河口由北河上溜頭流來無名男子二屍被抬埋會拉住見屍身皆有重傷該會人不敢主埋告知地方報縣請驗屍身皆穿藍色衣類兵勇打辮無頭顱脊背朝上身上刃痕不少皮內俱有血痕一大片據該處言自昨日至今日屍尚未經官驗

西報照譯　○昨日文滙西報接到福州發來要電云美國兵船主某現定明日動身向古田進發會與領事官查辦教案蓋因該處城中又經滋鬧並有殺傷人口之事也

譯日報記臺灣戰事　○某日報登東歷本月四號臺灣外報曰七月二十九號師團司令部及松原枝隊自臺北至桃仔園內藤枝隊自海山口進龜崙之西北遇臺兵四百人攻退之臺兵死六十四名日兵死五百名是夜露宿尉桃仔園之東北某處三十號師團司令部及松原枝隊至中壢內藤枝隊西向進一路不見臺兵三十一號山根枝隊自大姑陷進新埔分一隊從大姑陷左岸上流進餘達龍潭坡更派一隊向北方進其從大姑陷左岸進者抄至龍潭坡之西南楊梅壢之南畧取臺兵所設高地防禦第一線招內藤枝隊至中壢

梭原枝隊前進中壢攻臺兵之左側此日臺兵死四十名梭原枝隊死傷共約一千人是夜山根梭原二隊駐紮距楊梅壢一千米突之高地師團司令部內藤枝兵則同駐中壢八月一號師團司令部至太湖口松原枝兵攻臺兵之左側午後一點鐘時力圖進取山根枝兵於此日赴牛欄瓦地方驅除臺兵前進新埔二號內藤枝兵接應山根枝兵將新埔包圍午後三點鐘時攻取之臺兵退至苗栗是夜日兵露宿新埔附近三號內藤枝兵內騎兵砲兵駐新埔松原枝兵及師團司令部山根枝兵敗殘兵卒共往新竹按日報所登日兵死傷之數皆以多報少謝之日人大約以百作一如死五百人則報稱五人今於譯時已改爲實數矣又九號臺北來電云昨日近衛師團又攻新竹縣附近川村少將攻西南內藤大佐攻中央山根枝兵攻左側更派軍艦二艘接應陸軍臺兵抵禦甚力日兵至中港後灘二處即撤兵擊退

東洋風災彙紀　○日本大風前經錄報茲接東洋信息知上月初十日日本扶閣架地方亦同遭浩刦統計屋宇被風傾塌者一萬二千二百間壓斃男婦六十餘人是亦一大刦數也○上月十一日杜機澳來信言昨據長崎總督稟報轄境處處遭風災居民因是殞命者四十七人傷者四十一人有八人不知蹤跡想已隨列子御風而去至於屋宇坍塌約有數千其略受微損者不知凡幾通計該處海面大小船艘遭風覆溺者二百五十九號從來風災鮮有如是之烈者○同日橫濱富埠來信云霪霖不輟山洪漲發河流平堤拍岸陸路頓成澤國民在水中央者約有二萬間伊卑河溺斃四人餘未聞傷斃人命然民間牲畜器具多已付諸東流矣

浙紹禾鈍翁先生醫脉深奥屢治重症俱奏奇效而於婦幼兩科尤有妙術　賜顧請至

本行兹由外國運到新式玲巧水龍其法將水龍放在井內抽水頗爲靈便官商住家花園均可合用價亦相宜倘蒙
本行看樣定價可也此佈　信遠洋行告白

告白　野叟曝言　各國時事類編　中日戰守始末記　公車上書記　海上見聞錄　銀瓶梅　眞正後聊齋　三續聊齋
三續今古奇觀　正續永慶昇平　後施公案　彭公案　鴛鴦夢　古今眼前報　金臺傳　雲中落繡鞋　後西遊記　蜃樓傳
百寶箱　繪圖小八義　意外緣　英雲夢　情天寶鑑　女僊外史　文美齋謹啓

浙杭 元吉永號

本莊自置紗羅綢緞新樣洋辦花素洋布川廣夏貨團摺雅扇南貨頭油俱全祇爲近時錢市漲落不同故而各貨減價開設估衣街中間路北凡仕商賜顧者無悞特此佈達

德陞齋靴鞋鋪

本齋專做滿漢朝靴新樣京式名鞋及鑲花坤鞋一應俱全價廉物美　賜顧者請認明本店招牌庶不致悞本舖開設在天津府北門外鍋店街集義棧對過便是

七月十二日輪船進口
新豐　輪船由上海　招商局

七月十三日輪船出口
飛鯨　輪船往上海　招商局
海晏　輪船往上海　招商局

七月十二日銀錢行情
天津九七五銀
錢盤二千七百七十七文
洋元一千九百九十五文
紫竹林九七五銀
錢盤二千八百一十七文
洋元二千零二十五文

直報

光緒二十一年七月十四日 第一百八十八號
西歷一千八百九十五年九月初二日 禮拜一

上諭恭錄

上諭巡視南城御史秀林等奏遵保獲盜出力之文武官紳員弁繕單呈覽及團防出力之前南營都司曾崇蔭請獎各摺片著該部議奏單二件片一件併發欽此 上諭依克唐阿等奏總兵在營病故臚陳戰績請旨優卹一摺革職留任直隸正定鎮總兵徐邦道前在軍營轉戰湖北四川江蘇直隸山東河南等省屢著戰功擢任直隸正定鎮總兵訓練操防均能稱職前在防所病故軫惜殊深徐邦道着開復處分照軍營積勞病故例從優議卹以彰勞勩該衙門知道欽此 上諭雲貴總督着崧蕃補授魏光燾着補授雲南巡撫欽此 上諭懸銘等奏軍台廢員由配脫逃請旨飭緝究辦一摺已革候補縣丞許鴻範膽敢由配所脫逃該都統已咨行鄰境緝拿難保不潛行來京或私回原籍着步軍統領衙門順天府五城御史河南巡撫一體嚴拿務獲究辦欽此

南台雲水九記

在易之需曰雲上於天君子以飲食宴樂說者以需爲有待以飲食宴樂爲無爲夫雲上於天不雨不晴隨風往來何所爲亦復何所待夫閒閒自在非塵俗想所能冀其萬一者說文水之古文爲巛兩旁爲偶中一畫爲奇象一陽動於二陰之中故能生養萬物河圖曰天一生水是水居萬象之先一切發榮滋長何一非水之能而水不居功一任人世之淸之濁之棄之用之水無所迎亦無所拒人乃或畏或喜或望而拜之以祈其來祈其去而水之閒閒自若也其激也或使之鬱之水性無是也乙丙二客曰雲水之體是一是二是二是一向已聞之至雲水之性子向未之曾言亦未嘗探其本今予據周易河圖以爲言毋亦道之所在乎曰道烏乎往而不存言烏乎存而不可世之儒墨是非以是其所非而非其所是久矣欲是其所非而非其所是則莫若以當前之實在爲證而是非自明客昔遊浙西自大龍湫來者嘗未到龍湫時聞震響將至龍湫三里許外第見一疋練從天直下並無聲響及前諦視則二十丈以上是瀑二十丈以下非瀑也盡化爲霧爲雲爲濕烟忽疎忽密或遠立而濡其首或逼視而衣無沾濕以是爲神龍作戲予曰非也其故由於水之落處太高崖腹中窪絕無憑藉不得不隨風作幻又少所牴觸不能助威揚聲至遠則水入澗谷激盪成聲作形人遂疑蛟龍欲起而非必蛟龍之眞在是也即水而知雲之變爲山爲怪爲壓陣之壞雲爲捧日之祥雲隨所遇之高下厚薄以成而龍或憑之或不憑之非必其神龍之必在是神龍之必不在是也世間事事物物有其實即有其理有其理即有其道實理之外無道也今夫蒼蒼者天也詩曰皇矣上帝臨下有赫監觀四方求民之莫嘗曰敢昭告于皇皇上帝帝臣不蔽簡在帝心所謂帝者乃就其心此理自天子以至庶人瀫上瀫下人與我之大公無私者爲言豈眞有一人焉以主宰之爲之賞罰功罪銖稱而錙較耶使果有人焉則此一人者號孰上之孰受之者後世人情詐僞舞文弄墨喜飾智以驚愚呼天帝爲玉皇姓之爲張衣冠鬚眉崇殿閣以居之濫觴五代于今爲烈不辯而知其妄總之天地一氣萬物秉一氣而成有一境即有一

物有一物卽有一機無過不及無所處而不當一水一雲或聚或散亦皆適效其氣之所行以爲之用四大成毀恰當其可恰適其用如是而已客曰凡事皆當其可各適其用則無所謂餘矣無餘則無閒雲水又安所謂閒也曰君等不觀古之聖君賢相乎其君兢兢業業夕惕朝乾無餘閒也其臣之致君也心無餘閒獻替也言無餘閒敷政覃教以感民也力無餘閒驅與除規久遠察民情之拂愉辦吏治之臧否心思耳目無餘閒然而君且鼓瑟鼓琴游卷阿而且工吟詠載賡歌變游泮渙無往不適者何也惟其無餘閒是以有餘閒其無餘者所謂盡己也盡己之謂忠忠則一一則約約則有餘有餘則閒反是則貳貳則紛憧憧往來利害得失之念交營接構於心思耳目閒日不暇給又安所謂餘無所謂餘又安所謂閒也夫雲者觸石而生不崇朝而遍雨天下可舒可捲可行可藏水者恃源而往挹不盡酌不竭不擇地而施無不足彼其無閒非卽其有閒者也要其道之遠近亦隨人之所見而已時巧月中旬二日也新雨初過碧空如洗雙眸爲豁[illegible]入遙望海門潮頭如數點鴉須臾而至則漁艇風帆颯颯也

天心厭亂○京師[illegible]左安門外十有八里豐台村地方所產之薑紫皮細縷味濃氣香爲他處所不逮所異者此薑若移種別處色味便改故該處所產之薑每年照例呈進內務府堂上以備御用七月初三日由該處地方官用荊條大筐裝盛貢薑十餘筐上覆黃紙復以黃紙表糊幷加黃龍布照例呈交御膳房驗明照收現因瘟疫流行於初四日發出普濟疫疾云

神手生春○專治霍亂轉筋熏洗方 宣木瓜二兩 大小茴香各五錢 樟腦三錢 右藥同煎開沸再加黃酒一二斤沖入藥水內用軟布蘸透在兩腿轉筋搐縮疼痛處不住手熏洗稍凉再煎再洗俟其筋絡舒展方可歇手一面先用清瘟丹吹鼻取嚏沖服菩提丸一二服庶乎可救惟大吐大瀉之後切忌穀食須忍餓一晝夜方徐進飲米湯以養胃氣然後漸進飲食仍以清淡爲主至要至要此症極爲危險今蒙 呂祖師開示清瘟丹菩提丸二方又蒙 藍大仙降乩示此熏洗之方用再刊刻[illegible]一併寄送伏願四方樂善君子或照方合藥施濟或將此方互相傳佈務使窮鄉僻壤遐邇周知庶幾倉猝之閒皆得照方醫治功德無量矣 呂祖降乩諭曰今秋瘟疫甚多所定清瘟方吹鼻刻下亦宜以此治之再服菩提丸便可得生藥雖平淡效驗甚神所望樂善之人廣爲修合施送則活人無算功德莫大焉其遠處不便寄藥者將藥方傳示務使遐邇周知爲妙此二方皆甚合宜惟願人心向善庶幾挽回造化劫運消弭此尤吾所厚望者也特示 孕婦忌服 清瘟丹方 延胡 藜蘆 細辛 白芷 川芎各一錢 牙皂去弦五錢 雄黃 硃砂各二錢 共研極細末磁瓶收之封固瓶口勿令洩氣凡猝患頭疼腹痛昏暈不醒者急以此丹吹鼻數次得嚏卽醒再服菩提丸三錢症重者倍之則愈矣

菩提丸方 厚朴姜汁製 半夏製 陳皮 薄荷 肉 枳殼 砂仁炒去衣 香附酒製 白扁豆 神麴 麥芽 藿香 蘇葉 黃芩酒炒 茅朮姜汁炒 茯苓 生甘草各十兩 右藥十七味共研細末用白麵十四兩炒微黃和藥用鮮荷葉如無鮮荷葉以藿香代之煎水滾藥爲丸如梧桐子大每服二三錢開水送下重症倍服小兒減半 惟今年忌食魚蝦螃蟹者皆因兵燹之後陣亡屍身穢腥之氣入於泉下變化細蟲恐魚蝦螃蟹食之若[illegible]人再食其物乃此時疫更無所底止耳

于以求之 ○易云作善降之百祥積善之家必有餘慶善氣相感捷於影響有不期然而然者非世俗迷惑之謂也京師育善之區各項善舉久已林立櫛比慈悲前門外鮮魚口各紳商同諸大善士復於七月初一日創設濟育館善社在大興齋糕點鋪後房內以爲辦公之地仿照各善堂章程凡施藥施米施棺以及設義塾以教貧家子弟立義地以掩埋客藉屍棺種種善舉無不毅然善之並在各街巷置備水桶數具分別內貯清茶薑湯俾行路者臨渴取飲庶幾以消酷暑已貼招單俾衆均悉諸大善之存心利濟吾知其獲福無涯矣

則不可得 ○京師前門外琉璃廠西口有北極菴向無住持住持者非僧非道特鰥居奉香火而已以用度不敷兼業裱背又時求檀越之能筆墨者或書或畫裝演而售之日前突來一人自言內城某宦家紀綱之僕家主近在外任偶染時疫曾願輸白米五十斤香油二十斤於菴家主母于明日來菴酧願命其預爲辦理云云所言某宦爲菴主所素知遂信之潔堂廡以俟其人去之某米店述其言出銀票三兩用米如數囑卽送北極菴餘銀找錢該米店亦與其宦素共往來者收其票找付京蚨二十餘千其人携至某油店仍述前言欲先送油而後給錢油店約明日相見於菴中其人復至菴則米已送至菴主信之益堅稅與煮茗閒談其人因言家小主人酷好書畫指壁

嘱其長條其短幅彼見之必可得善價菴主坦然悉取相付且殷殷囑託其人遂携之去次日米店以銀票與人則廣鼎造急赴內城詢之某宦宅答無其人隨無其事返向壽庵主庵主言彼以票買汝米與敝庵何涉且彼所攜子書壽計價五十餘千又將誰尋耶言次油店送油聞知如此携油自歸惟米店送脫三金自認晦氣而已若而人者所賺雖微亦鬼蜮之黠矣

不沒人善 ○本埠河北窰窪新浮橋水勢現漲溜急凶險各船經過無不視為畏途前有某米船路過浮橋忽然水上船因人心惶懼有載浮載沉之勢幸遇橋夫等竭力救護轉危為安正救護間適督署王制軍經過瞥見着頒尊賞橋夫津錢十吊文以示嘉獎

官靖賊氛 ○日前文安縣屬勝芳鎮迤南十餘里有某宦眷船停泊村外不料突變夜半空空妙手十餘人各持器械赴船威嚇將銀錢衣物搶掠一空當時失主船夫均遠避未敢攔阻聞非早某失主持失單已報官矣

道漸平平 ○本埠北門外南閣及雙廟大街道路難行蒙工程局憲履勘指日諏吉興修均登前報茲悉於本月初旬飭土夫工匠等已赴南閣一帶開工興修不日平坦矣

帆檣颯颯 ○江蘇糧船前後八幫停滯山東界內已登前報茲聞東昌府各決口業已堵築現水勢平穩行駛非難聞八幫各船不日即抵津埠矣

兩盜擄貲 ○北倉大使黃脩門於六月初十日晚被賊匪七名手持洋槍刀斧闖入署內搶去衣裳財物等件價值三百餘兩往縣署報案四門等汎及捕盜局各處查拿於七月初旬拿獲劉振高丁和尚二賊刻下倉大使黃會同本縣拷問二賊據供搶事分贓多少某處存錢並當物件均已供出經捕盜勇取來聞十四日釘鐐收獄不久正法

一死不同 ○今日三岔河口由北上河溜頭流來無名男子一屍又流來女子一屍經抬埋會將男子勝上身有傷痕數處掩埋矣女屍聞係西沽人因坐船搖落水淹斃尸親認去又有流來死屍三個亦是男子其屍異樣一無頭者一短一臂者一短半邊頭者各屍上全有重傷現在用繩子拴在河邊聞已赴縣報案請驗云

聲憫宰懸 ○直屬景州故城饑請賑於津蒙督賑局憲飭委候補通判沈倅若球道憲飭委候補直隸州張牧世祁同赴該縣放賑

鐘慚飯後 ○本埠澡堂虔祀羅祖向以七月十三日作會大小澡堂懸燈結彩鼓樂喧闐通宵達旦男女乞丐此去彼來絡繹不絕幾同訛賴有後至者殘羹已息惟慚愧屠黎飯後鐘而已

照錄劉大將軍誓師條欵 ○蓋聞乾坤正氣實秉奇男社稷大功須憑壯士去夏東洋猖獗奪我藩服侵我邊疆要挾之多擾議賠割以息戰永福承守十責督辦台防聞和議成大失國體在 皇上苦衷固非得已而臣子効力莫急於斯今者我臺灣雖有主實願勸王各友邦戲許共扶爾軍民尤宜協力如果實心為國即來插血聯盟毋觀望而不前毋畏葸以貽誤行見寸土之剩一線之延終冀恢復力圖敢使強梁稍遏置性命死生於不顧共建不世之勳惟存亡危急之力爭勿蹈空言之請蕭沐謹告條約列左(一)臺灣現為民主之國凡我同人堅心固守一處有警百方接應不得互相觀望萬一大難臨前當以一死上酬君命斷勿背盟免遭天殛 二永福忝監戰事自必艱苦備嘗死生與共惟統帶在事以下務須遵約毋得交通日奸臨陣退縮以及私洩軍情一切承福既膺諸君如手足諸君必視永福為腹心違約者定斬毋赦 三諸君既已聯盟堅誓如有戰事務宜互相援助不得避險爭功營中勇丁尤不得私自袒庇各立門戶 四我同人合盟之後無論官職大小均如兄弟一般倘有身犯不測者除叛逆違法外其妻子親人倘無依靠均宜優恤如自面是心非立言不踐者神鬼共殛厥後不昌 五將來倘或乞援外洋勢必擇委妥人應由各盟友保薦膺茲重托設有變異惟保舉之人是問如不幸中途遇害者加倍撫恤 六臺南道府局三庫存餉現應發商生息其學租魚 鈔封變款均歸公用 七陣亡之人必須先行埋屍收殮事後或葬或運再為妥辦並查明家眷住處俾恤後人如無家可歸之人即當擇地安葬立昭忠祠春秋祭祀病亡者不在此例

日兵畏戰 ○上月初六日海龍及小南京二輪船由淡水回廈門載男婦老幼一千六七百人詢之大稻埕各茶棧中人僉云近因

日人在臺北府城外暗設地雷擬其意似欲於遁逃時轉全城付之一炬基隆滬尾等處民人望劉軍義兵如嬰孩之望乳日兵在三角湧各處一遇土勇相率狂奔較之去冬北洋官軍之遇日人慌怯更甚其有見仗時轟斃之屍體及兵卒之受傷者由火輪車裝運至海濱用輪船載返斷脛折肢之輩連日絡繹於途林時甫於板橋地方所置房宇田園盡被日兵及義兵毀壞林在廈門聞信愁急成病○傳聞日官見華民日日附輪船內渡擬下一令限至上月十二日爲止過限即不准逃回以後來往輪船祗准載貨出口○又聞來茶棧中人云近來日兵一聞義兵之至幾於骨折魂飛是以相率聞上遣過不敢深入內地蓋以義兵皆由劉淵亭軍門訓練實有神出鬼沒之命每一隊數十人深入山中全無下落以故盼本國添兵援救義兵亦深望劉軍門調兵襄助以便大舉剿日聞劉軍門須由內山一路察勘地勢險夷并順道各村鄉與本地紳耆會商一切大約秋涼後方能雄師直抵臺北此時日兵不足千名云

七月十四日輪船進口
海定　輪船由上海　招商局

七月十五日輪船出口
豐順　輪船往上海　太古行
新豐　輪船往上海　招商局

七月十四日銀錢行情
天津九七漢銀
銀盤二千七百七十七文
洋元一千九百九十五文
紫竹林九七銀
銀盤二千八百一十七文
洋元二千零二十五文

直報

光緒二十一年七月十五日
西歷一千八百九十五年九月初三日
第一百八十九號　禮拜二

上諭恭錄

上諭內閣禮部會同衙門議覆陝西學政黎榮翰奏請以宋儒呂大臨從祀 文廟一摺宋儒呂大臨純修正學與游酢楊時諸賢同列程子之門所著易經章句大易圖象易傳芸閣禮記傳注編孔論語中庸解孟子講義等書皆足發明聖學羽翼經傳其生平尤邃于禮爲朱子所引重洵屬制行誠篤無愧純儒呂大臨着從祀 文廟位在東廡謝良佐之次以崇實學而光茂典欽此 上諭李秉衡奏黃流秋汛盛漲壽張齊東兩縣大隄漫溢成口請將在事各員議處並自請議處一摺本年山東黃河伏汛未消水勢驟漲六月二十日下游齊東縣北趙家大隄因値風雨交加搶護不及致隄身刷塌數十丈由齊城南趙家莊學員弁實屬疏於防範候補道丁達意着交劉福寶游擊李金書知縣湯宗翰典史潘名彥均着交部議處其上游壽張縣高家大廟堤身亦於二十二日坍塌數丈水由安山一帶仍入舊河中游候補道李清和着經到工仍着交部議處李秉衡督率無方着一併交部議處該撫務當督飭在工各員加意防護仍確查高家大廟漫口是否未向南趙道將北趙家漫口盤築裏頭免致續塌餘着照所議辦理另片奏委員貪劣未能核實等語候補同知邵守正候補巡檢崇貫均着即行革職以示懲儆該部知道欽此 戶科給事中員缺着馮金鑑補授截取內閣中書林介弼國子監助教郝觀光兵部司務范鍾俱照例用年滿直隸總督衙門筆帖式松溥着發往原省照例用伊犁印務章京員缺着英權去卓異俸滿直隸正定府知府綠燮滋安徽潁州府知府鳳林俱回任准其卓異加一級仍註冊候升開復革職廣東試用通判王鍾祥着准其開復原官仍發原省照例用前四川富順縣知縣陳錫鬯着准其開復原官留省補用保舉雲南候補知州晏繼溶山東候補知縣程文葆浙江候補知縣侯資森俱照例用盛京工部員外郎員缺着伊勒東阿補授欽此

塗說

檀弓曰國奢則示之以儉國儉則示之以禮或解國字以爲國家朝廷誤矣國者何民間之風俗也否則既云國奢國儉矣是奢儉之弊既在於上之朝廷所謂示之以儉示之以禮者孰示之爲之民者能以下而上示朝廷奢儉乎其奢儉即以民間之風俗爲言夫復何疑然而百姓之耳目心思不能自有也嘗轉移於上之身上之好惡從違其從乎公者亟欲示人以知其涉於私者亟不欲示人以知也而爲百姓者其心思耳目以之揆度禮義之大中至正則最愚以之窺伺在上之偏好隱私則甚智何也人情喜實不喜假上苟假公以濟私則私爲實公爲假其假公濟私之實意每以不示而無不示諸人無怪民之從其意不從其令也古昔聖賢化民成俗其卽檀弓示儉示禮之意與及俗之成也則執政柄者又將齊其政不易其俗蓋以俗之能入民隱者深故名俗以風風動也順也順以動而善入聖人以巽卦爲風義取諸此蘇子云美俗可以救惡政卽昔賢禮失而求諸野意誠以風俗移人非具大識力者不能以自待自持不能又何以轉移風俗也且

風俗亦各有由成各有得失人爲之天爲之亦地爲之西北之風渾其失也悍東南之俗偷其得也和故西北以强勝而多失之亂東南以治隆而多失之弱西北宜以嚴致平東南宜以寬爲治此地氣使然天時使然其大致也人在天之下地之上氣秉乎天地之先質成乎大地之後身居乎天之內能周乎天地之中靈出乎天地之外能視聽飲食以辨美惡其能猶與物共不足奇也所奇者自有智以經營料理事物之是非得失自有勇以驅除紙禦人世之善惡邪正神靈之大孰大於是故凡山川草木無知之物至不靈也人靈之則無不靈調劑之以爲藥石除痼疾猶其實焉者也以爲機器開務成物猶其實焉者也至以器以書以畫使之出神作怪放光猶其虛焉者也若夫至微之物至誕之事人苟以殫精竭力則氣之所感亦不靈之物頗無不靈焉祈禱始自上古而顯於金縢至誠感神與高宗夢說相近至漢文時佛入中國而非禮之祈禱遂遍入乎心腑腎腸不啻元氣蓋其時年豐人樂中外又安於敗度縱欲私心熾而良心終不能昧於是假懺悔之說以祈神佛之默佑繼以默佑可恃而慾心愈熾遂並懺悔之心一併捐去而專祈神佑慾心愈實正氣愈虛猶人之體正氣衰則邪感入而奪之正氣遂亡邪氣轉可以作祟使人爲顛爲狂如小人之得權逞勢趁風使船其事難盡述矣中土沿祈禱之俗成爲風者吳越楚多有之而江西尤甚地爲楚尾吳頭也章江以下人有疾則求神以二狀丁肩竹槓舁木像於水濱山陬病人處顛之簸之祭以牲醴濺其血於木像狀丁乃舁像狂奔以返疾於馬名其人爲馬腳一時舁槓聲鑼聲爆竹聲嘶喊聲嘈雜莫辨闖入病室倒地以仆而病人輒愈奇矣贛江以上於七月中旬前後數日請師夫其法招十餘齡童子二人於夜星出全時予以菓餌令熟睡以紙書童子名石壓之化符持咒呼童曰師夫起各授以兵兩童突起力戰刃相接體無傷令緣木則猱而升及巔曰下則誇地如泥呼其本名飲以涼水則豁然而其技已忘尤奇矣總之事近怪鬼傷俗猶未甚也至南昌省會之區中元節後三日通城大作道場爲盂蘭會中國近今通俗也其異者徹夜男女雜沓無隙地推來擁去舉國皆狂無事不有惡哉不謂北方亦或如之昨都門西便門外三里河一帶有青苗會以護田禾禁偷搶香舉也醵金演劇亦南方儺社之意惟男婦擁擠初八日午後衆匪徒數人攜一少女去女嘶喊聲聞會所幸該會持械力追賊拋女向北急逃衆追益力至望海樓地方拿獲搶匪于升兒等三名餘竄無踪是猶不幸之幸也東直門角樓窓欞四面高據一方昨忽傳樓中仙靈甚男女焚香晝夜絡繹爲某營汛所聞飭差將賣香賣食物玩物攤一併驅逐以免滋惑焉昔狄梁公毀江南淫祠數百餘臭穢其風至今止人皆義之此營弁識其武襄是丈夫是男子可嘉也津郡此節向以浙江義園盂蘭會爲盛然[illegible]未一見也所見者河上之燈船紅橋之戲船唱淫詞歌豔曲間以大吹大擂觀者於岸上遙望之雖非善俗猶非甚害也惟義園一帶地仄人稠插足無隙男女其雜混迹其間大非善俗余未至其處爲洋車斷途其擁擠可想也爲之上者不禁之且從而逐臭如蠅謬矣安得如西便門某弁之毅然禁止者乎惜採訪者忘其弁名姓心闕焉若某弁者眞可以維持風化矣

聖朝多孝　○昨都門南橫街孝婦某氏割股事姑已登前報茲畿南皮各庄耿氏婦來京居前門內高碑胡同系出寒微而柔順溫恭頗知大義論者嫌以醴泉無源芝草無根宜乎平素事姑以孝聞無間言六月初八日姑虞氏遘時疫纏綿不起祈禱靈氏痛逾恒罔知所措延至初十日姑仍未愈陡憶割臂可以却病遂急封肉煎以湯進時許姑大汗厥疾瘳氏喜過望事傳鄰佑皆謂純孝所感洵德幽光誠　聖天子以孝治天下意也

秘鑰頓開　○婦女嚇夫之法不一而足諺云一哭二吵三上吊四不吃飯五睡覺者猶不足盡其變態而動輒覓死覓活愚婦枕中之秘京師西安門大街某作鋪夥劉某娶妻侯氏小家碧玉丰致嫣然以故伉儷甚篤妻因愛而驕夫因愛而畏枕中之秘遂得以行乎其間矣詎其術爲夫窺破思有以懲之七月九日婦與劉口角不勝含淚而睡哭泣不止欲演不傳之秘劉深知其意即將負存之紫霞膏藏起易以極苦之益母膏和入煙缸次早劉忽忽外出婦以淚眼送之逆料劉心不安必然早歸探望即將缸中物傾入口內隨即側臥劉自外入知其故訝曰閱時已久毒發奈何婦哭益哀劉沉吟半晌曰有一極妙急救法惟須先自發誓以後不再犯方有靈驗再犯則決不能救矣婦囁嚅矢之劉乃以清茶一杯書作符咒進婦猶作態不飲劉灌之婦泣如故婦母家住居左近兒若母聞信赶來令劉急嚼剔法劉實告婦始恍然大家一笑而解

其何以行　○山左鄒某由籍雇車來京行至右安門外距城十八里之潘家廟地方突遇暴客十餘人各持槍械截路劫去贓約值二百餘金並砍傷車夫李某當經該處巡緝飛報營汛即刻帶捕詣勘並驗得李傷甚重嚴飭捕認眞緝拿鴻飛冥冥未知何日破案以近畿重地盜風猖獗如是天荊地棘行路難載告僕夫尙愼旃哉

染及於盜　○京師時疫流行疊列前報現在節近白露涼風送爽而痧症未除據劉醫士云七月初八日赴小椿樹胡同陳姓家診視其家男女四人一人死後停柩在家一人甫死屍尙在床一人卽病其傍祇有一人侍奉劉醫覩此情狀甚爲駭愕遂以針灸向來啓出其人卽登鬼錄適有親串辦喪儀亦患斯疾逾時經陳某偕伴同行是夜有妙手空空兒背負衣包由房頂過陡患轉筋倒撲房上旋卽斃命拋擲贓物祇得與報營坊勘驗將贓入官免遭訟累噫似此疫灾實數十年未聞者也

簡在帝心　○欽差大臣辦理北洋通商事務直隸總督部堂王　爲曉諭事照得本大臣恭膺　簡命補授直隸總督北洋通商大臣擇於本月十一日辰刻望　闕謝　恩合行出示曉諭爲此示仰闔屬文武官員人等一體知悉特示

冊爲民首　○府憲沈太守定於七月十六日爲考試武童正場之期靜青滄鹽南慶等處武童來津者齊赴兵房投卷交房於十六日在場候點閱看弓馬

前茅高列　○在任補用道特授直隸天津府正堂隨帶加一級紀錄三次沈　爲歲考事照得本府考試靜青滄鹽文童正場文卷內己披閱除滄旗同南鹽慶招覆外合行榜示爲此行仰應考文童知悉於本月十八日初覆鹽童等至期黎明攜帶印卷齊集貢院聽候點試毋得自悞特示　謹將靜青滄旗前十名文童名次列後　計開　靜海縣　劉汝麒　孫輔臣　于權中　劉聯桂　朱鳳桐　馬光翰　邊濟三　王寶中　元景熙　劉榮泰○靑縣　劉愷曾　趙　昶　張維翰　賈德純　呂成勳　姚述祖　張文蔚　黃維祺　同仲慈　崔光樹○滄州　潘桐林　馬思曾　于國勳　馮國璋　于掄元　王屏翰　劉炳震　鞠礽榮　趙之榕　劉　環○旗籍之榜名俱被人撕去故爾不錄○府憲又諭定於本月十六日考試武童外場馬箭特示○又諭各項入役知悉照得本府考試武童外場所射之箭原准爾等拾取然還但未能厳定某處某役拾箭往往搶奪爭吵殊非愼重場規之道今本府循照向例遂一厳定靑縣着令府門吏茶房拾箭滄州南皮着在營兵丁拾箭鹽山着本府轎夫拾箭天津靜海慶雲着本府各役拾箭倘敢爭奪定卽究處不貸毋違特示

大樹忽摧　○有友人來自奉省云廣東陸路提督奉天會辦唐軍門仁廉統帶仁勝軍六十餘營在任病故不知　天心簡在又屬伊誰也

江北漕全　○昨將江北漕船至三起過關日期業已登報茲又探悉第四起運官郭同濟船四十七隻隨第五起運官慶壽慈楷船四十七隻於初八日過天津關北上第六起運官丁年灃船四十七隻第七起運官孔祥霖灃船四十七隻於初九日過天津關北上第八起運官張壯彩漕船四十七隻於七月初十日早過天津關第九起運官冷利南漕船四十七隻於是日申刻過　津關第十起運官葉元黎漕船四十七隻於十一日過天津關連檣北上所有江北漕船十起共計四百七十隻全都均過天津關矣

山西勇撤　○去歲海中告警山西全省馬步等軍調赴前敵已紀前報茲中東議和奉督憲劉峴帥諭凡山西全軍營一概撤防昨由火車來津暫住西門外各客店聞全軍到齊仍歸山西駐防云

咎有攸責　○日前靜海縣送考廚夫趙某被親兵營吊打一案經營務處審明飭責哨長李某管掌一百軍棍一百繳責親丁袁某軍棍一百張某軍棍一百哨長李親兵張某交營務處管押親兵袁某送縣管押廚夫趙某送赴西門外爲源客棧醫傷候痊云

案恐無憑　○河下流來死屍身有傷痕者該管地方赴縣報呈縣委驗明存案後有屍親告者以存案爲憑昨三岔河口流來無主男子死屍二名又一日又流來一名皆係兵勇打扮身上皆有重傷救生會救至河邊候縣驗已救生會自可掩埋不知地方此次是否呈報係本縣不驗耶

臺事詳述 ○昨得厦門友人轉接淡水來信謂近日臺南各洋商恐日兵來戰均有收市之意惟戰事尚無舉動而民人安處其閒不作遷避之想劉軍門鎮守臺南兵丁肅靜號令嚴明大暑節以來西南風狂吹怒吼海中潮浪鼓盪澎湃一撼數十里矗立如山以致船隻不能行駛日前洞天兵船到彼寄泊嗣以浪大不安轉即駛去東洋兵輪望洋而嘆隻輪不敢前進職是故也想風平浪靜後定有一場血戰臺北自東洋人踞守以來法度不甚嚴束縱兵四出時或有之而市上交易任意論價商民畏避相率遷去○又云林時甫京卿家住臺北杉橋地方所構住宅建造時費銀十餘萬元中有魚池水閣花園高樓泉石之勝點綴之美直等洛陽名園迷樓曲折春秋佳日選勝不窮三伏天氣爽快異常不知人間有暑熱味自日本到臺敵匪人將宅燒燬磨有孑遺宅中黄白數匪搶去約有十餘萬而今而後一片瓦礫無人過問但有蟲吟蟀語絡緯啼清而已言之良堪浩嘆○臺北淡水因倉戰事居民不安相率乘輪內渡者已有二萬餘人大半寓漳泉厦門各處○日本近又派兵船五艘運軍械銀餉至臺北府并有新兵八九千名到臺俟秋凉後與劉軍大戰○臺中林觀察維棠邱主政逢甲亦已携眷至泉州住居○日本派第二營之第十七旗兵及第五旅兵赴臺又命第四營兵赴臺帶小工四百人又科媽馬隊一千名均赴臺灣

第一妙藥

精製玉融膏貼筋骨疼痛萬癧膏貼癧疽瘰癧又急救丸治男婦小兒一切奇精實熱之症皆親自鍛鍊精選上品藥料凡患是症者請以此藥試之自知其價廉效大飛希圖射利者比也 天津東門外天后宮南恒益鼻煙舖北門外鍋店街洪泰承寄售零 一聚堂啓

大英國駐津工部局諭 查本局所設花園准票原爲杜來遊之人混雜不清而起并從中漁利風聞有准票一張收洋一角等語此等謠言殊堪痛恨爲此特諭凡來游之人遇有園丁索討使費准其稟知本局公事房究辦惟請領准票者其信函亦須書寫恭敬勿得隨使一揮以示體統切切此諭

茲有寄賣金絲香楠木二十片每長一丈零寬二尺四厚六寸 樟木三十片每長一丈二尺寬二尺四厚七寸如合意者請到天津怡和洋行便知

曾白 野叟曝言 各國時事類編 中日戰守始末記 公車上書記 海上見聞錄

銀瓶梅 眞正後聊齋 三續聊齋 三續今古奇觀 正續承隱吳平 後施公案

彭公案 鴛鴦夢 古今眼前報 金臺傳 雲中落繡鞋 後西遊記 蛋雞傳 百寶箱

繪圖小八義 意外緣 英雲夢 情天寶鑑 女僊外史

文美齋謹啓

浙杭元吉永號

本莊自置紗羅綢緞新樣洋辮花素洋布川廣夏貨圖摺雅扇南貨頭油俱全祇爲近時錢市漲落不同故而各貨減價開設估衣街中間路北凡仕商賜顧者無誤特此佈達

德陞齋靴鞋鋪

本齋專做滿漢朝靴新樣京式名鞋及鑲花坤鞋一應俱全價廉物美 賜顧者請認明本店招牌庶不致悞本舖開設在天津府北門外鍋店街集義棧對過便是

七月十五日輪船進口 豐順 輪船由上海 招商局

七月十六日輪船出口 重慶 輪船往上海 太古行

海定 輪船往上海 招商局

七月十五日銀洋行情

天津九七六錢

銀盤二千七百七十七文

洋元一千九百九十五文

紫竹林九六錢

銀盤二千八百一十七文

洋元二千零二十五文

直報

光緒二十一年七月十六日　第一百九十號
西歷一千八百九十五年九月初四日　禮拜三

上諭恭錄

上諭裕祿奏統兵大員在防病故懇恩優卹一摺廣東陸路提督唐仁廉忠勇性成由武童投効軍營隨同彭玉麟鮑超楊岳斌等轉戰江蘇安徽湖北江西廣東山東陝西等省剿辦髮捻各逆迭克名城卓著功勳擢膺專閫十年調赴奉天會辦防務茲聞溘逝軫惜殊深着照提督軍營積勞病故例從優議卹並將生平戰功事跡宣付史館立傳以彰勞勩該衙門知道欽此　上諭江西布政使着陳湜補授欽此

如是我聞

中土每歲以正月十五爲上元以七月十五爲中元蓋綜一月計自哉生魄以迄於晦則以十五日爲月之一元正月居歲之上故元亦名上七月居歲之中故元亦名中如秋以八月爲中義相近理至明也歲時風俗於是日祭先祖亦猶清明十月一日之掃墓皆本古禴祀蒸嘗時祭義韓子所謂爲之葬埋祭祀以長其恩愛孝道也後世以中元節爲盂蘭會遍祭無依孤鬼是推孝子不匱永錫爾類遺義意亦曰善其舉則如北地城隍赦孤例延僧徒作法事爲咒言以懺悔概仿佛氏濟孤祇樹園作大布施之旨以此動人世慈悲警流俗橫暴[illegible]人神道設教以齊民隱佐刑政條教所不及於志無惡也其必延僧徒作法者以其俗濫觴釋氏故以其事委其徒非謂釋氏不娶其身心潔淨非其人不能通神鬼道以濟幽冥如世俗愚而又愚之愚見也七佛偈爲釋氏開宗了義其散見於梵帙者無論即我　朝西藏班禪額爾德尼喇嘛處所貢七佛番軸凡佛之父母眷屬名字悉備　純廟間之僧人舉不知所以諮之章國師乃於番經漢經所謂長阿含經賢劫經降生次第經及佛源廣解內一一考得其源蓋第一毘婆尸佛種刹利姓拘利若父般頭母槃頭婆提居槃頭婆提城神足二一名騫荼次名提舍侍者名無憂子名方膺第二尸棄佛種刹利姓拘利若父明相母光耀居光相城神足二一名阿毗浮次名婆婆侍者名行子名無量第三毗舍浮佛種刹利姓拘利若父善燈母稱戒居無喻城神足二一名扶遊次名鬱多摩侍者名寂滅子名妙覺以上三佛爲過去莊嚴佛劫第四拘留孫佛種婆羅門姓迦葉父禮德母善枝居安和城神足二一名薩尼次名毗樓侍者名善覺子名上勝第五拘納含牟尼佛種婆羅門姓迦葉父大德母善勝居清淨城神足二一名舒槃那次名鬱多樓侍者名安和子名導師第六迦葉佛種婆羅門姓迦葉父梵德母財主居婆羅奈城神足二一名提舍次名婆羅婆侍者名善友子名進軍第七釋迦牟尼佛種刹利姓瞿曇父淨飯王母大清淨居舍衛城神足二一名舍利弗次名目犍連侍者名阿難子名羅睺羅以上四佛爲現在賢劫佛夫一佛即恒河沙數佛而恒河沙數佛即一佛父母眷屬皆如是何有於分別中土聖教萬物本乎天人本乎祖其忠孝慈愛之忱於此何異佛妙觀察智豎三際橫十方無時無處不在中庸所謂君子之道語大莫載語小莫破而其端則造自夫婦其至則察乎天地又曰鬼神之爲德其盛矣乎視之弗見聽之弗聞體物而不可遺中土聖道圓無在無不在也佛云以色見聲求皆屬邪道法身化身不可見惟報身可見以有過去現在也竊嘗私淑

前賢之偈曰過去任去未來無來前後際絶只應現在處世應世如是如是至有生無生前生後生有其理何遽無其事第吾於日用飲食間行不著習不察無中十聖人之教現在者尚不知體倪反欲窮其辨於恍忽茫昧之表何其舛於先後也其病皆由於厭故喜新矜奇好怪求其所聞求其所見不求其所以聞所以見彼赫然當空者之謂日油然布空者之謂雲隱然震空之謂雷突然熖空者之謂山彪然炫空者之謂海使其未見未聞而驟遇之奇何若怪何若新何若茲竟不新不奇不怪者以其故也以其求見見聞聞而不求其所以見見聞聞也使有人明示以所以則又若聽而不聞視而不見或以爲必無或以爲有無不敢信此所謂民者氓也豈知幽明陰陽有則俱生知則俱知不知則俱不知理原無二也昔子路問事鬼神子告之曰未能事人焉能事鬼敢問死曰未知生焉知死夫子意謂汝果知人必無鬼神之間汝果知生亦必無死之間諸意明曰人顧習而不察而惟於釋氏之說新之奇之怪之而信從恐後是何異居雲日之下處山海之間見如不見聞如不聞也哉京師某冥衣舖沈五日前患病死而復蘇謂閻羅殿下隷役長頭上無字叱速返回醒述陰曹變如見茲舖門外煤市街三順館舖夥楊五於七月初五日午後患瘧蝶痧氣絶體冰舖主已爲備棺木楊五突起坐向舖主云速去打磨廠二分館舖夥嚴五有無病患頃刻探問嚴五患此症時甫斃命楊五始言陰差誤傳放還事歷歷可聽聞者以其事新競傳而囑筆志焉吁亦可當宏俗之一助也

禮近於儺　○每逢月首　南海豐澤園輒演月戲七月初一日奉　內廷傳諭令義順和梆子班伺候慶伶名腳小元紅天明亮自鳴鐘小七金子於寅刻齊赴南海豐澤園演劇初二三四日傳四喜班徽部名腳孫繼仙劉永春楊桂雲德君如金秀山盧勃搭入四喜班之名腳花旦萬盞燈等前往演戲　皇太后於散門後率領進內壽安之公主福晉命婦等往觀入座後即開場演劇至申刻始散諸腳色各竭平生之技維妙維肖響徹霄洵一片承平雅頌聲也　皇太后慈顏有喜各賞給二兩小錁錠四個諸優跪領碰頭叩謝歡聲雷動

事關司牧　○京師自交秋以來異常酷熱四時不正以致疫癘流行日來城廂內外死亡相繼殊堪憫惻現經大與宛平兩縣邑尊關心民瘼出示禁屠道虔誠齋戒以挽時灾今將其言告示錄後　正堂示　照得現交秋令　地方時疫流行　每有病患倉卒　醫藥無效可憫　死者固由命數　生者何以爲情　竊以災雖天降　補救究賴於人　或由起居不節　致爲寒暑交侵　或由飲食不愼　或食生冷羶腥　患久伏由臟腑　無怪草木無靈　本縣忝司民牧　用先齋戒祈神　天有好生之德　務各感召天心　自今祈神日起　禁止十日殺生　官民交相修省　爲此曉諭凜遵

勗哉夫子　○管理八旗官學事務兼吏部奏請　派出長允升大冢宰萃督飭正黃旗助教保和全英增祉相藍旗助教恩光文鎮音德賀正白旗助教色普徵額崇芳雙福鑲白旗助教文聯恩貴花連布正紅旗助教瑞隆與奎富與阿鑲紅旗助教文順麟趾正藍旗助教寶綸晉祥成樸鑲藍旗助教松廷恒訓等嚴飭各學生認眞課讀始終勤奮勿得稍有懈怠

烏有先生　○兵部議功所專爲經理議卹事宜今有胥吏孔某因於某請領卹賞案內多有捏寫鉅數希圖冒領爲印憲查出票飭南城坊速往延旺廟前街孔某居住之寓所嚴傳到案乃孔不知從何已得音信早經遠颺如巫臣盡室偕行故事僉謂京師部蠹爲巨蠹神奸於此益信

漕艘報到　○茲又探悉江蘇漕糧頭起運官孫治安率船戶押運重船四十五隻於本月十一日午後過天津關後該省漕船共計八起其尾幫第八起之漕船於初九日已抵直境茲本月十五日一點鐘時陸續抵津停泊茶店口一帶不日過關連檣北上矣

國計無傷　○天津各大署之書辦均有缺底之說原其溯以凡係筆墨精通者得有荐引即可充當嗣因該書年老或子孫未能接辦即將其按年進項若干核實價值轉給他人由此相沿以爲缺底而進項之多缺價之鉅則莫如天津鈔關該書約有四十餘家以正稅落地稅之進項而論其最小之缺爲六二五大約係每千兩得分六厘二毫五絲則爲一分以二五爲一股一分底價卽須千兩之多統共核計數十萬不止出賣缺底則前手立字據一紙與後手邀同人畫押作爲証據其實私相授受雖非官據也祇以進項本廣所以買者

極多祇看凡係大關書辦其排場無異富商顯宦來源茂盛故也聞鈔關一年之中徵收正欵及盈餘並額外盈餘等項約在應解十數萬金刻下傳說意欲暫由外國洋人包辦每年應交三十萬金並聞已由戶部議准果爾如此則鈔關書辦四十餘家缺底數十萬當何以處聞在事者憂慮綦甚惟喚奈何耳是否屬實姑照有聞必錄之例俟訪明再爲續報

免稅二成　○欽命二品頂戴直隸分巡通永河務兵備道加三級隨帶加三級紀錄五次張　爲諭津郡各廠棧人等知悉案蒙督憲先今札准　戶部咨以歷居江北漕運仍由河運所有各漕船着帶二成免稅貨物遵照　兩江督憲奏定章程凡裝米二白石之船准帶土貨四十担其餘以次類推經過關卡免納稅厘等因除飭工部司稅人等嚴密巡查分別征免外合亟諭飭津郡各廠棧知悉如漕船回空過境攬載竹木於二成之外即倣照向來起運客商竹木舊章由該廠棧先行遞條起單俾該漕船等赴關便於驗放以重稅務而利遄行倘該廠棧陽奉陰違一經查出定即分別提究不貸毋謂言之不預也切切特示

考竈初覆　○欽命二品銜新授福建按察使長蘆都轉鹽運使司鹽運使隨帶加六級紀錄十四次季　爲歲考事照得本司考試正場並性理孝經論灶籍文童名次合行榜示今定於本月十八日覆試該童等至期黎明齊集鼓樓南問津書院聽候點名局試毋得自愧特示　謹將灶籍文章五十名開列於後　計開

趙和璞　馬緒卿　劉邦彥　張恩綸　張毓汶　宋毓鈞　姜兆科　周晉昌
鄭秉典　王景元　陳鴻逵　劉慶琛　楊丕煥　張文源　楊蔚文　張子琴　劉藎　王榮西　孫承蔭　楊贊廷　李崐
張炳麟　張體元　張鳳藻　張金墉　鄭秉第　田敏卿　梁鴻翺　張鳳元　王仁麟　姜喬　郭鳳藻　孫文林　韓璧
王景凱　鄭虞卿　曾繹儁　劉家棟　劉樹珊　張金鎧　高春桐　王受謙　周屏藩　解晉卿　李允昌　王鳳章　沈春融
張輔臣　張之櫟　蘇霖澍

喜出望外　○西頭黃某者其妻妹係閘口下吳某之妻前日爲吳妻生日黃妻帶女吳女甥也時七八歲盛粧新雇女僕偕來洋車赴吳祝壽吳妻辭僕歸留甥女小住數日前次送來之女僕復來接女吳任其從僕回黃詎次日黃處來人向吳接女吳妻言昨已接回何得又來據來人言新雇女僕於二日前已經辭出吳合家不勝大駭黃姓得知彼此怨言口角惟有各飭人分出追尋至二三日毫無音信黃妻屢欲以死相拚經黃再三阻止謂此事乃兩家之錯正莫如何時聞叩門聲急出視則其女經人送回黃一家得女驚喜啼笑無從當即詢女言該僕誆出將衣飾均行剝去我終日啼哭今乃煩人送來黃急出門來看送女人已化爲黃鶴矣黃以爲掌珠歸還亦不暇計衣飾並不追問來人惜此女年幼竟不能指出何處以獲該犯送案耳噫雇女僕者可不慎哉

善宜力行　○近日時疫太甚稍有不慎即登鬼錄若能治之得法亦可保全茲有河東錢行某甲者家有妻子數人以甲爲生忽染時疫合家慌甚適鄰右某乙者好行方便聞即往視令沽燒酒若干用手沾酒將甲之兩胳膊曲處兩腿灣曲處盡力拍之立起紫泡又將兩手心兩腳心用生薑擦之繼又尋得純陽正氣丹納於腹臍逾時果愈服藥數劑即大愈甚矣甲家多婦幼子無可爲計幸賴乙好行其德救一命實保數命善可沒乎俟探訪姓名以錄

孰不拾遺　○本埠五方雜處宵小溷跡其間日前西門外白骨塔舉辦盂蘭會懸燈結彩鼓樂喧闐車中婦女人等實爲香車不絕于路較他廟尤爲熱鬧聞將晚時有某富戶女公子失去金鐲一只約值數十吊文全家不知失于此物當在遊行快意時也惜哉

難乎爲繼　○本埠西門內城隍廟每居七月十五日在殺場迤南高搭蓆棚延請道士誦經至夜半城隍陞座以赦孤魂聞本年此廟花費浩大籌欵維艱尚未照舊遵辦以待來年再循舊章可也

日艦來申　○日人前在威海衛所擄之中國致遠兵船改名西顏於昨日下午由威海駛抵滬江停泊法公司船所泊之處該艦高扯日本水師旗號蓋自中日開戰以來浦江中第一次復見此旂也譯西字捷報

法馬事情　○昨接由京路透局來電云刻下馬達加斯加島之首府惟早駐紮在相近安迭理陪地方者曾經法人計算約存四千人均有能習爲之軍械　○又云法兵之在該島者適遇彼國暗探之兵數其圍困

改法續前 ○粵省督撫文奏有諭旨飭令各省籌議更改官制暨一切要政綫限自奉文之日起昇一月內覆奏至於如何更張未能詳悉近又得官場傳說與前此本報所載無甚異特兩督亦在裁撤之中又與綫路兩廢驛站改制義而爲策論減陸營而設練卓牛貢舉人須通算學時務其說頗似可據然未經大憲宣示究無由斷其虛實也

公啓者三公司議定自西歷九月一號即華七月十二日起貫客附搭三公司輪船由上海至烟臺天津及由天津至烟臺上海又由烟臺至上海均須未開輪之前各宜在岸上買票照章付脚方可落船切勿在船上付給水脚如在船上付水脚者每客須加收銀二兩毋得異言特此週知 光緒二十一年七月初五日 招商局 太古行 怡和行仝啓

西頭大夥巷內林公館現由四川建昌帶來花板材料如有賜顧者請到本公館面議可也
茲有寄賣金絲香楠木二十片每長一丈零寬二尺四厚六寸 樟木三十片每長一丈二尺寬二尺四厚七寸如合意者請問大津怡和洋行便知 林公館謹白

浙紹 鈍翁先生醫脉深奧屢治重症俱奏奇效而於婦幼兩科尤有妙術

第一妙藥

精製玉融膏貼筋骨疼痛萬應膏貼癰疽瘰癧又急救丸治男婦小兒一切奇精實熱之症皆親自鍛鍊精選上品藥料凡患是症者請以此藥試之自知其價廉效大飛希圖射利者比也 天津東門外天后宮南恒益鼻煙舖北門外鍋店街洪泰承寄售豕聚堂啓

大英國駐津工部局諭 查本局所設花園准票原爲杜來遊之人混雜不清而起幷非從中漁利風聞有准票一張收洋一角等語此等謠言殊堪痛恨爲此特諭凡來遊之人遇有園丁需討使費准其禀知本局公事房究辦惟請領准票者其信函亦須書寫恭敬勿得隨便一揮以示體統切切此諭

告白

福州和益木商在津開設十年前雇夥友林松卿經理歷年尚未十分誤事詎自十九年夏間荒蕩嬉游號事廢弛從中侵蝕盤混不勝枚舉致虧號本甚鉅去秋控縣押追迄未完結林松卿早已出號所有和益號事均係號東自行料理與林松卿毫無干涉特此布告官商如蒙賜顧務須認明和益本號庶不致誤 和益本號鄭湘蘭白

浙杭 元吉永號

本莊自置紗羅綢緞新樣洋辦花素洋布川廣夏貨團摺雅扇南貨頭油俱全祇爲近時錢市漲落不同故而各貨減價開設估衣街中間路北凡仕商賜顧者無悞特此佈達

德陞齋靴鞋舖

本齋專做滿漢朝靴新樣京式名鞋及鑲花坤鞋一應俱全價廉物美 賜顧者請認明本店招牌庶不致悞本舖開設在天津府北門外鍋店街集義棧對過便是

七月十六日輪船進口
順和 輪船由上海 怡和行
七月十七日輪船出口
武昌 輪船往上海 太古行
豐順 輪船往上海 招商局

七月十六日紫竹林行情
天津九七六銀
銀盤二千七百七十七文
洋元一千九百九十五文
紫竹林九六銀
銀盤二千八百一十七文
洋元二千零二十五文

直報

光緒二十一年七月十七日　第一百九十一號
西歷一千八百九十五年九月初五日　禮拜四

上諭恭錄

上諭近來考試繙譯導選請派閱卷之期繙譯出身人員多不開列以致不敷簡派嗣後各項繙譯考試所有應行開列之員均着一體開列不得託詞規避並將是否繙譯出身於各銜名下詳細註明欽此　上諭御史楊福臻奏查核屬員宜勤接見一摺各部院司員及各省候補人員流品不一必須詳加考查始能悉其底蘊嗣後各部院堂官務當常川入署將各司員隨時留心察看各直省督撫等於所屬各員必應勤加接見詢以地方公事藉可分其優劣如有不諳部務及未能講求吏治者即行嚴加甄劾毋稍姑容欽此　上諭江蘇按察使着吳承潞補授欽此　上諭御史恩溥奏武闈翻試及考試翻譯各場監試巡查御史請分別增減等語着該部議奏欽此

三韓釋地

客歲自朝鮮學黨啓釁嗣後徵兵運餉皆以赴韓京為說詢之當時地之由名迄無定讞或據詩為燕師所完謂其國近燕燕或以睦鄰故戍其城遂完其城歟而其侯建國之由則據左氏以為武穆是韓當以姬姓而其娶妻則以汾土之甥書闕有間難以詳考厥後國其地者或稱三韓而建國源流諸史率多牴牾後漢書稱辰韓人兒生欲令頭扁皆押以石其說悖理詭誕之談適以惑世夫頭押以石壯夫不堪況初墮地之小兒遽加以勁且重之物於頭上能喘息乎事非人情不可信而以輿之方位準之其地當在今奉天東北吉林一帶巽按朝鮮與我　朝肇基王迹之地相近考東華錄　國朝舊俗兒生數日即置臥具令兒仰寢其中久而腦骨自平頭形似扁斯乃習而自然無足為異辰之俗或亦類是范蔚宗不得其故曲為之解妄矣且如漢人生兒常令側臥久而左右角平頭形似狹蒙古人生兒以韋帶束之木版植立於地長則股形微箕此亦皆習俗之自然如漢人女子纏足西洋女子束腰習慣成風矯揉之作雖不可解俗不能禁及是則怪如是則怪而不怪俗語藉如蔚宗所言豈漢人蒙古西洋亦皆以石押之令其頭狹股箕足小腰細乎以此例彼固知其說之近妄也至三國命名史第列馬辰弁皆以韓名而不詳所以稱之之義陳壽魏志直云韓地韓王魚豢魏畧且以為朝鮮王準冒其姓氏傅會尤甚按國語及蒙古語皆謂君長為汗本蘭辭可汗大點兵古註云汗讀平聲與韓相近兩音相混史載三國所屬各數十國意當時必有三汗分統之史家既不知汗之為君或且以訛傳訛誤為族姓何異扣槃捫籥以喻日哉且中外語言不通其間不能强為詮解者勢也今夫大昭昭在上人皆仰之漢語謂之天　國語謂之阿布喀回語謂之阿思滿以彼語此各不相曉而人之所以敬天與天之所以感人則無弗同若必一一以漢字牽附臆度之知有萬萬不能者總之韓汗音似義殊謬而失之誣　純廟已訂其謬至如漢書所謂以石押頭之俗悖於理戾於情子輿氏曰吾於武成取二三策書尚不可以盡信況他乎哉於是乎為三韓釋地

備豫不虞　（圓明園　頤和園為　駐蹕重地雖經神機營八旗兵丁輪班傳籌週而復始互相巡查其附近之三十三村莊如

侯家莊過街場水磨村侍衛營吉水莊成府村旱河橋槐樹街蔣家胡同杭家村佟府村紅橋雙斗橋轉樓門掛甲屯五空閘馬廠東門一畝園自得大榮莊坡、松樹畦青龍橋城關青龍橋安河橋豐益倉石作村哨子營蕭家胡同老爺廟衙河沿樹村街三河閘等處遇有婚帝雞盜案件二月限滿無獲即行咨參持械嚇禁之案一月限滿無獲即行嚴參並因竊盜之案層見迭出離北城關宿坤有州訓之員往衙署坐落在德勝門外關廂地方與所屬村莊相離甚遠倘遇竊盜之案一時未能兼顧須先時預爲以備不虞今本北城氿查於七月初一日爲始揀派哨官二員勇丁二十名派往海甸常川駐紮以資守望相助聞於明春三月當始能撤回原局爲差云○又京師五城畝立練勇局哨弁勇丁每夜分隊在各街巷巡邏緝捕盜賊並由工部提欽道備刀矛火鎗又由工部火藥局領出火藥每夜施放人藉以管盜賊是以隆隆之聲不絕於耳七月初六日夜間北城練勇局哨弁帶領勇丁二十餘名放槍出巡初七日係侍御巡夜之期司坊各官陪弁勇丁俱在與善成善水局伺候巡查倘有懈怠定行參處似兩院憲者可謂勤於王事矣

專誠拜謁○李傅相七月初八日來京請安次晨赴內廷召見後欽奉上諭文華殿大學士李鴻章著留京入閣辦事王文韶著調補直隸總督兼充辦理通商事務北洋大臣欽此已見邸鈔茲聞李傅相於初九日暫駐賢良寺外後赴安徽會館每日往謁諸鉅公車轎盈門應接不暇

竟有捷足○京師畿南永定門外南苑地方林樹葱蘢牧野甚廣蓄養野獸甚多向歸奉宸苑衙門管理昨有曹姓等率領多人手持鎗械竊擊野獸四不像黃羊各數頭經奉宸苑官人瞥見拿獲十餘人送交刑部治罪豺則鬨然如鳥獸散矣

煞費苦心○步軍統領衙門以近年恭辦墊道要差經費倍於前以致籌欵支絀此次加墊皇城甬道應需工價不敷購支則無欵項可籌不得已向各處挪借銀五千兩分期一年歸清每月二分生息以資周轉所有每月利息即在各廳月支燈油等欵內扣還俟一年還清此欵再行照舊開放已奉明上憲核辦未悉若何批示設法騰挪亦可謂煞費苦心矣

天庾上兑○江蘇頭起漕船過關日期業經列報茲第二起運官徐振常率船戶等重船四十五隻暨第三起運官奇齡率船戶等重船四十五隻均於本月十二日過天津關揚帆北上矣

星使將臨○順天督學部院來文論天津閤屬縣試文童於八月十三日武童於十六日齊集候考爲此各州縣儒學已於七月十二日出示曉貼使署照牆茲復探聞學憲於八月十三日由都起節云

律界森嚴○山西統領馬步全軍何軍門昨由榆關來津暫住西門外各客店已登前報各營總客店門首立有律牌兩對相耳實革斬首各律軍法森嚴所有在街買辦食物等軍皆循規矩如商買軍門有勇知方于此可見

案已完結○日前親兵營將靜海縣甚考尉夫趙某吊打一案營務處憲訊明棍責親兵各一百哨長重棍一千答掌一百昨經親兵營設席賠面又經天津縣勸和結案云

爲家之孽○某甲者年二十許貌美性蕩無所不爲日以出烟窟入娼窰赴賭場爲正事其父曾任關東爲假行掌櫃嗣以糧行歇業在家賦閒其家資亦頗足衣食數年來被甲浪費漸致竭蹶甲父爲人樸實性極寬和第未能嚴束其子甲遂縱意橫行初則爲爛化夜雨猶是瞞人繼則爲梳柳春風居然放膽現以囊空羞澀左支右吾數數爲人所棄債纍之纍層上一層無以爲繼焦急之甚急智遂生於以服食豬皮膏爲洋藥以嚇其父父果將衣物折變給之未幾一錢而空又命其父尚有至厚好友曾富華家稚均知其素行不端恐借貸不允急之又急計遂妙之愈妙買得白布二尺雇人縫白鞋一雙用紙包好其父友有在海下居者即雇車前往及門即將鞋換一叩門謊見其父執某數至書房甲見面磕頭號啕聲下具言其父患疫歿日昔在家賦閒多年家資耗費殆盡倉猝遇此大事衣衾棺槨無欵可籌姪之不肖罪無可逭因此飛速前來叩求老伯俯念至交即求稍助庶先嚴不致暴露實感厚恩父執念及情切亦爲悲然贈以慰唁即偕人赴各友處代達立湊白鏹六十餘金洋錢三十餘元甲急忙叩頭相謝言天氣炎熱萬難稍緩立即回家數日後其父執某偕友數人來津弔唁至門首並不見有喪報意疑恐移居然亦頻叩門相問鄰甲父應門而出某遂見嚇得後退數步幸是白費無過疑也甲父見是

好友急前相見。禮請入室，其友驚疑，始定急問令嗣世姪何在。甲父聞言長嘆曰：十數天尚未還家，不知所之也。其即將前事詳述。甲父既愧且怒，然終以愛子故，無方可想，惟有搥胸頓足而已。斯時甲母、甲妻俱不勝羞憤，又以此等好友且感且愧，因出而與甲父執手謝其友，惟有以好言慰之而去。現聞其仍在某娼窰大肆嫖賭，獨不想有限之錢，何能久供揮霍。況傷天害理，不日定飽大腹耳。因念甲父為忠厚姑息併氏以覘厥後

行路甚難 ○東光縣吳廷佐販賣糧食，攜帶銀錢，由家雇船往德州買糧，行至吳橋縣屬十五里口村，天將晚，船泊東岸，三更時來賊多人，持械拒傷，搶去銀數十兩、錢文若干，並將其船撐至西岸，又搶劫別家住船內銀錢等物。賊方攜贓登岸，次早據西岸泊船各人干後嶺云：王係山東鉅野縣人，由德州雇船赴津，船泊其處，夜聞東岸槍響，驚奔岸上，其船果亦被搶，幸未傷。吳王二人同赴交武衙門報案，勘驗飭緝。茲據土同船人來津述及行路，難真似天荊地棘矣

助賑清單 ○啓者：敝局自辦唐山賑務以來，屢蒙 各大善士惻隱為懷，源源接濟，則所全活者，奚啻億萬人。數此皆諸大善士之賜也。但直屬被災之區甚廣，求賑者日踵至，惟因款項支絀，不能悉如所請，然揆諸一視同仁之意，於心終歉，愀焉是以□求 四方樂善君子慨為資助，多得一錢，多救一命，如集成巨款，則或一邑或一郡，將全活者又不可勝計矣。豈非諸大善士之功德哉。茲謹將第二十二次助捐各大善士姓名捐數，彙登報牘，以昭徵信，尚乞 仁人君子念切民艱，共相援手，救人救澈，有始有終，千金不厭其多，百錢不嫌其少。即祈送至溜米廠濟生社代收 計開 近思堂助津錢十吊文 務本堂助津錢一吊文 天津心德乃欵入助錢千總江銀一十兩 嶺南郭勉助洋銀二十五元 干華廷善士代募機器東局劉甘霖助津錢五吊文洋銀一元 劉丹圃善士代募樹德堂張助津錢五百文 立盛號助津錢一吊文 香岑氏助津錢五百文 積厚堂杜助津錢一吊文 無名氏助津錢一吊文 敬諸人以為善助津錢五百文 吟香逸士助津錢五百文 四合棚灰店助津錢五百文 梁灝泉助津錢一吊文 無名氏助津錢五百文 王林氏助津錢五百文 體仁堂趙助津錢五百文 胡裕泰助津錢五百文 雨村居士助津錢五百文 周劉氏助津錢五百文 敦厚堂張助津錢五百文 天津義賑局同人具

再敝社施送黃金丹，已歷有年，所皆是敝社自行出資購辦，並無知單在外募化。如四方樂善君子或願助此藥，或願助藥資，敝社亦即收下代為施送，以播仁聲。如無資助者，敝社亦絕不因此些須藥資特出捐啟，特合陳明，伏乞 公鑒 濟生社又啟

回擾河州（陝西翰林友致字林西報館云：目下甘省回匪所諳兵法，所用軍器，聞有從俄國購來者。至於哥老會各匪黨及逃兵散勇，均與該匪連絡一氣，其意欲在亞洲立一自主之國，包括西藏、伊犁、甘肅、蒙古各境。至其聚會之處，實在河州，距蘭州一百八十里，甚岌岌。假令官兵不能速行剿滅，則該匪之勢必致漸大，故現在城外各鎮居民紛紛遷徙入城，各城戒嚴，均已閉門防守

天時不正 ○鄂省自立秋以來，寒暑表向在九十度以上。上月二十五夜暴雨，陣簷溜淙淙，片刻即止。二十六日天氣轉晴，惟風仍從北而至。二十七日寅刻陰雨，寒暑表已降至七十三四度，居人非御單夾衣不可，天時之不正甚矣哉

探路先聲 ○鄂省諭津 廷寄創辦鐵路，業經兼護督憲譚大中丞委派幹員及精通算學、兩辦輿圖之紳士某某等，一往河南，一往襄樊，一往江西，分為三路，探明道途夷險，以為開辦。聞各員紳辭時，曾奉大中丞面諭，務須迅速探勘，俾得汲汲從事，勿諒不遠矣

日議添兵 ○日本西報載西曆八月二十二號東京來電云：副將大克西嫣已於前日奉派為臺灣副總督，定期西歷九月內赴臺。計刻下日兵之在臺者，約有四萬人，是為第三隊出征之軍，即以該副總督統領

俄人防疫 ○日本友人來信云：俄屬海山崴防疫甚嚴。某日拜喀爾號船由烟臺出口，載客四五百名，行近海山崴，有山東客某姓死於船內，關上遂禁不許進口，并令將船中客若數職同嗣由經理之俄人冉三設法，將客轉載至口外夾板船上，暫侍一禮拜，再行登岸。既而夾板船中又死數人，亦云慘矣。駐紮長崎之俄領事官照會地方官，令商人不得運西瓜、葱、菜、郁李及一切腥羶之物前往海山崴 錄申報

津怡和洋行便知

啓有寄賣金絲香楠木二十片每長一丈零寬一尺四厚六寸　樟木三十片每長一丈二尺寬二尺四厚七寸如合意者請向大

印

賣告白

本月十八日下午兩點鐘在紫竹林海大道亨達利對過聖道堂院內拍賣外國各樣傢俱奇形料器異樣玩物各樣外國木器傢俱通綉窗簾鮮艷飯單磨花金邊鏡油漆桌面各樣洋燈金銀首飾牛皮衣箱靴掖是日移玉早至細看面拍可也

集盛洋行謹啓

直報分處由上洋寄津　字林滬報　字林晚報　新聞報　代送申報　飛雲館畫報　舞墨樓畫報　本津直報　七樣報羣英做處　諸君閱者不悞又新到時樣各種石印新書例後並不雷同　劉大將軍臺戰實紀兩部頭的　四部頭的　六部頭的　繡像清廉訪案殺子報全傳　劉大將軍地堂法西法陸軍操練　中倭戰守　中俄法交涉末記　尺牘商買全新尺牘新里新海上名花尺牘　小本花對楹聯　各樣畫報逐講報附送屏條立軸堂幅不等逐畫報附送者不取分文物眞價廉別無翻印所寄無多閱者先取覩覽爲快蒙　主顧購買書籍每日午後直至申後敝堂靜候餘時無暇不能出售

寓天津北門內府署西三聖菴西直報分處內紫氣堂梁謹啓

第一妙藥

精製玉融膏貼筋骨疼痛萬癰膏貼癧疽瘰癧又急救丸治男婦小兒一切奇精實熱之症皆親自鍛鍊精選上品藥料凡患是症者請以此藥試之自知其價廉效大飛希圖射利者比也　天津東門外天后宮南恒益鼻煙舖北門外鍋店街洪泰承啇售承聚堂啓

大英國駐津工部局諭　查本局所設花園准票原爲杜來遊之人混雜不清而起幷非從中漁利風聞有准票一張收洋一角等語此等謠言殊屬痛恨爲此特諭凡來遊之人遇有園丁索討使費准其稟知本局公事房究辦惟請領准票者其信函亦須書寫嚴敬勿得隨便一揮以示體統切切此諭

公啓者三公司議定自西歷九月一號即華七月十二日起　貴客附搭三公司輪船由上海至烟臺天津及由天津至烟臺上海又由烟臺至上海內須未開輪之前務宜在岸上買票照章付脚方可落船切勿在船上付給水脚如在船上付水脚者每客須加收銀二兩毋得貪言特此週知　光緒二十一年七月初五日　招商局　太古行　怡和行仝啓

西頭大夥巷內林公館現由四川建昌帶來花板材料如有賜顧者請到本公館面議可也

林公館謹白

浙杭元吉永號

本莊自置紗羅綢緞新樣洋辮花素洋布川廣夏貨團摺雅扇南貨頭油俱全祇爲近時錢市漲落不同故而各貨減價開設估衣街中間路北凡　仕商賜顧者無悞特此佈達

德陞齋靴鞋鋪

本齋專做滿漢朝靴新樣京式名鞋及鑲花坤鞋一應俱全價廉物美　賜顧者請認明本店招牌庶不致悞本舖開設在天津府北門外鍋店街集義棧對過便是

新豐　七月十七日輪船進口　招商局
通州　七月十八日輪船出口　太古行
新濟　輪船往上海　招商局
輪船往上海

七月十七日銀洋行情
天津九七大錢
銀盤二千七百七十八文
洋元一千九百九十文
紫竹林九六大錢
銀盤二千八百二十文
洋元二千零二十文

直報

光緒二十一年七月十八日　第一百九十二號
西歷一千八百九十五年九月初六日　禮拜五

上諭恭錄

上諭陸元鼎着調補江蘇蘇松糧儲道廣東惠潮嘉道員缺着聯元補授欽此

論史

時之義大矣哉重於易書詩極闡其義於孔子中庸曰君子而時中論語曰時哉時哉傳曰聖人之功時為之庸時之義顧不大哉順是則聖反是則狂不待再計決者何也元氣之充於天下與至理之充於天下一而已元氣之體於萬物與至理之體于萬物亦一而已一氣之春而飛而潛而動而植無不感春氣而發生一氣之秋而飛而潛而動而植無不感秋氣而瑟縮象雖有殊其氣則一宜乎春則春宜乎秋則秋宜乎春者此氣宜乎秋者亦此氣春而秋氣一變非氣之變氣之運也秋而復春氣一變非氣之變亦氣之運也其氣則依然此氣所謂元也至理亦然親宜孝君宜忠兄弟宜友朋友宜信宗廟宜敬軍旅宜肅事事各有主名事事實同一理不可以君親之忠孝以擬兄弟朋友之友信宗廟軍旅之敬肅此事之各有主名也而其所以孝所以忠所以友信敬肅者其心無二心即其理無二理一心一理遇有此心遇親此心遇兄弟朋友此心遇宗廟軍旅此心以一心而應萬事即以一理而應萬事遇君則見為忠遇親則見為孝遇兄弟朋友則見為友信遇宗廟軍旅則見為敬肅隨所遇而名變其心未嘗變其理未嘗變也未嘗變而不得不變者時也不得不變而變其變即不得以變目之終須以不變目之者理之至心之一易地而各自其名遇事而各得其主順時而應所謂聖也反是狂矣人生出處其仕止久速也亦然其理至明無煩贅絮吾獨怪夫世之論人者以狂為聖自詡識卓人亦羣附其識卓雖百世猶相矜以異吁謂之好異則可謂之識卓吾未之信矣世未有好異而具卓識者識生於理理妙於時順時則理得理得則識生違時則悖理悖理則識謬又焉得卓[illegible]晋皇甫謐著高士傳凡九十人其八十九人者玆不具論且論其一其記披裘公也以季子令取遺金投鐮瞋目而言曰五月披裘負薪豈取金者哉季子乃驚謝而問姓名云云始讀而不知所謂既而思之竊笑其驚於奇異而晦於時也其意曰披裘公安貧樂道者也不知孔子疏水曲肱樂在其中顏子簞瓢陋巷不改其樂孔非樂疏水曲肱顏非樂簞瓢陋巷記者乃極表孔顏之樂雖至窮困而猶如是非謂其必窮困乃樂如是也孟子以禹稷例顏子謂其道同地異易地皆然是真卓識能識時也若以五月披裘為安貧樂道則冬月披葛與無衣之乞丐所在多有其樂道更當何如何賢士之舉目皆是如此其多也且夫冬而葛不能具裘也則樂之是樂其所安也夏而裘不能具葛也亦樂之是樂其所不必安也何也葛易具裘不易具炎易禦寒難禦彼披裘公不能具葛獨不可脫其裘乎以予論之披裘公毋乃迹近矯炎乎抑實好奇異以沽譽乎皇甫為其所欺益徵其無識而晦於時耳漢光武極重子陵光武為君詔徵不得詢諸漁父始知七里灘有男子披裘垂釣乃得之史稱其高後人有詩譏之云一着羊裘便有心又云當年若着蓑衣去烟水茫茫何處尋其好異沽名欺於一時不能欺於世為其不近人情而戾于時也戾于時則心不安身不安其出處之迹自必於理不安惡得謂之有識哉乙未中元節前後一日赤[illegible][illegible][illegible]秋

暘不綠甘曝後二日北風大作連日夜例則微涼繼則涼甚今朝出立河干瑟瑟震耳着單衣體弱不勝而憶時不可違違時者不得謂有識也故有感於披裘客而惜其疵幸其爲古人之不我疵也故疵之

考取供事　○詹事府爲招考事所有本府供事懸缺例應招考爲此示仰居民人等知悉如願招考者即開具年貌籍貫三代名氏並取具五六品同鄉京官印結於七月二十日以前赴府投遞以便定期考試毋得自悞特示

惡有主名　○京師東直門外望京山字灣東垻至通州一帶及東垻之東北前後中葦溝東營長店金站一帶地方有康營匪民康小八者每日糾集匪黨聚衆十餘人各持洋鎗刃物白晝攔路行刼無論男婦窮富人等一概盡行刼奪財物彩同分用現在秋禾已成時有婦女在高壟內採禾葉爲樵或竟被賊等斥其下衣橫行囉唣是以行路居民均有戒心雖該管地面營汎坊署已有所聞未能認眞緝獲恐似此養癰成患難免捕務廢弛之咎現經榮振華大金吾訪悉前情已飭左右翼番役若干名前往緝捕認眞嚴辦諒若輩終難逃法網也

作法於良　○法立一弊生爲宰官身者往往謂多事不如省事抑知爲此流弊而任事廢弛今將貽誚素餐歟有治法尤貴有治人政柄孰操不使其尨無吠而令其鳩不安乎聞京師現定緝捕章程兵役飭公濟私塵市因之不靖而獲賊查吊贓物典當尤被驛騷五城各當商恐涓滴不息將成江河爰於七月初十日就前門外西珠市口潞安會館公議防患之舉特不知有無妙法以善其後耳夫典當上裕國課下便民生設法維持是所望於爲民之上者

同心向善　○京師近日時疫流行朝發暮斃書不勝書自七月以來每午赤傘高張炎熱非常忽於初四日天曙時陰雲密布闔師祝禱天氣涼似初冬居人身著夾棉狀尚瑟縮凡人毛孔一吸一合乍寒乍熱之氣入於鼻傳於肺傷於脾陰分少虧即患癘螺痧症最易斃命安定門一帶每日計有二百數十名難闖由各城門肩抬棺木發喪者每日亦有三四十具聞之令人驚戰未識如何洗心行善方保無虞也

失愼有自　○京師宣武門內王公廠地方某宦宅於七月七日二更時不戒於火延燒左鄰某草鋪草二堆當經鳴鑼報警該管地方官聽立即雇夫肩抬水龍十數架竭力赴救至四更時祝融歛威而退計共燒燬十餘間當將失火之主解交步軍統領衙門訊辦以儆失愼

果報無差　○孚佑帝君戒淫文曰淫人妻女者妻女亦被人淫莊誦之餘念報應昭彰莫不毛髮森豎下愚輩竟以語出無稽無惑乎報應隨之矣崇文門外手帕胡同某乙者生平所壞名節罄竹難書惡如山積三年前妻亡某益寄迹於野田露團以叢其淫孽以與某孀婦自染遂娶之始亂終成非禮也婦過門後不勤婦職惟知星前月下仍與多情人作幽會於陽臺某屢遇之因憶及曩日依樣葫蘆綠不被稍加可否惟甘心以綠頭巾壓倒鬚眉七尺焉於是向之里黨側目者咸援帝君誠語以証其報應之速抑知如某之行此特其報之小焉者耳

星使按臨　○順天督學部院來文諭天津闔屬應試文童於八月十三武童於八月十六日齊集候考學憲徐星使即於八月十三日由都起節已登前報茲復探悉實因通州考棚爲四月間霪雨連綿坍塌滲漏一時修補未竣故星節出都先行按臨學部云

月課正續　○欽命二品頂戴直隸分巡天津河間兵備道李　爲榜示事照得本道於閏五月十六日考試集賢書院齋課舉貢生監制藝詩卷評定甲乙並獎賞銀兩數目開列於後計開　超等廿名　趙雲麟　蔣清瑞　湯聘之　黃藝斌　黃承烈　蔣良駿　賈原元　張華熙　松錡　劉圯雲　方秋庠　沈朝輔　汪家鼎　李登熙　高在鎔　顧化棠　周之棫　崔作樑　崔實霖　鮑德銘　一名獎銀四兩　二名三名各獎銀三兩　四名五名各獎銀二兩五錢　六名至十名各獎銀一兩　十一名至二十名各獎銀一兩五錢　特等四十名　汪元等　一名獎銀一兩　二名至二十名各獎銀八錢　餘各獎銀六錢　一等五十二名　張燕等　前二十名各獎銀五錢餘無獎○欽命二品銜新授福建按察使長蘆都轉鹽運使司鹽運使隨帶加六級紀錄十四次李　爲榜示

事照得集賢書院本年七月初二日補考各生理經本司錄取名次並獎賞銀兩數目合行榜示須至榜者　計開　補考附課四名　李世銘　賈汝青　周世雄　范淮清　一名獎銀一兩　二名獎銀八錢　三名四名各獎銀五錢

定章務率　○在任補用道特授直隸天津府正堂隨帶加一級紀錄三次沈　為示諭事照得武童知悉照得本府考試各童內場照例默寫武經一段覆試仍默寫內場武經一半以對筆跡至考試內場即由發榜招覆爾等務須靜候不得擅自回里如覆試點名不到定不錄送至覆試之日務須及早投卷本童親自在於卷面書寫姓名年貌三代不得遲至臨點之時始行投卷以致貽誤倘本童不到有托人包攬情事除不准錄與印卷外並即查究不貸均毋違延凜遵特示

步射示期　○本府憲諭　定於本月十九二十日在考棚考試闔屬武童步箭至期務各攜帶五枝切切特示

獎以輔仁　○在任補用道特授直隸天津府正堂隨帶加一級紀錄三次沈　為月課事照得本府課試輔仁書院肄業生童等第姓名並獎賞銀兩數目合行臚列榜示須至榜者　計開　超等生員十二名　魏　震　于文彬　王春瀛　李金藻　王德綱　趙元禮　魏恩錫　蔡　彬　陳寶彝　耿愼曾　陳文炳　王奉璋　前二名各獎銀二兩　三名四名各獎銀一兩五錢　餘各獎銀一兩　特等生員二十名　劉成麟　王兆基　董恩魁　郭進修　郭賡壽　盧秉銓　黃　澐　黃文濬　趙桂芬　顧文敏　王勳銘　楊治馨　金恩科　徐人文　王廷璋　劉鍾霖　趙介祥　陳震修　李鴻勛　陶壽璐　前五名各獎銀八錢　餘各獎銀五錢　一等生員七十七名　陳自珍等　前十名各獎銀三錢　餘無獎　上取童十名　陳寶樹　魯沛文　何澄元　黃　渤　孟廣慈　朱家琦　馮濟溥　辛承培　陳振藻　郭春畬　一名獎銀一兩五錢　二名獎銀一兩　三名四名各獎銀八錢　餘各獎銀五錢　中取童十六名　陳寶泉等　一名至五名各獎銀五錢　餘各獎銀三錢　次取童九十四名　王世珍等俱無獎

雖乎為義　○某甲者以木行起家年來頗盛其子不事正務專以遊蕩為歡初娶某姓女貌端而謹以是不得其子歡有謫於室詬誶時聞理喻不可勢禁不能溺愛其子遂任其子背其妻復他有所娶實小家碧玉也諏吉迎娶於別所僞言與原配[illegible]新登山文睹舊秦水及過門後新舊女家俱有所聞以爭嫡故各尋其媒擬成訟獄某始懼急煩親友出為左右解新舊兩孔方兄面寢其事某以事既昭著益無忌特以厭故喜新乃舍其舊而新是圖嫡妻以其母家得孔方之便亦不敢十分理論因此甲子欺嫡尤甚而復娶者更為嬖寵逾常現聞其嫡恚恨自嘆無生人趣知之者每談及之亦無法為調停其間也兩姑之下難為媳非今斯今振古如茲吳奈何奈何

罪有應得　○紫竹林碼頭百貨商雲集宵小溷迹其間日前拿獲小竊一犯某行協同該管地方遞交津海道署懲辦訊實枷號在紫竹林廟前示衆滿日責放

義總非眞　○漁絃甲秃以他物當之謂之義甲義者當也假也以螟蛉為義子猶是也螟蛉授室恩義已重不服約束自可送官懲治然是否有無別情尙須候訊察奪昨聞津郡有以義父送義子者已稟縣在案若何訊究俟訪明再錄

續錄劉大將軍誓師條欵　○八凡我在事者達人安命勇將忘生宜綏預吉而先預兇擇　闔大平坦之地以為公塚設有不測俾安幽魂事平後更當啓建大醮超度一切　九永福既與爾諸人同盟即如手足無異有福同享有苦同當如不福不以眞心待人不受天誅必遭也譴涉水葬於魚腹登山飽敵虎傷皇天后土實鑒斯言爾諸人如有觀望不救自相殘害者亦如之惟爾大衆一心神鬼自然呵護　十各營院額租書火沿海埔文武隆恩等欵益以地丁釐金鹽課關稅合計每年若干應用若干均須涓滴歸公不得私自吞蝕所有在事員紳薪水一切亦應節省以裕軍需如敢有意多支即係不顧大局未便容留須驅更換　十一請托賄賂平時已干例禁當此時事多艱尤須痛除積弊除杯酒往還為投報之常外如有私相授受賄囑一切者察出從嚴治辦　十二既盟之後永為同體段切防務及籌餉論事用人如有不當之處各宜明告緣一己之精神有限衆人之見識當精詳益思古人且聽各宜直諫無有後言如果確有見聞匿不投告者即非同氣必有異心如負誓言難邀神佑　十三聯盟之後凡我同人籍貫住處家中共人若干均須開存備遞以便查考　十四鬬毆之時或傷或死在所不免所有醫治及收理各費不得吝惜致寒或有不周殊負衆議　十五戰時坐營增添七十餘營每

鑑守繼如有積蓄進益樂輸承辦富爲首倡一俟事平之後有無贏積按戸給還斷不食言皇天是鑒

茲有寄賣金絲香楠木二十片每長一丈零寬二尺四厚六寸 樟木三十片每長一丈二尺寬二尺四厚七寸如合意者請問天津怡和洋行便知

西頭大夥巷內林公館現由四川建昌帶來花板材料如有賜顧者請到本公館面議可也

林公館謹白

直報分處由上洋寄津 字林滬報 字林晚報 新聞報 代送申報 飛雲館畫報 舞墨樓畫報 本津直報 七樣報章敬啟 諸君閱者不悞又新到時樣各種石印新書例後並不重同 劉大將軍臺戰實紀兩部頭的 四部頭的 六部頭的 繡像清廉訪案殺子報全傳 劉大將軍地營法西法陸軍操練 中倭戰守 中俄法交涉末記 尺牘商賈全新 尺牘新里紡海上名花尺牘 小本花間楹聯 各樣畫報逐畫報附送屏條立軸堂幅不等逐畫報附送者不取分文物真價廉別無翻出所賣無多閱者先取觀覽爲快蒙 主顧購買書籍每日午後直至申後敝堂靜候餘時無暇不能出售

寓天津北門內府署西三聖菴西直報分處內紫氣堂梁謹啓

公啓者三公司議定自西歷九月一號即華七月十二日起 貴客附搭三公司輪船由上海至烟臺天津及由天津至烟臺上海均須未開輪之前各官在岸上買票照章付腳大可該船切勿在船上付給水腳如在船上付水腳者每客須加收洋二兩毋得異言特此週知

光緒二十一年七月初五日

招商局 太古行 怡和行仝啓

大英國駐津工部局諭 查本局所設花園准票原爲杜來遊之人混雜不清而起并非從中漁利風聞有准票一張收洋一角等語此等謠言殊堪痛恨爲此特諭凡來游之人遇有園丁索討使費准其稟知本局公事房究辦惟請領准票者其信函亦須書寫恭敬勿得隨使一揮以示體統切切此諭

告白

福州和益木商在津開設十年簡雇夥友林松卿經理歷年尚未十分誤事詎自十九年夏間荒蕩嬉游號事廢弛從中侵蝕弊混不勝枚舉致虧號本甚鉅去秋將伊押追迄未完結林松卿早己出號所有和益號事均係號東自行料理與林松卿毫無干涉特此布告 官商如蒙 賜顧務須認明和益本號庶不致誤

和益木商鄭湘蘭白

七月十八日輪船進口

新豐 輪船由上海 招商局

怡生 輪船由上海 怡和行

七月十九日輪船出口

通州 輪船往上海 太古行

七月十八日銀錢行情

天津九七六錢 銀盤二千七百七十三文 洋元一千九百八十五文

紫竹林九八錢 銀盤二千八百一十三文 洋元二千零一十五文

浙杭元吉永號

本莊自置紗羅綢緞新樣洋辦花素洋布川廣夏貨圖摺雅扇南貨頭油俱全祇爲近時錢市漲落不同故而各貨減價開設估衣街中間路北凡 仕商賜 顧者無悞特此佈達

德陞齋靴鞋鋪

本齋專做滿漢朝靴新樣京式名鞋及鑲花坤鞋一應俱全價廉物美 賜顧者請認明本店招牌庶不致悞本鋪開設在天津府北門外鍋店街集義棧對過便是

直報

光緒二十一年七月十九日
西歷一千八百九十五年九月初七日
第一百九十三號
禮拜六

上諭恭錄

上諭安徽安慶府知府員缺緊要着[illegible]於通省知府內揀員調補所遺員缺着方連軫補授欽此　[illegible]發江蘇道松[illegible]浙江道張[illegible]逵四川道[illegible]善浙江道許貞幹浙江知府黃家瑜廣西知府楊椿北河同知左[illegible]璣江蘇同知吳嶔梁[illegible]能陝西同知王[illegible]浙江[illegible]知曹鍾英福建同知潘[illegible]熊山東同知將[illegible]啓湖北補用同知直隸州知州葉[illegible]曜山西直隸州知州卜燕賓四川直隸州知州于崇[illegible]直隸知州孫壽臣安徽知州彭名保湖北知州黃[illegible]南直隸通判呂紹斌席瑛安徽通判陳宏蓮山西通判謝錫[illegible]浙江通判鄭[illegible]驤孫子元兩浙鹽運判黃家瑶江蘇知縣[illegible]道濟金桂芳安徽知縣陳謨浙江知縣楊正昌福建知縣楊卓廉湖北知縣謝紹佐廣東知縣丁[illegible]楨夏錫爵皆汝材直隸知縣王思純江蘇知縣[illegible]士晟安徽知縣俞炳[illegible]包恩疇山西知縣胡錫晉劉步青河南知縣朱正[illegible]浙江知縣董鳳[illegible]許葉珍俞文翰胡瑞清蔡[illegible]穆江西知縣葉永暉司徒瀾湖北知縣劉滋李[illegible]榮四川知縣白堉李維祺潘[illegible]慕周正歧馬承基[illegible]正位鄭揆一陳[illegible]麒[illegible][illegible]楨廣東知縣李秉龍彭[illegible]祿黃嘉梯程璟光熊全[illegible]廣西知縣梁驪藻雲南知縣周希韓貴州知縣張藻山東鹽大使張士吉俱照例發往欽此　上諭廣東陸路提督着張春發補授欽此

陽關辨

昨接字林西報言據陝西訪事友人來信云甘省回匪猖獗意欲包括西域伊犁甘肅各境現據河州距蘭州一百八十餘里時有乙丙二客在坐乙曰然則陽關之路將戒嚴乎丙曰陽關安在乙曰肅州新志載烏魯木齊西境有地名陽巴爾噶遜非即陽關之舊乎丙曰唐詩云西出陽關無故人按版章之闊莫逾　國朝實爲中土古今未有唐時疆域雖廣未必遂併今之烏魯木齊兼有之唐汾陽屢征回紇也至以單騎相見不過服其人服其心使不内叛如蜀漢武侯之渡瀘深入乃攻其心非取其地瀘之南雖爲漢服仍爲蠻有汾陽之征回紇如是而已回紇之域仍非唐有所謂今之烏魯木齊者在昔當爲回紇域非唐有也而唐詩之詠且云西出陽關將何所導乙無以應而共質於予予曰予少年每遠遊遊蹤多在吳楚閩粵間甘陝之界足實未嘗一及焉然嘗考之摩詰本集西出陽關一詩乃摩詰送元二使安西作也唐之安西號安西大都護府初治西州在伊州之西即唐詩所云憶郎下西州伊涼歌云聞道黃花戍又云可憐閨裏月猶到漢家營又云不得到遼西黃花戍乃塞外十二戍之一遼西其地也陽關路約於此相近漢書西域傳西域三十六國東則接漢阸以玉門關陽關考漢時三十六國即今回部回部東坑安西府敦煌縣亦與漢書三十六國東扼陽關之文適相脗合又漢書地理志敦煌郡龍勒縣有陽關玉門關後晉高居晦使于闐記西渡都鄉河至陽關考都鄉河即今黨河龍勒縣即沙州衛今爲敦煌縣地黨河在縣西陽關玉門關又均在黨河之西陽關西而偏南故以陽名詳覈形勢正應在今黨河西南與紅山口相近又考唐之安西號安西大都護府初治西州在伊

州之西和我　朝雍乾時所開展也再徙高昌故地即今土魯番之交河也三徙龜茲即今庫車也前後三遷總在哈密之西是安西實在陽關以外而陽關之關在敦煌西境尤爲格留無疑夫陽關之名漢唐以來多所稱引而遺蹤湮廢道里莫徵茲因西域圖志攷有篆輯錄之今圖考諸昔志復詳以　純廟之御製文乃知以陽巴爾噶遜爲陽關之誤蓋陽乃回語所謂新也巴爾噶遜則厄魯特語謂謂城非謂關也與陽關之非爲巴爾噶遜確乎可據然特郎諸書以貫解之其源流是否未備仍俟按圖而覩歷其地者以質其說西法卑政以量地畫圖爲行軍先務欲用武其地則據圖以策戰屯攻守之瞭如也二客曰善請姑存是說以便待證高明

教育英才　○蓋聞興學校即以育人才學校者人才之根本也然欲講求實學必自格致諸學始而後所成之才乃爲興才所學之學乃爲眞學知此者其惟　津海關道盛杏蓀方伯乎方伯知時局艱難需才甚急雅慕泰西之學皆係有用之學一事一物均有實際舍是無以爲自强之本乃請於　前任北洋大臣大學士李示及舉行今復請於　現任北洋大臣直隸督憲王思有以創辦而振興之於是妥議章程以家立爲總理教習之事辦法擬以學校分爲二等一爲二等學堂一爲頭等學堂二等學堂擬先在天津設立一處以後再於別處推廣凡欲入學堂之學生自十三歲起至十五歲止按其年紀考其所讀書五經並文理通順者酌量收錄第一年英文初學淺書英文功課書英字拼法朗誦書課數學第二年英文文法英字拼法朗誦書課英文尺牘繙譯英文數學並量法啟蒙第三年英文講解文法各國史鑑地輿學英文官商尺牘繙譯英文代數學第四年各國史鑑坡魯伯斯第　年格物書作英文論英文尺牘翻譯英文平面量地法四年內每日華洋字共爲若干每年分爲夏冬兩季各放假半月每逢中外節令放假一日凡禮拜日休息一日每年考試兩次定其優劣或留或黜以爲準程頭等學生每月貼膳銀三兩第一年每學生每月膏火銀一兩二年一兩五錢三年二兩四年二兩五錢延請華人洋文教習爲之教導此二等學堂大概情形也頭等學堂在天津南園牆外博文書院中第一年幾何學三角勾股法格物學筆繪圖各國史鑑作英文論繙譯英文第二年駕駛並量地法學微分學格物學化學筆繪圖並機器繪圖作英文論繙譯英文第三年天文工程初學化學花草學作英文論筆繪圖並機器繪圖繙譯英文第四年金石學地學考究禽獸學萬國公法理財富國學作英文論繙譯英文如教學習一門者均聽自便計專門學一工程一電氣一礦務一機器一律例第一年每學生每月津貼膏火銀四兩二年五兩三年六兩四年七兩另擇其學問尤優者酌名送至外國遊歷二三年以資歷練川資由學堂給發其不欲出洋者酌量委派洋務差事此頭等學堂大概情形也現在頭等學堂一班二等學堂三班刻即招集本總教習擬在天津上海香港招集頭等學堂　班學生二等學堂三班學生如有按照以上二等學堂功課學至四年者即可撥歸頭等學堂第一班其餘視其將二等學堂功課學多少年再定班次通曉西學者望及時奮興幸勿觀望自悞以後如考試以上各處學生屆時再行出示曉諭可也此啓　洋總教習丁家立啓

調養病體　○兩江督憲劉峴帥於去歲來津辦理榆關內外營務煞費苦心今憲體違和不日來津就醫調治聞假滿銷假暫作行臺云

運憲牌示　○欽命二品頂戴新授福建按察使長蘆都轉鹽運使司鹽運使隨帶加六級紀錄十四次季　爲牌示事照得調署豐財場大使本任鄆歷城變和據稟病故所遺一缺應飭現署知事准補豐財場大使任敬軟即赴新任遞遺知事署缺仍應拔署到班照案先期甲超署一人應超署到班候補大使曾煥奎署理除詳明外合行牌示該員等一體遵照特示

道憲詞批　○欽命二品頂戴直隸分巡天津河間等處地方兵備道李　示據文安縣副榜千紹文等稟　批案懸已久尚未詳覆殊屬遲延仰文安縣查照節批迅速具覆併辦毋再宕延詞抄存

案首十名　○在任補用道特授直隸天津府正堂沈　爲歲考事照得考試南鹽慶三處文童正場文卷均已披閱合行榜示爲此示仰應考文童知悉於本月二十一日黎明赴貢院初覆爾等各帶試卷毋得自悞特示　謹將南鹽慶三縣前十名文童列後　計開

南皮縣　侯仲炬　侯　留　王鍾喬　侯　塑　張觀艮　張迪吉　張榮粵　翟柄麓　張捷三　尹銘新○鹽山縣　趙培元　史寶森　馬　名　王師曾　于汝翼　王賡勳　姜允澂　趙逢中　王　化　韓　純○慶雲縣　王　儒　趙文元　韓鴻藻

張翼臣餘者因塗抹不清未錄
題目五處 ○天津靜海滄州青縣旂籍文童初覆題目 文題 則變變 經題 易窮則變變則通 詩題 賦得欲語羞雷
同得軍字五言六韻
示試技勇 ○府憲又示 定於本月二十二三日考試合屬武童技勇特示
不勝褒揚 ○本埠北門外鈴鐺閣大街烈婦沈張氏絕粒殉夫屢登前報茲聞邑侯以烈婦殉節深堪嘉尚飭查坊書吏赴伊姓
門首考驗尺寸擬懸匾額烈婦之姑某氏聞知即囑某書吏到署善為辭謝小家門戶不敢上勞 天心過施嘉獎云
厥重逾三 ○現當秋令各鹽商紛投運署領引赶運秋鹽以冀多銷過關者日來甚夥聞有某巨商鹽包較之官碼每重過
關時提包掣驗該司事未及詳覆竟轉重包提上及至上掣幾乎將碼漂起幸該商規例錢已用到將其事遮過否則定干重罰矣
甘起為七 ○昨據江蘇門報關日期曾經登報茲第四起運官孫傳恕率船戶等漕船四十五隻又第五起運官熊兆姜率船
戶等漕船四十五隻均於本月十四日過天津關第六起運官鍾壽康率船戶等漕船四十五隻續第七起運官許變春率船戶等漕船四
十五隻於十五日過大沽北上訖
則何益矣 ○靜海縣屬獨流南泊上下各村屢年被水均登前報今春上游淺處間可插秧民力不給極法羅掘資藉周旋至上
月稻苗暢茂其實垂垂可卜有秋矣詎月初黑龍港河盛漲潰下稻苗減損反不如不種之為得也
彼為善之 〔某巨宦者在津需次多年專意接辦引地謀美產今為西河捆運包運者十數州縣東路數州縣以及汴省共有
數十處鹽務中已稱巨擘惟近年以來其宦遠仕他省夫人與公子經理其事各處夥友遂欺其寡婦孤兒任意侵蝕以致引地多有廢弛
辦法因以紊亂向例行某縣引地即將鹽運赴某縣銷售概不得以認引擅移他處捆運銷賣今該商以認岸滯銷竟將引鹽私挪至捆岸
銷賣似此紊亂鹽法咎有應得惟以人畏勢官勢利無敢顯揭其過但國課所關豈可任其玩視乎未知已否舉辦姑照有聞必錄之例登
之
不如暗了 ○宮北張仙閣旁小洋貨舖某姓者於昨晚三更帶領四五人走至河東于家廠路遇一人身穿月白大褂當即抓住
施以棒打其人見某帶夥甚衆未敢還手行路者問其故皆不一其說有說者謂係醜事衆遂不問後率衆者謂被棒人曰吾已將汝控告吾
帶之人即有縣差人問誰何其一應聲是我然亦未有本縣差票即將被棒人拉走正在夜間不知拉至何處有何情節訪明再登
恐有不虞 ○河東西方菴前某姓與兒娶婦過門五天晚間忽有男子用手捶其住房後簷新婦即向外走婦姑即喚其婿追赶
幸走尚未遠被婿攔住一男手持單刀將婦婿之手剁傷幸鄰人出勸持刀男子比見人多即速逃跑婿將新媳仍領回家其姑問婦持刀
人為誰婦推不知再三訊問尚無真言此事不知了却否
盜尚未明 ○日前在城西某烟館拿獲賊犯四名並將烟館長掌一併帶案該賊係何正案容訪再報
屍猶無主 ○日昨運河上游流來浮尸一具年三十餘歲身穿藍布庫褂脚穿皂靴身仰有傷三岔河口救生會必遣人撈獲矣
蓬萊青鳥 ○有客自日本致書本館云日本外務大臣陸奧宗光患病已久東歷本月九號以後發熱尤烈病勢垂危恐難以保
全性命矣○十二號東京大日本警會議華務日皇命駕以臨○華商自牛莊運豆餅至長崎言及現在牛莊尚有日兵一千人約本月中
旬一律撤回惟關稅仍由日人收取○在大坂之後備兵第十三十五二大隊奉命派往金州守備大約換舊隊往臺灣也○現在日兵之
占據 中國者尚有數處名本月中旬當一概撤回或調往臺地○此次發往臺灣之軍夫三千名本定於宇品港出口嗣因臺北開大埠瘟
火輪車鐵水所阻遂改由名古屋出武豐口直往臺北○松島軍艦於上月下旬載病兵回日本駛赴檢疫所卸下碇入醫入所地免役術
病兵則送醫院療治本八號仍赴輪向南方進發○日兵之在澎湖患疫而死者就媽宮擇地 萬六十坪為之葬者有白人為一墓域
共七十入盒一墓刻日葬城七墓建立石碑高三丈餘書日混成枝隊將軍人軍屬合葬記念碑 錄申報

直報分處由上洋寄津　字林滬報　字林晚報　新聞報　代送申報　飛雲館畫報．舞墨樓畫報　本津直報　七樣稀罕

集敝處　諸君閱者不悞又新到時樣各種石印新書例後並不重[illegible]　[illegible]大將軍臺戰實紀兩部頭的　四部頭的　六部頭的　繡像

清廉訪案殺子報全傳　[illegible]大將軍地瑩法西法陸軍操練　中倭戰守　中俄法交涉末記　尺牘商賈全新　尺牘新選海上名花

尺牘　小本花圖楹聯　各樣畫報逐畫報附送屏條立軸堂幅不等逐畫報附送者不取分文物真價廉別無翻印所寄無多閱者先取

被覽為快棠　主顧購買書籍每日午後直至申後敝堂靜候餘時無暇不能出售

寓天津北門內府署西三聖菴西直報分處內紫經堂梁謹啓

啓　白　李傅相馬關被刺紀實並帶小照每本價洋四角五　盛世危言　野叟曝言　各國時事類編　中日戰守始末記

公車上書記　海上見聞錄　銀瓶梅　眞正後聊齋　三續聊齋　三續今古奇觀　正續永慶昇平　後施公案　彭公案　鴛鴦夢

古今眼前報　金臺傳　雲中落繡鞋　後西遊記　蜃樓傳百寶箱　繪圖小八義　意外緣　英雲夢　情天寶鑑　女僊外史

如欲購者請到文[illegible]齋寄售

公啓者三公司議定自西歷九月一號即華七月十二日起貴客附搭三公司輪船由上海至烟臺天津及由天津至烟臺上海又由烟臺至上海均須未開輪之前各宜在岸上買票照章付脚方可落船切勿在船上付給水脚如在船上付水脚者每客須加收銀二兩毋得異言特此週知

光緒二十一年七月初五日

招商局　太古行　怡和行仝啓

大英國駐津工部局諭　查本局所設花園准票原為杜外遊之人混雜不清而起並非從中漁利風聞有准票一張收洋一角等語此等謠言殊甚駭恨為此特諭凡來遊之人遇有園丁索討使費准其稟知本局公事房究辦惟請領准票者其信函亦須書寫恭敬勿得隨使一揮以示體統切切此諭

茲有寄賣金絲香楠木二十片每長一丈零寬二尺四厚六寸　樟木三十片每長一丈二尺寬二尺四厚七寸如合意者請問天津怡和洋行便知

西頭大夥巷內林公館現由四川建昌帶來花板材料如有賜顧者請到本公館面議可也

浙紹朱鈍翁先生醫脉深奥屢治重症俱奏奇效而於婦幼兩科尤有妙術

林公館謹白

七月十九日輪船進口

海晏　輪船由上海　招商局

怡生　輪船由上海　怡和行

七月二十日輪船出口

新豐　輪船往上海　招商局

七月十九日銀錢行市

天津九七五銀

銀盤二千七百七十三文

洋元一千九百八十六文

紫竹林九七五銀

銀盤二千八百一十二文

洋元二千零一十五文

浙杭元吉永號

本莊自置紗羅綢緞新樣洋縐花素洋布川廣夏貨疊摺雅扇南貨頭油俱全祇為近時錢市漲落不同故而各貨減價開設估衣街中間路北凡仕商賜顧者無悞特此佈達

德陞齋靴鞋鋪

本齋專做滿漢朝靴新樣原式名鞋及鑲花坤鞋一應俱全價廉物美賜顧者請認明本店招牌庶不致悞本鋪開設在天津府北門外鍋店街集義棧對過便是

光緒二十一年七月二十一日　第一百九十四號
西歷一千八百九十五年九月初九日　禮拜一

上諭恭錄

上諭陝西河州鎮總兵員缺著王蘊勝補授欽此　上諭廣西右江鎮總兵員缺著良辛酉補授欽此　貴州平越營遊擊着劉端芳補授欽此　上諭步軍統領衙門奏拿獲鄰境結夥持械搶傷事主拒傷官兵搶刼盜犯請交部審辦一摺所有拿獲張禿六頭丁八郎東丁八楊黑子楊達子尹小紅兒楊九康老梁二等八名均着交刑部嚴行審訊按律懲辦未獲之康小八兒等犯仍着按名嚴拿務獲究辦原拿此案之■弁等著俟刑部定案時聲明請旨該衙門知道欽此　上諭步軍統領衙門奏拿獲結夥持械搶人勒贖人犯請交部審辦一摺所有拿獲之小路和路寶山全子即全壽戴山兒即小戴崔大即崔治崔張氏等五名口均着交刑部嚴行審訊按律懲辦未獲之文三張二即張老西仍着嚴拿務獲究辦該衙門知道欽此　上諭楊昌濬奏總兵援剿不力請旨懲處一摺甘肅逆回滋事日益蔓延自海城收復後循化解圍後阿狄西寧又復聚眾猖獗總兵湯彥和奉調赴援遷延日久迨行抵河州又不偵探虛實冒昧進攻以致全軍潰退貽誤戎機湯彥和着革職留營帶罪圖功以觀後效楊昌濬在甘有年於回眾情形豈未深悉乃忽剿忽撫迄無定見以致湟中阿狄偏地皆賊實屬措置乖方雷正綰受回患弃發給搶械轉藉寇兵亦屬庸憒不職楊昌濬雷正綰均着交部議處此後務當振刷精神破除壅蔽董福祥等軍到後合力同心將回氛迅速掃蕩庶可稍贖前愆凜之欽此

敬大臣說

中庸曰爲政在人誠以法不足以治天下恃法以治天下天下斯欺之矣非獨欺其法之有所不及也即其法所及之處即其欺所必不能禁之處聖王知天下之不吾欺者未必皆吾法之所能禁亦其中之有所不忍欺而已何以使之不忍欺天下繫於羣臣羣臣繫於大臣人主於大臣信其人寬其法以敬大臣而已獨是信之寬之使大臣養其威惠以鎮撫百官百官畏天子蹶然士大夫不敢安肆怠惰於其側爵祿慶賞大臣得以議其可否而不以爲己之私惠刀鋸斧鉞大臣得以參其輕重而不以爲己之私勢君所爲有不可者舉朝不敢爭爭之其勢亦必不能聽大臣則專行而不顧迨其成敗之迹著上之心亦將釋然自解要以使天子必不可任意羣下必有所震慴而已不與其私利如是則敬其人適以敬其政以此爲政政何慮其不成乎若信之寬之舉天下之人才而任其近退無使百爾得以議其後爲大臣者外竊其生殺予奪之柄以黜陟天下以見己之權掩君威惠或順以逢迎使君悅懌或要以時勢使君畏懼總以攬國權固君寵使上安乎爲上外而公卿大夫百官庶吏知有大臣不知有君爭爲大臣之羽翼爲大臣之腹心上安下順台而爲一而大臣之勢遂成而不拔爲之君者將不敬之耶而天下之禍立見將敬之耶天下之治滾滾如江河日下一去而不可挽留是敬之而其政愈不可爲又何以言爲政在人耶竊嘗讀　高宗書中庸九經敬大臣之義曰敬者誠也臣哉鄰哉鄰哉臣哉作朕股肱耳目虞舜之所以敬大臣也敬者止也

惟暨乃僚罔不同心以匡乃辟殷高宗之所以敬大臣也又敬者畏也盧氏之禍萌於驕乘又敬者尊也太陽下同萬物賴之以生成依乎爵二敬其職而得依乎以二敬其人而夫可知敬大臣者敬其職非敬其人矣人哉 王言 聖謨洋洋矣蓋中庸九經合其一事言爲天下國家之要道而敬大臣與尊賢其義似同而實不同其歸也尊無不同尊賢者所以籲俊旁求以資啓沃至敬大臣則敬其職非特敬其人也夫敬其職者必思自以稱其職而尊賢固不可緩膺其職者亦宜勉爲聖主之賢臣使朝廷以誠止敬之無使朝廷以尊長敬之於以爲臣隣作股肱耳目暨乃僚罔不同心以匡乃辟其人存則其政舉矣

教育英才 ○蓋聞興學校即以育人才學校者人才之根本也然欲講求實學必自格致諸學始而後所成之才乃爲真才所學之學乃爲真學知此者其惟 津海關道盛杏蓀方伯乎方伯知時局艱難需才甚急雅慕泰西之學皆係有用之學一事一物均有實際舍是無以爲自强之本乃禀於 前任北洋大臣大學士李未及舉行今復禀於 現任北洋大臣直隸督憲王思有以創辦而振興之於是妥議章程以家立爲總理教習之事辦法擬以學校分爲二等 爲二等學堂一爲頭等學堂二等學堂擬先在天津設立一處以後再於別處推廣凡次入學堂之學生自十三歲起至十五歲止按其年紀考其四書五經並文理通順者酌量收錄第一年英文初學淺書英文功課書英字拼法朗誦書課數學第二年英文文法英字拼法朗誦書課英文尺牘繙譯英文數學並量法啓蒙第三年英文講解文法各國史鑑地輿學英文官商尺牘繙譯英文代數學第四年各國史鑑坡魯伯斯第 年格物書作英文論英文尺牘當譯英文平圓量地法四年內每日華洋字共寫若干每年分爲夏冬兩季各放假半月每逢中外節令放假一日凡禮拜日休息一日每半年考試兩次之後擇其劣或留或黜以爲準程每學生每月貼膳銀三兩第一年每學生每月膏火銀一兩二年一兩五錢三年二兩四年二兩五錢此係華人洋文教習爲之教導此二等學堂之概情形也頭等學堂在天津與閘牆外博文書院中第一年幾何學三角勾股法格物學筆繪圖各國史鑑作英文論繙譯英文第　年駕駛並量地法學微分學格物學化學筆繪圖並機器繪圖作英文論繙譯英文第三年大學化學花草學作英文論筆繪圖並機器繪圖繙譯英文第四年金石學地學考究禽獸學萬國公法理財富國學作英文論細習一門者均聽自便計專門學一工程一電氣一礦務一機器一律例第一年每學生每月津貼膏火銀四兩二年五兩三年六兩四年七兩另擇其學問優長者數名送至外國遊歷二三年以資歷練川資由學堂給發其不欲出洋者酌量委派洋務善事此頭等學堂之概情形也現在頭等學堂一班二等學堂三班現即招集本總教習擬在天津上海香港招集頭等學堂　班學生二等學堂三班學生如有按照以上二等學堂功課學至四年者即歸頭等學堂第一班其餘視其將二等學堂功課學多少年再定班次通曉四學者宜及時奮興幸勿觀望自悞以後如考試以上各處學生屆時再行出示曉諭可也此啓　洋總教習丁家立啓

賫停節鉞 ○欽差大臣兩江督憲劉峴帥前將關內外諸軍分別截留歸併整頓就緒因政躬違和奏奉 硃批着在天津安心調理已登前報茲於十九日午後帥節蒞津關道文武印委各官迎接如儀以天津鎮憲羅軍門暫駐新城辦理防務津鎮署閱帥即以鎮署暫作行轅矣

寬大之極 ○日本送回俘虜中國之人業登前報茲將安置一切情形合再錄登前月二十八日日本用船將俘虜送至大沽海口預期東征糧台文委員候補知縣蔣大令文霖率領 譯張文成協同鎮海輪船管帶副將汪協戎學孝均先馳到稟商鎮台回大沽協韓協戎會商妥協用剝船由海口將俘虜運載至新城點名驗收除就近還鄉二名外其餘九百七十六名內受傷[illegible]者八十一人分送至廣仁堂及北洋施醫院調治其餘問明何籍何營分別資送至本省人七十餘名均照數代買[illegible]遣回原籍並有就近探親探友者數十人俟其事畢負保作付川費濟還計自抵沽口食用以及代雇輪船並僱輪川資共銀五十餘兩皇仁大哉

敗子之尤 ○本郡某姓富甲一邑且歷年最久近年其子弟某甲習於荒淫揮金如土而無司財之權始則東挪西貸繼則[illegible]稍積終於無可如何而數載以來積欠巨款被債主偪索不已朝夕追呼甲祇得向家督討賫還賴家督以家非一人之家財非一人之財

豈能償此風流孽債塡此無底之壑停難允辦甲被逼難支另設機謀煩人復借妥白鏹八千金利息甚巨而財東復須其先輩開設之某號錢舖圖章作保甫非出借否則仍無庸議甲自謂東家以爲銅鋪掌曾豈敢推諉詎該舖掌櫃甲所爲非光明正大不能不爲明家督因仍予介而甲已急如劣馬於前晚竟左手執洋槍右手持一利刃找向該舖掌言如允則萬事俱休否則將汝致死此時合舖俱驚駭異常暫以軟話相求將甲勸去後事不知如何處如何者可謂敗家之尤者已

勿得阻留　○江蘇江北承載漕糧船隻抵通交兌差竣回空不論有何要差概不准貼此項船隻以曩昔回空漕船每被截留致誤過年不得還家賠累不堪者所以每歲雇用民船載漕多避匿不肯應役漕帥俯念船戶艱難因傳檄沿途地方官概不准攔阻回空漕船應準俾得速回原籍而免苦累庶於來歲運漕時不致貽誤矣

來時施捨　、刻下霍亂症較少染瘧疾者又多亦往往傷人性命河東西方巷有周姓者施捨棺材由掩骨會人等抬棺送到家腳力不取分文凡染霍亂症時每日施材一十餘口現時每日還施材十餘口向來僅施河東而備濟社設有兩處均係一律施捨每處每日各施材一二十口其能自備棺木者不知凡幾矣何傷人之多也

神龍息燄　○本津入夏以來火警甚屬寥寥惟北門外雙廟街中間魚東四躍有某雜貨鋪夜半燃燈不戒於火延燒扎彩舖猶肉舖糖攤舖等數家米麵舖鏢子九頭一併燒毀西至中和富北至左姓東南皆至住戶人家幸水會竭力護救中和富等均無礙者偵差訪拿火匪云

我馬度淮　○丁統領吳統領帶淮軍十三營由榆關陸續而來昨日先抵津者住西門外一帶客店候飭開差前赴何處訪明再報

仙不通文　○東南城角某甲者今春忽然頂神衆大仙降壇書符治病數日間香火頗盛正在修理壇室以期廣傳詎某姓者來尋甲所頂神即伊所奉者遂與壇求神附體施治各症並行針法兼以三八請乩間或頗形熱鬧中即退神歸某處香頭遂將拾掇完者數月後漸覺冷落乩壇業已撤去某終日大有不豫昨復以大張黃紙書盂蘭盛會懸燈結彩又各處粘報上寫合善仙壇衆位大仙傳示有求必應綴以四字語曰傳治疾症手到病除觀香行針專治各症四時不征貧富不等分文不取產前產後過無不驗某某具語不倭貫字多錯謬見之者莫不捧腹

刦殺成俗　○下西河即子牙河各鹽商落廠之處首則武強之小範鎮次則冀州之李家莊再則任縣之邢家灣皆爲各鹽商萃會之所每至秋後行運該河鹽船絡繹不絕惟小範以東沙河橋以西賊匪出沒向係靡常雖行船滿河賊仍不避刦案屢聞以致賊或僞作漁翁樵子農夫使人難辨眞僞該賊頗視行人若干有無器械窺便行事其果眞有防備先有聲威者仍可邀免否則必致刦無疑但其處雖有官兵常年巡緝究竟未曾捕獲茲聞其處益形猖獗未識該管者當以何法嚴治以衞商旅也

日本軍報　○神戶西報載西歷八月三號廣島來電云聞日兵第二營之第十七旗已於數日前抵臺灣其第五旗於某日由大連灣乘輪往臺此旗係少將府西米親王督領大約日兵將與黑旗大戰一場也○九號東京來電云傳聞中國所償第一批兵費將在倫敦付出○是日東京又來電云日親王所帶之第五旗兵尚在後隊續於八號抵基隆○又云日政府又命第四營兵前往臺灣現在此旗兵在錦州約於是月由大連灣起程並帶古麥留輪船已載小工約四百人由馬關往臺云○又云小工一千名已由□嫣島船載往臺灣

日記二則　○文滙西報云近聞日本派赴臺灣侍備兵一千二百餘名於華歷六月二十八日在由皮納地方乘輪開赴臺灣○又云華歷六月二十六日以前日人之患霍亂者共計二萬二千三百四十七人其中死亡者一萬四千五百一十四人

悅來洋貨號

開設天津紫竹林大街自運各國鐘表洋貨新舊磨光料瓶八角長元大小碗盞杯盤電鍍金銀首飾雲鑼菓盤洋火盒菓釵箸鈎上等細磁的玲瓏玩物香水壺花針花簪洒鑽[illegible]鐘洋畫梳篦水平靴掖紗衣襪皂衣襪綉花窗簾絨毯玻璃磚磨花描銀三連鏡茶机等格外減價消售發客

直報分處由上海寄津 字林滬報 字林晚報 新聞報 代送申報 本津直報 諸君賜閱賜一字函命人分送不悞又由上洋新到石印時務各種新書[illegible]戰百[illegible]圖記 中倭戰守幷中俄法末記 [illegible]大將軍地瑩法西法保練 公事上書臆記 [illegible]大將軍臺戰實紀兩部頭的 四部頭的 六部頭的 繡像濟廉訪案殺子辦秘書傳 練兵實紀附各國旂號 尺牘商買全訂 海上名花尺牘 尺牘新里新 花間楹聯 飛雲館畫報 舞墨樓畫報 各樣畫報附送屏條立軸堂幅不等不取分文物真價廉別無翻中所沓無多閱者先覩爲快蒙 主顧購買書籍每日午後直至申後敝堂靜候餘時無暇不能出售 寓天津北門內府署西三聖菴西直報分處內紫[illegible]堂梁謹啓

茲有寶貴金絲香楠木二十片每長一丈零寬一尺四厚六寸 樟木三十片每長一丈二尺寬二尺四厚七寸如合意者請問天津怡和洋行便知

公啓者三公司議定自西歷九月一號即華七月十二日起 貴客附搭三公司輪船由上海至烟臺天津及由天津至烟臺上海又由烟臺至上海均須未開輪之前各宜在岸上買票照章付脚方可登船切勿在船上付給水脚如在船上付水脚者每客須加收銀二兩毋得異言特此週知

光緒二十一年七月初五日 招商局 太古行 怡和行仝啓

大英國駐津工部局諭 查本局所設花園准票原爲杜外來遊之人混雜不清而起并從中漁利風聞有准票一張收洋一角等語此等謠言殊堪痛恨爲此特諭凡來游之人遇有園丁索討使費准其稟知本局公事房究辦惟請領准票者其信函亦須書寫恭敬勿得隨使一揮以示體統切切此諭

告白

福州和益木商在津開設十年前雇夥友林松卿經理歷年尚未十分誤事詎自十九年夏間荒蕩嫖游號事廢弛從中侵蝕弊混不勝枚舉致虧號本甚鉅去秋控縣押追迄未完結林松卿早已出號所有和益號事均係號東自行料理與林松卿毫無干涉特此佈告官商如蒙 賜顧務須認明和益本號庶不致誤 和益木商鄭湘舫白

浙杭元吉永號

本莊自置紗羅綢緞新樣洋辦花素洋布川廣夏貨閩摺雅扇南貨頭油俱全祇爲近時錢市漲落不同故而各貨減價開設估衣街中間路北凡仕商賜顧者無悞特此佈達

德陞齋靴鞋鋪

本齋專做滿漢朝靴新樣京式名鞋及鑲花坤鞋一應俱全價廉物美 賜顧者請認明本店招牌庶不致悞本舖開設在天津府北門外鍋店街集義棧對過便是

七月二十一日輪船進口
海晏 輪船由上海 招商局

七月二十一日輪船出口
新豐 輪船往上海 招商局
怡生 輪船往上海 怡和行

七月二十一日錢市行情
天津九七六銀 一兩二千七百八十五文
洋元一千九百九十文
紫竹林九六銀 一兩二千八百二十[illegible]
洋元二千零二十文

直報

光緒二十一年七月二十二日
西歷一千八百九十五年九月初十日
第一百九十五號
禮拜二

上諭恭錄

硃筆李照煒補授右春坊右中允欽此

論軍械宜禁私造

行軍之道惟將成將之功惟兵利兵之用惟械有將無兵是無將也有兵無械是無兵也古之械惟戈矛弓矢持械者則載之以車三代以前以步戰不如騎戰善馳突騎戰不如車戰能捍衛故上古中古皆車戰春秋戰國以來鄭莊廢車用徒趙武靈王廢車用騎明嘉靖中戚繼光創六軍營每營二十二輛車上安大佛郎機二架一車用軍士二十名分為奇正二隊自此之後佛郎機為中國軍械當行出色者矣夫兵猶火也左氏已云於今為烈故今之言兵者皆曰軍火　國朝設火器營咸同以來間易以西洋鎗炮近數年則炮用格林鎗用毛瑟又改用快鎗快砲易前膛為後膛易實子羣子獨子為炸子易本地之硝磺為洋藥復易黑藥為白藥愈出愈新愈新愈利然而我用之則為我利人用之則為我害官用之則亂以弭私用之則亂以生我製而人用之我既失其利我製而敵用之我耗其資敵收其用我耗資而無以制敵敵收用而有以制我且為害如何官製而私用之法已病於亂官製而盜用之官既無以緝盜盜反藉以戕官其為亂又當何如也去歲海疆告警征調遍天下舊營之兵各有器械然或病其械不精聞多更換新募之勇其械多在津自製辦或由各局撥給或購自外洋其由各局撥給者類為舊儲備數之器購自外洋者類有貨真價廉之名其實在是否精良利用要只動費巨款而効用無否實無責成採辦之條嗣以抬鎗得力刀矛亦不可廢各營復在津製辦又以兩局製辦不及復向外面鐵舖定做或專雇鐵匠擇地開爐聚學造器械者隨在多有承採辦之人只知從中取利暗核其算於己有益使令某匠包辦定期分別繳齊給價時再與計校一番總以省錢為度該匠既無所取利必致暗設機謀其弊遂不勝言矣即如抬鎗一項其膛淨否火門正否機板靈否盤筒堅否適身勻否前後直否鐵色良否無人監視不一稽查且無善價該匠承攬之後勢必藉此勢力多作私貨售於外人甚至售於匪人以求善價地方官以其承辦某營軍械無敢查禁以致遷延至今和議已成大軍已撤尚有開爐製造者不知是歸何營銷賣更有南城根向在機器局被辭鐵匠數人於上年承辦某營定造洋手槍若干今仍製造其是否藉端漁利無人查禁不知洋槍例禁綦嚴況係手槍更易濟私售賣刻下各處刦搶盜竊層見疊出莫不恃洋槍為行凶利器若不嚴行查禁則奸民貪利心熾盜賊凶器皆能用之不竭有恃無恐養癰成患恐有不可勝言者

中西招考　○啟者七月十九二十一兩日本總教習曾將擬在天津設立北洋二等頭等學堂章程登之報中茲本總教習訂於中歷七月二十九日在天津中西書院中招考二等學堂三班學生頭等學堂一班學生如有情願赴考者務於七月二十八日赴中西書院報名屆期候考現查中國修鐵路辦礦務以及創辦各事實為富強緊要關鍵而此項人才是以待用甚急蓋非得智慧之士精通之學

不足以收成効而期得力本總教習情殷教導尚望及早奮興幸勿失此機緣也此啓　北洋二等頭等學堂洋總教習丁家立啓

學古課題　○本月二十日道憲李觀察奉督憲札飭考試稽古書院舉貢生監試題列左　賦題　歐陽子方夜讀書賦　以自嚴自西南來者為韻　解題　重卦解　詩題　賦得程表朱裏得融字五言八韻）又學海堂經古課舉貢生監題目　璿璣玉衡解　畿輔水利攷　聞雞起舞賦　以此非惡聲也乃起舞為韻　南宋張魏公論用駢體　擬杜工部秋興八首

粵餉將來　○兩廣每年應解京餉甚鉅茲由藩憲提撥鹽課銀五萬餘兩作為第三批京餉又由鹽課項下撥解內務府經費銀五千餘兩詳請督憲飭委試用通判榮勳等領解由省起程赴滬乘輪船至天津再行運京分別赴戶部內務府交納

浙餉繼到　○浙江省歷年有應解京餉等項茲由藩憲循例由厘金項下撥解京餉銀三萬兩又由地丁項下帶解東北邊防經費銀二萬兩詳明　督憲飭委候補同知葉祖蔭管解又由厘金項下撥解東北邊防經費銀三萬兩又地丁項下撥解第四批京餉二萬兩詳明督憲飭委候補同知陳恩普管解均自省起程往滬搭輪船至天津赴通州再運京赴戶部交納

江漕全上　○江蘇河運漕船過關日期已分起錄報茲第八起運官張沐嚴率同戶解幫俊等押運鹽船四十五隻於本月十七日過天津關北上此係尾幫所有江北十起江蘇八起漕船全行過關矣

灶榜雙開　○欽命二品銜新授福建按察使長蘆都轉鹽運使司鹽運使隨帶加六級紀錄十四次李　為歲考事照得本司考錄各州縣竈籍文童大案名次合行臚列榜示爾等各宜遵照須至榜者　竈籍前二十名文童列後　計開

趙和璞　張恩綸　馬緒卿　宋毓筠　鄭秉典　姜兆科　劉邦彥　周晉昌　陳為蓮　劉　盛　張毓文　王榮西　孫承蔭　楊丕煥　楊蔚文　張子琴　王景元　楊贊廷　張文源　張炳麟

竈籍武童前廿名一併列後計開

張玉洞　馬　鈞　王玉田　戴蔭芳　趙傳煜　楊雁峯　馬燕昌　李紹先　董鑑塘　馬勳臣　馬其昌　劉希周　劉毓璋　邢硯田　張壽田　馬西安　劉鏡清　申右甲　李清鈞　王國璽

晉軍啓行　○晉軍馬步各營由榆關來津暫住西門外客店已紀前報茲聞於早統率何軍門飭營哨等官所帶馬步各營由陸路起程赴晉

靜民告飢　○靜海縣西鄉一帶為南運河黑龍港子牙河下游下與東淀之清流僅隔一隄其鄉自光緒九年迄今連遭水患尤年尤甚緣自十九年西河決口民無力堵築官亦不謀堵築故每歲積水未消今春環村旱田稍稍退出民多質子典衣竭力播種夏秋霪雨傷稼滂及于晨坍塌無數子牙河黑龍港一時並漲由舊決口灌入田廬但淹忙種節後水始漸消雖栽種無幾各村尚有三五家可望有秋者自六月間滹沱盛漲自饒陽新河歸入子牙河在獻縣境內劉閣庄高兒庄等處又開決口三道由黑龍港灌入靜海西鄉此西鄉西來水也其北則清渾二水汜入東淀在靜海之水高庄官城等處舊決口漾入子牙河向南返流倒灌靜西窪內其南則南運河於六月下旬在桑園以上向西決口復由黑龍港歸靜西縣兩之水匯於一處淺處則四五尺深處則丈餘不等不但今歲西成無望即明春東作難興糧價雖平何從設措除獨流買口等村業經來轅懇賑局憲轅求賑已登前報外今子牙河離頭轄房三地方共十三村紳民復來府轅籲懇賑以救災黎不知憲懷當如何軫念也

琴如焦尾　○男子眠花宿柳浪擲纏頭世俗常態初無足怪獨婦人亦效男子所為終日令粉白黛綠者環侍左右或陪酒或侍烟而若輩甚至醋海翻波互相撕扭致厥臀大受夷傷斯則奇之又奇者矣某事云內某富紳之夫人繩夫極嚴不得使抱衾裯者稍分厥愛而自招呼小班至寓顧曲徵歌月無虛日昨又傳喚侯家後寶琴小班四妓於室則陪侍賭場內室則侍兩烟酒某夫人顧而樂之賜以醇醪該妓等開懷暢飲詎寶琴與翠福因爭寵於夫人夙有難言之隱飲酒微醉於福即學罵西賤人寶琴聊與齟齬翠福抑搘衣捋袖將寶琴撳倒大張厥口寶琴臂肉被其咬破血流盈裙某夫人始作壁上觀相與鼓掌繼見寶琴受傷恐肇禍端即命與將觀妓等逐出圖藏後會爭論不休正不知作何了局也

棍未對頭　○浙東土棍向西關土棍尋仇未遇經該管地方夥計邊高升勸阻不聽持刀西尋爲西門外八段局勇曾見卿將河東某扭至局內金大令即將某送交總局懲辦聞江太守飭差笞責二百枷赴西關小大院示衆滿日責放

身分須留　○東門外南城根一帶煙館娼窰鍋夥鱗次櫛比其烟館或有另屋或置暗樓素日即行窩娼聚賭近居深秋晝短夜長更添賭與所以各娼窰每至定更時反杜門謝客蓋其中已誘人聚賭徹夜不休因有鍋匪差役護持分肥是以無敢過問前經守望總局還訪恐出示嚴禁告示貼不數日該賭徒膽敢全行撕去其目無法紀已可概見距有某武孝廉者雖已充過營官具家勢聲名亦非沒沒乃亦終日溺跡其中殊屬不知自愛有玷清白而該賭徒更覺有恃無恐不知賭爲盜媒日久輸極無不作竊居民烏可相安聯肯緝捕之責者尙其早爲嚴禁歟

寃仇宜解　○昨日侯家后某小班有某營砲隊勇丁等閒坐意稍不合即將該班碰砸開班人出爲攔阻有旁人將勇丁勸走後該勇又邀勇丁數十人來該班打降又被旁人說合暫時退回口解今日再打不知能了結否也

津風喜門　○津風好門無日無之昨縣署汛兵解到□廟村民蘇二明季平安與喬春江打降一起旋由河北汛兵協同冶河二堡地方張有功護解育德卷劉館民人曲洛張二與劉承泰打降一起雖雀鼠之爭無甚緊要而案牘形勞終不若琴廷花落也

水性難留　○昨報登河東某姓娶媳五天有人捶住房後詹媳聞出上洋車要跑被其婿攔住後某姓將媳送還母氏曰此汝家賠錢貨幾被奸人拐去今幸完璧歸趙倘彼時少不經意汝家少不得向我索原寶貝矣惟計爭納采納吉以來我家費用錢須按數我償方可兩來無事否則質商琴堂可耳聞母家煩人說合求婿收留愿立無事字據爲証婿言要錢不要人今尙不知若何結果也

疆吏儲才　○漢口訪事西友致信於字林西報館云傳聞兼護兩湖總督譚中丞近日語人曰湖南省將用番法開設商學按中丞爲長沙瀏陽人其原籍向有一書院專以中法敎士頗爲認眞現在該書院擬改西法所有初學應讀各西書已經中丞購買寄回以供諸牛肄習憶當中日未開戰之時中丞頗不以西法爲然近日則幡然一變深知中國補救之道在於崇尙西學故汲汲然欲改書院成規也語稱識時務者爲俊傑吾將於中丞望之矣

黃河決口　○昨接山東濟甯來電稱查黃河南岸念三日漫決後漸刷成口大溜先趨□首濮城鉅野嘉祥東平州以及運河西東阿縣東南一概被淹念五六日忽轉趨東路冲去運河西堤穿運河東堤直灌東平州全境由肥城縣龐家渡仍入黃河各處村莊出廬舍淹沒無存運河兩堤數十里被水穿刷頓成大河災民慘甚大約東省官紳必有乞助之請因特先行電達以代災黎請命云爾

日艦赴臺　○日本所獲中國之濟遠兵艦駛抵該埠停泊浦江茲悉該艦已於禮拜日早晨開往臺灣矣

安平西信　○香港西報載寓居安平西人來信云近有日軍伍千人來攻台南僅距安平十五英里惟此十五英里之中皆是巉巖峻嶺故閱四五日之久日軍未能徑進現有台兵四千名預備迎敵不使日兵得據安平想不日必有一場大戰也

述劉軍門軼事　○劉淵亭軍門坐鎭臺灣與日人相持已歷數月之久勝仗頻聞海氛漸息遂使彈丸之地竟等磐石之安軍門之俠氣英名不特流播於山陬海澨即遠方之逖聽風聲者人人有仰止之思誠何異兒童誦君實走卒知司馬哉試舉軍門軼事證之亦可見其抱負不凡自命有千秋之想矣當日兵之先佔澎湖以圖犯臺灣也調兵約有一萬人繼以疫癘盛行又屢爲臺兵所扼死亡枕藉其得苟延殘喘者不過五千人雖佔臺北一隅然乘臺地兵變而入並非爭戰之力況所佔壤地不多未免局促轅下然日人之意狃於往日之戰勝究不免覬覦臺灣以爲得此區區如探囊取物耳自此以後屢由臺北進擾臺中莫以漸達臺南兵過之處見綠野良苗咸欣欣有生意胼手胝足者相與負耒耕耘怡然自得幾疑爲世外桃源遂淡然置之不以介意一霎時曾見耕者釋耒耘者施鎗隴畔之農夫變作行間之健卒日兵猝不及防披靡而遁其見挫於臺軍大率以此雖覆轍相尋兵心大沮實未嘗與劉軍門接一仗晤一面也日人以力懾之不能或可以計賺之乃變計遣使致書於軍門麾下其達嚮慕之忱且告以如肯釋甲來歸當爲奏明敝國主待以國士之禮建立事業當無限量矣必戀此寸壤圖苟安而忘遠禍乎軍門接書後怫然大怒呼來使而痛斥之曰汝以我爲何如人敢出不遜之言大丈夫

懷忠抱義百折不磨此心既爲羣衆所依歸此身即與壘壘相終始但使此地會有一人之可戰一彈之可放必不任汝猖獗也由人聞之始恍然於軍門之氣奮風雲誠貫金石斷非巧言詭計所能誑自念以國之力不能取一島不特不免爲他人笑且亦無以自解遂定計添調新兵五萬名欲與軍門決一死戰此日本添兵之所由來也觀此愈見軍門之風節凜然眞有橫睨一時之概以視他人之事權在握一無措施戰既不勝守又不固身名俱玷爲萬人所唾罵者其賢不肖之相去豈可以道里計哉

售白　李傅相馬關被刺紀實並帶小照每本價洋四角五　盛世危言　野叟曝言　各國時事類編　中日戰守始末記　公車上書記　海上見聞錄　續瓶梅　眞正後聊齋　三續聊齋　三續今古奇觀　正續永慶昇平　後施公案　彭公案　鴛鴦夢　古今眼前報　金臺傳　雲中落繡鞋　後西遊記　蜃樓傳　百寶箱　繪圖小八義　意外緣　英雲夢　情天寶鑑　女僊外史　如欲購者請到文美齋寄售

大英國駐津工部局諭　查本局所設花園准票原爲杜來遊之人混雜不清而起并非從中漁利風聞有准票一張收洋一角等語此等謠言殊堪痛恨爲此特諭凡來遊之人遇有園丁索討使費准其稟知本局公事房究辦惟請領准票者其信函亦須書寫恭敬勿得隨使一揮以示體統切切此諭

西頭大夥巷內林公館現由四川建昌帶來花板材料如有賜顧者請到本公館面議可也　林公館謹白

浙紹朱鈍翁先生醫脉深奧屢治重症俱奏奇效而於婦幼兩科尤有妙術

公啓者三公司議定自西歷九月一號即華七月十二日起　貫客附搭三公司輪船由上海至烟臺天津及由天津至烟臺上海又由烟臺至上海均須未開輪之前各宜在岸上買票照章付脚方可落船切勿在船上付給水脚如在船上付水脚者每客須加收銀二兩毋得異言特此週知

光緒二十一年七月初五日

招商局　太古行　怡和行仝啓

浙杭元吉永號

本莊自置紗羅綢緞新樣洋辮花素洋布川廣夏貨團摺雅扇南貨頭油俱全祇爲近時錢市滯落不同故而各貨減價開設估衣街中間路北凡仕商賜顧者無誤特此佈達

德陞齋靴鞋鋪

本齋專做滿漢朝靴新樣京式名鞋及鑲花坤鞋一應俱全價廉物美　賜顧者請認明本店招牌庶不致悞本鋪開設在天津府北門外鍋店街集義棧對過便是

七月二十二日輪船進口　太古行　重慶　由上海

北直隸　由上海　怡和行

七月二十三日輪船出口

海晏　往上海　招商局

七月二十二日錢洋行情

天津九七六錢

銀盤二千七百八十八文

洋元一兩九錢九分五

紫竹林九六錢

銀盤二千八百三十文

洋元二千零二十五文

直報

光緒二十一年七月二十三日　第一百九十六號
西歷一千八百九十五年九月十一日　禮拜三

上諭恭錄

太常寺題八月初三日祭　文昌帝君廟奉　旨遣載勛行禮後殿遣奕福行禮欽此　又題八月初五日秋分祭　夕月壇奉　旨朕親詣行禮從壇遣長萃分獻欽此　又題八月初九日祭　先師孔子廟奉　旨遣麟書行禮兩廡遣翰林官二員各分獻崇聖祠遣薩廉行禮欽此　又題八月初十日祭　社稷壇奉　旨朕親詣行禮欽此　又題八月十一日祭昆明湖　龍神廟奉　旨遣立山行禮欽此　又題八月十二日祭惠濟祠　河神廟奉　旨遣崇光行禮欽此　又題八月十四日祭　關聖帝君廟奉　旨遣凱泰行禮後殿遣宗承煜行禮欽此　上諭福潤奏城內官廨被劫請旨將該縣摘頂勒緝一摺安徽廬江縣御任知縣侯原洲寓所於四月初三日被盜結夥行刼得贓經該署縣知縣熊鈺會營勘驗追捕僅獲首夥張桂林李潮榮二名餘犯逃逸屢飭勒限嚴緝迄今日久尚未續獲實屬捕務廢弛署廬江縣知縣熊鈺着先行摘去頂戴以示懲儆並勒限將逸犯嚴拏究辦餘着照所議辦理該部知道欽此　上諭步軍統領衙門奏拏獲結夥持械拒傷事主搶刦盜犯請交部審辦一摺所有拏獲之馬二即小馬侯三即二趙果永順即果倉兒王山兒徐來順楊玉祿趙貴劉福等八名着交刑部嚴行審訊按律懲辦未獲之姚五苗囤兒李四龍張致和二劉並逃犯王昆即王六仍飭嚴緝務獲究辦原拏此案之員弁等着俟刑部定案時聲明請旨該衙門知道欽此　上諭湖南長沙府知府員缺緊要着該撫於通省知府內揀員調補所遺員缺着英文補授欽此

時症卮言

論語以飽食無所用心不如博奕之爲猶賢乎己竊謂事固富爲亦顯其所爲何事耳天下有不爲而勝於爲者二一曰風水一曰巫醫死生亦大矣彼巫醫者以鹵莽滅劣粗鄙近利之胸舉生人而致之於死談風水者復以虛無荒渺不學無術之說藉死人而惑其所生其力真可奪造化何也以能顛倒衆生也子小下愚未嘗聞道自知才庸識陋於此二者望而却步不敢問津故自以爲不爲而賢於爲也若夫慧眼能相陰陽神手能全性命是固先聖長恩愛濟死生之要道不問賢愚凡厥生民是又知而不可故諱其知不知當求其知幸勿以予說知難而退頓阻其求知之善念者也人自視莫重於生又不能保疾之必不我攖又不能知醫藥之必不對症於是合眼授首一聽醫士之刺之灌之如盲人瞎馬縱轡策行蹶而後已其不蹶者幸免耳夫天下到處非無名醫也名醫非不易知不易求也善醫之爲道仁心仁術學醫者亦必具是心乃可行是術斷非尚誇詐喜功利局量褊淺之人所能髣髴一二者以其居心偏用術必不能工也醫術之良否衆人不得悉知其素日人性之善否固無人不得而知者世有真善人而不令人一知其術峻其門墻而不許人以易求者乎果如是也其人之善不善不問而知其術之良不良亦不辨而明矣且醫理難知非絕人以必不可知也古云爲孝子者不可以不知醫斑爲孝十必爲

仁人世無庸鄙不堪之仁人豈有庸鄙不堪之孝子既非庸鄙烏得一無所知況昔賢一得之明必思著書以傳於後昔之內經今之金匱論之詳明的當苟誠求之不中不遠人病不求耳內經六元正紀大論云太陰所至霍亂吐下又太陰濕土司天之年則病霍亂丑未之年太陰司天太陽在泉其氣中濕氣太過人感是氣故生是疾然霍亂之症年年有之不必其年之濕土司天也濕土司天之年患之者多亦非必盡人盡處而患之何者惟視人之脾胃虛實而已矣虛則百病從之而入入於口鼻皮毛從濕化則發熱濕傷脾胃兩傷則吐瀉寒熱作而身痛其大致也寒多不欲飲水者宜理中湯溫中散熱多欲飲水者宜五苓散汗吐多發熱惡寒四肢厥冷吐利不止身痛不休者宜桂枝湯吳鞠通先生溫病條辨已言之而金匱一書則言之更詳約以胃陽不傷不吐脾陽不傷不瀉邪正不爭不痛營衛不乖不寒熱以不飲水而知其寒人參甘草胃之守藥白朮甘草脾之守藥乾薑能通能守上下兩泄者宜脾胃兩守且守中有通通中有守以守藥作通用即以通藥作守用此理中溫中之力也若熱欲飲水飲不解渴吐瀉不止則以五苓散導之令邪熱從小便去膀胱為小便下游少陽火腑也利前陰即以守後陰開太陽正所以守陽明至吐瀉汗多發熱惡寒四肢拘急厥冷中土虛而厥陰肝木來乘故用人參甘草以守中乾薑附子以通中人參附子護於外乾薑甘草護于中中外之陽同則群陰退瀉利吐皆止矣若仍復身痛不已者中陽復表陽未和也故以桂枝湯主之非必一霍亂即不可治也故患斯症而殞命者不及治者半誤治者半彼治病者不能治己焉能治人患病者不能保于平日焉能保于臨時嗚呼難言之矣昔孔子衛生有經用意多在飲食起居至於疾病門弟子則惟見其慎疾禱則不從饋藥則不嘗此其所以為時聖也若世所傳黃帝之醫方伊尹之湯劑巫彭之丸散孔門弟子並無一語道及孟子則於許行神農之言大加擯斥學古者宜知之矣總之慎疾之方最要須知命知天存心正大方可言慎至偶感外邪陰陽相混清濁相爭用指夾頸項謂之提痧用錢刮肩背謂之刮痧較之針灸尤為妥當按痧字為俗醫命名不見經典而世人治之之法較俗醫則有其過之無不及焉者矣

中西招考　○啟者七月十九二十一兩日本總教習曾經擬在天津設立北洋二等頭等學堂章程登之報中茲本總教習訂於中歷七月二十九日在天津中西書院中招考二等學堂三班學生頭等學堂一班學生如有情願赴考者務於七月二十八日赴中西書院報名屆期候考現查中國修鐵路辦礦務以及創辦各事實為富強緊要關鍵而此項人才是以待用甚急蓋非得智慧之士精通之學不足以收成效而期得力本總教習情殷教導尚望及早奮興幸勿失此機緣也此啟　北洋二等頭等學堂洋總教習丁家立啟

鄰舍駭冤　○東直門內王大人胡同鑲某旗女去冬經冰上人作伐計字文某為繼室今夏六月中迎娶過門未及一月文某於七月十六日無疾而卒因無親族旋經該婦延陰陽生來開寫殃榜備棺殮埋其鄰右某宗室歸見文某迎娶該氏閱時未久今忽無疾殞命恐有不實不盡致干訟累即赴該管地面官廳稟報飭差拘傳該婦詳解步軍統領衙門咨送刑部鐵擊衙兩司審辦未悉有無別情諒須徹底根究按律懲辦也

以儉其親　○青烏之術本屬無稽而信之者擇穴尋龍欲藉祖骸以邀福蔭每每芒鞋踏破尋覓假龍馬鬣纔營禍迭見而貧寠之子葬不擇地反能富貴壽考光耀前人是豈地師之肉眼無珠歟抑亦如諺語所謂福人葬福地也京師崇文門外高家營楊某鍼婺切命[illegible]君貝背於幼年陟屺興思慈母將居乎耄耋室如懸磬家無立錐而楊不事生業遊手好閒喝雉呼盧沉迷罔反所如輒阻有賭皆輸以致白髮慈帷尸饔致嘆幸有姊嫁於都門某大戶行列金釵寵擅專房頗有私積時周恤之故得不致竈冷無烟塵生破甑既而母病棄世後以為殮楊囑其從兄為之守屍即奔告其姊姊因坐蓐房立兌白鏹三十金交伊先辦喪事再俟厚明具夫然後料理一切葬事料檢得銀後復賭局貝獵心雄遂入而背城借一孤注復盡傳輸不返楊以無顏見姊歸與從兄謀從兄亦嗜賭無賴遂攜機箱筐尋舊售布鋪襯二人通力合作將屍包裹繫之以繩埋於右安門藥行館叢葬地內迫其姊葬兒彌月後來家詢問喪事某飾詞以對謂業經棺葬姊不知其偽以死者歸土為安亦不深究楊自是孑然孤立無所依倚傍因賭敗計窮被人拐賣外洋充當賤役楊以幾經折磨奮然立志克勤克儉杜絕嗜好東主悅之畀以事權楊益加勉勵營謀亦遂贊貲日充閱十餘年鳥倦知還於今夏滿載而歸居然圜圓作富家翁[illegible]親松楸心頗不忍欲擇穴遷葬即至宣武門外𪧐家坑地方延地師胡君鑑齋相視曰此大富山也若肉葬則見效倍速易棺且不可[illegible]

移莽平楊遂沮前議然使父母士親膺以求富貴爲子者心忍乎否

足用爲善　○京師節屆白露每逢朝夕凉似初冬身著夾棉尚覺瑟縮午間赤傘高張行人無不揮汗如雨是以疫癘頻仍似此天時不正一寒一熱之氣一經染受寒邪性命攸關究之有數存焉亦有死而復甦者阜城門內宫門口地方居住華某受傭錦什坊街復和芳香燭店職膺司事年符大衍身體康強七月中元午後因染時症沉痾莫起東主急雇車載之送回及抵家門氣息已絶惟身尚微溫家人不敢遽殮越二日華某忽然坐起家人疑爲屍變惶恐奔走華大呼曰我已再生汝等紛紛走避是胡爲者吻已渴甚急取茶來家人驚恐始定連進數杯熱茶飲畢謂其子曰我之生還俱自前因當夕彌留時有人牽縶而出帶到一衙署堂上坐一官長體制皇堂傳役引進俯伏墀下旁有一吏如世間所塑判官狀呼之曰汝能認我否仰視則舊東梁丹如也旋將大簿查閱謂我不在此數宜即還陽其時以多作善事以培因果言罷者役帶回中途被役所推立即甦醒按梁丹如生前樂善好施倡建悅生善堂創設之初亦與有力爲今春方歿歸復和芳香燭店曾佔有股份梁曾傭於其店故華稱爲舊東據華所言則梁生爲善士死作明神亦理所宜然況華現已回店司理恒以此語勉勵儕爲善則又非無稽讕語可比欲避疫者曷不早爲善耶

首芽示榜　○在任補用道特授直隸天津府正堂沈　爲歲考事照得本府考試津靜青三處文童初覆文卷均已披閱合行榜示爲此示仰應考文童知悉於二十四日黎明赴貢院二覆爾等各帶試卷毋得自悞特示　計將天津靜海青縣三處文童前十名列後

天津縣　華澤沅　陳寶樹　穆祥和　王士瀚　于錦文　蔡成儀　趙作綸　顧連城　李家楨　陳自中○靜海縣　劉桂馨

于樹中　朱鳳桐　劉汝麟　馬光翰　王寶中　陳鳳鳴　武賢臣　宋汝賡　紀堪桂○青縣　張文蔚　趙永昶　劉恩普

姚述祖　周仲慈　朱金鑑　黃維禎　崔光樹　姚宗瀚　戴慶瀛

鱗甲傳籤　○西門內外諸色人叢聚其間事雖言龐恐有不測本月初旬城內第二段城外第八段守望局飭勇每夜在街巡查俾宵小無從潛入現在街市頗形安謐

藪有鳳集　○人慾易流處順境難于處逆境富貴極則淫慾甚腳根不定勢必下流俗情大抵如斯卑獨是公郎蘇驥不文一處嬌女鳳鸞荒疎三徑牆有茨而不掃九族蒙羞門有莠而過談十年猶臭此固幃幕之不治向禽獸之恒情至於無分牝牡依然表異爲焉不辨雌雄一樑上下其手物尚無此顛倒人竟背乎陰陽名爲南風實屬下濁歟然而食爭雞鶩別徑獨尋味愛櫻桃小星是代童之蓄已爲狂且之尤矣乃有具六郎之貌擅鄧通之財染龍陽之癖如津埠某紈袴者衣履新奇無慚鞠部容顏姣好誤認梨園首杵置若貲現後庭獻如元寶惟是蜂窩點點漁篙恒喜熟探蠻洞深深鳥道仍須力闢於是大出孽錢廣覓孽根厚積孽本購得二十餘齡偉童數名贈堂名一處顏曰鳳華以顛鳳中之年富力強者爲寶鳳故名之以其人也不識紈袴者以爲風月主人其知者以爲烟花浪子而卒不知美爲帶本之財東鳳遊之郊藪也爲賦唐詩一聯曰寄語東風好抬舉夜來還有鳳凰棲嗟乎鳳兮何德華矣其堂仿諸唐之平康巷狀元坊當亦論垂不朽乎古人云貽子孫以財不若貽子孫以德以德則享福何窮以財則降殃胡底子孫賢則損其智子孫愚則益其過若紈袴者其即愚而多財者哉

市獲贗鼎　○本埠各行以錢票通融取其捷便由來已久倘眞假不辨即受其愚昨北門外某洋藥店有持錢票十千買洋藥若干者店掌識其票假秘遣人赴該管局投稟報將持票人交局勇帶局懲辦如何訊問容訪再錄

鴉兒無供　○日前水師營勇某吞烟斃命已紀前報茲聞斃命之由仵作用銀探探出實係吞烟自盡係妓館鴇婦供私死在門外而當日下雨該勇禨子並無濕泥當堂蹤鎖審訊俟有實供再爲續登

鳩婦何心　○南門外海光寺前東炮台村某婦者外省人昨晚以英蓉膏畢命家人聞知解救不及夜半身死有無別情訪明再登

法使榮陞　○字林西報云法國政府因駐中國之公使辦事實心故已陞爲全權頭等使云

商埠先聲　○中日和議告成准開內地商埠杭州亦在其列聞經指定大關外拱辰橋北一帶縱橫十五里由仁錢兩縣令勘明界址界內之地准業主售與日人建造房廠而界外則不准私售如違重懲以示限制在案茲聞該處地址已有通事向各業主議值購買較之平時交易可增十倍各業主頗獲利市欣喜異常從前該處本極僻靜滿目蒼涼以荒烟蔓草之鄉一變而爲熱鬧繁華之地豈非千載一時乎然而有心人於此不禁有滄桑之感矣

火車落海續述　○前報載火車落海一則茲據日本西報云西歷七月二十四號晚有火輪車一輛拖帶載人車二十三輛內裝有患病與受傷兵共三百八十六人由廣島起行將往納吾亞及東京孫大郎處比至意脫普基與啞拏米基之中路忽遇大風駭浪沖湧上岸以致火車連載人車一併沒入波中日官聞信立即往救據聞死者五十人傷者七十人

告白　本館京城售報處在宣武門外繳家坑路東海昌會館內陳午清先生代辦如賜顧者請至陳處可也　本館賬房啓

西頭大夥巷內林公館現由四川建昌帶來花板材料如有賜顧者請到本公館面議可也　林公館謹白

公啓者三公司議定自西歷九月一號即華七月十二日起　貴客附搭三公司輪船由上海至烟臺天津及由天津至烟臺上海又由烟臺至上海均須未開輪之前各宜在岸上買票照章付脚方可落船切勿在船上付給水脚如在船上付水脚者每客須加收銀二兩毋得異言特此週知

光緒二十一年七月初五日　招商局　太古行　怡和行仝啓

告白　福州和益木商在津開設十年前屆夥友林松卿經理歷年尚未十分誤事詎自十九年夏間荒蕩嬉遊號事廢弛從中侵蝕弊混不勝枚舉致虧號本甚鉅去秋將伊辭退迄未完結林松卿早已出號所有和益號事均係號東自行料理與林松卿毫無干涉特此布告官商如蒙賜顧務須認明和益本號庶不致誤　和益木商鄭湘蘭白

告白　李傅相馬關被刺紀實並帶小照每本價洋四角五　盛世危言　野叟曝言　各國時事類編　中日戰守始末記　公車上書記　海上見聞錄　銀瓶梅　真正後聊齋　三續聊齋　三續今古奇觀　正續永慶昇平　後施公案　彭公案　鴛鴦夢　古今眼前報　金臺傳　雲中落繡鞋　後西遊記　蜃樓傳　百寶箱　繪圖小八義　意外緣　英雲夢　情天寶鑑　女僊外史　如欲購者請到文美齋寄售

七月二十三日輪船進口　太古行
重慶　輪船由上海

七月二十四日輪船出口　怡和行
北直隸　輪船往上海
海晏　輪船往上海　招商局

七月二十三日錢行市
天津錢九七六錢
銀盤二千七百八十三文
洋九一千九百九十文
錢竹條九六錢
銀盤二千八百二十三文
銅元二千零二[illegible]

浙杭　元吉永號

本莊自置紗羅綢緞新樣洋縐花素洋布川廣夏貨顧繡雅扇南貨頭油俱全祇爲近時錢市漲落不同故而各貨減價開設估衣街中間路北凡仕商賜顧者無誤特此佈達

德陞齋靴鞋鋪

本齋專做滿漢朝靴新樣京式名鞋及鑲花坤鞋一應俱全價廉物美　賜顧者請認明本店招牌庶不致悞本鋪開設在天津府北門外鍋店街集義棧對過便是

直報

光緒二十一年七月二十四日　第一百九十七號
西曆一千八百九十五年九月十二日　禮拜四

上諭恭錄

上諭着派副都統延茂馳驛前往黑龍江查辦事件隨帶司員着一并馳驛前往欽此　硃筆劉桂文著掌河南道事務欽此　硃筆署正黃旗滿洲[illegible]務著托佛歡去欽此　上諭郭寶昌着調補安徽壽春鎮總兵廣東南韶連鎮總兵着任祖文調補欽此　上諭戶部奏附貢生報効銀兩請加恩賞一摺江蘇附貢生沈恩熊報効軍餉銀二萬兩着賞給舉人准其一體會試欽此

奢儉貪廉議

或有以津郡奢華句余爲說以砭之者又有以津俗富室過貪句余爲說以戒之者余曰唯唯否否或句余意謂余惜墨而近於吝余曰是無足砭不必戒也且砭之戒之余舌敝而彼聾且瞶奚益耶夫奢儉貪廉之適情猶辛苦酸鹹之適口而已人之嗜好習尚不能盡同也久矣文王嗜昌蒲菹曾皙嗜羊棗若以謂文王大聖嗜昌蒲菹而令人人盡學大聖嗜昌蒲菹曾皙大賢嗜羊棗而令人人盡學大賢嗜羊棗吾知勢必有所不能謂大聖嗜昌蒲菹而人之學文王嗜昌蒲菹者即爲文王大賢嗜羊棗而人之學曾皙嗜羊棗者即爲曾皙理必有所不可何以異是論孟記聖賢之事甚備孔子於子華使齊冉子爲其母請粟始與之釜請益乃與之庾原思爲宰則與粟九百康子饋藥則受陽貨歸豚則受鄉黨所記服食起居無一不求精緻孟子於宋餽七十鎰而受於薛餽五十鎰而受後車數十乘從者數百人以傳食於諸侯孔孟之爲廉乎貪乎奢乎儉乎或曰論語有云奢則不遜儉則固與其不遜寧固況儉可養廉奢無不貪不貪不數其所用故用若流沙者必取盡錙銖此聖人所以切爲之戒者亦恐其貪也曰子知奢之近貪亦知儉之近貪乎儉則鄙鄙則吝無論其積財也惡衣惡食以傷苦其身絲毫積之以遺不知誰何之人其念念爲子孫計者固貪也即其恐清名之不立此一念也廉乎貪乎竊嘗考之史書管仲有三歸官事不攝晏嬰敝衣以朝豚肩不掩豆一狐裘三十年二人之廉不甚著要其貪則必無者是儉亦賢不儉亦賢也元載盧杞[illegible]儉不一其爲小人則同其貪[illegible]尙何間哉又嘗考之今人　國朝湯潛菴陸稼書兩先生皆以儉名然兩人之所以成爲名公者有其道在若徒以儉車羸馬即可爲湯陸則凡食不厭精膾不厭細者亦皆可以爲孔子乎後人欲讀書先論世孔子不遜寧固之語或亦有爲而言即以論語本篇上章之舞佾歌雍觀之知孔子當個之言實爲感慨之語無疑也或曰然則君何曰以禮而已孔子告顏淵爲仁曰克己復禮仁人心也何謂人心禮是也蓋人之心只有一禮故無非禮即非仁其或有不仁者己間之也何謂己俗所謂不堪見人之心是也何謂不堪見人之心下文之非禮是也故顏淵問爲仁之目夫子則直舉非禮以告之切即視聽言動以指之至戒之之語亦惟曰勿之而已其聽與不聽一任顏子之自爲夫子絕不强其必如是必不如是也何者夫子深知奢儉貪廉之故各從其人各從其人之心即其及門高弟如顏子曾子原憲子貢子華夫子亦不使之强而同知者亦必不能强賢者惟期中禮而已矣或曰是則子之所謂當砭當戒者正以其不中乎禮也余曰子亦知禮爲誰制乎

此稿未完

十一欄招匪 ○昔子貢問政夫子告以兵食民信至子貢以必不得已爲問子則先告以去兵繼告以去食解者曰民食足而信孚則無兵而守固又曰民無食必死然無信則雖生而無以自立不若死之爲安由是觀之苟非必不得已食尚不能去兵亦不可去也彼夫後世之兵則往往不講減而議增以是爲衆足以勝寡而不知兵貴精不貴多古之名將以減爲增汰老弱而留精強一人可抵十人百人之用此善用兵者也乃淮陰將兵則云多多益善人皆以信爲知兵吾則因此一語竊謂信之不知兵也昔岳武穆敗兀朮之師於牛頭以背嵬軍三百破其衆十萬其在朱仙鎭也以背嵬軍八百破其衆十萬所謂撼山可撼而岳家軍不可撼止以其簡練之功在於平時足以少許勝人多許也而近來之用兵者無不願爲韓淮陰而不願爲岳武穆則何也去歲中日相敵以來都中經五城院憲招募兵勇七千五百名總理衙門招募親兵一萬二千名並經懷紹先敬子齋錢子密李芯園尚書憲設立團練總局招募勇丁二千名與京營五汛兵丁會同互相幫守城門以資防守現因中日議和軍務已靖京營五汛兵丁照常操守當差外其招募兵勇刻下均經裁撤以致各處搶劫肆起嘗係遣撤兵勇聚衆攔路拒捕似此還吉閭閻未識應如何嚴懲也

小星引火 ○前門內大中府居住羅某中饋乏人於五月下旬納再醮婦李氏被混混仕三綑縛訛詐銀兩爲該管地面官廳拿獲解交步軍統領衙門按律訊辦又有宣武門外金井胡同居住掾章人田某因故鄉遠隔於今夏納一小星亦有附近無賴董某弟兄三人以其異服可欺時時告貸以不挾制飽其慾壑者屢矣七月十八日復因借貸不遂董等候田出門將田某拖至街心痛毆一頓田以無端遭辱並受殊傷情實不甘於七月十七日赴西城坊控告想坊主嫉惡如仇必能除强暴而安良善也

萑苻草竊 ○京師搶刦之案前已緝得竊家破獲者頗爲不少足見營汛弁兵尚能於捕務認眞而盜竊仍未滅跡者非捕盜者之不力實民窮困苦者多兼之遊手好閑之徒不務正業以嫖賭爲事未免從中勾結聚衆滋害閭閻耳七月十六日崇文門外橋杆胡同某宅內竟有匪徒十餘人均塗面掛鬚各持刀械肆行刦搶當經事家人追捕旋即逃逸次日傳諭營地面官廳派兵在前三門外一帶賭局烟館內嚴密稽查拏獲匪徒五名解送營汛嚴刑拷訊不日解送刑部訊辦矣

柯斧株連 ○京師前門內張相公廟居人某傳者逸其姓名料亦經商作買謀食他方者也前年以其妻物故擬續鸞膠以免中饋乏人且房下遺一掌中珠正值瓜字初分亦宜賴人照拂遂倩冰上人執柯意在務擇美而賢淑者爲虞弦之續誠已慎之又慎也孰料去年繼妻某氏外似勤謹中懷叵測當客夏某欲作維揚估客瀕行之際續妻自稱必能善視其女絕無異詞奈至七月初十日歸來急欲一覩其嬌生竟影形不見當向氏立詢踪跡氏始飾詞以對迫繼以窮究則左支右吾遂不得不露出賣女情事某驟聞之不勝憤恨悲從中來情也理也閱業於七月十八日暗赴宛平署將氏呈控並將媒媼一干人証按名控告想琴堂三尺法必不稍寬並可竭力玉成使合浦珠還免其骨肉離泣也

大衣捐輸 ○運憲榜示事照得蘆勇新餉捐輸案內第六次請獎各捐生姓名官職 計開 請獎各捐生二十二名臚將前十名捐生姓名列後 范振鷗由保舉不論雙單月儘先選用縣丞請以指分廣東試用 汪立元由雙月選用通判免保舉請改捐知縣不論雙單月指省江蘇分發試用 潘瀛春由州同職銜謄錄監生請以州同雙月選用 王象堃由部寺司務職銜請以縣丞不論雙單月分省試用 沈源琛由監生請以從九品不論雙單月指分江南試用 徐炳森由縣丞職銜監生請以縣丞不論雙單月分發省分試用 袁大傅由十成監生請以雙月候選州同 孟美咸由部寺司務職銜請以縣丞不論雙單月分發省分試用 劉沛然由保舉分省試用知府請以知府指省安徽歸候補班補用 陳惟庚由駐藏大使職銜請以府經歷論不雙單月分省試用

三營留駐 ○原任正定鎮總兵徐見農軍門在前敵統帶馬步軍共十八營積勞病故已登前報茲聞該軍於十九二十日自楡關乘輪車來津者共十二營擬在西營門外遣散各歸原籍以安生業仍留馬隊兩營砲隊一營駐紮軍糧城云

一鄉菜色 ○靜海縣屬河西買口村約有八百餘戶五六年連被水災雖買口村紳士張映辰等赴府者求賑蒙恩轉詳已批飭卽奈村中貧民迫不及待日前婦孺等扶老携幼乘船來津約百餘口赴道轅乞恩不知李觀察如何拯救也

五魁榜花　○在任補用道特授直隸天津府正堂沈　為歲考事照得本府考試旗滄兩鹽慶五處文童初覆文卷均已校閱合行榜示招覆為此示仰應考文童知悉於本月二十四日黎明赴貢院二覆兩等各帶試卷毋得自誤特示　謹將五籍前十名文童□天開列於後

計開　旗籍　國俊　承武　承彌　魁成　貴善　文俊　安亮　寶珊　慶祥　承恩

○滄州　潘桐林　鞠桂榮　劉炳震　馮國璋　馬恩曾　于國勛　孫錫祺　趙之鎔　劉寶元　李志侗

○南皮縣　侯舉　張觀艮　侯仲炬　張廸吉　王鍾嶠　侯堃　張煥齋　張榮䒥　劉際昌　張振三

○鹽山縣　韓崑　趙培元　伊千耐　劉傳敏　姜允滋　趙逢中　馬名驃　陳治策　邢毓璠　于汝翼

○慶雲縣　趙文元　馮鶴亭　范芸臺　趙儀軒　崔毓鑫　王鴻儒　李元龍　劉桂烈　張翼臣　錫贊元

藉考賭錢　○學憲稽日蒞津除赶棚生意者不計外散于寶局星羅棋佈約有三四十面均在附近幽僻處皁房一椽賃與賭局可得百吊數十千其局首均係在官人役或著名棍匪復又賄賂該管地方遂為一氣聞該賭局佈置極為周密有傳遞官場信息者趨風者守門者應差者縱然官府耳所耳聞不易拿獲況該賭局白晝謹閉其門二更時方開賭竟徹夜不休夫興棚取士本乃國家大典該賭徒趁此引誘衆賭網利以敗士風其咎豈小矣乎

欺幼刼物　○本埠北門太平街東大夥巷來往行人不絕于路從未聞有白晝入舖內搶物者不料日昨有札彩舖舖掌郭某出門傭工留徒一名看舖其徒年尚幼穉午後突來一人聲稱郭某用夾數一床學徒游疑未付某即搶數尊走學徒追赶至九道灣胡同踪影不見回舖內又有一人搶去錢六百文白晝如此實屬目無法紀郭某下工聞知情急赴該管局報稟道勇丁查驗未知能戈獲否也

去如黃鶴　○本郡客棧店寓旣夥行旅何能數計其中良莠未易辨也東門外某店昨來一人住數日衣履極華未知所業何事同寓某甲窺其行跡可疑因藉閒譚探有洋槍三四桿即與店掌言知該店掌意欲自建奇功即與中商如何拿獲送官因循二日意尙未決該客詎已偵知連夜潛走矣現居秋令正宜嚴防匪類其該管者勿以輕忽疎防可耳

時見青燐　○東門外陸家胡同後梁七之母虐其嫂虐待其妻日肆毒毆致梁妻先將其女刺死遂即自刎業已經官因其威及親合完結曾登前報梁之住房本係自置約十數間除自居外尙可出租惟自其妻橫死後每三更時或聞啾啾鬼聲或見綽綽鬼形莫不毛髮悚豎同住者早移居他處梁母尤懼亦即搬出此房無人敢住遂賃與穆七開設寶局又幾乎□有刀槍相鬬之事致此刻惟空鎖無人按此房約值千餘吊以梁母凌死其妻故不僅當場受無窮之辱耗若干之財且又將窩巢棄置可為人亡家敗虐待子媳者何不以此為鑒

幸有彌陀　○津郡入夏以來時疫頗多今雖少減仍未已也昨北門外太平街東某宅請僧念經約十餘人散閒出棚送路時有某僧在路上嘔吐不止該僧廟役急僱人抬回延醫調治據同廟僧云謂其病尙有生機云

慣盜驟馬　○通州小灰甸庄陳大全者農家也業豐裕置有騾馬賊伺之於上月中旬夜間數賊越墻入陳之姪永貞及僱夫鄭某聞聲出喊被賊燃放洋槍將永貞轟傷隨由東馬棚內搶牽騾子三匹開啓大門而逸陳已赴文武衙門報案究不知能以緝獲否北路賊尋搶騾馬意尤非善恐不止盜馬已也

勞軍日詔　○綸樓駐高務專友遞來日王慰問臺灣兵士詔書畧云遠隔未諳風土起居飲食想應困苦難堪況時際夏天地處南方炎熱酷烈易釀災病務於衞生上時時加意特使侍從武官中村大佐傳臺灣總督及陸海軍將校以下慰問積日勞苦

新闢租界　○此次俄法德三國於中日議和一役抑制日人使不得過逞其志誠可謂有德於中朝矣中國之所以酬之者如俄則通道黑龍江以達琿春法則滇邊分界瀾滄湄江兩國輪船皆可通行德則在天津開闢租界固已次第紀之玆接漢口訪事人信知德國在漢口亦有開闢租界之舉業由德國駐京欽使照會南洋大臣張香帥商同辦理香帥接照會後立即移札漢關道惲觀察與駐漢德

俾事會同辦理另築碼頭棧租界以下爲通濟門內外一片沙洲地勢寬闊毗近江濱商船往來最形利便現由漢陽府繪圖明增址繪成圖樣稟呈護督轉稟香帥察核矣

韓京近事　〇朝鮮訪事友函告云朝鮮法部大臣徐光範近日上疏辭職旋奉大君主御批云省疏具悉卿以喬木世家與國休戚向者甲申之事年淺慮短受人籠弄陷於坑穽豈卿之本心哉今以後尤可見薰蕕之別矣朕已洞悉通朝共諒何嫌何疑有此陳疏卿其勿辭即爲入參閣議遣閣郎宣諭知之故刻下該大臣仍未脫却朝衫也　逆賊朴泳孝自十五早逃出南門有日兵二十餘名護衛直至龍山即上小火輪至仁川口又有日捕前來護衛朝鮮水陸各兵追到時日官見勢不佳對朝兵官謂朴泳孝現已殺我兵總任明日即當解送王京今已電知駐京公使轉達貴國政府無勞諸公追趕云云朝官受其所愚不敢與之相抗而退逮十七日早日兵總與捕役保護朴賊潛上兵輪往日本進發〇朝鮮鴻儒黃君泌秀字愼村年近七旬博學多聞名下士皆從之游昔年嘗著達道大全一部由此名震東邦自去歲日人起釁後朝鮮改革政治創設學務衙門聘請黃君掌院每月束修百餘元黃君高尙其志不就所聘雖有友人力勸而卒不爲其所動今歲朝命以知府使事亦屢徵不起吁以視彼反顏事讎者其相去何啻天壤哉

公啓者三公司議定自西歷九月一號即華七月十二日起　貴客附搭三公司輪船由上海至烟臺天津及由天津至烟臺上海又由烟臺至上海均須未開輪之前各宜在岸上買票照章付脚方可落船切勿在船上付給水脚如在船上付水脚者每客須加收銀二兩毋得異言特此週知

光緒二十一年七月初五日

招商局　太古行　怡和行仝啓

告　白　本館京城售報處在宣武門外繖家坑路東海昌會館內陳午清先生代辦如賜顧者請至陳處可也

本館賬房啓

西頭大夥巷內林公館現由四川建昌帶來花板材料如有賜顧者請到本公館面議可也

林公館謹白

告　白　李傅相馬關被刺紀實並帶小照每本價洋四角五　盛世危言　野叟曝言

各國時事類編　中日戰守始末記　公車上書記　海上見聞錄　金瓶梅　眞正後聊齋

三續聊齋　三續今古奇觀　正續永慶昇平　後施公案　施公案　鴛鴦夢　古今眼直

報　金臺傳　雲中落繡鞋　後西遊記　昼雷傳百寶箱　繪圖小八義　意外緣　英雲夢

情天寶鑑　太僊外史　如欲購者請到文興齋寄售

浙杭　元吉永號

本莊自置紗羅綢緞新樣洋縐花素洋布川廣夏貨閩摺雅扇南貨頭油俱全祇爲近時錢市漲落不同故而各貨減價開設估衣街中間路北凡仕商賜顧者無惧特此佈達

德陞齋靴鞋舖

本齋專做滿漢朝靴新樣京式名鞋及鑲花坤鞋一應俱全價廉物美　賜顧者請認明本店招牌庶不致悞本舖開設在天津府北門外鍋店街集義棧對過便是

新濟　七月二十四日輪船進口　招商局

重慶　七月二十五日輪船出口往上海　太古行

海晏　輪船往上海　招商局

七月二十四日無錫行情[illegible]

天津九七六錢[illegible]

銀盤二千七百七十七文

洋元一千九百八十五文

[illegible]九錢九分[illegible]

[illegible]二千八百一千[illegible]

[illegible]三千[illegible]

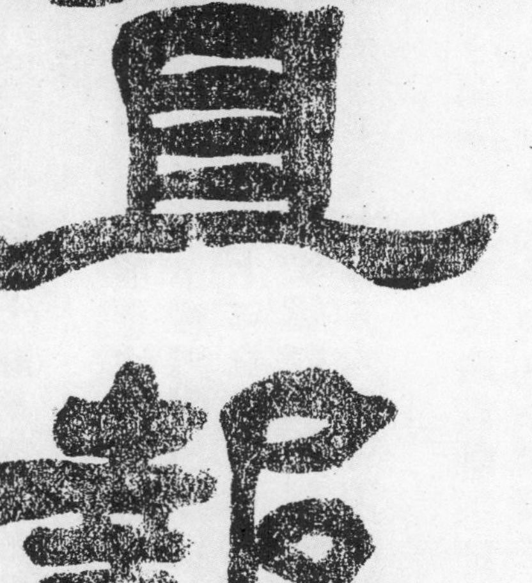

光緒二十一年七月二十五日 第一百九十八號
西曆一千八百九十五年九月十三日 禮拜五

奢儉貪廉議 續前稿

中庸曰非天子不議禮 朝廷有體聖人有經禮享宴肴饌弁冕革舄自公侯至卿大夫士以次有別我 朝會典特詳言之 先王[illegible]知後之人必有亂禮者非第奢以變制可亂禮卽儉以沽名亦足以亂禮故二者皆戒而黜之而一束于禮孔子告顏淵非禮之四勿非第戒其奢亦以戒其儉 先聖 後聖厥揆惟一與其率天下而歸于儉不如率天下而歸于禮檀弓曰國奢則示之以儉國儉則示之以禮檀弓之所謂國卽今之所謂俗也孰示之上示之也或曰中國風俗之奢非上啓之實下開之 列聖勵儉之政考諸史册前代莫與比倫向下之服飾所以如此靡麗者皆以爲學作官派而官派之服飾又未免仿諸優伶不知官者官服用度一一取之於民有農夫陰爲之耕織婦陰爲之織優伶者前門接與後門送李一歌一笑粟與帛取之不禁用之不竭一人費十人之用以有十人以供之也吾所謂富[illegible]者猶其不宜學官派仿優伶也曰予徒見世之非官學官而官派多仿諸優伶是所見之不廣第見仿優伶之官派耳彼名公鉅卿之潔己奉公一錢不敢妄取一錢不敢妄費與世家大族子弟其循循如布衣者于國未之見亦未之聞也何得概以優伶例且賢否異趨如升如降顧判兩途降者有人升者有人其升降之由亦若本乎天者親上本乎地者親下若習若性非獨恃他人之推挽者彼無身家則己彼有身家則交謫者有人待哺者有人如其無理無情是必孽根已深家運當敗如日之必夜夜盡然後可冀復旦斷不能不夜遽明易二分二至之一刻而強之復旦又不能並二日爲一日減二夜爲一夜也人運猶天自是定理故 聖王制禮第示之不強之果強之其弊亦將有不勝言者昔某尚書極新好儉思有以易民俗也除張示嚴論外身力崇儉以倡之一日因公出見少婦鮮衣簪花倚門立命詣轅候訓意將有以勸之也至轅忘其事婦坊人某新娶室也坊者號泣以從三日不得信乃貨其屋得二十金賄中軍爲請公始訓而去之在公以爲無傷也而坊家破矣坊速歸將携妻去室則見棲止入于其室不見其妻覓諸屏後已雉經矣夫儉美德也某公故以自矜而不知其德之凶也如是故欲易俗者可示之不可強也人之俗尚不一如虫之爲類各別蓼虫生於蓼食苦而甘彼自甘之於人無與也必欲率天下之虫而盡使食蓼率天下之人而盡爲蓼虫悖矣凡人之心有所矜乎此者必有所蔽乎此其大較也 此稿未完

招考聲明 ︵啓者本總教習前報所登招考學生之事訂於七月二十八日報名云云此次招考係專考學過洋文之學生以便撥歸二等學堂二班頭等學堂一班之用其有並未學過洋文者應俟明年正月招考有期再行報名可也台再登報俾衆週知

北洋二等頭等學堂洋總教習丁家立啓

孤兒痛忿 ○七月二十日都察院署有羅姓兩兒赴轅呈控族叔覇產行兇將伊父致斃懇請昭雪等情訪得一名羅廷選年甫十三歲一名羅廷桂年甫十一歲籍隸四川銅梁縣因伊父與族叔羅鴻賓覇產起意謀斃致伊母氣忿病故兩兒因痛親情切來京控

告曾經都察院呈遞念其髫年童子竟能替父伸冤殊屬可嘉即由公項撥銀六兩賞給羅廷樑羅廷桂二名以資餬口再行確候旨諭不日具奏 上聞矣此案情節重大未悉如何提訊俟訪明再行錄報

吏母榮哀 ○前門外小安南營居住王幼菴者工部之書吏也光緒十八九等年在京南南苑西紅門一帶舉辦賑䘏並經士之太夫人曲氏自捐輸囊盡行購米接濟賑務曾經各鄉民等釀資製造萬民傘四柄以頌其德今聞曲太夫人年逾古稀因患時疫醫藥罔效於七月初旬駕返瑤池王即延請增壽寺龍泉寺善果寺叢林戒僧白雲觀呂祖祠黃冠道人隆福寺雍和宮喇嘛番僧齋醮諷經禮懺於七月二十一日爲發引之期雇定前門外臥牛胡同天興槓房四十八名大槓上罩紅寸蟒罩兩班槓夫約行半里更換一班槓前誥封黃亭松獅松亭方圓配亭彩花亭影像亭紙紮金山銀山元寶尺頭各色花草全分儀仗鼓樂官銜牌四十對抬至廣渠門內夕照寺停柩擇吉回浙安葬是日執紼者多係宦途並商賈鄉民前來奠醊誠稱哀榮之盛舉矣

易室無嫌 ○宣武門外米市胡同居住甲乙二人同姓不宗情逾兄弟乙無妻室甲令與妻通二男一女彼此無嫌今春乙積有餘資聘某氏之女爲室今秋七月初二日迎娶合巹之夕乙將入房乙與甲妻抱頭痛哭不忍分離甲亦淚下曰汝二人情深如此吾與汝易內以處何如乙乃叩謝如命迨將中元女知互換情節啜泣自傷事爲女父所聞於日前特來探視甲即以泰山禮待之詢以是舉堅稱訛曾女父回家即尋冰上人理論旋經冰上人訪明報知日曰令愛已是破甑即或更正亦是二夫況甲富乙貧不如將錯就錯之爲得也女父無可如何隱忍而止查例載縱令妻妾犯姦及與軍民婦女相姦者均關法紀然易妻而處者左氏傳外實爲罕聞用特訪錄以符新聞體例

善鄰有慶 ○七月十八日午後西直門大街廣興雜貨鋪忽兆焚如登時烈燄上冲經該管地面官廳派丁踹揚彈壓各水會亦星馳而至幸取水尚便登時救息計焚去瓦屋十餘椽灰平房四間其左右鄰居皆受虛驚無不額手而誦阿彌也

婦亦鞠獨 ○彰儀門內西磚兒胡同有周姓子娶俞氏女爲室女柔婉盡禮翁及夫並鄰族均愛憐之惟姑孟氏素性乖戾動輒毆詈俞不勝其虐七月初六日姑又因細故掌其頰氏遂於是夜雉經其翁親報女家女父知翁待女厚謂曰親家請在我家暫居不必歸我替汝了結此事翁信爲實即領之俞乃糾約男婦數十人至周家捉孟氏袒其背鞭數百周痛喊失聲鄰族作壁上觀者更無一言相勸前令孟踹屍前梳頭洗臉一應禮節如媳事姑署不符即以皮鞭從事並飭孟出銀三百金爲買辦衣衾棺木延僧追薦禮懺殯葬之需二十日發引令孟披蔴持引魂旛在柩前代作孝子徐徐行觀者莫不稱快古有獨夫今有獨婦可與商辛爲同調已

命實不猶 ○京師癘疫流行因之斃命者現聞京城內外陰陽生結報共計八萬六千五百四十三名數十年來實未聞此疫災也昨據京北海甸黑龍潭西北望村人來云該村一帶鄉民染患癟螺痧症頃刻即歸地府甚至無處買材即以柳條荆笆編作棺木形內外糊以紙盛屍掩埋並聞十餘里內多如此辦理夫鄉間農民平素清苦乃竟遇癘疫而亡並無薄材盛殮情堪憫惻然以柳條荆笆編作棺木實罕聞也

榮迓素車 ○前正定鎮總兵徐見農軍門在津二十餘年修理大道建造廟堂諸善舉昭人耳目駐防寧省屢著戰功今夏積勞病故已登報牘二十三日午後軍門拱衛親兵十餘人赴河東迎接靈柩今日抵寓矣

名留青鎮 ○上年軍興天津各鎮市村庄奉飭辦團貲捍衛保身家楊柳青天津之首鎮也當由首士石紳元士暨合富紳集貲辦理數月閭地面頗稱安謐茲因軍務已平稟明道憲轉詳督憲裁撤以該紳等捐貲出力保全梓里急公好義所有首紳石元士劉恩晉王炳奎劉文蔚王兆太等五人由督憲王夔帥各賞給匾額一方文曰梓里宣勞其餘隨同辦團者或給以六品頂戴或給以七品頂戴以示鼓勵

盜尚未獲 ○泰寧鎮右營鄧把戎世富前在天津因事單騎赴京行至武清縣屬齊相公庄東遇步賊數人燃放洋槍將鄧轟傷跌於道左搶去銀錢衣物鄧已赴該管文武衙門報案勘驗飭捕迄今月餘尚未捕獲究不知何日可以緝獲也

賭竟逞凶 ○城內頁院左右開設寶局實屬目無法紀已登昨報玆聞某營親兵赴寶局賭錢因附錢不清持刀用武率局內人多攔阻未及傷人該管地方某甲聞知即赴營署呈稟矣

義薄情疎 ○河東于家廠某姓者昔年失偶遺二子繼娶亦生二子今已十數歲前室二子皆娶時某父母尙在年皆八十餘矣其繼室上辱翁姑下凌子媳今歲前室第二子之媳由受氣病故婦家率人將某搾砸一空後經人說和了事繼室又着其夫拋父母拋前室子媳帶自己親生二子同其夫別居一所以爲分家其夫不懇繼室與其夫打鬧負氣出走一夜不歸今早着人我回其夫煩鄰說勸其妻猶未遠允是否尙自別情日久當無不見其心也

音沂指遠 ○某甲者邑舊家子也其父專好俠邪遊產業蕩父逝遺殘業世家無與婚母無奈爲娶小家碧玉丰姿麗而質性浮甲愚且拙不合時小夫妻性情不一然琴瑟尙篤迨前年甲母繼逝婦更漫無拘束每艷粧立門前其隣某書生多才識藥舌耕知甲痴乾綱不振爲其爲世家也禮選〻恐其家聲緣婦敗裂因選詞數句教隣童歌以諷之婦由是斂迹亦可謂善譎諫矣附錄其詞曰佳人風韻賽蕭窈窕美貌難得不用粗布穿洋羅金蓮點點前仰後合朝夕門前立究竟是爲何以俚語全人節不愧於才學矣

進退維谷 ○某甲者以古玩起家己稱巨富惟貪財好樂專心各處拾遺勿論殘花敗柳但粧台豐盈者甲即百計鑽謀以至雙膝點地亦必和諧自己誘得一婦在鼓樓西某處購金屋以貯阿嬌詎惟日不多又在茶園中識歌妓順立者百寶箱中頗爲充實但自幼墮落煙花雖有露水之夫終未身乘彩輿耳聞鼓樂擬占鳳爲正室人鄙之無與婚甲只求允許即照正室親行奠雁果然擇吉過約親朋以彩輿鼓樂娶之且將正室移於側室因正妻之弟年幼故欺之也該妓馬齒逾甲色雖衰而風韻豔兼以金銀甚廣甲以爲佳人富貴併蓄兼收樂何如也詎其正妻尙有族兄向甲論以顛倒人倫等詞控於公庭後未悉作何結局此前年事也玆悉甲自娶妓之後又數與前所誘娶婦偵知立與間罪之師甲雖百計央懇仍復時行發作至前日該婦又乘洋車尋甲數司閽者攔阻該婦在門外辱駡該妓在門內還聲正對壘時甲由外至婦執之不令入妓呼之不令行於是甲類羝羊觸藩不能退不能遂重闈莫解適其友前來相勸既不許入妓門亦不許隨婦去著甲暫赴他處隨後再議說者謂該友真善調停將來非重演雙搖會一齣其將何以結局乎

顧復宜勤 ○日昨河東于家大院某甲女六齡出與衆孩戲母因女歸遲喚不應詢之人無知者婦痛不欲生經隣人勸歸家待訪是晚該處又一家失迷一子方三歲身穿孝衣亦不知何時被人拐去其家在各巷詢找並無蹤影育子女者當如何細心顧復耶

擬辦鐵路 ○西字捷報云日前本埠洋商聞得中國議由金陵以抵上海創造鐵路其分枝直達蘇杭兩府因有英法德三洋商各開清摺送呈兩江總督張香帥攬辦此事德法二商自行訂定不論何人攬得所有利益彼此共之如爲德人攬得則機器車輛均向法國購買或爲法人攬得則鐵軌亦必購諸克虜伯廠大率三商所估造路之費約需銀三十兆兩言明中國可得利息若干俟造成後自二十年至三十年間中國可以買歸惟須加償原造人之本銀自四厘半至五厘刻下香帥尙待熟籌緣已派員前往外洋欲擇其便宜者兩便之包辦故也

失地電音 ○字林西報館接到西歷九月一號臺北來電云西歷八月二十八號臺日兩軍戰於臺灣府屬之彰化地方台軍敗走彰化遂失是役也台兵死者約有六百名日兵死者九名

東報譯登 ○東報云希馬拿煞格地方有輪船一艘裝載工人二千名並兵頭數人向臺灣進發想不日即可抵臺矣○又言長崎有俄輪船名塔可者載客三百餘人由烟臺開赴琿春因船中受疫者多至八十餘人故暫至長崎小駐蓋將就近覓醫也○又言琿春一帶自中日和議告成以後商務仍無起色推原其故因中俄兩國之人所有東洋各貨概擯不用也

死生有數 ○西報云天下萬國林林總總無論强弱大小皆有民籍登於官府今攷各國男婦年齒共有一千四百兆每歲死亡三千五百二十一萬四千名口每日九萬六千四百八十名口每點鐘四千零二十名口每分鐘六十七名口每年生產三千六百七十二萬名口每日十萬零八百名口每點鐘四千二百名口每分鐘七十名口合計生死之數則生者實較死者爲多地球雖大不免以人滿爲

慝若葬昏于乜迭遝走突流行雖歷四時之但有春夏而無秋冬並放消長盈虛之道惟智者能知之

日東近報 ○有客自日本致書本館云東歷八月十九號之夜日本運送船新發田丸載運餉及兵士往臺灣行至馬關被英國運煤船名渾太之魂者撞損遂折回佐世保大加修繕○陸軍中將高島 之助奉命任臺灣副總督○八月二十二號東京來電云陸軍大佐三好成行升任陸軍少將○日本明治二十六年向英國定造鐵甲戰艦二艘又附甲號報知快船一艘計工價洋銀一千零九十四萬八千元訂以六年爲期目下日本欲其早日竣工願加工費若干船廠中人遂應以明治三十年告成其船之結構計排水噸數一萬二千四百五十噸實馬力一萬四千萬匹長三百七十四尺闊七十三尺入水二十六尺半裝載三十生的大砲四門十五生的快砲十門三斤重快砲十四門二斤重快砲十門水雷發射管五個據定速力十八節積煤一千一百噸此二船一名富士艦一名八島艦至報知快船名宮古艦○某日報紀第二師團中第四旅團已由伏見親王率領至臺灣第三旅團亦己命山口少將率之前往惟第三師團長乃木中將雖奉命與第三旅團共進臺南然第三旅團目下分踞遼東若會集大連灣而出須閱四十日至早亦在九月上旬屆時安平附近海面風浪稍息擬登陸以攻劉軍之後俾與近衛師團在前山之麓夾擊既而第二旅團赴臺南安平打狗諸處洋面海波險惡不得泊船遂廢然而返○駐金州之日本參謀長少將福原豐功於上月十三號在大連灣病歿而死本月十號就東京青松寺舉行葬儀

公啓者三公司議定自西歷九月一號即華七月十二日起 貴客附搭三公司輪船由上海至烟臺天津及由天津至烟臺上海又由烟臺至上海均須未開輪之前各宜在岸上買票照章付脚方可落船切勿在船上付給水脚如在船上付水脚者每客須加收價二兩毋得異言特此週知

光緒二十一年七月初五日

招商局 太古行 怡和行仝啓

告白 本館京城售報處在宣武門外繳家坑路東海昌會館內陳午清先生代辦如賜顧者請至陳處可也

本館賬房啓

西頭大彩巷內林公館現由四川建昌帶來花椒材料如有賜顧者請到本公館面議可也

林公館謹白

告白 福州和益木商在津開設十年屆夥友林松卿經理歷年向未十分誤事詎自十九年良閑荒蕩嬉游號事廢弛從中侵蝕弊混不勝枚舉致虧號本甚鉅去秋經控押追迄未完結林松卿早已出號所有和益號事均係號東自行料理與林松卿毫無干涉特此布告

白 官商如蒙賜顧務須認明和益本號庶不致誤

和益木商鄭湘蘭白

七月二十五日輪船進口

新濟 輪船由上海 招商局

順和 輪船由上海 怡和行

七月二十六日輪船出口

重慶 輪船往上海 太古行

七月二十九日錢洋行情

天津九七六錢 銀盤二千七百七十七文 洋元一千九百八十五文

竹錢九六錢 銀盤二千八百一十七文 洋元二千[illegible]十五文

浙杭元吉永號

本莊自置紗羅綢緞綾新樣洋縐花素洋布川廣夏貨團摺雅扇南貨頭油俱全祇爲近時錢市漲落不同故而各貨減價開設估衣街中間路北凡仕商賜顧者[illegible][illegible]特此佈達

德陞齋靴鞋鋪

本齋專做滿漢靴鞋新樣京式名鞋及鑲花坤鞋一應俱全價廉物美 賜顧者請認明本店招牌庶不致悞本舖開設在天津府北門外鍋店街集義棧對過便是

直報

光緒二十一年七月二十六日　第一百九十九號
西曆一千八百九十五年九月十四日　禮拜六

盛世危言自序

中庸曰君子而時中孟子曰孔子聖之時者也時之義大矣哉易窮則變變則通通則久雖有智慧不如乘勢雖有鎡基不如待時故中也者聖人之所以法天象地成始而成終也時也者聖人之所以贊地參天不遺而不過也中體也本也所謂不易者聖之經也時中用也末也所謂變易者聖之權也無體何以立無用何以行無經何以安常無權何以應變數十年來萬國通商中外汲汲然言維新言守舊言洋務言海防或是古而非今或逐末而忘本求其洞見本原深明大略者有幾人哉孫子曰知己知彼百戰百勝此言雖小可以喻大應雖不敏幼獵書史長業貿遷憤彼族之要求惜 中朝之失策於是學西文涉重洋日與彼都人士交接察其習尚訪其政教考其風俗利病得失成敗之由乃知其治亂之源富強之本不盡在船堅礮利而在議院上下同心教養得法興學校廣書院重技藝別考課使人盡其才講農學利水道化瘠土為良田使地盡其利造鐵路設電線薄稅斂保商務使物暢其流凡司其事者必素精其事為文官者必出自仕學院為武官者必出自武學堂有升遷而無更調各擅所長名副其實與我 國取士之法不同善夫張靖達公云西人立國具有本末雖禮樂教化遠遜中華然其馴致富強亦具有體用育才於學堂論政於議院君民一體上下同心務實而戒虛謀定而後動此其體也輪船火礮洋鎗水雷鐵路電線此其用也中國遺其體而求其用無論竭蹶步趨常不相及就令鐵艦成行鐵路四達果足恃歟然我 國深仁厚澤初定制度盡善盡美不知今日海禁大開勢同列國風氣一變以至於此易曰先天而天弗違後天而奉天時知進退存亡而不失其正者其惟聖人乎年來當道講求洋務亦嘗造鎗砲設電線建鐵路開礦織布以起而應之矣惟所用機器所聘工師皆來自外洋上下因循不知通變遂相卑士夫謂我 國只知選購船砲不重藝學不興商務尚未知富強之本非虛言也彼西人之久居於中國者亦皆著局外旁觀中西關繫論略中美關繫續論四大政七國新學備要自西徂東等書日本人論中外交涉更有隔靴搔癢論十三篇事雖言龐莫甚於茲矣夫寰海既同重譯四至締構交錯日引月長欲事無雖不可得也異族狎居尊聞狃習彼實此虛我笑予謬欲言無龐不可得也雖然其非之中必有一是焉 海不以大涵而拒細流泰華不以窮高而辭塊壤今使天下之大萬民之眾凡有心者各竭其知凡有口者各騰其說以待輶軒之采不必究其言出誰何而第問其有益乎時務與否應亦盛世所弗禁也竊向與中外達人哲士游每於耳酣酒熱之餘側聞緒論多關安危大計且時閱中外日報所論安內攘外之道有觸於懷隨筆劄記歷年既久積若干篇猶慮擇焉不精語焉未詳待質高明以定去取而朋好見輒持去猥付[illegible]館中西聞見錄中曾將全作郵寄香港就正王紫詮廣文不料竟為付梓迨閱朝鮮日本亦經重刊竊懷醜不自匿僭易招尤復倩沈穀人太史謝綏之直刺將原稿三十六篇刪并二十篇仍其名曰易言改杞憂生爲慕雍山人意取再見雍熙之世迄今十有九年時勢又變屏藩盡撤強鄰日逼西藏朝鮮危同纍卵而我 國工藝之精商務之盛瞠乎後於日本感慨時

事耿耿不能下臍自顧年老才庸粗知易理亦急擬獨善潛修韜光養晦爰撿舊篋將先後所論洋務五十五篇請家玉軒京卿陳次亮部郎與瀚濤大令惕然青茂才先後參定付諸手民定名曰盛世危言目知憤激之詞不免狂戇僭越之罪且管窺蠡測亦難免舉長畧短貽舍己芸人之譏惟　聖明在上廣開言路登賢進良直言無隱竊願比諸敢諫之木進善之旌俾人人洞達外情事事講求利病如蒙當世巨公曲諒杞人憂天之愚止其偏弊因時而善用之行觀積習漸去風化大開華夏有磐石之安　國祚衍無疆之慶安見空言者不可見諸行事而牛溲馬勃毋亦醫國者所畜為良藥也歟

招考聲明　〇啓者本總教習前報所登招考學生之事訂於七月二十九日開考預於二十八日報名云云此次招考係考學過洋文之學生以便撥歸二等學堂一班頭等學堂一班之用其有血未學過洋文者應俟明年正月招考有期再行報名可也合再登報佈衆週知

北洋二等頭等學堂洋總教習丁家立啓

分缺月報　〇七月分缺單　員外郎工部屯田鄭興槷丁　小京官兵部司務范鴻呈請分發　知縣江西雩都尹春元四川儀隴直隸立福建甌寧陸士奎俱近　江西都昌朱盛猷降　河南湯陰王祖畬丁　巡檢吉林雙城陸蒼炆近　江蘇阜寧陳增沛廣西雒容黃達邦俱丁　安徽定遠梁中銓故

雲輧回蹕　〇七月二十三日　皇太后駕幸西山頤和園　皇上用膳辦事後至南海　皇太后前請安後少坐至瀛秀門跪接畢還所有八旗侍衛應分班隨扈俱乘馬掛撒胸長掛佩刀冠裳楚楚如魚之貫如雁之排敬謹隨　王母雲車列隊而行與夫雉扇鸞旗豹槍蜺旆雲麾羽葆星旄翠華之□綜錯生色儀至盛典至隆也不意　皇太后法駕出蹕係至紫竹苑改駕輪舟遊湖當即傳諭扈從之侍衛在岸敬候至回蹕本擬仍泝流而返適因風雨作御輦徑行此時領侍衛大臣等奔走竟忘傳諭岸上敬候之班致誤回鑾隨扈至六點鐘始行回蹕　頤和園幸　皇太后　仁慈逾格未即降飭當得蒙　寬宥已

星驛出關　〇日前欽奉　上諭着派刑部統衙延茂馳驛前往黑龍江查辦事件隨帶司員着一併馳驛前往欽此己見邸報茲聞延欽憲委派內務府筆帖式貴斌聯奎刑部員外郎音德亨額主事閻錫齡擇吉專摺請　訓起節前往查辦至所因何案事關機密一時未得訪悉俟有續聞再錄

秋審駢生　〇刻聞刑部舉辦本年朝審之期經秋審處會同直隸奉天廣西廣東江西山東山西雲南安徽河南湖廣貴州陜西浙江福建江蘇四川等司承辦司員總核京外各省應入本年朝審斬絞人犯核其案情輕重分別應入情實緩決飭吏呈明堂憲批准交同都察院大理寺定稿繕具清冊先期經刑部奏派覆核朝審　派出軍機中堂崑中堂敬信徐郙長萃錢應溥陳學棻徐樹銘等業見邸抄前聞刑部將京外應入本年秋審各犯造具清冊詳細覆核分別實緩即行覆　命再定期會同六部九卿十三科道先期核對各省案犯情由次日再將刑部應入秋審斬絞各犯提出派差押至西長安門內刑部朝房核其情節分別應入情實緩決以崇典制再聞本年舉辦覆核朝審案件較與往年日期稍早據秋曹值差友人傳云皆謂因本年朝審案內積咎官犯甚多諒蒙恩赦緩決彼赭衣黑縲之儔庶不沐浩蕩之　皇仁矣

春懷不死　〇婦人嫉妒出於性生為大婦者牀笫相爭房帷獨占人家有妾之通弊也然或為胭脂之虎河東之獅其命至於溘逝其力固有盡時他生未卜此生休角枕錦衾幽明相隔紅顏已謝白骨長埋回憶生前妒情當亦渙然冰釋泉下妬魂或不致猶向人癡也乃不意有郝氏婦者誠妬之尤矣郝氏婦鄂產也前年來京就親於都門內西華門劉蘭翔胡同馮某富室妻也去冬馮某納一妾不容於大婦其嫉妒之情更有甚於刻眉滅翠掩鼻工讒者妾不堪其虐今春於附近某親串家避之馮不能庇其妾雖不免以愛妾受虐為恨而礙於其妻終無如之何七月初旬大婦患時疫而歿妾即回家奔喪馮奉妻柩厝於西便門外十方院為殯宫妾送殯封廟哭拜盡侍妾禮比及回家即言無倫次旋發狂疾目瞠瞠然如見大婦於面前人誶馮妾性本和婉不應遘此狂疾必大婦妒情未忘其身既死恐妾獨寵死不瞑目故祟之俾發狂使不得以奉枕席也噫昔蔣元齡妻寧妒而死不願不妒而生已足駭矣馮妻乃妒而死死而妒誰謂紅顏力薄

鬻爲厲鬼耶

憐貧邺老　○督憲王夔帥抵津以來憫念民艱每逢在四城內外施放小米玉米面錢文等各處貧民均霑實惠茲聞新浮橋船艙內住有貧民老病八九人每督憲出署路經浮橋貧民等出艙叩頭一日爲督憲瞥見飭差每賞錢一千文

送舊迎新　○新任長蘆運司李亦青方伯希蓮前署山東藩篆張勞臣方伯履任即交卸來津茲悉定於本月二十七日辰時接印季廉訪交替後部署一切諏吉八月初六日北上引　見展覲九重再赴八閩凡隸蘆綱迎新送舊不免一番熱鬧也

繙譯新聞　○頃閱俄國報章俄國皇帝擬由西卑利亞鐵路限兩年造完是以現在該路日夕有七萬五千人做工云云按此路自俄京直達琿春爲歐亞兩洲通連要路此路若成西國商貨之販於中國者半個月可到較海程近逾一半利市當更三倍也

海關東餉　○茲由東海關監督劉觀察提解海關東餉銀二萬兩又三成船鈔銀三千餘兩札委直隸候補知縣江大令國泰領解赴部已奉委起行赴戶部交納

秉節南去　○直藩陳佑民方伯蒞任以來勵精圖治自蹤俱與咸以爲歷任無此講求吏治者不禁爲直省官民慶幸頃悉電報江撫德曉峯中丞調湘撫陳右銘中丞調補江西巡撫湖南巡撫員缺即以陳方伯升授晉擢封圻重游舊地三湘七澤之民喜可知也

轉旆西征　○廣西按察使胡雲楣方伯燏棻於去年晉京祝嘏後經官道保奏督辦東征糧台嗣又創練定武軍十營軍自奉摺奏事本年和議定後方伯又殫精竭慮條陳善後事宜洋洋千言中外傳誦惜尚未見諸施行頃聞官場傳言方伯昨奉督辦軍務處將札調京　召見諏吉二十七日北上由水路行意者此行因甘省回亂征剿頻煩欲移東征糧台轉而西征以方伯精於會計欲借重長才也凡隸仁憫者曾依依不忍遽別願覘西道官數福星第不知此十營新練雄軍作何安頓耳

水脚爭傭　○本年鄉試之期各屬文武考生來津者陸路一帶間有積水兩馬一車諸多不便皆須買舟來去現値覆試將峻同籍者無日無之故船價之昂較尋常幾增一倍

担頭減價　○本年自入春以來海中告警各省糧米禁行出口致津郡各糧食行店抬價居奇貧民日不聊生各大憲焦灼日甚幸和議已定各省糧米准行出口目今糧價大減白麥子每石價錢七千餘文紅麥子每石價大千餘文高粱每石價錢五千餘文玉米每石價錢五千餘文生米每石九千餘文惟小米每石價錢十千餘文包米每石價錢十千餘文吉豆每石價錢十千餘文較春間約減一半

紅顏孽孽　○諸生某始業舌耕繼營錢業務家以是肥無何因病染阿芙蓉之癖其髮妻素賢因憂夫疾而逝遺子女各一今皆年近二十矣髮妻故後旋即續娶小家碧玉貌美而蕩性尤悍凌虐子女至去歲將前子逐出予無奈投某營而去今竟無信某以寵繼妻愛而生長早已雌伏脇下然某以馬齒加長兼食洋藥其勢難敵楊花性妻以不暢所欲鬱鬱若疾恰遇善選房術策肥而醫之某乙俊品也藥與症投有目成之約從此往來緣不解某佯不知無異言甘讓佃人之佔妻與乙猶以某之前女爲眼前釘共圖拔之日前乘某外出須大日旋乙適至將此女用繩倒縛兩手足以敗絮塞口置柴棚內因所居係獨門院無鄰知也詎大日該惡婦之表弟某過此聞話在院納涼忽聞牛吼聲自柴棚出遂推門入見女急行解救驚叱某婦曰性命關天怎等兒戲倘女一死能無事乎奈女畏之甚雖遭性命之憂至變歸寧不敢言恐毒打也似此該婦狠毒既將子趕出存亡莫卜以絕夫嗣又戀姦幾毒殺其女視親夫已如陌路某之性命不亦險乎查例載夫縱妻妾行姦及姦人妻女並因姦謀害本夫及其子女性命者法無赦某諸生者其讀書不讀律之腐儒甘荏苒以偷生歟噫果可偷生乎哉

赤嵌壘兵　○厦門訪事人云日兵自五月初七日由三貂嶺登岸進撲基隆唐薇卿所部各營官未戰先潰致被得占擴獅球嶺要隘而淡水滬尾又由劣紳林姓等稟請僑西人送至日本砲船請於十六日登岸因之臺北府立時失陷迄今已三閱月僅攻得中壢竹塹一帶亦遭敗北數次求救由日本調來兵士已二萬數千人又曾被臺北義軍所殺現在僅存一二千人進占中路之中港後壠守處復[illegible]兵斷其歸路卽時退去而義軍遂進克竹塹城○七月初七日[illegible]麼沙輪舟抵廈門詢之船中人云大嵙崁一帶鄉民恐日本兵敗退

從義兵克復地方必又有一番戰爭因之棄其田園爭先內渡據其情節是日本兵又已傷敗甚多且只聞日本增兵而在臺日兵相繼其少湖自日本在臺用兵三月死傷將近二三萬人而所占地方不及十分之一所苦義軍無人接濟否則雖歷十年之久日兵亦斷難越過臺中也○其茶棧中人來信云由臺北至中路各鄉村皆自竹圍保護不容日本兵越雷池一步惟板橋林時甫住宅任日兵出入并以粮餉助之是以臺民皆指林爲奸黨罪魁云○有友由臺中府附帆船抵厦門言及彰化臺中各處軍情六月十八日日本有四兵船駛至新竹舊港口香山後壠向岸上開砲亂擊鄉民死者甚多嗣即由新竹添兵登岸進犯苗栗縣城臺中官軍退至大甲溪以待至二十三日與之接仗互有勝負幸前基隆廳現署臺中府黎伯䳒太守調度有方派新楚軍五營援救劉淵亭軍門聞報亦調四營至新竹助同吳湯興茂才所帶義兵暨徐君驤姜君紹祖林君其煥鍾君瀋瑤等人所部鄉勇六七營與之鏖戰現在義軍已分三路圍攻苗栗日兵遂退回新竹此六月二十八日確音也又言臺灣中路自臺北各員紛紛內渡後遊勇土匪肆行掠搶黎伯䳒太守捧檄至彰化署臺灣府篆不辭勞瘁獨力運籌授羅師爺精招選新楚勁勇十營以湘人梁芷湘大令爲全軍營務處李軍門惟義爲統領寧赴新敵新竹一面攻擊日兵一面會聯土匪得以攘內禦外轉危爲安屢經報捷大振軍威轄內又安路無搶刦劉淵亭軍門聞之甚爲欽敬互相聯絡高枕無憂嗣太守又派軍士數營前赴新竹會合義民統領吳徐二茂才圍攻縣城不日可望克復矣

公啓者三公司議定自西歷九月一號即華七月十二日起貴客附搭三公司輪船由上海至烟臺天津及由天津至烟臺上海又由烟臺至上海均須未開輪之前各宜在岸上買票照章付脚方可落船切勿在船上付給水脚如在船上付水脚者每客須加收銀二兩毋得異言特此週知

光緒二十一年七月初五日

招商局　太古行　怡和行仝啓

告白　本館京報處在宣武門外繳家坑路東海昌會館內陳午清先生代辦如賜顧者請至陳處可也

本館賬房啓

電報總局失去小黑獅狗一隻如即送還酬謝洋兩元

西頭大彩巷內林公館現由四川建昌帶來花椒材料如有賜顧者請到本公館面議可也

林公館謹白

告白　李傅相馬關被刺紀實並帶小照每本價洋四角五　盛世危言　野叟曝言

各國時事類編　中日戰守始末記　公車上書記　海上見聞錄　[illegible]瓶梅　真正後聊齋

三續聊齋　三續今古奇觀　正續永慶昇平　後施公案　彭公案　鴛鴦夢　古今眼[illegible]

金臺傳　雲中落繡鞋　後西遊記　蜃樓傳　百寶箱　繪圖小八義　意外緣　英雲夢

情天寶鑑　女僊外史　如欲購者請到文[illegible]寄售

浙杭元吉永號

本莊自置杭紗羅綢緞新樣洋綢花素洋布川廣夏貨閩摺雅扇南貨頭油俱全祇爲近時錢市漲落不同故而各貨減價開設估衣街中間路北凡仕商賜顧者無欺特此佈達

德陞齋靴鞋鋪

本齋專做滿漢朝靴新樣京式名鞋及鑲花坤鞋一應俱全價廉物美　賜顧者請認明本店招牌庶不致悞本鋪開設在天津府北門外鍋店街集義棧對過便是

七月二十六日輪船進口

新裕　輪船由上海　招商局

通州　輪船由上海　太古行

七月二十六日輪船出口

新濟　輪船往上海　招商局

七月二十六日銀錢行市

天津九七六錢

錢盤二千七百六十七

洋元一千九百八十文

紫竹林九七六錢

錢盤二千八百零五文

洋元二千零一十文

直報

光緒二十一年七月二十八日　第二百號

西歷一千八百九十五年九月十六日　禮拜一

上諭恭錄

上諭陝西巡撫着胡聘之補授欽此　上諭德壽着調補江西巡撫即赴新任毋庸來京請訓湖南巡撫着陳寶箴補授欽此　上諭前據都察院奏已革叅將吳世恩以誣叅冤抑等詞赴該衙門呈訴當經諭令譚鍾麟馬丕瑤確查茲據查明稱已革叅將吳世恩因契典之田畝原主未贖先賣以致涉訟傳訊未到係畏苛罰所致情均屬原總兵林宜華雖無賄串實據惟出入衙門恃符縱恣請將林宜華革職吳世恩開復原官等語林宜華着即行革職以示懲儆至所請吳世恩開復原官之處着兵部核議具奏欽此　上諭奉天東邊道員缺着張錫鑾補授欽此　上諭御史高爕曾奏叅江西巡撫德馨貪婪荒縱當經諭令張之洞按款確查茲據查明覆奏德馨於委缺委差皆須賄賂一節查無實據惟所賞拔率用多係貪猾卑諂之人平日收受屬員餽送縱容門丁選事婪索且於籌辦防務之際兼與演戲一味酣嬉實屬辜恩溺職江西巡撫德馨着即革職餘干縣知縣何與坦德安縣知縣朱士林諂媚鑽營招搖漁利萬載縣知縣周鳳藻貪婪鄙劣荼毒地方候補知府前上饒縣知縣朱錫祁以暴虐貪縱丁殃民均着即行革職候補知縣千書臣卑陋迎合不知立品安徽候補道朱文藻前在江西撫幕物議甚多該二員僅予降補不足蔽辜均着一併革職門丁吳子昌高寶樹着分別查明姓名籍貫及報捐職銜咨部斥革嚴拏懲辦餘着照所議辦理該部知道欽此　硃筆桂勛補授光祿寺卿欽此　旨着於八月十七日換戴暖帽

奢儉貪廉議　錄前稿

非獨奢儉有是非即貪廉亦有是非要以不涉於矜心者爲是矜卽己也何謂己試於平旦清明時反心一問此自矜之念可以見天下人乎非己乎己卽非禮非禮卽祈貪何論爲名何論爲利汝亦知矯廉爲名之心其貪更甚於爲利乎　聖王乘時出治行乎其不得不行以求其心之所安而已伏羲畫卦使民知陰陽蒼頡造字使民備遺忘非爲名也即尚書毛詩慕聖人之德而情不能已受記載而歌詠之爲傳聖人之名非自爲名也孔子爲萬世師表實後人尊之非孔子生前先存此爲師之心而後棲棲不已也微生邸因恐其如是故先以佞諷之乃忠告之言於聖心不爲拂逆孔孟之後人情漸僞漸矜貪名貪利之心愈巧愈妄至眞儒者眞忠孝節廉仍自出於情不能已非爲名也苟非其人非其時強爲其事無非貪也即如忠孝大節也爲名而忠者適爲巧宦於己有名利於當時或於己有名利於身後則爲之否則雖小利害亦將千方趨避其情之巧可見其情之妄卽可見其貪且鄙也何如爲名而孝者或刲股奉母或負骨還鄉逢人輒道以邀當世之旌揚彼其以親市名之心不謂之貪惡乎可故凡非禮卽貪不獨謂財也而生財者不得謂貪人與天地並立人無衣食不生無財不能備衣食而通工易市盈天下皆人盈天下皆生財之人人人患貧卽人人病貪而不得皆謂之貪者人各事其事各食其力非獨農工商也惟士亦然士之不出於農者凡幾卽不出於農士恒爲士其食心之力亦力也是固不得謂貪卽其人不士不農不工不商其醜者又

遺子籯金出其奢以財生財亦不得謂貪何者聚天下之人惟財理天下之財惟人彼其以財生財其用人也必多人之藉其財以生財者自當不少富室一家有事一鄉爲之不暇且財使之然也故嘗謂富民爲貧民之母若因其以財生財爲貪彼貧民之藉其財以生財徒手以取人之財亦皆謂之貪乎夫各有所當也至惟畜馬乘不察雞豚代冰不畜牛羊百乘不畜聚斂之義以例官府且不可況庶民乎聖賢之議蓋謂藏富於國不如藏富於民是爲有國者說法非爲富民說法有國家者有予奪之權民無其權也何也人不能禁富民之生財猶富民之不能禁貧民之生財也彼此既不能各有所禁彼此亦自當各任所生已不能生而願人之能生是猶鰥者恨人之不鰥盲者恨人之不盲使天下盡鰥盡盲世復何以爲世故知獻子之言是專爲有國家者言也讀書者宜觀其通宜知其立言之旨所爲何在若漫執一詞一義遂以爲通其弊何可勝言乎宋王荊公通識治體幾乎王佐之才獨于大學理財一義未持其平新法一行天下大病讀其度支廳壁記亦知其用心之謬矣夫財者聖人以養人以聚人非以制人也乃其言曰苟不理財則閭巷之人皆可擅取與之利以與人主爭黔首而放其無窮之欲是則荊公之所以理財者不過奪賤人取與之權與爭黔首而已此秦隋之政非聖賢之意也聖賢之意在平情惟欲使上與下平故不使與民爭利以其天下一家中國一人其民即其一家人也民之於民則不然夫物之不齊物之情也民之有貧富猶壽之有短長雖造物亦無如之何何論人耶春秋時阡陌未啟豪強未并孔門弟子業已富者自富貧者自貧以聖人身爲之師於弟子何求不得已未聞禁子貢子華之富使與淵憲同其貧亦未聞責子貢子華之富謂其有病於淵憲之貧者使聖人有以禁之其與荊公之新法秦隋之弊政其何以異其何以爲孔子哉總之貪也奢也儉也各有是非各有所當凡厥庶民皆當素位以求己不當願外以尤人是則居易俟命之君子矣非曰能之願學焉或乃唯唯而退爰以此議筆之簡以自勉與或共勉

敎習考試　○考試滿漢敎習禮部分繕堂銜名單奏請　欽派閱卷大臣七月二十三日奉　硃筆圈出滿敎習閱卷著刑部尙書淞溎禮部右侍郎剛毅去漢敎習閱卷著禮部右侍郎李文田兵部右侍郎徐樹銘去欽此場內彈壓著正白旗蒙古副都統善耆去欽此宣旨後淞壽泉大司寇剛子良少宗伯李芍農少宗伯徐壽蘅少司馬等即由乾淸門先後抵貢院恭候　題旨二十四日黎明入場是日卯初禮部右侍郎錢子密少宗伯恭齎欽命滿漢題目至貢院五鼓啓正門閱卷大臣淞壽泉大司寇等跪闖內接領題匣少宗伯去閉正門大司寇捧匣齎入內簾敬謹刊刻奕統制司稽察督邸司搜檢士子領簽領卷歸號已正竣事計八旗考滿敎習者九十四人各省考漢敎習者五百三十七人搜檢官旋將入場人數繕於摺內於翌晨覆　命

侍御題名　○巡視北城察院齊侍御蘭一年差竣例應換滿另行更換因北城地面訟務紛煩經漢察院唐大給諫椿森舉明都憲仍以齊侍御接辦一年再行更換以資熟手○又新簡掌河南道監察御史劉侍御桂文定於七月二十四日辰刻上任

集腋成裘　○永定門外曹家溝地方經工部營繕司衆部書新建義園一處起造殯房數十間以備異地旅魂暫爲棲托歲月落成諸首事勸諭殷實富戶集腋成裘務致經費支絀陳子承主人好行其德首解腰纏繼而起者指不勝屈共捐朱提萬餘金誠鉅款也園中廳事有六長廊曲室密若蜂房棟宇巍峨墻垣壯麗非尋常公所比停喪家諷經開弔可無狹隘之嗟閭閻辦善舉者尙欲收買荒基與　角勝然乎否乎拭目俟之

遺金償孝　○安定門外小關地方舊塚新墳林立有梁甲者貧士也家居無聊橐筆遠遊其弟乙丙性好賭父母歿猶未安葬惟以秫稭裹棺糊泥土藉蔽風雨而已甲歸函囑乙丙謂觀殯既不能葬而棺外之秫稭必須更換或少安爲子之心乙丙置若罔聞七月十九日甲買棹回里先至棺前拜祭見舊秫稭業經黴朽泥土剝落心甚不安急以新秫稭親爲更換忽見棺底有布袋啓視之則衣裳數襲中有銀錁金簪等物約計値銀六十餘金甲負而歸噫此物誘是妙手空空兒所匿然兄弟三人獨爲遠歸之甲所得或亦天賜孝子乎

仰覩頌德　○本埠城鄉內外大小棚鋪約數十餘處每各衙署及候補各公館凡有要差輪流支應由來已久茲督憲王制軍諭令現任衙署准其照舊應差給付工價候補各公館一概停差棚鋪歡騰頌聲載道

俯察需工　○本埠北門外南閣西大街蒙工程局憲飭工興辦已登前報昨以秋雨連綿大小夥巷及小石頭道胡同內復有被

水勢阻行人惟恃東洋車陸續拉運聞附近居民僉稱非將此處地溝開至海濠不能洩水不知工程局籌及否耶

合闈蜚英　○在任補用道特授直隸天津府正堂隨帶加一級紀錄三次沈　為歲考事照得本府考試圖者文童二覆文卷均已披閱合行榜示為此示仰應考文童知悉於本月二十八日黎明赴貢院三覆爾等各帶試卷毋得自誤特示　謹將各縣續十名文童等次列後　計開

天津縣　華澤沅　穆祥和　陳寶樹　顧連城　王家瑞　汪文煜　王士瀚　唐肇奎　李家楨　董恩甲

○靜海縣　朱鳳桐　劉炳桂　劉汝麟　于權中　武賢臣　王寶中　邊濟三　劉駿韶　陳鳳鳴　李蔭蓮

○青縣　劉愷晉　趙丕昶　張文蔚　姚述祖　姚宗瀚　朱金銘　崔光樹　邵居廉　閻仲慈　何恩

○旗籍　承恩　國俊　承弼　寶珊　承武　文俊　貫善　慶祥　魁成　安亮

○滄州　鞠植榮　馮國祥　于國勛　于恩元　李志侗　范恩錫　李心一　潘相林　劉光耀　張馥甡

○南皮縣　張觀艮　張迪吉　侯榮　劉際昌　姜文樓　王鍾嶠　侯堃　侯仲炬　翟炳麓　張鰲

○鹽山縣　趙逢十　韓焜　劉傳敏　趙堉元　王贊元　楊應文　張蔭棻　于汝龔　馬名驟　張肅

○慶雲縣　劉炳烈　趙文元　馮鶴亭　趙儀軒　吳鴻漸　王蘭　解鴻藻　楊貫通　崔毓嘉　王鴻儒

初開虎榜　○在任補用道特授直隸天津府正堂隨帶加一級紀錄三次沈　為歲考事照得本府考試圖繪並旗籍武童馬步箭技勇三場均畢台行榜示今定於本月二十七日初覆為此示仰應考合圖武童知悉該童等携帶印卷至期黎明各帶步箭三枝來院覆試毋得自悞特示　謹將合圖並旗籍武童前十名列後　計開

天津縣　劉肇榮　穆聯貴　蕭琳瀚　張長榮　陳恩錫　費雲輝　鄭文藻　李葆琛　王文彬　李鳳鳴

○靜海縣　馮長端　郭綸章　劉錫曾　郭瀛章　李星臨　向兆麟　楊葆璡　郭象泰　李全盛　邊守箴

○青縣　吳殿臣　王玉振　張光甲　張壽仁　姚有斌　歸鳳儀　薛辰卿　曲毓檪　張捷三　曹壽鵬

○旗籍　德謙　國華　全祿

○滄州　于之華　陸文雄　丁沛霖　周恩慶　張耀南　吳春山　劉鳳城　趙傳本　李金城　劉鳳章

○南皮縣　齊月亭　姜壽彬　宮甫田　田煥堂　宮治田　李之林　張瑞圖　王壽元　高士珍　李清臣

○鹽山縣　張連元　王國棟　楊振臯　王雲升　閆汝極　鄭國瑞　李洪濤　張玉亭　張萬齡　楊雲鵬

○慶雲縣　呂泰　趙雲彪　劉鏡海　楊贊魁　何景汾　王金劍　劉駿程　寇世珍　劉純青　趙維祺

禍生失足　○昨聞海下辛庄某甲者向在本埠河東馮某所設之糧號為夥昨乘火車赴河頭辦事不意火車至該處不能停住伊遂在車跳下將伊頭顱跌破鮮血暴流夜間殞命死生已大矣可不慎諸豈所謂生有處死有處耶

控及賭頭　○津埠屈胡氏之夫弟屈洛者嗜賭荒業屈胡氏恐其為所蕩身帶剪子一把親赴賭場拚命幸賭局人將剪子奪去未及自戕聞已赴琴堂將賭頭某甲一併喊控如何訊辦俟訪再錄

勿士行枚　○前正定鎮徐見農軍門統領楚淮十餘營抵津已登昨報除馬砲隊外遣撤步隊三營每名給銀十二兩以資川貲仍援前章在姚家灣地方以歇業送山東等處云

猶人聽訟　○北門外某當舖門首有道人化緣木魚斗大聲隆隆該當遣夥計給錢數百道人不允聲稱非化銀數十兩不可聞當掌已密遣人赴該管局投稟報矣如何訊辦之處俟訪再錄

鳳巢續記　○父兄之教不先子弟之率不謹昨紀鳳華堂在侯家後開張事以為紈袴子弟自作不腆其家督來之或聞茲復訪事人云其堂陳設古玩類多某宅寶藏墻壁懸粘名人書畫類為某公雙欵豈某公以煮海致富猶為未足故復樵水漁山效龍陽與櫻桃爭利市耶真索解人不得矣

龜版防敲　○侯家後四和軒房學斌排班有縣署差役田洛者時在該班取樂昨班內妓者不知因何開罪出洛與房姓口角後田洛帶領十餘人持械到該班砕砸房姓幸未在班內後房姓得知亦邀人不少要與田姓尋鬥時有多人說合不知能了結否

鐵路近聞　○火車鐵路為利甚大時際昇平可以運客貨達遐方使僻壤荒陬可永無饑饉之慮若當有事之秋可以運兵輸糧

曬息百里便[illegible][illegible]巨敵不被萌窺伺之心此有國者所當亟為講求也是以歐美各國爭相建築軌道縱橫不知幾千萬里而中國獨拘守成法不知變通故雖通商數十年而所築鐵路亦祇天津一二處他未之聞曩年香港有華商欲由深水埔築鐵道以達羊城[illegible]乃官不獨不肯助力勸成美舉反多方阻撓致使事敗垂成良堪浩嘆迨去歲中東肆釁除天津一路外所有運兵輸餉動輒需時始悔各處無鐵道相通以致後軍阻滯及中日言歸於好當軸者始與言及此商議建築此雖坐失先幾而亡羊補牢猶為未晚聞署兩江總督張制軍現與該省富室某訂有成議包築車路直達上海杭州蘇州三處計須經費銀四百萬元此雖得自傳聞未必事同烏有或謂合肥國事關心既有創建鐵路之議此外各省督撫大吏理宜接踵而起共任時艱乃絕未聞有籌及此事者是豈其才力之不逮歟抑以鋼鐵乃市路中人若以自物歸於私囊之為愈歟是可鄙也說見滬報

告白 李傅相馬關被刺紀實並帶小照每本價洋四角五 盛世危言 野叟曝言 各國時事類編 中日戰守始末記 海上見聞錄 銀瓶梅 真正後聊齋 三續聊齋 三續今古奇觀 正續東[illegible]昇平 後施公案 彭公案 鴛鴦夢 古今眼前報 金臺傳 雲中落繡鞋 後西遊記 [illegible][illegible]傳白寶箱 繪圖小八義 意外緣 [illegible]雲夢 情天寶鑑 女僊外史 凡車上書記 如欲購者請到文典齋寄售

悅來洋貨號

開設天津紫竹林大自街運各國洋貨鐘表新到外國上等玲瓏磁人玩物五色料器奇形碗盞杯盤磨光料鼻烟壺香水壺電鍍金銀首飾表鍊灰碟洋火盒皮荷包靴掖洋畫洋花玳瑁梳篦花針花簽夏衣襪綉花窗簾玻璃磚磨花描銀彩畫金邊三連鏡茶杌等 格外減價消售發客

告白 本館京城售報處在宣武門外繳家坑路東海昌會館內陳午清先生代辦如賜顧者請至陳處可也

本館賬房啟

電報總局失去小黑獅狗一隻如有即送還酬謝洋兩元

告白

福州和益木商在津開設十年前僱夥友林松卿經理歷年尚未十分誤事詎自十九年冬間荒嬉游號事廢弛從中侵蝕弊混不勝枚舉致虧號本甚鉅去秋解縣押追迄未完結林松卿早已出號所有和益號事均係號東自行料理與林松卿毫無干涉特此布告官商如蒙賜顧務須認明和益本號庶不致誤

和益木商鄭湘錡白

浙杭 元吉永號

本莊自置紗羅綢緞新樣洋縐花素洋布川廣夏貨團摺雅扇南貨頭油俱全祇為近時錢市滿落不同故而各貨減價開設估衣街中間路北凡仕商賜顧者無悞特此佈達

德陞齋靴鞋鋪

本齋專做滿漢朝靴新樣京式名鞋及鑲花坤鞋一應俱全價廉物美 賜顧者請認明本店招牌庶不致悞本鋪開設在天津府北門外鍋店街集義棧對過便是

七月二十八日輪船進口 新豐 輪船由上海 招商局
順和 輪船由上海 怡和行

七月二十九日輪船出口 海定 輪船往上海 招商局

七月二十八日[illegible]行情
天津九七六[illegible]
[illegible]二千七百六十七文
洋元一千九百八十文
紫竹林九六[illegible]
銀盤二千八百[illegible]
[illegible]元二千零一十[illegible]

直報

光緒二十一年七月二十九日　禮拜二　第二百零一號
西歷一千八百九十五年九月十七日

上諭恭錄

上諭直隷布政使著王廉調補安徽布政使著于蔭霖署理欽此　上諭浙江布政使著龍錫慶補授惲祖翼著補授湖北按察使欽此　硃筆圈出寶忠傳補翰林院侍讀學士戴鴻慈補授翰林院侍講學士欽此　上諭吏部兵部會奏遵議處分一摺陝甘總督楊昌濬陝西固原提督雷正綰均著革職處分均著加恩改為革職留任該督等當能感奮迅將回逆掃蕩力贖前愆欽此　上諭步軍統領衙門奏拏獲結夥持械傷斃事主搶劫盜犯請交部審辦一摺所有拏獲之劉保即周兀兒田二即田得祥小劉即劉志全李大即李記兒趙二即趙坏子張全福未獲之名著交刑部嚴行審訊按律懲辦未獲之小王王三奎子仍飭嚴緝務獲究辦原拏此案之員弁等著俟刑部定案時擬明請旨該衙門知道欽此

南台雲水十記

幼讀毛詩至白露蒹葭蒼涼縹緲恍然如身坐江天煙靄迷茫浩然無際害容蘸水荻葉鳴秋所謂伊人者宛在畫中而情深一往也繼思得善畫者洗眼於雲水光中浣綾雲筆繪岸國淸秋一為蘆中人寫照而畫家每云寫秋易寫白露之秋難寫白露雲水之秋則尤難寫白露雲水之秋非以傳其蒼涼縹緲一往情深率見伊人於蘆荻中呼之欲出雖以雲林之技盡十日工恐不能彷彿一二余因疑其技之拙今乃知其言之精也夫耳目口鼻身體髮膚具之謂人其色其形一一可據執筆追之求其象形猶不如西國照法之維肖況蒼涼縹緲之情出於神思獨得獨知自行自止苟非同心人相與於無相與者其孰能知之又孰能繪之者今吾與乙丙友也其相與於無相與乎丙少余十歲乙與余年月日時無異二人皆謬謂余長而兄之余固不敢漫居也然道不同而趨同心同志同嘗為二人所推致其出處與偕故余有所遊其兩人者不待招而自至如形影隨聲或有時迫於務而有一不至必有一至者歸為不至者述所遊而欣欣余亦即知其欣欣不謀而相知欣欣也前此記遊者九數日間遊或以他務阻其將雨而阻遊者三於是復滂沱晚霽夜以風蟲聲唧唧花架豆籬間大小爭鳴不知凡幾及聽之遠續一鳴百蟲俱寂若小言之折於大言而羣喙俱息也少頃鐘動於鼓樓風亦漸殺其涼甚知新秋去中秋至矣蚤起偕乙自東徂西一紅光燭目初疑為曙窗燈繼疑為高林日幾乎誤西為東乃知西方之光實為東方所射昔有遊桂林獨秀峰者言東火入洞，尚明炊行愈暗如沉黑海幾慮不能出世行兩炊黍許復見光如黑海忽遇神燈突有更生之喜或云其處名東方亮約可從此見大日疾趨之抵其處捫其光竟為絕壁方知日光從西竅穿入返映壁上作亮非門亦非窗也由是以思世有自謂洞於情明於理執己私以例天下事者率則終身面牆行則左右觸動壁而顛扑怨尤人而不知回首一顧奚異是二友聞之皆捧腹遙見路彎一光繞知是積雨未至南台返舉首眾望見片雲霎混於水意雲之為飄還岫亦若暑往寒來成功者退焉比至河干見潮痕初落波亦漸消其深輪適至

熙熙攘攘躋世之情近之令人頓熱而思所遊境真似方壺圓嶠此身儼羲皇上人

京兆倡首　○京師厲氣流行患瘟疹霍痧者每數刻無救今經順天府兼尹孫燮山大司空府尹陳六舟大京兆府丞李小川少京兆擬欵配合雷公散避瘟丹藿香正氣丸平安散等藥發給大宛兩縣五城各面散給以濟羣生功德大矣

營汛留心　○京師近日搶刦之案疊經列報今聞各營汛勇局官帶領勇隊四處嚴拿七月二十一日西便門內衆店戶捐貲舉行盂蘭聖會延僧施食建醮是夕往觀者紅男綠女人山人海突出匪棍十餘名乘間搶掠比時已有練勇營兵見此匪徒當即分投喊捕該匪往來衝突意任脫逃兵勇盡力追赶拿獲匪犯三名解往西城坊又彰儀門外署南城周毅臣正指揮會同營汛練勇局哨官帶領勇隊兵丁數十名在城外各村莊嚴拿七月二十二日右安門外郭家莊地方舉行盂蘭聖會搭台雇定小鴻奎班演劇有匪徒二十餘名肆行搶刦賴練勇營兵暗中防護當經手執利刃分投追捕該匪皆向南逃拿獲搶犯四名餘仍逃逸追至龍各庄又截獲匪犯三名一併鎖拿南城外坊官堂訊詳城咨送刑部按律懲辦

兇禍生兒　○朝陽門外大石橋王瑞木工也七月二十日路遇鄰家童子年十四歲王見悅之淫心起先以食物誘童至家即向求歡童怒罵王嚇以刀喧鬧間和自外至當即捉王扭控與南副指揮周王瑞實供詳城解送刑部鐵掣河南司按律懲辦矣

頻驚死婦　○彰儀門外七里庄地方居有新死婦柩一具該婦因小產喪命鮮魂爲厲時出現形人呼爲抽死七月二十日晚間更初動有賣某路經是處忽覺一婦隨行瑟瑟有聲賣某飛奔至家回首不見入室驚述色猶變狀聞廣安汛委戎赴該前情飭令該管地面巡緝總甲速傳已死婦家主人及地主令速易地遷葬以免附近居民驚嚇成疾遐邇傳說爲怪事

木屑瘈狗　○金縢天大雷電以風大木斯拔邦人大恐然未聞傷人命也今更有因風拔木木拔傷人誠禍生不測矣京西良鄉縣屬豆店鎮七月十八日狂風肆虐宏恩寺中古樹大可數圍被風拔起高飛二丈有餘壓斃農夫三人傷頭爛額者尚五人村中屋瓦不翼而飛或謂因龍氣冲激故遭殃如此仲　序屆遇此狂風亦災異也

火爲焚羊　○安定門內大街路西振三元羊肉舖回民黑某貿易起家頗稱小有中元節前購來牧羊二百五十餘頭以爲雇夫縱放城外夜則閉置廠棚不料於七月二十日夜間魚更三躍突兆焚如羣羊付之一炬其餘房舍人物一無所傷豈祝融氏專爲羣羊稅駕乎

設電通聲　○欽差大臣劉峴帥因政躬違和奏　旨在津調治以鎮署作行轅曾登前報茲悉峴帥因關外善後一切事宜尚須妥爲籌辦兼以遣勇之際政務尚殷爰商明電局由線通入行署以期信息靈通昨已插杆安線傳報矣

撤軍領餉　○原任正定鎮總兵徐曰農軍門所統楚淮十餘營遣撤三營已登前報二十八日早又陸續遣撤十營領餉畢即日開拔矣

屏藩榮調　○直隸臬司伯晉擢湘撫已見邸鈔所遺藩篆經見電報奉　旨已簡安徽布政司王廉訪補授王方伯由正陽關監督擢任湘臬護理藩篆甫經升任安徽藩司到任未久今調畿疆接履任未必遲遲聞中丞已由保定飭節不日當抵津沽矣

旋節元旋　○出使俄國慶賀大臣湖北藩憲王芍棠方伯之禮棄節回華已紀前報憲節於前日由上海北來假館佛照樓暫住禱帷晉京覆命

都轉拈香　○長蘆運憲李都轉於二十七日辰刻接印任事已紀前報二十八日早都轉親詣文廟武廟城隍廟天后宮等處拈香禮畢旋署

集賢領獎　○欽命二品銜新授福建按察使長蘆都轉鹽運使司鹽運使季　爲榜示事照得集賢書院齋課舉貢生監制藝試帖課卷現已評定甲乙並獎賞銀兩數目列後須至榜者　計開　超等二十名　高年鎔　張善燕　鮑德銘　張　薰　蒲輪召　汪　元　于席珍　席聘卿　淩文曜　李　瑛　田醴善　李　瑰　蔣良駿　陳毓瑞　屠仁彬　于廷珍　賀廷賡　閻之棫

方稱庠 王文騏 第一名至五名各獎銀三兩 六名至十名各獎銀二兩 十一名至二十名各獎銀一兩□錢 特等四十名
沈藹仁 王銘 季恩元 周廷善 方紹 李興仁 朱晉藩 賈厚元 鄭燮寅 蔣清瑞 華世俊 蔡肇甚 李炳榮
宗逢洲 崔寅 崔湘 康楠 宗逢瀛 李成熙 劉坪雲 余儒甲 潘文林 徐忠錫 阮晉賢 王文純 楊文彬
胡文謨 黃承烈 崔作樞 崔曠 陸沛賢 郭□勳 吳賓 吳□□ 董聯第 沈朝輔 張振鋒 李重熙 一名至二十名各獎銀一兩 二十一名至四十名各獎銀□錢 一等六十八名 陳冠羣等 一名至二十名各獎銀三錢 餘無獎

不如安步 ○本埠北城根一帶道路崎嶇城濠逼近徑途最險昨三點鐘時大雨如注洋車飛奔西去東來不絕于路有兩車相撞倒落於濠幸水不甚深未□淹斃乎如安步以當之爲逾也

好似知時 ○入秋以來雨澤稀少各村農民實深焦盼經此兩日甘霖疊沛來春兩麥可望有秋不僅菜蔬暢茂已也

何事雉經 ○紫竹林北張某者在關安居樓下開設長安客棧頗稱鼎盛刻下生意少減聞有某甲數人於寓文居樓上樓卜一而租妥將備飯館昨晚張某不知因何事故雉經現已稟官勘驗有無別情俟訪明再錄

不防豕突 ○行旅□潤風昨驅車行至肅寧縣後堤上村突遇數賊攔住去路將車輛騾子錢物等一併搶去飛赴而逸聞只尚空手赴文武衙門報案究未悉有無弋獲否

豫防宵小 ○直隸所轄地面寥闊人情強悍兼以各省無業遊民溷跡其間以致偷竊搶劫之案歲時恒有加以連年歉收百物昂貴民更窮困異常不逞者可無不爲良變爲莠在所不免興以上年軍興或充招募染軍營積習性情尤非昔比今歲遣散難保無沿途逗遛滋生事端凶性妄爲之輩是以各處難期靖謐惟查歷冬以宵小竊發恐各營管地方文武巡查難周均由防營酌派隊伍分段駐紮巡緝雖上年防營多有調赴前敵於冬間亦曾量爲抽撥巡護民商藉以安靜今各營多調回原防値此遣軍之際各處恒多不靖可否仿照冬防章程提前兩月即於八月內一律出防巡緝庶盜賊知所斂跡地面得以安謐也是否有當請備參蕘

漸入濁流 ○清眞教者以其清而不濁眞而不假持教極堅爲義在斯教者自應一心秉持無僞乃爲清眞第貧者奉教多眞富者奉教多僞富豪子弟無不羨味甘食瞞人濁花放膽柳巷至巨□某甲竟於勾欄中購佳麗納諸金屋其族某乙又因購妓負□某丙丁剝削繼之挾私成仇公然健訟到乙母送乙忤逆似此則誠爲該教清中之下濁矣俟逐細訪明再爲詳述

共憫途窮 ○靜海縣屬何西屢年被水民不堪命日昨有鄉奈婦攜來幼者目不識人無處可投在街棲止日前大雨傾盆婦攜幼衣濕淋漓殊屬可憫諒各大善必有一番拯救也

粵省地震 ○香港地震一節已據電音譯登大略茲又接港信云七月十一日下午五點四十三分鐘時本港陡覺地震始而微繼而猛墻壁動搖窗櫺皆震居民驚懼齊出屋外以避之幸未幾卽止不致傷及人物○羊城來信云十一日酉刻粵垣城廂內外均覺地震尤甚者則爲撫院署某縣架上所懸之火水燈搖動有聲關府前某雜貨店壁間所掛之時辰鐘墜地碎相驚告因此男婦老幼多有奔出街前倉皇失措者幸俄頃卽止僅吃虛驚而同時陳村地方亦有地震之報惟不甚驚人耳○又云是日下午五點半鐘時城西一帶忽遭地震寶仁坊相近有屋歷年已久未竣而墻壁已立不意地震時竟爾坍塌幸工人皆已逃出故未傷人○汕頭來信云此次地震由西而東揭陽縣屬坍倒民房二三百間壓斃男婦百餘名口受傷屋宇不可勝計是亦一小刦也

軍師神術 ○有五羊人之從軍鯤身鹿耳間者前日投函本館云日軍週因懾於劉大帥之威按兵不動者累月某日忽有鉅艦一艘遊弋海面劉軍見之立命迎擊旌旗揮處槍砲齊施該艦輪卽不戰而退約至三里之遙□見黑縷濃烟自艦飛出蓬蓬勃勃如釜上氣兵士自觸之者罔不立倒劉軍心知有異急卽退歸日兵不捨返輪來追正危急間事爲帳下某軍師所聞請令轅門駕一葉小舟隨身僅帶伻僮二名從容赴敵至則漫天□霧燄於氣□能喘目不能睜軍師乃□□唇披髮仗劍禹步□周忽見風色頓轉烟反自艦飛倒捲而入頃□時敵軍一□如□人人[illegible]於小說家言[illegible]

謂甚□□□□□□神□似□□七星□示□令人不可思議□姑錄之□□軍中如果有其人吾知□□□不足慮也

征婦孤忠 〇孫庚堂軍門之夫人替夫報讐也有武弁某□之妻周氏年二十許本鄉獵□女技雖貌甚柔媚而矯健絕倫□於百步外槍擊飛鳥□無不中自嫁某後琴瑟頗敦孫軍門殉難之役某弁死焉氏聞痛不欲生哭泣之哀里人酸鼻旣而聞夫人義師之信欣然請往以家有寡姑無人侍奉之故盡典其衣環簪飾約得洋三百餘元悉數交付族人某甲乞其代為贍養 切囑行復牽姑之衣而訣別曰婦不幸夫死沙場雖以身代然大丈夫以馬革裹尸亦武職人員分內之事婦何敢怨今雖得孫夫人有義師之興行當執戈□驅□心殺敵倘果幸而□□□凱旋有日姑媳尚可重逢否則効死軍前誓當尋夫地下姑老矣須知為國盡忠為夫盡節亦始□華家某代請□□□褒崇簡冊旌表門閭亦足光宗耀祖萬勿以兒媳盡遭慘死為念致累高年則媳之不孝罪莫大焉語畢以頭搶地嗚咽不□成聲其姑亦深明大義者為之頷首者再掩淚回頭揮之使去氏乃復向其族人檢衽再拜再三諄託而別一時見者□□莫不相顧唏嘘共歎謂□鬚眉不及一巾幗婦女噫謂之曰征婦孤忠誰曰不宜

啟 白 李傅相馬關被刺紀實並帶小照每本價洋四角五 盛世危言 野叟曝言 各國時事類編 中日戰守始末記
□車上書記 海上見聞錄 □瓶梅 真正後聊齋 三續聊齋 三續今古奇觀 正續冢□□□ 後施公案 □公案 鴛鴦夢
古今眼前報 □□傳 雲中落繡鞋 後西遊記 □□傳百寶箱 繪圖小八義 意外緣 □雲夢 情大寶鑑 □僊外史
如欲購者請到文□□寄售

浙紹朱□□先生鑑湖□族易水名□□□直督劉武愼公長佑派從戎馬於東魯嗣承王大令□勷爽鳩於西晉現時歸隱專精痳疹喉症治烟痢瘟瘧等症著手回春特登報牘伸謝

告 白 本館京城售報處在宣武門外繖□坑路東海昌會館內陳午清先生代辦如賜顧者請至陳處可也

本館賬房啓

電報總局失去小黑獅狗一隻如即送還酬謝洋兩元

杭 浙
號永吉元

本莊自置□□□□新樣洋貨花素洋布川廣夏貨□摺雅扇南貨頭油俱全祇為近時錢市□落不同故而各貨減價開設估衣街中間路北凡仕商賜顧者無□□□□□

德陞齋靴鞋舖

本齋專做滿漢朝靴新樣京式名鞋及□花坤鞋一應俱全價廉物美 賜顧者請認明本店招牌庶不致悞本舖開設在天津府北門外鍋店街□義棧對過便是

七月二十九日輪船進口
新豐 輪船由上海 招商局
飛鯨 輪船由上海 [illegible]

七月三十日輪船出口
武昌 輪船往上海 太古行

七月二十九日□□行情
天津□□□□
□□二千七百六十七文
□元一千九百八十□文
[illegible]竹□九□□
[illegible]二千八百□□
[illegible]二千□ [illegible]

直報

光緒二十一年七月三十日　第二百零二號
西歷一千八百九十五年九月十八日　禮拜三

上諭恭錄

旨崇文門正監督著聯書去副監督著芬車去欽此　旨這所參疏防監犯越獄之奉天刑部漢司獄魏晉卿着交部議處仍飭緝拏逃犯段鳳蔥梁廣發務獲嚴究俟限滿有無弋獲再行核辦所有禁卒人等着裕祿英煦提集嚴訊有無縱刑賄縱情弊按律懲辦至所請兼管提牢主事樂善從寬查議之處着該部核議具奏餘着照所議辦理該部知道欽此

靜西消水議

靜海西窪屢年氾水雖賑無已籌賑局幾苦力窮嘗謂　朝廷賑施百端不若民間收穫一稔使積潦在田布種無地坐待涸期年不益民困無以聊生即使有閘放水所放之處閘外水視閘內恒高啓閘則水慮倒灌閉閘則水無所宣且以一河之水自上游決而入窪至下游復放而歸河無論此一河之漲必上下兩游同漲不能放歸此河即每當白露以後海中受水河水漸落窪水可漸漸入河窪中高阜一二村次春可望耕田亦約在清明節後甫及播種桃汛又來桃汛纔過麥汛又至上游決口不堵河與窪連漲來則田沒漲落則田出小民之情縱嗟歎亦不能輟耕退水之田每歲多一種二種三種仍或苗而不秀秀而不實其田卒奪於水饑饉之後民蓄幾何即以餘一餘三律之當己室如懸磬不能使望田之有秋徒令盼賑以代歲乎幾何不立而視其死耶地方之司其事盡其心者紳民或貪目前尺寸之利互為曲防官司則顧一己考成之私第知修守如此官紳國即日督至司其事漁其利第糜　國帑飾耳目敷衍一時轉瞬即去而不顧者更不堪屈指數也顧欲除此患尚須實心實力尤須有識自謀彼鄉民之被水患者第知訴苦求恩詢之患何自來患何以去類多不知其知者亦不過指其當然而不能求其所以况挾以私心只求為己其說必不能行行之每成枉費故第任民而不任官治水不成爭端轉起勢必至情固然也夫自古無不為患之河治河亦無出奇之策要在官紳一體不徇私不漁利不矜功平其心以審時度勢察地之高下為水之順逆而已然而豫則利不豫則害至河已潰決不謀堵塞積潦漏野莫辨原隰訪之鄉民止能言水狀之洶莫能識為害之故驟欲治之無從着手是非素日窮其源察所由來資其委察所由去凡水所必爭之地必讓之水治河而不為泊淀病而後河可治治一河而不為諸河病而後一河可治惟在隘者擴使容羨者分使減塞者疏使通漫者瀹使注其可矣其猶未獲收效者則以審地勢之未真察水性之未悉鹵莽治之故亦鹵莽報之耳查直隸地勢低平諸山諸河盛漲大至必須有平鋪盪漾之所殺其流殺其怒以時其宣洩徒治一河專守一堤無當也何也伏秋雨集一河漲諸河並漲不特窪內之水不能洩之於河即此河之水亦不能洩於彼河彼河之水且有以抵觸此河卽令通溜齊趨如兩帆駢放於中流風雖順而溜為一繫以致兩兩不能駛利其大較也　此稿未完

吏部文章　〇七月分選單　員外郎工部屯田司程建勳安徽廬　小京官兵部司務鮑志瀚順天監　知州雲南陸涼郎學燾

浙江拔　知縣河南湯陰尹春元山西甲　江西雩都夏樹立浙江甲　江西都昌饒懷信直隸甲　福建甌寧裴汝欽江西甲　四川儀隴伍文琯廣東甲　布理問江蘇傅承霖順天監　候經歷江西劉自新順天監　巡檢安徽定遠劉景福江蘇監　江蘇阜寗史書春直隸監　廣西雒容吳寶琳直隸監　吉林雙城馬恩溥山東監　典史湖北廣濟江文穎廣西監〇七月分敘職單　教授江蘇淮安汪炳昌蘇州甲　福建建寗饒翔墀福州甲　廣東廣州周元驤舉　正諭順天文安劉光祖河間　陝西朝邑張之燮西安　甘肅秦州李守謙鞏昌　甘肅靖遠蒲茂秦州　福建南安孫葆瑶福州　湖北荆門余聯澐漢陽　貴州黔西玨光祿普安舉　陝西長安士壽衡綏德廩　訓導直隸高邑單蓉鏡保定舉　安徽南陵葉省深安慶舉　山西長子張耀奎朔平優　河南登封柳堂陳州舉　陝西澄城毛廣聰興安挨　廣東英德譚汝鈞廣州舉　廣西義寗謝德言平樂挨　四川營溪李其昌敘州舉　四川隆昌柳星煥忠州挨　復諭直隸撫寗劉錫福　順天任邱王楫順天　河南臨漳李鏡蓉開封　江西弋陽胡秉煥饒州　江西峽江熊元錸南昌　江西德安李文澄廣信　廣西蒼梧徐新勉桂林俱廩　貴州安南戴彤湛貴陽優　復訓山西太原梁毓璋平陽　陝西臨潼周楨漢中　廣東香山梁廷勳肇慶　四川瀘州楊宗瀚成都　雲南賓川葉熙春雲南俱廩　貴州永寧劉祖瀛大定廩　湖南芷江龍書麟長沙副

直藩牌示　〇大名縣縣丞敖鴻勳咨補深澤縣典史周祜咨補雄縣典史朱祿咨補龍門縣典史陳元均奉部覆准各員赴新任咨補天津縣北倉大使胡國翰奉部覆准飭赴任現署是缺之獻縣典史黃德春即回本任咨署通州通流閘官恩綸奉部覆准飭赴新任現署是缺之大興縣縣丞豐閒暨馬拱宸即回本任咨補深州州判潁誠奉部覆准飭赴新任現署是缺之易州州判傅瀲源即回本任咨補高邑縣典史董繼昌奉部覆准飭赴新任現署是缺之行唐縣典史方華林即回本任咨署靜海縣主簿李福銘奉部覆准飭赴新任現署是缺之武清縣縣丞王恩圻即回本任新選肅寗縣典史李鎮藩領憑來省應飭赴任

合行示諭　〇新簡光祿寺卿宗室桂大司膳勛於七月二十七日辰刻上任示仰闔署廳員筆帖式書皂人等至期一體謁見

大可活人　〇從來大災流行國家代有古人以民命為重恤憐之舉史策每書況疾病扶持孟子已著為同井要義當此寒暑不時疫疾傳染尤宜互為保護矣京城內外患疫死者指不勝屈令人目擊心傷經順天府兼尹府尹少尹捐廉二千數百兩配合丸散丹藥發交大宛兩縣五城擇地散放已紀前報今聞委派中城前門外西珠市口中鼎和油鹽店東城崇文門外花兒市廣泰軒茶社南城打磨廠普善堂藥廠西城宣武門外大康坊茶社北城琉璃廠松竹齋南紙店各舖商代為散給恐居民未能周知特此出示曉諭覓藥者絡繹不絕各舖商頗有應接不暇之勢並聞所施各藥均稱靈驗活人甚多云

謔浪生波　〇宣武門內太平街地方某氏子性多疑常言婦女情慾之感尤甚男子其稱郎君為丈夫者以一丈夫之外其事即多不可知者去年娶吳氏貌端麗某防之嚴甚至要歸寗苟逾日必親赴岳家促之返少遲延即大詬詈岳家雖有要事不敢復留七月中元後在岳家見妻與表弟某坐談醋意頓起疑妻有私欲伺眞情懷怒不發妻固坦然也日前妻買一金面摺扇求表弟作書表弟書以情史詩詞某遽執為券以詰妻妻驚泣不承某謂事已有憑理當休棄即日遂歸母家其表弟聞之欲往一白以某盛怒不敢踵門岳母力勸其誣冤人勸解某仍未釋允三字經曰戲無益誠哉是言也嘗見少年每耽豔曲情詞閨閣索書輒為錄寫今觀於一紙涉筆竟致覆水難收戒之哉戒之哉

久麼成訟　〇昔賈似道身為相國每於半閒堂與姬妾鬥蟋蟀為樂以致朝政廢弛玩物喪志業已今古貽譏今謂鬥蟋蟀之風尤有超出古人外者秋末之餘羣相尤效其盛蟋蟀之器雕鏤精奇幾於人佩一枚有寠人子蓄蟋蟀數頭雄而善鬥以此遨游都市頗賚溫飽一日與某富家兒較勝負連敗富兒蟋蟀數頭富兒怒飽以老拳將寠子蟋蟀擊斃寠子大恚索其賠償富兒不聽以此相執遂赴北城司控告當經飭傳候訊未卜如何斷理噫么麼之戲罔顧終兇愚矣夫蟋蟀在堂魏人則職思其居入我床下豳風則驚心改歲昔人每藉此為警隔之者今則以此為賭博之用是亦世變之一端歟

三覆題目　〇府試合圍名場題目均登前報茲將二十八日合圍三覆文詩題目列左　賤貨　賦得新松恨不高千尺得新字

五言六韻

一片婆心 ○唐云醉臥沙場君莫笑古來征戰幾人回語言戰士還鄉之難也昨統轄拱衛馬步全軍營務處羅觀察所轄拱衛全軍曾任西門南門外客店在津遣散觀察過遺諭全軍曰汝等在前敵得以生還福已不小所領恩餉正餉銀兩若干務必回家各謀生業老少團圓不可在外任娼聚賭游蕩倘仍經拿獲定必按律懲辦懍之戒之各勇丁當不負此一片婆心也

設席暢叙終朝 ○本埠數生會抬理會四城內外約有數十餘處每屆七月三十日地藏王誕期懸燈結彩鼓樂喧闐在會人等肆筵設席暢叙終朝

片言折獄 ○霸佔妻子久干例禁茲紹興府人周起發住西關劉家小店一妻一子子年五歲津民穆某賺稱周欠錢若干逼賣其子周妻情急赴該管八段鄉甲局喊控經金大令飭局勇拿獲穆某訊實局棍四十並飭具以後不敢霸佔周起發妻子亦不敢需索錢文甘結存案取保釋放

門復械鬬 ○東門外南城根一帶娼窰鍋匪鱗次闞自某武孝廉混迹其間已登前報茲據探訪昨夜四更持槍砲施人聲鼎沸繼聞刀槍交加居人皆由夢中驚醒疑似兩軍相敵莫辨何事次早詢悉東南城角刁姓者與南門內達摩菴前混混稍有素仇不知因何觸動舊憤達摩菴前之混混聚集多人以洋槍牛腿炮花槍單刀蜂擁而來刁姓本無多人不敢出敵遂將刁姓刀剁數處當經該段守望局聞知將刁姓鍋夥內抓去二人並獲扛子二根竹槍三桿聞扛子係刁姓之物竹槍係南門內混混所執前在紫竹林刀剁某甲即係此輩今爲首者人稱係田某刁姓聞已赴琴堂請驗想賢大令疾惡如仇當必嚴究以儆效尤矣

死以屍訟 ○紫竹林北寧安居樓下開設長安客棧張某自縊身死一案已紀前報茲聞昨晚已經官相驗於該屍懷內搜出狀紙所控吳徐趙三人當即逮交趙大令案下責押至係何情實如何訊斷訪明再錄

黑心造孽 ○南門內某諸生以愛縱繼妻虐及前女已登前報頃悉某妻以虐女未致之死日日減女兩餐朝打暮罵又因女失手搽碎一碗即令長跪竟日不給飲食親族知惡婦悍而無理雖痛惜此女無術以救似此淩虐幼女人命相關有地方之責者當如何嚴查示儆乎

白手借錢 ○北閘閘口西某姓者在某鹽商處司度支每早出晚歸家有一母一妻並女僕一名前晚初更忽聞叩門聲急家人以其同家令女僕出應甫啟關一人奪門闖入未辨誰何女僕即將大門閉上其人至院便言我過路人缺少盤費特向貴宅一借婆媳驚聞惟有抖衣震齒噤不出聲幸女僕稍有胆量答以主未在家並無存有銀錢其人曾不論多少給則可不給則一鎗一人送於閻王殿下手中即出洋鎗作威該女僕即言於主母將現錢三千放於階下該賊不強多寡攜錢由大門而走及某同家母妻驚定始詳述其事某大駭絕幸未曾用武失亦不多即囑不必聲張亦不敢報案恐與賊作仇也惟自去歲以來持械嚇索者屢有數家並不報案官亦不能追究第如此姑息將恐養癰成患耳

安平安信 ○香港西字報載接到安平來函云前言日兵已近安平實皆毫無影響之談惟日人以彰化一帶其地平坦並無山路擬從此地進兵爲進戰退守之計然黑旗兵已布置周密分駐隴下各將弁授以秘計帶兵四出想即日將有一場惡戰至於近日則臺無警報市面居民均甚安靜云

西函節譯 ○西字報載訪事人自臺北府來函云現在日人一味持重步步爲營以期與臺兵久持至臺灣各事宜全以武員主持文員不得過問以致兵士之氣益張華人在路行走如遇日兵務須脫帽爲禮否則即以鎗尖挑去其帽種種戲弄不可名狀前日有某西人坐車經過日兵勒令下車脫帽西人堅不肯允遂稟由該管領事官函致日官辯論此事日官現已允爲禁除此令矣至日兵之在臺灣者云有四萬餘人實則並無此數皆夸大之詞惟日人事事驕蹇不恤華民恐臺民愈滋不服云

巾幗鬚眉 ○新嘉坡來信言有葛仔戲有一婦人鬚長逾尺隨風招颭儼若美髯丈夫該婦現寓功坡有疑其鬚眉而巾幗者則

干愚兩外肢體皆賦坤形乃嘆天壤之大誠無奇不有焉

剿回近信　○字林西報云十日前甘肅來電言前因回匪滋事本省兵力不足遂由都中派兵助剿共計一萬五千人其中有馬兵五千人在北通州先行起程至西曆六月始抵甘省旋解蘭州之圍董軍門所帶各軍因天氣潮濕難行故其中新疆兵一隊甫於二禮拜前行到甘省南界隨後又派馬軍門帶領河南步兵一萬二千人赴甘此二軍者去冬曾駐北通州及南苑等處見者皆稱精壯今以派往甘省剿賊必能成功並聞昨日滬上官場接西曆九月　號甘肅來電言近日回匪復攻蘭州前隊已距省城十英里蓋因該省之兵嘗有小挫不免退避之致匪勢大張刻下號稱有十萬人

臺事照譯　○東京接臺灣東洋兵官飛電言是日在臺灣之新竹口與臺軍開戰敵兵共有三千餘人頗稱勁敵後爲日兵所敗○又接臺北消息謂日兵與臺兵逐日鏖戰日人屢有小捷兵頭與各兵丁之死傷者僅有七人臺軍俱退往臺中一帶而去○又接兵官電報言黑旗所部各營近由安平一帶移師而進日內當有一場惡戰也　譯日本報

售白　李傅相馬關被刺紀實並帶小照每本價洋四角五　盛世危言　野叟曝言　各國時事類編　中日戰守始末記　公車上書記　海上見聞錄　銀瓶梅　真正後聊齋　三續聊齋　三續今古奇觀　正續永慶昇平　後施公案　彭公案　鴛鴦夢　古今眼前報　金臺傳　雲中落繡鞋　後西遊記　蜃樓傳百寶箱　繪圖小八義　意外緣　英雲夢　情天寶鑑　女仙外史

如欲購者請到文寶齋寄售

告白　福州和益木商在津開設十年前雇夥友林松卿經理歷年尚未十分誤事詎自十九年夏間荒蕩嬉游號事廢弛從中侵蝕弊混不勝枚舉致虧號本甚鉅去秋控縣押追迄未完結林松卿早已出號所有和益號事均係號東自行料理與林松卿毫無干涉特此布告　官商如蒙　賜顧務須認明和益本號庶不致誤

和益木商鄭湘顧白

告白　本館京城售報處在宣武門外徽家坑路東海昌會館內陳午清先生代辦如賜顧者請至陳處可也

本館賬房啓

浙杭 元吉永號

本莊自置紗羅綢緞新樣洋縐花素洋布川廣夏貨圖摺雅扇南貨頭油俱全祇爲近時錢市漲落不同故而各貨減價開設估衣街中間路北凡　仕商賜顧者無候特此佈達

德陞齋靴鞋鋪

本齋專做滿漢朝靴新樣京式名鞋及鑲花坤鞋一應俱全價廉物美　賜顧者請認明本店招牌庶不致悞本鋪開設在天津府北門外鍋店街集義號對過便是

七月二十日輪船進口

重慶　輪船由上海　太古行

飛鯨　輪船由上海　招商局

八月初　日輪船出口

新豐　輪船往上海　招商局

七月三十日[illegible]

[illegible]七[illegible]

[illegible]二[illegible]七[illegible]

[illegible]一千九[illegible]

[illegible]九[illegible]

[illegible]二千七[illegible]九

[illegible]二[illegible]

光緒二十一年八月

光緒二十一年八月初一日　第二百零三號
西歷一千八百九十五年九月十九日　禮拜四

上諭恭錄

上諭在京文武大員分理庶務各有專司近來告假人員幾於無日無之殊非慎重公事之道嗣後非實係患病者概不准率行請假以重職守欽此　上諭前據已革御史鍾德祥奏參直隸蠡縣知縣馬驤麒勒捐苛派等款當經諭令王文韶確查具奏茲據查明覆奏馬驤麒在蠡縣任內查無貪汚苛虐劣跡惟辦事因循辦工敷衍實屬不勝州縣之任着開缺以府經歷縣丞降補餘着照所議辦理該部知道欽此　上諭前據給事中胡俊章御史李念茲奏稱直隸冀州等州縣匪徒滋擾請飭嚴拿先後諭令王文韶查拿懲辦茲據查明覆奏匪徒牛棠等恃衆夥劫擄人勒贖實屬目無法紀若不從嚴懲治何以靖奸究而安善良業經該督飭屬將該犯牛棠即三茄皮胡二狗朱四劉慧和等拿獲正法梟示不足昭炯戒仍飭嚴拿逸犯雷大谷子等務獲懲辦毋任漏網冀州直隸州知州牛昶煦于張洛九家擄捉幼孩未成一案獲犯時漏未訊明亦未訪聞傳報殊屬失於覺察着交部照例議處該部知道欽此

靜西消水議　續前稿

驅萬馬爭道於五尺馬盡駛疑而不前豈馬之過哉夫以直隸之河不下數十百道計惟北塘與南運減河別由一路歸海外餘皆趨於大津之三岔一河以爲朝宗止軌其漲之發無甚先後除由東淀所滙之七十二清流一往清深並可藉清刷濁餘如南北運與永定滹沱俱挾泥沙而滹二水泥沙尤多滹沱下游即子牙子牙下游即爲止靜西之水其水也及抵三岔河與衆河相會爲衆河迸溜所繫戀海河潮汐所頂托其沙泥隨走隨沉故每遇伏漲諸河水勢愈狂海河水勢愈漫諸河坎內愈盈海河坎內愈淺諸河深幾兩丈時海河轉淺至六七尺深不能及諸河一半下流行水不暢上流自漫決可虞豈水之過哉俗論謂河自擱沙海不受水似以爲天之所爲人力無如之何者遂如日月星辰之運付之天災祥妖孽之變付之天豐歉疫癘之數付之天響曲成染左道之說謂水係佛家妙喻衍法故來不知其何自來去不知其何自去小民無知鄙陋庸劣無足與議至搢紳先生亦相率而誘之天其智不猶出臧文仲下哉左傳僖公二十一年夏大旱公欲焚巫尪臧文仲曰非旱備也修城郭貶食省用務穡勸分此其務也巫尪何爲天欲殺之則如勿生若能爲旱焚之滋甚公從之是歲也饑而不害左氏之意以爲旱在天備在人泉枯石燥土焦金流人固無如天何修城節費務穡勸分天亦無如人何饑者天所爲不害者人所爲是說也君子猶以爲不知人難不知天況他乎哉蓋天之爲道大而無外人之或順或違或向或背皆未有出於天之外者總中向中自天違中背中亦自天若旱備無豫於天文仲之諫何自發僖公之悔何自生旱備之修何自出人皆之發非即天理之發乎人心之悔非即天意之悔乎人事之修非即天道之修乎人心動而非天成王疑周公而天大雷電以風成王啟金縢出郊迎周公天乃雨反風

可知在上之天心卽不通於我王在內之天心天人一氣相感治水何獨不然堯舜憂洪水而禹生禹之治水也足胝手胼胼胝附資能負舟而不懼雖近古而疑之誕非誕也事純於心心存於人人生於天無則無有則俱有何分今古較諸信佛之妙喻衍法者孰誕孰不誕矧今之治水較古之治水其難易相懸奚啻倍蓰爲萬耶古之水土未平九河尚所治今則水土平者數千年遞經明賢相待爲治舊河新河隨在有迹可循原無須大事更張也卽如靜海之水於縣治近者爲南運河在縣城下又其西爲子牙河去縣城三十餘里一河南流其在靜西皆　直北下至靜邑北界二河俱折而東子牙河至折向東處名新正河實卽子牙一河也其河北岸之堤名隔淀以堤外卽爲東淀□芳之巨浸任爲

此稿未完

賜錫自天　○七月二十五日爲端邸六旬壽辰　皇上御賜紅寶石頂珠一座團龍袍褂一身宮綢尺頭六疋翡翠搬指綵帶四枝福壽字各二方蜜蠟朝珠一掛無量壽佛一尊對聯二幅荷包活計十六色用黃龍亭六乘令蘇拉內侍由　內廷抬至端邸府第端邸衣冠在府第門首跪迎於　御賜壽物异放亭內望　闕謝恩畢雇定四喜菊部外傳名班脚色演劇並備酒筵以侍諸鉅公祝嘏

文掃於地　○寓彰儀門內牛街某生業舌耕請業者日六十餘人然子弟雖多束脩寥寥閱開蒙學生日給修敬錢十大錢二文知識稍開者倍之待先生如此其微也而欲子弟成就不亦難乎所可笑者某居師儒之尊而妻則逐什一之利日以零星食物求賣佔之於是六十餘名子弟皆成主顧多購者則譽子先生前曰此兒聰明善視　否則捏辭潤氣某生立加苛責以故生意日上此事哄傳遐邇引爲笑柄噫束脩以上未嘗有吝教之心薄待斯文已早成愈下之勢聖　教將微矣乎泗水淵源吾不知其何日不墜也能不爲之浩嘆也哉

兵實有眼　○七月二十六日天曙時崇文門外磁器口地方有持械盜犯十餘名不知由何處搶刦贓物甚多經巡夜兵丁瞥見旋卽拿獲一併解交東珠汛守戎署內經刑審訊詳解步軍統領衙門諒不日奏送刑部按律懲辦矣

安豈無頭　○京師前門外鷂兒胡同楊某七月二十日爲子完婚正在彩輿臨門交拜天地時突來官差二十餘名一擁而入各持鎖鍊將楊某並新婦一併鎖拿云拿赴通州審訊楊某雖係貿易中人頗知官差傳人必須協同該管總甲始能拘案當時雖有印票並未協同總甲顯係假冒卽赴西珠汛廳禀報立卽派兵前往拦拿官將該匪等鎖拿五名餘皆鼠竄隨將所獲各犯解交西珠汛都戎署中責押審訊現聞已嚴備文赴通查詢是否屬實有無別情不難水落石出也

合屬簡茅　○本府考試合屬童旗籍文童三覆文卷均已披閱合行榜示爲此示仰應考文童知悉於八月初一日黎明赴貢院末覆爾等各帶試卷毋得自悞特示　計開各縣考取前十名文童名次開列於後○天津縣　陳寶樹　華澤沅　穆祥和　王家端　李家楨　董恩甲　陳審璠　陳自中　李士鈐　王士瀚（靜海縣）　于權中　劉新桂　朱鳳桐　劉汝麟　李蔭連　馬光翰　武寶臣　紀恩桂　陳鳳鳴　邊濟三　青縣　張文蔚　劉愷昔　趙秀昶　姚述祖　崔光樹　朱會銘　馬克耀　戴台南　邵居廉　周仲慈○旗籍　安亮　國俊　承恩　慶祥　貫普　寶珊　承弼　文俊　承武　魁成　○滄州　□桐林　馮國璋　李志侗　于國勛　馬則曾　范恩錫　劉炳晨　王屏翰　李心一　鞠桂榮○南皮縣　王鍾嶠　張觀艮　侯瑩　侯仲炬　姜文樓　侯堃　張煥奎　張廷吉　張捷三　李銓○鹽山縣　趙培元　韓焜　趙逢午　于汝翼　馬驥　張蔭葵　姜夕滋　尹千祥　胡桂書　劉傳敏○慶雲縣　劉桂烈　趙文元　楊貫通　范雲鑾　王臨儒　鄭鴻藻　崔毓鑫　吳鴻漸　王蘭　馮鶴亭

臺南遺簡　○臺事屢登前報然概由申滬新聞及譯西報所言或猶以爲耳聞非目見也茲有本埠友人曾居劉淵亭軍門蓮幕者因病歸來述其身經目覩之事特登報端以昭實信而快衆心據云台北失澎湖失守後惟有英國船輪爹釐士船一支自廈門駛往台南裝載人口通運貨物每月三次船進口出口必具時刻以報爲時已久人情相安八月二十八日海口司瞭望者報有輪船五隻泊於旗後地方係英德美三國旗號劉淵亭軍門聞報恐其忽至多船必有別故親率親軍一旗赴旗後登山畔砲台用遠鏡瞭望其前面平列五

船後又有一船觀其船外記號確係日船而旗幟則不知為何國即命裝砲親自測量直指其烟筒砲將發復止命小火輪司巡海港者赴英國船告以其船可疑將發砲轟擊恐傷各國船請速遠避如不退開或至轟擊勿怪我於是五船即刻往兩旁開動將該船讓出港門見該船無遮蔽物疑現身總砲砲甫發而該船已急急開動僅將其頭擊落桅中彈火飛射并中桅測桅及後梢上立者數人均被擊斃該船受驚即行鼓輪飛駛向雲水蒼茫中逃遁而去其五船亦於夜間各開輪去軍門直至次早始振旅復歸合廟士民共請薛仁貴三箭定大山吾軍門一砲保旅後編為歌謠以頌功績

昇萑苻技　○盜賊拒傷搶劫已屬暋不畏法若明目張膽設計騙搶狡更甚矣南皮縣董莊畢魁龍家被搶一案前已登報頃由該縣人來云畢魁龍與巨寇張姓曾守望地因在董庄外結廬而居於閏月中旬夜更時有二人叩門畢出應二人言擬打船將牲口驚走且口渴太甚乞熟水一潤畢即令妻燒水水未及熟又言求老兄相幫將牲口拴住並借繩一根畢允即拿繩隨同前往距住屋數遠二人即將畢揪翻用繩縛於大樹上返身畢家亮出刀槍威赫畢妻將畢妻頭衣服搶劫而逃比及畢竭力掙脫進莊鳴衆追捕已無踪跡嘗即赴縣報案驗得畢受刀傷木器傷數處幸不致命似此設計騙搶拒傷實屬狡惡極矣

仿祇樹園　○本郡北門外針市街中間閩粵會館每屆七月三十日會館主人延請道士諷經放燄口所有五祀牌供米供及三餅等照章呈在職台上任觀者擁擠搶去俗謂施捨按佛法有祇樹園給孤等事茲故附會其說歟

補入柳營　○皖軍馬步各營以中東議和榆關內外駐防各營均已撤防衆兵勇丁多稱假回里省親致有缺額茲皖軍統領[illegible]招補親兵小隊每名月餉四兩二錢除直隸省人概不收錄外他省如願投効者於本月三十八月初一日至西門北同源店報名驗收

傳來竹報　○茲有友人由保陽來轉述者云保陽六月初間城鄉內外霍亂轉筋之症斃人甚夥今已平安且年景十分豐盛叙來同收地方亦極安謐迥非春末夏初比也

勇賊難辨　○劉文學者係文安縣齊兒庄人前日由天津回家行至周家樓東窪突遇遊勇攔住去路將背負行李搶去聞劉已奔赴該管地面官報案矣未知能緝獲否

利害相連　○貢院前賭局林立已登報牘茲尚有繼立效尤者陳小二之房賃于董某曾經議有年限詎陳因現在賃與賭局每日可得百十餘千遂勒令董某移家董以在屋內畫活為生不使遠行膽出為此口角陳竟持刀將董頭劉傷董之家人用簸籮抬董赴縣請驗路人見簸籮內血注淋漓恐有性命之憂似此因招賭獲利以致終凶是則貪之為害利真與害相連矣

補錄彰化失守情形　○本館昨接駐廈門訪事友來函云中路彰化之所以失守者非失於日人而失於羅漢腳羅漢者臺人呼流氓曰羅漢約有數千之多日人買通彼等每日給發口糧元如出隊打仗每日每名給洋五元聽其指揮於是有假作仗義之民投効入伍者有假作買賣之人混行入城者有充作挑夫往來探視者此等人遍滿中路黎太守遣各營將弁暨衆紳等不及覺察祇知大甲溪邊迎敵尚未照料後路日人因於黑夜由洋划白數十只至中港小汊一帶勾通土匪上岸時以鎗起倉猝城內無兵遂由八卦山過直入東門破壞城垣殺戮男婦無數黎太守一聞警報以無可援救遂率紳民退往嘉義堅守要隘求援於劉大將軍然初時大甲之前敵義兵奮任直前誓不退讓月日兵之冒死渡溪者均被擊退溪邊地雷猝發燒死日兵數百名之多後聞根本已失臺民震驚遂不得已退走內山日兵始得乘勢長驅渡溪直抵彰化云

續錄彰化收復情形　○本館同日接廈門訪事友飛函云彰化失守後中路臺民惶急異常不知劉大將軍已成竹在胸早定奇計探得敵中不守即派健兒數千名往嘉義糾進發招集黎太守殘兵其餘不准過隘以防匪黨乘勢竄入並傳諭匪徒謂果是忠義之民請守隘外自當照給糧米兩月為日人所欺所得不過數十元如願在此効力攻殺日人本帥每名當以數百元賞之現將不日出兵爾等肯為我敵立即赦罪錄功否則身滅族誅再誅日人云云於是土匪等畏威懷德歸而爭先願為前驅翌日劉大將軍即命拔隊起行將抵彰化身先士卒親冒鋒鏑之下[illegible]砲聲鳴電掣萬[illegible]濃烟中[illegible]兵四面[illegible]我軍揮兵[illegible]殺[illegible]敵[illegible]依然[illegible]斬竹一[illegible]

攸同譽北大帥遂轉彰化尊同邑役心豪軍大獲全勝聞者無不稱快惟所傳之地類垣敗壁蔓草荒烟已非復舊時繁盛矣

死亡相繼　○西字報載日人自據有臺北後各兵卒爲瘴氣所侵時滋疾病邇來在醫院醫治者多至一千八百餘人而每日送至院中者尙有二百名左右其中病重回國之人日亦如之且自朝至暮之因病而亡者日凡十七八人似此死亡相繼日人雖欲久據臺疆殊無益也

牛莊近事　○牛莊來函云該處久雨已六禮拜之多近日天氣忽晴日間雖覺炎熱入夜尙稍涼爽當苦雨不止之際日本所儲軍食大半受損現在搭蓋大棧房一所每日用工人多至二百餘名又建造各項房屋以便收藏食物觀其行徑似作與冬之計不似即日言旋言歸者惟近々滋强然甚多數日前爲日兵捉獲十餘人均嚴行懲辦日本工人及隨營役夫皆强橫異常時滋事端途間遇有中西人等無不故意向之碰撞夜則高歌　耳擾人淸夢殊可厭也又有工人十餘輩與一西人爭鬥遽以白刃相向幸西人身畔藏有手槍一枝且運用甚爲精熟不致吃虧日本兵士亦頗恪守紀律至牛莊道署者己簡放有人特尙未到任耳

悅來洋貨號

開設天津紫竹林大街自運各國鐘表洋貨新到玳瑁奇形大小胭脂香粉盒起球玩物俱是五彩細明梳篦梳頭刷子梳頭手鏡象玳瑁邊框上等粉撲萬花筒花瓷洋畫洋辣淸醬玻璃異樣花素香水砰碗盞杯盤雲鑼三連金邊鏡子茶杌等

格外減價消售發客

告白　李傅相馬關被刺紀實並帶小照每本價洋四角五　盛世危言　野叟曝言

各國時事類編　中日戰守始末記　公車上書記　海上見聞錄　鏡瓶梅　眞正豫聯齋

三續聊齋　三續今古奇觀　正續泉廳昇平　後施公案　彭公案　鴛鴦夢　古今眼目

繡像金臺傳　雲中落繡鞋　後西遊記　蜃樓傳百寶箱　繪圖小八義　意外緣　煙雲夢

情天寶鑑　女僊外史　如欲購者請到文興齋寄售

告白　本館京城售報處在宣武門外繳家坑路東海昌會館內陳午淸先生代辦如

賜顧者請至該處可也　　本館賬房啓

浙杭元吉永號

本莊自置紗緞綢綾新樣洋縐花素洋布川廣夏貨團摺雅扇南貨頭油俱全祇爲近時錢市緩落不同故而各貨減價開設估衣街中間路北凡仕商賜顧者無悞特此佈達

德陞齋靴鞋鋪

本齋專做滿漢朝靴新樣京式名鞋及鑲花坤鞋一應俱全價廉物美　賜顧者請認明本店招牌庶不致悞本舖開設在天津府北門外鍋店街集義褀對過便是

八月初一日輪船進口
重慶　輪船由上海　太古行
海晏　輪船由上海　招商局

八月初一日輪船出口
飛鯨　輪船往上海　招商局

八月初一日錢市行情
天津九七五錢
[illegible]二千七百八十五文
[illegible]一千九百六十文
[illegible]竹錢九兩[illegible]
錢盤二千七百七十五文
[illegible]元一千九百九十文

直報

第二百零四號
光緒二十一年八月初二日　禮拜五
西歷一千八百九十五年九月二十日

上諭恭錄

上諭據都察院奏已革湖南候補知縣張銘呈稱前控被參冤抑之案同鄂年餘終未提訊復行來京呈訴等語此案前諭令張之洞會奏嗣經調署兩江奏明移交譚繼洵審辦現已年餘何以尚未訊詰着譚繼洵迅即提集人證研訊確情據實覆奏該革員張銘仍着該衙門飭令前赴湖北聽候傳訊欽此

靜西消水議　續前稿

其河南隄之南舊有三溝東西竝列名以楊樹榆樹柳樹傳約皆溝頭昔所舊植其南爲三泊曰蓮花曰秀才曰老君又其南自谷家庄與縣治南運河西之谷家樓東西相對處中有一港南來名黑龍自靑縣之盤古深潭爲始實以洩上游田中積潦與南運西決子牙東決之水汴三泊順三溝由南運西岸靜屬之獨流鎭北依南運東折之北岸新正東折之南岸迤邐東下於蓮花淀蝦蟆窪達津半十二連橋出三岔河朝宗於海此港水六十年前故道也道光間獨流民以肒田多年蓮花淀於獨流後三溝歸淀處築一橫埝黑龍港水遂無去路南北鄉民延訟數十年欽差委員押令毀埝卒爲流鎭紳民所阻時靜西猶無甚害者以蓮花等泊尚白水產子牙河上游水經眞順廣之南北二泊曲環宛轉而來已殺狂暴且滹沱自山西來直界者在雍乾時決於州頭播爲九股漫流束鹿深冀間於子牙河面不相擾後經怡賢親王於南泊附近五溝之第四溝疏引循古河以歸滏陽舊路於子牙尤不相擾矣咸同以來眞順廣二泊不治滹沱仍前汎濫遂由高大窪下橫挑一河併歸子牙伏秋兩河齊漲水頭動高數尺幾丈餘子牙下游遂漫決西出矣同治初年靜西不甚被害者以滹沱溢出之水自河間直入文安大窪東西朔南蜿蜒數百里或衝入鄚州之白溝河及蘇橋龍塘灣之大淸河入勝芳東淀故靜西亦無甚害嗣文窪於靜西瓦頭橋上下及垻台開引河數道灌入子牙河及子牙下游之新正河奈文窪形如釜底昔怡邸所擬營田處謂無須開引水河者以引之亦不能出也文民復籲當路於子牙河上游堅築北岸橫堤廢南岸任其漫衍今歲河間扒隄之民即南岸被淹之民所扒即文窪新築子牙上游北岸之隄封糧攔路實起於此沿流而下至臧家橋子牙河始有兩岸兩隄其西隄向係官修以文窪之地大民多也其東隄例聽民修以多寡皆係子民也自同治而後靜西子牙河東西皆准修隄每至伏秋兩集漲來東西延訟無虛日屢屢聚毆幾釀巨禍然而隄可以捍常流不可以禦異漲自子牙河上游不能歸北泊中受沱水新挑橫河正派異漲之來頃刻尋丈水可以一猝而增土萬不能一猝而長且新築土定鬆浮蟻穴可潰而西民衛西東民衛東西地大則人多東地仄則人少衆寡不敵子牙河身自大城白楊橋以下附近東隄去西隄遠甚河自西套幾無東套套內之地視東西兩窪高至丈餘無水則瓜果菜蔬禾麥歲有數秋有水則菜蔬兩麥亦可望熟沿河東岸之村其田多在西套故每値成漲東民與西民暗相勾竄扒毀東隄兼之夫頭受賄監修者佯爲不知東岸修隄於隄內暗爲

西民作涵洞數道屢控道轅有案祈歲子牙河東岸在大城縣屬之蘇莊窪姚馬渡楊家口小河沿莊所決之口大半皆西民與東民合謀偷掘憲轅皆有成案故水灌入獻西加以南運西岸所決橫水與黑龍港上游所洩田水同匯此窪瀦於子牙下游之新正河兩岸金堤悍堤以南非毀隄絕無去路　此稿未完

祀典昭明　○八月初五日秋分祭　夕月壇奉　旨朕親詣行禮從壇遺長華分獻欽此已見邸抄茲聞　派出陪祭王公大臣照例先期齋戒三日　皇上於初四日升　太和殿看視版初五日丑刻乘輿出乾清門　太和門　內西華門　阜成門直至　夕月壇寅刻上祭畢仍由舊路還宮所有各部院派出陪祀司員等俱穿朝服補褂伺候陪祀以崇典禮並經侍衛處請派稽查壇墻調集八旗滿蒙漢中營南營北營左營右營各汛弁兵在阜成門外關廂及　夕月壇之垣四圍紮隊搭蓋帳棚督飭兵丁嚴密巡查以昭慎重俟　聖駕還宮始准將隊伍撤回各歸旗營均已分別劄調遵照辦理矣

甘霖普被　○七月二十七日夜間人定時黑雲結陣雷聲隆隆雨師稅駕瓦簷滴滴自聲至天曙滂沱疑有壯士直挽大河為倒午後雨細濛濛猶未休也澤下尺生上尺得此甘霖儼同雨麥較之雨金雨玉瑞應為多民心慰　天顏喜不但癘疫消除也

得天有道　○客自昌平州來談有季某以布負販居昌平州城南南口村其弟耕祖遺地數畝奉母敬兄稱孝友人無間秋禾成割刈穀豆並犁除地畝麥掘土尺餘忽觸瓦鉢當即鋤破次日復犁其地見所鋤鉢依舊復完心訝其異再掘之大小器皿廿餘件攜歸洗滌白光照眼疑為錫兄自外至詳視之曰銀也其形似杯似鼎不類近器爰同往視其地係小山之陽下環涓水山左右塚墓壘壘再掘數寸見朱棺知為古人墓恨少碑記家識何代惟棺旁破櫝隱隱刊有字跡云尹元大夫享器六字隨即掩埋而歸將器出售得足銀三百數十金為負販貲從茲日盛利市數倍想大念季某昆仲孝友故借大夫無用物以報之歟姑錄存之以符新聞體例

守夜無慚　○七月二十七日夜間三更時前門外皈子胡同地方有某醫生橫陳一榻正在噴雲吐霧前門外犬吠狺狺不絕怪而啓戶見門外有火藥一大包上插大香一枝火燃將及急取水澆息呼隣同看衆皆驚駭失色俱云此必匪徒種火欲藉以搶奪倘非早見遲即不堪設想矣險哉

事異新聞　○京師朝陽門內某小街地方淫風流行駭人聽聞貿易某乙年逾不惑琴絃絕訂聘某姓女為鸞膠續前妻長子年弱冠大恚曰老奴謀一己歡使吾輩向隅可憾甚竟於七月二十二日衣冠齊整躬赴女家與女面言老翁孱弱不如吾輩年少情多若肯為白頭盟當享此久天長之樂女信而從焉是夕二更即亂於其家旋即偕匿今猶未識藏巢何在也某乙以女父母不閑其女與女家為難女家又以乙教子失義方與某乙為難究不知此事如何了局也噫未得一妻先失一子縱楚失楚仍在一家而名分倒置矣可反新台詩為某乙父子詠之

狂為故態　○七月二十六日西城兵馬司胡同有荷校者約二十餘歲衣服裝束似車夫荷役一流封條上書酗酒滋事匪犯丁國祥一名據居人云該犯素遊手每酗酒以詐良家財七月二十四日途遇某侍御瀛眷巾車伊猖狂大作橫路僵臥阻去路車夫呵之該犯不惟不聽徑揭車簾肆擾車中人怒極立飭從人告該管官廳捉將官裡去杖責後荷校示衆噫光天化日下如此猖狂烏可輕縱也

江督晉貢　○署兩江督憲張制軍敬謹恭奉　傳辦福方箋絹徽墨等物共裝三十箱因限期已迫循照織造進　貢章程由海道運京特委家丁萬福承差夏鴻太恭賫赴滬乘輪船至津晉都赴　內務府呈納已於六月二十六日由滬起程矣

津屬前茅　○在任補用道特授直隸天津府正堂隨帶加一級紀錄三次沈　為歲考事照得本府考試闔屬並旗籍錄取文童姓名次序合行臚列榜示須至榜者　計開　○天津縣　華學沅　陳寶樹　穆祥和　王家瑞　董恩甲　李家楨　陳寶璠　陳自中　李士鈐　王士翰○靜海縣　劉新桂　于權中　朱鳳桐　劉汝馭　馬光翰　武賢臣　劉蔭連　邊濟三　紀堪桂　陳鳳鳴○青縣　劉愷晉　趙承昶　張文蔚　崔光樹　朱金銘　戴召南　姚述祖　回仲慈　御居廉　馬克耀○旗籍　國俊　承恩　承武　寶珊　承弼　貫普　安亮　文俊　慶祥　魁威

○滄州 潘桐林 鞠植棻 馮爾璋 李志侗 于國勛 馬恩曾 范恩錫 劉炳震 王屏翰 李心一○南皮縣 王鍾曦
侯 塋 吳觀艮 侯 堃 張煥奎 張迪吉 侯仲炬 李 銓 張捷三 焦玉璞○鹽山縣 趙培元 韓 焜 趙逢午
于汝聲 馬之驪 張鎣葵 姜允滋 胡榜書 劉傳敏 王贊元○慶雲縣 趙文元 劉滙烈 范雲章 崔毓鎔 吳鴻漸
趙貫通 于鴻儒 鄭鴻藻 馮鶴亭 王 蘭

縣示補試 ○欽加同知銜卓異候陞題補齊縣署理天津府天津縣正堂加九級紀錄十次趙 為諭補考文童知悉現蒙府憲轉奉學憲檄行自京起馬按臨津郡歲試等因蒙此除出示曉諭外所有文童補考並性理論孝經論自應一同考試該童等將因何正場不到緣由先期稟明本縣察奪並定於八月初十日補考以憑備文分送府憲考試爾等各宜凜遵毋違切切特示

捕務廢弛 ○河間吳橋縣屬二人庄趙廷瑞者農家子今歲閏月母逝世瑞自兩胞姊俱適人以母柩停於房接其兩姊來家守靈朝夕哭奠昨晚以焚化冥資屋門未閉旋入夢鄉詎賊撥大門直入內室燃火扇東西樓槍趙姊驚醒手持械嚇之不敢聲賊攜贓逸趙赴縣報案請緝蒙文武勘驗後撥捕役巡至小張庄見數人形迹可疑捕方欲擒賊即放槍拒捕繼捕亦燃槍報敵賊見勢不支奔入田禾而逸遺下包袱一個檢視內有女衣等物當即呈堂傳趙認係失物但賊未拿獲可惜也

誠可達天 ○本埠北門外針市街閩粵會館臨建廣東兩幫雜貨向皆由海來津意謂人在海中三面水一面天專靠菩薩慈航普渡每屆八月朔日兩幫恭答神庥鼓樂吹笙演劇一日原心也即神即心即心即神盡可知矣

詩堪擲地 ○本埠敲詩之局名為典雅實係賭博不過於呼盧喝雉外別開一徑而已現在府試未竣貢院左右詩攤壓壓昨有某甲因付錢未清口角將詩攤摔砸幾乎用武幸為衆詩攤解散否則愈為不雅矣

虎賁焉往 ○去歲海中告警各營招募成軍至今年餘操練乃成勁旅未便任其自去自來茲本郡城西某甲在隊逃回現該營來津請勇適為所獲扭至營中諒必有以處分矣

蟾窟誰分 ○本埠河北窰窩地方日前有棍徒數人身帶器械赴桂香妓館肆行擄掠摔砸一空聲稱尋某甲洩忿止吵鬧鬧鬥外稱鄉甲勇將到棍等聞聲鼠竄而去聞係前晚有某甲在桂香處攪擾該棍徒某甲醋海生波今日特來洩忿云

雖乎為棣 ○西頭麗長順斗店後口袋班內王瘸子與夥友陳三門毆經同夥多人勸開瘸子回家持菜刀將胞弟土三剁傷弟問因何開罪瘸子云今日我在外面受陳三打罵無法出氣我將你剁傷同你到縣去告你說傷係陳三剁告准陳三好與為兄出氣弟無奈從兄所言赴縣控告是否准行如何訊斷俟訪再報

仍似念秧 ○據靜海縣來人言道路不靖昨有山東李明海與其姪振堂以販賣牛在三河縣 帶賣完帶銀兩回鄉行至中途忽遇行路四人彼此閒談數語至岔路分走而儆詎於次日李行至靜海縣之菩提窪突見昨日四人以為復遇不料四人登時動怒各出洋槍尖刀向李言實因盤川缺少爾若獻出尚可生還否則刀槍下無情面也李聽其搶擄攜贓而逸乃赴該管衙門報案究未知能緝獲否

臺北風災 ○昨接臺北西人發來電信云邇日臺北狂風陡起吼聲如虎萬籟怒號走石飛沙排山倒海為往古來今所未有所過之處凡深林古樹傑閣層樓闤闠萬家壁壘四匝以及龍膡鱗隰之間游牧動植之物無不為風伯所大創加以雨師繼至不啻傾翻倒瀉山洪暴汴急溜奔騰有建瓴直下之勢汪洋一片幾使平地變成澤國臺北一隅為日人所佔據前以疫癘大作死亡已屬不少今又繼以風災不可謂非天降之罰也彼本擬於八九月間乘臺南風息浪平時以全力相搏不謂臺南之兵未移而臺北之災已降愈以見人力之不能與天爭矣

雷船抵淞 ○字林西報云昨有德國該號之水雷船二艘駛抵吳淞一為五百五十八號一為五百五十九號計各重二十噸缸二艘現係中國向德國所訂造今已竣工故遣駛來華交付

韓廷王親姪被拘事　○本館昨由駐韓訪事友人函告云朝王親姪俊鎔去歲曾放出使日本大臣遷延不赴中外疑之前月二十五日夜忽有朝鮮捕及日捕四五十名曾至俊鎔宅內不由分說簇擁而去解至禁府大院君因俊鎔乃係己之愛孫見其被囚遂移之囚幷云余孫所得何罪皆余之罪但求赦免若必欲殺之不如殺余以代言罷淚濕衣巾聞者俺泣然自王姪被囚以來民心驚惶城廂內外無不震動上月美國公使與各國公使會議行文至日本公使歷叙近日民心將變情形且各國駐京者皆有身家性命萬一有變不易保全請日使詳詢朝鮮外務衙門王姪被囚緣由至應如何設法保全各國駐京人員之處當早籌畫等語旋由日使井上馨將美使公文譯出漢文並將各情函致朝鮮外務大臣幷云在韓貿易者惟日商最多今李宗正卿被囚人心甚恐雖事涉宗親未便干預倘貴大臣能將大畧情由見示則幸出望外等語外務大臣金允植接到該函隨即覆稱宗正卿李俊鎔被囚一事實係大獄但小民不識內裏之事是以驚恐本大臣亦有所聞然近日人心已漸平復想無意外之虞至宗親被囚緣由係因去冬法務衙門協辦金鶴羽被刺一案我政府嚴飭警務廳隨時防範李俊鎔欲刺法務大臣徐光範內務大臣朴泳孝等旋由政府大臣密奏勅旨嚴拿到案因煩勤詢特叙大概此覆云云按此事日來三韓之人紛紛傳說皆謂奸黨朴泳孝等所爲不知確否

告　白　李傅相馬關被刺紀實首帶小照每本價洋四角五　盛世危言　野叟曝言　各國時事類編　中日戰守始末記　參軍上書記　海上見聞錄　銀瓶梅　眞正後聊齋　三續聊齋　三續今古奇觀　正續東麗昇平　後施公案　彭公案　鴛鴦夢　古今眼前報　金臺傳　雲中落繡鞋　後西遊記　蜃樓傳百寶箱　繪圖小八義　意外緣　快雲夢　情天寶鑑　女僊外史　如欲購者請到文奘齋寄售

告　白　福州和益木商在津開設十年前雇夥友林松卿經理歷年尙未十分誤事詎自十九年夏間荒蕩嫖游號事廢弛從中侵蝕弊混不勝枚舉致虧號本甚鉅去秋控縣押追迄未完結林松卿早已出號所有和益號事均係號東自行料理與林松卿毫無干涉特此布告　官商如蒙　賜顧務須認明和益本號庶不致誤　和益木商鄭湘巖白

告　白　本館京城售報處在宣武門外徽家坑路東海昌會館內陳午清先生代辦如賜顧者請至陳處可也　本館賬房啓

浙杭元吉永號

本莊自置紗羅綢緞新樣洋辦花素洋布川廣夏貨圖摺雅扇南貨頭油俱全祇爲近時錢市漲落不同故而各貨減價開設估衣街中間路北凡　仕商賜顧者無誤特此佈達

德陞齋靴鞋舖

本齋專做滿漢朝靴新樣京式名鞋及鑲花坤鞋一應俱全價廉物美　賜顧者請認明本店招牌庶不致悞本舖開設在天津府北門外鍋店街集義棧對過便是

八月初一日輪船進口　重慶　輪船由上海　太古行
武昌　輪船由上海　太古行

八月初三日輪船出口　海晏　輪船往上海　招商局

八月初二日銀洋行情
天津九七五銀
紫竹林九五銀
洋元一千九百六十文
銀錢二千七百七十五文
洋元一千九百九十五文

直報

光緒二十一年八月初三日　第二百零五號
西歷一千八百九十五年九月二十一日　禮拜六

上諭恭錄

旨正藍旗漢軍副都統着鈕楞額調補所遺琿春副都統着恩祥補授欽此　上諭御史楊福臻奏各省待質公所請飭叔除一摺着刑部議奏欽此

此稿未完

靜西消水議　續前稿

故新正南岸之堤毀而復修修而復毀光緒間陳大令以培知靜海以邑西水患病於子牙新正與黑龍一港者多而議建之乾嘉以前子牙一水自河間大城界河身而分兩道皆自南而北其在東者爲子牙河在今靜邑東子牙鎮東在西者爲古道河在今大城縣北四十牙村中村兩聚落其河是處東西形在南者爲河南在北者爲河北中有碑亭　高宗純皇御筆也河逾西子牙一直北下廿餘里經王家口西頭今猶呼其處爲乾橋又北下至莊兒頭垻台一帶漫入淀窪其在東之子牙河沿東子牙鎮迤東北下廿餘里由瓦頭橋下迤邐而北而東入獨流北之蓮花淀水小則子牙一水專由津北紅橋而下黑龍一水由津北十二連橋而下水大則子牙河黑龍港於獨流北東下之處則混而爲一南至南運河之北堤北至勝芳窪南之隔淀隄南北相去或三五七里二隄皆　欽工歲修堅固一則恐南齒有妨運道一則恐北齒淤塞淀流也直隸河道自前大臣于治永定障水東流失永定故道永定恒自北來漫入東淀自前大臣方治子牙併古道入子牙河同出瓦頭橋下至垻台東折爲新正河而子牙下游不暢上游時虞横决下游時虞漫淀淀受北來永定之水亦或南衝至南運北隄甚至衝入南運混爲一水衆溜羣吸至三岔河觝牾洄漩不能駛下新正之派遂以頂拖不前而靜西積澇更兼受黑龍港水既阻於獨流横埝不能入蓮花淀順而東去又過以新正河南岸不能入新正河與之偕流惟俟新正水涸然後毀新正南岸第八堡之隄放緩放下所以靜西小民耕種往往失時十年不一有秋同光間又以文窪患水舍道議以子牙一河兼受滹沱新挑横河全派由東子牙鎮以上開減河注歸靜邑西窪以淡文窪水與不知靜西之地較文窪之底高幾尋丈即以子牙全派注之靜西毫不能減文水數寸且另開減河將以瀉水不可往之靜西以蓄水且以蓄水非大如東海斷不能以下無去路有限之窪受無來源無限之水况河套例寬三百丈原爲暢成漲之流近歲子牙河自臧橋以下西岸河埝之高高於東岸大堤漲時河仄溜狂西岸河套未見消滴東岸大隄已潰决無算果能劃除河埝河套内展三百丈取河埝河身之土盡以築左右兩堤築隄即以浚河河愈浚愈寬深隄愈培愈高學與吳蕩減河復何以異噫大令遂以子牙河東西兩窪全局利害洞陳各憲蒙准施行數年之間兩窪豐稔而文窪之底卒未涸乾人勢使然也至靜西積澇大令則視東之南運北之新正兩河水勢漲落隨時掘隄以放窪水南運水涸則掘西岸新正水涸則掘南岸嗣即稟詳各憲存案

二公宏化　○頃聞崇文門正監督麟芝菴中堂副監督芬餘亭大廷尉因得優差殊深惶悚現在所值各差時虞隕越有汲深之

恩之恩今復　寵膺權使偉威脂膏　異數須叨稱愈昌難堪者凡調芬二權使宗族交遊咸爲諸人聞其榮膺此職咸欲攀龍附驥藉資沾潤世則求爲東與委員彼更求撫滿稱臨稅其下者或懇求雙論或請派海巡一時紛至沓來應接不暇大有臣門如市之景惟調芬二公則一味鎮定徐來位置恐得其宜洵足媲美也已

六月生兒　○京師前門內碾兒胡同居住甌某貿易人也妻齊氏于歸後六月生子甌某因其過速也疑之謂媳爲帶孕而來孫非其種薄視之欲使媳携歸母家以撫媳父母聞而悲之因與力辯甌母疑終不釋甌妻以白璧蒙污無以自明欲死以見志妯娌微窺其意時常力爲勸解曰六月生兒之胎元既固加以產母血氣旺盛世常有之人言何郵焉甌妻死志頓解然姑視媳與孫終如陌路今春二月甌妻復孕於七月二十一日復產一女計時亦祇六月甌母乃渙然冰釋矣噫似此異性之姑未能諳練世情人情誣疑其媳身非白璧幸賴妯娌甚篤婉言勸慰得解死志誠家庭之大幸哉用特錄之符新聞例

海上仙方　○入秋以來轉筋霍亂癟螺痧症仍多人心惶惶故滿街粘貼黃紙單畧謂天師進京傳　仙方八月初一日起至九月十五日止如有霍亂等症以此治之無不靈驗藥方開後　蒼朮　陳皮　麻黃　人參　半夏　紫朴根各一錢　引用薑三片葱三根今特錄登報以佈周知是否有當仍祈名醫酌之

房中惡劇　○京師近來風俗大都凡爲子娶媳後其媳類多歸甯不返視翁姑如寇仇陋習相沿久難悉革令人殊屬不解矣前門外香廠地方有劉某者以傭值爲活今春父母始爲完婚惟媳與其姑冰炭媳俞氏常匿母家劉未獲一親芳澤近因劉翁壽辰岳家送女回劉某聞之亦告假回家與父作壽冀藉此以調琴瑟詎女狃於俗見陡起殺心上月二十六日夜間乘劉在睡熟持利剪將半段館剪落甫及手甲由痛醒奔出幸傷未甚重立即求醫用藥搶救忿極擬投知岳家醫即控於琴堂置要於法諒法非周婆所制恐難爲俞氏寬恕也如何訊斷俟訪明再錄

書生昭眼　○宣武門外寓醫士某雖無著手成春術而懸壺數載求診者門如市家小康生兩子年漸長去冬聘某乙訓讀醫出外日多妻某氏業已半老徐娘尚饒風韻乎時與乙私通一而偶或其餵其中曲折固難直惟外間人言藉藉醫微有所聞辭乙去於上月二十八日晚間又至館中詭言以檢取物件爲詞乘間復作巫山會夜半時醫驀地回奔入房大呼捉姦將乙左耳割傷某氏亦受微傷一併捆送至北城喊控當經值日差役某據情稟明坊主奉令看管候訊至是否因姦起釁抑或另有別情均俟訪明再錄

醉漢無心　○京師前門外西柳樹井仁錢會館有許姓客旅況寂聊於上月二十六日邀知已二三飲館中遣悶愁更深始各盡歡散客去許醉已不支入房就寢不料繡籠猝撲俱已不翼而飛四顧迷茫渾然莫辨遂和衣寢迫晨雞報曉曙色東明照見四壁蕭條一身外別無長物始知被竊現雖報官緝捉然茫茫冥冥未知何日弋獲也

直隸示署　○委署安平縣孫毓琇未經赴任據稟丁憂安平縣缺詳請改委即用知縣陳懸彬署理　委署定興縣典史李世泰在卸下落非委還缺改委候補典史陸熙署理　高邑縣訓導周珍丁憂遺缺詳委孝廉方正教職王[illegible]霖署理　正任祁州學正宋毓麟詳明調署薊州學正新選薊州學正[illegible]銘詳明調署祁州學正　北岸頭工下汛宛平縣縣丞程景濂於險工要缺不甚相宜詳明與青縣管河主簿陸[illegible]森互相調署　委署淶水縣教諭龐魁泰病故繳委遺缺詳委試用訓導馬艮真署理　調補承德府教授張丕弼奉部覆准飭赴新任　宣化府教授張丕弼未補承德府教授調任遺缺以高陽縣教諭周世芳調署　高陽縣教諭員缺以候補訓導祁懷誠署理　易州理事通判祿慶現在調署喇嘛官差會未竣事改委候補知縣顧厚署理　天津縣典史王振鏞丁憂遺缺詳請以新海防遇缺先用典史學康臣署補　阜平縣典史張穎成丁憂遺缺詳請以新海防遇缺先用典史劉樹杰署補

都轄祭關　○長蘆鹽運司李都轉於印後致祭各廟均於前期於八月初一日早都轉親赴轄關致祭闔屬轄關大小人員及各口岸綱總齊集共襄祀事云

子化蚨飛　○南城根某甲者其[illegible]女以混混稍有餘資專放窩帳放給某士娼寮錢數千文按日打印子於近日門前冷落延數日

未付工錢甲時索討辱罵甚惡言是日若不付給不但將其屋所有什物作抵即令官場將妓趕逐隨妓被逼服阿芙蓉膏以命相抵遂任人
急切於甲甲知煩人說合用藥灌救請妓如則拚以不活嗣經多人勸解方如法灌救得生印子作爲勿論矣說者謂甲橫惡至極然如此
則服其橫猶可救也

罪歸鯨吸　○各營由關撤防乘輪來津者均停泊姚家灣地方另行開往他處昨晚有某營員赴某塘子洗澡未脫衣時與學徒
四罵不絕口某塘掌忍氣吞聲遣夥計赴船上告某營官酗酒滋事等情營官即飭員弁數人將某甲揪獲並安慰塘掌其甲如此辦理可謂
善將兵者矣

澡身成盜　○前姚家灣某塘子有某甲洗澡臨行竊去零物將出門時經塘掌瞥見即送請營局按懲辦經已飭責局枷六十以
示薄懲云

瘦骨堪憐　○昨有外鄉男婦五六口跪東門外街前叩頭乞食皆骨瘦如柴見者無不惻隱每給一二文三文不等聞饑民男
婦來此善地當不至有餓莩虞矣

緇袍風韻　○津埠喪家必延請僧道諷經超渡亡魂雖富貴無不爾僧道等到喪家諷經送路亦有定規早誦經一次午誦經二
次晚誦經一次率由舊章昨北門外某姓延某廟僧徒十餘人誦主責僧草率僧不服喪主於圓光上作巨靈一擘和尚怒齊脫褊衫歐
木魚悻悻出門准擬到官理論幸親屬等竭力安慰孝子叩頭求恕事始寢

黃河水決　○前黃河決口淹山東各州縣已登前報茲山東友人來云南決口至東平州屬北決口至武定府屬漂沒三百餘
村莊稱自黃河決口以來水未有甚此者

弔頭造孽　○日前貢院西寶局因付錢不清持刀滋事地方赴縣呈報已紀前報昨飭差拿獲局首供認不諱聞已笞責一百鎖
押候辦云

犀角生魔　○河東鴿子集東無主義地甚多日久墳平與平地無異有某姓者於其地結草房與貧人居住取其租值有趙姓租
住其房其妻病白晝見屋內有人即喊鬧他人入即又不見常常如是趙因持刀亂剁雖見有人剁亦不中怪哉豈泉下鬼與趙爲難
耶倘遇莊周又不妨與之擊談矣

派員辦案　○文滙西報云寓滬美國人前因川省成都鬧教一案一再會議稟請本國總統派員赴川查辦茲聞美總統業已允
如所請派員三人一爲本國相臣所派之領事官一爲水師提督楷乘塔所派之水師官一爲駐京美公使所派之教士此三人抵川之後
大約可與他國委員商同辦理以期迅速了結

日增兵備　○西字捷報載西曆九月九號長崎來電云昨有副總督大克西嫣子爵由本埠乘輪前赴臺灣又聞由及納地方有
持械巡捕一千二百五十名亦於昨日乘輪前赴基隆另有醫生工匠多名馬若干匹糧食槍彈等物悉夥將於此數日內由長崎運往臺灣
以應軍前之用

防諜甚嚴　○古今用兵之法欲杜外諜先清內奸所謂戰勝於無形也昨接閩嶠信備述臺南防劉之嚴台灣登岸之報據以見劉
大帥神機妙算超越尋常也巧月下旬爹利士輪船開赴安平附搭此船擬登彼岸者大帥飭親信人逐名詢問自有無在城人擔保如無保
認之人即不准登岸否則即以奸細論遂有搭客二十餘人因無人具保仍坐原輪回閩此劉大帥防奸之深算也聞
太守所部新楚軍亦不准越彰化一步以清界限而杜奸混又聞日本兵船雖有在彼遊弋者亦未開砲惟聞日兵
閩女子自十五六歲起至三十歲者不分妍醜悉數解赴淡水爲不可告人之事似此忍心害理固宜臺民之慷慨設誓不共戴天也

紀義軍大捷情形　○前日以來海外消息彙隔音稀關心時事者急欲得確實消息以爲快昨接閩省函云淡水洋行
友人言自日人連日在中路與義軍交戰頗有不利死亡枕藉每一交綏兵心慌亂隊伍皆不能整肅彰化義兵客兵均歸撤理大山

無聲息忽聞鎗聲一震無有不傷日兵者可謂百發百中矣一變盡日本兵死屍輾有四五百之多此雖小仗之得勝乎又有日本兵四轉開、後瀧竹用氣地帆船載運軍糧以往新竹而繞苗栗所以不敢在路迭行走者恐被客軍關封也又載馬約四百餘名步兵四千餘名與中路義兵列陣交戰署臺灣府黎伯鄂太守即請帮統新楚軍之劉鎮軍督帶義軍客兵新楚兵及臺南鎮淵亭大帥所出之三營以百戰百勝之精兵分佈各山險要處駐紮先與之對陣交鋒故示以怯弱佯作潰敗北狀日兵不知係誘敵之計併力窮追待其追近大甲[illegible]溪各軍始由四山抄出將日兵圍在垓心奮勇攻擊日兵四面受敵因之大敗此一仗爲臺中第一次大戰計獲斬日本馬兵二百五六十人得馬三百餘匹陣斃日兵三四百名傷斃五六百名另有日兵一隊約四五百名被各軍引入山凹經義軍與臺南兵用火藥毬拋入日隊中紅光萬道幾便霄漢通紅日兵無路逃生從致全軍盡沒惟帮統劉鎮軍及義軍頭目客兵帶領三人陣亡死傷者僅二三十人新楚義軍客兵壘[illegible]於引誘入伏時受傷陣亡者共約二三百人日艦載來之兵三四千人酣戰之餘屍橫遍野血流成渠祇剩孜兵一千數百人僥倖生還有此大捷竟能將大隊日兵痛加剿洗從此當益知臺軍之善戰黎太守劉大帥之謀勇兼備良由方故能成不世之功日人於此臺北中半隅之地猶屢進屢退大遭挫折較之遼東戰事勇怯不同勝負迥異豈非守地之不繫乎鎗械之精餉項之多兵數之眾而全恃乎劉大帥之智勇深沈客兵義兵之同仇偕作誓死輕生哉探聞日人擬調集鐵甲船二十隻載兵數萬與臺南海浪相平以決劉大帥再一大仗以決勝負刻下劉大帥與黎伯鄂太守聯爲一氣文武同心合力日兵於[illegible]患甘猶捷音復至當在指顧間振筆紀此以當露布之先聲又聞此次中路勝仗義軍截獲日本運[illegible]數艘內有洋五六萬元砲械糧食甚多此又天助劉大帥之美意也吉語傳來爲之歡躍不已

告白

李傅相馬關被刺紀實並帶小照每本價洋四角五 盛世危言 野叟曝言 各國時事類編 中日戰守始末記 各車上書記 海上見聞錄 銀瓶梅 真正後聊齋 三續聊齋 三續今古奇觀 正續東周列國 後三國 公案 彭公案 鴛鴦夢 古今眼前報 會塵傳 雲中落繡鞋 後西遊記 [illegible]傳百寶箱 繪圖小八義 意外緣 繞雲夢 情天寶鑑 女僊外史 如欲購者請到文寶齋寄售

告白

本館京城售報處在宣武門外徽家坑路東海昌會館內陳午清先生代辦如賜顧者請至陳處可也

本館賬房啓

八月初三日輪船進口

[illegible] 輪船由上海 太古

盛京 輪船由上海 太古

八月初四日輪船出口

海晏 輪船往上海 招商局

天津九七五錢
錢盤二千七百二十五文
洋元一千九百六十文
紫竹林九六錢
錢盤二千七百七十五文
洋元一千九百九十文

直報

光緒二十一年八月初五日
西歷一千八百九十五年九月二十三日　禮拜一
第二百零六號

上諭恭錄　靜西消水議　禮重寢門　儀同戲彩
金台奬士　甲帳操兵　將受厥明　頓成了悟
鼎興預卜　節畫井光　冠蓋行旌　文詩題目
戲示三取　卷送正場　閱於兩河　融成一體
西征回匪　臺北大風　日人之旨　公議劃界
齋白照登　京報照錄

上諭恭錄

硃筆麗鴻書著掌京畿道事務欽此　硃筆著王會英署理口科給事中欽此

靜西消水議　續前稿

又以堤之修毀無常民力不支抑且毀之易修之難隄工未竣盛漲已至是以掘隄瀉積水轉以掘隄益積水也爰議於掘處建閘兩於直需費歘若干數尙不敷乃付靜邑典鋪生息以爲將來建閘費陳大令去後繼司馬代庖擬與是舉而孤鴻屆繼以寶大令協篆數月復繼爲之交果亦去後趙大令停此息銀竟以請來之款歸趙憲庫趙大令又復請於八堡建閘閘未成上游決水已至閘旁復衝決數處人以爲閘孔太小瀉水不及所致不知其前年未建閘時上游河東套內楊家口小淀沿莊等村勾窜河西之民賄買巡河兵勇偷掘東堤致靜西民捉獲送局官恃其片去套內之民復鳴鎗恃械擁數道以河水瀉入東窪以套內可種二麥也靜西下游被淹之民憤欲赴楊家口小河沿莊拚命人集數船各載團局鎗砲幾已對敵幸爲某紳極力排解允以赴憲轅呈控始寢其事案存憲署比時新正兩岸之隄鋪登登典築[illegible]敵毀者以爲所請築隄之款爲將來報銷地耳是否私貪當有公論夫隄所以禦外水非所以障內水上游決水灌入靜西窪者深已七八九尺下復築堅隄塊之其爲水作牆垣乎是與賊已入室任其殺戮搶刦主人猶於大門牆外與賊巡更禁人逐出恐其殺搶不盡其識何以異是及鄉民被淹情急哭籲本縣某大令復令民具切實甘結今歲民扒明年民修於官無與方準瀉水且瀉處令掘小口明爲將來易堵計實則官於其處絕流而漁云爲十善堂之助亦不知其所善何善也今閘孔雖小此善於彼也多多矣近歲以來靜西子牙河東堤連年失修者以陳大令在任時每歲官督靜西遠近及黑龍港迤東之民同力合修近歲則任其或作或不來港東之村遂相率而不來向係春修者近歲入夏汛來始擬補苴民更相率而不認眞辦西水災之甚實始於此今更以上游決口連年不堵官已相忘不暇一議民徒呌苦不知自謀蓋民之情無不私無不貪無不愚苟非爲一已身謀即一家雖爲之事必互相推諉退避不遑無一知爲當務之急者稍利於己雖在有無毫末尙爭攘相奪之機遂蓄而欲發縱貽害一家於無窮亦所不顧況一鄉乎一縣乎何也一家之事無賞無罰貪私則立有獲於己家事雖債而無罰不貪私則恐無益於己家事雖治而無賞一家之中能識大義顧全局者幾人家之所以不皆興與之所以維持久一旦覆敗下如江河無法可挽家政如是國政何莫不然故官場視如傳舍國政付之身外治人者食於人而不治人量民貪

富爲缺肥瘠天下古今之通弊也一朝之中識大義顧全局者幾人其能當道執政柄實心以爲國爲民不爲同儕所排擠者又幾人乎此水之所以不治也而識者又欲別開減河夫築隄一丈不如挖河五尺議誠是也　此稿未完

禮重寢門（皇太后現在駐蹕　頤和園所有文武各員照値差次已列前報今聞　皇上於七月二十九日用膳辦事後至　頤和園　皇太后駕前請安畢於申刻由　頤和園起鑾還宮所有　海甸　頤和園至　阜成門　西華門一帶地方經順天府步軍統領督飭兵丁平墊　御路毋得稍有疎懈以昭愼重

儀同戲彩（七月二十九日爲內務府郎中文堂郎太　封翁七旬壽辰是日在府第高搭彩棚肆筵設席雇定宣武門內太平街慶長堂班開場先唱八角鼓大鼓書詞繼以女優三十餘名登臺演劇娉娉嫋嫋色藝冠時珍錯羅陳管絃雜沓男女賓客爛其盈門想太封翁顧而樂之矣

金台獎士（京師金台書院現由順天府府尹陳六舟大京兆評定甲乙於七月二十日揭出取准超等張拱辰以下十六名特等陳光焯以下二十四名平等龐鳳瀛以下二十九名除例獎外超等前二名每名加獎銀六兩第四至第五每名加獎銀五兩第六至第十每名加獎銀四兩第十一至第十六每名加獎銀三兩特等前十名每名加獎銀二兩第十一至第二十四每名加獎銀一兩平等無獎所有獎銀均係銀條黏於各卷錄遺卷發以杜書役暗中扣擱之弊聞大京兆幕中名流畢集若四川楊君璧文江蘇沈君雲青浙江羅君汝嘉直隸紀君光瑜均襄分校之役評閱精詳悉中肯綮編定甲乙亦甚允當今陳六舟大京兆獎勵又極優渥濟濟多士翕然稱頌

甲帳操兵（步軍統領榮振華大金吾會同左右兩翼總兵於七月二十九日赴德勝門外校場閱操先期示傳中營左右南北各營副參遊都守千把外委暨各汛弁兵丁於是日清晨齊赴校場騎射閱看弓馬準頭前北營副參戎守備超守戎等齊在校場迎迓循例稟承榮大金吾崇長二副金吾隨同升座閱看員弁弓馬合共三十餘員惟有外委陳某馬步全紅其餘均皆平等內有兩弁騎射未嫻聞三堂憲當即分別記過以及五營兵丁隊伍整齊技藝嫻熟均行分別獎賞委差其操守平常者均亦分別責革以整軍規按榮大金吾此番整頓營務蓋爲預辦軍政起見故一切關防甚爲嚴密也

將受厥明（京師入秋以來雨暘得宜現在民穀已登正當播種秋麥以冀厥明之受而晚稼得雨亦可以卜金穰民方殷盼天遂同雲七月二十七日夜間魚更三躍雷轟轟而雨祁祁甫見金鞭閃爍作銀河瀉簷牙階前拋玉跳珠曙時冥茫滂沱尤甚惟兼有冰雹大如豆粒黃昏始霽詢諸農民謂非此大雨不能收晚禾蕎麥亦不能播種麥苗也

頓成了悟（人當顚沛流離未有不灰心喪志者觀於黃某益信京師宣武門外西橫街居住黃某本茂陵天懷柔縣人也僑寓都門業舌耕窘惟一母形影相依仰黃以度權爲介成性取與不苟屢空簞瓢無愠也去年母逝哀毀逾恒回念年居知非中饋乏主覺情牽惱地不如緣結空門昨聞黃某已捨身某寺拋棄卷看黃經破紅塵劫矣

鼎與預卜（德華銀行總帳房王君樹泉近因事繁於西八月三十一號自行告退經西人聘請梁君仲雲接替梁君即於西九月一號接手所有爐房各號與銀行交涉事件統由梁君經理與王君樹泉無涉梁君精於會計久爲中外所欽服德華之鼎興可預卜焉

節麾讓光（督憲王制軍昨日進城拜會劉峴帥先至運署與李都轉賀到任喜都轉備具茶點少坐旋節遂轉向峴帥行轅當有三營都守率領練軍由大門至轅門執槍跪迓制軍與峴帥晤談約半時許乃旋制軍撝謙寅僚欽佩

冠蓋往旋（新直隸藩憲陳方伯寶箴升　授湖南巡撫於初三日由省起程來津會晤川節陶觀察前赴保定迎接○新　授山西布政司員梧岡方伯鳳林自安徽來晉京陛見○新廣東藩憲游子岱方伯智開由湖南來晉京○獨石口同知潘司馬青照御署萬全縣事來○元氏縣周大令寶琛過津

文詩題目（會文書院七月二十八日道憲李觀察課試各孝廉文詩並大卷題目　文題　爲天下得人者謂之仁　詩題　賦得招呼風月一尊同得尊字五言八韻　大卷爲壽者策文○運憲八月初三日補七月十八日課試會文書院肄業舉人題目　文題

子貢問爲仁兩章　詩題　賦得泉經箕尾至天津得河字五言八韻　大卷爲劉[illegible]姚策文

獎示三取○欽命二品銜新授福建按察使長蘆都轉鹽運使司鹽運使季　爲榜示事今將閱過三取書院補試官課考取內外生童等第名次並獎賞銀數合行榜示須至榜者　計開內課生十名　陳寶彝　徐爵　喬從銳　王廷璋　郭峻城　曹錫雋　張詰　陳文炳　高增奎　劉鍾霖　一名獎銀一兩五錢加獎一兩五錢　二名三名各獎銀一兩加獎一兩　四名五名各獎銀一兩加獎八錢　餘各獎銀七錢加獎五錢　每名各膏火銀八錢　外課生十名　徐曜奎　徐啓松　李樹南　李耀曾　王文琴　何家駒　孫變錫　李耀祖　李雲瀚　張彭年　一名至五名各獎銀四錢加獎四錢　餘各獎銀四錢　每名各膏火銀六錢　附課生三十二名　何淇光等　每名各膏火銀五錢　內課童七名　朱家琦　劉賡寅　陳自正　王熙濬　陳自中　華鳳岡　李士鈴　一名獎銀八錢加獎八錢　二名三名各獎銀五錢加獎五錢　四名五名各獎銀五錢加獎三錢　六名七名各獎銀三錢加獎三錢　每名各膏火銀六錢　外課童　董春岩等　一名至三名各獎銀三錢加獎二錢餘各獎銀二錢　每名各膏火銀四錢　附課童二十五名　李怡晉等　每名各膏火銀三錢

卷送正場　○學憲於八月中旬臨天津府已登前報茲天津縣趙大令已飭禮房於八月十三日投遞試卷入院毋悞

間於兩河　○茲由河間屬官場友人來言以河間屬一帶歷夏秋兩澤頻仍且地處最窪常有積水又間於兩河連年漫溢民多苦貧兼之界連東省盜賊素多以兩省毗連此拿則竄彼彼拿則竄此緝不勝緝至去年冬防稍稍安謐者以無業遊民奸匪已應招赴募也今遣散之後業既失胆亦愈狂盜竊搶刦幾無虛日即如六月初間有張鳳臣者騎驢行至交河縣被賊搶去褥套衣服牲口隨赴縣城報案上月下旬故城縣文昌祠居住王林善者家資富有捐有頭銜賊糾多人持械蜂擁毀門撞入其子國俊聞聲出屋喊捕賊將國俊拒傷家人莫敢聲喘任其搜掠衣物錢文臨將後槽騾馬搶以馱載贓物相率而逸王開單協同地方報案今尚未獲一賊河間縣傳位村有趙可仁者開設布舖於七月初被賊持械撞門入拒傷舖夥搶去布疋錢文等物經文武衙門會勘各行飭捕嚴緝贓賊又有田鴻遠者行至縣屬三十里堡地方遇賊手持木棍作窩頭棒喝田應聲而倒即被賊將衣包搶去及田復甦贓賊已無可追尋只得赴縣報案似此盜賊猖獗居者行者難以相安若非講究緝捕認眞嚴拏轉瞬冬令宵小易生勢將更熾緝捕更難整頓茲據來函如是其曾挺而走險者歟何藐法者之多也守茲土者其何以衛斯民乎

融成一體　○前報紀富商某甲之子開設像姑下處初以爲某甲未必知情頃據友人確採訪使聲稱某甲亦喜此道每日必傳美伶四人到宅侍奉衣履華臙容貌俊潔眞令人移情動魄該商顧而樂之而其子姪輩習染性成因與若輩融成一體不辨皂白惜哉以巨商而貽謀若此哉說者曰君爲世俗憂惜此巨商抑知其發迹所由來及其家庭之話柄乎因撮其負心董氏事及其家某某事以相告吁可畏哉

西征回匪　○甘肅回匪擾亂前已屢登於報茲接西信云近日擾亂愈甚地方官兵力不足以資彈壓有要地多處已爲所陷聞山海關及直隸等處所撤之勇方欲自北而西至長江一帶就近回籍南洋大臣張香帥一聞西陲告警不令其回籍速令啟程甘肅征剿回匪已租定輪船三艘載此起撤勇前往宜昌舍舟登陸向甘肅進發聞由南方而去者約有四萬餘人之多懷逆何常勇怯無定誤用之則僨事善用之則建功赳赳武夫必能戮力沙場大壯邊軍之色當於此行卜之矣

臺北大風　○香港西人接到臺北來電云臺北一帶陡起大風壞去埠口船隻無數爲數十年所未有誠一大災也

日人之言　○東洋報載中國廈門官場似與臺南各軍有往來情事凡華人之在臺北一帶者現均遷移他處所存無幾矣

公議劃界　○蘇省官憲初議將青暘地一帶作爲日本租界歷經文與因該處農民環求免劃未便率意徑行繪圖詳呈南洋大臣聽候核示嗣經張香帥以是處頗多蕩田有礙小民耕種且又附郭未便劃入飭令三首縣另籌別地等因現經長元和三縣公同細勘查得離盤門十二里寶帶橋左右有荒田二百餘畝雖係民產似尚容易商買作內有墳墓一百五六十處之多查墳子孫又難將祖宗骸

骨骸掘遷謹啟三首縣在滄浪亭設席邀請各紳董公同勸議云

告白　霸州和益木商在津開設十年有雇夥友林松卿經理歷年尚未十分誤事詎自十九年夏間荒嫖游蕩號事廢弛從中侵蝕弊混不勝枚舉致虧號本甚鉅去秋控縣押追迄未完結林松卿早已出號所有和益號事均係號東自行料理與林松卿毫無干涉特此布告　官商如蒙　賜顧務須認明和益本號庶不致誤　和益木商鄭湘蘭白

新書告白　清列傳　殺子報　富翁醒世傳　遇仙緣　三才子　時下笑談　張天師收妖　繪圖粉粧樓　遊江南　故事圖說　李傳相馬關被刺紀實遺帶小照每本價洋四角五　盛世危言　野叟曝言　各國時事類編　中日戰守始末記　公車上書記　海上見聞錄　銀瓶梅　真正後聊齋　三續聊齋　三續今古奇觀　正續永慶昇平　後施公案　彭公案　鴛鴦夢　古今奇案　繡像金臺傳　雲中落繡鞋　後西遊記　蜃樓傳百寶箱　繪圖小八義　意外緣　英雲夢　情天寶鑑　女僊外史　如欲購者請到文美齋寄售

悅來洋貨號

開設天津紫竹林大街自運各國鐘表洋貨新到玳瑁邊框手鏡胭粉盒樸粉起氣响鼻萬花筒烟捲盒玩物料器磁器電鍍金銀首飾表鍊釵釣洋火盒菓盒花盤雲羅靴掖荷包花針花簪梳篦夏衣襪玻璃磚磨花彩畫三連鏡子茶机等　格外減價消售發客

拍賣

本月初七日下午兩點鐘在紫竹林英國領事府內拍賣外國各樣木器傢俱奇彩料器異樣玩物磁座玻璃磚鏡子金銀首飾羊皮靴掖五彩洋畫戒指木瓜大盤綉花洋紗燈罩鉛筆襪子等件是日移玉早至細看面拍可也　集盛拍賣行

石印新撰金鞭記小說　是書共四百九十三回逐回蟬聯奇情疊出及仙佛僧道妖狐鬼怪且有三三四轉唱段團坐靜聽者無不鼓掌稱奇每部洋九角〇又有增補市鎮鄉村直省輿地全圖計三十一圖五大洲增以詳說簡明萬國公法共三本洋一元二角託津門文美齋書局發售

告白　本館京城售報處在宣武門外繖家坑路東海昌會館內陳午清先生代辦如賜顧者請至陳處可也　本館賬房啓

浙杭元吉永號

本莊自置紗羅綢緞新樣洋緞花素洋布川廣夏貨圍摺雅扇南貨頭油俱全祇爲近時錢市漲落不同故而各貨減價開設估衣街中間路北凡　仕商賜顧者祈認明本號庶不致誤

德陞齋靴鞋鋪

本齋專做滿漢靴靴新樣京式名鞋及鑲花坤鞋一應俱全價廉物美　賜顧者請認明本店招牌庶不致悞本鋪開設在天津府北門外鍋店街集義棧對過便是

八月初五日輪船進口　新裕　輪船由上海　怡和行
怡生　輪船由上海　招商局
八月初六日輪船出口　盛京　輪船往上海　太古行

八月初五日銀洋行情
天津九七六錢
銀盤二千七百二十文
洋元一千九百五十文
紫竹林九六錢
銀盤二千七百七十文
洋元一千九百八十文

直報

光緒二十一年八月初六日　第二百零七號
西歷一千八百九十五年九月二十四日　禮拜二

上諭恭錄

上諭御史易俊奏請變通內閣中書補缺班次等語着吏部議奏欽此　上諭御史易俊奏請裁減鄉會試中額並各省學額各摺片着禮部議奏欽此　上諭王文韶奏特參貪劣不職州縣一摺直隸易州直隸州知州宮昱貪鄙狡詐巧于鑽營滄州知州袁遂貪黷載道開州知州周家鼎會狠詐戾不恤民隱欒亭縣知縣張鶴齡粗鄙嗜利不洽輿情候補知縣龐德澐貪鄙惡劣行同無賴均着即行革職昌黎縣知縣丁子勤庸懦無能信任丁役該員係正途出身文理尚優着以教職歸部銓選餘着照所議辦理該部知道欽此

靜西消水議　錄前稿

支流多則本流少固矣然治之者必先親身周歷逐細遍訪詳勘升高望遠降下取平辨色知土性之堅疎覘溜知水性之順逆爭捷門險窩於目即會於心然後以導流塞決挑溜切沙諸法就現在之地形水勢以爲之非可以妄指臆談徒亂人意以撓　國是也往歲治河諸公及紳民爭於東子牙鎮以上隄北馮莊以下於子牙河東岸向東開減決黑龍港南運河橫流直衝東下放入海河屢議屢勘捕簽估值輒復停罷概以愚民執圖狃於目前畏水如虎一聞向某方開河先恐開河處占其腴田繼恐開河後受其衝決輿論紛紜如蘇而起治之者欲以將來未形之利奪現在可指之害雖家論戶曉舌敝脣焦不能於小民畏水之疑破其萬一諺云一被蛇咬萬年畏繩固其情也而執事者復不出一語以相告第知挾官勢以相軋其官紳又非衆所素日敬仰之人適爲衆所生平鄙夷厭惡之人不必彼殃聞風已痛心疾首執事等果銳意爲之民且將蜂起拚命以相拒欲觀厥成也勢必不能鄉民之不識水利者又或枉費資財不憚辛苦累歲累月效乘槎故事以上溯滹沱源頭略經一週遂自擬爲專同隨刊羣亦驚爲堪紹禹功殊不知其計之已左也治水之道先治其末後治其本自下而上自東而西以中華衆水全局約皆自東而西實則自上而下水性無有不下也禹貢具在惜皆讀如未讀耳仿而行之有餘師焉否則徒憑臆斷試且鑿測未必受利必先受害幸當路未從其說衆反以某某不見知爲憾蒙昧無知原無足怪所怪者身任其事歲糜絡需旅進旅退一切魚魚雅雅治之水道身歷其處知若不知有議之者聞如不聞是何也蓋竊其貧寒士以計切謀生無暇及此富者恐爲所累第求無事爲榮其藉此奔競以嚇詐愚者惟知伺官場意旨爲附和至一二承辦關寮例爲父母實自有爲己畏謀原非小民所周恐要其切膚之隱不外患貧身患未除自無心患民所患況多事畏罪彌謗事可免慮分宦海東流豈一人可作柱石乎故凡爲一事第求就事斂衍居明暗間處清濁際只論當下不爲後圖亦情理之固然也否則疏下流刻河埝河套展足三百丈取河內之土以築隄挖淤即以禦漲

河愈寬隄愈厚隄腳皆係多年舊築既堅實亦平正每春農隙異張未來官督助協力同修較之賑而又賑者孰費孰省較之別開一河者孰易孰難何以每歲不能認眞辦理耶由舊者尚不能認眞豈改弦更張上下卽相率認眞乎　此稿未完

缺以官廉　○京師崇文門監督正副二缺爲大旗大員藉資肥潤之差惟國初時此差專派內務府大員如粵海關監督及織造等差之制近於道光咸豐年間始簡八旗王公都統充當每歲更換一次其人向以七月二十五日爲差滿瓜代之期凡屆期先例應預遞職名赴軍機處呈遞莫不爭先企盼冀爲簡斷之今已於二十五日　綸音朝下則竟簡派麟芝菴中堂爲正監督芬餘亭大廷尉爲副監督聞此諸公頗多於邑難堪方擬得之者自必歡欣抃舞受　寵若驚矣詎聞自七月二十五日至八月初三日止崇文門稅務署前各貨納稅車輛紛紛擁擠暨合城門載運貨物赴務納稅者較於往常多至數十倍皆云因此數日凡有貨物進城皆可減稅云

財宜源茂　○京師爲王者之都東便門外崇文門外城垣皆高可凌霄而磚石合砌堅牢洵萬年不拔之基也無如風摧雨蝕已多蘇城灌以大雨坍陷處或數丈數十丈不等前經工部丈量勘估確數奏明辦理茲由　欽派承修大臣淞壽泉大司寇徐小雲少司馬督率司員官商人等於七月二十日開工興修統計雨後應動土木之工不下數十萬金刻值軍務將平庫款支絀而緊要工程復不可少餉財源不益困乎自理財之責者節流固爲本務開源亦非所圖使第謹小慎微量入爲出知守常不能變通甚非求富强之道也欲致富以致强其於礦務鐵路圖求歟

風流龜鑑　、妓院爲銷金之窟縱有郭家金穴鄧氏銅山而用之如沙揮之如土無難立盡一曲淸歌纏頭十萬買笑千金亦所不惜欲以結其好而博其歡也否或性不相愜情非所鍾各縱金夫不免予而傷惠非吝也無當也況以銷金之窟爲胠篋之盜取之不已而加之以竊耶京師前門外小李紗帽胡同內和妓寮管領烟花者爲鴇母高氏渾名纂兒高實主之該寮內有稱辮子七兒又名彩仙校書者素備中人姿狡而工心計狎之者必傾所有槖後已昨有秦姓羅某二三知己到院借花酒以消壘塊招彩仙侑觴焉秦固優於資者排夕爲歡揮金類豪秦腰有某洋行銀紙百餘元之數爲彩仙所見一夕宿彩仙室無故失去非彩仙其孰知其與鴇母串竊何疑遂責彩仙與鴇母俱不承認秦忿火中燒卽投赴中西坊喊告飭役將彩仙暨鴇母高氏一併傳案訊究責令賠償乃彩仙與高氏狡賴白喘堅不承認而秦不干休祇得錄供詳城判斷況城廳訟案紛繁豈容似此貪花之輩拖訟不結聞悉均己分別責押以爲不安本分者儆嘯若輩既揮金如土貪花作樂詎料致遭訟累反受刑責豈非樂中生悲咎由自取乎用特訪錄以爲風流龜鑑

地處喝鄉　○東垻康營地方回民康小八者每日糾約黨羽三五成羣各持洋槍白晝刼搶肆行囉唣秋禾地方檢拾柴薪婦女種種不法聞悉通州所屬一帶通衢要隘已斷行人己列前報茲聞康小八素日不法白晝攔路搶刼砍斃人命之案層見疊出伊有族叔康某育一子時被康小八引入黨羽同行爲匪屢經伊父唇破舌焦再三勸慰繼而責以家法言若再與小八同行爲匪倘犯法律定遭刑戮不料康某之子將其父規勸語向小八和盤托出小八聞之怒氣塡胸膽敢將其叔殺斃並聞小八之母暨伊妻因小八素行不法恐受訟累時常勸慰欲將其母與妻一併殺死其婆媳有所知覺投入官衙暫爲棲止以避兇鋒並聞小八所殺人命纍纍並將其同道人錄綜子者因分贓不勻起爭立斃刃下卽將其屍拖至黃港地方僻靜之處以柴薪焚化其屍旋爲有緝捕之責者所知然皆畏其兇勢不敢率兵拏似此形同梟獍肆行兇橫諒天網恢恢終難逃出法律乎

虎榜宏開　○本府考試閫屬併旗籍武童今將取錄姓名次序合行臚列榜示須至榜者　計將閫屬並旗籍前十名武童等次列後計開

天津縣　李葆琛　穆聯貴　高士英　賀雲輝　柴元衡　劉錫光　牛元藻　杜源楨　李春魁　周桂林○靜海縣　郭綸章　馬長瑞　劉國璋　劉錫曾　孫錦雯　郭家泰　郭瀛章　李全盛　李寶鍼　李星臨○青縣　姚有斌　谷芳藻　趙國璋　張棣三　邵魁春　張德蔭　劉慶祺　吳殿臣　曲毓棨　王文龍○旗籍　德謙　國華　全祿○滄州　劉治業　丁沛霖　張耀爾　胡寶興　于之華　馬清凱　劉鳳城　陸文雄　李德昌　趙傳任○南皮縣　尹治元　崔茘生　張丹墀　宮治田　劉桂山　刁世俊　李之林　高樹峯　宮澤田　田煥堂○鹽山縣　張連元　史兆祥　龔式會　閻九經

鄭國瑞　王國棟　薛華山　楊雲鵬　王毓秀　劉慶珊〇慶雲縣　楊贊魁　何景汾　王景周　王金劍　孫殿璧　趙雲彪
胡齊雲　胡維誠　劉駿程　呂　泰

蠶叢難越　〇南門外某甲者家寒甚因母患病昨日於鼓樓西向其胞妹處借錢二千文用手帕包負於肩上天方黃昏行至九道灣胡同忽後來一人即於肩上奪去趂即一脚將甲踢倒嘴伏於地及甲起回視不知所往蓋該處胡同紛歧崎嶇難行實不易赶但錢雖不多出自貧人一錢如命況母病待養更難爲情惟有頓足痛哭而已然似此人烟鬧市中每有搶綹之匪該管緝捕者亦未悉有所聞知否

春臺復啓　〇上月因府試各屬理宜整肅地面免生事端已將協盛襲勝金聲廣慶四大戲園派差查封茲府試將竣聞于初五日一併啓封云

秋水爲災　〇本埠西營門外卞莊子曹莊子等處地極窪下屢年被水幸春撫冬撫以及義賑等聊資接濟不致餓殍茲聞西河秋水漸漲卞莊子曹莊子仍行湮沒積水未涸新水又來大還又當如何厪念耶

二役弄權　〇日前達摩菴縣前混混田老率領多人攜帶槍砲將東南城角刁姓砍傷是日刁即赴縣署請驗指控田老並劉某等三名當經票傳該聞抗不到案若輩藐法於此可見至次日有差役二人令地方手棒面漿一碗在東南城根一帶聲言邑尊諭以該處打羣架必是因娼賭相爭而起特令查封娼窰其鴇兒向差役嘵嘵置辯實則並未查封一處是否該差冒稱奉諭抑或賄賂邀免歟娼賭之禁不其難乎

中途遇刦　〇頃由西河來人言道途間仍屬不靖前月有王新者行至阜城縣高什屯村外遇步賊數人持械喝王將所有獻出放爾過去否則刀槍下立追性命王束手任其搶去衣服布疋等物而逸王即奔赴縣中報案勘驗云

班揶肇禍　〇現值遣軍之際其兵勇滋生事端原已防不勝防而未經被遣兵勇亦或以趁勢搶刦冀圖混跡難辨也有周何者係武清牙虎寨人與同鄉簡㗡廷由天津偕伴回家第一天步行宿北倉店次早起身行至武清縣屬朱家庄路遇二人亦行路者彼此攀談數語不料二人忽反面將簡揪倒搶去包裹往東飛逸路距楊村僅五里許簡一面使周赴楊村節廳報案請追一面急起追賊周報案後該管武官立率兵丁乘騎追赶至中途遇簡踉蹌而回詢悉是周所報失主據簡云業已追及奈賊力强被其打倒不敢再追遂言賊面貌衣服甚悉該武官即爲代追不遠果見二人飛奔前一人背負一包已分路而走旋無踪影遂將後一人拿獲押解同汎令周簡二人認明不錯訊據此人供係駐紮張家灣軍營程大人營中勇丁姓高名魯紀當令周自行回家立即將該勇並簡一併送交武清縣其搶物携贓賊是否亦係營勇尚未知悉容探明再登

行李維艱　〇王玉山者東光縣人行至獻縣屬沙窩村遇賊數人將所有概行搶去王奔赴該管地方官報案雖蒙勘驗究未知能緝獲否行路之難曷堪勝嘆

復得騾駒　〇西門外同源客店寓安定鎮汪遊戎在安定帶來騾子一頭約值百金昨晚騾子滑韁被永明寺前王某拾獲賣于西門外某客店之蔡某次早遊戎稟報八段鄉甲局並四門汎幸騾子尚未外出被八段局勇瞥見赶緊協同四門汎勇丁將騾牽回遊戎喜出望外各賞津錢一千文

忽擒土賊　〇本埠城東地方拿獲賊犯一名年約三十餘歲身穿土色粗布褲褂係外鄉人昨晚在縣提堂訊問尚無案供咨責二百交班鎖押矣

大義常昭　〇高麗西人來信云日本派往高麗干預國政之各人今已無一存者有意見不洽被高廷擯斥者有虧負債項情虛自逸者前派井上馨赴高干預諸事今高廷亦不以爲然置之不理前在平壤開設店舖之日人相率他去日兵亦相繼引退華商則各携資本源源而至轉貨物之可以獲利者爭先購辦但人因此深懷嫉妬然當中日兩國議和立約時訂明以高麗爲獨立自主之國不謂盟

約如新己岌岌焉派員越俎遣兵置戍一若不顧獨立自主四字作何解者要之高廷既有自主之權自能成獨立之國約章可證其如高廷何其如公法何

火攻奇策　〇劉淵亭大帥克復臺灣彰化各情已據廈門訪事友來函疊登報端日前有淡水商人乘輪來滬述及是役實得力於大帥之善用火攻因再錄之據云佔踞臺北之各日兵某日乘隙攻擊彰化新竹安平等處彰化爲其所陷劉大帥一聞是警即設奇計傳令收買稻草千担令該土人每名各挑一担至臺中交割逐名給洋一元欵以早晚飱各一頓至初更後密令每人肩挑稻草手持火把隨軍前進口中喊殺震天駐札該處之日兵二千餘名立即出隊迎敵黑旗兵佯敗而退約十餘里各土人忽將火把燃着稻草沿途拋棄霎時滿地皆火不能前進而日軍後忽又火光燭天如萬道赤龍從空飛舞斯時日兵進退維谷始知中計四散竄逸至臺北城中二千人已十去其七然大半猶焦頭爛額者居多劉軍大獲全勝各城立即解圍信如斯言劉大帥之善於用兵誠自出其計而不窮眞覺鬼神莫測矣

粵疆定界　〇歐洲來信云西班牙國駐紮日本公使近日發電回國稱中日兩國所約定臺灣之界係至岑斯海峽爲止其正南及西南一帶海嶼則不在其內云

拍賣

本月初七日上午十點鐘下午兩點鐘在紫竹林英國領事府內拍賣外國各樣木器傢俱奇形料器異樣玩物磁座玻璃磚鏡子金銀首飾羊皮靴掖五彩洋畫戒指木瓜大盤綉花洋紗燈罩鉛筆襪子等件是日移玉早至細看面拍可也

集盛拍賣行

告白　清列傳　殺子報　富翁醒世傳　遇仙緣　三才子　時下笑談　張天師收妖　繪圖粉粧樓　遊江南　故事圖說　李傅相馬關被刺紀實　並帶小照每本價洋四角五　盛世危言　野叟曝言　各國時事類編　中日戰守始末記　公車上書記　海上見聞錄　[illegible]瓶梅　眞正後聊齋　三續聊齋　三續今古奇觀　正續[illegible]昇平　後施公案　彭公案　鴛鴦夢　古今眼前報　金臺傳　雲中落繡鞋　後西遊記　蜃樓傳　百寶箱　繪圖小八義　意外緣　英雲夢　情天寶鑑　女僊外史　如欲購者請到文美齋寄售

告白　本館京城售報處在宣武門外繳家坑路東海昌會館內陳午清先生代辦如閱報者請至陳處可也

本館賬房啓

浙杭 元吉永號

本莊自置紗羅綢緞新樣洋縐花素洋布川廣夏貨閩摺雅扇南貨頭油俱全祇爲近時錢市漲落不同故而各貨減價開設估衣街中間路北凡仕商賜顧者無誤特此佈達

德陞齋靴鞋鋪

本齋專做滿漢朝靴新樣京式名鞋及鑲花坤鞋一應俱全價廉物美　賜顧者請認明本店招牌庶不致悞本鋪開設在天津府北門外鍋店街集義棧對過便是

八月初六日輪船進口
新裕　輪船由上海　招商局
海晏　輪船由上海　招商局

八月初七日輪船出口
怡生　輪船往上海　怡和行

八月初六日銀洋行情
天津九七五銀　每兩二千七百二十二文　洋元一千九百六十文
紫竹林九七五銀　每兩二千七百七十二文　洋元一千九百九十文

直報

光緒二十一年八月初七日 第二百零八號
西曆一千八百九十五年九月二十五日 禮拜三

靜西消水議 續前稿

議者又謂河套以內之地近河埝者非菓木即菜蔬次亦芋薯花生熟地彼小民者祗有近利一心又烏知河套之區原爲行水地哉故劉除河埝一條雖各上憲不有明文終難奉行一律如欲闊套內河道莫如於河脊遠處擇其舊有溝形田地稍薄者就一套內開爲兩河自滹沱下游新挑橫河歸入子牙河處爲始相其地勢於子牙河身以外另開一河未開之處其勢於子牙近者則開新河以納牙水即以舊河受沱水未開之處其勢於滹沱近者則開新河以納沱水即以舊河受牙水至津則沱由紅橋入三汊以達海牙由十二連橋入三汊以達海其新開所挖之土近左則盡取以培左隄近右則盡取以培右隄如此則兩隄之脚既係舊築隄下可免浸水之虞隄內之土多築土牛可備異漲之患河流暢則漫決之弊除矣惟是自橫河至津隨河曲折約已三四百里有奇計地估工費實太鉅策雖善恐亦難行且即可行而沱牙抵津除現在紅橋下開有減水垻可減西沽紅橋盛漲外自正派仍須統歸三汊入海河乃可達海海河下游灰堆一帶地方河紆且淺漲盛則紆曲處尤易存沙愈淤愈淺一漲之後寬深動淤數尺民之近河居者往往利其地佔以種園佔以添屋官如嚴飭拆毀則情有不甘嗷嗷爭辯官如大肆包荒則久假不歸惡知非有再議去之勢將有拚命以相阻撓者是直閼衆流止派下口尾閭之要路既不能切沙挖淤少加深闊於尺寸又不能於永定滹沱挾沙俱下之盛漲中用輪船帶鐵扒上下梭織以宣動淤泥惟俟秋至清水大來漸漸衝刷入夏以後漲愈大河愈淺海中輪船不能入河以宣動河流諸河上游各色行船停泊津關上下幾十餘里兩岸密排如笋無少隙即小小搖船往來難越其閘溜也何如兼以浮橋數道橫鎖中流北關一口寬僅數船南北河身不過數丈其偪仄也又何如夫下隘則上溢孰不知之故淀以容與蕩瀁爲功而淀河中荇藻交橫向例尚須時加芟刈恐碍河流況以要隘之口顧可任其壅遏而不一爲設法乎舍此不圖而惟上游之治豎束以堤橫截以埝東挖以引西建以閘譬之谷道不通徒開胸胃病不見消遂欲閉咽喉絕飲食適以速其斃而已矣今之擬闢河擬築隄者毋乃近是且夫以隄障水固不如以河引水之爲佳以人治水又不如以水治水之爲愈也 此稿未完

口甚防川 〇國家設官分職原爲小民謀樂利苟能盡心民事亦分所應爲無如愛民者少虐民者多朘民脂膏者爲尤多以故爲民上者苟有一二善政及人小民無不交口稱頌自非然者防民之口甚於防川矣日前某侍御自 欽命巡視某城事務遇有民間一切詞訟案件無不破除情面秉公剖決惟於京師時下風俗未能諳練以致地面匪徒插圈弄套配[illegible]捏詞誣告之案層見疊出貝有倚仗

訟威從中詐索得沓肥己種種惡習聞者莫不切齒今某侍御竟將某甲詐索某乙一案斷令某乙屈情莫伸某甲得其所賄乙畏訟累較然而不敢尋負冤具結完案事後怒氣難消夜間以粉連白紙至某侍御門首將硃紅對書行封白預報聞訃次晨經家人瞥見稟報侍御以爲不祥而無如何另書對易之以去疑跡又其侍御奉　命巡視某城遇有訟案往往兩造未集即有某店商預爲函託或意謂停平多含混敷衍往往以曲就直不能折服人心迫某侍御自知聲名狼籍作掩耳盜鈴計復行出示曉諭本院審理一切詞訟案件從不聽人言鐵面無私無不秉公判斷云云未悉何人書寫對聯粘其後云秉公判斷不論理鐵面無私盡要錢似此兩端恐作劇傳爲笑柄本館職司紀載用特訪錄以符有聞必錄例惟望爲民上者洗心革除積弊視民如子劣者自消小民無不交口稱頌矣

心存守戶　○順天府大興宛平兩縣諭各庄村鄉長地方安良緝盜守望支更其章程意甚周詳可爲官樣模式特錄之以備參考　謹將支更新章列後　一各村庄究查戶口之多少每戶出夫　一名大莊一百戶以上應以十人爲一牌中村五六十戶以上五六人爲一牌每牌立一公正牌長每日輪流出夫夜間分兩班來往巡邏週而復始　一並立公所白書掛旗黑夜掛燈每人各代制錢只油燭應用自餘錢文或買茶水小米熬粥以禦飢渴如十戶內間有一二貧乏者無力出錢公同代備以篤鄉誼　每月一人竭三夜之勞享二十餘日之安自八月初一日起先將支更人姓名按牌備單送縣標登張粘公所以免推諉偏袒之弊此等辦法所費無幾得意甚大爾等免之　一村莊內凡家無男丁及年過六十歲或未及十五歲老幼殘廢不必輪派恤老慈幼以示體恤　一小莊不及二十餘戶者與附近小莊聯爲一氣每夜出夫二三名除派一人駐紮公所看守外餘者高杆掛燈巡邏擊柝庄外與鄰庄互相呼喚以爲聯絡之勢　一各村庄必視守院向爲清淨之區不准容留無業遊民以免滋生事端違干咎處　每夜按牌輪流支更分夜不准托故推諉或從中阻撓酗酒滋事不聽牌長約束等情查出重責不儆

終年案牘　○京中各部院衙門年例將[illegible]八月十一日起至本年八月初十底止所有闔抄科抄揭帖咨文遵辦一切案卷令各承辦經承書吏按冊己辦各案逐細繕造清冊咨送河南道御史衙門查核並傳承辦書吏於八月二十一至廿六日照人小衙門次序赴該道衙門核對以昭慎重

數叶瑟琴　○京師崇文門外平樂園居住高某者年逾不惑中饋乏人新月老一爲牽絲有余某者爲成人之美者也謂某氏新寡姿容不惡性亦極和年且與君相若謂余不信曷往觀乎高於翌辰親往瞥見果與余言吻合因召余某急聘之出京蚨百千爲文定禮且備首飾數事助添妝奩余某與某氏兩議遂擇日迎娶入門後洞房花燭事事如儀惟高某六從公不能常與玉人對靜某夜某醉回家入室不見不禁駭然及檢點什物則席捲一空四出追尋芳踪莫問及覓冰上人亦作黃鶴去矣高雖身在公門竟無可訴惟垂頭喪氣而己

道試集賢　○道憲課集賢書院舉貢生監文詩題目列後　文題　再斯可矣　詩題　賦得抗仙掌以承露得承字五言八韻
○又補考文詩題目並列於左　文題　雖欲勿用山川其舍諸　詩題　賦得秋露如珠得珠字五言八韻

窮存貧婦　○上月蘇王氏在河東棋盤街地方失去幼女一口迄今無着茲該氏風聞係驗邵姓等將女拐去赴縣喊控大令知係乞食貧民尙非意存訛詐飭令姑候傳訊察究云

雙封拒毙　○距鹹水沽不遠閘口地方民人邵有富之岳母張氏家本小康前日夜初鼓時有賊數人持洋槍器械撞門進院砸窗入室搶去衣服首飾等物同時將縣金礦家一併搶刦富之妻更夫聞信急報駐紮該處之營官董志昌立派親兵數名往拿不料見敵賊燃洋槍拒傷親兵范有福及鄰人袁士玉該賊始行携贓而逸邵等遂具報該管武官勘驗飭緝適以該處高兵頭以開店爲生因有客人由振清韓六峰住居數日店掌向史韓二人討要店錢二人言非至軍糧城朋友處取付不可店夥隨同往取行至半路史韓飛逸無踪及該店夥同店東日又在閘口村與史韓相遇因即赴汛官控告當經汛官派兵將史韓拿獲送交董差官處被受傷親兵范有福之兄認出史振清實係前日燃放洋槍之人禀知董官立將二人綑縛送武汛由汛官一併備文解赴天津縣署訊辦史又恐董差官之親兵范有福

諸賊搶傷之後延至第三日因傷身死例該賊等於搶刦重案後復敢毆官兵罪大惡極惟近來盜賊手持洋槍者十有其九以例禁綦嚴之物無處不持以橫行無忌乎盜賊之多也

一字毋差 ○武清縣周奇偕尸簡福廷由津回家行至武清朱家庄被賊搶去包袱一案旋由該管武汛追獲賊人一名高向紀供係駐紮張家灣程大人營中之勇等情昨已報聞茲確查該賊高向紀之名一時筆誤實係高向儀因事關供係營勇姓名最爲緊要合亟更正

不可度斯 ○本埠光緒初年河北重建大王廟廟宇寬廠煥然一新每屆江蘇江北各幫到津時有金龍四大王先後隨糧船而至必在大王廟內暫住數日茲聞于月初等日大王已來四位廟僧敬謹供盤呈坐朝夕焚香慶賀安瀾初五初六等日差傳名班每日演劇以答神貺

無不爲矣 ○燕趙古稱多感慨悲歌之士士不得志鬱鬱適茲土混迹屠狗以寄其憤思窮也非濫也今津埠無業匪人號名混混其人復以混自豪混之又混如浪之滾每滾愈下其名混其業褻舍像姑妓女無以爲聊直爲數十年前之混混所不屑爲陋矣南門外兩砲台莊混混某者率同黨赴范莊于娼窰奪妓女范莊子土棍即率衆相敵砲台某持刀刺傷范莊某甲乙二人該管地方赴縣飛稟值班差役即將砲台某拿獲提堂審訊供招不諱聞已釘鐐收禁候辦此眞混不知其所以生混不知其所以死者豈可與數十年前之混混仗義輕生者相提並論乎

妙手空去 ○本郡娶聘殯葬頻搭蓆棚茲南門外某姓諏吉娶媳前一二日將院內蓆棚一併搭起昨夜闔棚半上簌 有竊守夜人多聲聲驚喊賊着手無從空空走脫次早見棚上有洋火一盒幸未動用險些兒一炬矣

貫耳薄懲 ○日前某營拿獲逃勇已登前報茲聞該營總飭將逃勇棍責八十插耳箭二支以示薄懲云

量移英使 ○英京路透局來電言英國駐俄欽使未賽而司君現奉英廷調駐德國至所遺駐俄欽使一缺即以駐華公使歐格納君調補云

日人治臺 ○廈門來函云昨有人言日人在基隆臺北等處釋已服臺民擇期考取如有一技之長當給日國末秩並令學習工作格物機器等事另設學堂教習並將臺地七二通用之洋錙鑄日本明治二十八年龍番錢令臺民各將臺錢送局銷鑄不致分歧又與有匿藏不繳之人查出從嚴懲辦欲大興土木修造衙署鐵車路等工程云

颶潮續電 ○東報載昨接臺灣官電言澎日臺地陡發大風飛沙走石澎湖一帶水勢驟湧鐵橋等俱被冲塌電桿電線亦則有損壞海面船隻不能開駛誠非常之災也

倡興商務 ○傳聞江督張香帥之意擬在江蘇等處廣招紳商設立繅絲紡紗公司日來與蘇撫趙展如中丞往復函商大旨謂江南土產以蠶繭棉花爲大宗東洋請于蘇杭開埠注意即在於此我中國現應先從此兩項設法開辦自備生絲俾查織綢之利不如繅絲之穩織布之利不如紡紗之速上海舊設華洋繅絲廠紡紗廠獲利甚鉅著有成效今擬在上海設立商務總局分設繅絲廠五處紡紗廠五處核算兩項通年活本並人工機器保險各項經費約需銀一千二百五十萬兩由國家代籌成本八成借洋款一千萬兩年息多則六釐少則五釐以三百萬作繅絲官本以七百萬作紡紗官本奏委司道爲督辦奏派在籍公正廉明名望素著之大紳爲督辦由紳選擇誠實殷富之人爲總商每商承領一廠或絲或紗官本八成商本二成能自籌二成者仍須由總辦出結具保方准承領其商本或出己貲或集股份均聽商便以後照所議章程按期限交總局分二十年歸還洋款餘利恐歸商得官不顧問云云其中核計工本若干出貨若干利息若干均極詳細至於有利無弊尤資推闡靡遺爰先撮其大畧以告諸君子之留心商務者將來如創辦有成藉利止未可量也

儲才 ○金陵事人云兩江總督張香帥講求西法精切異常前復開築馬路行駛馬車并擬翻自來水局委員赶辦飭力經營水師學堂中曾忠襄公撫粵兩江時奏准創設定例頭班學生以五年卒業既卒業即派登各兵船練習一切以時赴外洋採求水

[illegible]客[illegible]實[illegible]學生堂業市事可值日入驗實北洋各兵艦恐有敵因之總辦桂觀察令諸生暫住堂中按月膏火增至銀十二兩俾仍攻習實之學所習之藝至今尚留頭班諸生亦已卒業從調沈仲禮太守赴營教導知香帥甄別中西文字及天文地理算學機器等事事畢太守稟謝該學生等尚須操演陣法以及打靶各技須請大帥親臨閱觀香帥欣然允諾即飭太守傳令駕駛管輪魚雷諸生在操場伺候屆期陰雲密布細雨連綿操場中泥滑如油諸生大爲敗興迨晴光乍放大可合操香帥因接陝甘回匪亂耗急欲調員解軍械前往遂札委桂觀察到堂代閱觀察權署道篆公事殷繁轉飭沈太守代閱太守又感受風寒未能前往不得已請副提調王別府代閱近聞香帥以該學堂祇練水師至於陸路軍營馳馬攻戰之法宜另行招集青年子弟延西人盡心教導方能精益求精遂於某日傳沈太守赴轅面諭囑太守已在城北購地建造陸軍武備學堂幷飭某員至北洋武備學堂調頭班學生十餘名來寧候用此固香帥爲　國家培育人才之至意然非太守之精明幹練亦烏克悉心佈置井然秩然哉

啓　白　清列傳　殺子報　富翁醒世傳　遇仙緣　三才子　時下笑談　張天師收妖　繪圖粉粧樓　遊江南　故事圖說　李傅相馬關被刺紀實　畫帶小照每本價洋四角五　盛世危言　野叟曝言　各國時事類編　中日戰守始末記　公車上書記　海上見聞錄　銀瓶梅　眞正後聊齋　三續聊齋　三續今古奇觀　正續東遊昇平　後施公案　彭公案　鴛鴦夢　古今眼前報　今古傳　雲中落繡鞋　後西遊記　[illegible]傳百寶箱　繪圖小八義　意外緣　英雲夢　情天寶鑑　女仙外史　如欲購者請到文興齋寄售

告　白　福州和益木商在津開設十年前雇夥友林松卿經理歷年尚未十分誤事詎自十九年夏間荒蕩嫖游號事廢弛從中侵蝕弊混不勝枚舉致號本甚鉅去秋控縣押追迄未完結林松卿早已出號所有和益號事均係東自行料理與林松卿毫無干涉特此佈告　官商如蒙　賜顧務須認明和益本號庶不致誤

和益木商鄭湘圃白

告　白　本館京城售報處在宣武門外繳家坑路東海昌會館內陳午清先生代辦如蒙　顧者請至陳處可也

本館賬房啓

八月初七日輪船進口

順和　輪船由上海　怡和行

海晏　輪船由上海　招商局

八月初八日輪船出口

新裕　輪船往上海　招商局

八月初七日銀洋行市

天津九七大錢

銀盤二千七百一十五文

洋元一千九百四十五文

紫竹林九七大錢

銀盤二千七百五十五文

洋元一千九百七十五文

光緒二十一年八月初八日 第二百零九號
西曆一千八百九十五年九月二十六日 禮拜四

敬啓者本館現移在海大道高林機器房旁隆記馬車行對過路東向西大門 天津印字館謹啓

敬啓者本館現移在海大道路東高林機器房旁凡仕商登告白貨報者請由海大道隆記馬車行對過路東向西大門問明本館帳房抵後院入館可也此啓 直報館謹啓

上諭恭錄

台李錫彬徐士佳鄭思贊劉宇泰陳燮桂張兆蘭李擢英顧肇新張承纓劉錫齡楊深秀徐道焜何乃瑩俱著記名以御史用欽此 硃筆曾廣漢補授通政使司副使欽此 上諭前據御史易俊奏參安徽英山縣知縣尹允照積壓案件濫刑索賄等款當諭令福潤確查具奏茲據奏稱查明尹允照被參各款均無實據惟連年積案多至百有餘起實屬有乖職守英山縣知縣尹允照著即行革職以肅官方餘著照所議辦理該部知道欽此

靜西消水議 續前稿

夫必溜改而後險可平沙去而後衝可禦當其衝徒欲向衆鋪與之爭鋒驚其險遽思棄土爲之止沸愈爭而愈衝愈止而愈沸是激之也世無順而不下之水卽斷無激而不怒之水故欲平險亟思改溜思禦衝亟圖去沙然或挑引水河或減水垻其地非視正河爲高而水不能入其渠入之則旋吸旋塞築河埝修套堤其處水不甚深而勢與隄平漸成漫溢霎忽淵深一往莫禦俗以爲皆神之所爲初不自狹其治之非法也慣消水者欲守隄先疏河欲開河必建垻河疏則沙可挾之以去沙去則水行垻建則溜可挑之使改溜改則水順譬之高屋建瓴中無所觸勢不斜飛橫奔旁出四散也有物以承之則其勢可東而可西可曲而可直可聚而可散抑且可下而可上竝可上而復下下而復上不見夫注酒之器乎酒在罌而擬注之缾不必倒其罌也以曲項管下納諸罌上吸以氣則罌中之酒遂隨管而升隨管而降其驗也是猶以爲有氣吸之也豈盛水於盂盂未滿僅及其半覆巾盂上巾半沉盂中半垂盂外盂內之水滴滴外注有所緣以引之則靜可使動潛可使飛況河水洋洋其流活活有以引之挑之溜之所迎神乎其測人力幾何烏能與水力爭勝負乎自古善治水道者必善審水性得其性則拓之分之疏之搶之無往而不得其道固不專恃隄埝也 純皇之世講求直隸水利 高宗嘗欽製一詩示河臣方曰水由地中行行其所無事要以禹爲師禹貢無堤字註意約謂水所必爭之地宜讓之水也又云隄高水亦至意謂不疏河專修隄修隄之土又不取之河內河內沙隨水來水到之處卽沙到之處漸淤漸高沙長則水益長故水勢易與堤平又云譬之築寬牆於上置爲渠註意謂牆上開渠次自傳記況取土隄下則隄𡋯如堤愈高堤腳下之田地愈低一旦陳瞰目上而下幾於一落千丈轉瞬間未有不爲巨壑者大哉王言神而明之矣而水利諸臣務治堤而不議治河者何哉以不治堤則處分攸關不治河則例無嚴責也 此稿未完

典重於秋

〇八月初五日恭祀 夕月壇欽奉 諭旨 皇上親詣行禮所有典禮各部院應值各差經禮部預備表章香帛

祭用牲犧鹿牛等物並行文太常寺飭傳司樂鳴贊樂舞生鑾儀衛飭傳冠軍使值差校尉各員先於八月初二日以前將應派承值各差衙名先期知照以便稽補具奏並恭太常寺恭領　內廷蠟庫白蠟六十斤藏香六十枝沉檀降速各香四十斤發交　夕月壇祀丞吳長春運□壇敬謹看守以崇典禮

[illegible]平不日　○京師前門外西珠市口直至虎坊橋及宣武門大街一帶甬路現經街道衙門督飭地面鋪頭雇夫運土平墊壘田治道生息項下提撥五百兩以濟工需刻下畚挶繁興車騾絡繹將見履道坦坦不日成之也

賊走熟路　○近日盜案疊出即以京師哈達門外千家園一帶而論　二日閒竊案竟多至五六起且自中元後迄今無夜不有尨吠雞鳴豈地方之福哉八月初一日葦村地方楊某當某家內先後被竊已報請緝申局比捕緝賊至今尚未破案見值緝拏之際竊賊仍敢在人家房上行走無夜無之以故居民皆預備洋槍器械以為禦賊用地方不靖至斯已極若能獲賊重懲追贓斷領或可以斷宵小熟輕就熟之路並足以慰小民失物復得之心乃案懸不破無日還珠柝警頻傳人不安枕是非求所以捕弭之法地面向有靜謐日哉

醫為利徒　○京師宣武門外粉房琉璃街有某醫者口誦幾篇樂性賦手抄幾首湯頭歌居然懸壺市上舍病之虛實寒熱脈之遲速弦滑絕無所知而標榜虛名夜郎自大復於巷尾街頭偏貼招單大書特書出門近者需車錢四千八百六千四百不等路途較遠者按數遞加若來門診脈者需錢一千治病猶□日後請命宜索於前不必問其人本領如何而見此招單具孳孳為利之心早已昭然若揭夫醫以活人固當一片婆心使斯民共登仁壽該醫銅臭薰心愛錢如命豈古人藉醫濟世之心乎

以貲盜書　○予以財而責以死貪者不為善得財亡身財將焉用命固重於財也獨至為強盜者則只知得財貪忘殺身其在無業游民謀生計拙為盜死不盜亦死於是行險僥倖倘無足怪若身隸部書歲有薪水即作奸犯科之律又所夙知知而故犯愚矣京師前門外草廠二條胡同居住褚某向充戶部書吏家道小康日前被張智齋夫婦服毒以陰狀控告致遭訟累已將餘囊花費罄盡以為傾家敗產矣詎料七月二十九日黃昏時突來盜匪十數名各持洋槍單刀撞門入室傾箱倒篋搜括衣物首飾攜贓逃逸當即赴管坊稟報經南城坊官即拿獲盜匪三名嚴行拷訊據李二等供稱充當兵部武選司書吏起意行劫糾約兵部武選司福建科經承楊某之子楊禿兒同前往搶劫得贓分用旋即派差前往余家胡同楊某寓所緝拿適楊某子禿兒正在琉璃廠東門某茶社吃茶復經差役由該茶社內將楊禿兒鎖拿管押歸案究辦現聞楊某素日有失教訓縱子為匪致成巨盜雖經竭力挽救然三尺森嚴恐難為若輩寬恕乎

以惡報惡　○鬧房一事無非謔笑新郎新婦本難為訓今探乳模足則惡虐不堪非人情矣七月二十七日京師前門內白基廠柴火藍地方居住趙某完婚有友人唐某酒後鬧房始則握手繼則揑足詎料新婦大怒舉足一踢適中唐某唐大號暈跌倒地眾驚趨視見唐目睛已破血液糢糊復譁曰危矣危矣嚴父聞聲出視莫知所措立請西醫德君醫治謂可保無性命之憂惟左目眇耳當即如法醫治醫費調理費均允出翁姑咸咎新婦鹵莽云

初開花榜　○欽命二品銜長蘆都轉鹽運使司鹽運使加三級隨帶加二級紀錄十次李　為榜示事案准前升司季移交考取學海堂師課舉貢生童等古試卷現經評定等第名次並獎賞銀數合行榜列於後須至榜者　計開　內課舉貢生員八名　姜擇香　王春灝　陳文炳　郭進修　魏寬　劉秋濤　劉鍾霖　徐維域　第一名獎銀五兩　二名至四名各獎銀四兩　五名至八名各獎銀三兩　外課舉貢生員十六名　陸士鍱　盧宋銓　高文駿　張鴻書　湯鳳墀　傅世光　孫履晉　郭峻城　吳瑞庭　楊承熙　李廷森　王琦　李奎光　陳奎齡　王□駿　劉夢鸞　第一名獎銀二兩　二名至五名各獎銀一兩八錢　六名至十名各獎銀一兩五錢　十一名至十六名各獎銀一兩　附課舉貢生員十五名　李鶴鳴等　一名至四名各獎銀八錢　五名至八名各獎銀五錢餘七名無獎　內課童六名　陳自正　吳世綺　宋桔年　陳自中　蔡成儀　王錦文　第一名獎銀三兩　二名三名各獎銀二兩五錢　四名至六名各獎銀二兩　外課童八名　王國璨等　一名獎銀一兩五錢　二名至四名各獎銀一兩　五名六名各獎銀八錢　附課童七名　徐鴻賓等　一名二名各獎銀五錢　三名四名各獎銀四錢　餘三名皆無獎

誤認桃源　○津郡紫竹林莠民雜處現屆歲試文武生童齊集富家子弟雖不應試亦多藉詞送考向烟館戲園酒樓娼窰肆意取樂以致尋春跡遍漫踏橫行往往未識桃源漁舟泛泛誤矣昨●門外某甲者娶本夭桃尤好修飾日夕倚立門前適為遊蜂所覷疑是紅杏出牆迫闖直入婦大駭入室急閉門奔同院中扶杖翁急出攔阻訴說分明始知狂且卻退甲旋歸具言狀怒沖冠立出尾追彼狡童分不知其所之矣吁誰言花隝可漫覓芳若係蘭閨尤屬造孽文武一生事業發軔之始更當砥節礪行敬獻賀言倘其莞納惟願應試諸君有則改之無則加勉可也

因賭增租　○茲聞爭●有初十菸津　信貸院前●棚實賣現已星羅棋布均須租賃附近民房作寓貧戶家俱設法暫挪騰房以博優價兼以今歲賭局過多房租愈增房間愈少幾於半間無餘是以各州縣生童多賃距學棚較遠者為寓弟應考諸公或有烟癖者尚其臨期無悞哉

為財遺女　○箔頭民船李姓者在津郡西沽停泊李有小女年九歲昨下船在岸邊自買食物不知被何人拐去李婦因小女久不回轉即向各處連日尋找絕無蹤跡該婦因載有買賣遂解纜亦不暇向官報案貧民苦哉為衣食不顧兒女與商人之重利輕別離者又當別論

自然解脫　○本郡菴觀寺院僧道尼姑恆河沙數秉持教規者固多破法戒者亦屬不少茲有某僧結識某紳子由此廣識富家即仗佛力暗謀黃白既不恭佛亦不禮懺終日乘洋車前赴紫竹林鶯花隝中覓歡喜緣行跡被某武員偵知值該僧出熱場旋歸淨土時被某一手揪住向索破首戒●送有司按法辦理該僧極力央懇復獻出時表一只赤金戒子一個武員看二物面上將僧釋放幸哉險些兒

確乎不疑　○田鴻逵者不知何許人行至河間縣三十里堡北被賊用木棍打暈搶去包裹一案當蒙文武飭捕赶緊嚴緝旋踪緝至某處即將人贓併獲鎖押縣署訊該犯供稱姓王名成山至於毆搶一節尚未供認然果係為所失原贓諒該犯亦難狡展矣

豈是考終　○快馬快車藉以快意少年紈袴輩騎駿馬如龍跑熱車如電一旦逸而蹶覆而軋為之父者將悔教之不先轉以戕其生矣至以人代馬老人乘之●宜安行聊取代步可也必催以飛行謬矣或車夫故試其技不顧高低忠矣摔人撞人軋人屢經憲禁乘之者不知預為訂囑轉誰職其疚即初七日有東洋車一輛上坐老翁年約六旬不知由何處拉來行至河東過街閣前小道子忽然將車拉翻老翁摔落等時吐血身亡拉車人逃竄經地方看守稟案矣

有慚行伍　○某甲者以武職當差數上實數年前出仕某汛數載囊頗裕繼因事被撤奈心性貪鄙衣食之需多仰娼賭而恃勢逞强無人敢惹近欲自隱劣跡求某當道者轉祈大憲再求出仕殊不知現今貢院前賭局林立率多藉中為首似此知法犯法倘再出仕其不殃民者幾希矣

有礙周道　○本埠北門外太平街雙街口兩處稍有雨澤即阻行人工程局憲開工興辦屢登前報茲監工者飭催土工石工人等赶緊修造于月初一併修齊不日即告完竣矣

猶有穿窬　○馬家口前街各營站段下夜而宵小之徒胆敢鑽穴偷竊實屬目無法紀日前馬家口杭州鄭公館移來未久夜間更深主僕睡熟一時有賊從後門坎下挖磚而入失遺何物尚未得知昨早經該管局段員丁查驗未知能弋獲否也

東電譯登　○字林西報館昨接西歷九月十六號下午八下鐘時東京來電云三國與日本所議之事現已定妥聞該三國急欲議定日兵退出滿洲藉減少中國賠償之款按三國之說來電未經詳明大約即指德法俄三國而言

教案兇犯正法　○字林西報館又接昨晚八下鐘時福州來電云戕害古田西教士之兇手拿獲後業已審明定讞中有七人最為罪魁稟首故已于日前●該兇手等明正典刑臨刑時英美兩國之領事官均各到場監視

屯田敬聲　○蘇友來函云蘇省藩司鄧方伯援照江寧張香帥來札飭將本省各衛所屯田一律改作民田妥議章程變通辦理

舊因傳標各營衛所守備千總等缺均須裁撤故有此舉也官場傳述如是姑誌之以觀其後

照會照錄　〇本館昨接駐朝鮮某友人專函云朝鮮釜山港有絕影島一區現有某國人欲在該島買地蓋屋而朝鮮外署大臣頗有不願之意因照會某國公使云照得釜山港之絕影島係近港形便之地本政府儲留此土欲隨時建設電燈塔病院及各項公用之所蓄意已久除劃准日本石炭庫一處外只許本國人民居住該島緣本政府於本國人民有隨時遷去之權若准外國人民租住該島日後遇有本政府要用之時未免諸多窒礙再查釜山港內現無按例設立各國租界之事亦無訂立界限是以現在未能說明何處為外國租界及界限如何但該島為本政府儲留公用要地未便租買且島嶼與陸地之毗連者自異應合備文聲明請煩查照將此轉諭貴國人民毋於該島內租買地段以省日後歧貳之端等語旋經某國公使照覆謂接准來文元釜兩港應開設租界實為急務曾屢向貴前大臣力陳其意今貴大臣既以此端為切要擬請訂期邀集各國公使總領事領事等公同會議開辦至所云貴政府有存留絕影島之意或無論何處地段作為專用一節然未奉有本政府准行明文決不能擅廢條約應有之利權查將來釜山港開設各國租界不論如何界限絕影一島縱或不能全在離租界十里限內然島中地段在十里限內者定必不少則按條約所載是外國人應得在該島離租界不逾十里限內租買地段賃購房屋倘日後貴政府有欲在該島離租界十里限內擇留地基一段或數段建設電燈塔病院之用似無不可且係貴國防務所關並為利商衛生起見諒亦無有起而梗議者惟照來文各節日後需用地段尚屬有限乃竟欲不准外國人照條約應准租住之地租住一至此甚實為莫測其故為此照覆云云不知以後若何定奪當俟探明再登

傳　白　蒲列傳　殺子報　富翁醒世傳　遇仙緣　三才子　時下笑談　張天師收妖　繪圖粉粧樓　遊江南　故事圖
說　李傅相馬關被刺紀實並帶小照每本價洋四角五　盛世危言　野叟曝言　各國時事類編　中日戰守始末記　公車上書記
海上見聞錄　繡瓶梅　真正後聊齋　三續聊齋　三續今古奇觀　正續采蘭昇平　後施公案　彭公案　鴛鴦夢　古今眼前
報　會數傳　雲中落繡鞋　後西遊記　蜃樓傳百寶箱　繪圖小八義　意外緣　英雲夢　情天寶鑑　女僊外史　如欲購者請
到文美齋寄售

告　白　本館京城售報處在宣武門外繳家坑路東海昌會館內陳午濤先生代辦如欲閱者請至陳處可也

本館賬房啓

八月初八日輪船進口
順和　輪船由上海　怡和行
桂陽　輪船由上海　太古行

八月初九日輪船出口
海晏　輪船往上海　招商局

八月初八日銀洋行情
天津九七六錢
紋銀二千七百一十五文
洋元一千九百四十五文
紫竹林九六錢
紋銀二千七百五十五文
洋元一千九百七十五文

光緒二十一年八月初九日　禮拜五　第二百零十號
西歷一千八百九十五年九月二十七日

上諭恭錄　靜西消水議　一狂負死　再生續聞
遺累糟邱　敬崇壇廟　須勸地脈　將邀天顧
勢示集賢　電災津北　天悲烈婦　人喜春台
一賊難逃　四窮已半　編籬聚賞　入城逢凶
創深痛鉅　告白照錄　京報照錄

上諭恭錄

旨刑部福建司郎中員缺着彭見紳補授兵部司務員缺着鮑忠瀚補授河南湯陰縣知縣員缺着尹春元補授江西雩都縣知縣員缺着夏樹立補授四川儀隴縣知縣員缺着伍文琯補授福建甌寧縣知縣員缺着裴汝欽補授江西宜黃縣知縣員缺着鄭世璜補授截取舉人陳世鏞李培根俱以教職用兵科筆帖式員缺着瑞麟補授詹事府左贊善員缺着熙英補授福建道監察御史員缺着胡孚宸補授截取御史王綽王鴻運郎中王嘉壽中書羅家勸王寶田俱照例用擬補內閣中書秦漸和楊澧林開藻王昉徽侯昌銘盧紹勳俱准其補授俸滿福建武平縣知縣唐志燮着回任擬補四川犍為縣牛華谿鹽大使李志棠着照例用吏部筆帖式容元中山黎勳俱准其補授保送知府編修陳適着以知府分發省分補用保舉河南候補知縣張瑜福建候補知縣侯維漢廣東候補知縣沈毓岱廣西補用知縣劉忠翰俱照例用驗滿安徽盱眙縣知縣易華俊着免其坐補原缺卓異貴州麻州知州胡璧着准其卓異加一級仍註冊候升廣東連平州知州田明曜着准其卓異加一級仍註冊回任候升欽此　軍機大臣面奉　諭旨本日引　見之選用道蔣斯彤着於初七日預備召見欽此　上諭直隸通永鎮總兵着吳宏洛調補吳育仁着調補正定鎮總兵欽此

靜西消水議　續前稿

例有處分司其事者自生趨避之方例無嚴責孰多意外之變且一河之中各有段落決於某處即罪於某官各分其工各治其工之隄絕不計水之下游是否順利即或知之非其所司亦無如何卒之上游決漫之由實下游壅偪之故而罪則及上不及下河員遂相率以任運氣彼其設此例雖無差情實未允蓄水動物也有來有去當合上下全局統計猶人一身百體之痛皆徹於心一處血氣不甚通利則神昏氣鬱全體不安一臟若絕其四臟者不絕自絕五行之序遞若轉環勢使然也水之來去理亦猶是而論河員之考成者則不然豈通論哉至于牙新止黑龍港河靜海縣治與大城縣隸之王家口雖有河廳之設除於查娼賭慶安攔樓討薄息以佐縣俸外餘無他務至地方有司重在催科効職以伺上台意旨而蝗蝻水旱概可諉為天災縱微有議處之條亦係公罪非若汨陳方行直抱羽淵之痛也惟抱歉於少得平餘減收諸項漏規而已然而辦賑辦捐與自理案件猶足以大有為也故可置水災於不問似亦無庸過問一任小民之自謀獨是國家承平數百載飲和食德小民之願　帝則於不識不知也久矣雖身受水災究不知災之所以來與夫災之所以去其有自以為

知者祇知水災之來於上終不知水災之來於下祇知橫決之有形終不知節宣之無術也且所見囿於一域故所謂亦不外一隅處於西者則言治西以洩於東處於上者則言治上以注於下第就其眼前一方現在一刻而論似乎於其所處之地有益而不知其無益也何也此爲有源之活水非彼無源之止水也使爲無源之止水少則風吹之而可乾日曝之而可減多則挹於左而注之右雖云利此則害彼尚可使右有而左無此第可爲治無源之法難以治有源之法也莊子曰風之過河也有損焉日之過河也有損焉而河亦未始其攖也者恃源而往者也今將以有源之水行其上以注於下並不問下游之下能通利以歸海否如不通利則治如不治抑且有不如不治者安貿國格猶後也所治之處廢民田阻路徑土性之堅硬不一即土性堅者新築河隄非經數歲爲不能實亦自衝決之患即不衝決隄漫之水其性最寒最鹹水過處地爲不毛未過之處類此水者爲渟水所滔地皆起鹹及隄與數冬數夏能陷堅實渟水方去渟水去出尚難種植殖也新隄之外渟水恆及十數里是勞隄左右十數里中十數年內雖天無奇災豐年莫卜況自古無十年不災之天自古無十年不決之河再有漫決淤塞前功盡歸虛擲且不顧下游達海之尾閭暢否不待十年害必立見往事俱有明徵也光緒以來文窪久淹情急且議另闢新河時時於子牙滹沱上游著意下游從未一議焉　此稿未完

一狂言死　○京師朝陽門外東嶽廟內有月老殿其籤文多集經史成語下繫詞曲佳句凡求科名婚姻者靈應如響以故日前考試優貢場期前後考生祈籤者麕至有浙江某特才放誕爆竊與友人於朝陽門外作踏青遊既酣醉經典至月老祠求籤語頗不佳生笑曰豈有某而不中者因復求仍如故生怒曰所對非所問尚言靈耶因指神祠慢言語多褻瀆而曰我徼回此籤君仍不合當毀爾像抽得一籤其詞曰休休休似春蠶作繭到死把絲抽同行友人驚知其干犯神怒也咸勸之出果於七月下旬入試優貢場內因如則若有所遇號叫同號同號坐定號軍聞其無聲掀簾視之驗生死矣竟不知是何因果然觀其侮慢神明則平日之狂蕩無庸過問而月下老人之靈異亦可畏哉

再生續聞　○自秋以來寒熱不均疫癘流行無處不有京師九城內外一經染患醫家即束手無策雖有靈丹妙藥難保朝生暮死之虞然死而復生者前已兩有所聞茲又聞八月初一日宣武門外南橫街東頭永順館茶社內有妻王二姓尸坐吃茶七偶患腹痛不省人事迨茶社主人將其家人覓來已奄奄一息魂歸幽冥矣當經其弟製備衾殮尚未辦齊王忽起坐聲稱不是傳我是傳姜某妻須刻而果無疾氣絕體冰矣聞者莫不毛骨悚然今年疫災果皆在數難逃乎

遺累糟邱　○各部院署中司署門首俱懸掛其清吏司匾額凡帶領學習貼寫入署必須門內人荐舉擇其身家清白者向承辦經承討要請帖始准帶領進署先赴蕭曹二公神像前焚香燃燭名曰拜科神叩拜禮畢帶進科房學習然後徐徐鑽營得有行頭掣得經承著役時必須經吏部驗封司行查原籍州縣飭查實係身家清白取具鄰族甘結申詳撫院咨部方准著役候役滿時可照議敘以進異路功名相沿已久實非易事也刻下經門外漢看此舉頗易以致紛紛濫荐近來各部院中身家不清之人甚多於是娼優隸卒長隨老媼之子濫行帶領入署希圖掩遮門戶地步似此若輩不按規模甚至肆無忌憚種種妄爲情弊層見疊出實屬有害於荐引之人矣兵部職方司直隸甲學習貼寫楊某其父乎素體官度日自爲身充賤役甚屬卑汚竊將其子託親友作荐帶領入署學習居然以爲公門中人則門庭矣乾料楊某於日前由署中竊去緊要稿案三件向該經承某甲詐索白鏹五百金因甲不遂伊懷忿難消攜帶稿件去如負隅某甲回明印鑑經司務廳票仰南城坊帶領差役將楊某之兄並荐舉人沈某一併拿獲解交兵部當堂嚴訊派役管押令其速將伊弟交出從嚴懲辦未悉能原璧歸趙以重案牘否也聞此事不日據情上聞恐荐舉人坐受株連累不淺矣

敬崇壇廟　○欽命二品頂戴直隸分巡天津河間兵備道李　爲牌示事八月初九日祭　先師孔子自初七日爲始致齋二日不理刑名初十日祭　社稷壇自初七日爲始致齋三日不理刑名同日祭　神祇壇十一日祭　龍王廟十四日祭　關帝廟十二日爲始致齋二日不理刑名

續勸賑　○欽差大臣兵部尚書直隸總督部堂王　示諭文安縣文生吳懌等知悉　就查七里莊開河之議十七二十兩年

李首郡堂遊大委查奏啟有案兹該文生復中首請緩以大城縣屬之壩合作爲新河下口與前議下口之在文安三灘里大城子牙村尊取徑相別惟上年擬開河道則仍大碞相同事關十數州縣民生利害究竟形勢是否相宜必須統籌全局確有把握方可與辦候陳啟大員酌帶精於測量之人詳細履勘覆核尊十七二十兩年原奏及該文生等原稟詳變閱核其原奏所稱不便之處一併覆勘分別確寄逐一據實禀覆以憑酌奪該文生等均回原籍聽候酌傳指證可也

聯近天顏　○游千岱中丞奉　召入都已紀前報茲悉中丞乘輪來津小憩數日即輕裝北上入覲　天顏矣

榜示集賢　○長蘆都轉李運憲案准前升司李移交集賢書院七月十六齋課考取集賢舉貢生監制藝試帖課卷等次並獎賞銀數列後　計開　超等二十名　張　薰　鮑得銘　汪　元　賀廷賡　華世俊　張華燕　朱晉藩　蒲綸召　振　洵　方賓穆　汪家鼎　張振鐸　董聯第　崔寅來　李咸熙　繆聯輿　沈鍾滙　李　璁　丁　燊　徐汝翼　一名至五名各獎銀三兩　六名至十名各獎銀二兩　十一名至二十名各獎銀一兩五錢　特等四十名　傅子修等　一名至二十名各獎銀一兩　二十一名至四十名各獎銀五錢　、一等六十二名　俞　超等　一名至二十名各獎銀三錢　餘無獎

雹災鄉北　○日昨城東北鄉人來云本月初五日夜狂風大作雨雹深尺餘或數寸被災處西堤頭于家堡赤減灘三標子週圍一帶共二十餘村禾稼菜蔬俱被打爛計方圓約數十餘里奇災也

天悲烈婦　○河北關下烈婦王李氏殉夫已紀前報茲聞日前發引與夫同殯各衙戚友恭送牌傘等事指不勝屈不料中途遇雨衆意未暢不知或亦天悲烈婦爲之出涕歟

人喜春台　○戲園啓封昨已登報現各戲園於初六等日陸續開市特邀名脚以壯觀瞻

二賊難逃　○本埠以錢票通融終不免有魚目混珠之弊昨北門外太平街西某錢店有嘗勇持假票買銀被夥識破即用套詐留住秘遣人告知錦掌向不知如何處置（紫竹林某錢房所存煤油有王起順者攙水若干經某掌查知赴縣呈控將王起順一犯訊實釘枷在紫竹林地方示衆吁世間事事認假幸於錢票煤油尚知認眞盍充此認票認油之心以遍處人無事事耶

四窮己半　○錢財細故倘無字據斷難准理津民男婦往往憑一好通融毋庸中人字據當時大人大義情誼可嘉及久假不能珠還輕官成訟則諸事轇轕矣昨吳梁氏赴縣呈控有服族弟吳二欠錢若干實無中証大令因吳梁氏寡婦孤兒又與吳二爲有服親屬因斷令吳二助該氏錢十五吊文赶緊回家速爲安業亦矜孤恤意也

編籬聲賣　○鄉庄無業游民飛帖打網藉端斂化惡俗也惟樂歲粒米狼戾取之而不爲意近年屢歉收其鄉富者轉而爲貧即流而爲會匪積而生隙則事端百出蔓衍無窮矣昨見汎兵護解鄉民二人送至縣署詢悉北倉有趙小甫者因央籬笆突來盤二盤三兄弟硬行攔阻不令工作趙與理論詎盤兄弟將葦子搶去趙不敢與較即赴該管武官報知立飭兵拿獲送縣然北倉趙姓巨族也是否有無別情蔓衍致煩官勢容俟詳訪再報

入城逢凶　○昨聞河東白衣菴有某甲者在菴前開水鋪爲生初更時往城內辦事行問背後突來一人手執鋼刀將中右臂及筋骨剁折有皮相連未墜於地甲急喊救即以左手迎刀又被剁去四指後有救者其人已遁渺無踪迹甲即赴縣喊控柳係何人猛浪乃爾

創深痛鉅　○有西友自扶桑來昨甫卸裝造本館主人之廬而問曰滬上信息靈通子亦知日人與華軍相持於鯤身鹿耳之間近何如乎主人遂以近日所聞之已登報牘者縷晰告之西友曰猶未盡也袖出東洋報數紙中譯日文辭以相告歷歷如繪並謂[illegible]出日人自信而有徵且日人平時諱莫如深至此亦眞情畢露亦可見其受創之深爲日本譯諸報爲當世告主人唯唯於是撮其報中之尤要者節而譯之曰日兵自得臺北後滿擬一鼓而下臺中臺南無如劉軍橫梗其間與之[illegible]戰然又從不肯稍鼓相當相見於疆場至鬪之[illegible]劉軍素[illegible]詭[illegible][illegible][illegible][illegible]傳[illegible]令　悶損[illegible]山[illegible]役日兵計有六千人約[illegible]大戰[illegible]

[illegible]佈約[illegible]數百人[illegible]兵遂分四面[illegible]照準敵人連環轟擊約越半點鐘之久兩林間之人兀立如故無一中鎗倒斃者日兵驚疑不定重又開鎗向之猛擊詎料不動如故因遂約束全軍高舉鎗頭向前冲進及至該處則見排立之人皆以稻草結成非眞兵也知已中計急思退出忽足下轟然一聲烟火迷離中日兵俱已不知去向惟在後之二千四百人倖獲逃出然皆爛額焦頭破創實甚又報載謂臺中一帶山路崎嶇日前撥小隊六百名前往探剿奮勇前進忽[illegible]率同土兵在後抄出截住歸路全軍覆沒逃出者僅有三人又[illegible]署謂聞日兵之被生番土兵捉去者皆醃而食之無一生全者東報所述如此爾西友則又嘗在日時親見在臺日兵因病回國醫治者皆自腹以下兩腿及足無不臃腫大與身齊東瀛醫士莫明其故咸爲之束手吁是亦奇矣

告白　今有新到頭等德富司老牌煤油已到如有合意者請來面訂可也　紫竹林太古洋行代理美孚煤油公司謹啓

告白　福州和益木商在津開設十年前雇夥友林松卿經理歷年尚未十分誤事詎自十九年夏間荒蕩嫖游號事廢弛從中侵蝕弊混不勝枚舉致虧號本甚鉅去秋將林押追迄未完結林松卿早已出號所有和益號事均係號東自行料理與林松卿毫無干涉特此布告　官商如蒙　賜顧務須認明和益本號庶不致誤　和益木商鄭湘圃白

告白　[illegible]列傳　殺子報　富翁醒世傳　遇仙緣　三才子　時下笑談　張天師收妖　繪圖粉粧樓　遊江南　故事圖說　李鴻相馬關被刺紀實並帶小照每本價洋四角五　盛世危言　野叟曝言　各國時事類編　中日戰守始末記　公車上書記　海上見聞錄　續瓶梅　眞正後聊齋　三續聊齋　三續今古奇觀　正續[illegible]異平　後施公案　彭公案　鴛鴦夢　古今眼前報　金臺傳　雲中落繡鞋　後西遊記　歷代傳百寶箱　繪圖小八義　意外緣　英雲夢　情天寶鑑　女仙外史　如欲購者請到文興齋寄售

告白　本館京城售報處在宣武門外[illegible]家坑路東海昌會館內陳午淸先生代辦如蒙[illegible]顧者請至陳處可也　本館賬房啓

浙杭 元吉永號

本莊自置紗羅綢緞綾縐洋綢花素洋布川廣夏貨團摺雅扇南貨頭油俱全祇爲近時錢市疲落不同故而各貨減價開設估衣街中間路北凡　仕商賜顧者[illegible]特此佈[illegible]

德陞齋靴鞋鋪

本齋專做滿漢朝靴新樣京式名鞋及鑲花坤鞋一應俱全價廉物美　賜顧者請認明本店招牌庶不致悞本舖開設在天津府北門外鍋店街集義棧對過便是

八月初九日輪船進口

新豐　輪船由上海　招商局

連陞　輪船由上海　怡和行

八月初十日輪船出口

順和　輪船往上海　怡和行

八月初九日銀洋行情

天津九七六銀

銀盤二千七百二十七文

洋元一千九百五十五文

紫竹林九七六銀

銀盤二千七百七十文

洋元一千九百八十五文

直報

光緒二十一年八月初十日　第二百十一號
西歷一千八百九十五年九月二十八日　禮拜六

上諭恭錄

旨這所參疏防越獄之管獄官陝西調署臨潼縣典史渭南縣典史倪大勳著革職拿問交張汝梅提同刑禁人等嚴行審訊有無鬆刑賄縱情弊照例懲辦有獄官臨潼縣知縣施劭雖據稟稱因事下鄉究屬疎於防範着革職留任勒限緝拿逸犯袁老二等務獲究辦餘着照所議辦理該部知道欽此　上諭王文韶奏特參知縣疏防封案限滿贓賊無獲請旨懲辦一摺本年五月初七日夜間吳橋縣屬安陵鎮連出封案當經該督勒限嚴緝迄今兩月之久贓賊仍未破獲實屬廢弛吳橋縣知縣勞乃宣着交部照例議處餘着照所議辦理該部知道欽此　上諭鹿傳霖奏特參貪劣不職各員等語四川候補知縣沈炘習尚鑽營聲名狼藉署大邑縣任內盜案甚多諱匿不報署冕寧縣知縣候補通判信元貝貪酷虐民縱容家丁藉端朘削怨謗沸騰均着即行革職候補知縣韓廷鉞性情貪詐虐名平常交代取巧拖延不結候補知縣張茂森膽大鑽營不安本分均着以縣主簿降選該部知道欽此

靜西消水議　續前稿

光緒十七二十兩年文民籲名請爲挑新河以濟文泄擬自七里莊爲子牙河開減至文安之三灘里或於大城之子牙村作爲新河下口仍歸子牙正河下達新正中紅橋歸海河以入海經前爵相李迭次委查奏駁有案十九年文民又以清河水災又請於鄚州下之苟各莊自西而東挑引自龍塘灣入文窪復自北而南至大城縣屬之郭堤村挑入子牙河又請子牙河自南而北而東議皆意揣與地勢初未相宜亦被駁有案今秋文民又申前議籲請督憲仍自七里莊開河以大城縣屬之垻台作新河下口憲論約以專經前憲屢查奏駁有案茲所議下口雖與前議之處有別惟上游擬開河道經十數州縣民生利害是否相宜須揀派大員酌帶精於測量之人詳細履勘分別確否逐一據實方可興辦憲意以爲利害不可必冒然聚大衆興大役勞民困　國以試改弦更張之新策冀徼倖於萬一誠非治水良策憲鑒高懸允爲定論而靜民之議者又謂於青大兩邑交界處之隄北馮莊爲子牙河向東開減約三四里即抵青縣屬廣福樓可入黑龍港迤邐東北至靜屬南張家莊南再向東開減約七八里田元蒙口後小集前以入南運河借流而北至靜治北閣外開減東下約十餘里可入赤龍引河沓靜治北閣外原有舊開河影加以挑濬俾可暢行於津屬之白塘口建閘放入海河不但靜西可除水患即上游之文窪下游之津埠均可免漫溢之虞較之自七里莊開挖新河經十數州縣下口仍於大屬之垻台歸入子牙之新正河達紅橋以入海河者其路之近

其費之皆奚啻倍蓰哉然亦須大憲揀派公正大員精心測量相其高下或分水以灌田或藉工以代賑方可與辦耳總之治水無奇策度地勢順水性謹隄防行其無事不爲穿鑿以行水者治水以海爲壑勿以鄰爲壑神禹復生當亦復別有所議矣

令肅柳營 ○本年自中東議和各省駐札關外防營陸續遣散已紀前報督憲現將北洋駐防各軍補足正餉竭力操演勉成勁旅以備干城各勇丁等如有怠惰逃匿等情即時拿獲按軍律定擬決不寬貸聞各軍無不恪守營制云

名登花榜 ○欽命二品銜長蘆鹽運使司鹽運使加三級隨帶加二級紀錄十次李 爲榜示事案准爾升司移交集賢書院七月十六日齋課考取舉貢生監賦詩課卷現經評定甲乙等次總獎賞銀數開列於後須至榜者 計開 超等六名 張惠灝 蒲紹召 湯聘之 賈善仁 李恩元 王文純 第一名獎銀三兩 二名三名各獎銀二兩五錢 四名至六名各獎銀二兩 特等十名 余開中 李毓仁 徐汝覽 傅予修 李炳榮 李煜華 李重熙 方 紹 周之棫 方賓穆 一名獎銀一兩五錢 二名至五名各獎銀一兩 六名至十名各獎銀五錢 一等二十六名 汪 元等 一名至十二名各獎銀三錢 餘無獎○又示考取論策課卷等第名次列後 計開 超等六名 來佐清 范淮清 吳燮鑾 方秋庠 周之棫 方 紹 第一名獎銀二兩 二名三名各獎銀二兩三錢 四名至六名各獎銀二兩 特等八名 蒲輪召 劉華封 華世傑 俞 超 汪家藻 崔 璸 賈學元 李恩元 第一名獎銀一兩五錢 一名至四名各獎銀一兩 五名至八名各獎銀五錢 一等二十二名 崔作棟等 一名至十名各獎銀三錢 餘無獎

示禁載重 ○欽加同知銜卓異候陞題補青縣署理天津府天津縣正堂加九級紀錄十次趙 爲出示嚴禁事照得官駁船隻向章准於漕竣後在附近北運河道上下兩河貿易一二次以示體恤乃近來漕運完竣駁船戶往往攬貨遠出甚至裝運重物傷壞船身現據駁船總甲馬玉田稟稱時屆秋後漕竣現因滅料殘舊甚多誠恐奸商取巧希圖減省水脚塗改船頭號記裝運引鹽柴草茶葉雜貨以及銅錫鉛鐵磚瓦木料灰石各項重物毀壞船身趕修不及致誤漕運請諭禁等情據此除差查外合行出示嚴禁爲此示仰各商販暨官駁船戶人等知悉嗣後務須將船隻歸次停泊不許任意在於各河逗遛不歸該商販亦不得貪利再僱官駁船隻裝運重物遠出倘敢陽奉陰違一經查獲定行分別嚴辦不貸各宜凜遵毋違特示

會演場規 ○學憲徐大宗師於本月十三日起馬已登前報現聞試畢週歷城會文書院將所屬各童定於初九日會課一次以脊紳熟亦按院試功令兩文一詩酉刻交卷斷不給燭未完卷者按名扣除云

增設教堂 ○本埠西門大街有奉真堂一所于本年夏間置買地基興造房屋已及數月工匠人等朝夕經營前廊後廈廳堂臥室及廚灶一切即日完竣聞工竣之後即擇日宣講

私售禁物 ○津埠某者在茶店口一帶私賣洋槍藉以修理爲名實乃私造私售其家已稱小有似此目無法紀殊非生財之道膽大甚矣但不知其曾犯案否姑誌之以待續訪

勿爲水懦 ○火烈民望而畏之故鮮死焉水懦弱民狎而翫之故多死焉甚矣寬之難也昔子太叔爲政不忍猛而寬於是鄭國多盜取人於萑苻而殺之盜少止政之不宜寬也如是津埠東門外一帶狗偷鼠竊時有所聞該管者以事屬細微不以爲意厥心忽矣有某姓者兩世孀居所賴遺業豐衣食俱足昨夜賊料數人撬門入室將板箱搭至院中搶去衣服等物姑媳雖有所聞夜間不敢聲張次早查核所失約值五六十金以家無男人報案尤須耗費惟付之一嘆而已此種竊盜倘視爲小而寬縱之恐賊胆愈肆且恐爲大盜之囮該管地方雖未報案倘有聞知亦當訪查其爲德政不小矣

想亦閑言 ○某縣某村農人子某姓者青年秀美性極貪淫以善於溫柔婦女多被其誘年及弱冠尚偕和鳴亦穴牆之舊侶也旋弄瓦未及笄與鄰村某丙有桑間約父母無奈倩人聞丙之父母告以故婚遂其私丙父母難之女父母以羞怒欲訟聲戚友說合以女作丙副室擇吉迎之未及數日有甲乙二人持刀向丙拚命言女與某有諧老盟丙父駭極立尋某問罪恐於性命攸關某又煩鄉老說合

誰將甲乙之父母邀出衆論兩相罷休女仍歸於母家待嫁事乃寢吁淫人妻女報在兒孫感應篇誠不吾欺也戒之哉

誼戒終凶　○有無相通朋友之誼若始以義交終於涉訟則惟利是圖不足為朋友矣訪事云皐仰州前託何東峰借到洋為銀為善兄弟津錢白五十千乃兄錢而弟為出借立有字據為善收存年餘以來皐陸續歸還若干千為銀出具收字旣以為數無多同東峰卻令覃另覓中保丁姓張姓同為聯另立條字與原中無涉債已無多而為善忽執前立借據控何東峰欠債不償其意實以銀所出收字作為烏有居心叵測不問可知實則原中何東峰已收條儘可置身事外似此凶終隙末尚何有朋友之情哉

奸詐細小　○酒賭之習止人所忌僻人所貪然此猶昔之僻也今之僻則烟花而已夫富貴極則淫慾甚烟花之事宜乎富貴者為之貧賤者不得問津也而今之津異矣津郡拉東洋車者率多鄉下貧人借錢如命奈一來津地即染烟花習氣東門外某甲開設烟館一處專雇人代為看顧洋車招攬生意於是該館烟客均是拉車之人因以看顧車輛不致遺失可安心吞雲吐霧自在逍遙從晨至晚館客常滿均係現錢交易該烟館甚為獲利說者謂生意勿論大小道在人為耳而東南城根一帶小店東洋車店則尤甚店內娼賭俱備任人所好車夫終日奔馳辛為店中赶網迷人之迷迷已極矣況該車夫家中率有老小莫不望其稍積分文以易升斗以贍老小害一人實害全家有地方之責者亟宜嚴行查禁耳

勿留贋鼎　○河北某姓者專造假錢票較之真票無異並號碼相重不能看出說者以其曾經犯案叢釋今仍怙惡不悛誠害人不淺也河北又有某甲者亦做假帖與真帖維妙維肖絲毫不差各舖往往認假為真以真為假於今數年從未破案其人家已小康衣履鮮明每日晚即到侯家後煙館閒坐與交者多係娼窯中舊夥散辭而出者故又與龜奴等合謀凡花錢之客或臨付娼窯或係買物件一經龜奴之手乘便即可更易以假帖退回或捏稱某客之名赴某舖購物種種詭計奇外出奇令人不測其假帖每千約賣二三百文甲竟以賣假帖公然發跡而貪心不止現仍以此為生且善交在官人役故知之者多不肯言之於法甲每自謂有恃無恐不知天網恢恢亦終有不漏時否拭目以待容俟續登

竟失掌珠　○東鄉逃來飢民曹姓者住河東小店有女年十一歲昨在門首不知被何人拐去曹姓在此地担水為生女被人拐無暇尋覓亦無力與訟夫婦惟痛哭而已

日諜之言　○日本某報紀友人自基隆遞來手札曰近衛師團長能久親王率兵駐臺北已一月餘新竹附近之臺地兵民曾未悅服以致干戈頻起臺南劉永福訓練士卒糾合士民大施防禦之計爰命諜人偵察臺南實情錄其大畧如左探得打狗統兵官係劉永福第三子及砲兵指揮官李劉二姓皆河南人安平大砲指揮官柯林貴廈門人試操砲兵指揮官胡家務本地人臺南鎮總兵爲國本廣東人道臺陳姓廣東人知事陳姓浙江人安平副將張姓漳州人率土兵一千名在安平打狗布設水雷鹿港帶兵官黃清化及鄭姓曾廣東人統督土兵五百名廣兵五百名安南兵五百名安平大小砲臺大者置兵一千名小者屯兵五百名打狗砲臺三座各駐兵一千名打狗之南某處有地雷暗設港內新造木橋一座長十四丈橋邊橋下均設地雷其地雷均布置於叢竹內由打狗至東港凡五里每里有營一座兵五十名臺南府守兵一千名四月下旬續到安南兵三千名臺南彰化縣統兵官林朝棟督率兵五千名內土民二千名餘皆自他省來林係本縣人昔年中法之役副統兵官林某即其胞叔也由新竹至大甲中間新造橋一座暗設地雷打狗附近道路平坦廣闊馬匹往來甚便劉永福常川駐安平統轄打狗鳳山等處士卒部下有新募到之廣兵數千名近日曉諭士民免三年租稅又云臺地一旦為日軍所占男必斷髮女必放足且將暴斂橫征民不堪命是宜仗義致身以禦日軍之來襲此諭一出臺民義憤同深咸願助劉抗拒內有希順日本者則係未聞此說者也閒諜之言如此噫臺南防禦何等森嚴而日人尚能賄探情形瞭如指掌亦可見用兵之匪易而奸宄之不可不防矣　錄新聞報

福州要電　○上月二十九日八點二十五分鐘福州來電云古田鬧教一案於今日早晨已邀請英領事提到鬧教匪徒七名監同行刑業皆身首異處矣

賠欵譯聞　〇西貢法報載接到法京七月十二日來電云因四川鬧教事中朝已允許照例從嚴查拿匪徒迅辦並償賠欵共四百萬佛郎克云

日輪遭風　〇香港西字報云有日本裝兵船名伊坐馬麥魯駛進船塢修理尚有裝兵船一艘名海英其麥魯裝兵一千馬十二隻自日本馬其鬨輪前往基隆甫經出口即遇大風該船顛簸殊甚船面兵士所居之房盡被浪水冲沒船上有小火輪一隻緊縛船頭亦被狂風將纜吹斷小輪遂即離船仰側船主暨同水手人等擬將小輪縛住致該船主被風浪將脊骨打斷頭亦撞破船面四圍欄杆俱遭打入海中所有各種鐵管暨兩旁小船亦均擊成粉碎闔船驚惶無措所幸者未遭沉沒耳

告白　清列傳　殺子報　富翁醒世傳　遇仙緣　三才子　時下笑談　張天師收妖　繪圖粉粧樓　遊江南　故事圖說　李傳相馬關被刺紀實並帶小照每本價洋四角五　盛世危言　野叟曝言　各國時事類編　中日戰守始末記　公車上書記　海上見聞錄　銀瓶梅　眞正後聊齋　三續聊齋　三續今古奇觀　正續系慶昇平　後施公案　彭公案　鴛鴦夢　古今眼前報　金臺傳　雲中落繡鞋　後西遊記　蜃樓傳百寶箱　繪圖小八義　意外緣　英雲夢　情天寶鑑　女僊外史　如欲購者請到文美齋寄售

皖江

朱半濟先生祖傳儒醫脉理精明屢診傷寒傷暑霍亂轉筋咽喉急症虛損咳嗽痧痢瘧疾婦女胎產小兒抽瘋各種雜症效驗如神延請者絡繹不絕

寓金家窰海潮寺

石印新撰金鞭記小說　是書共四百九十三回逐回蟬聯奇情疊出及仙佛僧道妖狐鬼怪且有三三四等唱段圍坐靜聽者無不鼓掌稱奇每部洋九角〇又有增補市鎮鄉村直省輿地全圖計三十一圖五大洲增以詳說簡明萬國公法共三本洋一元二角託津門文美齋書局發售

告白　今有新到頭等德富司老牌煤油如有合意者請來面訂可也

紫竹林太古洋行代理美孚煤油公司謹啓

告白　本館京城售報處在宣武門外繖家坑路東海昌會館內陳午清先生代辦如賜顧者請至陳處可也

本館賬房啓

浙杭　元吉永號

本莊自置紗羅綢緞新樣洋綁花素洋布川廣夏貨團摺雅扇南貨頭油俱全祇爲近時錢市漲落不同故而各貨減價開設估衣街中間路北凡仕商賜顧者無悞特此佈達

德陞齋靴鞋舖

本齋專做滿漢靴靴新樣京式名鞋及鑲花坤鞋一應俱全價廉物美　賜顧者請認明本店招牌庶不致悞本舖開設在天津府北門外鍋店街集義棧對過便是

八月初十日輪船進口

重慶	輪船由上海	太古行
連陞	輪船由上海	怡和行

八月十一日輪船出口

新豐	輪船往上海	招商局

八月初十日銀洋行情

天津九七大錢
銀盤二千七百二十七
洋元一千九百五十五
紫竹林九大錢
銀盤二千七百七十
洋元一千九百八十五

直報

光緒二十一年八月十二日
西歷一千八百九十五年九月三十日
第二百十二號　禮拜一

上諭恭錄

上諭廣東雷瓊道員缺着馮光遹補授欽此　旨蘇州織造着莊健去欽此

莫畏難說　來稿

有好名之客弱冠出遊四方西極藏衛東浮江海絕險之區至危之地皆身歷而備嘗之雖百死而一生終百折而不回歲在乙未返故國始知□士之樂甫數日又將南渡滄溟歷觀海國於是□逃名者聞□遨遊之事憐其遭遇而欲阻其行進而言曰觀子之貌聽子之言意將欲大有爲於當時垂高名於後世故不畏艱險以身犯難以求知於當代而不知寰區之大賢才至衆如子者恐未必有以自見山林之深市井之繁莫不可托吾足以安吾身何好名爲也子不畏難乎客曰先生知言哉然愚昔鄙意欲先生之强聽之也請得畢其說人莫不欲富貴而富貴不能生而有也於是欲富者權子母逐什一奔走道路探索山海有微利之途開千百人逐之有厚利之途開億兆人逐之一絲一縷一草一木其足以致利者人莫不爭拾而競收雖至危至險亦羣趨樂赴而不辭欲貴者誦詩書著文章稱道聖賢獵取科第保舉之門開千百人逐之捐納之例開億兆人逐之或得或失或榮或辱其足以得官者人莫不爭先而恐後雖至危至險亦羣趨樂赴而不辭下至於娼妓優伶與夫諂媚賄賂鑽營之術愈出愈工夤緣之計愈出愈奇而均蹈之無悔甘之如飴者蓋莫不欲富貴故不畏其難也而其之所爲於斯二者無一焉烏所謂難乎至於名則人生而有之孩提之時父母呼其小名成童以後師傅命以美名宗族鄉黨朋友無不知也及其長也知禮義識退讓而譽望之隆遂由之而起自古及今有因名而致富貴者有因名而棄富貴者殆不勝枚舉矣而果也不求致富貴以希寵不覓棄富貴以鳴高而亦不故爲異行以獵名至身之所經偶然相值無所爲覬倖而自免不足以欣固無所謂難也先生其諫之乎逃名者曰固也客曰愚尚有說其辭未畢願先生之終聽之也先生知今之天下乎强弱之形安危之勢先生其知之矣而所以至此者亦識其故乎夫琴瑟不調甚者必改弦而更張之其舊制從新法不可緩也而不知者以爲多事其知者徒虛文以欺人彼豈不欲振興乎固畏其難也驅市人而戰之韓信欺人之語也乃臨時招集雖止伐井然而心志烏合即有素練之師而一居城市之中忽趨危殆之地如人久坐室中一旦强其登百仞之山能乎而主之者平日且出擁千騎耀揚威武聞警不聞安逸自便之化下捷於影響而欲其可用也能乎彼亦知其故也而僥倖安居苟延歲月者固畏其難也夫爲國家者畏難如此求富貴者不畏難如彼天下之事蓋壞於

畏難也而先生乃欲以此詔我乎逃名者曰子之言是也某之所以逃名者非畏與難以孤立而無助之爲難深念時事豈不謂然至言無補故終嘿然充子之志吾之行子且好名吾姑逃名　此稿未完

養之至也　○皇太后駐蹕　頤和園曾登前報今聞由　內廷傳　諭定於八月初三日初六日初九日十二日十五日十七日兩旬中共作六日遊宕期　皇太后由平則門外萬壽寺乘駕御船直達昆明湖然後登岸幸萬壽山之宮殿寺宇均經總管內侍預先候備陳設所行輦路亦經健銳營步軍統領衙門督飭兵丁一律清除警蹕民之望之皆欣欣喜色相告因念古有春秋省視耕斂之典今我　皇上恭奉　皇太后趁良節出觀郊坰殆於巡幸中默寓觀民之意也夫

强哉矯乎　○刻以本年乙未　恩科武會試場期伊邇有力如虎諸君莫不陸續來都幷侯雲衢翔步惟允學之摩厲以須賈不容懈於是都城德勝門外迤北十里許之黑寺廟前命中挽强者實繁有徒加以各項小本生涯趨就黑寺一帶列肆如市以供諸君求取[illegible]處熱閙迥異尋常矣

逐日無虛　○都門武備之修幾於月無虛日者因神機營一軍計尚多二十四營將弁則有私操統帶則有彙操專操大臣等又有合操以防兵丁之耽於宴逸致晴其得暇滋事之端也本八月初六日爲槍礮廠操練之期校閱各様技勇一時長槍短刀籐牌紛紛[illegible]進各奏爾技驚人矯若遊龍飛若石兵符彷日猿劍術路旁作壁上觀者如入山陰道中幾於目不暇給而襄長專操等官亦均披星而往冒風校驗辜負吾僉多少[illegible]夢與王事之勞於今爲最

自天有耀　○八月初六日爲吏部尚書熙敬莊[illegible]人家宰六旬榮壽　皇上御賜玉如意一柄福壽字各一方對聯內副宮綢袍褂料四身蟒袍二件翡翠搬指翎管等物用黃亭四乘經　內務府派委內侍蘇拉人等由內西安門抬往西四牌樓大冢宰府第顯莊尚書在門首跪接迎入內廳恭設香案望闕叩頭謝　恩畢隨有豫邸禮邸肅邸慶邸麟芝庵中堂徐蔭軒中堂張子青中堂李少荃傅相崑筱峯中堂李蘭蓀大宗伯翁叔平大司農剛子良錢子密少宗伯張樵野陳桂生少司農敬子齋大司農薛雲階大司寇汪柳門少司空榮振華徐頌閣大司馬懷紹先大司空許筠庵總憲暨各門生故舊等紛紛往賀車轎塞途人皆曰天上神仙府人間宰相家誠哉是言

感召嘉捷　○今夏四月間海中告警前督憲李傅相札調親兵營統帥土少卿軍門所帶營伍與粮城地方防堵要口已紀前報軍門在軍粮城時凡孤獨鰥寡無告貧民即施捨錢財米麵等物現已撤防來歸該處紳民不忘其德上月特民等特送匾額一方額曰愷澤均霑軍門於軍務吃緊際須支絀之時竟能代　國家以行惠軍門好行其德於此可見

風俗堪憂　○前報紀富商之子開設鳳華堂已堪駭怪頃據訪事云河東西方氏前又有名男娼窰者該男娼年皆二三十歲向以爲所往男窰者皆係無知之徒不意昨有宦家子弟甫妙齡亦赴該窰又有紳商子弟亦常來往而娼窰內之男娼數名雖無美色正不知所爲何情是於鳳華之外又有和鳴之鸞癖似此傷風敗俗豈可使還臭人間耶昨占鳳者已有偉鬱第不経乘鸞者又具如何法器也

色減爾風　○本年四月初四五六等日霪雨連宵狂風大作各樹嘉實纍纍大半摧殘剝落碩果僅存棗樹一宗受災尤重以其時稱葉方長棗花初綻也現値中秋節近正爾風剝棗期矣各鮮果舖以來路不暢頗行減色云

令嚴旅宿　○中東議和以來關外撤防各營陸續來津屢登前報督憲恐遣散勇丁逗遛津內特札守津總局江太守凡所轄各段棧店逐查以驅游勇而靖地方日前各局段皆帶勇赴店按名清查矣

緝猶未緝　○盜賊之縱横與否原視緝捕之勤惰果能盡心民事時加整治盜賊雖多斷不敢輕爲嘗試若疎於查懈於緝及至案件始以自顧考成多所忌諱甚復縱役包庇匪不認眞嚴拿甚或業經緝獲執復以貪賄賣法種種弊端殊難枚舉是以盜賊伺隙而進趁勢逞强以致猖獗漫無忌憚果係玩法者之多乎抑亦執法者未盡其法耳王慶坨一帶地方曾有盜賊聚衆搶刧拒傷官兵等情屢經紀報茲訪得該處附生李湘徵封一案兩赴道轅稟控該處武官事前疎於防範事後又不設法嚴緝以致賊匪縱跡平日且有縱容兵丁通不緝捕等語果否屬實探明再錄

防不及防 ○吳橋縣為偏僻之區自上年以來其處多盜迄今尤甚茲聞縣屬周窯村周時臣農而衣食豐足者前月初間其處
咏稼早設登場囤積門外以更時周夫婦聞門外大聲鬨出查看周妻王氏即聞火鎗聲殺喊旋即闖入大門該工人董九月即將二門
閉上賊復毀門而入董見勢兇急避隱處賊赴主房搜搶銀錢衣物而逸周妻聽賊走後未見夫歸隨喚工人同出大門見周已被火鎗刀
傷身死次日報官勘驗計失去贓物共值銀二百數十兩旋由該捕拿獲賊人一名供出屠[illegible]莊婦婦張氏家為窩主並與前往趕搜女
衣一包並供出逸賊尚有三四人云

修祗樹園 ○本埠西沽地方每屆冬令設立粥廠以濟貧民已有年所本年四月間連宵大雨致粥廠房間多有坍塌茲聞該管
粥廠者籌撥欵項現飭土木工匠人等趕緊修補不日即可報竣矣

遇當途棘 ○日前黃昏時城內西南地方有某甲肩上負錢十餘千文正行間背來一人手持木棍猛擊其負錢者頭顱打破搶
錢而逸甲大聲急呼鄰近各戶聞聲出趕賊遂丟錢鼠竄噫城內大小街巷來往行人不絕于路胆敢攔路搶刦實屬愍不畏法矣

悖入悖出 ○諺云[illegible]俗云人不得外財不富人不得綽號不富雖屬無稽之談然歷經應驗如巨富[illegible]某姓者之先本清寒
因汴省自引地三縣[illegible]為美產鹽之父與伯父即商同本邑富戶某甲及鹺務中鹽官某乙夥同出資[illegible]運乙旋[illegible]將股本退出僅以
某與甲辦理時正咸豐間髮逆亂擾各省而某辦之引地雖遭蹂躪不致大虧某即趁機稟報被搶[illegible]法向例必引鹽行運船溺遭淹或遇
叛亂被搶鹽燒[illegible]等事由該管州縣查明詳報鹽運方准該商補運蓋以補運則免繳[illegible]告之費也某則趁機以少報多既屬被搶自應補運
雖亦賄該地方官查辦竟州縣曾以鹽商為利藪三節兩壽四季均有陋規所以凡遇商家有事官無不聽命吩咐以此報搶更不免虛而
不實於以[illegible]省領告之曾補運若干[illegible]以[illegible]縣[illegible]多被髮逆燒搶兵燹之後民不能一日無鹽[illegible]之存鹽乃藉以居奇減斤加價肆意濫售
每斤止十二三兩竟賣八錢五六十文從此大踏積金乃致巨富後復陰生險計硬將甲逐出迄今仍轇轕未清[illegible]鹽法定例綦嚴既
不准充斥[illegible]封尤不准減斤加價任意濫售況乘髮逆之亂是否引鹽果被燒搶只以兵荒馬亂且多逃避漫無稽查遂任捏報其玩視法
度隱匿[illegible]絡者多矣夫值兵燹歲荒民困已極既在該處行商不但不思出微力以救民且違法以減斤加價剝創肥己病 國病民其
殘忍藐法為何如乎而竟得以意外之財陡致富貴於此益信俗語之驗然而入之既悖出之亦欲其不悖也得乎今觀其子若姪輩之遊
蕩淫邪揮金如土報應之速不又捷於影響耶與家創業者其慎諸

胡去胡來 ○本埠河東過街閣前義地中現有死尸一具年約五十餘歲身穿灰布大夾袄白布褲袖灰布套褲藍布青雲鞋太
陽穴有傷遍身俱青色不知從何處移至該管地方曾見即飛報縣署查驗等情日前某大令帶差役忤作人等赴場相驗填格捕標暫飭
掩埋候再查辦云

興利喜電 ○昨日西字報館接到北京飛電謂南洋大臣張香帥暨蘇撫趙中丞奏請建造自蘇州以達上海之鐵路一條俟完
工後再當接至無錫鎮江南京等處以興商務而裕利源一摺已聞已奉 諭旨允准香帥即令趕緊開辦之說又聞香帥曾同中丞奏設往
來蘇滬小輪局亦蒙 俞允當仿泰西郵政章程斟酌辦理是以兩江士庶無不歡香帥與中丞之為地方興利誠覺加人一等云

英電譯要 ○昨日倫敦來電言日人佔踞遼東俄法兩國屢欲勸令退出刻下德國亦已議定出場幫理此事云

日兵將退 ○法京巴黎斯來電云遼東之事現在日本願甘稍讓各費不日即當退兵矣

化莠為良 ○昨有建商自臺地來汕頭某輪船來滬述及近日臺南劉淵亭大帥聞有土匪殺日人以重賄交通囑為嚮導倘事
故特傳諭各防營加意防範遇有此等匪徒執獲時不必妄殺惟割其一耳以為識認當用善言開導使彼改惡從善云云大帥之化莠有
方於此又見一斑

港報譯要 ○香港西字報載安平訪事人七月二十一日來函云彼處土人言日兵在彰化相近駐紮彼處已離臺南不遠今島
中一日[illegible]似為[illegible]姓[illegible]來恐日人漸漸逼近實有驚惶之意聞有土匪等乘機搶刦

若輩仍盤踞安平以北一帶英領事因照會各英商如日兵來攻安平時當各遷避以免兇鋒蓋此處現無英兵船在彼保護也○又報云有日本船一艘名曰耶其亞麥魯載重七百十二噸於上月十一日船中所載火油忽然火發烈燄飛騰不移時全船俱燬計被火焚死者五人受傷者二人

說部書售白

濟公列傳　殺子報　富翁醒世傳　遇仙緣　三才子　時下笑談　張天師收妖　繪圖粉粧樓　遊江南　故宮圖

李傅相馬關被刺紀實附帶小照每本價洋四角五　盛世危言　野叟曝言　各國時事類編　中日戰守始末記　公車上書記

海上見聞錄　鏡花梅　真正後聊齋　三續聊齋　三續今古奇觀　正續承恩昇平　後施公案　彭公案　鴛鴦夢　古今眼前

報　金臺傳　雲中落繡鞋　後西遊記　屢燈傳百寶箱　繪圖小八義　意外緣　英雲夢　情天寶鑑　女僊外史　如欲購者請

到文興書局寄售

告白

福州和益木商在津開設十年前屆夥友林松卿經理歷年尚未十分誤事詎自十九年夏間荒灞嬉游號事廢弛從中侵蝕弊混不勝枚舉致虧號本甚鉅去秋始經稟追迄未完結林松卿早已出號所有和益號事均係號東自行料理與林松卿毫無干涉特此布告

官商如蒙

賜顧務須認明和益本號庶不致誤

和益木商鄭湘舫白

皖江

朱半濟先生祖傳儒醫精明屢々傷寒傷暑霍亂轉筋咽喉急症虛損咳嗽瘰癧痔瘡疾婦女胎產小兒抽瘋各種難症效驗如神延請者絡繹不絕

寓金家窰海潮寺

悅來洋貨號

開設天津紫竹林大街自運各國鐘表洋貨新到玳瑁梳篦粉樸粉盒鑲邊鏡子刷子起球玩物夏衣襪外國上等細磁玩物洋書洋滴醬電鍍金銀首飾器皿料器碗盞杯盤手鐲羊皮靴掖荷包酒鑽玻璃磚磨花描銀彩畫三連金邊鏡子茶机等物

格外減價消售諸客

告

今有新到頭等德富司老牌煤油如有合意者請來面訂可也

白

紫竹林太古洋行代理

華孚煤油公司謹啓

告

本館京城售報總在宣武門外鐵家坑路東南昌會館內陳午橋先生代辦如有願閱者請至陳處可也

白

本館賬房啓

浙杭 元吉永號

本號自置紗羅綢緞杭紡湖縐花素洋布川廣夏貨閩摺雅扇南貨頭油俱全祇爲近時錢市漲落不同故而各貨減價開設估衣街中間路北凡仕商賜顧請保仔細此佈達

德陞齋靴鞋鋪

本齋專做滿漢朝靴新樣京式各樣皮鞋花坤鞋一應俱全價廉物美賜顧者請認明本店招牌庶不致悞本舖開設在天津府北門外鍋店街集義棧對過便是

八月十二日輪船進口

海晏　輪船由上海　招商局

通州　輪船由上海　太古行

八月十二日輪船開往

還陸　輪船往上海　怡和行

八月十一日銀洋行情

天津行平化寶九十五兩

錢盤三千七百一十二文

洋元一千九百四十五文

紫竹林九五銀

錢盤三千七百五十二文

洋元一千九百七十五文

直報

第一頁

光緒二十一年八月十三日　第二百十三號
西歷一千八百九十五年十月初一日　禮拜二

治河營田議

百聞不如一見百言不如一行凡事皆然況治水乎地形水勢歲易而月不同吾烏知其今不異於古所云耶北直之水與南方之水異北直今日之水與北直昔日之水亦異水勢變遷之數其爲時遠近遠不越百年近則數十年或十數年其爲地遠近遠不過百里近不過數十里或十數里要皆河之衝決所致衝決之患要皆下游淤塞所致此時變地變而其理之必不可變者治河者不疏其淤徒禦其衝固屬無當卽使疏之不治下游徒治 游不治舊道輒開新道不留心於導流切沙塞決挑溜諸法則上游之災不能淡不經營於疏泉挑溝固泊諸法則下游之害更無窮故治河莫先於塞決塞決則溜斷溜斷則地現地現然後原隰可辨測量斯眞而不虛確而不誤而挑挖之計乃可施次則莫急於營田營田則勢分勢分則水行水行然後來去可通漲落斯緩而不迫順而不激而漫決之虞乃可免否則新河開而正溜改正溜改則舊河淤新堤築而決水去決水去則停水來寒冽所寖地將不毛鬆浮之土隄難驟固新道縱便於舊道數年恐未必安流卽或安流其修守之難數倍疇昔停溢之患甚於漫決一轉患平數　患起前車纔覆後轍復循數十年前人所共見特時過輒忘焉及患之來始悔更張之多事而當局之人已杳不知其何所矣將誰更職其咎耶夫一河之水決漫於東西南北之窪動輒數百里奔騰澎湃尙不足以殺其怒減其流今將統攝於新開之一河使之歸軌朝宗而不復歧出橫決必其尾閭之處視曩日暢於十倍數倍不可若猶是前此之尾閭也而徒于上游東挖一引西建一閘豎束一隄橫截一埝殊非神禹疏瀹決排自東而西自下而上行所無事之故智第見糜國帑廢民田以爲經事人增薪水謀保舉耳其於　國之田野無所關貨財無所殖民生無所遂適以見其除利與弊而已矣直隸之水除永定一河近年　欽派大吏履勘經治每汎無過虞之泛濫屢慶安瀾而南運一河向東已屢次裁減派員專司近復派員行査外至於畿之南北二泊淤塞甚多北之東西兩淀滄桑屢易此二區者乃北直之水萬派千流游衍節宣之兩大澤國其有待於擴之分之疏之濬之者其事固非一旦之可以猝興其議亦非一語之可以懸斷者若夫子牙一河其上游昔則挾滏陽支流今則兼滹沱正派卽其一河之水其性已渾濁湍悍益以滹沱湍悍更匪夷所思當其盛漲一夕之間陡漲七八尺或四五尺水可以一猝增隄不能以一猝長且新增之浮土斷不能以禦暴來之疾溜也故欲治上游之水必先疏下游之口欲治下游之口必先減入口之水支流多則本流減並則壅分則暢勢必至理固然也今之減河多而下不暢行上仍潰決者俗議以爲海不受水何有攔沙倡之者語出無稽大半惑於左道佛家妙喻之旨傅之者益神其說以訛之無識之人驟見洄漩翕吸壅閉之溜而不知其爲二溜所爭沙泥所滯遽以爲有神物憑之甚或偶然萬不能每

況如是由此即如是人果治之無拂於本性雖異物亦無不從人而可治左氏曰國將興聽於民將亡聽於神神聰明正直而一者也依人而行又曰人棄常則妖興人無釁焉妖不自作治河又胡不然使今日海河果無卜游灰堆一帶之紆淺三汊上下盛漲時果鑽鐵拱帶於小火輪船來往梭織以宣通之使沙隨水去于牙河套照例展足二日丈盡到河埝無使經過則盛漲時當河陸起攔沙之說自可依人而平洋洋駛下不此之議而總求疵於上游之來源誠爲卜愚所不解 此稿未完

祀事孔明 ○八月初十日致祭 社稷壇 皇上親詣行禮於初九日卯初二刻升 中和殿看版初十日寅正至 社稷壇行禮卯正二刻至 奉先殿 壽皇殿行禮所有陪祀各員及值班人等俱穿花衣以崇典禮

壓殯是懼 ○八月初七日前門內草帽胡同地方有某官乘車行至該處車夫失慎騾馬驚跑車夫駕馭不善自行跌倒車輪由脊背軋過幸將某官由車撞出當經該官將車夫攙扶醫治據云傷勢甚重恐有性命之憂某官雖未受傷然已受驚不小

催供御用 ○內廷 御膳房應用猪羊鷄鴨魚蝦菜蔬四菓等類例由光祿寺徵收各佃戶地租購辦敬備 御用現屆中秋佳節在邇各佃報解寥寥殊不足供萬方玉食現據光祿寺飭赴通州所屬西集佃戶張某謝某等限於本月十二日以前務將所欠地租一律齊繳以備供給倘再違悞定行從重懲辦

大逞車容 ○八月初九日爲恭查漢軍各營兵丁演放砲位之期經 欽差大臣裕壽田少司農帶領眾宗欽制於是日辰刻齊集兵丁隊弁分彰儀門外三十里許廣溝橋地方校視槍砲自清晨六點鐘起雷霆乍驚山谷響應大有山嶽崩頹風雲變色氣象至十二點鐘乃止遊騎之餘想見戎政修明焉

當收未收 ○京師八月初七日天曙時陰雲密布雷電交作頃刻雨師倪篤十從細雨濛濛天氣驟冷朝夕身御棉夾尚覺不暖倏時逾秋分正宜雷始收聲之際今覓霹靂隆隆殊覺大時不正攝身者當慎益加慎矣

官儉家儉 ○古人以中秋皓月團圞無私思一詠以寄韵事今人則不然大抵皆以時當佳節非彼來此往即饋李投桃不外競尚繁華耳頃聞都中人士以秋節在邇彼此贈饋鮮菓及餅餌者蹤來報往絡繹于途而糕點舖及鮮菓行遂大稱利市觀目前各官宅皆以水菓紛陳八珍羅列頗似豐年景象噫如斯奢侈一思夫蔀屋貧民望月興悲者益令輟箸三嘆耳

百行之首 ○百行 孝爲先愚夫婦雖不能通經明禮而於翁姑之病不惜身命以療之亦可以風薄俗而旌善良也京師前門外琉璃廠火神廟夾道居住候選通判號別駕年近花甲只育 子年甫十六性極孝娶嚴女爲室年十九齡亦極賢淑平日侍奉堂上人頗能聽無聲視無形人無閒言也今秋七月初旬父得病甚篤 夫婦同侍床寢目不交睫者月餘繼以藥餌無功焚香禱大各割股肉煎湯進一服而愈衆咸嘖嘆想天亦鑒此孝子孝婦之誠歟

一味負心 ○錦綺纏頭金錢買笑桃源問津之寶筏也乃或金玉其外敗絮其中身入綺叢行同綠林豪客是誠倚門賣笑者所不及料耳前門外鐵廠居住刑部某部郎之少公子春好狎邪遊在小李紗帽胡同蘭馥妓寮與妓者六仔情甚相密該妓見公子衣裳楚楚音調溫和以爲必偷香妙手妥有白頭約矣遂將私蓄曰鏹一千四百金盡付公子詎料公子攜銀一去不返該妓遲覓數次終不晤面憤且愧返妓寮負以一盞紫霞嘗畢命當經鴇報相驗詳城究辦似此負義之徒形同暴客陽律雖逃法外恐陰譴難爲若輩寬乎

德被居行 ○制憲王夔帥到津以來即以撫綏百姓爲首政以津地莠民雜處又值遣軍之際恐肇事端曾飭天津練軍三營練兵及親兵前營在於城廂內外分段巡查又因津京大道商賈絡繹恐散軍不無逗遛滋擾復飭統領雲字營馬隊羅車門轉飭所部時時出派巡緝以期保衛商旅俾行者有口皆碑矣

事關保障 ○霍玉喜者寶坻縣人由家攜帶銀錢偕其子純鼇驅車前往景州河渠鎮購買糧食行至州屬姚庄地方突遇夥賊多人各持器械將純鼇拒傷銀錢衣物驢子盡被搶去霍率子赴縣報案此閏五月下旬事也迄今多日尚未破獲於此見賊匪行蹤詭秘緝捕匪易也然久緝不獲恐亦非地方之福歟

部議論示 ○欽命二品銜長蘆都轉鹽運使司鹽運使加三級隨帶加二級紀錄十次李 論應考竈籍文童知悉照得本司定於八月十一日考試准前等赶緊領取試卷速即取具認識兩保花押赴學鈴印於十三日投齊以憑核對供 學署下馬日彙呈考試該童等如逕 學署下馬之期不投卷者本司定不送考亦不補送各宜恪遵毋得自誤特示 運憲又諭 應試竈籍武童知悉本司定於八月十三日准前等赴司領卷覓保書押赴學鈴印務於八月十五日投齊以憑彙呈 學憲驗候考試各宜遵照毋得自誤特示 又諭關津三取兩書院肄業生童知悉照得問津三取兩書院八月初二日官課本司定於本月十四日補試合行牌示該生童等屆期各赴書院聽候點名考試各宜遵照毋得自悞特示

觀察試題 ○關道憲課 會文書院肄業舉人文詩題曰 文題 詩曰周雖舊邦其命維新是故君子無所不用其極 詩題賦得目若懸四海得懸字五言八韻十二日又考大卷字課爲吳士鑑策文

潛蹤有旋 ○本年江北江蘇漕船各幫陸續抵通已紀前報玆聞友人由通來津聲稱前十幫抵通後即開場收納以供 天庾後八幫已收納三幫僅餘五幫尚未完竣月內下旬即可一律回空矣

旅由蕭振 ○去秋海中告警拱衛馬隊調赴遼東屢獲勝戰玆和議已成拱衛馬隊均已撤防陸續來津暫住西門外各客店屢登前滋閙不日仍歸正定駐防云

意爲姦囮 ○南門外一帶小店東洋車店甚多其中皆外鄉男婦良莠不齊奸匪易於溷跡茲有某甲者口操京腔携帶一女謊稱是其堂妹因妹夫在大沽某營特共往尋等語人不爲疑詎住之數日常有老嫗少男前來窺探因該鄰居某媼所見乘甲出店與女閒話詰問來由女言實係唐山人家中人非病即餓己若無存甲在其處跟官因居比鄰伊云將找聘彼自人因此來津媼知係被拐任此出實方擬設法解救詎甲已閉店在窗外竊聽知事已洩即連夜雇車將女載走不知何往矣似此拐飢民之女意欲賣入娼門實屬爲懲淫天罪不容誅者律𣵀本五方雜處地面寥闊最易藏奸司民牧者宜如何嚴行訪查從重懲辦也

情猶路刦 ○本埠雖莠民雜處而明目張胆於街市間搶奪錢物者尚不多覯近則屢紀報端該營者視爲小綹殊不爲意豈知此匪非小綹可比實係明搶硬奪與路刦尤甚有鄭禹慶者肩負錢乂內津錢不足一串昨晚方將起更行至海關道署迤南忽被一人將頭面毆傷搶錢乂飛逸鄭以爲失雖不多但無端被傷失物情實難甘現已偕其友李智亭赴縣喊冤請驗尚未悉如何拏辦耳

日報言敗 ○星報載云康歷七月二十一號起日本近衛師團兵會山根松原內藤三人率兵分隊攻臺灣大嵙崁河西岸土兵戰至二十五六七等三日兩軍互有死傷各隊遂陸續回補足糧食藥彈擬往攻新竹東南境富近衛師團第二隊第三隊進攻大嵙崁之時委第六中隊第一小隊轉運糧食督糧之櫻井特務曹長選隊中驍敢士三十五名運米一萬五千觔梅乾五百甕載以華船十八艘於七月十一號薄暮由臺北開出溯流而上三十號早晨六點鐘時船達三角湧忽河之兩岸有敵兵數百突然而出燃鎗轟擊是處水淺不堪各船不能飛駛日兵無奈脫衣下水極力鏖戰而岸上彈丸益烈櫻井特務曹長胸前中彈而亡江橋軍曹拔劍目刎神谷等三十五人悉死於砲丸彈槍此語見於日本報章所述則敗衂情形確然可據諒不等浮光掠影也

覈事確閧 ○昨接廈門訪事友人飛函云自臺灣中路奪回後劉軍門於十八九日連獲大勝吳彭軒軍門於十七日內渡小住廈門三星客館就醫調養詢以一切情形皆云的確惟皆全臺收復不難而防守甚非易事蓋以內無軍火外無救援之故然劉大帥智珠在握無煩局外人代慮也

續志日輪遭風事 ○日本海英其麥魯輪船於上月二十二日裝兵出口在洋面遭風一節已紀本報玆悉該船當失事時船中有馬十二匹因在艙中奔竄半爲日人所殺半皆逸入海中有大鍋爐一口因被浪衝刷捲入波心所有兵士一千名有十餘人間諸水濱其餘亦受傷甚多逮行抵基隆紛紛上岸有衣袂淋漓者有頭破血溢者有執半截槍者有持缺口刀者其狼狽情形不可言喻並聞是日尚有日輪二艘同時載兵出口至今猶未見抵臺不知是否爲石尤所阻抑已被龍王招去也

直報分處由上洋寄津 字林滬報 字林晚報 新聞報 代送中報 本埠直報 諸君如閱何種報紙隨時分送不悞另有書籍列後 中日戰守始末記附送劉大將軍小照四角 公車上書記 劉大將軍百戰百勝圖 中國電報總編 古微書劉大帥地營法西法操練 清廉訪案殺子報 詳計算法大成四本另有錦套 繪圖夜雨秋燈錄六本亦有裝套 書繼光東征實圩各國旗號四大本 銜製耕織圖 花間楹聯 新編繡像臺灣巾幗英雄新集上下本 繪圖古今眼前報 綉圖小八義 綉像蜃樓傳 各國時事類篇 情天寶鑑 鴛鴦夢 意外緣 海上見聞錄 海上青樓樂景圖說 海上名花尺牘 商賈尺牘新里新 尺牘全函 馬如飛附京戲圖 京都三慶班京調脚本全戲十集 繪圖第五奇書金瓶梅 主顧如欲購取者午後直至申後敝堂靜候 寓北門內府署西三聖菴西直報分處內紫氣堂梁子亨謹啓

白

售 濟列傳 殺子報 富翁醒世傳 遇仙緣 三才子 時下笑談 張天師收妖 繪圖粉粧樓 遊江南 故事圖說 李傅相馬關被刺紀實並帶小照每本價洋四角五 盛世危言 野叟曝言 各國時事類編 中日戰守始末記 公車上書記 海上見聞錄 金瓶梅 真正後聊齋 三續聊齋 三續今古奇觀 正續彔慶昇平 後施公案 彭公案 鴛鴦夢 古今眼前神 金臺傳 雲中落繡鞋 後西遊記 蜃樓傳百寶箱 繪圖小八義 意外緣 英雲夢 情天寶鑑 女僊外史 如欲購者請到文美齋寄售

皖江

朱半濟先生祖傳儒醫專精咽喉傷寒傷暑霍亂轉筋咽喉急症虛損咳嗽瘰痢痔疾婦女胎產小兒抽瘋各種雜症效驗如神延請者絡繹不絕 寓金家窯海潮寺

石印新撰金鞭記小說

是書共四百九十三回逐回蟬聯奇情疊出及仙佛僧道妖狐鬼怪且有三三四等唱段圍坐靜聽者無不鼓掌稱奇每部洋九角〇又有增補市鎮鄉村直省輿地全圖計三十一圖五大洲增以詳說簡明萬國公法共三本洋一元二角託津門文美齋書局發售

告白

今有新到頭等德富司老牌煤油如有合意者請來面訂可也 紫竹林太古洋行代理奐孚煤油公司謹啓

告白

本館京城售報處在宣武門外趙家坑路東海昌會館內陳午濟先生代辦如願閱者請至陳處可也 本館賬房啓

杭浙 元吉永號

本號自置紗羅綢緞新樣洋縐花素洋布川廣夏貨團欄雅扇南貨頭油俱全祇為近時錢市漲落不同故而各貨減價開設估衣街中間路北凡仕商賜顧者價真特此佈達

德陞齋靴鞋鋪

本齋專做滿漢朝靴新樣京式名鞋及鑲花坤鞋一應俱全價廉物美 賜顧者請認明本店招牌庶不致悞本鋪開設在天津府北門外鍋店街集義棧對過便是

八月十三日輪船進口

海晏 輪船由上海 招商局

重慶 輪船由上海 太古行

八月十四日輪船出口

通州 輪船往上海 太古行

八月十二日銀洋行情

天津九七大錢

銀盤二千七百一十二文

洋元一千九百四十五文

紫竹林九六大錢

銀盤二千七百五十二文

洋元一千九百七十五文

直報

光緒二十一年八月十四日　第二百十四號
西歷一千八百九十五年十月初二日　禮拜三

上諭恭錄

上諭各國設立教堂迭經諭令各省督撫嚴飭地方官加意保護以期民教相安本年五月間四川省城匪徒滋事打毀東校場教堂省外各處亦又屢出教案皆由地方官平日不知勸諭百姓致釀事端迨鬧事後又不趕緊懲辦該督劉秉璋督率無方厥咎甚重據御史吳光奎奏稱省城滋事之始劉秉璋置之不理並未派兵壓彈無業游民會聚愈多以致省外教案層見迭出該督任意廢弛有負委任著即革職永不敘用以示儆儆其餘辦理不善之道府等官著鹿傳霖確切查明分別參辦欽此

治河管田議　續前稿

而議斷事者其所指之處或係懸揣或泛覽一帶並未逐歷其區雖履勘之未嘗準遠近高下細爲測量猶懸揣也及試於爲非逆而乖[illegible]雜而滯一弊未除數弊轉而同光間當事者以子牙河南來北下河西文民連年被淹請爲文窪消水在靜西瓦頭上及瓦頭下大城縣北所屬之垻台一帶挑引河數道建閘三四座計以文窪之水注於子牙新正河擬於瓦頭以南子牙鎮上下及子牙以南青大所屬之[illegible]流二十閘爲子牙河開減汁於靜西窪內其下口仍歸垻台以東之子牙新正河以達紅橋是下游達海處仍係五馬道行共爭三尺之舊路不過中間多淹靜西南北數十里一片耳即使文窪之水上無來源止有此窪積潦挹之彼而注之此其水非十倍靜西之窪不能容況文窪上有瀦龍河唐河西有白溝河北有大清河雄縣之澎兒灣及文安之龍塘灣西㙟頭塘頭艾頭一帶漫決之源滔滔皆是固非獨瀦沱子牙之決水也可以靜西一區代爲文窪受患乎可爲文窪受無源有限之水可爲文窪受有源不竭之水乎且文窪形如釜底決水一入雖開引河百道亦不能減其十之二三即當各決口來源斷溜時非經六七年亢旱不能涸其低處往往數十年或十數年不一耕種今文安水患口幾二十年皆減河已開四五次其能濟災否問之當局亦莫不爲之箝口光緒十七二十兩年文民又籲大吏爲挑新河擬自七里[illegible]起以大城之子牙河爲新河下口仍歸子牙河北下雖未明言放入靜西一窪而子牙河正派上有來源中受新河下游不暢其勢閘新河之水直撞靜西勢所必至即不遇盛漲不即向東直決其新河一入子牙兼以子牙正派北下二十餘里外至子牙之新正河向東折處南岸新隄勢低土浮定須漫入靜西日東折處之北岸即東淀下游之　欽堤其隄以隔淀爲名乃所以障子牙新正之水防其入淀者也夫淀本以收納衆水令其容與節宣之所而獨障子牙之新正防其入淀者何哉蓋淀之爲地漫衍平鋪以河內偪仄之急流驟入漫衍平鋪之處其溜必以散而　復經淀內之衆清流滙其泥必以澄而沉以渾水輕清水重輕則浮重則沉故也雍正間廓清淀池

上諭令引渾河別由一道入河無使入淀甚恐渾水入淀淤塞淀河清水去路也乾隆間　純廟御製詩示河臣方令疏鳳河以減永

定渾流勿與從隄龍令取土河內以築隄隄築則河疏一舉兩得南運子牙諸河一律照辦其於東從下游之兩岸東西與築隔從一隄者近則防子牙新止之北侵遠則防兩運北岸之北決以二水之渾雖次於永定北河而其湍悍衝齧沙泥伏下深恐從以病及諸河也且夫治河而求治從從病則河病治河而轉以河從從病而河不病乎今擬開七里莊之新河其下口仍歸入子牙新正河恐不獨漫新止南岸灌入靜西一窪必且衝新止北岸漫淤東從去路　此稿未完

突來刺腹　○八月初七日京師齊化門外山澗口地方有李某與龔某狹路相逢不知緣何龔某即以利刃將李某肚腹扎傷身死當經該管地面總中將龔某拿獲將案管押並經南城劉虞廷指揮帶領吏仵相驗詳城咨送刑部鐵擊奉天司按律懲辦云

忿自屠腸　○沙窩門外開元寺左側身自高某者因與同族分爭家產屢經族兄把持忿不休擬與之鬭以利刃透其腹以解恨前月某持刀尋兄劈面砍去當經其姪同伊岳父攔勸詎料刀力過猛致將伊姪同岳父一併砍傷遂將族兄肚腹連戳數下腸物流出並有鄰居張姓二人亦因解勸致被砍傷旋經鳥某見禍臨身即作黃鶴舉當經東城劉虞廷指揮於相驗後出示懸賞嚴緝兇首務獲按律懲辦云

冤家對頭　○八月初六日宣武門外西阜廠胡同路西薙髮鄭某舖夥李中俞某因口角相爭李將俞拳腳交加致李被踢傷身死當經該管地面總中將俞某鎖拿解案管押並經北城陳敬菴指揮帶領吏仵相驗詳城咨送刑部審訊按律定擬矣

冤魂纏腿　○京師永定門外十里許南苑小紅門地方居住曲某娶妻潘氏年甫花信姿色豔麗時有常某閒坐與潘年貌相若潘常談笑調卻作巫山會彼此情投私訂偕老兩人視如眼中釘曾拔之可為長久夫婦於八月初三日夜間乘曲甜睡隨用帝帶將曲勒斃潘常偕逸滿擬自是以往遂作雙飛雙宿不料行里許東方未白一對野鴛鴦竟迷路徑形同木雞日已三竿如睡未醒當經官人嘗見再三盤詰所訴皆係謀害通情故將二人拿獲解案一面赴黃寓所詳查果有帶傷屍身隨即稟請有司帶領吏仵相驗訊據潘常供認不諱詳城咨送刑部發掣廣西司按律審辦諒不日即正典刑以快人心矣

閱榜獎示　○欽命二品銜長蘆都轉鹽運使司鹽運使加三級隨帶加二級紀錄十次李　為榜示事案准前升司季移交問過問津書院補試官課考取內外附生童試卷等次並獎賞銀數開列於後須至榜者計開　內課生廿名　蔡　彬　魏　震　陳學寰　趙十琳　李鵬池　陳震修　于長懋　陶香璐　子長藻　魏金題　王維賢　曹登泰　張濬川　孟繼坡　吳齊溥　胡家祺　王德純　王登第　趙驪頤　朱士珍　第一名獎銀一兩五錢加獎銀二兩　二名三名各獎銀一兩加獎銀　兩五錢　四名五名各獎銀一兩加獎一兩　六名至十名各獎銀八錢加獎八錢　餘各獎銀六錢加獎六錢　每名各膏火銀八錢　外課生廿名李金榜　李士林　陳振鐸　王廷珙　董鴻恩　顧文敏　樊蔭慈　梅士俊　趙介祚　張式湘　高駿昌　董學祥　張在文　耿壽曾　陳祛艮　李鍾俊　程士珍　胡　溶　周　斌　徐人文　一名至十名各獎銀四錢加獎四錢　餘各獎銀四錢　每名各膏火銀六錢　附課生六十三名　王　琦等　每名各膏火銀五錢　內課童十五名　陳寶璠　靳士彬　華承源　趙玉琳　王國瓚　馮澤源　顧晉紳　尹鳳文　周恒詹　穆祥和　丁名珍　杜健銘　趙毓齡　邵鳳歧　黃　濤　一名獎銀八錢加獎一兩　二名三名各獎銀六錢加獎六錢　四名五名各獎銀四錢加獎六錢　六名至十名獎銀四錢加獎四錢　餘各獎銀三錢加獎三錢　每名各膏火銀六錢　外課童十五名　陳振藻等　一名至五名各獎銀二錢加獎二錢　餘各獎銀二錢　每名各膏火銀四錢　附課童四十二名　劉仕清等　每名各膏火銀三錢

關道憲課題　○關道憲課　輔仁書院生童文詩題目　生員文題德不孤必有鄰　詩題賦得八月枚乘筆得秋字五言八韻　童生文題有澹臺滅明者　詩題賦得行不由徑得行字五言六韻○輔仁書院八月十一日　府憲課生童文詩題目開列於左　生員文題可以取可以無取取傷廉　生童詩題賦得孝廉船得裝字生五言八韻童五言六韻　童生文題豈不誠廉士哉居於陵三日不食耳無聞目無見也井上有李螬食實者過半矣匍匐往將食之三咽然後耳有聞目有見孟子曰於齊國之士吾必以仲子為巨擘焉雖然

仲子惡能廉

女昭烈義 ○直隸候補知縣于大令竹園名紹先山東德州人以文名需任永平府經歷政有聲清風兩袖無長物以其性介淡寡少逢迎也况戚窘月餘李勉林觀察委解省餉冒暑遄征感觸熱疾勉銷差遂沉痾大令公子及媳客邊省入絶鱗鴻惟 女孫平迺奔赴待聘幸事祖翁孝如父母侍湯藥日夜不交睫旬餘無倦大令病革家計蕭條戚友醵金爲殮衆方啧女孫擬破法爲貧窶娘徐徐代作相攸計繼忽不見女公子亦有人在三岔河覓得尸身見其衣裳自領及履密密縫無少綻觀其針縷之細緻知其心志之精純而忠節付流水後玉肌稍露致遭褻瀆耳吁紅顏赴義雄於一劍之師綠水無情悲咽三岔之漲有女如此與男何殊昔人壯昭烈之有孫男今余欽大令之有孫女敬登報牘爲待輶軒奏入風聞以彰 天寵

例餉將到 ○浙江省歷年有應解京餉茲由藩憲提解籌備第一批京餉銀五萬兩詳明撫憲廖中丞札飭候補知縣錢大令鉅祥督解自省起程前往上海乘輪船由津運京赴戶部交納

前鎮復來 ○前天津鎮聶現任大明鎮吳掄峰軍門於昨日來津住河北成泰棧寓不知有何事情俟訪再錄

路死無名 ○河東朱家坟東大道上有男屍一具當經該管地方稟報縣委廉詣場會同武官相驗該死者係吐血身亡但無親屬認領亦不知其姓名惟飭地方討棺殮埋插記候認是否有無別情致死之由容俟續訪再爲錄登

夜行有異 ○昨日縣捕會同西門汎兵巡緝至西頭灣子天將五鼓見一人肩背包裹行跡可疑當即拿獲據稱姓張名太保劍州人氏查其包袱內有洋布褲褂棉馬褂等件惟由身上搜出刀子二把及當票等物隨即送縣是否竊盜抑係行旅俟訊明再報

有負龍媒 ○徐五者龍陽之舊媒也先隨實鳳爲政某紈袴未占鳳時五爲牽絲頗効撮合力及紈袴得鳳忘五五怒持刀伺紈袴曰得毛遂負糟邱可恨也俗狹路相逢非斷其鑽刺之根以塞其送迎之路不甘休紈袴知之即浼朱提公子以大術爲說五猶嗷嗷加以青蚨百金復議以八金爲月例按月致送事乃寢吁鑽穴踰墻國人皆賤分桃斷袖花樣更新習俗之薄乎抑家風之替耳

援臺嶠信紀劉軍門大捷確情 ○用間爲兵家之至計自來善用兵者莫不廣羅間諜密偵消息所謂戰勝於無形也去年中日構兵日兵所以倖而勝者非真由士氣之銳軍械之精其所以窺我虛情探我地勢者大抵致力於用間爲多今援臺嶠信備載臺軍始雖小挫繼竟大捷始知彼用間之術不盡可恃有時不得其法不能間人而反爲人所間亦可見用間之難非易易也臺信云前紀臺中大中臺獲勝仗七月初七日又接捷音聞者爲之欣躍不料初九日午刻日兵忽由後山小路擁至彰化縣劉淵亭軍門所派之敵劉林黎吳諸軍方與日本海軍鏖戰不暇兼顧彰化遂陷有由彰化縣同閭者據云初六七八等日日兵在大甲與義兵開仗日兵大敗死傷不下一二千人捷音遞至府城一時軍威頗壯官民同聲稱快不料日兵又出詭計暗中勾串臺地後山莠民爲之引路由嘉義東邊某山小徑抄出此處地勢頗險不異蜀道崎嶇臺灣將弁曾謂日人必不敢冒險至此又恃民心固結諒無通敵之虞未派兵丁分守要隘故有此失時在本月十七日現權臺灣府黎太守已漸次退兵赴劉軍門南路會合一處以便聯絡聲勢嚴備與日兵決一死戰而大甲南北義軍湘勇士勇各軍亦多番入內山相近生番之處解甲小憩畜養精銳以便與南路聯絡聲勢此彰化暫失之情形所謂小挫也至二十日參科士輪船由臺南同閭附載搭客男女二百餘人各道喜音據云安平打狗兩口均平安無事劉軍門調遣各軍分布要地從容不迫頗有輕裘緩帶之風一聞中路彰化有失即飛遣健兵四營往援當即克復緣初時日本兵弁勾通土匪頭目簡大度引帶匪類三四百人由山後小路抄出彰化之東邊將大甲禦敵之軍隔斷義兵始暫退不料日兵入彰化後即令簡大度之弟赴四鄉擄掠民女四百人以供日兵淫辱簡未能從命日弁恨之舉鎗欲擊簡大度始悔誤從其計即復以計動之僞稱另有捷徑可抄出嘉義城而佔臺南府日弁信之遂嚮導引至絶徑深入內地澗戶如蜂房皆生番出路簡大度密遣人通信劉軍門麾下所部各營爲抄襲之計繞出大甲一面飛檄前敵義兵折回策應將日兵截爲三段日兵至此計窮力竭幾似魚游釜底獸困籠中忽聞轟然一聲山嶽震動林木爲摧各路雄兵合圍痛剿日兵困在危境無路可奔無計可避束手就殲傷亡不可勝計遂將彰化克復而日兵之往撲嘉義者有衆三四百名前後受敵均被劉軍門指揮殲

旅用火箭飛射焚毀於山谷中哭聲震野殺氣連山此克復彰化之確實情形所謂大捷也

直報分處由上洋寄津　字林滬報　字林晚報　新聞報　代送申報　本埠直報　諸君如閱何種報紙照函分送不悞另有書籍列後　中日戰守始末記附送劉大將軍小照四角　公車上書記　劉大將軍百戰百勝圖　中國電報總編　古微堂圖大帥像　筌法西法操練　清廉訪案殺子報　詳註算法大成四本另有錦套　繪圖夜雨秋燈錄六本亦有裝套　曾繼光東征實紂各國政紀　四大本　銜製耕織圖　花國楹聯　新編繡像中國英雄集上下本　繪圖古今眼前報　繡圖小八義　繡像唇樓傳　各國時事類篇　情天寶鑑　鴛鴦夢　意外緣　海上見聞錄　海上青樓樂景圖說　海上名花尺牘　商賈尺牘新里新　尺牘全新　馬如飛附京戲圖　京都三慶班京調腳本全截十集　繪圖第五奇書金瓶梅　主顧如欲購取者午後直至申後做室靜候　寓北門內府署西三聖菴內直報分處內紫氣堂梁于亨謹啓

告白　福州和益木商在津開設十年前屆夥友林松卿經理歷年尚未十分誤事詎自十九年夏間荒蕩嬉游號事廢弛從中侵蝕輕混不勝枚舉致虧號本甚鉅去秋控縣押追迄未完結林松卿早已出號所有和益號事均係號東自行料理與林松卿毫無干涉特此布告　官商如蒙賜顧務須認明和益本號庶不致誤　和益木商鄭湘贛白

告白　今有新到頭等德富司老牌煤油如有合意者請來面訂可也　紫竹林太古洋行代理美孚煤油公司謹啓

拍賣告白

敬啓者本月十六日下午兩點鐘在利順德老房子內拍賣外國地毯爐子打球檯子洋燈傢俱等件於是日早至細看面拍可也　集盛行謹啓

告白　濟列傳　殺子報　富翁醒世傳　遇仙緣　三才子　時卜笑談　張天師收妖　繪圖粉粧樓　遊江南　故事圖說　李傅相馬關被刺紀實　畫像小照每本價洋四角五　盛世危言　野叟曝言　各國時事類編　中日戰守始末記　公車上書記　海上見聞錄　金瓶梅　真正後聯齋　三續聊齋　三續今古奇觀　正續兩麗昇平　彭公案　後彭公案　鴛鴦夢　古今眼前報　金臺傳　雲中落繡鞋　後西遊記　蜃樓傳　百寶箱　繪圖小八義　意外緣　巫雲夢　情天寶鑑　女僊外史　如欲購者請到文興齋書館

浙杭元吉永號

本號自置紗羅綢緞新樣洋縐花素洋布川廣夏貨團摺雅扇南貨頭油俱全誠爲近時錢市漲落不同故而各貨減價開設估衣街中間路北凡仕商賜顧者無不誤特此佈達

德陞齋靴鞋鋪

本齋專做滿漢靴靴新樣京式名鞋及鞋花坤鞋一應俱全價廉物美　賜顧者請認明本店招牌庶不致悞本舖開設在天津府北門外鍋店街集義棧對過便是

八月十四日輪船進口　新濟　輪船由上海　招商局
桂陽　輪船由上海　太古行
八月十五日輪船出口　重慶　輪船往上海　太古行

八月十四日銀洋行情
天津九七六錢
錢盤二千七百三十文
洋元一千九百六十文
紫竹林九六錢
銀盤二千七百七十文
洋元一千九百九十文

光緒二十一年八月十五日　第二百十五號
西曆一千八百九十五年十月初三日　禮拜四

上諭恭錄

上諭給事中端良奏外城修理街道發商生息銀兩請飭五城正指揮經理等語着該衙門議奏欽此　上諭給事中端良奏場差大臣車轎夫役恃勢婪索請飭嚴禁一摺據稱本年六月間貢院考試繙譯閱卷大臣會章之車夫因詐財未遂將大興縣役王姓擄禁勒贖又七月間考試漢教習專司稽查大臣裕德之轎夫糾衆強取供給所米石並毆辱應差官員等語貢院重地夫役人等竟敢恃衆訛索實屬不成事體會章裕德未能約束均着交部查議所有滋事之車轎夫役即着該大臣等自行懲辦嗣後各部院堂官於隨帶僕夫役務當嚴加約束不准稍有滋事該衙門知道欽此

自牖窺月錄

南人每云北人讀書如自牖窺月南人讀書如當天觀月要亦見其所見道其所道而已月之圓虧與日輸耀故稱二曜月則陰之精也其象爲水故可映其光以取水其法與映日取火同以氣之屬水故也至秋則倍明至中秋明益甚誠以秋之爲候也其氣清而爽其色清而明萬象皆然況月乎哉若秋於五行爲金金爲水母乃水之生象以故滄溟終歲潮汐惟秋爲盛其信候雖與春同而力迥與春異測之者謂其隨月虧盈理或然歟夫天地皆氣也氣之陽者上升者天氣之陰者下降者地地有質天無質陽無形陰有形實一物也故升爲氣則上於天降爲水則歸於海氣自卑而升上故水出於山氣之化也水自高而趨下入於大海歸其本也義之原始反終者類是水之形愈下愈下則入於地中水之氣愈上愈上則浮於天中聚其光而爲月宣夜書云天無質仰而瞻高遠無極眼瞀精絕遂蒼蒼然譬如旁望百里之黃山而皆青俯察千仞之深谷而窈黑青非真色黑非真體日月衆星自然浮生於虛空其行止皆須乎氣是以七曜之或往或來或順或逆伏見無常進退自異惟其無所根繫故無所不繫月之虧圓一本乎氣夫何疑宋儒謂月形體圓如以木爲球塗以粉墨黑白各半懸於空而轉之漸轉於白則魄生漸轉於黑則魄死或云月無光借日爲光月行有九道青白赤黑各二道皆入於黃道故曰九道所行之道不中而過南則爲陽道不中而過北則爲陰道行陽道則旱行陰道則潦其哉生魄時如仰瓦是行陰道如弓弦偃樣是行陽道諺云月兩仰水漸長月而偃水無滴以此爲旱潦之占恒不爽然此爲中國言也夫同是國也何以言中若謂以我所居者爲中則如今之東西兩洋何不皆自以爲中而獨以中國爲中耶竊嘗聞見度之天文四七分野俱在華夏必以是定之爲中至八荒曠邈其星象難以占視雖與局覆遍紀而孝經援神契云孔子曰日者天之明月者地之理月上■爲使婦從夫故月紀云云秦燹之後四子五經外書多漢儒僞作今雖爲定證以今之闊見同異者一者當以古之地輿爲臨今之版圖日廓故也嘗聞邊士曾出塞遠去則北斗在南然不知所去幾許讀胡文穆公北征錄云出塞二月至地名長清塞見斗南向又交州過哉生明之夕則月在天中骨利幹國日沒煮羊脾熟時則日復東生

是東西之極與中國不同邊方天文固難以中國例也而月之元虧則無異其爲氣之上浮於天中或近是歟若夫西洋地球之說其與中國日月行道遲速之論各有至理皆學之精於格致者子與氏曰天之高也星辰之遠也苟求其故千歲之日至可坐而致也人病不求耳使誠求之亦安有不可格致者哉

秋審盼澤 ○本年朝審定於八月十四日刑部都察院大理寺會同 欽派覆核朝審大臣六部九卿十三科道於是日黎明齊至西長安門內刑部朝房內恭設 皇帝萬歲萬萬歲聖位兩旁就地擺設矮桌坐褥諸憲均各盤膝而坐閱視秋審各犯案冊籍一面將刑部擬定應入本年秋後處決斬絞各犯由獄提出派差押解至朝房恭候 欽派大臣覆審供詞並訊及各犯所得罪名屈否再行分別情實緩決然各犯至此並無一人說屈誠謂 帝德寬宏無微不至矣往年 朝審向在八月下旬本年改於八月中秋節前者係因本年官犯甚多必須詳細覆核案情分別實緩仰邀 恩澤 計開官犯 何隆簡 聶桂林 龔照璵 葉志超 蔣希夷 黃仕林 其餘人犯俟朝審新舊案起人名單發下再錄

水部獲奸 ○去年七月間恭奉 上諭前因烏爾慶額奏工部琉璃窰已革書吏余翼朝父子盤踞朦蔽等情當諭令工部堂官具奏茲據奏稱訊傳該窰工人及書吏等大概情形請飭拿余翼朝到案質訊等語著步軍統領衙門順天府五城御史將該革吏余翼朝一體嚴拿務獲交部審辦餘依議該部知道欽此業經邸報恭錄聞余翼朝已捐鹽大使分發廣東試用旋經聞信遠遁今[illegible]潛逃來京改名于煥臣隱居炭兒胡同昨經該管地方拿獲解案訊辦至如何科斷俟訪明再錄

卿月臨津 ○學憲徐大宗師定於十三日由京起馬已登前報今聞業晚已抵安平地方小憩行台十六日當抵津郡矣

福星載道 ○督憲王制軍履視北洋政務以來在在盡心嘉謨嘉猷者蓋辰下者固非帡幪下所盡窺其涘涯勢堯問所能記其髣髴也即其身所沾被近所聽覩者揆之均以撫綏百姓爲首政前以中東議和榆關撤防恐北洋駐紮各軍或萌懈志特補足飭令其盡心演操以戒勁旅而備干城又以津郡良莠不齊值各營遣軍之時恐軍事端曾派天津練軍三營練兵及親兵營任城廂內外分段巡查又津京大道往來絡繹遊勇或趁勢滋擾復飭統領雲字營馬隊羅軍門轉飭所部時時出隊梭織巡查因有行李屢被盜劫聞本津白李某者貿易爲生往返京津時以爲常前日由京回津行至安平以北突遇三人類遊勇攔住去路適有某營哨騎進京正行是處該賊等急忙飛逸李得以免不勝感激詎於次日行至河西務以南天將午又遇步行二人見李先放空槍示威李以爲命該如此但能保全性命聽其吩咐而已不意賊將動手忽見塵土飛揚駐防馬隊巡緝又至該賊望風而遁李又得免難李於昨日回津言之歷歷今乃知督憲籌備之嚴恩施無既矣

盜又傷捕 ○文生耿耀廷者因事乘車行至阜城縣搭兒頭村忽被賊攔住車輛搶去銀錢等物立即赴縣稟報嗣經捕役追賊詎該賊拒傷該捕忿極燃放洋槍格斃一賊餘皆逃逸贓物亦尚未悉獲是以仍須嚴緝惟拒捕實屬兇惡已極若不嚴拿重懲何以安行旅而綏地方乎

鬥輒擊毆 ○西于庄楊文全楊起鳳不知因何與王新王喜等構衅各行糾集多人稱戈比干聲勢洶洶該管地方王立恐肇巨禍飛報該管武汛立將兩造拘獲送至縣署訊辦矣

供受香花 ○秋之祀月猶春之祀日各處俗例不同其致祭則一約書本禮記朝日夕月之典如虞書寅賓寅餞之義推而衍之民亦相沿爲俗漢唐以來見諸歌詠者維月爲多月又惟秋爲宜大抵詞客騷人戍愁閨怨觸序興懷觸緒纏綿而風俗之可紀者荊楚歲時紀載齊民要術載之甚詳雖古今不同無煩更述竊就今時之所見聞者筆之以供佳節一噱自唐設科鄉舉試士例在中秋昔人詩云明月漸低人約約不知誰是謫仙才曾十五夜盡放場時情景也自明中葉都北京開北闈闈中詠月佳什雖多其膾炙人口者不少概見兩院號嬉笑俚曲俗調直令人厭見厭聞似不如江左右之場規較肅江左尤妙於十五日月色團圞桂輪香滿時即准放士子出場吳杭州本城士子其家妻妾類靚妝執桂花一枝候門外曰嫦娥士子及門親就其手折取之以爲佳讖江右是夜之婦女則概赴南昌城中較

橋石欄邊摩其柱頂謂之摸秋街巷士女如雲橋頭跂足立者盛觀浙江潮潯陽一帶是夜閨丁多以東爪當孩提覆紅綠細布﹝罩﹞新娶未育家鼓吹送之爲育麟兆名曰送秋京師自　皇上致祭　夕月壇後至十五日夜家家陳瓜菓糕餅祀月於庭舉家作團圓讌所供之神紙糊泥塑槪像以免市中售者闐街盈巷金碧輝煌象男女諸色人等要皆竪其兩耳令人一覩惟兎爲肖爭購之以爲兒童嬉戲具其價昂者則京錢十數千或數千低者則數百數文不等津亦然外府州縣則以紙畫月宮象旁繪桂樹春藥翁居其下執杵人而立其意槪謂韓文毛穎傳云穎爲中山人其先明眎佐禹治東方土養萬物有功因封於卯地死爲十二神嘗曰吾子孫神明之後不可與物同富吐而生明眎八世孫世傳當殷時居中山得神仙術能匿光使物竊姮娥騎蟾蜍奔月其後代遂隱居不仕云云今之祀月必祀兎殆附會其說歟噫如穎者誠仙乎哉否則何以能化億爲身遍入朱門綺閣中受人間香花供養耶

命畢烟土　○大烟流毒爲害已深其已成錮疾者幾於十人有九且又多以此爲不生捷徑者殊可嘆也茲爾門外大街西李劉氏者於昨日以生趣毫無擬赴枉死城一遊即以芙蓉膏作餅行酒毒發無救業經該管地方張有升循例報案尚未悉已否驗訊其果係因何尋死容俟探明再登

譯東報記臺灣事　○東曆八月十二號東京接臺北府大島參謀長發來公報曰目今近衛師團駐紮彰化縣不復前進敵人向臺南偵探所有第四混成旅團及在臺北迤東之近衛諸隊約期同至彰化取齊又云昨日午後高島副總督已抵臺北鐵道隊亦同時抵埠續運設輕便鐵道直達新竹以南長數百里○樺山之死日人諱莫如深今日報中始稍露端倪大會謂臺灣總督週來染風土症勢甚危險頗覺可憂憂以新任副總督急於赴任又本田海軍豫備主計大監爲總督親族之總代某日前往臺北探問聞總督現已歸國養痾噫其爲身歸耶抑魂歸耶想不日即可明白矣○九月七號東京接臺北六號來電悉臺灣於四號午後風雨爲災淡水及各處河流泛溢大湖口新竹間鐵橋竟被洪濤捲去各處河道爲之不通火輪車因鐵路破損祇得中止電線自中港以南中斷故臺南實況不得而知刻下陸路停止搬運軍需海路亦以風浪滔天不能運送各地倉庫所儲糧秣均浸入水中近衛師團在彰化附近所峙糗糧亦遭水害○臺南士民中有畏日兵刦掠者均向廈門逃避某日當道接臺北信言上月以來近衛師團兵見臺北敗竄之土民皆潛隱山谷間以避日人鋒鏑近日致書軍隊聲稱自今誓不反抗等情噫其眞耶抑夢囈耶恐日人而欲臺地義民降服未免難若登天矣

剿回近耗　○字林西報館接到華曆八月初六日北京來電云頃得譯遞甘省消息言七月三十日新疆提督董軍門福祥部下之兵與回匪大隊戰於蘭州府城東南四十八英里地方時有馬兵三隊步兵七隊約計四千二百五十人忽然投入敵營於是官兵大亂似將潰敗幸董軍門驍勇異常兼得周張兩鎭官帶領精兵出隊助戰遂克回匪所踞之數堡此數堡先爲回匪屯駐官兵連攻三晝夜未能得手至是始一鼓盪平統計是役官兵死傷者二千三百六十人回匪死傷之數未詳惟據官兵所獻首級計有一千九百零一顆當接戰時擒獲降回叛將一人即奉董軍門之命斬於陣前目下甘省情形岑岑可危故一禮拜內所發陝甘兩省乞援書必有數次友云官兵之現在甘省者約有六萬人而回匪能戰之衆多至八十萬人所持器械俱極精快又得甘省西境消息云西甯府城若無援兵則不能再持一禮拜之久　皇上以陝督楊制軍不早提防甚爲震怒

東瀛零拾　○日本西報云日人現在威海衛設法撈取定遠兵艦惟其事頗不容易恐一時未能撈起○日日新聞報云日本議欲增練陸軍及加築各路砲臺其費需洋七十兆元○西曆九月份第一禮拜內高麗亦有大風損壞房屋物件無數○日本瘟疫册載自西曆九月十三號以前日人之患疫者四萬三千二百三十一人死者二萬八千九百六十三人○近聞高麗馬坡口岸將開通商埠頭

西報照譯　○西字報云長江上水各口自鎭江以至成都現在均有英兵輪在彼梭巡藉以保護各處教民惟英廷之意務欲中朝將前川督劉制軍革職充發極邊永遠不再蒞任而北京已有回電覆以我國政府未能准如所請故英國當軸大不爲然恐此後杞憂正未已也

日高近事　○前紀高王照會日本請撤去駐高之日兵一節茲悉日廷接文後允將各兵撤退另派陸兵一隊駐防釜山元山等

處高麗統軍大臣稱恐兵力太薄不敷分布而高王意見則謂本國陸軍操有成效自不必借助他人刻下日本願從其言不久當將各隊撤回至於高麗與日本相通之各處電線因去年伏務大半毀壞現經日本代爲修復惟與日報遞高麗抑或招商承充均未可定云

韓亂傳聞 ○日本來信言日京杜甚與[illegible]電音謂朝鮮國王日有人[illegible]謀倡亂羽翼已成據道路傳言[illegible]亂黨係朝鮮[illegible]高于指使確否雖未可必然其黨已遍布全羅[illegible]角咸鏡[illegible]道一[illegible]蠢動誠恐爲難遏抑云

啓者本堂代寫壽屏對聯及繕做紅白稟稿往來書札鈔錄書籍等件如蒙 賜顧請至直報館賬房面議可也 學忍堂謹啓

[illegible]售 白[illegible]列傳 殺子報 富翁醒世傳 遇仙緣 三才子 時下笑談 張天師收妖 繪圖粉粧樓 遊江南 故事[illegible]

說 李傅相馬關被刺紀實並帶小照每本價洋四角五 盛世危言 野叟曝言 各國時事類編 中日戰守始末記 公車上書記

海上見聞錄 續瓶梅 真正後聊齋 三續聊齋 三續今古奇觀 正續采[illegible]昇平 後施公案 彭公案 鴛鴦夢 古今[illegible]

[illegible]金[illegible]傳 雲中落繡鞋 後西遊記 蜃樓傳百寶箱 繪圖小八義 意外緣 繞雲夢 情天寶鑑 女[illegible]外史 如欲購者尚[illegible]

文[illegible]書售

今有新到頭等德國司老牌煤油如有合意者請來面訂可也 紫竹林太古洋行代理[illegible]孚煤油公司謹啓

告白

拍賣告白

敬啓者本月十六日下午兩點鐘在利順德老房子內拍賣外國地毯爐子打球檯子洋燈傢俱等件祈是日早至細看面拍可也 集盛行謹啓

本館京城售報處在宣武門外繳家坑路東海昌會館內陳午清先生代辦如願閱者請至陳處可也 本館賬房啓

告白

石印新撰金鞭記小說

是書共四百九十三回逐回蟬聯奇情疊出及仙佛僧道妖狐鬼怪且有三三四[illegible]唱段聞坐靜聽者無不鼓掌稱奇每部洋九角○又有增補市鎮鄉村直省輿地全圖計三十一圖五大洲會以詳說簡明萬國公法共三本洋一元二角託津門文美齋書局發售

浙杭元吉永號

本號自置[illegible]羅[illegible]新樣洋縐花素洋布川[illegible]夏貨[illegible]摺[illegible]扇南貨頭油俱全[illegible]爲近時[illegible]市[illegible]落不同故而各貨減價開設估衣街中間路北凡仕商賜顧者無[illegible]特此[illegible]

德陞齋靴鞋鋪

本號專做滿漢靴鞋新樣京式名鞋及[illegible]花坤鞋一應俱全價廉物美賜顧者請認明本店招牌庶不致誤本舖開設在天津府北門外鍋店街[illegible]便是

八月十五日輪船進口
新濟 輪船由上海 招商局

八月十六日輪船出口
桂陽 輪船往上海 太古行

八月十五日[illegible]洋行[illegible]
天津九七大錢
[illegible]錢二千七百二十七
洋元一千九百五十[illegible]
紫竹林九大錢
[illegible]錢二千七百六十七
洋元一千九百八十[illegible]

直報

光緒二十一年八月十六日
西歷一千八百九十五年十月初四日
第二百十六號　禮拜五

上諭恭錄

上諭給事中戴恩溥奏京倉以放代盤請酌定限制以免弊混而保積儲一摺著戶部會同倉場衙門妥議具奏欽此　上諭給事中蕭[illegible][illegible]奏上駟院飼馬各圈應領粟米請變通改折粳秈開放等語著戶部議奏欽此　上諭劉樹堂奏在籍京堂懇請開缺養親據情代奏一摺通政使司通政使顧璜著准其開缺養親欽此　硃筆黃卓元補授內閣學士兼禮部侍郎銜欽此

治河管田議　續前稿

故所議以子牙作新河下口之舉致經前爵相迭委查勘奏駁然其所謂不便之處爲上游新河中間所經之州縣計者多爲下游新[illegible]河歸海之尾閭計者少文民又以青河水災又請於鄭州下之苟各庄自西南而東北曲折數十里桃至龍嘴灣復自西北而東南曲折數十里桃至大城縣屬之郭隄村以東歸入子牙正河隨溜迤邐東北仍由王家口埧台達紅橋入海無論開之新河其上游紆曲幾二百餘里便與不便其下游所歸猶是故道其便安在而上憲飭駁之由半在開河處民情不借尚未計及開河後下游益壅上游益形漫決也今秋文民以文窪被淹幾二十年終須開河以除患復籲首憲懇以事經前任屢查奏駁今所議開之下口雖在大城縣屬之埧台觀音所轄下口年子牙舊河迤北下三十餘里其上議開河道經十數州縣民生利害是否相宜須派大員諳帶精於測量人詳細履勘分別[illegible]否得尊方可興辦是憲奇仍恐地有未宜民有未借也此子牙河西文民議除水患之舉勢難准行在在爲憲天洞鑒者也其居河東靜邑者則光間議於靜邑之東子牙鎮向東開減橫穿黑龍港注之南運與南運河借流北下以所開處地形觀南運爲低恐河開而水不能減民多不借藉輒阻復議於子牙以上三十餘里之姚馬渡兩東開減仍穿黑龍港注於南運屢經測量終以地不相宜而止今又有議者會云於姚馬渡以上數里許在青縣之廣福樓西爲子牙河向東開減約一二里穿入廣福樓前之黑龍港即其港依東北稍加深濬使可容納子牙流以濬河無源向爲洩上游盤古杜林一帶雨集田水非伏秋半爲陸路就其港形易於挑濬也自廣福樓東北去約十數里經靜屬之袁家庄前元蒙口後抵小集前入南運河借流北下約廿餘里至靜治城西北閣外復向東開減其處原有舊開河影稍加寬深可引入赤龍引河由白塘口桃入海河如此則不獨文窪可免水患即靜治東西津邑以北郡治以南均無壅滯漫溢之處如是則達海之道甚近挑挖之工且省所議似爲盡善第凡開減之處必須建埧以挑溜使分萬不可以減河支流致奪舊河正溜使因開減河轉淤正河必須建閘以時蓄洩萬不可任衆流蜿蜒歧出致使此河有礙彼河　此稿未完

心簡栢台

（新簡掌京畿道事務龍侍御湛霖定於八月十二日午刻上任　新簡吏科給事中王大給諫定於八月十二日巳刻

上任○又巡視北城察院齊侍御蘭前因一年差滿奏請交御經唐侍御回明都憲保留齊侍御仍行接任以耆熟手等情已列前報茲聞齊侍御以北城訟務紛繁兼以本任人務責任較重礙難兼顧自行稟辭辭退當蒙都憲允准今將所遺之差改派江南道監察御史羅覺達侍御椿暫理俟都察院繕寫綠頭牌帶領引見恭俟 命下再行實授云

首供玉食 ○金粟噴香銀魚曖燕尾呈瑋沽首供 天家時也八月初十日崇文門監督進衛河銀魚二十斤由東安門呈交內務府 御膳房轉呈以備 御用此水國之時也又有供之所產甚盛遼瀋之域爲 朝廷龍興地王氣所鍾故川澤菁華產入貢者多刻以秋色平分正爽味饒香之候然惟遼陽所產者水梨尤甲列省今聞業經貢到其運法計需人六十餘名肩擔而來共貢六十擔及到京後僅賸五十餘斤蓋沿路隨腐隨棄不敢以腐敗者上貢天家也 聖天子玉食萬方於茲益信

犬牙錯 ○京師定例城內外居人雜口修蓋房屋油飾門面概需呈報由道廳驗明白批給執照方准興工倘或故違一經發覺立即究懲禁令綦嚴居長安者莫不奉行維謹詎正陽門外正陽牌樓石路西爲 皇上大祀 圜丘耕耤典禮暫行 御路迺自貿易板棚犬牙錯處均行拆毀以清御路俟 皇上還宮畢仍行照舊搭蓋此係率由舊章也今正陽牌樓往東西路南有官廳一座左首板棚開設泰陽居飯店今泰陽居飯舖板棚改蓋瓦房十餘間與佔官街錯出數丈致將官廳止陽牌樓全行[illegible]壓[illegible]聞巡視中道察院訪聞泰陽居地址有佔官街越向例不符當將該舖主查究並保無與該官廳弁兵狀同影射情弊立將該官廳看街兵丁管鋪主一併責懲究辦以爲不遵功令者儆至其中實在有無情弊俟訪明再錄

蝶遂灰飛 ○八月初九日夜間四更時忽聞驚鑼肆起披衣出視傳云前門外王廣福斜街九間妓寮不戒於火當經合木曾會同地面官力往救延至天曙回祿君始行返駕延燒毗連泉海妓寮計燬屋四十餘間訊及起火緣由係煤油燈引燃涼棚所致也彼時各妓女逃竄如巷狂蜂浪蝶形同無聲啞身入火焰洞窟自一絲不掛者從火中竄出焦頭爛額不勝枚舉並有身負紅塵之某甲者將煩惱絲全行焚去所幸未傷性命次晨查該寮妓女由火焰逃出即在扞蝶雙飛者數人至初十日魚[illegible]三躍祭家胡同三順妓寮又失慎延燒房屋十數間至四更時始熄當經該管地面官人將該妓寮龜奴等拿獲解案管押詳城責懲以爲失慎者戒

飭查戰船 ○欽差大臣兵部尚書辦理北洋通商事務直隸總督部堂王 示據剝船戶李德順等稟稱爾等剝船本年四月間係被風雨損壞江浙海運漕糧內有剝載所有上年冬季工食奉恩賞銀兩從未發給天津縣查明核辦具覆抄出移發抄論

示換暖帽 ○憲示照得滿漢文武官員軍民人等知悉本爵堂定於本月十八日換戴暖帽午期一體遵照毋違特示

計遣散勇 ○自中東和議以來各省兵勇由關來津者皆不勝屈督憲恐已散兵勇逗遛滋事各段清查花名已登前報現貴州湖南湖北等營兵勇開給付船票僱侶回籍兵勇等喜出望外各段營甲局皆簿掛號聞係彙齊即定期給資矣

擢任悉戎 ○花翎總兵銜現任天津鎮左營遊擊劉恒齋守戎久爲 傳相倚重曾任監印差使因以在任未克親赴蒙王制軍器重保升紫荊關參將茲聞部中業已議准覆奏奉 旨准其補授雖係本省人向須與山東揀員對調然悉戎暢曉營務精明練達無不克勝任愉快也

部轉命題 ○鹽道憲課 三取書院八月十四日補試生童詩文題目開列於後 生題 子曰有德者必有言 童題 若孔子則聞而知之由孔子而來至於今 生童詩題 賦得三字戒時月正圓得秋字 生五言八韻 童五言六韻

關道示課 ○欽命頭品頂戴監督天津新鈔兩關北洋行營翼長辦理直隸通商事務兼管海防兵備道盛 爲諭集賢書院舉貢生監知悉案照本月十六日係觀課之期是日仍 文一詩限次日黎明交卷另命詩賦題二道雜作時務題二道限二十二日午前交卷由逾限不收合亟牌示爲此牌仰該舉貢生監知悉務各遵照示期於十六日黎明詣崇赴院領卷無票者一概不給各宜遵照特諭

事殊有憾 ○本報清苑人郭榮行至獻縣馬家舖被賊四人搶去馬匹褥套等物一案頃悉當由捕役等拿獲賊人張茂等二名餘賊及贓物尚未緝獲似於捕務仍餘缺憾

禍豈無端 ○釐捐卑厘却是爲 國爲民厘局之設實非得已自洋藥納稅以來於厘局頗有裨益奈奸商往往取巧希圖偷漏不犯固獲利數倍犯亦失利數倍焉昨姚家灣船上某客私帶洋藥若干被厘捐局某差查知即 禀明局憲一併拿獲至如何議罰俟訪再錄

無隱不彰 ○本郡某甲者曩席祖父業嗜遊蕩父患厚有隱德病將革檢素向貸資之約度其能還者定期歸本無力者其劵概付丙丁曰吾子不肖不必留此孽根也父歿母亦相繼亡甲益無拘束家產一揮而空妻本儒者女性賢淑屢諫中終以良言逆耳至風流債勢如猬集時唏噓妻曰我本無奩粧衣飾乃公婆所遺今處此是我無福受盡付夫變償債漸至無立錐賃草屋一椽時已生子女各一恒終日不一餐尋親友無一應者甲憤甚身去十數年無音問要自夫走後仰十指爲活撫子女於所天已拚絶望詎料上月甲以滿載歸籍寵甚夥先往客店訪岳家方得晉屢耗子女已見不相識賴妻尚存指示焉遂團聚闔家喜出望外矣先是甲有錢時極慕上海風光及落魄遂沿途求乞去由烟台上海漸至外洋貿易十數年得巨萬金乃言歸現其親友道貧者不絶於門皆謂甲不愧爲丈夫有識者曰是皆其祖父隱德耳隱而必彰自是定理或且不信以爲理盈而事實爲是言者胡不鄙子孫成敗之實事以參其理耶

有誤必正 ○前郵文生耿耀廷行至阜城塔兒頭村被賊攔車搶刧一案當時贓賊拒捕傷人嗣又探悉所傷非是捕役乃田內工人代爲追捕致賊拒傷趙姓一人遂將工人砍死一賊弟不知姓名無從追緝餘賊仍富嚴緝也

牛痘晚種 ○郡中施種牛痘各局約有數處每年春秋兩季開局施種保赤頗多昨河東備濟社定于八月初旬施種牛痘附近男婦人等赴局掛號者每日指不勝屈云

驚傳秋濤 ○七月二十六日爹利士火船由臺來廈船中並無一搭客詢厥情由咸言臺南居民皆知指日必有大戰雖閉車門智足勝敵而日人敗後遷怒勢必侵害地方因之稍有身家者相率搭輪內渡頃刻間聚至七百餘人關車門關之恐其搖動人心立即男到輪驅逐上岸故是日該輪啓行竟無一客附之至廈也〇二十六日爹利士船帶到臺南來信言日人已踞彰化奪去新式克羅伯炮四尊大小槍炮四百餘桿現在日營兵單餉絶未敢南下又同日帶到數信均言劉軍已復彰化並將日人逐北現在大甲溪以下無一日人兩說相歧吾從其後

譯兩信紀臺灣近日情形 ○臺南西人來信云七月中旬臺地大雨時行繼以狂風有排山倒海之勢河水爲之驟溢湧出平地有數尺之高日人所有食用諸物皆泛至河畔官水至時洪流直瀉急溜爭喧捲下各物不及拾取大半被淹其得撈取者僅少些耳岸之高處均被水淹水深處漲至一丈居人正擬將物搬至室中忽風力又勁房屋被吹紛紛倒下有土崩瓦解之勢即堅固之屋亦被吹倒淡水有一大橋可通鐵路竟被風吹壞可見箕伯之神力矣從此鐵路不能行車因震撼故也須大加修理方可行車此橋有一百五十丈之長計間一二月方可修竣基隆一帶鐵路大半被水所灌宛在中央其時自日本運兵之魔島丸載兵不少將赴基隆以遇風改赴淡水會不能進口復折赴海而又因風浪大作顛播異常所載之馬數十匹皆被掀入海中所載之兵不知陸路遭風被水奪將窗緊閉如瞽入之在暗室中不聞不睹及事後始洞闢戶牖則已悶斃多人矣一日有牛番數人赴日營游玩日營中之譯人問來此何爲牛番言以前聞風景甚佳當小作數日以暢游懷耳日兵欣然延接欲引至一處牛番即躡蹤而往越十餘日生番與已闢挈伴欲與日兵饋以食用諸物牛番受之故作歡洽狀相率同山密徑深林重尋舊路越兩日有日兵十人躑躅路隅適遇牛番二人各持長槍日兵即放鎗相鬥生番寡不敵衆致被擊斃一人其一奮力飛步得以脫生日弁詰問日兵何故下此毒手日兵答以疑係中國兵故放鎗擊之問此係生番何故疑爲中國兵而目彩狀大不相同豈可指鹿爲馬日弁故作憤怒狀謂放鎗之兵應以軍法日本所派管理臺灣事務之人恐日兵有此不情之舉臺地軍民心將大爲不服反激成其忠義之氣開事激烈之風於是慄慄危懼不復如向日之藐視矣然臺嶠民風素悍王氣常新本與異言異服者清濁迥判如涇渭之不同流臭味懸殊如薰蕕之不同器夫豈假仁假義之所得而訴妄用機謀適以見其作僞日拙而己矣

啓者本堂代寫壽屏對聯及繕做紅白稟稿往來書札鈔錄書籍等件如蒙 賜顧請至直報館賬房面議可也 學忍堂謹啓

告白 [illegible]州和益木商在津開設十年曾[illegible]友林松卿經理[illegible]年貨未十分訛事[illegible]自十九年夏間荒[illegible]嬉游致事[illegible]中侵蝕[illegible]混不[illegible]枚舉致虧欠本錢[illegible]去秋控縣押追迄未完結林松卿早已出號所有和益號事均係號東自行料理與林松卿毫無干涉特此布告 官商如蒙 賜顧務須認明和益本號庶不致誤 和益木商鄭湘蘭白

告白 清列傳 殺子報 富翁醒世傳 遇仙緣 三才子 時下笑談 張天師收妖 繪圖粉粧樓 遊江南 故事[illegible]說 李傳相馬關[illegible]刺記實 首帶小照每本價洋四角五 盛世危言 時變[illegible]言 各國時事類編 中日戰守始末記 公車上書記 海上見聞錄 [illegible]瓶梅 真正後聊齋 三續聊齋 三續今古奇觀 正續[illegible]昇平 後施公案 彭公案 鴛鴦夢 古今[illegible] [illegible]傳 雲中落繡鞋 後西遊記 [illegible]傳百寶箱 繪圖小八義 意外緣 [illegible]雲夢 情天寶鑑 女僊外史 如欲購者請到 文[illegible]書寄售

告白 今有新到頭等德國司老牌煤油如有合意者請來面訂可也 竹林太古洋行代理美孚煤油公司謹啓

告白 本館京城售報處在宣武門外[illegible]家坑路東海昌會館內陳午濤先生代辦如蒙顧者請至陳處可也 本館賬房啓

直報分處由上洋寄津 字林滬報 字林晚報 代送申報 本津直報 諸君如閱何樣報紙賜函命人分送不悞寄售書籍列後 中日戰守始末記附送劉大將軍小照四角 公車上書 劉大帥百戰百勝圖 中國電報總編 古微書 塔豆棚說閒話 劉大帥[illegible]瑩法西法操練 殺子報 詳註算法大成 繪圖夜雨秋燈錄 戚繼光征[illegible]實紀 坿各國旗號[illegible]四 大本 清列傳 花間楹聯 新編臺灣巾幗英雄 繪圖小八義 各國時事類篇 [illegible]戰實紀 海上青樓樂景圖說 商賈尺牘 尺牘全[illegible] 馬如飛 附京戲園 主顧購取者午後直至申後敝堂靜候 寓天津北門內府署西三[illegible]菴西直報分處內紫氣堂梁子亨謹啓

浙杭 元吉永號

本莊自置[illegible]新樣洋[illegible]花素洋布川廣夏貨[illegible]擦雅扇南貨頭油俱全歉為近時[illegible]市[illegible]落不同故而各貨減價[illegible]設估衣街中間路北凡仕商賜顧者[illegible]特此佈達

德陞齋靴鞋鋪

本齋專做滿漢靴靴新樣京式名鞋及鑲花坤鞋一應俱全價廉物美 賜顧者請認明本店招牌庶不致悞本鋪開設在天津府北門外鍋店街[illegible]對過便是

八月十六日輪船進口 新濟 輪船由上海 招商局

八月十七日輪船出口 桂陽 輪船往上海 太古行

八月十六日銀洋行情

天津九七六銀 銀盤二千七百二十三文 洋元一千九百五十

紫竹林九九六銀 銀盤二千七百六十三 洋元一千九百八十

直報

光緒二十一年八月十七日　第二百十七號

西歷一千八百九十五年十月初五日　禮拜六

上諭恭錄

上諭直隸永定河道員缺着陳慶滋補授欽此　上諭鴻齡等奏勘修工程請派員勘修開單呈覽一摺　菩陀峪萬年吉地工程應行修葺之處着派剛毅前往敬謹查勘欽此　上諭王文韶奏永定河伏秋大汛獲慶安瀾各摺片直隸永定河本年伏秋盛漲險工迭出經王文韶督飭文武員弁竭力搶護現在節逾白露分仰賴神靈默佑獲慶安瀾實深寅感着發去御書扁額一方交王文韶祗領派員虔詣盧溝橋新建　大王廟敬謹懸掛以答　神庥至所辦防汛人員已歷兩屆安瀾請仿照東河章程擇優保獎等語着該部議奏欽此　諭旨本日引見之　蘇淞補道劉麒祥着於十七日預備召見欽此

治河營田議　續前稿

善開減河所以分子河之水於支流將以使正河內支流而漸暢非專以暢支流也且宜開之減河兼兩河一港西自子牙河東東至南運河西其兩河之岸與兩河之身東西孰高孰低使其東高於西固不能開南運西岸使南運反西入子牙與使兩河勢平兩河漲落之期先後不差一律大小不能皆同倘南運先子牙後南運水大子牙水小南運勢必西分衝入子牙是子牙為南河減水反因開河增水也不增運水其子牙水正漲之漫決四出若再增一運流其漫決又當奚似且每歲之漲運先牙後其常也所以欲開南運西岸以引牙流子牙東口必須建閘南運西岸必須建閘派人專司啟閉運水漲則急閉之待其水落方可導牙流引入然每歲或運水未落牙水繼來又其常也是其閘雖設盛漲時或難啓洩仍須以子牙正河身為達津正軌自東子牙鎮北下至瓦頭及堤台河向東折處上下廿餘里河西有套河墊甚高河東無套上游奔騰浩瀚之水緊受束縛已形壅滯即河西河套可以行水至瓦頭橋南為交窪所挑引河之南岸所截仍須歸入河身至橋下河身愈隘加以上下兩岸碼頭巨艦櫞幢密排如筍壅滯更甚故每漲則橋之上下十數里水頭必高橋上益高壅滯也鄉民無知率謂其處水中有物憑之物何物橋與船與河墊而已何不歸於橋之上下水頭最高其決漫却在上下十數里外則橋上下之河墊既高且固何待言哉其十數里外之隄墊不高不固又何待言哉故不開減河固須疏正河身修正河堤即開減河仍須疏正河身修正河隄也況自子牙東岸至南運西岸中擬開河之處迤邐而東而北至南張家庄前折而東向其處北岸是否仍立一閘抑係堅築一垻不然當南運子牙兩河並漲之時黑龍上游雨集田水驟下又不能啓東西兩閘以洩潘水則南張家庄以南潘之左右不將皆為澤國乎至中靜治北閣外擬為南運東開之減當與由赤龍引河至白塘口放入海河處一體立閘自無庸議　此稿未完

戶催江餉

○江西巡撫李善試用知縣劉鑑管解光緒二十一年二四兩月固本餉銀一萬兩赴戶部交納今聞戶部富將前項飭兩照數收訖給發批迴并移咨江西巡撫迅將光緒廿一年自五月起應解固本餉銀陸續解京不准絲毫蒂欠以重庫款而干咎處五

擒獲城兇 ○京師地面不靖時有匪徒爲行旅害見於報牘者已難屈指八月初十日黃昏時候西便門內城根地方有土匪兩人石破屋客頭顱當晚昏倒褫其身上衣◯正擬得贓逃逸詎微西河沿營兵曾見緣寡不敵衆飛報守夜遊巡兵丁協同追緝贓賊亂來內除一賊業已鴻飛冥冥外當獲汪某一名送營鎖押◯供詞得確情即詳解步軍統領衙門咨送刑部按律懲辦以儆盜風聞微刦者受傷甚重恐有性命之憂能否醫痊及所獲汪某是否案中正犯詢有端倪再錄

殃及池魚 ◯煤油自行銷中國以來物美價廉足爲繼晷焚膏助如黍中新興一種煤油蠟用之不慎易召火災恐日後第誘罪於煤油不得也查外洋煤油燈上自玻璃罩作長圓形式可籠火之光亦可防油之溢今與煤油相輔而行今所造之煤油蠟大異是形如蠟燭以馬骨織爲之不特煙焰薰人且最易傾瀉偶一不慎一顛倒便肇災如以爲無螺絲紋爲關鍵無玻璃罩收束火苗也京師崇文門外東茶食胡同永興成雜貨店於八月初八日夜間失慎當經爲鑼警救水會到旋即撲滅計延燒房屋十餘間詢之皆因煤油燭撲倒火苗燃着紙張以致火焰上冲遭此魚殃安得貴有司時時嚴禁使小民皆棄而不用耶

禍延途馬 ◯京師地面寬闊各街巷車輛撞人之事無日無之而車夫似此失慎實令行人難籍防耳八月初十日前門大街有驢裝婦人乘車行至鮑家胡同東口地方車夫失顧騾驚跑致將驢裝婦人跌下滾入車較之下驢婦人以手揪住車較標繩拖至珠市口迤西該車始行停住該婦人雖不致殞命然頭顱已經碰破血流如注面如土色誠謂不幸之大幸哉該車自北而南馳驟時沿途撞軋甲乙丙三人均受傷甚重當經該管地面官人將車夫劉二鎖拿獲解交中西坊管押解城懲辦受傷之人赶即延醫調治未知能痊癒否耳候訪明再錄

難尋仁術 ◯語云不爲良相願爲良醫是醫之一道上能壽國中能壽世下能壽人其功甚偉其德甚溥也何得術擅折肱而緣失交臂置死生于不顧惟富貴之是趨乎忘活人濟世耶京師宣武門外賈家胡同某甲者自言其得針中三昧無論錮疾新恙着手成春予是哄動鄰城搢紳先生與豪華子弟皆與結納儲急相與之訂芝蘭者亦有偕之尋花間柳者競相徵逐日無暇晷聞其標榜之詞似無異扁盧復生而其術驗否究難盡信況一遇寒畯之家及力難餽遺者則無不峻詞謝却雖戶外履常滿欲一望顏色不得也醫家法門豈其然乎是富爲仲景天士諸前輩所深惡而痛絕者耳

宜慰貞魂 ◯海濱嗚咽乃有冤禽雨雪漂搖翻生恨竹臣出身而事主委贄誓誠女離家而適人摩笄見志紅顏赴義勁於一旅之師縞袂揭風凜若丈夫之特顯或盈門以後展也于歸見廟而還全乎爲婦禮敦鴻案情篤牛衣遽賦離鸞旋成寡鵠脫巾瞑目甘觸石於媧皇蒙袂捨身恨墳波於精衛中人以上猶有經爾之操賢智之流詎少悲然之志然節自難經卜鳳未及委禽詎失賢郎頓捐薄命如津沽之高烈女者烈女城北西沽高某女也受聘於某甲爲媳甲子病故女聞欲巾孝誓不嫁媒或議爲別婚女偵知潛投河屍爲三汊河口救生會撈起遠近傳聞吁蘭閨貞烈足維風化之源玉質馨香宜荷 天章之寵敬登報牘以待輶軒

制軍准批 ◯今春因海防戒嚴天津爲大沽後路最關緊要當經督憲札飭張戟門太守並府尊沈太守邑侯李大令會同仕紳鄧總戎啟元辦理團防局由水會內挑練四五千人並兼官練民局等情嗣因和議既成先後裁撤至今大半遣散將竣而地面幸有練卒練兵巡查頗爲安靜自應將團防裁撤以節糜費除張太守仍辦理客軍過路一切外稟請督憲批准撤局矣

宗師示諭 ◯欽命提督順天府等處學院 示本部院按臨所至事無大小必躬必親一切吏役人等一概不得與聞如有不法在外招搖撞名撞騙府生童等萬不可爲其所愚無論自稱何人即行扭稟來轅以便交提訊官嚴行究辦特示◯又諭本部院於十七日放告所有一切呈詞仰巡捕官在轅代收彙齊呈堂其無關學校者毋得送進過期亦不准濫收特示

關示商賽 ◯欽命頭品頂戴監督天津新鈔兩關北洋行營翼長辦理直隸通商事務兼管海防兵備道盛 爲出示曉諭事光緒二十一年八月初九日蒙 欽差北洋大臣王札准 總理衙門咨開八月初四日准 大德國繙譯福蘭格函稱前本國欽差紳大臣函會柏林開辦賽奇會一事爰准照復內稱已咨行總稅務司知各口商民如有願意赴會者所有入會物件出口時准免納稅此中有快會之處

係此大本國開設賽奇會其入會物件僅係本國物件他國物件不能入會不過他國商民屆時到彼處遊歷抑或置買貨物而已現奉諭飭令轉飭更正等因遵即咨行查照即希分札各口關道傳諭各口商民如有願意赴會者勿庸携帶中國物件倘携帶物件出口時不准免稅本道遵即出示曉諭遵周知等因蒙此查前奉札飭業經出示曉諭在案茲奉前因除咨行外合行出示曉諭為此示仰商民人等一體知悉如有願意赴會者自應遵照此次示曉辦理毋違特示

案待英勘　○關道批示　據閣起黎稟批稟已悉候函致英領事飭查英工局等如果實佔爾家地畝即行如數讓還並候札飭天津案將爾塋地及伊醫士原置未讓土地段四至弓口勘查明確繪圖貼說送道核辦此批

府禁滋事　○升用道特授直隸天津府正堂隨帶加一級紀錄三次沈　為申明　功令以肅考校事照得掄才鉅典攸關士品修身懷刑是重例載生童臨場糾黨生事者分別徒遣攏考者生員斥革童生永不許應試例禁綦嚴有犯必懲下津郡七屬近在畿南帶海襟河人稱首善文風士習各有所長茲蒙　學憲案臨歲試合屬生童寓居津城各宜靜心養性以便應試而圖上進恐有不安本分生童以及送考人等結黨閒遊酗酒滋事除密訪嚴拿外合行出示諭禁爲此示仰闔屬生童並送考人等知悉自示之後倘有不安分守法任意妄爲生事者即拘案究懲本府言出法隨決不寬貸各宜自愛毋貽後悔凜遵特示

令衛緝奸　○郭榮者清苑縣人騎馬前往某處因行至獻縣屬馬家舖地方忽被步賊四人攔住燃放洋槍嚇郭見勢兇惡恐傷性命只得下騎該賊等即將馬匹銜套等物一併搶去郭急赴縣報案當由捕役嚴行踹緝尚未知能緝獲否

訪捉賭圈　○蟋蟀之戲仿自前朝其虫之譜訂有成書有金翅花狗等名每頭價值低昂隨其優劣或百金十金數金至數文不等設圈爲賭大賭也一賭之注無定數圈主藉以抽頭昨北門西有張二齊一等設立寒虫圈賭被守望總局派差弁將圈賭抓獲並抓去設圈之人同房東共五名帶局訊問不知如何發落俟訊再報

詳述阜案　○阜城文生耿耀廷在塔兒頭村被賊攔車搶劫一案業已兩述其事今據來言詳細合再錄登按耿係阜城縣人在該縣城內南大街開設錢舖生理於七月中旬乘車往武邑縣白塔鎮赶集回行至阜武兩縣交界仍屬阜城之塔兒頭村被賊數人攔車搶去銀錢等物而逸耿即同武邑向在田內做工人述知立即邀集數人持械追捕該賊見追燃洋槍將追捕之趙姓轟傷該兇賊行兇不勝憤極奮力向前將賊刴死餘賊仍携贓逃脫遂由耿據情稟明阜城縣大令會同武邑令勘驗死賊委係受傷身死並檢得洋槍一桿刀一把惟不知該賊姓名無從追訊餘賊蹤跡其該賊屍即由地方就近掩埋仍飭捕踹緝贓賊惟迄今多日尚未聞緝獲也

縷記日人在臺灣事　○刻下日本兵之在臺灣者大半疾病顛連日本陸軍衛生部員派出軍醫官雇醫生藥劑生雇藥劑師看護長看護手調劑人磨工共一千七百五十九人之多猶且奔走不遑所夕不能休息其在遼東之日本兵病者亦多至三千名○某日香港傳電至日本云目下臺南府及安平縣防禦益堅劉大將軍所募雄師計駐紮臺南府者一萬餘人土兵之在嘉義縣者八百名又訓練兵五百名○日本第二師團兵一千五百名於東歷本月十七號午前五點鐘時從東京就道十六號之夜又有兵士一隊從仙臺縣拔隊至東京旋於十七號午後二點鐘時出發皆派往臺灣也當動身時有巡查一百名偕之而去○距臺北府城一里許有道士吳得福者秉性忠貞前恐　中朝將臺灣割贈日本即奮袂而起糾約同志二十餘人歃血爲盟謀先刺殺日本諸將之在臺者然後奪回所失之地近更與同志密謀數次復糾得義兵八百餘名遂登臺誓師曰諸君中有能獲日本總督樺山資紀首者賞千金臺北縣知事田中氏首者賞八百金臺兵部長荻原氏及各局長首者皆重賞并將剪去髮辮改作洋人渾入督署以期分頭行刺詎料機事不密被忝顏媚敵之保良局董所悉將情潛告樺山上月三十號吳偕同志七八人自大稻埕入城會飲於某樓相機行事適保良局所遣間諜亦在樓中急告知憲兵部令部曹長以下十餘人扮作車夫分投而往見吳等飲興已闌或歌或踊一聲口號躡梯而上拘至署中每日施以毒刑吳等直認不諱惟稱盟書已付之灰燼無可檢尋矣次日吳在押所以頭觸柱腦裂而死噫具此丹心又有同志奈何事機漏洩以致敗於垂成彼背義媚仇之輩其肉尚足食乎○日兵自占據彰化後即被劉大將軍所敗有寓日之西人接得電報謂日兵此次

又死萬餘以故各日報皆諱莫如深毫無軍信傳播惟舖䰜揚厲曰近衞師團併召集重兵將從陸路進臺南副總督高島之助率水兵航海前進以收兩面夾攻之效其實雖有此心不能行此事政府知其然遂宣限至來年二三月將全臺鎮定然說者謂祇見日人增兵添餉士卒終有去無還恐下場未免過於潦草矣

啓者本堂代寫壽屏對聯及繕做紅白稟稿往來書札鈔錄書籍等件如蒙賜顧請至海大道工程分局後趙宅面議可也

粵忍堂謹啓

會　白　淸列傳　殺子報　富翁醒世傳　遇仙緣　三才子　時下笑談　張天師收妖　繪圖粉粧樓　遊江南　故事圖說　李傅相馬關被刺紀實　並帶小照每本價洋四角五　盛世危言　野叟曝言　各國時事類編　中日戰守始末記　公車上書記　海上見聞錄　續板梅　眞正後聊齋　三續聊齋　三續今古奇觀　正續泰西昇平　後鹿公案　彭公案　鴛鴦夢　古今眼前　釋命奇傳　寒中落綉鞋　後西遊記　昼寶傳百寶箱　繪圖小八義　意外緣　英雲夢　情天寶鑑　女僊外史　如欲購者請到文美齋寄售

告白

今有新到頭等德宫司老牌煤油如有合意者請來面訂可也

紫竹林太古洋行代理美孚煤油公司謹啓

告白

本館京城售報處在宣武門外徽家坑路東海昌會館內陳午淸先生代辦如蒙賜顧者請至陳處可也

本館賬房啓

直報分處由上洋寄津　字林滬報　字林晚報　代送申報　本埠直報　諸君如賜閱何樣報紙賜函命人分送不悞寄售書籍列後　中日戰守始末記附送劉大將軍小照四角　公車上書　劉大帥百戰百勝圖　中國電報總編　古微書　搭豆棚說閒話　劉大帥竊瑩法西法操練　殺子報　詳註算法大成　繪圖夜雨秋燈錄　戚繼光征東實紀坿各國旗號進四大本　淸列傳　花間楹聯　新編巾幗英雄　繪圖小八義　各國時事類篇　臺戰實紀　海上青樓樂景圖說　尺牘　尺牘全函　馬如飛附只戲園　主顧購取者午後直至申後做至靜候　寓天津北門內府署西三聖菴內直報分處內紫氣堂梁子亨謹啓

浙杭 元吉永號

本號自置紗羅綢緞新樣洋縐花素洋布川廣夏貨鄕搭雅扇南貨頭油俱全　祇爲近時鎮市蕭落不同故而各貨減價開設估衣街中間路北凡　仕商賜顧者價格特此佈達

德陞齋靴鞋舖

本齋專做滿漢靴靴新樣京式名鞋及鑲花坤鞋一應俱全價廉物美　賜顧者請認明本店招牌庶不致悞本舖開設在天津府北門外鍋店街集義棧對過便是

八月十七日輪船進口　順和　由上海　怡和行
八月十八日輪船出口　怡生　往上海　怡和行

八月十一日電報行市
天津九七五六兩
鎊價三十七兩二十三五
行元一千九百五十
英洋錢九六兩
先令三十七四六二三
銀元一千九百八十文

直報

光緒二十一年八月十九日　第二百十八號
西歷一千八百九十五年十月初七日　禮拜一

上諭恭錄

上諭前據御史□福臻奏請將各省待質公所一律裁除當經諭令刑部議奏茲據該部遵議覆奏各直省待質公所前經該部議准係專備臬司提審案件矜恤干連人証起見立法本極周備何以奉行不善日久弊生竟有□扣凌虐情事着責成各省臬司實力稽察如有該御史所□各項積弊務將委員差役從嚴懲辦至各州縣影射待質公所名目私立班館實屬大干例禁着各直省督撫府尹通飭所屬一體嚴禁以杜弊端欽此　上諭刑部奏司員呈請投効甘肅軍營據情代奏一摺刑部學習主事張恒湘着毋庸發往欽此　旨甘肅道陳萬言湖南□□炳離山東知府郭巏江西同知林介弼安徽同知樊炳灝安徽直隸州知州左承伯湖北知州汪□度廣西知州石家鑑奉天知州陳衍庶浙江知州周承炯安徽通判宋和浙江通判閻希傳廣東通判文海江蘇知縣顧紹棠姚守彝甘肅知縣潘遠曜浙江知縣李鍾祜伍振鴻江西知縣汪守炎湖南知縣呂佩璐直隸知縣雷天衢甯緗江蘇知縣呂承瀚安徽知縣趙元熙高贊善胡汝霖山東知縣鈕家樞山西知縣張穀河南知縣兆禧山西知縣趙太瀛江西知縣王萬育湖北知縣吳明陶翊中會傳漳四川知縣容益光廣西知縣陳品全兩淮鹽大使劉晉庚山東鹽大使盛輅頤廣東鹽大使朱賡亮俱照例發往養親事畢官浙江臨安縣知縣楊宗濂着不必坐補原缺卓異直隸甯津縣知縣趙欽舜着准其卓異加一級仍註册回任候升升補廣東陽江直隸廳同知田明曜着准其升補奏留吏部額外主事蔣廷黻着准其留部　部員外郎員缺着文鑑補授盛京工部主事員缺着福祥補授欽此

治河會田議　續前稿

其自青屬之廣福樓至靜屬之小集自靜治北閣外至津屬之白塘口擬開新河兩岸之隄內其間居民未開河前已多積澇既開河後且有隄寖靜西諸村西有子牙東有南運北有新正南有擬開之新減南北六七十里東二三十里間烟戶幾何令於昏墊之餘兼修四面之隄官雖酌督其如民實無力何由此以推青屬之北津屬之南奚以異是値此庫款支絀之際官爲開減河修新隄嗣後累年歲疏歲修恐難爲繼且人情多畏任勞獨諉之官官將奉行故事獨責之民民將偷取苟安先事莫不畏難既事枉深追悔是兩失矣計凡有隄之處似宜由官督民與民偕修無論村落去河遠近錢夫皆按地畝由官紳酌核覈派情方公允雖然河開矣隄修矣其南邊擬於靜治北閣外所開之河當盛漲時可以隨時宣洩以減河之南更無他水橫衝也其子牙擬於青屬福樓所開之河當伏秋水大至時而南運黑龍之水勢定不減子牙子牙雖開減河又惡能橫衝黑龍南運之盛漲一直東下是雖開減河不足爲恃仍須由正河北下至瓦頭橋上依然壅滯塡合以下依然南北漫溢靜西依然澤國黑龍洩南來雨集之水全擬開新減之南岸即便衝入河內亦無所歸洩其上游港之左右有不漫決者吾不信也然則如之何其可夫河之爲水也來之有源去宜有路中間所經之處或宜分或宜播或宜蓄或宜宣大抵用之則爲利

棄之則爲害南方惜水如金用也北方忌水如仇棄也南方之田得水則熟北方之田被水則荒夫非猶是南東其畝乎何以南得水而熟北被水而荒耶雖曰天灾毋亦人事之不修乎若謂南北天時地利迥不相侔考諸節氣之遲速則所差不過數刻或一刻先後驗諸大氣之寒暖則所差不過旬餘或不及一旬至其地勢北方地多平衍低凹與宜用水以行水也既急且易歷有明徵特以天下大局南之爲治也歷年多北之爲治也歷年少故西北之地沃而不勤種植雖裕於財恒患於飢東南之地瘠而善治田疇雖苦於貧尚足衣食古已云然不見夫天下之人謀食者人滿則北徙者多人滿而南徙者古今不少槪見　此稿未完

示懸督學　○學憲徐大宗師於十七日午後下馬已登前報玆定于十八日考童古十九日考生古二十日靜海青縣南皮鹽雲四州縣文童正場二十二日滄州鹽山兩州縣文童正場二十四日天津府屬文童正場武童與文武生員考期尚未牌示○又示　諭應考生童知悉爾等出場後宜靜候出案毋得囘籍倘招覆不到定行扣除毋謂言之不預也特示○十八日考試闔屬文童古題附列於後

賦題棘刺之端爲母猴以題爲韻　詩題賦得了鯨鱗甲動秋風得秋字五言八韻

諭貼太尊　○在任補用道特授直隸天津府正堂加三級隨帶加一級紀錄三次沈　爲諭禁事照得考試文藝原期拔取眞才上備　國家棟樑之選豈容倩人頂替妄冀僥倖成名爲郡文風素優固多學成應試有志上進之士第恐有鑽營棚舖手圖得賄會包攬代考總致無識子弟受其愚弄不惜重資雇令頂名入場迨事敗露不但鎗冒雇倩照例議辦保廩亦應革究現值　學憲按臨歲試本府實有提調不忍不教而誅除嚴拏外合行出示諭禁爲此示仰闔屬生童及廩保人等知悉嗣後務各父戒其子兄勉其弟正學術以取功名非貧人力藉詞章以規利仍待旁求是故論秀書升必責循名覈實倘有作奸漁利雇替代鎗以及受賄徇情出結混保一經查出或被告發定即按例分別從嚴懲辦決不寬貸各宜凛遵毋違特示

罷市借歸　○兩湖等營撤防後勇丁困於津門者指不勝屈幸督憲王制軍思慮周詳於八月十一日札飭各鄉中局段清查游勇給票囘南以靖地方屢登前報玆聞各段各簿游勇已數百人並聞由天津招商局送至上海由上海道送至兩湖俟新裕輪船掛口即行開往矣

鴛鴦同隱　○本埠西營門內王某者夫婦年逾大衍只有一女如掌上珠有附近某媼子爲招贅女年已及笄王某饔飱不給擬招婿進門先供蔬水再爲諏吉合婚上月初旬其婿進門果如半子奈日月艱苦共居一房不知何時女與婿去如黃鶴婿之母與王某索兒女之父與婿母索女互相吵鬧而鴛鴦同隱不管煢煢二老矣

豐占蓟甸　○自光緒十五六年後順直屢被水灾惟本年秋汛較往年大減聞西河北河大清河南運河水勢近更大落被水之區明年或可望翻犁乎

盜肆吳橋　○吳橋縣周瑤村周王氏之夫周時臣被賊槍轟刀砍身死搶去銀錢衣服等物約值二百餘金一案昨已紀報玆聞文武官會驗後立即飭捕蹤緝拏獲一賊陳十一供出糾合三四人起意搶劫並在屠庄與張氏家起獲贓物一包當傳失主認係原贓等情此係七月初二日事也玆據該縣來人云如此重案除獲一賊外迄已多日尚無續獲以致該賊膽熾又有某村民人某姓家亦有賊多人在房上燃槍幸某姓人極衆多早自預備隄防極周是以該賊未敢下手而某姓不敢聲明恐與賊結仇也

搶去青蚨　○昨日中秋佳節市間燈燭幾至通宵行人如蟻詎仍有胆大搶物之賊焉某甲者於三鼓時歸家由河西赴河東左手攜零星物件右手攜有現錢二千餘上繫錢帖六千以手巾包裹行至河東橋口忽後來一人將某踹倒搶錢包飛逸該處爲十字路口不知向何竄去甲面已被碎傷似此大街通衢屢出搶物之事甚非地方福耳

刼來紅粉　○津埠混混多以妓女爲生涯其事遂無所不至昨侯家後某妓館有寶翠者名校書也鴇母珍如錢樹子不料混混等視爲魚肉糾十餘人各持器械闖入妓館將寶翠推挽舁　洋車飛奔而逸鴇母畏而逃走惟寶翠之生母罵不絕口被混混等將衣服扯破肅露體膚情急赴該管局段喊冤不知如何核辦也俟訪再錄

一律履坦○津郡北門外鼓樓西太平街雙廟街口兩處蒙工程局派開工創修已紀前報茲兩處工程業已完竣來往行人無虞阻窒矣

二吏行兇 ○本埠持刀行兇之事屢見然多在市井鮮出法曹茲聞有某署書吏甲乙兩人不知因何事故中竟用刀將乙剁傷數處惟耳邊一傷尤恐致命昨已赴縣鳴冤未知如何訊斷也俟訪再錄

鸞鳳爭鳴 ○人慾易流順境難處於逆境富貴極則淫慾生父兄之教不先子弟之率不謹遂以無窮之富貴結無限之寃仇造無邊之罪孽此富之所以必加以教也津埠多以鹺賈富創業之初艱難與否其人類多英才有猷有爲有守至其子弟席豐履厚富而不教則近於禽獸情也某商首富其子某於風月場中忘廉喪恥顛倒龍陽開設鳳華堂曾紀報以博奇聞以爲後戒茲又詢悉某以數年浪費爲數已鉅且債負皆係重利昨聞各債主逼索不但本不能償抑且息無所措遂許多貲於某洋行囑其承保向某銀行借女十萬金事已就緒後保人探得某之父因其予揮霍太甚具稟縣署備案如有持字控索者即爲廢紙事因中阻某某不勝憤恨先是某於數年前雇有姣童某丙者名爲主僕情若夫妻倒之顛之意若魚水某丙寵愛逾恒出多貲爲其僕某丙議婚得遠鄉貧女於隱僻處購屋數椽屋中陳設華麗以彩輿鼓樂娶入門與丙拜天地畢至晚某則降臨延入洞房設酒筵丙令新婦出拜即告新婦曰此津埠巨富某公子我主人也聞自古以來無論何事須先主後奴方爲忠心不二今夕合當公子先宿洞房繼又暗與新婦言此富豪公子不易結歡爾如敬意伺應一生衣食吃着不盡矣又經某公子以金玉珍玩細物贈新婦婦以鄉下貧女實屬見所未見曾有遂被誘於二人甘言密語心無主任其所爲丙又向某曰今夕何夕望公子勿忘奴才敬主心也某曰爾勿多言從此富貴共之由是某戀溫柔少與夕婦之父似若有聞某復煩孔方爲說遂寢嗣後凡某不至之夕丙乃叙夫婦情該婦周旋兩夫間頗能各盡其意以是得兩夫歡惟於開設鳳華堂後某則喜新厭舊公子於丙門竟絕跡丙雖仍伺公子左右而其妻實大有觖望往往誚丙丙眼見寵被人奪財被人劫如明刀片肉暗箭刺心於是由嫌生怨因恨成仇且朝夕讐某於鳳窠中尤爲眼中釘火心中若焚於今憤怒已不可遏而某公子方以十萬金未成不免若有所失無暇計及於此漫不爲意豈知小人切齒較他人尤甚將見某公子蕩去無數黃白買出不測禍災可畏也可惜也爰述之以爲失教者戒

蜂蝶暗引 ○津屬某鎭地富民稠惟閭於兩河頻遭水患以致有轉入窶貧者其君子則凍餒百忍聽之於天固窮者誠屬不少其小人喪廉忘恥圖謀衣食斯爲濫矣然猶憊於飢寒甘心自賤尚可說也惟聞該處有一種狗男女徒異常奸狡悍惡乘此荒年設計罔利於幽僻處賃屋數椽陳設精潔男則展轉引誘富家輕薄子弟女則委曲招攬貧家青年婦女及一入局則該男女從中梭織如蝶使蜂媒以爲風花月老要索纏頭貪歡者雖或失身終須顧臉莫敢聲言狗男女更藉此挾制飽其慾壑似此設阱陷害爲惡滔天第踪跡詭秘不易查拿或賄差庇護甚非地方福也該處富戶善士甲於此境盍詳議保甲章程以肅淸之

潞倉兌驗 ○訪事人云江安糧道馬植軒觀察督催江安河運十幫北上於七月二十日乘官舫抵通州次日謁見倉廳憲○江蘇河運襄辦江小梅大令督催江蘇河運八幫北上於七月二十五日抵通州次日謁見倉廳憲○七月二十四日倉憲提驗江安頭幫河運漕糧二十五日提驗江安第二幫河運漕糧二十六日提驗江安第三幫河運漕糧及江安第四幫河運漕糧前半幫二十七日提驗江安第四幫漕糧後半幫及江安第五幫河運漕糧二十八日因雨停驗二十九日提驗江安第六幫第七幫河運漕糧三十日提驗江安第八幫河運漕糧○漢坐糧廳葛振卿部郎留辦四月茲已期滿奉 旨簡放吏部郎中李蕣亭正郎紹芬係湖北安陸縣人乙亥舉人丙子進士原擇於七月二十四日至通州接印倉憲以時方河運到壩未便遽易生手飭令暫緩赴任大約履新之期在中秋節前後矣○滿坐糧廳英竹農觀察官前因患病請假回京醫療刻已漸次就痊惟未出城驗米

魚炸震傷 ○甬江建新廠跟有某甲某乙者閩產也素以操舟爲業日前放棹外洋收錨時有物觸錬上浮似銅非銅重約數磅持歸寄諸某舖夥細察之下識是魚雷其內尚留火藥却而勿受甲乙手携回寓即以鐵錘敲之詎知發動內機火藥即爆轟然一響細彈飛舞甲乙官遭重傷仆地其鄰旁立作壁上觀者六七人亦同時受傷爛額焦頭奄奄一息近處有巨木一支被焚作黑炭色旋由各家

爾閒信急將受傷人异送西醫院求治據西醫言傷輕者尚可保全性命若傷重而火毒內攻者恐非藥石所可奏功矣噫豈非无妄之災

告白

福州和益木商在津開設十年前雇夥友林松卿經理歷年尚未十分誤事詎自十九年夏間荒淌嫖游號事廢弛從中侵蝕弊混不勝枚舉致虧號本甚鉅去秋經撤押追迄未完結林松卿早已出號所有和益號事均係號東自行料理與林松卿毫無干涉特此布告 官商如蒙 賜顧務須認明和益本號庶不致誤

和益木商鄭湘鏞白

會白 繡像列傳 殺子報 富翁醒世傳 遇仙緣 三才子 時下笑談 張天師收妖 繪圖粉粧樓 遊江南 故事圖說 李傅相馬關被刺紀實首帶小照每本價洋四角五 盛世危言 野叟曝言 各國時事類編 中日戰守始末記 公車上書記 海上見聞錄 鏡花緣 真正後聊齋 三續聊齋 三續今古奇觀 正續承歷昇平 後施公案 彭公案 鴛鴦夢 古今眼目報 合璧傳 雲中落繡鞋 後西遊記 蜃樓傳百寶箱 繪圖小八義 意外緣 燕雲夢 情天寶鑑 女僊外史 如欲購者請到文美齋寄售

告白

今有新到頭等德富司老牌煤油如有合意者請來面訂可也 禁竹林太古洋行代理美孚煤油公司謹啓

拍賣告白

敬啓者本月二十一日下午三點鐘在海大道內地會對過會公館內拍賣家俱衣物等件 貴客官商如欲買者請早來細看面拍可也 集盛行謹啓

石印新撰金鞭記小說

是書共四百九十三回逐回蟬聯奇情疊出及仙佛僧道妖狐鬼怪且有三三四等唱段閱坐靜聽者無不鼓掌稱奇每部洋九角〇又有增補市鎮鄉村直省輿地全圖計三十一圖五大洲增以詳說簡明萬國公法共三本洋一元二角託津門文美齋書局發售

啓者本堂代寫壽屏對聯及繕做紅白稟稿往來書札鈔錄書籍等件如蒙 賜顧請至海大道工程分局後趙宅面議可也

學忍堂謹啓

浙杭元吉永號

本莊自置紗羅綢緞新樣洋辮花素洋布川廣夏貨團摺雅扇南貨頭油俱全祇爲近時錢市漲落不同故而各貨減價開設估衣街中間路北凡仕商賜顧者無誤特此佈達

德陞齋靴鞋鋪

本齋專做滿漢朝靴新樣京式名鞋及鑲花坤鞋一應俱全價廉物美 賜顧者請認明本店招牌庶不致悞本舖開設在天津府北門外鍋店街集義棧對過便是

八月十九日輪船進口 新豐 輪船由上海 招商局
八月二十日輪船出口 順和 輪船往上海 怡和行

八月十九日銀洋行情
天津九七六錢
銀盤二千七百二十三文
洋元一千九百五十文
紫竹林九六錢
銀盤二千七百六十三
洋元一千九百八十文

光緒二十一年八月二十日　第二百十九號
西曆一千八百九十五年十月初八日　禮拜二

上諭恭錄

上諭本日鴻臚寺卿劉恩溥陳奏事件片內繕寫人名多有錯誤着交部察議欽此　上諭山西巡撫張煦由部員簡放知府擢任封圻宜力有年克勤厥職玆聞溘逝軫惜殊深加恩着照巡撫例賜卹任內一切處分悉予開復應得卹典該衙門查例具奏欽此

治河營田議　續前稿

其故以承平久則生齒繁戰伐多則烟戶少南方以人稠故地狹北方以人稀故地曠是以無阡陌可開北有土田可闢也古之言水利者無不治水以治田非若今之專守隄防也周秦而後漢晉唐京師列郡各立官以掌水政穿渠溉田建斗門瀉暴漲要皆建利於東南者多宋尤留心水利諸路亦官以掌水政外又以普天之下無一處鄉守令郡無一事非守令之責因並飭守令皆得以時浚導儲蓄其時何承矩引滹沱於霸州以灌屯田閻承翰自嘉山東引唐河至定州釀渠以通漕又引保州趙彬堰徐河水入雞距以息撫州役而朔方之言水利者始此元立都水監外設各處河渠司導渾河疏灤水而武清平灤無墊溺之虞浚冶河障滹沱而真定免決嚙之患如郭守敬虞集輩其最著者也勝國之初詔各處閘填陂池引河水以灌田畝利農民者務整理疏濬以備蓄泄又諭各因其地勢以治之毋妄興工役以勞民而其治水最著者若夏言吉之經畫東南劉大夏之相度西北皆躬親其事悉心治之固非一朝一夕功亦非旅進旅退備員全身者之所能奏效也夫欲興利必先除害欲除害即不外興利以人除害不如以利除害之為便以人治水不如以水治水之為愈也我　朝水利之興視勝國為更詳往往開前代所未有蓄洪荒之閟大利原無盡藏自邃古以迄今日其屯蓄之待闢者何堪意計況勻勻之原隰乎惜無人焉以治之耳雍正間秋大水順直一帶積潦遍野原隰莫辨　上　然軫念發米數百萬石以賑之猶以為水利不興水害不去特命怡賢親王親歷相度王以為北直之水以兩泊兩淀為要務治河而不治泊淀泊淀病即河病一河病即諸河皆病於是諸河與兩泊兩淀以次並治而未已也自古無不為患之河要在相其地勢轉害以為利而已水利與營田學固相為表裏者也水害不去則田非吾田水害去而水利不興害猶旋踵耳夫溝渠洫澮畝距川無往非以行水即無往非所以分水一川之水散為百溝一溝之水散為千畝水高於地溝而導之水平於地壅而激之水卑於地車而升之如是則水或患其不足又何患其有餘哉

此稿未完

太后恩賞　○皇太后於中秋佳節賞　內廷各供奉值班內侍每名賞給銀錁二兩以示體恤此款皆由內西安門外北長街奏元錢店發給該店支應　內務府一切用款設遇緩不濟急挪用數萬金咄嗟立辦皆由該錢店通融應付較諸東四牌樓四恒尤為殷實可為京師錢舖之巨擘矣

朝審名單　○朝審情勾官犯一起一名　福建司　一起斬犯　一名何瀧簡詐假官　部審新事官犯四起四名　直隸司　一

津

[illegible]

恐誤春麥[illegible]○本年[illegible]月初[illegible]河水復漲雖大田多稼恐難詠將受厥明也

[illegible]因在鹽[illegible]撥運[illegible]徐[illegible]一併[illegible]下矣

白牘究存　○凡係槍刦案件即由該管文武勘驗通詳富憑上憲會核盜賊若干持何器械曾否拒傷失物多寡槍由何所是城[illegible]是大道是僻路有無墩舖防兵分別輕重據稟批示文則或撤任留緝或摘去頂戴或申飭或記過武則撤任摘頂記過記責勒限交武一體嚴緝至四個月賊無獲即[illegible]防例參一年不獲為初參至四參部議或停升罰俸而精明幹練以公事為重顧全參罰考成者定必奮志嚴緝[illegible]併獲以為開參部議須至二年[illegible]二年內或不知得何[illegible]美任所以[illegible]較然而盜案猶有緝獲者雖不能[illegible]如數[illegible]可使失主稍釋憤心惟每聞由何渠之中道途之間有無名死屍[illegible]地保報請該管[illegible]驗明委係受傷身死[illegible]格因無親屬[illegible]飭地方掩埋將屍格備案照例通詳雖亦[illegible]上憲批飭[illegible]竟[illegible]聞緝[illegible]本省失主不[illegible]恐其[illegible]盡力勒限比捕嚴拿至於無名死屍未能知其姓名[illegible]跡雖係受傷身死實[illegible]親屬誰緝正兇所以多作懸案[illegible]該管如[illegible]不尋此無頭疑難況事屬常見前任[illegible]一[illegible]備案作為結案後任亦孰肯為先生枝節是以被傷身死若無親屬者真[illegible]死況海[illegible]明[illegible]無伸雪時也殊不知該兇逍遙法外則惡膽更大況其中或圖財或因姦或仇隙以殺人之罪重律嚴亟宜緝[illegible]重刑典豈可輕縱[illegible]致殺人者竟不抵償不但死者懷冤地下且國法安在即本郡自前年以來已有數起俱未破獲今年閏五月二十五日本埠河東十字街南坑死一無名男子又武備學堂外樹上自縊一人亦係無名男子[illegible]月[illegible]日河東小樹林河沿受火鎗砂子身死無名男子又八月初九日河東朱家墳東大道「無名男子被[illegible]係吐血身死均[illegible]分別[illegible]報[illegible]其

[illegible]人命之[illegible]

○自七月間運河一帶各糧客船裝載[illegible]不絕昨本[illegible]西河集有糧食船一[illegible]在本船艙內[illegible]前日赴[illegible]取銀不知如何核算短銀[illegible]已聞將該糧船扣留[illegible]解送官[illegible]有[illegible]情[illegible]再錄

○中國南漕運北[illegible]項太多每年[illegible][illegible]改爲折色歲可省銀六百萬兩觀此則[illegible]者[illegible]中[illegible]自[illegible]與[illegible]恐將廢然失[illegible]以蠹國病民莫此爲[illegible]

○[illegible]各省[illegible]業[illegible]其[illegible]科[illegible]不仁之器存不畏死之心此其[illegible]者也何[illegible]精貫詳確身家清白[illegible]將材非此數[illegible]相符例不准入行伍[illegible]以[illegible]於招募之兵勇也招募者以其時急不可[illegible]民[illegible]正業[illegible]誰肯[illegible]以[illegible]中文武[illegible]制兩途而武備[illegible]事[illegible]皇上爲[illegible]國[illegible]何如自重乎津[illegible]站[illegible]之[illegible]本爲防游[illegible]民而設而勇等不明其義於勇丁則廢之其[illegible]於士民也此情也亦理也爲士民者一遇若[illegible]三[illegible]其[illegible]不[illegible]抵也[illegible]惟考[illegible]往往待大義[illegible]誤矣昨西門外[illegible]州[illegible]考試童[illegible]因[illegible]口[illegible]被[illegible]丁抓去高陞店[illegible]打無算聞已[illegible]縣[illegible]待應試士[illegible]最重最多尚未識如何結案吁試期在即必有忍乃可濟凡事皆然況臨試乎

[illegible]

星使莅東　○東京來信云永田丁中國使館閉置已一年矣茲者星軺[illegible]莅丹[illegible]既告竣工即於東歷九月[illegible]國書○星使未到以前華人之在日本犯事者俱歸日本政府管[illegible]日本政府電達各報館云本日午前[illegible]清公使率隨員晉日廷參謁[illegible]皇后[illegible]二十六號日政府電達各報館云本日[illegible]任[illegible]人[illegible]華人訟事仍須[illegible]犯事日捕可[illegible]拘拿華人聞之未免怏怏不樂[illegible]而星使與外務省議定在日華人無論大小事件[illegible]治外法權全[illegible]之說[illegible]行定議仍須[illegible]以待其平[illegible]有[illegible]自愛[illegible]徒犯烟賭等事日官須照會駐日華領事[illegible]協[illegible]任日捕[illegible]入華人[illegible]以防[illegible]即宜禁[illegible]之事[illegible]令亦[illegible]領事[illegible]相干外務省允之謂三年後准外人雜居內地[illegible]國人始由日官管[illegible]星[illegible]於此事頗[illegible]外務省爭論謂我華[illegible]有駐[illegible]使臣領事而華人仍由[illegible]則使臣[illegible]此何[illegible]國內[illegible]民[illegible]事[illegible]則以後不再通商可也[illegible]所[illegible]共[illegible]五條此其一耳未知確否○東京府知事[illegible]中國星使抵[illegible]如初兩國臣民宜互相[illegible]補現在清公使來京勿論對公使及對隨員僕從[illegible]皆不得有不敬之舉動如以戰事之[illegible]引兒童在途上嘲弄[illegible]市民宜各注意爲父兄者督飭子弟勿違

電音揭要　○西字捷報載西歷九月三十號東京來電云日將亞司恒在台北府城患病已於西歷九月二十八號逝世○東京來電[illegible]又云日來有小山一黨人密謀行刺日相伊藤而機事不密致被京中包探於西歷九月二十六號[illegible]出細情刻下已獲黨人[illegible]小山一黨本不願與中國講和至和議成後中國故[illegible]之遼東又因各國[illegible]揚[illegible]日本[illegible]不能得[illegible]人深[illegible]欲[illegible]利[illegible]主[illegible]義故也

俄軍備戰　○[illegible]長崎友人手翰云日本[illegible]中國東三省[illegible]至[illegible]俄[illegible]東歷十月十四號須將各兵一律調回如逾限期即須開戰日人聞知此事頗有戒心溯俄人仗義執言不准日人占踞遼東各地曾與德法[illegible]國訂立盟詞[illegible]日本[illegible]遼東一事[illegible]日本[illegible]國[illegible]爲之聲援是三國又[illegible]已有東洋艦隊[illegible]會[illegible]二十[illegible]長崎[illegible]艦自[illegible]開[illegible]日和[illegible]林托問自越[illegible]向待他艦[illegible]之[illegible]見[illegible]用[illegible]日[illegible]一[illegible]

[illegible]○[illegible]地方約距[illegible]城四十英里[illegible]

黃埔係匪創設三合會之總滙其會分枝散至兩廣全省且黃埔雖係小鎮實爲海賊巢穴海賊在數百里中搶掠從不傷害黃埔一帶居民此次肇事必係三合會結連海南一帶海賊所起昨日又接續信所述較詳并恐匪黨約有四千人皆用精利軍器熟習戰務○又云約六禮拜前本報所記汕頭相近匪徒肇事一節刻知尚未綏靖且此股匪徒已經散至福建之西邊界

鐵路先聲　○江西大憲現議築造鐵路兩道一由九江直達湖北一由省垣直達贛南前已委員履勘地勢大約臘盡春來之候當可興工開辦從此轉運一切速於置郵富國強兵公私兩便有心人所爲切不日成功之望也

白濟列傳　殺子報　富翁醒世傳　遇仙緣　三才子　時下笑談　張天師收妖　繪圖粉粧樓　遊江南　故事圖說　李傅相馬關被刺紀實並帶小照每本價洋四角五　盛世危言　野叟曝言　各國時事類編　中日戰守始末記　公車上書記　海上見聞錄　銀瓶梅　真正後聊齋　三續聊齋　三續今古奇觀　正續東漢昇平　後施公案　彭公案　鴛鴦夢　古今販書　轉命奇傳　雲中落繡鞋　後西遊記　蜃樓傳　百寶箱　繪圖小八義　意外緣　快雲夢　情天寶鑑　女僊外史　如欲購者請到文美齋寄售

告白

今有新到頭等德富司老牌煤油如有合意者請來面訂可也　恭竹林太古洋行代理華孚煤油公司謹啓

拍賣告白

敬啓者本月二十一日下午三點鐘在海大道內地會對過曾公館內拍賣家俱衣物等件貴客官商如欲買者請早來細看面拍可也　集盛行謹啓

悅來洋貨號

開設天津紫竹林大街自運各國鐘表洋貨新到玳瑁邊框鏡子五彩大小粉盒洋人玩物外國細磁玲瓏玩物衣襪洋畫洋辣清醬羊皮靴掖荷包電鍍金銀首飾花盤菓盤異樣料器玻璃磚磨花描銀彩畫三連鏡子茶机等物　格外減價消售發客

啓者本堂代寫壽屏對聯及繕做紅白稟稿往來書札鈔錄書籍等件如蒙　賜顧請至海大道工程分局後趙宅面議可也　學忍堂謹啓

浙杭元吉永號

本莊自置紗羅綢緞新樣洋綁花素洋布川廣夏貨顧繡雅扇南貨頭油俱全今爲近時錢市漲落不同故而各貨減價開設估衣街中間路北凡　仕商賜顧者無誤特此佈聞

德陞齋鞋鋪

本舖專做滿漢朝靴新樣京式名鞋及鑲花坤鞋一應俱全價廉物美　賜顧者請認明本店招牌庶不致悞本舖開設在天津府北門外鍋店街集義棧對過便是

八月二十日輪船進口　武昌　輪船由上海　太古行

八月二十一日輪船出口　新豐　輪船往上海　招商局

八月二十日銀洋行情
天津九七大錢
銀盤二千七百二十三文
洋元一千九百五十文
紫竹林九大錢
銀盤二千七百六十三文
洋元一千九百八十文

直報

光緒二十一年八月二十一日　第二百二十號
西曆一千八百九十五年十月初九日　禮拜三

治河營田議　續前稿

然而較之治水則尤難也民愚習惰則慮始難官司膜視則觀成難序議旁撓則任事難匪今斯今振古如玆矣唐宋元明以來歷舉歷廢綜其大致則獲利者多貽害者少而撓其事者則舉宋蘇長公之言謂水爲天災非人力所能爲因相率爲藉詞偷安之計不知長公治河之疏有爲而言非不治河而聽水之自流也如概以爲天災非人能爲力則堯之憂舜之舉禹之治已悉爲多事豈古人不解爲天災後世獨具卓識乎以是知長公之言夫固別有所指也不見長公之治杭乎濬茅山鹽橋二河以分受江潮與西湖瀦水杭民遂大受其益至今猶嘖嘖傳聞而說者又以唐姜師度好興作所至開渠未免紛紜致誚者未便然其不便之處終不如其便處爲多或猶以南北古今之異宜爲首鼠何不觀往年怡親王之營直北近年周統帥之營海濱乎怡邸之營直北也巡視水利之時卽爲占度營田之地後湖湖泊疏泉爲田大殷淀淀也開河爲田天津寶坻疏種之區也引潮爲田任頭窩津胡蠙之藪也圍泊爲田可考也周帥所營海濱之田雖未獲身歷其區目覩其事而傳聞藉藉謂其能易斥鹵爲膏腴易水害爲水利而高種田低種稻陌植桑處其間者居然似桃源人家古風猶在眞矣哉推其法以施之津南靜西靑北誰曰不宜至文窪之宜營田昔怡邸曾一指畫謂直屬曰直隸之田可營者多獨不能以欲速耳嘗指中亭河圖以示衆曰如某某者皆可營也又謂陳蘭雪曰汝縣堤內可田但當俟水涸方可籌畫建閘引水自高而下層分遞灌量水力所及兩止亦不須挖洩水河也以此數語問諸今之文民其父老向能道之但民情貪目前水涸則思耕種卽明知其苗而不秀水卽大來輪以營田則萬萬不肯及水至則又復東馳西突搶地呼天北建一閘南挑　引治之無效又請另改新河而不知文窪形如釜底實天設一泊淀之區乃不因地勢順水性以行所無事而妄思穿鑿以期速效猶人患弱症不治其本徒治其標治愈急亡愈速耳然則病宜奚治曰試審病之何以來卽知病宜何以去矣今順保天河一帶之災首在泊淀不清下游不暢大則河淤不刻不取河內之土築隄卽以疏河而水所必爭之地又不能卽水以治水用水以治田徒疾疾於築隄開減而築隄開減又復奉行故事藉飾囊橐縱議者盈庭誰職其咎吾未見水災之可以一議而去也

吏部文章　○吏部爲示傳事所有在部投供候選各員屆交卸令今自九月初一日爲始所有應行赴部投供呈遞互結供狀戶月初一日均改于午刻一律親身赴部投遞毋得違悞特示

薊門烟景　○京師烟館久干例禁誠以俾晝作夜最易藏奸也至花煙館則都中尙不多覯乃近聞前門外王廣福斜街有花煙館之設噴雲吐霧中暗藏春色日引狂蜂浪蝶嘯聚其間雖不至釀巉高張而輕薄少年已多一桃源捷徑履霜堅冰宜防其漸是亦風俗之憂也

道其所道　○尼菴不守清規行同娼妓體在皆然司空見慣無怪也若夫身爲道士奉黄老而淨寂滅徵住持　勅建寺宇其宜恪守五千言也宜無如乎玆有異者京師　皇城內西華門側　正大光明殿廟中住持道人某於今春購置二妙飾以金珠納諸廟暗引紈袴少年闊綽子弟於花晨月夕作風流道場賣笑生涯隱行於香火因緣之地而鶯鶯燕燕占柳蝶去尋花黄庭白鶴尚膩粉殘香道士復得以拜受佳貺固不僅爲居奇計而居奇之徑則又奇之又奇者不知物議屬尤難長享於八月十二日經人舉發由步軍統領衙門派弁赶緊查拿即日將該道士及二女並尋花問柳人一併送官嚴訊究辦按　正大光明殿爲　天家　勅建典禮攸關該道人竟敢背道妄爲一至於此實今古所創聞而法紀所不宥者矣

修所應修　○前門外琉璃廠東門向設官廳一座以備西河沿汛千把外委雲騎尉弁值班之所今因年久失修椽木彫朽瓦片脫落官經西河汛守戎具文詳報步軍統領衙門派委勘驗現已督飭官商木廠於八月十三日開工興修矣

欽查教案　○東友來函云頃聞總署王大臣連日與英法美三國駐京公使會議各省教案事宜惟四川成都一案最爲棘手緣三公使援奉本國照會以此次成都教堂被刼情形過於殘慘地方官又不竭力保護故欲派兵前往嚴拿凶徒及各處首惡之愚民方洩衆忿不願以獲犯抵命賠償欵項了結倘自激變情事亦與中國無涉未悉當軸者何以和解也　上月二十九日美國駐京譯官哲士君業已出都馳往成都襄辦教案事宜○延星使茂前奉　諭旨馳往黑龍江查辦事件已見邸抄傳聞所查之件亦係華人被害教民要案或又謂中俄交界處近有兩國人民因爭佔地址啓釁互鬥愈聚愈衆勢頗洶洶且俄廷迭次添調大兵馳赴邊陲已至黑龍江外故朝廷特派欽差前往稽查虛實是否由地方官辦理不善所致務令水落石出從趨爲明晰旨星使爲當軸所保舉是以擔此重任云

道獎會文　○欽命二品頂戴直隸分巡天津河間等處地方兵備道李　爲榜示事照得本道考試會文書院肄業舉人業卷現經評定甲乙等次並獎賞銀數合行榜示須至榜者　計開　正取舉人八名　華學淇　任嘉莪　楊藻　岳鍾秀　蔡如梁　王叔瞻　嚴克家　陸繼閣　第一名獎銀六兩　二名至四名各獎銀五兩　五名六名各獎銀四兩　七名八名各獎銀三兩五錢　副取舉人十一名　鄭文彩　劉恩源　姜秉善　王卿輔　朱懋昌　李春棣　姜擇善　王樾　胡濬　劉嘉瑞　劉學濂　錢燦文　第一名獎銀三兩　二名至五名各獎銀二兩五錢　餘各獎銀二兩　次取三十五名　竇際榮　王仁沛　李春澤　高凌雯　高壽楨　王銘恩　温其玉　高凌霨　董錫光　陳桂　胡祖堯　姚日焜　黄耀庚　沈燿全　高桂馨　常文雋　劉福田　張昌晉　龐奎垣　王守恂　周汝坊　劉嘉琦　李錦源　徐維域　杜聯陛　金文彥　董世徵　王蘊章　陳恩榮　劉長谷　周另南　王錫瑕　楊掌文　凌雲　李斗山　第一名獎銀一兩五錢　二名至十名各獎銀一兩　餘各獎銀五錢

恩外施恩　○督憲札飭各局段清查游勇給票回南歷紀前報日前輪船進口已將所查游勇數百名搭附輪船南下矣

廣之又廣　○昔者敝社自施送黄金丹以來每年不下數千料津中諸善士施送此丹者近來頗多足見此丹神效之速前聞京中時疫日熾傷人太多醫士遇之每多束手甚至諸藥無靈非是彼藥無靈也蓋近日時疾多犯三陰故諸藥不效耳惟此黄金丹既不偏寒又不偏熱其性之温暖最與時勢相宜服此丹者三陰得固所以服之無不立見回生也敝社故將此丹數百料託友寄京分投施送彼都人士服此丹而回生者已不勝其數矣惟想京中人烟稠密離都遙遠往返寄施諸多不便爲此今將靈丹之方登諸直報祈都中仁人君子官紳大賈共發慈惻之心救此急疫之苦或多配此靈丹分處寄施或廣傳此驗方俾衆皆知庶使靈丹到處而皆春矣其救人之福報豈淺鮮哉驗方附後　真川連二兩四錢　真川貝六錢去心　荆芥穗三錢　乾姜二兩四錢　廣陳皮三錢去白　藿香二錢　酒芩二兩一錢　丁香三錢　麥芽二錢　炒砂仁三錢去殼　車前子六錢　殭蠶淨空殼除皮　右藥共爲細末鮮荷葉荷梗共用搗汁爲丸如無鮮荷葉用乾荷葉煮汁亦可每料二百丸凡　諸位善士助敝社善欵者容俟彙齊再爲登報以昭信實

天津廣濟補遺社謹啓

題目六道　○學憲二十日考試靜海青縣南皮鹽山文童止場已登前報茲將止場文詩題目列後　靜海題　一句　青縣題

一隻 南皮題 一筆 雲霓題 一豆 通場大題 且以文王 詩題 賦得筆非秋而垂露得垂字五言六韻

鎗手一名 ○學臣歲科兩試學憲即牌示嚴拿鎗冒定例也茲二十日爲靜海青縣南皮慶雲正場之期聯南慶三縣各童恪守儒規惟青縣拿獲鎗冒一名當即飭交提調處治矣

府課會文 ○府憲課會文書院肄業舉人文詩題目 文題 來日工則財用足柔遠人則四方歸之 詩題 賦得桂花秋皎潔得心字五言八韻

義方教子 ○東南城根某姓者以古玩舖致富生子某甲不務正既餐煙霞復好賭博兼似春風放胆夜雨瞞人自以爲面似蓮花或可續香引香博羣花之附會奈其素好者係土娼衣食俱仰皮肉豈能分潤檀郎而甲以鄙吝狡詐性成致各土娼見而生厭中近日又攀識妓某因中秋節討賑之斯該妓向甲索值甲仍以飾詞支吾匿不一面不料狹路相逢被該妓揪住見無法力解脫始則口角繼則用武詎中勢不能敵壁上觀者見甲年二十許妓約逾四旬其知者以爲此係妓女情人不知者幾疑爲母訓其子也轉相傳述無不葫蘆掩口以爲養子不教轉誚該妓爲師傅也

萑苻待靖 ○自本年六月間路刧之案迭見茲聞靜屬陳官屯南北通衢也有某甲行路至此突來一人攔住去路某甲竭力央求搶去棉馬褂一件現錢一千餘文情之兩逸噫時仍秋令路已如此戒備倘交冬令草竊恐更難防矣

花柳沾恩 ○本埠混混以妓女爲生涯猝砸詐索無日無之雖云以毒攻毒究屬無理太甚難爲恕也昨混混陳二赴某娼窰索錢勢若洶洶經該管局段勇丁瞥見拿獲送交守營總局懲辦枷號示衆滿日責放云

東洋簡兵 ○前聞日本西報言頃聞日官所議增添水師戰船條欵業已定奪草稿呈交內閣商議欵內大畧係裝造戰艦添購水師營與教習水師學員限於五六年內妥辦緣日本戰船多有年久朽壞不適於用者是以日官欲添造新船俾成海軍勁旅也至於陸軍條欵現未議定尚須再遲數禮拜方可妥議呈進內閣云

南臺捷報 ○八月初五日香港西字報載云昨日即初四日有某輪船由臺南來據云彼處海口有華人首級七顆高懸示衆探悉內有五人係爲日人令在臺南各水口安置毒藥以圖轟斃劉軍其二亦日奸也均爲劉大將軍查獲在其身畔搜出東洋信數封由臺南全圖軍門赫然震怒立置之法該輪將開出口時聞見劉軍生擒日兵十九名黑旗兵押送劉大將軍麾下鍼落蓋即日兵進剿臺南時劉軍設計擒獲者也至臨陣死亡者尤不計其數云

臺戰近述 ○香港報稱客自自臺載挈懷寶以歸者爲言臺灣戰事娓娓可聽據言前月二十五六七連日開仗至本月初五日少停至初六日又連日夜交兵日本部下各軍畏黑旗兵如神而黑旗兵亦如生龍活虎不可揣測一日有日兵三人同行二人在前一人在後正談笑間忽回視身後一人已仆臥地上有身而無首卒故近來日兵談及黑旗即勃然變色不待交鋒也臺兵知日兵深畏黑旂令各軍旗號一切用黑惟以雜色鑲邊以示區別現在日兵心虛一聞砲聲即棄營逃走前月有新兵至臺日官知新兵心怯難與共事每逢出隊即用舊兵爲前隊但其後隊先奔牽動前隊故每一開仗無不敗北所以但見其師之出而不見其入縱未至靡有孑遺然生入臺北城者蓋寡矣又聞得日兵在臺北終日掘地埋藏炸藥其意似欲待黑旗一至即燃發炸藥轟毀其城孰知前日不戒於火反至自焚幸距營房較遠祗傷斃十人損壞軍械無多若遲一日則傷殘不可言狀日人常對華人自誇天助但華人現在臺北者皆爲賈中人不與較量聞其大官亦惟付之一哂日官欲舉陳平故金以誘黑旗軍士黑旗軍士羣以不貪爲寶均期同仇偕作殲盡日人爲國家守土俾四海九洲千秋萬世知華人有如是忠義有如是胆畧然後知不戰而潰者罪不容誅也日官知誘黑旗不動又欲收結人心無奈民怨彌甚農夫野老婦人孺子莫不切齒一旦有日兵三五十人遇土民十餘人土民即奮力搏擊日兵作速逃走尚可倖免否則前途塞斷大隊人至又將不遑一個蓋客兵義民體地理伏深得以主待客以逸待勞之法兵民一心上下合力即生番亦恪遵軍令聽候指揮登高瞭望見日兵整隊將出便分頭截擊或居客兵義民之先或處客兵義民之後來如蜂窩去若鳥疾日兵疑其從天而降實則生番生長其地幼小時以

淤塗足故踐荊棘而不傷又居深山素不火食習見猛獸故不分晝夜隨意所之日兵一夜數驚寢不貼席復加以黑旗之威客兵義民之[illegible]故日本屢戰屢敗若不退兵徒糜爛其百姓而已況又瘟疫盛行□兵不死於敵卽死於病哭聲振野不仁甚矣客去妄泚筆記之

告白 [illegible]州和益木商在津開設十年曾雇夥友林松卿經理歷年尚未十分誤事詎自十九年夏間荒蕩嫖游號事廢弛從中侵蝕弊混不勝枚舉致虧號本甚鉅去秋控縣押追迄未完結林松卿早已出號所有和益號事均係號東自行料理與林松卿毫無干涉特此布告 官商如蒙 賜顧務須認明和益本號庶不致誤

和益木商鄭湘蘭白

新印各種小說 今古奇觀 三國 清列傳 殺子報 富翁醒世傳 遇仙緣 三才子 時下笑談 張天師收妖 繪圖粉粧樓 遊江南 故事圖說 李傳[illegible]馬關被刺紀實並帶小照每本價洋四角五 盛世危言 野叟曝言 各國時事類編 中日戰守始末記 公車上書記 海上見聞錄 銀瓶梅 真正後聊齋 三續聊齋 三續今古奇觀 正續聚寶昇平 後施公案 彭公案 鴛鴦夢 古今賦首 [illegible]金鑾傳 雲中落繡鞋 後西遊記 梁武帝傳百寶箱 繪圖小八義 意外緣 蝶雲夢 情天寶鑑 女僊外史 如欲購者請到文美齋寄售

告白

今有新到頭等德富司老牌煤油如有合意者請來面訂可也 紫竹林太古洋行代理華手煤油公司謹啓

告白

本館京城售報處在宣武門外徽家坑路東海昌會館內陳午清先生代辦如蒙 顧者請至陳處可也 本館賬房啓

石印新撰金鞭記小說

是書共四百九十三回逐回蟬聯奇情疊出及仙佛僧道妖狐鬼怪且有三三四等唱段團坐靜聽者無不鼓掌稱奇每部洋九角〇又有增補市鎮鄉村直省輿地全圖計三十一圖五大洲暨以詳說簡明萬國公法共三本洋一元二角託津門文美齋書局發售

啓者本堂代寫壽屏對聯及繕做紅白稟稿往來書札鈔錄書籍等件如蒙 賜顧請至海大道工程分局後趙宅面議可也

學忍堂謹啓

浙杭 元吉永號

本莊自置紗羅綢緞浙機洋縐花素洋布川廣夏貨閩搖雅扇南貨頭油俱全祇爲近時錢市漲落不同故而各貨減價開設估衣街中間路北凡 仕商賜顧者[illegible]請一[illegible]是幸

德陞齋靴鞋鋪

本齋專做滿漢朝靴新樣京式名鞋及鑲花坤鞋一應俱全價廉物美 賜顧者請認明本店招牌庶不致悞本鋪開設在天津府北門外鍋店街東[illegible]遇便是

八月二十一日輪船進口

豐順 輪船由上海 招商局

重慶 輪船由上海 太古行

八月二十二日輪船出口

武昌 輪船往上海 太古行

八月十一日銀洋行情

天津九七六銀

[illegible] 二千七百二十八文

洋元 一千九百六十[illegible]

紫竹林九七六銀

[illegible] 二千七百六十八

[illegible] 一[illegible]九百九十[illegible]

直報

光緒二十一年八月二十二日　禮拜四　第二百二十一號
西歷一千八百九十五年十月初十日

上諭恭錄

硃筆印啓補授通政使司副使欽此　上諭胡聘之着調補山西巡撫魏光燾着調補陝西巡撫雲南巡撫着黃槐森補授欽此

觀濤廣陵之曲江辨 有叙

古杭以秋八月中觀濤於浙士人多携酒豪飲開胸放眼以抒其懷其貢院楹聯書云出門一笑正西湖月上東浙潮來蓋以杭省秋闈向以十五夜放場正浙俗觀濤時也少年廿五六歲時與同人亦嘗偕友二三帶奚童載壺榼並騎花虬立山頂高瞻遠矚見銀濤層層湧起如霜林落後疊見爭出之山突兀崢嶸今猶在目然所謂騎白馬風鬟霧鬢之濤神則尚未一髣髴也第見茫茫爛水而已矣昨與舊友談及或曰此曲江也或曰此廣陵也或曰非廣陵之曲江也因舉枚乘之文以為證共質於余余曰唯唯有間是不可以不辨

竊嘗恭讀　高宗廣陵疆域辨云廣陵國屬吳自是詠潮數典者概舉廣陵於其封域則姑舍而未詳酈道元水經註於漸江引海水逆流江水上潮似神而非為江流兩山間潮波高大之據亦不定言廣陵所屬自元時錢惟善試羅剎江賦始云惟羅剎之巨江實發源於太末人皆知此語始自惟善而不知惟善實祖元稹為聞西州羅剎岸濤頭衝突近何如之句於是以浙江為曲江而浙江潮廣陵潮遂溷而為一矣攷漢書廣陵國高帝六年屬荊州十一年更屬吳所治廣陵江都高郵安平四縣而錢塘在當時為餘杭隸會稽郡雖顏師古注有景帝四年屬江都之文劉敞駁其非是敞長於考訂其說必有可信則會稽之不屬廣陵明甚然以今之濤形論之揚子之潮雖亦應朝夕潮候若目為似神者究於浙江潮為近然其理又實有不可強為比附者即以枚乘觀濤所云弭節伍子之山通厲胥母之場而言不特越絕書所云且食於組山晝遊於胥母其文祗姑胥之間相屬即胥山之目於史記及吳越春秋者注一以為在吳縣西四十里一以為在太湖邊皆不出今蘇州境於揚於杭又皆風馬牛不相及也揚子固不遠踰吳淞以通潮汐其區雖連亘數郡而去海遠甚浙江之濤又安能指數百里外之湖濱而弭且厲哉　此稿未完

丁歌中舞　○皇太后駐蹕頤和園八月十四五六等日命傳四喜承慶玉成等班演劇茲聞該優伶赴昆明湖值差演劇每日由內務府賞銀六百八十兩　內廷值差演劇者每日賞銀四百四十兩

辰命申刑　○八月十九日刑部直隸司奉旨由中獄提出斬決盜犯即禿六頭丁八即東丁八楊黑仔楊達仔尹小洪楊老等六名又福建司由獄提出斬決盜犯小路即路寶山全子即全壽戴山兒即小戴崔大即崔治等四名赴從牢廳點名綁赴囚車官厥營兵二百名沿途彈壓解至菜市口市曹經監斬官刑部陳部郎樹勳蕭部郎育東在監斬棚點名畢解創子手姜某將該犯等行刑斬落首級十

顆裝入木籠懸杆示衆以儆盜風

京兆履新 ○奉天府尹憲松大京兆林日前來京 陛見今於八月十八日赴 內廷請 訓旋即由賢良寺裝束起程赴奉天接篆任事云

都城瑣記 ○北京地安門外迤西官廳中兵役辟某前月尋訪盜踪行至某賭局門首見有一人年約而立衣服鮮麗狀若富家子弟入局效劉盤龍故事揮霍金銀幾如糞土霎時間輸去百數十兩絕不吝惜辟某細察情形知非善類僞爲相識上前作揖與之出局偕行至官廳側號召兵役圍而捕之押至檔房加上桎梏旋從襪內搜出白刃一柄豈知盜忽抽右襪一刃將辟猛戳深入腰肋辟即倒地而亡盜知不免於罪即回刃自劃其腹腸胃流出立時斃命當經兵役稟報廳員轉詳北署會同刑部發北城坊相驗又從盜際內搜出二萬兩銀票數紙傳訊盜妻供稱誘拐而來並不知其底裏內即一併解交刑部訊辦二屍由官棺殮停厝廳右院內候定案後掩埋○京都各西人每年跑馬賽演定在彰儀門外蓮花池地方今年仍在該處各西人及馬夫已每日早晚到廠操演且借蓮花池畔民房暫作寓公之所想屆時又有一番勝概也○京中文報房自驛馬數匹爲馳報緊急文書所用當雇馬夫晨夕放牧以資秋高膘壯奔逸絕倫作驊騮騄駬之用七月二十六日馬夫牽馬至西家灣曠地吃草以爲此處係該馬久游之地不妨舍而之他遂至他去任意嬉玩及日晚尋訪騰驤之跡已渺少五花虬之數四處追緝始於南門橋畔見死馬兩頭旁側小溝內有被剝之馬一頭遠處有刀傷之馬兩頭氣息依然而嘶鳴已倦馬夫大驚回稟報房轉稟報局到場驗看果屬實情當因馬夫不愼飭笞六百板一面派捕緝拿傷馬之人限日務獲想亦易於破案也

招覆古案 ○督學部院 示今將招覆考古生員姓名籍貫開列於後仰該學備造册卷於二十一日送院覆試特示 計開
正取考古生員六名 鄭金銘靜海縣附生 王新銘天津縣附生 俞恩科天津縣附生 王德純天津縣文生 周鐵如慶雲縣文生
王紹午府學廩生 正取考算學生員一名 劉夢鸞天津府學增生 次取考史論生員一名 李廷森天津縣附生 又示今將招覆考古童生姓名籍貫開列於後仰該學備造册卷於二十一日送院覆試特示 計開 正取考古文童六名 董忻如青縣文童 高範中天津縣文童 劉錫彤天津縣文童 朱□梧靜海縣文童 紀恩林滄州文童 蒞恩錫滄州文童 次取考經解文童一名 邢開林天津縣文童 正取考算學文童四名 王用熊天津縣文童 王之劍天津縣文童 王寶田天津縣文童 郭□齡天津縣文童

批示呈詞 ○督學部院 示天津縣監生翟成烈稟批據稟懇恩請旌等情仰即赴學呈明造具事實册結由學牒縣加請轉詳再候核辦原稟發還 又示天津縣武生毛鳳彩稟批據稟更名等情仰即赴學呈明遵照向章辦理可也原□存 又示慶雲縣文生石峻峰稟批已將原稟批發天津縣辦理矣

津道課字 ○天津道憲課試會文書院各孝廉大卷字課二十三本前獎賞銀數列後 計開 上取六名 李春岸 凌雲 陸繼周 姜擇番 王叔培 常文儁 第一名獎銀三兩 餘各獎銀二兩 中取六名 華學淇 劉學灝 姜秉善 錢昌言 高凌雯 陳恩榮 第一名獎銀一兩 餘各獎銀八錢 次取十一名 張燦文 高凌爵 王仁沛 俞文彥 高桂馨 鄭文彩 胡祖堯 蔡如梁 李錦源 杜聯陞 王卿輔 第一名獎銀六錢 餘各獎銀五錢

淀堤勘工 ○前道憲李觀察已卸道篆榮遷在即已登前報聞日前復躬親履勘格淀堤有無應否修補之處再爲籌欵與辦勘哉

局設雉盧 ○每屆考試之期本埠士棍等在貢院左右開設賭局無數居然以紅紙懸粘某某堂堂哉皇哉寶局盛哉且物首鼎力皆係廣大神通今日犯案明日又開此處抄拏彼處復立昨非因命案鬧大竟不能秋毫有犯有地方之責者惟作壁上觀而不一過問何也

圈賭蟋蟀 ○設蟋蟀圈賭之張二等拿獲懲辦已紀前報茲守望總局復恐無知之徒效尤抽頭聚賭爲地方害特粘局諭示衆

臚列於左　蟋蟀鬬賭　大爲民害　如敢故違　嚴懲不貸

搶刼賭客　○津郡各州縣應考生童紛紛來津多係結伴偕行尙未致有失事但藉藉傳言水路兩途殊多不靖有秦有訓習以販賣洋布爲生由津購貨用船裝載行至靜海縣屬大淸河連三泊水面被賊十數人各持洋槍器械飛躍上船將布疋等物搶去相率登岸而逸秦目瞪口呆良久良久乃言資本飛去何以爲生亟欲覓死經行人解勸伊乃赴縣報案但未悉能拿獲否也

走失棉衣　○現在爲各營兵勇操辦棉衣專付殷實各布店以專責成而期捷便該布店等再雇攬頭以資趕做成乃付布店繳官昨晚有某甲將作成棉衣雇洋車十餘輛每車裝載二十餘件不等路過東浮橋不料行人擁擠以致洋車寄走當與甲查點洋車覓少一輛某甲遍覓無踪意欲尋死不知作何了結也容訪再錄

夜半尋仇　○本郡持刀尋仇最爲惡習然或輕或重第以命傷作論今竟有用刀殺死者殊爲兇惡極矣茲河北東益莊居民王二用刀將張王氏殺死當經該管地方邢國傑循例報案以殺時係在三更時分其中不知係何情由訪明再報

溝中斃命　○今早馬家口下行宮西前兩營門溝內有男屍一具身穿月色褲褂頭向西北面仆水背臀出水無濕痕雙足上曲襪履未沾濡噫是處溝深尺餘自數尺可踰亦可涉屍死於此奇哉

南台月捷　○粵駐廈門某事人又函告本館云昨接淡水日醫華友來信云日本副總統及日親王皆因全軍覆滅束手無策勉將殘兵收拾退駐新莊該處約離臺北十五里又將城內稍愈之病勇亦如數徵調添駐新莊止住佈置問又接官蘭縣警報云突有西皮福祿兩姓聚集多人乘黑夜由紅木林北門入城駐守日兵猝不及防被殺四百十八名又殺降日紳士三名遂分守城內外各要隘日人雖各痛恨然亦無如之何蓋西皮之名即黃姓大族福祿之名即林維源本家在臺大姓向來首屈一指往往自相械鬬邑侯且不敢過問如有大案捕犯非求族長捆送不可其所住之鄉與內山生番交界動輒將出路塞斷人即不能越雷池一步故此次兩姓台力同心與日爲難日人多一勁敵尤形棘手矣至二十五日劉大將軍麾下新授斗鹿門都司簡大肚預購民間破鍋無數中貯火藥分埋路旁又挖深坑十餘處遂督率兵士前赴新莊日營挑戰日兵憤極整隊出營利鎗快砲向前直搏簡都司力不能支佯爲敗走紛往埋伏一路亂竄日兵積恨已久見有機可乘揮衆急追追相離已遠忽足下火藥轟發惟見火光亂射之中日兵血肉橫飛屍橫遍地得免者趨往兩旁奔去俱墮入坑中約一千三百餘名無一生還者日督以屢敗不振已電請日皇添兵以圖報復聞日廷會議擬撥本國兵艦十餘號並再抽民兵數萬將以全力合攻臺灣云

長崎電聞　○西七號捷報載西歷九月二十九號長崎來電云中國使日欽差裕星使已於二日前呈遞國書日皇禮待有加故星使甚爲歡忭○又云日本諜人報於副總督高島云臺灣府及安平兩處仍有劉軍二十三四營約計五百人又有劉部下某將領現帶兵一小隊向北進發是以日營將領頗爲驚擾相據鄉民言此隊帶兵北行者實係劉之門本身又云目下臺灣府有英人五名打狗有英人七名德人二名及教士數名此數處甚爲安靜秋毫無犯○又云日本副總督高島自西歷八月十七號以來由臺北府一直南行

民教宜安　○文滙西報云傳聞舟山居民因爲產業交涉頗有與天主教士不協之事刻下寗波官憲已經派員前往查詢矣

回匪近耗　○新疆提督董軍門福祥與回匪大戰於蘭州城東南有馬兵三隊步兵七隊約四千二百五十人投入回營幸軍門率張周各軍奮力進剿得破數堡是役也官兵死傷二三千人戮回匪首級千九百顆現在廿省官兵約六萬而回匪多至八十萬西寗城甚爲岌岌說見益聞錄

廣之又廣　○啓者敝社自施送普金丹以來每年不下數千料津中諸善士施送此丹者近來頗多足見此丹神效之速前聞京中時疫日熾傷人太多醫士遇之每多束手甚至諸藥無靈非是彼藥無靈也蓋近日時症多犯害三陰故諸藥不效耳惟此黃金丹既不偏寒又不偏熱其性之溫暖最與時勢相宜服此丹者三陰得固所以服之無不立見回生也敝社故將此丹數百料託友寄京分投施送彼都人士服此丹而回生者已不勝其數矣惟想京中人烟稠密雖已遍知況敝社離都遙遠往返寄施諸多不便爲此今將靈丹之方登

諸直報祈都中仁人君子官紳大賈共發慈惻之心救此急疫之苦或多配此靈丹分處寄施或廣傳此驗方俾衆皆知庶使盡力到處皆春矣其救人之福報豈淺鮮哉驗方附後 眞川連二兩四錢 眞川貝六錢去心 荆芥穗三錢 乾姜二兩四錢 廣陳皮二錢去白 蓽撥二錢 酒芩二兩一錢 丁香三錢 麥芽二錢 炒砂仁三錢去壳 車前子六錢殼淨空壳除皮 右藥共爲細末鮮荷葉荷梗共用搗汁爲丸如無鮮荷葉用乾荷葉煮汁亦可每料二百九凡 諸位善士助敝社善欵者容俟彙清再爲登報以昭信實

天津廣濟補遺社謹啓

售 白清列傳 殺子報 富翁醒世傳 遇仙緣 三才子 時下笑談 張天師收妖 繪圖粉粧樓 遊江南 故事圖說 李傳相馬關被刺紀實並帶小照每本價洋四角五 盛世危言 野叟曝言 各國時事類編 中日戰守始末記 公車上書記 海上見聞錄 鐵瓶梅 眞正後聊齋 三續聊齋 三續今古奇觀 正續永慶昇平 後施公案 彭公案 寫畫夢 古今歌首 新合歷傳 雲中落繡鞋 後西遊記 蜃樓傳 百寶箱 繪圖小八義 意外緣 蕉雲夢 情天寶鑑 女僊外史 如欲購者請到文藝齋寄售

告白

今有新到頭等德富司老牌煤油如有合意者請來面訂可也

英竹林太古洋行代理美孚煤油公司謹啓

告白

本館京城售報處在宣武門外徵家坑路東海昌會館內陳午清先生代辦如蒙顧者請至陳處可也

本館賬房啓

石印新撰金鞭記小說

是書共四百九十三回逐回蟬聯奇情疊出及仙佛僧道妖狐鬼怪且有三三四等唱段團坐靜聽者無不鼓掌稱奇每部洋九角〇又有增補市鎮鄉村直省輿地全圖計三十一圖五大洲皆以群說簡明萬國公法共三本洋一元二角託津門文美齋書局發售

啓者本堂代寫壽屏對聯及繕做紅白稟稿往來書札鈔錄書籍等件如蒙 賜顧請至海大道工程分局後趙宅面議可也

學忍堂謹啓

浙杭

元吉永號

本莊自置紗羅綢緞新樣洋縐花素洋布川廣夏貨陛捐雅扇南貨頭油俱全祗爲近時錢市漲落不同故而各貨減價擺設估衣街中間路北凡 仕商賜顧者[illegible]此佈

德陞齋靴鞋鋪

本齋專做滿漢朝靴新樣京式名鞋及鑲花坤鞋一應俱全價廉物美 賜顧者請認明本店招牌庶不致悞本舖開設在天津府北門外鍋店街集義棧對過便是

八月二十二日輪船進口

豐順 輪船由上海 招商局

海晏 輪船由上海 招商局

八月二十三日輪船出口

重慶 輪船往上海 太古行

八月二十二日銀洋行情

天津九七六錢

銀盤二千七百二十八文

洋元一千九百六十文

紫竹林九六錢

銀盤二千七百六十八文

洋元一千九百九十文

直報

光緒二十一年八月二十三日 禮拜五
西歷一千八百九十五年十月十一日 第二百二十二號

上諭恭錄

上諭福州將軍慶裕由內閣中書充補軍機章京外任知府擢授奉天府府尹歷任藩臬巡撫河道漕運各總督盛京將軍熱河都統調補福州將軍宣力有年勤慎廉政聲卓著茲聞溘逝悼惜殊深著加恩照將軍例賜卹任內一切處分悉予開復應得卹典該衙門查例具奏靈柩回旗時沿途地方官妥為照料准其入城治喪伊次子吏部筆帖式綍厚著以六部員外郎補用次孫翰林院編修著俟及歲時由該旗帶領引見用示篤念藎臣至意欽此 上諭步軍統領衙門奏拿獲鄉境結夥持械刃傷事主搶劫盜犯請交部審辦一摺所有拿獲之陳赶滑即陳大漋馮二即小穩子趙台即趙四劉禹發即劉五等四名着交刑部嚴行審訊按律懲辦未獲之片錢即崔二格馮五即小雨子韓大即韓六指楊胎子張帮爾頭張傻子即王綏子馮三等犯仍飭緝務獲送部究辦該衙門知道欽此 上諭御史陳其璋奏吏部選補例章未盡劃一請酌加釐定及捐納到部續中進士人員保送京察扣算年限請分別辦理各摺片着吏部議奏欽此 上諭崇禮奏假期又滿病仍未痊籲懇開缺回旗調理一摺熱河都統崇禮着准其開缺回旗調理欽此

觀濤廣陵之曲江辨 續前稿

士人考據學宜精博思宜高健 高宗之意以為七發之作不過文人託興摛藻之為如子虛亡是騁其贍博非必若山經地志專供考覈者之脉絡分明也又唐李紳詩云揚州郭裏見潮生而蔡寬夫詩話亦以為潤州大江與揚子橋對岸瓜洲乃江中一洲疑曩時大江之潮揚洲固嘗見之又安可以文人恠異詭觀 詞本無確證而拘虛亨帚哉若定以廣陵古國屬之餘杭亦刻舟求劍膠柱鼓瑟之轍也夫廣陵之名始於周顯王之十五年楚并越置廣陵名秦屬九江漢屬荊楚既而屬吳景帝四年為江都國元狩六年為廣陵國是廣陵歷楚漢未易也而秦之會稽郡兼有吳楚之地漢時雖亦同屬荊楚然景帝四年以後江都易王非廣陵厲王胥皆都廣陵顯得彰都而不得吳則漢之廣陵國疆域不能至吳明甚亦不能至吳又豈能越二郡而兼有會稽之錢唐哉乘乃漢人以漢地證漢文其非錢唐之潮而為廣陵自有其濤審矣乘之言廣陵曲江誠為擇言不精耳按水經注浙江逕錢唐定已諸山水流兩山之間江川急濬兼之濤水晝夜再來二八月最高峨峨如山二丈有餘吳越春秋以為子胥文種之神也其與枚乘所言濤之情狀相似蓋本七發為注故於岷九條卜諸不及濤或酈道元泥於乘語未可知也子胥節伍子之山通鑑胥母之地皆在吳然吳錄所云胥山在太湖邊去江不百里是猶未至錢唐而闔閭之旦食紺山書遊胥母杲鷗陂石城長洲前則實近蘇之地而錢唐之潮亦不能至也再各篇內南山朱汜藉藉之口諸地名今亦未能確指其處總之文人之筆縱其所之無乎不可況楚太子吳客問答原與子虛亡是相匹不足深泥而廣陵之曲江五字終難強合也總謂江皆有潮潮之壯卽不如浙何妨鋪張揚厲以什文瀾枚乘七發內似此者甚多豈能一一求指其實耶

姑妄聽之　○去年恭逢　慈禧端佑康頤昭豫莊誠壽恭欽獻崇熙皇太后六旬萬壽普天率土齊聲嵩呼凡古王公暨各直省督撫提鎮將軍都統府尹等官均已報効恭辦恭獻點景戲臺經壇諸項表藉致忱適値中日失和　皇太后軫念時艱無心觀覽是以一概停徹曾經欽奉　懿旨在　內廷受賀所有各省來京　祝嘏人員業經降　旨分別獎勵均已列登諸報茲聞都中傳云本年仍欲補辦慶典之說惟値中日軍務將靖庫款支絀今此訛傳恐有未洽輿情乎

彼有血爾　○駐京之西國官商教士每逢夏令例赴京西各山僑居梵宇以作避暑之計今夏時疫流行去者益衆並有攜帶眷口及婦女孩童者以致京西各禪林熱鬧異常現在秋分節後天氣漸涼且時疫已減大半是以各西人陸續進城連日雇車載運雜物西直阜城兩門間絡繹往來輪蹄相接

銀台授篆　○新簡通政司副使印大銀臺啓定於八月二十六日午刻上任不仰閤署廳員筆帖式各省駐京提塘官暨書皂人等至期一體謁見

獄廟焚香　○前門內東城根箭廠大院地方族而居者爲陳氏族有孀楊氏者青年守節仰針黹以度族長陳德山有子連生性耽賭博日與暴客爲伍德山貪因佔房產不遂與楊氏挾嫌已久前以子連生作事不端囑他人執而毆之連生氣憤死德山恐禍將及己乃謂楊氏逼死己子赴步軍統領衙門控告後經判定曲直本可相安乃有訟棍孫林兒從中暗唆遂致德山又起死灰復燃之息楊氏聞之知勢不能敵背黏冤單哭拜於朝陽門外東獄廟速報司前其詞甚哀聞者無不酸鼻噫挑詞架訟欺弱凌孀均干法紀陽雖逃法網恐陰譴難逃速報矣

兩廠放粥　○京師粥廠之設頻年不徹以邦畿千里地廣人稠雖豐熟之歲難免偏災勤苦之餘不無失業所以費　天庾之正供勞大吏之經營蓋爲京師告窮民而救溝壑殘喘也今年雖畿甸有秋而鳩形鵠面者仍復不少今前門外粱家園南橫街圓通觀兩處粥廠定於八月二十一日起開放早粥覓饘粥者可以暫濟枵腹矣

九案獲奸　○潮自今歲夏秋之交京東通州所屬于家圍與鄰康營一帶回民聚衆盜賊橫行胆敢升屋入室並至攔路刦奪見有拒捕傷斃行人之案層見疊出前因通州牧刺史兆琛承緝九案之盜限滿未獲業奉順天府府尹憲以該員捕務廢弛撤任留緝今孫刺史署理斯篆嚴比捕快刻下獲盜犯十數名均已供認不諱諒不日詳解順天府按律懲辦矣

蘭閨急智　○崇文門外馬尾帽胡同某宅前夜有盜四五人踰屋至院預放洋槍一聲恐喝宅中人意圖象奪比時宅主未歸其子驚起執長挺於院中相拒挺爲盜奪遂反縛之並縛其老僕乃破扉入室方將從容摟括財物詎宅主婦頗有急智遽取銅盆盛兩之不絕聲向隣夢中驚醒以爲火災警報也羣躍而起開門相呼間盜見人衆逸去一物無失天明赴坊呈報准予緝拿蓋盜雖無獲而放槍縛主更爲強盜之尤者矣

花鳴痴魂　○勾欄佳麗所以餌客綢繆者錢耳至金盡牀頭未有不加以白眼者而痴人不悟證以海誓山盟責其翻雲覆雨不聽則以死繼之噫何其視性命如鴻毛甘殉此煙花下賤耶頃聞有昌平州人某乙向操淮南王術辛勤操作蓄有微資飽暖思淫時勤狹邪之興與前門外明開夜合地方妓寮某妓纏綿情深有嚙臂盟將偕白頭侶奈妓有藏花犬俗名叉桿把持不能自主致某乙竟頭浪蕩終不能比翼鶼鶼刻已囊橐羞澀僅有妙手猶不知卽早回頭仍復耦絲牢繫叉桿乘鴇兒聚議日前夜度資惡語傷人寒來六月某乙無以贖妓又無術彌縫遂有死之心無生之氣矣中秋後二日夜間暗藏鴉鹵赴妓寮乘間服之旋卽宛轉畢命經該地面總甲訪聞稟報中城司親往相驗將一干人証解城內送刑部審辦矣

行當一　觀　○去秋海氛告警少司馬王雲舫　欽帥奉　命偕同邑紳前藩憲張方伯提憲曹軍門鎮憲鄧總戎辦理團練招募華勇三十營王　欽帥總理其事嗣因議和撤防屢紀前報聞　欽帥業將經手事件交代清楚於二十一日束裝入　覲　天顏矣

喜報三遷　○頁授邸報直隸藩憲陳方伯寶箴陞授湖南巡撫所遺藩憲一缺以臬憲朱廉訪靖[illegible]署理所遺臬憲一缺以鹽運

臨手都轉拜模書畫三處頭場○學憲徐大宗師頭場考育靜南鹽四屬文童已紀前報本場於二十二日考試滄州鹽山灶籍正場文詩題目附列於左 滄州題 吾豈匏 鹽山題 爾于茅 灶籍題 于助苗 通場次題 為室之國 詩題 賦得樹頭初日掛銅鉦得鉦字五言六韻

一概面試 ○督學部院示諭應試童生知悉本部院遇有爾等可取之卷先提面試係為甄拔真才不厭求詳起見若有人向爾等借端撞騙可即訊明住址姓名時當堂面稟本部院當嚴拏懲辦毋許徇容切切特示

委員購馬 ○兩江督憲張香帥莅任以來勵精圖治整頓營伍講究操防一切情形早已歷登報牘茲又委鍾山鴻信云香帥以金陵省垣標防水陸各營漸臻強壯惟自步隊而無馬隊兵力終嫌單薄一遇軍故實難制勝於平原曠野之間爰擬添募馬隊四營聘請教習操練純熟分札蛾眉內外駐紮處所可備干城腹心之選又可作緝捕巡綽之資舉而數善兼無有過于此者現已委弁携資遠赴關外選購良馬二千匹以為分撥操防地步將來馬騎雲屯千軍雷掣石頭城下自然壁壘一新所望捧檄而行者遠追伯樂高蹤勿以駑駘濟騏驥也

觀察批詞 ○欽加一品銜直隸分巡天津河間兵備道李 示據邢家等庄鄉民邢尚貴等稟批三渠堤埝並非官工築經前道批示在案所請撥款本難准行惟據稱各該村連年被水力難修築亦係實在情形應否以工代賑及時築辦姑候稟請○又示天津縣孀婦柴于氏呈批柴力如果侵吞房價何敢反向該氏索錢投核情詞難保非別有轇轕且房產細故應不赴縣呈控遽行越訴尤屬逞刁姑仰天津縣查傳訊斷詳覆核奪呈抄存解抱並飭○又示據武生胡敬山等稟批仰天津縣驗訊究辦毋稍偏徇延宕詞抄存○又示據天津縣人高永和呈批該已明晰批示據縣魯謙等應交官項迄今未交房亦不賠實屬巧猾仰天津縣提案比催速將官項交清再將扒房論戶責令賠補具報毋任久延切切呈單抄存

柳營乞丐 ○昨各段所查練勇數百名搭附輪船南下均已登報詎仍有游勇十餘名每日在街求乞身無寸縷聲稱俱係徽省人昨午赴西門外第八段守望局央求回籍並大令名給大餅一觔棉衣一套囑令毋離西門左右飭勇覓店同住一處如再有掛口輪船赴吳回南云

花廠穿窬 ○津郡西營門外多花廠中秋後雲閒天淡雁唳星衢露冷風清菊盆秋徑販花勸酒正老圃利市時也不料晨鐘勸後殘星曉月下妙手空空大肆偷香之技犬吠人驚遽被主人所獲擬將辮髮由治飭赴琴堂將見栽花令又作判花使矣

兩死一傷 ○昨早有一河南婦人年約四旬在東新街被小車撞倒將腿軋傷是日未刻鐵橋下磁器車推翻將十餘歲小孩太陽軋破七孔流血奄奄氣絕推車之人網羅甲局勇看守是晚又有一人領十餘歲孩在鐵橋欄杆邊小孩失腳落水並未救起

十國九橫 ○本埠南門外數十年前為曠野之區馳馬縱盧足逞獵與今添居數十千戶口人烟稠密行人向且不便跑馬焉能隨意乎昨早有營勇騎馬一匹過南門外急馳將小兒撞倒適為兒父瞥見當已揪住某營理論矣

廣之又廣 ○啓者敝社自施送普金丹以來每年不下數千料津中諸善士施送此丹者近來頗多足見此丹神效之速前聞京中時疫日熾傷人太多醫士遇之每多束手甚至諸藥無靈也非是彼藥無靈也蓋近日時症多犯害三陰故諸藥不效耳惟此黃金丹既不偏寒又不偏熱其性之溫暖最與時勢相宜服此丹者三陰得固所以服之無不立見回生也敝社故將此丹數百料託友寄京分投施送彼都人士服此丹而回生者已不勝其數矣惟想京中人烟稠密離已遇知況敝社離都遙遠往返寄施諸多不便為此今將靈丹之方登諸直報祈都中仁人君子官紳大賈共發慈悲之心救此急疫之苦或多配此靈丹分處寄施或廣傳此驗方俾衆皆知庶使靈丹到處而皆春矣其救人之福豈淺鮮哉驗方附後 真川連二兩四錢 真川貝六錢去心 荊芥穗三錢 乾姜二兩四錢 廣陳皮二錢去白 華撥二錢 酒芩二兩一錢 丁香三錢 麥芽二錢 炒砂仁三錢去殼 車前子六錢 撥淨空殼除皮 右藥共為細末用荷葉

荷梗共用搗汁爲丸如無鮮荷葉用乾荷葉煮汁亦可每料二百九凡　諸位善士助做社善欵者容俟彙清再爲登報以昭信實

天津廣濟補遺社謹啓

告白　福州和益木商在津開設十年前屆夥友林松卿經理歷年會未十分誤事詎自十九年夏間兆隱嬉游號事廢弛從中侵蝕欵混不勝枚舉致虧號本甚鉅去秋控縣押追迄未完結林松卿早已出號所有和益號事均係號東自行料理與林松卿毫無干涉特此布告　官商如蒙　賜顧務須認明和益本號庶不致誤

和益木商鄭湘蘭白

告白　津列傳　殺子報　富貴醒世傳　遇仙緣　三才子　時下笑談　張天師收妖　繪圖粉粧樓　遊江南　故事圖說　李傳相馬關被刺紀實並帶小照每本價洋四角五　盛世危言　野叟曝言　各國時事類編　中日戰守始末記　公車上書記　海上見聞錄　續瓶梅　真正後聊齋　三續聊齋　三續今古奇觀　正續乘慶昇平　續彭公案　後施公案　彭公案　鴛鴦夢　古今眼前報　金蘭傳　雲中落繡鞋　後西遊記　蜃樓傳百寶箱　繪圖小八義　意外緣　紫雲夢　情天寶鑑　女僊外史　如欲購者問到文美齋寄售

告白

今有新到頭等德富司老牌煤油如有合意者請來面訂可也

紫竹林太古洋行代理美孚煤油公司謹啓

告白

本館京城售報處在宣武門外繳家坑路東海昌會館內陳午清先生代辦如蒙顧者請至陳處可也

本館賬房啓

石印新撰金鞭記小說

是書共四百九十三回逐回蟬聯奇情疊出及仙佛僧道妖狐鬼怪且有三三四等唱段閤坐靜聽者無不鼓掌稱奇每部洋九角〇又有增補市鎮鄉村直省輿地全圖計三十一圖五大洲增以詳說簡明萬國公法共三本洋一元二角託津門文美齋書局發售

啓者本堂代寫壽屏對聯及繕做紅白稟稿往來書札鈔錄書籍等件如蒙　賜顧請至海大道工程分局後趙宅面議可也

堅忍堂謹啓

浙杭元吉永號

本號自置紗羅綢緞新樣洋縐花素洋布川廣夏貨綢摺雅扇南貨頭油俱全貨爲近時鐵市㯞落不同故而各貨減價開設估衣街中間路北凡　仕商賜顧者仰與轉訖爲盼

德陞齋靴鞋鋪

本齋專做滿漢朝靴新樣京式名鞋及鑲花坤鞋一應俱全價廉物美　賜顧者請認明本店招牌庶不致悞本舖開設在天津府北門外鍋店街集義棧對過便是

八月二十三日輪船進口

海定　輪船由上海　招商局

海晏　輪船由上海　招商局

八月二十四日輪船出口

豐順　輪船往上海　招商局

八月廿二日銀洋行情

天津九七大錢

銀盤二千七百三十五文

洋元一千九百七十文

紫竹林九大錢

銀盤二千七百七十五

洋元二千文

直報

光緒二十一年八月二十四日 第二百二十三號
西歷一千八百九十五年十月十二日 禮拜六

上諭恭錄

上諭廣西布政使着游智開補授欽此 上諭御史管廷獻奏東三省吏政宜及時舉行一摺着戶部議奏欽此 太常寺題九月初三日致祭 歷代帝王廟奉 旨遣載勛行禮兩廡遣長萃溥善崇惠鳳鳴各分獻欽此 又題十一日祭 都城隍廟奉 旨遣鍾秀行禮欽此

答二客問天災

客有甲乙二人問於愚曰水旱之災天乎人乎愚曰兩君以爲何如甲曰水旱爲天災非人所能爲世論槪同古今可証竊嘗謂星辰之運以定災祥妖孽豐歉疫癘之數矣即如今年瀛寰內外疫癘之多與往年疫癘大作皆在歲亥丑未濕土司天人病吐瀉是其明驗以此推諸水旱何莫不然其爲天災原無與於人事也復何說曰不聞夫古帝王乎堯舜以前爲巢營窟之世屯蒙以昔水旱之害於人者以爲人事之未修堯舜之時去古未遠猶可諉以人事之未備自禹平水土人事備矣及夏之季時王不德天命未諧人事廢弛故湯舍穡事而割正夏湯之德可謂賢矣其世去古較遠水土亦既平矣以湯之德之仁加以立賢無方爵收羣賢爲弼輔其人事之勸何須過問而連年荒旱如此其久湯自治之天自亂之天固不恤湯之何如也周之時天降奇災旱既太甚雲漢之詩曰周餘黎民靡有孑遺是時之周王非無德者非人事之不修者而天竟如此一降於秦其主暴甚其務邊陲而弛民事也極矣乃秦暴而天稔由此觀之天降之災人何能爲乎乙曰非也災在天備在人書曰洚水儆予孟氏曰洚水者洪水也使禹治之禹掘地而注之海然後人得平土而居之春秋傳僖公二十一年夏大旱公欲焚巫尪臧文仲曰非旱備也修城郭貶食省用務穡勸分此其務也巫尪何爲天欲殺之則如勿生若能爲旱焚之滋甚公從之是歲也饑而不害也猶古事也近古者滹沱自山西靈壽縣入直隸界每汛漲泛濫爲害 國初陸大令隴其於水涸時請於上憲先於陸地開河以待水盡請民怨大令勞怨胥任之河開水大至直省漏災開河處水歸其壑以是獨免歲大熟同治初直省大旱野無青草其大令以區田法著爲編勸種植灌之者得不饑人定勝天天又其如人何哉愚曰此二說者皆是也皆非也二客曰願聞其說曰坐我姑妄言之君姑妄聽之可乎天者人之所不能外也世之論天者日月星辰之運付之天災祥妖孽之變付之天豐歉疫癘之數付之天皆以爲非人所能爲惟如是吾惟修吾政自盡其爲人而已矣吾何知夫天乎嗚呼以此談天天人乃離而不合矣天大無外人之或順或逆或向或背未有出乎天之外者人言之發即天聲之發人心悔即天意之悔人事之修即天道之修人無動而非天而謂人無預於天天無預於人耶善觀天者觀其精不善觀天者觀其形堯舜禹湯之生何自生文仲之諫何自發僖公之從何自從今之賢令水旱之備何自修賢愚降生其氣無一息少間乎天譬之於地地沃則生嘉植地磽無嘉植也譬之於雲雲濃則爲甘霖雲淡無甘霖也譬之於鐘鐘厚則有震響鐘薄無震響也天下事大抵如斯古今不易質之二君以爲然乎否二客以愚妄相視而笑

恪備指陳　○刻有人奏陳當今急務十條請通籌全局以濟國用今將節目列後　一開鐵路以利轉輸　一減額兵以歸實濟　一籌鈔票銀幣以裕財源　一創郵政以删驛遞　一開設民廠以造機器　一創練陸軍以資戰馭　一折南漕以節經費　一重整海軍以圖恢復　一開礦務以資利用　一設立學堂以儲人才　以上十條現經軍機大臣連日會議傳言開鐵路減額兵重整海軍三條樞臣意准試辦其餘尚在可否之間未能驟定准駁

求爲眼綫　○前報紀廣渠門內高姓殺斃項姓老稚婦女四命又砍傷其親戚兩人棄屍逃走一案經東城司指揮重懸賞格白金購求兇犯嗣高因被捕日急潛蹤出城投距城十餘里之某親串家躲避某預聞官懸重賞見利而忘親戚之情乃紿高曰爾住我處究非安樂窩距此不遠某富家覓人工作可薦爾往藉以避難何如高乞爲引荐翌日某偕高往謁富家留高工作高自以爲跳出禍坑矣詎某潛赴司署送信求作眼綫韓指揮立飭幹役同某至富家門首呼高出而縶之入城高至是始悟某之賣己也而已無如何矣某乃獲重利而歸

暫約質韓　（前門外伯興胡同某妓院有阿六者與染坊賈姓相識兩情投洽密語私約願託賈而終身爲賈苦無巨欵代六贖身乃約潛逃定於某日俟六出院屆期清晨賈偕其友某同來六梳洗方畢暨甲暨友至屋周旋即攜賈出戶悄至街頭賈已備輿門外兩人乘車揚鞭而去後鴇保護者六七人各持兵刃而賈友實不知此舉方在阿六房中呼茗以待僕婢輩瞬不見賈并不見阿六遍搜不得乃留某作質遣人追之遙見護送人衆不動聲色潛尾至南蘆草園見賈與阿六下車携手而入衆亦隨入追者默識其門回院糾集蝦兵蟹將六十餘名蜂擁而進即有人自內出衆人喧言尋覓賈某其人曰此我居也素不識賈衆乃述賈等下車入門之事其人曰若是則是吾鄰人有韓木匠者早間載一妓來將寄頓於此慮有是非立遣之矣彼復載之何處則不得而知衆曰韓與君爲鄰伊家中向有何人其人指一婦曰此其眷屬也衆曰韓既與賈同謀韓妻可暫借作抵衆乃擁之上車而去韓歸聞之急告於賈而索其妻賈無以爲計遣人送還阿六以易韓之妻焉

定期試士　○督學部院示二十六日考試天津靜海鹽山慶雲四學文生特示○又示於二十八日考試府學商學青縣滄州南皮五學文生特示○又於二十　日委提調官校閱闔屬武生外場特示○又示於二十九日考試闔屬優生又考試闔屬教職特示○又諭欠考文生知悉仰即赴學報名備造册卷於二十九日進院補考特示○又諭考貢各生知悉爾等領有地方官文結册卷者速即赴學投遞於二十九日進院考試○又諭欠考武生知悉仰即赴學報名備造册卷於初一日進院補考特示又於初一日辰刻點試闔屬武生內場特示○又諭招覆童生之日本部院定於卯刻升堂如有臨點不到者即照例扣除倘有不遵屬不赴學報名希圖當堂投結冒違延例者除將本童扣除另補外並將該廩保嚴懲不貸毋得自悞特示

緑林待緝　○交河縣周家庄張清濂者業耕讀前月夜間被賊越墻入院撬門進室竊去衣服首飾等物張驚喊捕該賊持械嚇唬張懼任賊携贓而逸乃具失單赴縣報案

赤子何辜　○某縣赴考某童乘集船來津泊在姚家灣某雇妥東洋車將赴寓自船運載於車時檢視少包袱一個某向船戶追問船戶言係車夫竊去彼此口角奈車夫不承船戶口硬某即喚地方將車夫送縣當經訊問飭差管押即將車夫填入班房大籠至晚車夫之母來縣聲冤言其子年十六歲於前月母子甫來津拉車斷不敢偷竊經差役攔住言汝煩人往見某童哀懇當可了該嫗言人地生疎無可煩人惟有涕淚交流而已夫於車船交卸之間失去物件自應訊其兩造今僅將車夫是否實抑想秦鏡高懸斷不能使含冤莫訴也

拾得嬌娃　○津埠北門內有一幼女在義豐當前坐地啼哭當經過往人詢及該女口稱係霸州人乘船來津找父言其父在津埠巨家作常隨問巨家係何姓女初言已忘又言約是姓韓女年約十歲說話尚不甚清楚彼時觀者甚多舉莫言如何安置忽一年近五旬人言汝隨我去自必與汝尋父其人又向衆言如有找此女者即向我家去問然未嘗自道姓名住處遂雇東洋車將女載去衆言須隨去看在何處但衆皆坐而言無起而行者衆論紛紛莫識其咎忽又來一南大寺住持問衆何事衆告以故僧云此人姓劉行八住南門內

在籍紳上班衆人方散惟此女既被誘八領去不知其居意若何並聞此女姣好意是良家子而異鄉飄泊困溷難知惟望該管者亟宜派善爲傳將女暫交善堂撫養俟其父認領則德莫大焉矣

失迷幼子 ○鼇山縣人高姓者僑寓於津半河東錦衣衛橋有子七歲昨在門首失去是否被人拐去抑係自己失迷現在高姓敲鑼到處尋問

鳳林鶼集 ○庫半侯家後新設鳳華堂風半綺麗直奪花叢豔之者往往心切春山望穿秋水蓋以其長袖善舞多錢善賈主其堂者先已貌似蓮花故温室之樹頻受抬舉於春風七尺喬柯原不禁爲一鳳棲也然而其室近其人遠佻達之客或俟城隅而情急則排闥直入入而不見則搜其室探矢弓之庫亦未卜其能遂意否也而客思之狂則不可禦矣昨有某某三四客人操南音登堂求歡衆櫻桃笑靨承迎客恭不悅獨恣蓮花或爲詠唐詩一絶云淥水明秋月南湖采白蘋荷花嬌欲語愁煞盪舟人錄之以博一哂

鳳隨凰飛 ○凡人喜者屬陽怒者屬陰陰爲慘陽爲舒然陽至温而其極也冷陰至柔而其動也剛惟運以循自是定理先笑後跳亦自義也故歡喜場連煩惱域以温柔者以冷應以柔禦者以剛應道固不啻轉環矣津半火神廟後外金子於客歲賦執戈今試行枚備聞自幃幕之嫌然屬垣未遇諸室也昨於中秋前某夕歸家見交頸之野鴛即比鄰之流鶯亦野卯今也初怒繼起放下屠刀忽欲以背蚨易綠巾不嫌其壓悶中議罰阿堵陌串以二數擬絹孔方爲和事老野卯金先以半付中人中據之意待璧完而轉歸焉詎外金待湖不至疑野卯金爲食前言頓爲芥念遽詣鄰排闥入適野卯金不在室其室人固宛在遂取鄰李投桃義即以其鄰之舉還治其鄰之妻探庫不許則扯之索舌不吮則咬之索足不與則遽㩴鳳頭摘去蓮花一瓣狼蹌以歸嘻柔情也以剛行之視諸野卯金之偷香者彼類攫雞此猶奪馬彼則温如玉此則冷于冰矣倘質之栽花河陽未識當作如何花判

籠絡生番 ○港報載本館接粤事人來信云日人佔據臺北後與內山生番接戰不下十數次去月中旬有日諜結識番目邀至日營飲以酒食備極殷勤旣而番目復回內山稱道日人相遇之厚各社番衆皆爲之眉飛色舞旋在大嵙崁聚會番目七人偶遇日客邀至日營約於某日在大嵙崁山下迎接日官屆期督理臺北之日官帶同兵士七十五名先至山下守候爲時未幾遙見山上有番衆聚立交頭接耳日官即延曾讀中國書之熟番往通消息隨即帶同生番十三名番婦九名并提挈番孩數名欣欣而至各生番有以細毯章身者有以長布搭膊者有以木珠綴於項下者耳穿竹圈手貫銅鐲男婦裝束曾無少異惟番婦則穿一長衣自肩以下蔽其全體腰間復纏以布帶男則頭戴帽似用鹿皮製就其男女之別祇此而已相見之下日官極意温存謂曩者已爲日本所得爾知之否該番目答稱略知之矣日官又謂我國人來此欲與若輩戚爲好友爾可到我處探望我輩亦欲到爾村場爾意如何日官說畢番衆皆舞蹈鳴歡日官各贈以小刀巾布紅絨等件又問爾等願同往大嵙崁營中否答願往之由是男婦偕往者計有十二人其餘收拾所贈之物各回本社畝至大嵙崁日官即命烹羊宰牛任其恣情大嚼淹留數日各生番大有樂不思蜀之意日官問爾等願往臺北府城見我督帥否各番躊躇良久始答曰臺北距此甚遠我等不能久離家室亦未備帶行李礙難從命日官謂我旣與爾爲好友一旦話別殊悵惆故欲約爾等同走一會試聽我國之音樂暫嘗我國之珍饈爾等盡情行樂則我所甚願耳各番聞而狂喜謂我等甚欲俱往尚有好友三四百人亦可邀他同去但人數旣衆必須宰牛四五頭始敷食料日官謂旣欲宰牛不愁告乏但我將來欲帶兵三四百名同往答拜爾將何以報我乎各番忸怩不能答搔耳半晌始起而言曰爾若我甚喜歡惟欵待三四百人我輩須再商量也日官一笑置之內有一番目當即辭回內山日官贈以一牛兩別其餘隨赴臺北督署與總督相見盤桓數日徵歌度曲嘲啁咿啞日官使識番語者和之極形浹洽又令五十人奏西樂使之傾聽各生番識一銅鼓謂此物酷類我等打仗所用爲之摩挲不已日督又謂各番我國欲與爾曹爲好友爾回去時可多帶幼童來此學習我國文字我必以最優相待決不食言各番答稱如此盛意我等甚爲欣忭但吾聞中國官亦嘗有優待之言厥後則竟忘之我輩從無欺人之語假如我欲殺爾一經語出則異日必殺之云云其餘問答尚多未能盡述就日官論之總不外牢籠要結之詞耳

淸風亮節 ○本月初三日爲兩江督憲張香帥㝡降辰辰閩省文武官僚齊赴轅門恭祝水陸諸禮相屬於途香帥不染一塵概

行壁返[illegible]本署[illegible]弁公獻壽儀亦均却而弗受[illegible]弁等同[illegible][illegible]例訓[illegible]壽日縱不受僚屬禮儀而本署中人備物抒忱不在辭謝之列堅請實收香帥謂欲却餽贈之私宜自本署始因令將禮物一概發回亦須手諭一道懸示大堂亮節清風溢於楮墨雖古賢大臣何以過之哉照錄右方用供傳誦　鄙人外任十四年從未受僚友餽[illegible]禮物想早[illegible]諸君子所共知況轅門大堂懸有牌示衆目共覩此牌想係相沿舊俗聊[illegible]套禮虛文然究未免近俗且若不廢套禮則根株不淨將來難免影射流弊也彼此相見以誠相交以道不如幷此套禮而去之庶[illegible]大雅合禮也挽回習俗砥勵官方願與諸君子共勉之

售　白清列傳　殺子報　富翁醒世傳　遇仙緣　三才子　時下笑談　張天師收妖　繪圖紛粧樓　遊江南　故事圖說　李傅相馬關被刺紀實前帶小照每本價洋四角五　盛世危言　野叟曝言　各國時事類編　中日戰守始末記　公車上書記　海上見聞錄　鐵[illegible]梅　眞正後聊齋　三續聊齋　三續今古奇觀　正續永慶昇平　後施公案　彭公案　鴛鴦夢　古今眼目[illegible]命[illegible]傳　雲中落繡鞋　後西遊記　蜃樓傳　百寶箱　繪圖小八義　意外緣　快雲夢　情天寶鑑　女僊外史　如欲購者請到文美齋寄售

告白

今有新到頭等德寓司老牌煤油如有合意者請來面訂可也

[illegible]竹林太古洋行代理[illegible]字煤油公司謹啓

告白

本館京城售報處在宣武門外徽家坑路東海昌會館內陳午清先生代辦如欲賜顧者請至該處可也

本館賬房啓

石印新撰金鞭記小說

是書共四百九十三回逐回蟬聯奇情疊出及仙佛僧道妖狐鬼怪且有三三四等唱段團坐靜聽者無不鼓掌稱奇每部洋九角〇又有增補市鎮鄉村直省輿地全圖計三十一圖五大洲皆以詳說簡明萬國公法共三本洋一元二角託津門文美齋書局發售

啓者本堂代寫壽屏對聯及繕做紅白稟稿往來書札鈔錄書籍等件如蒙賜顧請至海大道工程分局後趙宅面議可也

學忍堂謹啓

浙杭元吉永號

本號自置紗羅綢緞新樣洋縐花素洋布川廣夏貨團摺雅扇南貨頭油俱全祇爲近時錢市[illegible]落不同故而各貨減價開設估衣街中間路北凡代商賜顧者[illegible][illegible][illegible]此佈

德陞齋靴鞋鋪

本齋專做滿漢朝靴新樣京式名鞋及鑲花坤鞋一應俱全價廉物美賜顧者請認明本店招牌庶不致悞本鋪開設在天津府北門外鍋店街集義棧對過便是

海定　八月二十四日輪船進口　招商局
輪船由上海
連陞　輪船由上海　怡和行
八月二十五日輪船出口
海晏　輪船往上海　招商局

八月十四日銀洋行情
天津九七大錢
一千七百六十二文
洋元一千九百七十文
紫竹林九大錢
二千七百八十二文
[illegible]二千[illegible]

光緒二十一年八月二十六日　第二百二十四號
西歷一千八百九十五年十月十四日　禮拜一

上諭恭錄

旨這所参疎脱斬犯越獄之署獄官山東署曲阜縣典史鄭純武業經病故仍着革職有獄官曲阜縣知縣朱行祺既據聲稱疏防在公出境内著其免議着李秉衡提集刑禁人等嚴訊有無縱刑賄縱情弊照例懲辦並飭嚴緝逸犯李晟楷務獲究辦餘着照所議辦理該部知道欽此　旨着孫敬昌稽察三海壇進班欽此

論回民生變之由

嘗謂風俗由化移易俗之成實教之成也夫教之立也難其成也更難際其方成而欲變之彼羣情方熾方昌如火燎原如水赴壑急以治之則激而生變勢使然也中土自三代以還道尊周孔而其間黄老出焉楊墨出焉孟氏以後車數十乘從者數百人傳食諸侯諸侯尊以賓師位其權力奮然興起守先王之道舉黄老楊墨辭而闢之外人猶稱爲好辯及其寖　數代之聖君賢相羣儒各出大力以繼之教始昌明而廓如也乃未幾而釋教爭鳴愈傳愈盛勃勃莫過韓退之出全力拚以死生卒莫能勝然中土君父男女之倫仍遵周孔是佛亦無如聖何也然此猶即中土一隅言之也若就瀛環內外綜論之則其不可以膠柱者何堪枚舉總之天地之大無所不有洪荒既闢而後其待闢而未闢者自今以後較　自今以前其生齒日繁治化日變奚啻倍蓰哉然而東海有聖人出焉此心此理同也西海南海北海有聖人出焉其心與理與中土初無少異其所異者時地不同故好尚攸別其間之聖人遂因其時地斟酌而調劑之以立一方之教成一方之俗教行則俗成俗成則衆安依古以來善爲政者因地制宜因俗成治尚書曰齊其政不易其俗以俗非一日所能成即非一人所能挽倡是俗者必具一大智知識大有作爲大有聞望適當屯蒙作始草昧初闢得其時乘其勢經營締造以成一家之教傳一家之旨一時和者如竿之影如響之應及其成也則牛是聞者不識不知若元氣先入肝脾牢不可破有破之者則羣相鄙夷以爲非我族類有自破其戒復强人以破其戒者弱者則嘵嘵而辯强者則奮力與爭爭者衆多遂成公憤　服食習尚之細故如男人衣之長短帽之大小女人腰之粗細足之肥瘦毫無關繫極無情理者一人倡之衆人和之則可行一人違之衆人議之則不能行昔孔子論先進後進君子野人之説曰如用之則吾從先進意謂有敢於破先進之説者而世風以降無敢於破後進之説者而世風不隆如我當權定爲一變孔子當亦憤時忌俗之語果其當權有合能爲一切皆出以雷厲風行如誅少正卯卻萊兵之作用治魯尚須以三月故嘗自謂苟有用我期月已可三年有成善言嘗漸以摩也而無術之輩其賢者乃欲操切爲之其不賢者或竟率意處之無惑乎其一激一變也回回一教昉自李唐由西域天方國内附歷朝而降類漸繁幾遍天下二十一行省其俗之冠婚喪祭與漢人無甚差别惟奉　皇朝正朔外另按三百六旬有六日舉行度歲之典名曰夜坐亦稱把齋本年三月初旬係該回教過年之期各直省奉教諸民均至清眞寺禮拜寺誦經守夜如我輩之度歲除

景象並在寺口施捨羊肉包及饅首以佈施教中貧黎于是各寺前游人如蟻郡之人士亦多涉足其地以瞻仰廟貌燈輝此亦可稱風土記中一則要聞也頃有陜甘兩省友人傳云此番回民拒敵因本年回教度歲時我漢人游逛燈輝口角起衅致將禮拜寺拆毁涉訟琴堂有司不善開導致成變亂變亂已起回民投誠求救復經某官諭令如求救者均須以猪油渴飲是以有犯衆怒致成兵變前因回民滋擾兇鋒曾經派董軍門福祥由京將所帶部下各隊兵丁撤回甘省彈壓現聞大兵潰敗回匪聚集六十餘萬之多恐董軍門所帶兵勇及魏香帥所撥兵勇猶嫌寡難敵衆並聞回匪教首向董軍門云並非爭奪江山社稷祇要陜甘皆歸某制軍出首再作計較云云又聞陜甘來人云刻已連失七州縣蘭州被圍董軍門所帶馬步各軍中途爲山水所阻遲至中元節後始到一仗敗下來又復敗去不少且有某營請領精利器械若干全股投入賊營者奈何奈何夫中土近日版章之廓亘古未有教門之盛亦亘古未聞然教無不善要在持教者之善不善耳而於吾中土君父男女之倫無害也有地方之責者不思勸吾政以漸化之乃或出於操切或行以率意甚且行同市儈除藉勢計飽私囊外概置不聞其何以副我 聖人以仁孝出治懷柔萬邦之意也哉

豫傳歲首 ○欽天監擇定光緒二十一年十二月十九日辰時封印光緒二十二年正月十九日午時開印業經行知各部院衙門及各直省督撫府尹將軍都統一體遵照矣

漸近天顏 ○山東按察使松壽於八月十六日到京 陛見暫駐東安門外煤炸胡同覺艮寺以備趨 內廷召見敏近是以便日往謁諸鉅公頗有互相往拜應接不暇之勢云

佛現南無 ○左安門外觀音菴古刹也近年以來山門雲鎖殿宇風穿月掛簷牙星臨屋角鼎足陷地佛頂露天中秋後復被匪人將佛背鑿穿佛臟盡行盜去當經村民查訪無着忽於二十日有該庄某甲陡發瘋狂先用利刃將左手砍落口中喃喃作語言盜取佛臟云云哄傳都城觀者如堵無不毛骨悚然以爲佛尚有靈云噫人有褻心是生邪境人有邪心是生怖境神靈幻化百幻俱生亦生於其人之心而已

盜成烏有 ○京東通州所屬地面屢有盜匪結黨行刦雖有破獲終未安謐八月二十日通州孫刺史差丁趙升赴都買辦什物沿途尋覓官船值差按閘乘舟進城詎什物未曾買妥該丁空手而歸由大通橋討要官差按閘倒船至普濟閘下河夕陽西墜該處並無脚船祇有魚舟一具趙即奔入促渡之行未數里突出暴客四五人將拉牽人推開盡力拉船近岸持刀跳落船中肆行搜括經漁人苦說分明言我係魚船並無行李該盜等始行登岸而去隨令舟子撐篙飛急奔北關回州署該丁隨身所攜之銀竟未經失去誠大幸哉因將路途盜刦情形稟明刺史當即密派捕快嚴加兜拿未悉能弋獲否也

首遭回祿 ○八月二十三日午後一點鐘時京師右安門內火藥局不知如何失愼遠近居民忽聞霹靂如山崩地裂奔赴巡視始悉該局軋藥廠內有小工十餘人方齊集工作大約因吸煙致燃火藥如疾雷不及掩耳立將左右軋藥廠篩藥廠光藥廠共房屋二十餘間化爲焦土屋瓦飛空有似紙灰化蝶小工十三人內有四人適因事他往其九人者遂被回祿君收去遺骸則焦頭爛額血肉糢糊甚有肢體分飛心臟拋露者令人不忍視不忍言也幸該局地處曠野左近居民雖無池魚之難近郊城文武員及水會善紳同往救視則已不及矣此其大畧也俟有續聞再錄

執罪封姨 ○京師宣武門內安福胡同居住某甲者浙產也幼隨父來就長安食寬有餘資倦遊思返日前隨帶妻孥十六人扶靈柩一具擬由通垻買舟赴津門搭輪歸浙不料行至碼頭河堤陡遇旋風舟子收帆不及遂被風覆沒某甲舟底朝天人逐泉流而去惟錢四漁船拯救得慶更生風息後雇人打撈屍身除眷屬十六人暨舟子數人外復多得屍身十餘具當經錢某駭異詢訪始知覆舟時旁有一舟繼溺其舟所載十一人亦被水晶宮徵去嗚呼一朝連覆兩舟只一人不及於難其人其有隱德歟然當仲秋之交時有巨風當是每歲暴信常例寄語舟行不可不愼之又愼也

大小局賭 ○貢院附近賭風林立曾紀前報茲據該處人云今歲因有武場賭風尤勝刻下計有五十餘處多係在會館末之弁

爲局頭既有官勢尤能照例給與該管文武差役規費所以自恃無恐且每夜多於三更開賭起至天明止各局房上置八鏡視於各賭徒見此周密無不高采烈賭局每日可獲頭錢數十千及白數千不等蓋一出一入每千錢先扣白文利誠厚矣但開棚取士乃 國家大典豈可容此强徒設阱誘陷眞是難姑息者矣

正覆題目（督學部院 示青縣文童東宇一南皮縣文童東堂二均着取作佾生照例免其府縣考一體錄試仰各該學遵照計册特示（又諭點考武生知悉爾等凡在外場較射不到者不准入內場點名將試卷扣除其外場無病內場不到者仍作欠考一次毋得自悞特示〇二十四日考試天津旗籍文童題目開列於後 天津縣文題 湟 旗籍文題 磨 通場二題 援之以道 詩題 賦得瞎窗分與讀書鐙得書字五言六韻）二十五日灶籍滄州鹽山三處提覆題目 通場題 則具體小講

龍懸於木（本月二十四日夜魚更四躍月白風清忽來頭上片雲一聲霹靂雨淅瀝數點輙復雨止雲收昨早行人稱韓家樹地方有柳樹一株被雷擊去大半龍憑尺木其爲是歟抑其有妖物待捉耶

馬斃於車〇總軍馬隊曾住西門外客店已紀前報昨馬隊迎接上差回路過西城根正當戰騎馳驅不料洋車橫來飛行車靶撞入鞭長不及處血流不止登時倒斃拉車人已去如黃鶴矣勇丁無奈祇得稟明營哨而已

計買良姝〇津郡所屬七州縣屢年非水卽旱民不聊生賣兒賣女者指不勝屈不料有匪徒等聲稱赴某村賣女與某甲之子作媳昨在城內地方某甲見情形可疑卽將誘買之某甲送赴官裏去云

例遣游勇（督憲王制軍恐游勇逗遛生事飭守望局清查保甲簿給票回南均發前往西門外榮陞店仍有貴州游勇羅柏林等五名始知有意回南繼則自行中止經八段金大令查出恐其另有別情將羅柏林等送守望總局發辦湖江太守訊明情由己仍按例遞解回籍矣

私載被擭〇昨日南昌輪船到津經稅關查船廳房自冥搜有大手槍五十餘桿六出槍五十餘桿馬槍一百三十餘桿槍子數百盒銅冒磺藥爲數甚多幸該輪船洋人相助爲理是以全獲聞此物向轉牛庄云現已經關憲稟請驗收如何辦理訪明再錄

義憤同啓〇日前厦門某報館接到彰北某莊友人來信縷述日兵淫虐台民仗義各情令讀者且恨且怪亦由該事友抄錄寄示亟登報牘以供衆覽〇來信云自日兵三四百名突至大埔林地方露宿橫行經過人家任意闖進或坐或臥爭索物件既而走入各店舖將其東夥一併押去勒作舂米替夫之粗工至晚帶居各舖向之强借婦女不從者立予綑縛四近聞信紛紛奔避卒被拿去男子四五十人并拿數婦恐其脫逃亦用繩索縛住如繫豕然見者莫不墮淚以此激成衆怒各莊不約而同一起抵敵日兵見勢不佳分頭逃逸向東者爲江簡兩大姓截殺向南者爲打貓何地截殺向北者爲爐竹后大碑頭他里霧等莊截殺向西者爲敝莊及斗六等處截殺當下義民同心協力喊殺連天日兵捨命狂奔死亡無算敝莊擒殺日兵六名內一名闘是兵頭旂將一首級解往嘉義以安民心嘉民亦解叛勇一名來櫻州淺色手巾各一方上印二文全勝軍大日本六字又有一種號衣外寫官軍內寫日本此係先 日在嘉義南門外緝獲者也敝莊又獲叛勇四名先殺一名其首級仍解往嘉義臺衆至是始知該處司官偪人亦試於日致使大兵行期現在大埔林尚存日兵二三十名强半受傷不能走動他里霧則殺日兵數十名聞係先用好言置酒款待俟其既醉然後殺之者愚謂日兵所用鎗子一粒能分三粒此種軍器固屬精利惟義民皆用九節銃亦足與之相敵且日兵如此橫行無禮臺民積怨愈深欲期成事難矣哉書不盡言餘俟續布

解救吞服洋烟神效良方〇人中黃六兩 梔子四兩炒 二花四兩 土茯苓六兩 生甘草六兩以上五味共研細末大紅棗二百個去核 巴豆四百個去皮研末務必去淨油如油不淨用甘草水煮油即浮起不淨再煮以油淨爲度十水候乾取用共搗如泥加蜜爲丸每丸準重三錢凡遇吞洋烟者先不可以鴨血雞砂桐油等物灌服急速取此藥一丸用醬 酒杯無論生熟甜醬皆可同藥以開水沖化攪勻服下片刻即行上吐下瀉若牙關緊閉藥難入口即用物將牙撬開灌下吐瀉即活倘不嘔吐取雞毛一根在吞烟者喉中攪掃即吐務使吐淨不吐再掃愈掃愈吐俟吐淨後即行跟用紅砂糖一二斤冲開水冷溫續喝解其餘毒倘其人軟弱已極垂危如死

……綫綬調養亦可復元此方係涇縣朱孝廉在蜀得異僧傳授活人無數今恐藥丸施送不廣特爲刊出公諸同好惟願仁人君子開大隱修合博施利物濟人功德無量皖潁敦厚堂謹識於北洋節署寄存 仁濟堂藥店施送本號開設天津東單街院署對過坐南向北認冲天招牌便是

告白 福州和益木商在津開設十年前雇夥友林松卿經理歷年尚未十分誤事詎自十九年夏間荒蕩嫖游號事廢弛從中侵蝕弊混不勝枚舉致虧號本甚鉅去秋控縣押追迄未完結林松卿早已出號所有和益號事均係號東自行料理與林松卿毫無干涉特此布告 官商如蒙 賜顧務須認明和益本號庶不致誤 和益木商鄭湘蘭白

售白 濟列傳 殺子報 富翁醒世傳 遇仙緣 三才子 時下笑談 張天師收妖 繪圖粉粧樓 遊江南 故事圖說 李傅相馬關被刺紀實並帶小照每本價洋四角五 盛世危言 野叟曝言 各國時事類編 中日戰守始末記 公車上書記 海上見聞錄 鐵瓶梅 眞正後聊齋 三續聊齋 三續今古奇觀 正續孫龐昇平 後施公案 彭公案 鴛鴦夢 古今眼前報 金臺傳 雲中落繡鞋 後西遊記 蜃樓傳百寶箱 繪圖小八義 意外緣 快雲夢 情天寶鑑 女仙外史 如欲購者請到文美齋寄售

敬啓者現有英人僑居烟台曾仕英國學考有官憑前教授經史算法航海等學三十餘年並在英國海軍衙門充當試官有年曾蒙華廷派委要差今擬在本公館教授華童英文以便將來應陸軍海軍商務之選惟受教不得過十五歲議定每季脩金關平銀二百兩如有從學者即希函達天津恒豐泰飯店或烟台英領事署轉致愛爾生可也

啓者本行在上海香港開設有年四遠馳名專售各樣新式金銀時辰表嵌金鋼石戒指并航海千里鏡等物今特遣人來津小住數日以便出售以上各貨格外價廉如有賜顧者祈速至紫竹林利順德飯店第二號客房是幸 烏利文洋行啓

告白

本館京城售報處在宣武門外drawer家

本館京城售報處在宣武門外繳家坑路東海昌會館內陳午濤先生代辦如蒙 賜顧者請至陳處可也 本館賬房啓

啓者本堂代寫壽屏對聯及繕做紅白稟稿往來書札鈔錄書籍等件如蒙 賜顧請至海大道工程分局後趙宅面議可也 學忍堂謹啓

浙杭元吉永號

本號自置紗羅綢緞新樣洋縐花素洋布川廣夏貨閩摺雅扇南貨頭油俱全祇爲近時錢市疲落不同故而各貨減價開設估衣街中間路北凡 仕商賜顧者請認明招牌庶不致誤

德陞齋靴鞋鋪

本齋專做滿漢朝靴新樣京式名鞋及鑲花坤鞋一應俱全價廉物美 賜顧者請認明本店招牌庶不致悞本鋪開設在天津府北門外鍋店街集義棧對過便是

八月二十六日輪船進口
新濟 輪船由上海 招商局
豐順 輪船由上海 太古行
八月二十七日輪船出口
連陞 輪船往上海 怡和行

八月二十六日錢價行市
天津九七六錢
銀盤二千七百四十七文
洋元一千九百八十七文
紫竹林九六錢
銀盤二千七百八十七文
洋元二千零一十文

直報

光緒二十一年八月二十七日　第二百二十五號
西歷一千八百九十五年十月十五日　禮拜二

上諭恭錄

上諭陝西漢中府知府員缺着常裕補授欽此　上諭福建候補道楊汝翼藉口欠餉抗繳軍械前經邊寶泉奏參革職茲據該督奏稱查明該革員遣散營勇辦理乖方幾釀事端似此居心狡詐之員必應從嚴懲辦已革福建候補道楊汝翼着永不叙用以示懲儆該部知道欽此　上諭王文韶奏北洋事務殷繁請調文武員弁差遣各摺片雲南補用道翁曾錢湖南補用道張鴻顧候選道左孝同孫寶琦雲南候補知府韓銑雲南補用知縣陳時福雲南補用副將黃呈祥浙江海門鎮標右營水師遊擊蘇長慶湖北補用遊擊龔先第湖南補用都司李洪斌均着發往直隸交王文韶差遣委用即由該督分別咨行辦理該部知道欽此

論讀書之弊

秦氏焚經而經存漢儒窮經而經亡後儒之破壞六經其酷且烈過於秦也甚矣天地之數不外舒慘人世之情不外喜怒聖人本人情以爲經夫婦之愚可以與知是聖人全經之秘且奧義註解固早遍存於匹夫匹婦之胸中無煩支離穿鑿以爲義例訓詁沾沾於孫書壁經伏生口授也自後儒則以齊魯汨以讖緯而專門名家銖析寸較致令天下之人不以人情世事視聖經而以詩書文義視聖經剞劂離析彫繢疏鑿匹夫匹婦從不敢擬窺涯涘窮經者因以文人慧業得意自鳴嗚乎此猶得謂之慧業乎晦孽而已矣夫天下之理徵諸書不若徵諸人天下之幾研諸虛不若研諸實天下之務信諸古不若信諸今觀中土之學所以見薄於西土也中國學校之設原爲養育人材起見而所以養育人材者則惟文字一途文字一途又不外時文試帖詩賦詞章於此能考其源流襲其形似作爲應試之本領者卽共目爲實學之士其人自幼至壯至老修之家獻之廷以爲治國平天下之要道除却八股詩賦詞章外其於當世之務舉非所習舉無所知抑且舉未或聞惟抗然以學士文人自負藉口於兵刑不對錢穀弗知自寓養尊處優之意而所謂誠意正心格君心以正天下定天下者往往鮮數覯不少概見上之君不以是爲求下之臣亦不以是爲應也其際承平之歲則取資格深閒望隆者俾以事權及其得權則取同類以爲汲引能以文字科第進者率以當賢良之目賢良者何白面之書生耳以書生而理庶務可以泛應曲當乎以書生而蒞戎馬可以戰勝攻取乎人情世事之不闇其奚以措爲治國安邦之經濟嗟乎士爲四民之首幼而學之壯而行之固將出其所學勞心以治人者士果能世譬之伏龍鳳雛得一可以安天下如斯人者求之一縣一邑中誠不多覯於是士之跡縱遍天下求一適用之士不得也昔賢謂士少則天下治斯言蓋有所爲歟

請減外圍

○皇太后駐蹕　頤和園外圍各朱車係由　圓明園八旗巡捕中營神機營外三營馬步各隊分段值班以資守衛茲由中營張協戎具稟以中營管轄地方遼闊額設馬步戰兵祇四千名除抽撥巡差以及分司各汛外僅敷分衛該園外圍之用若遇

皇帝移蹕　圓明園又當防護深恐所餘練兵不足入操擬請原分朱車三十處酌減四五成另撥兵丁補額兩　圓明園八旗官兵外亦
以不足分派請咨部懇請核減朱車當經內務府查核咨覆均屬情實未便令其顧此失彼擬將該兩項原派朱車各減去十座俟
皇太后移蹕　頤和園再將　西苑外圍派定之捷勝精悍四字步隊酌撥防守兩　西苑外圍即由八旗抽調練兵填駐如遇赴操再行
補換俾各操兩不妨悞

舉行秋獮　○八月二十日爲神機營秋操之期各隊俱先期趨集南園謹候　欽派閱操王大臣暨管營大人全營與操兵械名單
然後按陣圖操演該王大臣暨長諸公亦均在南園住宿三日認眞察查仰見我　國家整軍經武之規正不敢以承平少弛也

吏部缺單　○小京官國子監監丞卓凌霄呈請分發　知縣山東新泰徐致愉丁　江西鄱昌張懷信近　餘干何具坦　德安
朱士林　萬載周鳳藻俱革　陝西懷遠田應達丁　山東文登裘祖謨丁　浙江安吉朶如正修墓　江西泰和徐國俊丁　直隸栗亭
張鶴齡革　安徽英山尹允昕革　鹽經長蘆陸燮和故　府經河南汝寧呂一槤革　吏目甘肅河州張希仲病　縣丞山東鄒縣徐慶
治逾限　巡檢江西萍鄉王祖烈逾限　同知山東登州吳毓麟病

廟場瑣記　○八月二十日爲東四牌樓隆福寺開廟之期廟前有攏綢緞攤者適來妙手空空兒鬨扮垂涎乘間竊取藍緞十餘
尺納袖而遁不意爲攏攤者將偷兒揪住扭至同春花廠門前拳脚交加受傷甚重當經官廳將偷攤人犯姓解案審訊解交步軍統領衙
門按律懲辦以爲任意逞兇者戒

夫役太惡　○各部院堂官車轎夫役恃勢婪索前經吏科給事中端敬亭大諫奏請嚴禁當蒙　旨飭下嗣後各部院堂
官於隨帶僕從夫役務當嚴加約束不准稍有滋擾乃　聖諭煌煌該堂官平日未能預爲若輩不知速即斂跡仍敢陰奉陽違實屬目無
法紀矣昨聞吏部考功司郎吏科書吏朱鴻麟者自幼入署學習當差已數十年於本年六月擊鼓伙夥簡缺經承所值各差皆係司堂印
憲爭畀銀硃分送各憲公費俸銀等項其差頗繁進益甚微無非暫作餬口計將來役滿希圖異路功名耳詎料吏部七堂憲車轎夫役於
日前將朱鴻麟擄禁強索白鏹三百金始肯放回朱因手中空乏未能遂[illegible]車轎夫役膽敢將朱擄禁榜腹二日後復行聚衆相毆白般
威嚇歟凌中秋後始行放回朱妻因替夫擔驚威嚇成疾於八月十九日竟赴柱死城中爲嘆輦轂之下若輩似此倚勢妄爲肆行無忌爲
諫必更有奏陳請飭嚴加整頓諒經此雷厲風行必有以儆目無法紀者

寶汎可嘉　○八月十九日廣安汎兵丁在彰儀門外石路上見一婦人携二幼女女皆涕泗滂沱情狀甚慘向前盤詰言語支離
當將拐婦幼女一併獲訊由前門外香廠地方誘拐而來供認不諱解交步軍統領衙門咨送刑部按律擬辦飭傳家屬認領骨肉重逢
亦幸矣哉

面試示期　○學憲於二十四日考試天津旗籍文童正場已登前報二十六日午後發案天津文童孟繼鐸等共五十七名計正
額四十五名廣額七名撥府四名佾生一名其正額廣額撥府諸生准於二十七日早入場面試（）附列二十六日考試天津靜海鹽山慶
雲四處文生通場首題　孟子曰古之賢王好善而忘勢兩章　通場經題　君子以除戎器戒不虞　通場詩題　賦得釣竿欲拂珊瑚
樹得竿字五言六韻

頂替諸弊　○督學憲院示日昨考試二場文童查鹽山縣文童劉樹蔭並未入場其保錀之認保係楊搢臣照例斥革派保[illegible]
清失察革廩降附仰該學遵照註冊特示○又示日昨考試二場文童查灶籍文童張金鎧亦未入場其保錀之認保張驥照例斥革派保
欽實堂降附滄州文童劉祝三係換卷其認保于芸革廩降附派保孟鴻翰發學戒飭仰各該學遵照註冊特示○又示滄州文童劉祝三
與人換卷本係咎由自取姑念本籍本童與外來鎗手有間仰提調官從寬將其發學戒飭責令自新如不安分定行重懲特示

飛水騖賊　○吳橋縣張玉英者在縣屬裴頭村開設元成號雜貨舖年來生意鼎盛盜斯乘之於前月夜間賊糾十數人各持器
械蜂擁毀門砸窗而入搶刦銀錢等物時該舖夥潛出喊捕鄰人均起幫捕該賊己相率而逸鄰衆由後追趕一賊燃放洋槍將鄰右鄭姓

拒傷彼該村臨近有河一道該賊被追情急鳧水淹斃其一但不知該賊姓名仍無從追尋羽黨餘賊携贓俱脫張具失單報案台稟勤給不知能緝獲否

蟒鞭懲兇 ○昨侯家後有巡砲隊勇丁張二者與姚姓不睦將姚姓剁傷姚姓赴縣控告將張二抓獲到案飭責張二蟒鞭五十鎖押不知係何情節探明再報

擬辦冬防 ○去秋海中告警津郡恐有意外之虞經邑紳張少農部郎與衆紳商辦團民總局數月以來地方頗稱安謐和議成後將團裁撤均登前報茲屆冬防聞部郎復擬再募百餘人按照舊章每日操演輪流支更凡遇火災無論晝夜各兵到者格外加賞不到者格外受罰果爾亦善舉也未知確否姑照有聞必錄登之以卜其成

又來湘勇 ○自中東和議已成各省兵勇由關來津者無日無之昨湘軍顯字壽字等十營復由陸路來津暫住西營門內咸留或遣尚未可知

首犯定罪 ○字林西報館接到前日福州來電云戕害古田教士之首犯刻下已經審過定罪矣

英艦行程 ○英國水師提督步臘耳君偕駐滬傑領事官於昨日午前乘坐亞納爾禮的□艦駛出吳淞口泝江而上逕往金陵覽六朝風景且要公與張香濤制軍面談云

臺勝詳情 ○昨得福州遞來探報曰今詳細探聞日人自攻陷彰化後即分遣馬步軍兵進犯嘉義人心頗爲惶恐又有忠滿者曾蒙劉淵亭大帥委任安平縣兼護臺南府旋爲贓敗大帥罰令統帶淮軍三營前往禦敵以贖前愆詎忠滿轉爲敵人所誘帶同淮軍欲入嘉義爲內應幸而天不佑敵嘉義縣民以淮軍素來無用且多反側拒而不納强欲入城互相爭鬪旋被民人在淮勇身上搜獲日人所給白布號帶遂激衆怒忠滿及營官立時殺斃淮勇皆抱頭鼠竄計不得行時有彰化縣中簡大肚者黨羽甚衆素來搶奪殺人無惡不作其向日之心本執兩端適該族人有向充里長者被日營傳去迫索婦女日人不遂分屍慘斃簡大肚遂切齒同仇聚集宗黨數千人誓死拒日劉大帥嘉其忠勇暗授機宜又撥□協助簡大肚隨糾同黨彰民黃姓者帶領多人僞作土匪至日營詐降自己親率宗黨突應出其不意內外夾攻劉軍及紳民鄭子青所帶土勇亦幫同併力剿殺計共斃日人及降敵十匪一千五百餘名又另有日人馬隊本極驍勇其馬足俱包鐵皮前後身護以鐵板馬頭上排加快槍名曰一風樹一放數十出其馬身高力大當先衝鋒破陣勇不可當簡大肚深知其情預在要道暗埋覆釜而旁掘深坑故用詐敗之計將日馬軍誘至該處跌入坑內者有七八十騎之多盡行擊斃又生擒日兵八人馬二匹其餘馬步日兵皆逃至大埔林社內駐紮又被簡大肚協同劉軍將其圍住盡行殺斃於是大埔林他里霧各社皆先後克復維時祗有彰化縣城尚被日踞死守不去日人又調馬步大隊由大甲溪鹿港等處分道進援大甲溪闊約十餘里近來溪水正大劉淵帥遣伊子將上流截住并預備竹筏登高探望日軍由大甲溪而來者約萬餘人行抵該溪因見水勢甚淺皆涉水而渡劉軍乘其半渡之際將纛旂一展四路截水盡放溪水驟漲日兵淹斃無衆劉公子帶同兵勇盡駕竹筏順流而下殺斃日兵二三千名餘皆過溪列營劉公子又集衆拒敵連日詐敗日人不知其計乘勝反赶直至安平界內約離大甲溪二三百里山僻之處先經劉淵帥預伏精兵又暗埋地雷火砲等物日兵赶到一聲暗號兩邊伏兵齊出亂射火箭地雷火砲立時轟裂馬隊日兵約千餘人無一生還其由鹿港進援之日兵約有數千人皆來戰艦由鹿港山僻登岸該處亦經劉軍門預伏精兵又在要道遍埋覆釜一面遣派兵勇假裝漁船在沿海捕魚日兵到港時伏而不動聽其上岸追馬 盡數登山各漁船即四面圍合一齊擁上守船日人爲數無多四散逃逸圍將日船悉數牽獲駛回臺南其岸上伏兵亦同時而起與日畧戰即走日兵以馬隊當先奮力追赶馬足陷入覆釜顚僕難行劉軍見其中計回身掩殺共斃日人馬兵六七百名步軍三四百名餘皆遠遁簡大肚乘勢將彰化縣城克復現在殘敗日兵皆退回臺北之通宵地方臺中一律肅清劉軍亦收兵暫歇不事窮追劉自連獲勝仗共斃日本馬 至六七千之多又克復彰化牽獲戰艦奪獲軍械不可勝數如此大捷實爲從來所少見劉大帥固謀勇兼全用兵神速戰無不勝計無不中而簡大肚之敵愾同仇衆義民之力拒忠滿實亦天意使然非人力之所及目下劉軍威聲大振若能乘勝進

取日人定必關風加落克復臺北指顧可期日後情形容再續探詳報

告白

福州和益木商在津開設十年前雇夥友林松卿經理歷年尚未十分誤事詎自十九年夏間荒蕩嬉游號事廢弛從中侵蝕弊混不勝枚舉致虧號本甚鉅去秋控縣押追迄未完結林松卿早已出號所有和益號事均係號東自行料理與林松卿毫無干涉特此布告　官商如蒙　賜顧務須認明和益本號庶不致誤

和益木商鄭湘蘭白

傳　白蛇列傳　殺子報　富翁醒世傳　遇仙緣　三才子　時下笑談　張天師收妖　繪圖粉粧樓　遊江南　故事圖說　李傅相馬關被刺紀實　並帶小照每本價洋四角五　盛世危言　野叟曝言　各國時事類編　中日戰守始末記　公車上書記　海上見聞錄　綠牡梅　真正後聊齋　三續聊齋　三續今古奇觀　正續承平　後施公案　彭公案　鴛鴦夢　古今眼前報　金臺傳　雲中落繡鞋　後西遊記　昼龍傳　百寶箱　繪圖小八義　意外緣　英雲夢　情天寶鑑　女僊外史　如欲購者請到文美齋寄售

敬啓者現有英人僑居烟台曾仕英京國學考有官憑前教授經史算法航海等學三十餘年前在英國海軍衙門充當試官有年曾蒙華廷派委要差今擬在本公館教授華童英文以便將來應陸軍海軍商務之選惟受教不得過十五歲議定每季脩金關平銀二百兩如有從學者即希函達天津恒豐泰飯店或烟台英領事署轉致倪爾森可也

啓者本行在上海香港開設有年四遠馳名專售各樣新式金銀時辰表嵌金鋼石戒指并航海千里鏡等物今特遣人來津小住數日以便出售以上各貨格外價廉如有賜顧者祈速至紫竹林利順德飯店第二號客房是幸

烏利文洋行啓

告白

本館京城售報處在宣武門外繳家坑路東海昌會館內陳午濤先生代辦如蒙顧者請至陳處可也

本館賬房啓

啓者本堂代寫壽屏對聯及繕做紅白稟稿往來書札鈔錄書籍等件如蒙　賜顧請至海大道工程分局後趙宅面議可也

學忍堂謹啓

浙杭　元吉永號

本莊自置紗羅綢緞新樣洋縐花素洋布川廣夏貨顧繡雅扇南貨頭油俱全祇為近時錢市蕭落不同故而各貨減價開設估衣街中間路北凡　仕商賜顧者祭(?)俟特此佈達

德陞齋靴鞋鋪

本齋專做滿漢朝靴新樣京式名鞋及鑲花坤鞋一應俱全價廉物美　賜顧者請認明本店招牌庶不致悞本鋪開設在天津府北門外鍋店街集義棧對過便是

八月二十七日輪船進口　新濟　輪船由上海　招商局
順和　輪船由上海　怡和行
八月二十八日輪船出口　重慶　輪船往上海　太古行

八月二十七日錢盤行情
天津九七六錢
銀盤二千七百四十文
洋元一千九百七十五文
紫竹林九八大錢
銀盤二千七百八十文
洋元二千零零五文

直報

光緒二十一年八月二十八日
西歷一千八百九十五年十月十六日
第二百二十六號　禮拜三

山左水災

山東黃河歷年爲患沿河居民元氣早傷今夏雨水過大上游壽張下游齊東青城均被漫溢而利津博興等處本屬窪下之區被災尤重水深丈餘淹斃人口無數房宇十存二三窮黎待哺嗷嗷情形可慘山東撫台宮保籌欵急振惟災區甚廣必須力籌鉅欵曾商制府王夔帥當時籌撥五萬金復由關道盛觀察籌墊五萬金請江南義紳嚴佑之勸敎前往散放但此十數州縣災黎斷非十萬金所能救微不得不仰望四方樂善君子源源接濟爲數不拘多少集腋便可成裘倘蒙慨然解囊欵請交天津工程局彙收轉解俾活災民則仁人所賜當爲災民九頓首以謝之矣　同人公啓

上諭恭錄

上諭步軍統領衙門奏緝獲要犯拿犯請交部審辦一摺所有拿獲之王文榮即王槐庭烏柱氏著交刑部審明辦理未獲各犯仍著嚴緝務獲送部究辦該衙門知道欽此　上諭前據刑部御史陳其璋頭奏廣東高州土匪滋事請將釀亂之知縣崇綸論令譚鍾麟馬丕瑤查明具奏茲據奏稱吳川縣匪首龐癩渣尾等結黨滋事知縣李之瀚迭經懸賞緝捕獲匪多名並非有心縱匪其餘各節均經查明無不合惟匪首龐癩渣尾迄未就擒實屬緝捕不力吳川縣知縣署信宜縣知縣李之瀚著交部議處仍著譚鍾麟等認真查拿匪首龐癩渣尾務獲懲辦至所控前署電白縣知縣王承彥簠簋不飭縱盜諱匪一節查無其事惟該員庸劣不檢難膺民社著即行革職該部所議辦理該部知道欽此　硃筆曹榕著協辦京畿道欽此　硃筆稽察正白旗漢軍旗務著秀林去欽此

駢體兒記

京師競傳一駢體兒約六七歲其頭其身其四肢及胯下物皆兩具自臍以下則皮肉相連如璧合日於通衢之花兒市集與土地廟東嶽廟隆福寺之廟場等處設布帳圍之有觀者投錢數文則入其圍啓幕以窺兒或坐或立或走坐則四膝同屈立則四股俱直走則四足橫行若無腸公子目自視則視以四耳自聽則聽以四手自拘則拘以四觀者如堵余友見之歸述其異嗟嘆余曰是亦天地之間氣具乘人之體者第不識其聰明智慮何如使其長而多才釋褐以登膴仕諸左右以輔厥德於以闢四門明四目達四聰奚便如之其文思文名之縱橫當更加之司馬相如以上友鼓掌曰且未且未余會與言兩口皆啓合以嬉戲以酒滴少許誑之左右兩面俱紅暈作醉容怪而輕擊以掌擊左身則右口呼痛擊右身則左口亦呼痛每日飲食以兩口入以四便出較之常人出入似無少異惟兩口之入入於一腹四便之出出於一腹若以量人爲出計未免有入不敷出之慮天之生是使然人宜無如何也造物之氣化如此生物如此無惑乎世俗日用之常入之則恒虞其少出之則每厭其多當亦近今造物之氣化使然非人之咎毋怪也君詢其籍貫者一嫗答曰是兒余孫産之山西汾州

府兒生之後即母死之時如一口氣此喘則彼已息此動則彼已殭矣身撫以活孫也而子之貧無食不能度遂携以遊四方茲從保定府來耳都中居人及仕宦貫宅每爭引於家以快闔門老幼目觀輒負以青蚨數百或數千以爲孤寡窮民恤嫗與孫以是得無苦近日囊少裕以都中人多已慣得利較微擬復携而之他云

竊觚氏曰造化一機不胎一陶陰翕陽闢萬形並賦遇川澤則黑而津遇墳衍則晳而瘠遇原濕則豐而痺遇山林則毛而方以及比翼之鳥比目之魚比肩之獸山經爾雅各誌其奇陰陽之產以地而殊無足怪者至於人之指而戟脇而駢喙承於臍肩接於膝股箕而行古今多有胎產已然後天之災無論也去歲紫竹林杏花村自山東乞人子身二尺餘問之年十八歲矣因憶咸豐間遊臥龍岡薄暮投旅舍逆旅主人以戲進且云此間有異人可招一見招之蹣跚至粗過於圍高僅二尺許兩手持坐橙長幾五尺作旋風舞舞畢叩求盲視其人面上鬚髯約似不惑詢之果然同治間大城縣屬之流標村張姓者產一男胯下雙管齊生囂垂偉器今其人年三十餘矣第爲農家子其處患水二十餘年今不知遷徙何所成敗何如其後嗣更復何如耳要之天之生斯民也予以形即予以心心爲君則形爲臣形爲君則心爲臣防風氏身橫數畝不能免於會稽之誅巨無霸身大十圍不能已於昆陽之敗同是貌也仲尼聖而陽貨狂同是目也大舜仁而項羽暴文王十尺湯九尺曹交九尺四寸 長衣不勝者成覇晉之功貌不稱者成佐漢之謀形不長者莫伐於之勳由是觀之莊嬴么麽未必無福魁梧壯偉未必非殃徜不能使形而見使於形則危矣夫反常爲妖論其心非論其形彼猶是人也同爲天賦美好其形而奸惡其心其爲妖異之物當非夫凡鱗甯介之品彙匹儔者奈何人不之怪而獨駢體之怪也哉吁

武闈部示 ○欽命武會試滿漢提調廣松郭劉爲曉諭示照得同治元年九月內本部議覆御史張晉祺條奏武闈事宜遵例取中各一摺內稱本部議覆嗣後武闈取中仍以外場爲主內場默寫武經雖仍照舊例有不能書寫及卷子倒寫者即爲違式其添改字數過多模糊難認者亦即爲塗寫錯亂亦以違式論不准取中至默寫武經與會試及 殿試均無庸另寫題目等因具奏奉 旨依議欽此欽遵在案今本年九月舉行乙未科武會試場期在邇爲此先行示諭該士子等恪遵定章內場考試及 殿試默寫武經均無庸另寫題目以歸畫一各宜凜遵毋得自悞功名特示○欽命武會試提調廣松郭劉爲曉諭示查咸豐六年九月御史李培祜奏各省鄉試武舉請照順天鄉試例一體覆試一摺經部議覆各省新中武舉飭令於會試前赴部投文聽候定期覆試奏明 欽派王大臣按照各該省督撫送部冊箭冊內所添弓刀石觔力詳加考核如有不符者罰停會試一科下屆仍令覆試積至三次覆試不能合式即將中式字樣註銷三科內如有事不赴京覆試者亦將中式字樣註銷仍准其以武生兵生再應鄉試及入營食糧等因奏准遵行在案今本年乙未科武會試屆期前經本部示諭限八月十五日以前親賫文批保結赴部投遞亦在案爲此再行曉諭甲午科各該省新中式武舉及歷科中式未經覆試各舉人遵照 奏定章程親具文批並加具五人連名保結隨時到本部提調司投遞不得過八月十五日限期如過限期投文照例扣除不准覆試再如有中式武舉後三科未經覆試者將因事故未及覆試之處取具同鄉五六品京官印結速即赴部呈明以憑查辦倘有不行呈明含混覆試經本提調查出即照奏准章程將中式字樣註銷特示

都市錢行 ○京師自今春爲始八旗兵丁每月所領錢糧雖經每銀 兩由戶部搭放制錢一吊而民間仍稱不便緣奸商居奇每値放餉銀價則低落物價則昂貴故也刻聞中秋以來時屆舉行乙未恩科武會試諸物倍昂於往年兼以市上行用制錢已成習慣物價有漲無跌銀價每兩京平松江銀祇可易制錢二吊六百文寄存大錢係十三吊二百文二路當十錢十五吊文洋銀每元祇可易當十錢九吊二百文油酒每斤京錢一千四百文猪羊肉每斤一千五六百文米麵每斤四百四十文其餘百物無不昂貴市景又爲一變所有者宣武門外騾馬市一帶各舖戶買物原串二路錢皆可行用若至前門地方皆用當十大錢若提原串錢買物從中諸多不便居民亦願制錢源源而來物價徐徐而落庶俯仰不至興嗟否則居長安者未免歎大不易矣

夫也不良 ○京師前門外燕家胡同某妓寮中名五子者花叢中翹楚也尋花占柳鶯蝶紛紛五子每睥睨一切其所以恃而不

恐者以積有花粉貪眼中情人又復目成已入心許有素也於是去秋攜帶金銀隨情人王某去卜居於小椿樹胡同訂白頭約詎今春彼此反目王時以拳棒相加八月二十日夜間王竟大施毒手以燒紅通條烙脊背並用利刃割乳頭該妓痛喊失聲鄰居恐被株累暗赴官廳稟報當將王某傳案責押飭件驗明傷痕澈底根究聞該妓傷勢甚重恐有性命之憂說者謂始同膠漆繼如仇讐豈真為前生冤孽耶

母將安養　○京師前門內羊毛胡同某乙者不務正業賴先人遺產尚免飢寒然自某乙接手以來產之賣入他姓者不知凡幾其母某氏年衰邁自念生子不肖心焉傷之遺有房屋一所租與某姓開設雜貨鋪收取房金藉以餬口乃近日乙欲將此屋出售他人得其價歸還欠項母聞大驚謂此屋若再歸別姓我家遺產盡矣吾必作餓莩於野而已每日啜泣諺云養子防老今乙之所為如是真尚有人心耶

慎取後進　○二十七日為天津所取各童覆試之期已登前報茲聞有換卷某童一名查出斥革並聞所取童卷內有揭出二藝小疵者

例祀先師　○津俗例於八月二十七日祀先師孔子各書塾是日學師率子弟等敬謹焚香以際饗祀並放學一日各學生等無不歡欣拜舞云

護理雲營　○雲字營馬隊幫帶官吳繼盛病故遺差經統領羅軍門札委哨官王迪義暫為護理吳幫帶即前鎮臺吳掄峯軍門之哲嗣也

暫留津任　○天津鎮標左營遊擊恒齋參戎升補紫荊關參將曾紀前報茲聞鎮臺羅軍門以津地繁華現雖遣軍將竣仍恐有遊勇逗遛現值冬防在邇更須巡查彈壓以參戎在任多年最為熟悉特請制憲緩飭赴任仍留津左營以資熟手聞制憲已如稟批准矣

固安刦路　○固安縣籍紀剛者在宮村鎮開設永裕和錢糧店七月中旬攜銀一封單騎赴城內趕集時約辰巳行至南馬村被賊三人放槍威嚇舍騎該賊搶去銀五十兩籍遠望尚有三賊瞭看籍復乘機跨騎飛奔回村鳴眾追趕無蹤即行報案請緝矣

拱北炸鍋　○適聞拱北由錦州裝兵來津中途鍋炸約斃五六百人現在海關道派鎮海兵輪往救嗟乎不死於陣前之砲而死於途中之鍋毋亦前定數乎吁慘矣

跑報被傷　○山西會館後有名賴龍者在某小班抬轎日前賴龍赴某班跑報被乂杆等持刀剁傷血流不止兼有致命之處聞該親屬等已赴該管局段喊控矣

保甲重舉　○本郡五方雜處良莠不齊宵小之徒溷入其間惟冬尤甚前督憲李傅相札飭天津縣延四城內外紳董共襄其事籌堡設立保甲局共十八段每屆冬令飭各段局員等清查戶口以靖地方聞月之下旬各段局員已帶董事暨勇丁地方等挨戶清查保甲矣

日兵又至　○營口訪事人云月前營口各日兵先後開赴大連灣等處存者祇三四百人日來又有日兵艦載到兵士千餘名聞係來此更調舊兵回國者所攜糧食甚多似無去意既到即　區長赴各處覓賃房屋以備住宿至前此赴鄉間就水草之馬隊刻亦陸續回營民政支部令各街店鋪住家入夜每戶門前懸燈一盞務須徹夜光明蓋以免盜匪暗中竊發也

粵匪披猖　○粵東訪事人云高州府地方前有匪徒嘯聚為亂迭經省中大憲調派貔貅隊馳往剿辦探悉該匪與官軍接仗屢有損傷然其黨日衆鼠匿巢穴蒂固根深一時未能殄滅猶幸匪徒器械未精且又乏船行駛尚不致過於蔓延否則不堪設想矣又聞惠州府屬之永安縣亦有匪徒滋事日前縣令已飛稟至省告急請兵往剿似此一波未平一波又起未識大憲將若何懲處耳○清平約鍾秀坊李姓住宅某日午晷有賊匪叩門冒稱差役謂云奉憲查禁賭博爾家有私買花會及山鴿票否婦女答曾無匪云口說不足信須放我入內查看有無票紙我係官差爾不得違抗該宅男子出外營生祇有婦女數輩竟開門使入詎料盜一擁而進竟有六七人露出刀槍勢甚兇悍嚇禁諸婦女使不得聲張遂倒篋傾箱肆情搜括慾壑既滿始呼嘯而散計刦去金銀珠玉及衣服等約值銀七百餘兩當即

赴[illegible]稟[illegible]未知能破獲否也

石印新撰金鞭記小說一[illegible]共四百九十三回逐回蟬聯奇情疊出及仙佛僧道妖狐鬼怪且有三三[illegible]唱段[illegible]坐靜聽者無不鼓掌稱奇每部洋九角○又有增補市鎮[illegible]村直省輿地全圖計三十一圖五大洲[illegible]以[illegible]說簡明萬國公法共三本洋一元二角託津門文美齋書局發售

售 白[illegible]列傳 [illegible]殺子[illegible] 富翁醒世傳 [illegible]遇仙緣 三才子 時下笑談 張天師收妖 繪圖粉粧樓 遊江南 故事圖說 [illegible]李傳相馬關被刺紀實[illegible]帶小照每本價洋四角五 [illegible]盛世危言 野叟曝言 各國時事類編 中日戰守始末記 公車上書記 海上見聞錄 [illegible][illegible]真正綠牡丹[illegible]三[illegible]聯[illegible] 三續今古奇觀 正續[illegible]異平 彭施公案 [illegible]公案 鴛鴦夢 古今眼[illegible] 群[illegible]令[illegible]傳 雲中落繡鞋 後西遊記 [illegible]傳 百寶箱 繪圖小八義 意外緣 [illegible]雲夢 情天寶鑑 [illegible]俸[illegible] 如欲購者諸到文美齋寄售

敬啟者現有英人僑居烟台曾由英京國學考有憑並教授西史算法航海等學三十餘年並在英國海軍衙門充當試官有年曾蒙華廷派委要差今擬在本公館教授華童英文以便將來應陸軍海軍商務之選惟受業不得過十五歲議定每季脩金關平銀二百兩如有從學者即希函達天津恒豐泰飯店或烟台英領事署轉致倪爾森可也

啓者本行在上海香港開設有年四遠馳名專售各樣新式金銀時辰表嵌金鋼石戒指并航海千里鏡等物今特遣人來津小住數日以便出售以上各貨格外價廉如有賜顧者祈速至紫竹林利順德飯店第二號客房是幸

烏利文洋行啓

拍賣

九月初二日三點鐘在本棧叫賣上等白毫茶拾箱如有合意者祈早光臨是荷

太古洋行啓

啓者本堂代寫壽屏對聯及繕做紅白稟稿往來書札鈔錄書籍等件如蒙賜顧請至海大道工程分局後趙宅面議可也

學忍堂謹啓

浙杭元吉永號

本號自置紗羅綢緞新樣洋緞花素洋布用[illegible]夏貨[illegible]擺[illegible]廣[illegible]貨頭油價全[illegible]較爲近時[illegible]市[illegible]落不同故而各貨減價[illegible]讓估衣[illegible]中西路北凡仕商賜顧者請認明[illegible]牌[illegible]

德陞齋靴鞋舖

本齋專做[illegible]新樣京式各鞋及[illegible]花[illegible]鞋一[illegible]價本[illegible]廉物美[illegible]賜顧者請認明本店招牌庶不致悞本鋪開設在天津府北門外鍋店街[illegible]集義棧對過便是

八月二十八日[illegible]出口 太古行 武昌[illegible]由上海 怡和行 順和[illegible]由上海

八月二十九日[illegible]出口 招商局 新濟[illegible]往上海

八月二十八日銀洋行情
天津九七六[illegible]銀[illegible]二千七百三十文
洋元一千九百七十文
紫竹林九六[illegible]銀[illegible]二千七百七十文
洋元二千文

直報

第二百二十七號
光緒二十一年八月二十九日
西曆一千八百九十五年十月十七日 禮拜四

上諭恭錄

旨福州將軍著裕祿調補盛京將軍著依克唐阿補授欽此 旨熱河都統著壽蔭補授欽此 上諭剛毅奏遵查菩陀峪萬年吉地工程應行修理一摺著派[illegible]桐敬信敬謹勘估欽此 上諭前因四川省有迭毀教堂之案業經降旨將辦理不善之前任總督劉秉璋從重懲處茲據[illegible]鹿傳霖奏稱現經切實查辦拿獲首從各犯王睡亭等二十三名內訊明就地正法者六名擬流枷杖者十七名自足以昭炯戒而儆將來所有辦理不善之邛州知州周鳳藻著即革職知縣沈炘著先行革職知縣信元良新津縣知縣范榮緒[illegible]城守營游擊向[illegible]山縣知縣洪[illegible]年[illegible]縣知縣劉振[illegible]撤任[illegible]成都府知府[illegible]著[illegible]當[illegible]保護毋許再有疎虞並飭各州縣隨時勸諭曉以利害總期猜嫌盡釋民教相安用副 朝廷綏靖地方之至意欽此

塗說

客有談某妓從良者爲同寮所阻者述其事余聞而異之異其進言之道有無上妙法具妙圓明心掉廣長舌口吐青蓮如菩薩點化迷途隨人變幻者論曰三人行必有我師吾華曰道在溲溺趙州和尚曰狗子也有佛性安往非道亦安往非學耶明開夜合地方某鶯花鳴喜鳳者翹楚也吾鄉薄倖郎有嚙臂盟之效鶼鶼比翼之過觸春色之飛而可郎實花叢之蟊賊也情之同寮識破僞爲不識鳥之秘約者笑爲述蘭英五子二妓從良事曰近之新聞二則可供阿妹一噱滬北清和坊有蘭英者名下也固棉綢莊小夥吳某云欲爲蘭英脫籍英鴇母向索身價二千五百元吳某慨然探囊取恒大莊票一紙計洋一千元付之又促鴇母另製新衣首飾日囑先將蘭英妓院牌子除去英鴇母孃姨均蒲東人棉綢莊某甲亦蒲東人吳又囑其甲爲說項適鴇母與孃姨謀吳於甲甲遂以空中樓閣窮極匠心爲吳潤色鴇母孃姨深信之事將偕矣後以千元票紙到期無着將興問罪之師吳乃效檀公三十六計中之上計頓作鴻飛之冥此不過賠數月供俸尙未陷入火坑也鄰門燕家胡同五子者與王某目成去秋攜帶花粉資鉅千偕遁已訂白頭約詎居半載忽反目中秋後夜間王大怒以燒紅通條烙五背以利刃割其乳現已成案妹之聞乎鳥驚曰微姊之言幾墮苦海爰以情告進言者黠矣哉附憶某集中載雍正初某縣李家莊佃戶某乙父死遺一牛老且跛將鬻於屠肆牛逸至乙父墓伏地殭臥牽挽鞭箠皆不起惟掉尾長鳴村人聞之觀者絡繹叟某憤然至以杖擊牛曰渠父墮河何豫汝事使其隨波漂沒充魚鱉食豈不大善汝多事引出多活十餘年致渠生需[illegible]養病需醫藥死需棺殮日留此一坏歲需祭掃使子孫受無窮累汝罪大矣就死汝分牟牟者何爲蓋乙父曾墮深水牛躍入乙父牽其尾得以出乙初不知其事聞之大慚自批其頰曰我乃非人急引牛歸及牛死泣而瘞之此叟殊有滑稽風與東方朔救漢武帝乳母諸葛亮古戰舉儒事一覽暗合以此悟進言之貴有術也孔子曰法語之言能無從乎巽語之言能無悅乎宋蘇眉山以賢臣不時有忠臣不時待爲諫論五論之

勢禁之利誘之激怒之隱諷之歷舉史册以爲證匡正其學術竭力處夫人臣能諫而不能使君納諫恐不能謝後世不學無術之譏難矣哉可懼也

八月分選　○小京官國子監監丞鄭鼎纓福建舉　同知山東登州錫恩湖黃人　知縣直隸樂亭縣韓克岊山東貢　江西德安鄭綬祺浙江舉　安徽黃山陸士奎江蘇甲　江西新昌錢鴻翥浙江舉　浙江安吉汪蔡安徽　山東新泰田寶蓉陝西　文登李祖年江蘇　江西萬載譚紹裘湖南　餘千洪錦標浙江　泰和于晉源山東　敦遠祥齡四川俱甲　直州判四川資州孫詒穀福建剛　鹽經長蘆徐鈞浙江監　府經河南汝寧王時耀四川監　縣丞山東鄒縣董應書直隸監　吏目甘肅河州劉鳳岡山東監　巡檢江西萍鄉費士炎浙江監

三本同擒　○近來部門封案層出步軍統領衙門嚴飭各營認眞踩拿獲盜十餘名送交刑部懲辦聞南營西珠汎并兵八月二十二日午後在彰儀門外馬道地方拿得三人形迹可疑一再盤詰搜其身畔得洋槍三杆解交守戎署內審訊據供曾在京南固安縣搶刧得贓分用潛逃來京等語當經轉解步軍統領衙門咨送刑部按律懲辦矣

畢好雷占　○八月二十五日清晨陰雲布陣至午後三下鐘雨師稅駕大有滂沱之勢並雷聲隱隱至黃昏尚未晴霽想節逾寒露尚有此雷雨交作實爲時令未正寒暑不時守身如玉者尚其愼重調攝焉

武會覆試　○本屆乙未科武會試覆試經兵部奏派覆試之王大臣派出熙敬等大冢宰汪柳門少司空張樵野少司農溥大銀台阿少司寇文少司馬鳳竹崗少宗伯傳集武舉等於八月二十一日辰刻赴東安門內南池子御箭亭覆試馬步射弓刀　力技藝分列等第次晨覆命

五處題目　○督學部院於二十八日考試府學商學青縣滄州南皮五處文生題目　通場題　喜而不寐至喜而不寐　詩題

一片婆心　○欽命二品銜直隸分巡天津河間等處地方兵備道兼管驛務河道漕運糧餉關法事務隨帶加二級紀錄十次李爲出示嚴禁事照得津郡地方雜處人煙稠密良莠不齊又兼各屬災歉饑民來津食粥抱女攜男往來絡繹近聞有不法之徒乘間引誘拐賣茲本道到任訪聞拐帶販賣人口之案層見疊出自應嚴禁會辦以資整頓除派員密訪查拿外合行出示曉諭爲此示仰各屬軍民人等知悉自示之後倘有前項匪徒乘閒拐賣人口情事一經查出或被告發定即按名拘拿到案盡法懲辦決不寬貸爾等民人亦何忍自將兒女賣與匪徒致遭作踐本道因愼重人命起見各宜凜遵毋違特示○又示武生孫士傳稟　批此案前經李前道批縣訊辦時逾三月何以尙未訊結仰天津縣查照前批迅速訊辦結報毋再宕延稟抄存○又示青縣孀婦龐歸氏稟　批案經前道批飭訊辦何得復請提究殊屬健訟是刁武生作抱尤屬不合姑即申飭仍仰天津府轉飭青縣查照前批訊斷結報詞抄存

詳述前情　○茲悉侯家後有杜賴龍者素放窰賬士娼窰內劉二者窰夥計也借用杜姓錢利息甚大欠負甚多本利未還杜姓追討仍係不還杜云若不還錢不着你在此爲伙劉二含怒去其處投入城內窩混混的劉二想起杜姓之仇帶領二人各持單刀在侯家後娼窰內找着杜姓即向腹傍直刺刀拔氣斷又向頭上一刀登時氣絕矣劉二赴縣投案經縣委驗屍劉二不認刀傷責小板五百仍不承認移不知如何訊辦矣

聚賭後慮　○津報登北門西之蟋蟀圈賭被守望局抓獲將齊二等送縣責押今有齊二同夥之人劉七者在北門西自已家內仍設圈賭口稱曾有官署之人同夥恃而不恐竊齊二等尚在縣羈被押其夥仍復設圈似此胆大眞屬目無官法矣

一字板　○人情喜怒何嘗乎有以喜爲喜怒爲怒者即有以喜爲怒怒爲喜者往年胡公夢星未遇時文名噪都下同年某膺命爲學使胡爲寒士衣食計代人捉刀入場試題爲父母在不遠遊遊必有方其中段云嗟乎具衣冠而拜人子別親之時正父母不忍別子之時人子擬嘗之境正父母相與共嘗之境誰非人子誰無父母云云學使閱文呼公至怒詈之以中段文字爲數葭字　板公痛哭

自呼名學便驚起敬曰久仰今始得識盧山面公由是發跡此時則因喜而怒繼則因怒而喜實則一意之轉因喜其文起見乃有宜喜而怒勤以勞力御人者陋矣夫臨民者負赫赫之威踞巍巍之堂堂下人擇語不精誤犯忌諱涉筆成趣匪夷所思堂上人轉宜趣語飭之成茲佳偶傳爲千秋佳話時哉時哉文運之開非天曷孰能哉不喜之動而怒之發不與鳴鑼張蓋踏雪尋梅小的梅花後太爺者同爲大煞風景乎縣田沒於水地方以災報官曰闔爾處尚有高粱何以災報地方云只剩頭幾根耳官曰幾根地方云小的未數官大怒笞丈百寃哉乎也昔僻壤延師不識之無適齋前有三槐齋後有五柳爰授讀以前三槐後五柳兒童三五朗誦之聲聞於外地方官入私勸災假館書室聞誦音詢其故怒計槐柳三五答師掌以八數官去師乃喜相慶曰幸吾各敎未教汝樹南一片蔴也倘以蔴教其受笞尚可數乎今某縣地方之語正未可與此相提並論而爲地方官者不察情而恃其平第知一律責之於人心不無遺憾焉

三斗三升　○地滿則患寡人滿則患貧故俗情爲居室計者自添丁不如減口之說昔人言萬事無如吃飯難蓋食爲民天誠重之也抑知民爲天生食亦天賜往籍所稱貧窮有命豈虛語哉非河北某姓夫婦子女十數口以人爲畜畜妻坐蓐很弄璋室仔塵甑外無長物夫臥牛衣嘆妻曰勿愁人各有三斗三升米自有生帶來也夫以爲解嘲語置不答辰起出門悵悵無所之垂頭亻亍忽有物粘足抬視之則某舖錢帖三千喜歸具辰炊焉

民之無良　○河東大佛寺前陳洛者素無正業以姐夫于姓開義成齋鞋舖家稱大有于陳氏每年分潤其弟陳洛由此錢財不之邪僻日生陳洛原配有妻口稱失偶又娶繼配取妾有女之家訊問不明羅于羅內依樣又娶者三皆良家女每娶三朝五夜新輙如故而厭意起朝打暮罵甚至不給衣食仰十指爲活陳洛之打罵如故也昨有一妻年十六七歲娘家楊姓不知何故身死陳洛並不給楊氏母家耗成殮三四日後方告楊父來問女何病死不令我見屍首陳洛怒將楊父推於門外且云汝有法只管去使楊父忠厚無能在門首啼哭半日路行見者無不切齒陳洛以有銀錢全無懼意今聞楊氏之叔赴縣控告矣

賊猶自劫　○河間屬之故城縣素稱靜謐無如自去歲以來亦多盜賊茲聞有武生王錫恩者在城內開設錢舖被賊行竊王聞聲喊捕該賊膽敢拒傷刦去銀錢王立即稟報文武官飭緝似此城廂之內拒捕刦財藐法極矣若不嚴拿重懲何以儆地方耶

廈門要電　○本館昨日接到廈門來電云現由日督在基隆發兵二隊從安平兩北兩口分道上岸夾攻劉軍矣劉大將軍之養精蓄銳也久矣日人屢挫之餘忿思一戰以雪前憤其如臺南之無隙可乘何

日報談兵　○日本報言去年由日本調往高麗及遼東等處之兵士共有二十七萬人前後調赴臺灣之兵則有八萬人所有赴臺之師團皆於近數日另行徵調統計日本赴敵之兵共有三十五萬云云是否張大其詞則非局外所能懸揣矣

俄法電音　○英京發來電報云俄國外部大臣羅呇那現在駐節巴黎與法國總統不日即將國內陸軍大加蒐閱由羅外部即代其君親試以覲優劣一切故法國各報因此一事相與議論僉謂觀厥情形俄法兩邦將來必有合縱之勢旋又接來電據言俄國外部羅呇那及陸軍大將直刺俄眉羅輔二員當往迷谷觀看法軍大閱之際法人莫不歡然相接踴躍異常於是英國各報論及此事亦言俄法之交定將從此益固俄法既經相合則法軍自必益加强盛即俄國於歐洲一事亦覺易於籌措云

苦衷共諒　○本館訪事友人昨日由輪飛遞雙魚云臺中府黎伯蕚太守己由得忌利士輪內渡意氣頹喪形容枯槁然一片忠義之氣猶流露於眉睫間令人望而起敬按太守自臺北失陷後始署臺中府任林棟邱逢甲俱已逃回內地不獨畏懼不前反使幕友郭姓等私通日人預爲家產地步屢被太守拿獲任事之時庫欵無存百計經營苦心籌劃力勸紳董添設團防操練民兵購辦軍械羅掘餉需甚至幕友按月應支薪水亦一律報効充公接濟前敵諸凡自奉儉約不染一塵支銷各項均歸紳董經手赤手空拳支持數月之久巧婦爲無米之炊亦可謂爲人所不能爲矣嗣以餉項奇絀馳告劉帥僅撥到四千兩杯水車薪不能救急以致喪師失地人莫不爲太守諒且爲太守惜焉劉大將軍知太守才兼文武節操凜然將以爲腹心之寄而太守以艱苦餘生無心再與人事力辭內渡劉大將軍雅意挽留至再至三而太守涕泣陳情其志已決臨歧話別相與痛哭失聲臺人莫不哀之

拍賣

九月初一日上午十點鐘下午兩點鐘在紫竹林福商義老號院內拍賣外國各樣木器家俱鐵床大衣櫃奇形料器異樣玩物磁座玻璃磚鏡子五彩洋畫金邊鏡子油漆桌面各樣洋燈等件是日移玉早至細看面拍可也

集盛拍賣行謹啓

告白

[illegible]州和益木商在津開設十年[illegible]雇夥友林松卿經理歷年尚未十分誤事[illegible]自十九年夏間荒[illegible]嬉游號事廢弛從中侵蝕弊混不勝枚舉致虧號本甚鉅去秋控縣押追迄未完結林松卿早已出號所有和益號事均係號東自行料理與林松卿毫無干涉特此布告官商如蒙[illegible]賜顧務須認明和益本號庶不致誤

和益木商鄭[illegible]啓

[illegible]白 [illegible]濟列傳 殺子[illegible] 富翁醒世傳 遇仙緣 三才子 時下笑談 張天師收妖 繪圖粉粧[illegible] 遊江南 故[illegible]圖說 李傅相馬關被刺紀[illegible]帶小照每本價洋四角五 盛世危言 [illegible]變[illegible] 各國時[illegible]編 中日戰守始末記 公車上書記 海上見聞錄[illegible] [illegible]梅 真正後[illegible] 三[illegible] 三續今古奇觀 正續[illegible]異 後[illegible]公案 [illegible]公案 鴛鴦夢 古今眼[illegible] [illegible]傳 雲中落繡鞋 後西遊記 [illegible]傳 百寶箱 繪圖小八義 意外緣 [illegible]夢 情天寶鑑 [illegible]外史 如欲購者請到[illegible]書[illegible]

敬啓者現有英人僑居烟台曾在英京國學考有官憑並教授英文算法航海等學三十餘年前在英國海軍衙門充當試官有年曾蒙華廷派委要差今擬在本公館教授華童英文以便將來應陸軍海軍商務之選惟受教者不得過十五歲議定每季脩金關平銀二百兩如有從學者即希函致天津恒豐泰飯店或烟台英領事署轉致倪爾森可也

啓者本行在上海香港開設有年四遠馳名專售各樣新式金銀時辰表嵌金鋼石戒指并航海千里鏡等物今特遣人來津小住數日以便出售以上各貨格外價廉如有賜顧者祈速至紫竹林利順德飯店第二號客房是幸

烏利文洋行啓

拍賣

九月初二日三點鐘在本棧叫賣上等白毫茶拾箱如有合意者祈早光臨是荷

太古洋行啓

啓者本堂代寫壽屏對聯及繕做紅白禀稿往來書札鈔錄書籍等件如蒙賜顧請至海大道工程分局後趙宅面議可也

學忍堂謹啓

浙杭 元吉永號

本號自置杭[illegible]新樣洋縐花素洋布川廣夏貨[illegible]雅扇南貨頭油俱全[illegible]爲近時錢市漲落不同故而各貨減價開設估衣[illegible]中間路北凡仕商賜[illegible]

德陞齋靴鞋鋪

本號專做[illegible]靴新樣京式名鞋及[illegible]花緞[illegible]一應俱全價[illegible]物美賜顧者請認明本店[illegible]庶不致悞本鋪開設在天津府北門外鍋店[illegible]集義棧對過便是

武昌 八月二十九日[illegible]由上海 太古行

新豐 [illegible]由上海 [illegible]

順和 九月初一日[illegible] [illegible]往上海 怡和行

八月二十九日[illegible]行情

天津[illegible] [illegible]
[illegible]三千七百三十文
洋元一元 一千九百七十文
紫竹林九[illegible]
[illegible]二千七百七十文
[illegible]二[illegible]